JOHANN WOLFGANG GOETHE

Sämtliche Werke
nach Epochen seines Schaffens
Münchner Ausgabe

Herausgegeben von Karl Richter
in Zusammenarbeit mit Herbert G. Göpfert,
Norbert Miller, Gerhard Sauder und Edith Zehm

Band 21

JOHANN WOLFGANG GOETHE

REGISTER SÄMTLICHER WERKE

Bearbeitet von Gisela Fichtl

Carl Hanser Verlag München

ISBN 3-446-14209-6 (Leinen)
ISBN 3-446-14473-0 (Leder)

Einbandgestaltung: Christian Diener München
Satz: Satz für Satz. Barbara Reischmann Leutkirch
Druck und Bindung: Friedrich Pustet Regensburg
Printed in Germany

INHALT

Inhaltsverzeichnis nach Textgenres

7

Gedichte 9
Dramatische Dichtungen 144
Maskenzüge 147
Theaterreden 148
Prosawerke und Epen 149
Labores Juveniles 151
Maximen und Reflexionen 152
Übersetzungen 188
Fragmente und Entwürfe 192
Biographische und autobiographische Schriften 194
Naturwissenschaftliche Schriften 199
Optik und Farbenlehre 199
Biologie 201
Mineralogie und Geologie 205
Naturphilosophie und Wissenschaftstheorie 208
Mathematik und Physik 208
Meteorologie 209
Schriften zur Kunst 210
Schriften zu Literatur und Sprache, Rezensionen 217
Schriften zu eigenen Werken und Projekten 227
Schriften zu Musik, Theater und Schauspielkunst 230
Schriften zu Philosophie, Theologie und Politik 232
Amtliche Schriften 234

Alphabetisches Inhaltsverzeichnis sämtlicher Werke einschließlich der Gedichte

239

Verzeichnis der Abbildungen

415

Künstler und ihre Werke 417
Gemälde, Zeichnungen und Druckgraphik 417
Skulpturen und Goldschmiedearbeiten 447
Porträts und Personendarstellungen 450
Zeichnungen Goethes 452
Autographen 457
Titelblätter, Drucke und Schriftdokumente 460
Vertonungen und Musikbeilagen 462
Zur Naturwissenschaft 464
Landkarten, Pläne und Schemata 468
Gegenstände aus Goethes Besitz 469

Verzeichnis der Personen-, Orts- und Sachregister in den Bänden der Münchner Ausgabe

471

Zur Benutzung

Große Ziffer:	Band
Kleine Ziffer:	Seite
Seitenzahl mit * :	vom edierten Text abweichender Titel oder Wortlaut, unter dem ein Werk auch gesucht werden könnte
Seitenzahl in runden Klammern:	vom Registereintrag abweichender Wortlaut
Nummern in eckigen Klammern:	Numerierung der Maximen und Reflexionen
Titel in Winkelklammern:	Herausgebertitel, nicht von Goethe stammender Titel
Titel in Kapitälchen:	Gedichtsammlung, Textsammlung

INHALTSVERZEICHNIS
NACH TEXTGENRES

GEDICHTE

Verzeichnet sind sämtliche Gedichtanfänge und -überschriften. Aufgenommen wurden auch Gedichte und gedichtähnliche Texte, die innerhalb eines größeren Werkes stehen und separat gesucht werden könnten.

A. 4.1: 715, (792)
A. D. B. 4.1: 806, (725)
A. d. Ph. 4.1: 806
A. d. Z. 4.1: 806, (725)
A. F. K. N. H. D. 4.1: 751, 772
A. L. 4.1: 750, 772, (832)
A Monsieur le Major General de Hoffmann 1.1: 92
A propos Tübingen! 4.1: 704, 799
A Song over The Unconfidence towards my self 1.1: 88
A und O 4.1: 827
Aber abseits wer ist's 14: 482
Aber da bist du 4.1: 742
Aber da meinen die Pfuscher 4.1: 790
Aber das habt ihr ja alles bequemer 4.1: 734, 824
Aber entfaltet sich 4.1: 701, 758
Aber, erscheint sie selbst 4.1: 783
Aber ich bitte dich Freund 4.1: 734, 824
Aber jetzt kömmt ein böses Insekt 4.1: 688, (785)
Aber jetzt rat ich euch 4.1: 735, 825
Aber nun kommt ein böses Insekt 4.1: 785, (688)
Aber seht ihr in B**** 4.1: 786, (688)
Aber seht ihr in B****g 4.1: 688, (786)
Aber von Leben rauscht es 4.1: 700, 766
Aber wenn der Tag die Welt 13.1: 227
Aber widrigers kenn ich auch nichts 4.1: 748, 764
Aberwitz und Wahnwitz 4.1: 767
Abgeschlossen sei das Buch 13.1: 82
Abglanz 11.1.2: 91; 11.1.1: (134)
Abkündigung 6.1: 1050
Abscheu 4.1: 681, 803
Abscheulich ist 18.1: 89
Abschied (Am Ende bin ich nun) 6.1: 1051
Abschied (War unersättlich) 9: 15
Abschied (Zu lieblich ists) 4.1: 902
Abschied, Der (Laß mein Aug') 1.1: 157
⟨Abschied an den Herzog Carl August im Namen der Engelhäuser Bäuerinnen⟩ 4.1: 109
Absendung des Vorstehenden ⟨Inschrift für eine Bildtafel von Wilhelm von Reuter⟩ 18.1: 46
Absurder Pfaffe! 13.1: 233
Abwege 13.1: 169
Abwesend ist kein Freund zu achten 13.1: 23

Accipe facundi Culicem 4.1: 715, 808
Ach! Auf wiesenreichen Auen 11.1.1: 69
Ach bist du fort? 1.1: 1008*
Ach Cypresse, hoch zu schauen 13.1: 121
Ach das ist Frerons unsterblicher Schnabel 4.1: 730
Ach das ist nur mein Leib 4.1: 729, 818
Ach daß die innre Schöpfungskraft 1.2: 470; 3.2: 34
Ach fände für mich 1.1: 126, (144)
Ach ich kann sie nicht erwiedern 11.1.1: 246
Ach ich war auch in diesem Falle 1.1: 231
Ach! ihm mangelt leider 4.1: 817, (731)
Ach, ihm mangelt leider 4.1: 731, (817)
Ach ihr Götter 2.1: 25
Ach, man sparte viel 2.1: 31
Ach! mein Hals ist ein Wenig geschwollen 3.2: 107, (148)
Ach, mein Hals ist ein wenig geschwollen! 3.2: 148, (107)
Ach mein Mädchen verreist! 3.2: 112, 147
Ach! Mir geschieht ganz recht! 4.1: 730
»Ach! mit diesen Seelen was macht er! 3.2: 97, (135)
»Ach! mit diesen Seelen, was macht er? 3.2: 135, (97)
Ach neige / Du schmerzenreiche 1.2: 178; 3.1: (585); 6.1: (640)
Ach neige, / Du Schmerzenreiche 3.1: 585; 6.1: 640; 1.2: (178)
Ach! sie neiget das Haupt 3.2: 121
Ach sie suchet umsonst 4.1: 742
Ach so drückt mein Schicksal mich 2.1: 26
Ach! um deine feuchten Schwingen 11.1.1: 129; 11.1.2: 87
Ach! unaufhaltsam strebet das Schiff 4.1: 844, 845
Ach was soll der Mensch verlangen? 2.1: 32
Ach! wer bringt die schönen Tage 2.1: 100, 484
Ach! wer doch wieder gesundete! 13.1: 72
Ach wie bist du mir, / Wie bin ich dir geblieben! 2.1: 26
Ach! Wie schrumpfen allhier 4.1: 818, (731)
Ach wie schrumpfen allhier 4.1: 731, (818)
Ach wie sehn ich mich nach Dir 1.1: 196
Ach wie sie Freiheit schrien 4.1: 729, 816
Ach Zypresse, hoch zu schauen 13.1: 121*
Acheronta movebo 4.1: 816, (728)
Achilles (Vormals im Leben ehrten wir dich) 4.1: 730, 816
Adelung (Anatomieren magst du) 4.1: 715*
⟨Adler mit einer Lyra nach oben strebend⟩ 13.1: 126
Adler und die Taube, Der 1.1: 201
Adressen, Die 4.1: 795
Ämtchen bringen Käppchen 18.1: 72
⟨Äolsharfen⟩ 13.1: 72

Ärgerts jemand daß es Gott gefallen 11.1.1: 109; 11.1.2: 55
Ärzte 4.1: 694
ästhetische Torschreiber, Der 4.1: 676, 776
Affiche 4.1: 779
Afirmativo soy, y tan constante 13.1: 111
Agamemnon (Bürger Odysseus!) 4.1: 817
Agamemnon (Nicht der gewaltige Dis) 4.1: 732
Ajax 4.1: 731, 817
Ajax Telamons Sohn! 4.1: 731, 817
Alcibiades 4.1: 819
Alexander und Caesar und Heinrich 3.2: 54, (55)
Alexander und Cäsar und Heinrich 3.2: 55, (54)
Alexandriner 4.1: 735
Alexis und Dora (Ach! unaufhaltsam) ⟨1. Fassung⟩ 4.1: 844
Alexis und Dora (Ach! unaufhaltsam) ⟨2. Fassung⟩ 4.1: 845
Alexis und Dora (Sag wie kommst du) 4.1: 862
All ihr andern, ihr sprecht 4.1: 788
All unser redlichstes Bemühn 13.1: 108
Alle Blüten müssen vergehn 4.1: 837
Alle die andern, sie haben zu tragen 4.1: 735
Alle Freiheits Apostel 3.2: 94, (122), (136)
Alle Freiheits-Apostel 3.2: 136, (94), (122)
Alle Freiheitsapostel 3.2: 122, (94), (136)
Alle Freude des Dichters 4.1: 774, 835
Alle gleichen wir uns 2.1: 101
Alle Künste lernt und treibt der Deutsche 3.2: 91, 131
Alle Menschen gros und klein 11.1.1: 94; 11.1.2: (109)
Alle Menschen groß und klein 11.1.2: 109; 11.1.1: (94)
Alle Neun, sie winkten mir oft 3.2: 129, (88)
Alle Pappeln hoch in Lüften 13.1: 43
Alle ruhen die gelitten 11.1.1: 280
Alle sagen mir 3.2: 151
Alle schöne Sünderinnen 2.1: 106
Alle Schöpfung ist Werk der Natur 4.1: 768, 836
Alle sind sie entwichen 4.1: 739
Alle streben und eilen 4.1: 756, 841
Alle Tage / Lebendige Geister 2.1: 44
Alle Viere mehr und minder 9: 94
Alle Weiber sind Ware 3.2: 106
Allegiere der Erste nur falsch 4.1: 828
Allein das Lebensmaß Chlorindens ist nun voll 5: 27; 2.2: (24)
Allein des Lebens Maß Chlorindens ist nun voll 2.2: 24; 5: (27)
Allen Formen macht er den Krieg 4.1: 704, 798
Allen gehört was du denkst 4.1: 697, 765
Allen habt ihr die Ehre genommen 4.1: 695, 796
Aller Dinge Gehalt 4.1: 703
Allerdings. Dem Physiker 13.1: 162; 12: (225)

Allerlieblichste Trochäen 13.1: 216
Alles an diesem Gedicht 4.1: 717, 791
Alles auch Meinende 13.1: 216
Alles beginnt der Deutsche mit Feierlichkeit 4.1: 725, 806
Alles, du ruhige, schließt sich 4.1: 743
»Alles erkläret sich wohl 3.2: 113, 142
Alles gaben Götter die unendlichen 2.1: 34
Alles gleitet unter einander 4.1: 692, 756
Alles in der Welt läßt sich ertragen 9: 127
Alles in Deutschland 4.1: 720, 813, 814
Alles ist nicht für alle 4.1: 795
Alles kann mißlingen 4.1: 711, 780
Alles kündet Dich an! 9: 68
Alles mischt die Natur 4.1: 710, 778
Alles schreibt, es schreibt der Knabe 4.1: 743
Alles seh ich gerne von dir 3.2: 97, 135
Alles sei recht 4.1: 685
Alles streitende löst sich 4.1: 739
Alles war nur ein Spiel! 4.1: 825, (728)
Alles was du denkst 6.1: 95
Alles was ihr wollt 3.2: 150
Alles will jetzt den Menschen von außen 4.1: 693, (761)
Alles will jetzt den Menschen von innen 4.1: 761, (693)
Alles will reden 13.1: 214
Alles, wir sagens vorher, ist nicht für alle 4.1: 675
Alles wünscht' ich zu haben 4.1: 774, 835
Allgemeine deutsche Bibliothek 4.1: 725, (806)
Allleben 11.1.1: 25; 11.1.2: 20
Almanach als Bienenkorb, Der 4.1: 804
Almansaris und Amanda 4.1: 809
Als Allerschönste bist du anerkannt 18.1: 19
Als an der Elb' ich die Waffen ihm segnete 13.1: 42
Als auf einem Landgut bei Koppenhagen drei Urnen gefunden wurden 2.1: 11
Als Centauren gingen sie 4.1: 708, 790
Als das heilige Blatt 6.1: 32
Als der Knabe nach der Schule 11.1.1: 172
Als der Undankbare floh 2.1: 106
Als Diogenes still in seiner Tonne 2.1: 100
Als du die griechischen Götter geschmäht 4.1: 709, 789
Als ein wahrer Narciß 4.1: 829
Als Gellert, der geliebte, schied 2.1: 36
Als Gottes Spürhund 2.1: 50
Als hätte, da wär' ich sehr erstaunt 13.1: 51
Als ich auf dem Euphrat schiffte 11.1.1: 120; 11.1.2: 70
Als ich einmal eine Spinne erschlagen 11.1.1: 82; 11.1.2: 60
Als ich in Saarbrücken 1.1: 1008*
Als ich noch ein Knabe war 1.1: 259
Als ich still und ruhig spann 4.1: 669

Als Kentauren gingen sie 4.1: 708*, 790*
Als kleinen Knaben hab ich dich gesehn 11.1.1: 182
Als kleines artges Kind, nach Feld und Auen 9: 14
Als Knabe nahm ich mir's zur Lehre 13.1: 194
Als Knabe verschlossen und trutzig 9: 91
Als Luthers Fest, mit gläubiger Schaar 11.1.1: 211
Als man ihn traf den Esel 4.1: 828
Als Minerva jenen Liebling 2.1: 61
Als noch, verkannt und sehr gering 4.1: 864
Als wenn das auf Nahmen ruhte! 11.1.1: 23; 11.1.2: (51)
Als wenn das auf Namen ruhte! 11.1.2: 51; 11.1.1: (23)
Als wenn ich auf den Maskenball käme 9: 144
Also das wäre Verbrechen 4.1: 858
Also *eure* Natur 4.1: 735, 824
Also lustig sah es aus 11.1.1: 168
Also sieht man bei euch 4.1: 733, 823
Alsobald knallet in G** 4.1: 784, (686)
Alsobald knallt in G**a 4.1: 686, (784)
Alte, bärtige, sogar schwarze Gesichter 11.1.1: 199
Alte deutsche Tragödie 4.1: 813, (720)
Alte Jungfern und Manso 4.1: 712
Alte Prosa komm wieder 4.1: 721, 814
Alte Vasen und Urnen das Zeug wohl könnt ich entbehren 4.1: 708, (778)
Alte Vasen und Urnen! Das Zeug wohl könnt ich entbehren 4.1: 778, (708)
Alter, Das 9: 103; 20.1: (335)
Alter Feuersegen 18.1: 54
Alter gesellet sich gern 6.1: 48
Alter Held schützt alte Bücher 13.1: 128
»Alter Mond, in deinen Phasen 13.1: 104
Altgriechische Rätsel (Nicht sterblich) 13.1: 117; 20.1: 841
Altschottisch (Matt und beschwerlich) 20.3: 826; 18.1: (11)
⟨Altschottisch⟩ (Und morgen fällt) 18.1: 13
Alt-Tümer sind ein böses Ding 13.1: 106
Am acht und zwanzigsten August 1826 13.1: 186
Am Ende bin ich nun des Trauerspiels 6.1: 1051
Am 1. Oktober 1797 4.1: 906; 8.1: (437)
Am feuchten Fels 13.1: 71
Am Flusse (Verfließet, vielgeliebte Lieder) 1.1: 153*
Am Flusse kannst du stemmen und häkeln 9: 124
Am heißen Quell verbringst Du 13.1: 93
Am jüngsten Tag, vor Gottes Thron 18.1: 77
Am jüngsten Tag, wenn die Posaunen schallen 9: 19
Am Lehrling mäkelten sie 13.1: 217
Am siebenten November 13.1: 124
Amalgama, Das 4.1: 778, (710)

Amerika du hast es besser 18.1: 13
Amerikanerin nennst du das Töchterchen 3.2: 96
Amor, als Schulkollege 4.1: 780
Amor bleibet ein Schalk 3.2: 58, 59
Amor der lächelnde kommt 4.1: 738
Amor ein Landschaftsmaler 3.2: 10
Amor, nicht aber das Kind 14: 494; 4.1: (658)
Amor, nicht das Kind 4.1: 658; 14: (494)
Amors Grab 1.1: 126, 147
Amyntas 4.1: 904; 4.2: 715
⟨An …?⟩ (Alle gleichen wir uns) 2.1: 101
⟨An …?⟩ (Der Reiter kommt) 2.1: 63
⟨An ?⟩ (Ist uns Jugendmut entrissen) 13.1: 695
An * (Teile mir mit) 4.1: 759, (746)
An ** (Du willst wahres mich lehren?) 4.1: 759
An ** (Gerne plagt ich) 4.1: 722, 794
An *** (Dich erwähl ich zum Lehrer) 4.1: 759
An *** (Nein! Du erbittest mich nicht) 4.1: 794
An *** (Teile mir mit) 4.1: 746, (759)
An **** (Du vereinigest jedes Talent) 4.1: 769, (744)
⟨An …, mit der Taschen-Ausgabe von Goethes Werken⟩ 18.1: 12
⟨An …, 17. Mai. 1828⟩ 18.1: 26
⟨An Albertine Rapp⟩ 18.1: 26
An Alexander v. Humboldt 11.1.1: 167
⟨An Amalia von Hendrich⟩ 2.1: 45
An Annetten 1.1: 98
⟨An Belinden⟩ 1.1: 265; 16: (732)
An Bildern schleppt ihr hin und her 11.1.1: 166
⟨An Carl Friedrich Zelter⟩ 18.1: 51
⟨An Caroline Herder⟩ 2.1: 80
⟨An Caroline Riemer⟩ 18.1: 10
⟨An Charlotte von Stein⟩ (Ach wie bist du mir) 2.1: 26
⟨An Charlotte von Stein⟩ (Als der Undankbare floh) 2.1: 106
⟨An Charlotte von Stein⟩ (Deine Grüße hab' ich wohl erhalten) 2.1: 47
⟨An Charlotte von Stein⟩ (Es fähret die poetsche Wut) 2.1: 54
⟨An Charlotte von Stein⟩ (Frage nicht nach mir) 2.1: 77
⟨An Charlotte von Stein⟩ (Gewiß ich wäre schon so ferne) 2.1: 97
⟨An Charlotte von Stein⟩ (Hier bildend nach der reinen stillen) 2.1: 25
⟨An Charlotte von Stein⟩ (Hierhergetrabt die Brust voll tiefem Wühlen) 2.1: 26
⟨An Charlotte von Stein⟩ (Ich bin eben nirgend geborgen) 2.1: 28
⟨An Charlotte von Stein⟩ (Man wills den Damen übel deuten) 2.1: 48
⟨An Charlotte von Stein⟩ (Von mehr als einer Seite verwaist) 2.1: 81

⟨An Charlotte von Stein⟩ (Warum gabst du uns die Tiefen Blicke) 2.1: 20
⟨An Charlotte von Stein⟩ (Was mir in Kopf und Herzen stritt) 2.1: 33
⟨An Charlotte von Stein⟩ (Zum Tanze schick ich dir den Strauß) 2.1: 59
An Christel (Hab oft einen dummen) 1.1: 224*
⟨An Christine Genast, geb. Böhler⟩ 13.1: 69
⟨An Clementine von Mandelsloh⟩ 18.1: 23
An dem Eingang der Bahn 4.1: 693
An dem Meere ging ich 3.2: 130, (90)
An dem öden Strand des Lebens 11.1.1: 157
An dem reinsten Frühlingsmorgen 4.1: 860
An dem stillbegrenzten Orte 13.1: 118
An Demoiselle Fanny Caspers 11.1.1: 145
An Demoiselle Sontag 13.1: 185
An den Dichter 4.1: 749, 769
An den Geist des Johannes Sekundus 2.1: 30
⟨An den Grafen Caspar Sternberg⟩ 18.1: 12
⟨An den Herzog Carl August⟩ (Durchlauchtigster / Es nahet sich) 2.1: 12
⟨An den Herzog Carl August⟩ (Ist es denn wahr) 2.1: 109
⟨An den Herzog Carl August⟩ (So groß als die Begierde war) 2.1: 63
⟨An den Herzog Carl August⟩ (Zu dem erbaulichen Entschluß) 4.1: 655
⟨An den Herzog Carl August⟩ (Zwar bin ich nicht) 2.1: 43
An den Herzog von Weimar 3.2: 9
An den holden Jüngling denkend 9: 70
An den Kuchenbäcker Händel 1.1: 97; 16: (326)
An den Leser (Alles, wir sagens vorher) 4.1: 675
An den Leser (Lies uns nach Laune) 4.1: 676, 789
An den Mond (Füllest wieder) 2.1: 34, 35, (561)
An den Mond (Schwester von dem ersten Licht) 1.1: 151; 9: (97)
An den Mond nach meiner Manier 2.1: 561, (34), (35)
An den neuen St. Antonius 6.1: 9
An den Prinzen von Ligne 6.1: 86
An den Schlaf 1.1: 94, 114
An den Selbstherrscher 4.1: 684, 755, (840)
An den verehrl. Frauen-Verein 13.1: 81
An den Wurzeln heiliger Eiche 13.1: 231
An der Finsternis zusammengeschrunden 9: 119
An des Eridanus Ufern 4.1: 688, 786
An des lust'gen Brunnens Rand 11.1.1: 124; 11.1.2: 83
An deutsche Baulustige 4.1: 779
An die Astronomen 4.1: 696
An die Bußfertigen 4.1: 710
An die Entfernte 3.2: 16
⟨An die Erbgroßherzogin Maria Paulowna⟩ 13.1: 102
An die ernsthaften Herren 4.1: 676, (784)

An die ernsthaften Xenien 4.1: 676
An die Erwählte 4.1: 668
⟨An die Frankfurter Freunde⟩ 13.1: 19
An die Freier 4.1: 728, 825
An die Gesetzgeber 4.1: 685
⟨An die Gräfin Christine von Brühl⟩ 2.1: 105
An die Günstigen 6.1: 44
An die Herren D. E. F. 4.1: 826
An die Herren G. H. J. 4.1: 699, (762)
An die Herren N. O. P. 4.1: 782, (713)
An die Herren P. R. W. 4.1: 713, (782)
An die Herzogin Amalia 6.1: 749
⟨An die Herzogin Luise⟩ (Man liebt dich heut) 2.1: 44
⟨An die Herzogin Luise⟩ (Sklaven sollten wir haben) 4.1: 843
⟨An die Herzogin Luise⟩ (Was wir vermögen) 2.1: 33
⟨An die Herzogin Luise⟩ (Wie alle dich verehren müssen) 2.1: 33
An die Heuschrecke (Selig bist du) 2.1: 63*
An die Jünglinge 4.1: 709
An die lustigen Xenien 4.1: 676, (781)
An die Moralisten (Lehret! Das ziemet euch wohl) 4.1: 770, (836)
An die Moralisten (Richtet den herrschenden Stab) 4.1: 791, (836)
An die Muse (Nimm dem Prometheus die Fackel) 4.1: 770, (836)
An die Muse (Was ich ohne dich wäre) 4.1: 745, 759
An die Mystiker 4.1: 699, 764
An die Obern 4.1: 678, 801
An die Philister 4.1: 805
⟨An die Prinzessin Christine von Ligne⟩ 9: 49
An die Stelle des Genusses 11.1.1: 118
An die Stummen 4.1: 827
An die T . . und D . . 9: 98
An die Türen will ich schleichen 5: 335
An die Unschuld 1.1: 148
An die Väter 4.1: 709
An die voreiligen Verbindungsstifter 4.1: 797
⟨An die Wand von Lavaters Stube⟩ 1.1: 270
An die Xenien (»Deutschland fragt«) 4.1: 676, (790)
An die Xenien (O ihr neckischen Jungen!) 4.1: 749
An die Zikade 2.1: 63
An diesem Brunnen hast auch Du gespielt 13.1: 133
⟨An Dominicus Predari⟩ 18.1: 33
⟨An Doris Böhler⟩ 13.1: 70
An ein goldnes Herz das er am Halse trug 2.1: 9; 16: (792)
An ein Weihnachts-Kind (Daß Du zugleich mit dem heilgen Christ) 11.1.1: 150*
An einen berühmten Schriftsteller 4.1: 747
An einen gewissen moralischen Dichter 4.1: 716, 777
An einen jungen Prahler 1.1: 119
An einige Repräsentanten 4.1: 682
An einige Schriftsteller 4.1: 826

⟨An Fanny Mendelssohn⟩ 18.1: 22
⟨An Felix Mendelssohn-Bartholdy⟩ 13.1: 69
⟨An Ferdinand Hiller⟩ 18.1: 10
An Fräulein Casimira 13.1: 93
An Fräulein Mathilde von Lyncker 11.1.1: 168
An Fräulein von Schiller 11.1.1: 225
An Fräulein Wilhelmine Herzlieb 11.1.1: 184
An Frau K. in C. Erwiederung 18.1: 55
⟨An Frau von Felgenhauer⟩ 2.1: 45
⟨An Frau von Lichtenberg, geb. von Ilten⟩ 2.1: 45
⟨An Frau von Martius⟩ (Mein Kind) 13.1: 102
An Freund Mellisch 13.1: 65
An Friederike Oeser 1.1: 131
⟨An Friedrich Förster⟩ (Als an der Elb') 13.1: 42
⟨An Friedrich Maximilian Klinger⟩ 13.1: 133
⟨An Friedrich Wagener⟩ 13.1: 187
An Friedrich Wilhelm Gotter 1.1: 215
An Fürst Biron von Curland 11.1.1: 211
An Gebildetem nur 4.1: 767, (701)
An Geheimerath von Willemer (Reicher Blumen goldne Rancken) 11.1.1: 114*
An gewisse Kollegen 4.1: 782
An gewisse Umschöpfer 4.1: 790
⟨An Gräfin Albertine Rapp⟩ (Zu dem Guten) 13.1: 119
⟨An Gräfin Caroline von Egloffstein⟩ (Der Heiden-Kaiser Valerian) 13.1: 34
⟨An Gräfin Caroline von Egloffstein⟩ (Ein *Zauber* wohl ziehet) 13.1: 45
An Gräfin Constanze von Fritsch. Bei Übersendung eines Pensée-Bouquets 9: 103
⟨An Gräfin Josefine O'Donnell⟩ (Eile zu Ihr) 18.1: 53
⟨An Gräfin Josephine O'Donell⟩ (Die kleinen Büchlein) 9: 98
An Gräfin Odonell. Carlsbad d. 8. Aug. 1818 (Ich dachte Dein, und Farben bunt erschienen) 11.1.1: 207*
An Gräfin Odonell (Hier, wo noch Ihr Platz) 13.1: 21
An Gräfinn Jaraczewska 11.1.1: 208
An Gräfinn Maria v. Einsiedel 11.1.1: 233
⟨An Graf Caspar von Sternberg⟩ (Frühlingsblüten) 13.1: 101
An Grafen Paar 11.1.1: 207
⟨An Großherzog Carl August und Frau von Heygendorf⟩ 18.1: 22
An Hafis 11.1.1: 212; 11.1.2: 27, 203
⟨An Hedwig von Martius⟩ (Gegen Früchte aller Arten) 18.1: 48
⟨An Hedwig von Martius⟩ (Wenn Phöbus Rosse) 18.1: 23
⟨An Henriette von Pogwisch⟩ 18.1: 11
An Herder ⟨Ossian-Übersetzungen⟩ 1.1: 185

An Herrn Abbate Bondi 9: 67
An Hieronymus Peter Schlosser 1.1: 253
⟨An Jane Carlyle⟩ (Im Zeichen hier) 18.1: 45
⟨An Jane Carlyle mit einem Armband⟩ (Dies fessle deine rechte Hand) 18.1: 24
⟨An Jane Carlyle mit einem Halsband⟩ (Wirst du in den Spiegel blicken) 18.1: 15
⟨An Jane Carlyle mit einer Brustnadel⟩ (Wenn der Freund) 18.1: 24
⟨An Jane Carlyle zu *Hermann und Dorothea*⟩ 18.1: 24
⟨An Jenny von Pappenheim⟩ (Dem heiligen Vater) 18.1: 49
⟨An Jenny von Pappenheim⟩ Der Bekannten-Anerkannten! 18.1: 52
⟨An Johann Daniel Wagener⟩ 18.1: 21
An Johann Georg und Rahel d'Orville 1.1: 270
⟨An Johann Gottfried Herder⟩ (Hochwürdiger, 's ist eine alte Schrift) 2.1: 13
An Johann Heinrich Merck 1.1: 214
⟨An Julie von Egloffstein⟩ (Eiligst segnend) 18.1: 36
⟨An Julie von Egloffstein⟩ (Abgeschlossen sei das Buch) 13.1: 82
An Julien (*Ein* guter Geist) 13.1: 22
An Julien (Von so zarten Miniaturen) 13.1: 82
An Kant 4.1: 783
⟨An Karl Streckfuß⟩ 13.1: 186
⟨An Karolina Wangemann⟩ 18.1: 51
⟨An Karoline von Staupitz⟩ 2.1: 108
An Kenner und Liebhaber 1.1: 258
⟨An Kestner. Widmung eines Exemplars von Oliver Goldsmith' The deserted village⟩ 1.1: 225
An Lida 2.1: 65
⟨An Lili⟩ (Im holden Tal) 2.1: 13
An Lili (Du hattest gleich mir's) 13.1: 89, (90)
An Lina 6.1: 45
An Lord Byron 13.1: 89
An Lottchen 3.2: 18; 1.1: (236)
⟨An Luise Adelheid von Waldner⟩ 2.1: 44
⟨An Luise von Göchhausen⟩ (Der Kranz) 2.1: 44
⟨An Luise von Göchhausen und ihre Teegesellschaft⟩ (O Kinder, still!) 2.1: 73
An Luna 9: 97; 1.1: (151)
An Madame B** und ihre Schwestern 4.1: 808
An Madame Mara zum frohen Jahresfeste. Weimar 1831 18.1: 45; 20.3: 1180
An Madame Marie Szymanowska (Die Leidenschaft bringt Leiden!) 13.1: 92, (140)
An Madame Marie Szymanowska. Mit einer angeschriebenen Feder 18.1: 28*
An Madame Milder 13.1: 184
An Madame Wolff 9: 69
An Mademoiselle Schulz 1.1: 1008*
⟨An Marianne von Willemer⟩ (Da das *Ferne*) 13.1: 80
⟨An Marianne von Willemer⟩

(Du! schweige künftig nicht so lange) 13.1: 44
⟨An Marianne von Willemer⟩ (Myrt' und Lorbeer) 13.1: 98
⟨An Marianne von Willemer⟩ (Nicht soll's von ihrer Seite) 13.1: 190
⟨An Marianne von Willemer⟩ (Was erst still) 13.1: 190
⟨An Marianne von Willemer bei Rücksendung ihrer Briefe⟩ (Vor die Augen) 18.1: 45
⟨An Marianne von Willemer. Mit einem Blatt Bryophyllum Clycinum⟩ 18.1: 41
⟨An Marie Duval und ihre Mutter⟩ 18.1: 33
An mehr als Einen 4.1: 679, 802
An meine Lieder (Seid, geliebte kleine Lieder) 1.1: 121
An meine Lieder (Verfließet, vielgeliebte Lieder) 1.1: 153
An meine Mutter 1.1: 94
⟨An Merck⟩ (Hier schick ich dir) 1.1: 256
An Merck (Lieber Bruder) 1.1: 253
An Merck (Mein altes Evangelium) 1.1: 254
An Mignon (Über Tal und Fluß) 4.1: 903
⟨An Nathalie von Kielmansegge⟩ Geognostischer Dank 18.1: 49
⟨An Obristlieutenant von Bock⟩ 9: 88
⟨An Ottilie von Goethe⟩ (Dicke Bücher) 13.1: 113
⟨An Ottilie von Goethe⟩ (Liebe Mutter) 13.1: 114
⟨An Ottilie von Goethe⟩ (Wo ich wohne) 13.1: 34
⟨An Pauline Gotter⟩ 9: 27
An Psyche (Den einzigen) 2.1: 65*
⟨An Rath Schellhorn⟩ 13.1: 114
An Riese 1.1: 87
An S. B. 11.1.1: 155
⟨An Samuel Rösel⟩ (Roesels Pinsel) 18.1: 21
⟨An Samuel Rösel⟩ (Schwarz und ohne Licht) 18.1: 35
⟨An Samuel Rösel⟩ (Wage der gewandte Stehler) 18.1: 33
An Schach Sedschan und seines Gleichen 11.1.1: 110; 11.1.2: 45
An Schiller (Dem Herren in der Wüste) 4.1: 904
An Schwätzer und Schmierer 4.1: 713, 782
An Schwager Kronos 1.1: 260; 3.2: 29
An seine Spröde 3.2: 25
An seinen ⟨Mansos⟩ Lobredner 4.1: 712, 781
An Sie (Bist du's nicht) 18.1: 37
An Sie (Ist das Chaos) 18.1: 37
An Silvie von Ziegesar (Nicht am Susquehanna) 9: 23*
An Silvien (Und wenn sie zuletzt) 6.1: 97
An Silvien (Wenn die Zweige) 6.1: 97
An Suleika (Dir mit Wohlgeruch) 11.1.2: 66; 11.1.1: (100)
⟨An Thomas und Jane Carlyle⟩ 18.1: 15
An Tischbein (Alles was du denkst) 6.1: 95
An Tischbein (Erst ein Deutscher) 6.1: 95
An Tischbein (Für das Gute) 6.1: 95

An Tischbein (Statt den Menschen) 6.1: 95
An Trauertagen 11.1.1: 167
⟨An Ulrike von Levetzow⟩ (Es ist nicht gut) 13.1: 90
⟨An Ulrike von Levetzow⟩ (Genieße dies) 13.1: 90
⟨An Ulrike von Levetzow⟩ (Gewogen schienst du mir) 13.1: 90
⟨An Ulrike von Levetzow⟩ (Wie schlimm es) 13.1: 72
An unsere Repräsentanten 4.1: 684
An unsers himmlischen Vaters 13.1: 104
An Uranius 9: 10
An Venus (Große Venus, mächtge Göttin!) 1.1: 127
An Venus Medicis ruht es in Frieden 18.1: 88
An vollen Büschelzweigen 11.1.1: 126; 11.1.2: 82
⟨An Werther⟩ 13.1: 112, (134)
An Werther 13.1: 134, (112)
An zwei Gebrüder eifrige junge Naturfreunde 13.1: 71
Anacharsis dem ersten nahmt ihr den Kopf 4.1: 804
Anacharsis der zweite 4.1: 804
Ἀνάγκη 11.1.1: 189; 12: 92; 13.1: 157, 504
Anakreons Grab 2.1: 101
Analytiker 4.1: 782
Anatomieren magst du die Sprache 4.1: 715, 792
Anbete du das Feuer hundert Jahr 13.1: 212
»Anders lesen Knaben den Terenz 13.1: 194; 20.1: 714
Andre zu kennen, das mußt du probieren 9: 144
Anekdote unsrer Tage (Ich führt einen Freund) 1.1: 256*
Anekdoten von Friedrich II. 4.1: 714, 793
Angebinde zur Rückkehr 9: 88
Angedenken 18.1: 28
Angedenken an das Gute 18.1: 28
Angedenken du verklungner Freude 2.1: 9; 16: 792
Anklage 11.1.1: 86; 11.1.2: 23
Anklang 11.1.1: 242; 11.1.2: 118
Ankündigung (Den Philister verdrieße) 4.1: 708, (800)
Ankündigung (Nikolai reiset) 4.1: 703, (798)
Anliegen 3.2: 22
Anmutig Tal, du immergrüner Hain 2.1: 82
ANNETTE 1.1: 98
Annette an ihren Geliebten 1.1: 96, 119
⟨Annonce⟩ 9: 58
Anonyme Fluß, Der 4.1: 691, 789
Anschaun, wenn es dir gelingt 13.1: 129
Anschlagzettel zum Otto v. Wittelspach a. d. Hamburg. Theater 4.1: 722
Anstatt daß ihr bedächtig steht 18.1: 64
Antepirrema 13.1: 155; 11.1.1: (190); 12: (100)
Antepirrhema (So schauet mit bescheidnem Blick) 11.1.1: 190*; 12: 100*; 13.1: 155*
Antikritik 9: 50
Antiquar, Der 4.1: 708, 778
Antwort auf obigen Avis ⟨Sachen so gestohlen worden⟩ 4.1: 723, 811
Antworten bei einem gesellschaftlichen Fragespiel 2.1: 97

Apollo der Hirt 4.1: 739
Apollos Bildsäule in einem gewissen Gartentempel 4.1: 718
Apolog 4.1: 707
April 13.1: 26
Arabesken 4.1: 735
Architektur 4.1: 736
Archiv der Zeit 4.1: 725
⟨Arie. Nach dem Italienischen⟩ 9: 70
Aristokraten mögen noch gehn 4.1: 678, 801
Aristokratisch gesinnt ist mancher Gelehrte 4.1: 696, 796
Aristokratische Hunde 4.1: 678, 801
Aristoteles 4.1: 820
Arm an Beutel, krank am Herzen 4.1: 863
Arm an Geiste kommt heut spät dein Geliebter 2.1: 77
Arm in Arme nun geht ihr 4.1: 724
Arm und kleiderlos war das Mädchen 3.2: 147, (114)
Arm und kleiderlos war sie 3.2: 114, (147)
Arme basaltische Säulen 4.1: 696, 795
Armer empirischer Teufel 4.1: 704, 798
Armer Flieger du flogst mitunter 4.1: 827
Armer Moritz! 4.1: 712
Armer Naso, hättest du doch 4.1: 780
Armer Tobis tappst am Stabe 9: 50
Ars Ares wird der Kriegesgott genannt 18.1: 57
Art'ges Häuschen hab ich klein 11.1.1: 13
Arten, Die 4.1: 676, (779)
Astromanen seid ihr 4.1: 762, (699)
Astronomen seid ihr 4.1: 699, (762)
astronomische Himmel, Der (In unendliche Höhn) 4.1: 697
astronomische Himmel, Der (So erhaben) 4.1: 797
Atmosphäre 13.1: 157; 12: (611)
ΑΘΡΟΙΣΜΟΣ 12: 153; 6.1: (17); 13.1: (153)
Auch den lob ich den Mann 4.1: 827
Auch den Tantalos sah ich 4.1: 730, (817)
Auch diese will ich nicht verschonen 13.1: 65
Auch endlich ward ich Grospapa! 11.1.1: 201
Auch erscheint ein Herr F* rhetorisch 4.1: 831
Auch gut! Philosophie hat eure Gefühle 4.1: 823, (733)
Auch gut. Philosophie hat eure Gefühle 4.1: 733, (823)
Auch ich verharre meiner Pflicht 18.1: 71
Auch in der Ferne dir so nah! 11.1.1: 204; 11.1.2: 81
Auch in der sittlichen Welt ist ein Adel 4.1: 747, 758
Auch in die allergröbste Lügen 1.1: 121
Auch in Locken hab' ich mich 11.1.1: 18; 11.1.2: 32
Auch mich bratet ihr 4.1: 695, 796
Auch Nikolai schrieb 4.1: 714, 793
Auch noch hier nicht in Ruh 4.1: 732, (817)
Auch noch hier nicht zur Ruh 4.1: 817, (732)

Auch Vergangenes zeigt euch Bakis 6.1: 36
Auch vernehmet, im Gedränge 9: 95
Auch von des höchsten Gebirgs 4.1: 906; 4.2: 747; 6.1: 9
Auch zu lieben bedarfst du der Kunst? 4.1: 711, 780
Auf Adler dich zur Sonne schwing 1.1: 234
Auf Bergen, in der reinsten Höhe 9: 120
Auf Cristianen R. 1.1: 224
Auf das empfindsame Volk 4.1: 709, 778, 838
⟨Auf das Grab des Schauspielers Pius Alexander Wolff⟩ 18.1: 28
Auf das Ordensband 11.1.2: 271
Auf dem Harz im Dezember 1777 (Dem Geier gleich) 2.1: 37*
Auf dem Land 1.1: 217
Auf dem See 3.2: 21; 16: (777)
Auf dem Umschlag sieht man 4.1: 725, 806
Auf den Auen wandlen wir 2.1: 105
Auf den Kauf (Wo ist einer der sich quälet) 11.1.1: 32*
Auf den Pinsel auf den Kiel 13.1: 130
Auf den Widder stoßt ihr zuerst 4.1: 686, (784)
Auf den Widder stoßt ihr zunächst 4.1: 784, (686)
Auf der Asphodelos Wiese 4.1: 730
Auf der recht- und linken Seite 13.1: 24
Auf die Fahne 11.1.2: 269
Auf die Geburt des Apollo 4.1: 670
Auf diesen Trümmern hab ich auch gesessen 11.1.1: 70, 71
Auf eine Bildsäule im Garten zu Weimar (Dich hat Amor gewiß) 2.1: 78*
⟨Auf eine Forsttafel geschrieben⟩ 2.1: 11
Auf ewig hab ich sie vertrieben 13.1: 65
Auf gewisse Anfragen 4.1: 746, 794
Auf großen und auf kleinen Brucken 9: 83
Auf ihr Distichen frisch! 4.1: 771, 832
Auf Kieseln im Bache 1.1: 126, (148); 3.2: 17
⟨Auf Lavaters »Lied eines Christen an Christus« geschrieben⟩ 2.1: 108
Auf Miedings Tod 2.1: 66
Auf Msll. N. N. 1.1: 232
⟨Auf Nicolai⟩ 1.1: 264; 16: (625)
Auf Pergament Lieb' und Haß geschrieben 13.1: 106
Auf schweres Gewitter und Regenguß 9: 105
Auf theoretischem Feld ist weiter nichts mehr 4.1: 821
Aufgabe (Keiner sei gleich dem andern) 4.1: 765, (697)
Aufgabe, Die (Wem die Verse gehören?) 4.1: 787
Aufgelöstes Rätsel 4.1: 815
Aufgerichtet hat mich 4.1: 736
Aufmunterung 4.1: 790, (676)
Aufzug des Winters 2.1: 497
Aug' um Ohr (Was dem Auge dar sich stellet) 11.1.1: 182*
Augen leiht dir der Blinde zu dem 4.1: 804
Augen sagt mir, sagt was sagt ihr 13.1: 26

Augenblicklich aufzuwarten 18.1: 15
Auktion 4.1: 811
Aus dem Griechischen (Einen wohlgeschnitzten vollen Becher) 2.1: 64*
Aus dem Zaubertal dortnieden 2.1: 43
Aus den Gruben, hier im Graben 18.1: 372, 375
Aus der Ästhetik 4.1: 720, 813
⟨Aus der Arbeit an »Der Triumph der Empfindsamkeit«?⟩ 2.1: 36
⟨Aus der Arbeit an »Wilhelm Meisters theatralische Sendung«⟩ 2.1: 62
Aus der Ferne 13.1: 93
Aus der Knospe beginnt 4.1: 741
Aus der schlechtesten Hand 4.1: 746, 758
Aus des Regens düstrer Trübe 13.1: 128
Aus düstern Klosterhallen schallen 13.1: 35
⟨Aus einem Brief an Charlotte von Stein⟩ (Das Gänslein rot im Domino) 2.1: 72
⟨Aus einem Brief an Charlotte von Stein⟩ (Denn was der Mensch) 2.1: 93
⟨Aus einem Brief an Charlotte von Stein⟩ (Doch denke niemand) 2.1: 93
⟨Aus einem Brief an Charlotte von Stein⟩ (Du verachtest den Armen) 2.1: 97
⟨Aus einem Brief an Charlotte von Stein⟩ (Herzlich bat ich die Muse) 2.1: 82
⟨Aus einem Brief an Charlotte von Stein⟩ (Ich vertrau es dem Felsen) 2.1: 92
⟨Aus einem Brief an Charlotte von Stein⟩ (Man lauft man drängt) 2.1: 78
⟨Aus einem Brief an Charlotte von Stein⟩ (Um Mitternacht) 2.1: 57
⟨Aus einem Brief an Charlotte von Stein⟩ (Was ich leugnend gestehe) 2.1: 92
⟨Aus einem Brief an Charlotte von Stein⟩ (Woher sind wir geboren) 2.1: 108
⟨Aus einem Brief an Charlotte von Stein⟩ (Wohin er auch die Blicke kehrt) 2.1: 93
⟨Aus einem Brief an die Gräfin Auguste zu Stolberg⟩ (Alles gaben Götter) 2.1: 34
⟨Aus einem Brief an Herzog Carl August⟩ (Holde Lili) 2.1: 10
Aus einem Stammbuch von 1604 11.1.1: 198
Aus einer der neuesten Episteln 4.1: 724, 791
Aus einer großen Gesellschaft heraus 11.1.1: 52
Aus jenen Ländern echten Sonnenscheines 9: 67
Aus Juvaviens Bergen 4.1: 691, 789
Aus Kötschaus Toren reichet Euch 2.1: 59
⟨Aus Lavaters Tagebuch⟩ 1.1: 247
Aus tiefem Gemüt, aus der Mutter Schoß 9: 117
Aus wie vielen Elementen 11.1.1: 12; 11.1.2: 14
Aus zu eklem Geschmack 3.2: 150
Auserwählte Frauen 11.1.1: 216; 11.1.2: 116
Ausführung 9: 31

Ausgeherrschet hat die Sonne 13.1: 78
Ausnahme 4.1: 804, (722)
Aussicht (Siehst du dies wie ich es sah) 11.1.1: 117*
Aussicht auf Kultur 4.1: 827
Aussöhnung 13.1: 140, (92)
Austausch 11.1.1: 199
Auswahl 4.1: 717
Auszuspannen befiehlt der Vater 3.2: 97
Auszuziehen versteh ich 4.1: 680, 803
Autochthonisch, autodidactisch 18.1: 58
Autor, Der (Was wär ich) 1.1: 1008*
Autoren (Über die Wiese) 1.1: 223*
Axiom 2.1: 50

B** (Wäre Natur und Genie) 4.1: 809
B**s Taschenbuch (Eine Kollektion von Gedichten?) 4.1: 791
B. T. R. 4.1: 713
B. und K. 6.1: 67
Baal der im Grimme 11.1.1: 320
Baalspfaffen 4.1: 679, 801
Bacchus der lustige 4.1: 690, 787
Bänkelsängerlied 2.1: 103
Bär wehrt die Fliegen, Der 4.1: 726
Bäume leuchtend, Bäume blendend 13.1: 81
»Bakis ist wieder auferstanden!« 13.1: 49
Bald, es kenne nur jeder 4.1: 840, (683), (754)
Bald ist die Menge gesättigt 4.1: 680
Bald kennt jeder den eigenen Vorteil 4.1: 683, (754), (840)
Bald, kennt jeder den eigenen Vorteil 4.1: 754, (683), (840)
Bald leuchtest du o Graf 1.1: 221, 222
Balde seh ich Rickgen wieder 1.1: 160
Ballade (Herein, o du Guter!) 11.1.1: 175, 269
BALLADEN 1797 4.1: 863
Basreliefs, Die 4.1: 737
Baue, Jüngling den Garten bei Zeiten 4.1: 843
Becher, Der 2.1: 64
Beckers Taschenbuch 4.1: 728
Bedarf's noch ein Diplom 18.1: 47
Bedecke deinen Himmel Zeus 1.1: 229; 3.2: (31)
Bedecke deinen Himmel, Zevs 3.2: 31; 1.1: (229)
Bedenk, o Kind 1.1: 219
Bedenklich 11.1.2: 33; 11.1.1: (130)
Bedenkt, man will euch hören 18.1: 84
Bedeutung (Wahrlich es scheint nur ein Traum!) 4.1: 692, (756), (841)
Bedeutung (»*Was bedeutet* dein Werk?«) 4.1: 770, (745)
Bedeutung, Die (Was bedeutet dein Werk?) 4.1: 745, (770)
Bedientenpflicht 4.1: 783
Bedingung (Ewig strebst du umsonst) 4.1: 765, (697)
Bedingung (Ihr laßt nicht nach) 11.1.1: 54
Bedingung, Die (Jede Wahrheit vertrag ich) 4.1: 748
Befindet sich einer heiter und gut 11.1.1: 112; 11.1.2: 48

Befrey uns Gott von *s* und *ung* 11.1.1: 218
Begegnung, Die 4.1: 742
Begeisterung 13.1: 168
Begünstigte Thiere 11.1.2: 122; 11.1.1: (116)
Behandelt die Frauen mit Nachsicht! 11.1.1: 90; 11.1.2: 42
Beherzigung 2.1: 32
Behramgur, sagt man, hat den Reim erfunden 11.1.1: 203; 11.1.2: 84
Bei allen Musen und Grazien 2.1: 50
Bei dem erfreulichen Anbruche 1.1: 75
Bei dem Glanze der Abendröte 4.1: 861
Bei diesem neuen Jahres Wechsel 1.1: 76
Bei einer großen Wassersnot 18.1: 77
»Bei mancherlei Geschäftigkeit 13.1: 194
»Bei so verworrnem Spiele 13.1: 110
Bei Tag der Wolken 13.1: 126
Beide suchen die Wahrheit 4.1: 698
Beispielsammlung 4.1: 716, 792
Beitrag zur Kalenderkunde 2.1: 66
Bekehrte, Die 4.1: 861
Bekenntniß heist nach altem Brauch 11.1.1: 187
Belebende, Das 4.1: 758, (701)
Belohnung, Die 4.1: 770, (744)
Belsatzer ein Drama (König Belsatzer schmaust) 4.1: 779, (708)
Benutze redlich deine Zeit! 9: 122
Bequemes Wandern 13.2: 107, (61)
Berechtigte Männer 11.1.1: 214; 11.1.2: 114
Bergschloß 6.1: 71
Beruf des Storchs 11.1.1: 248
berufene Leser, Der 4.1: 769, (744), (838)
berufene Richter, Der 4.1: 769, (703)
Bescheidenheit 4.1: 692, (757), (842)
⟨Beschildeter Arm⟩ 13.1: 127
Beschluß. Lied eines physiognomischen Zeichners 1.2: 470; 3.2: (34)
Besonders Eulen 18.1: 86
Besonders wenn die Liberalen 18.1: 82
Besorgnis 4.1: 726
Besser bettlen als borgen! 13.1: 201
»Bessern, bessern soll uns der Dichter!« 4.1: 745, 797
beste Rat, Der 4.1: 746, (771), (836)
Bestimmung, Die 4.1: 681
»Betrogen bist du zum Erbarmen 13.1: 200
Betrübt euch nicht, ihr guten Seelen! 11.1.1: 85; 11.1.2: 63
Beuge Liakos, dem Pascha 13.1: 76
Bewährt den Forscher der Natur 9: 36
Bey Mondenschein im Paradeis 11.1.1: 101; 11.1.2: 110
Bey Saadi gedenk ich mich 11.1.1: 249
Beym Staube deines Wegs 11.1.2: 176
Beynahme 11.1.1: 11; 11.1.2: (22)
Beyname 11.1.2: 22; 11.1.1: (11)

Beyspiel 11.1.1: 56
»Bibliothek für das andre Geschlecht, nebst Fabeln für Kinder« 4.1: 715, 793
Bibliothek schöner Wissenschaften (Jahre lang) 4.1: 781, (712)
Bibliothek schöner Wissenschaften (Wirket ein Buch) 4.1: 712
Biedermann, Der 4.1: 754, (839)
Bilde Künstler! Rede nicht! 9: 95
Bilden wohl kann der Verstand 4.1: 700, 766
Bilder so wie Leidenschaften 9: 94
Bilder-Scenen (Ihr kommt Gebildetes alhier zu schauen) 11.1.1: 163
Bilder-Scenen (Mit Säulen schmückt ein Architekt) 11.1.1: 181
Bin ich für 'ne Sache eingenommen 18.1: 67
Bin so in Lieb zu ihr versunken 2.1: 81
Biondina, La 6.1: 87
Bis in die Geisterwelt 4.1: 763
Bist am Rhein und Mayn gewesen 11.1.1: 168
»Bist du denn nicht auch zu Grunde gerichtet? 9: 138
Bist du Gemündisches Silber 6.1: 88
Bist du hier 1.1: 270
Bist du's nicht, so sei vergeben 18.1: 37
Bist du von deiner Geliebten getrennt 11.1.2: 80; 11.1.1: (159)
Bist eingeladen! 18.1: 70
Bist noch so tief in Schmerz 17: 436
Bist undankbar 18.1: 67
Bist zu schwach geschäftet 18.1: 84
Blätter, nach Natur gestammelt 9: 106
»Blaß erscheinest du mir 6.1: 37
Bleibe das Geheimnis teuer! 13.1: 129
Bleibe nicht am Boden heften 17: 158, 237, 549, 620
Bleiben, Gehen 17: 641
Bleibt so etwas dem wir huld'gen 13.1: 56
Blick um Blick 11.1.1: 250
Blinde Kuh 1.1: 156
Blinde, weiß ich wohl, fühlen 4.1: 782
blinde Werkzeug, Das 4.1: 759, (746), (838)
Blößen gibt nur das Gute 4.1: 702, (768)
Blößen gibt nur das Reiche 4.1: 768, (702)
Blühend erhebt sich 4.1: 741
Blümlein Wunderschön, Das 6.1: 27
Blumen auf den Weg Ihro des Kaisers Majestät 9: 60
Blumen auf den Weg Ihro Majestät der Kaiserin von Frankreich 9: 65
Blumen reicht die Natur 4.1: 655
Blumen sah ich, Edelsteine 18.1: 26
Blumen und Gold zugleich 13.1: 182
Blumen und Pflanzen 9: 113
Blumenchor, Das 9: 58
Blumengruß 9: 49
Blumenkelche, Blumenglocken 11.1.1: 145
Böcke, zur Linken mit euch! 3.2: 136, (101)

böse Geselle, Der 4.1: 714, 793
Böse Gesellschaft 4.1: 678, 801
Böse Vorbedeutung 4.1: 725, (806)
Böse Ware 4.1: 680
Böse Zeiten 4.1: 813, (720)
Böser Kampf 4.1: 702
Bon vivants 4.1: 710, (764)
Bonus odor 4.1: 707, (800)
bornierten Köpfe, Die 4.1: 783
Borussias 4.1: 715, 808
Br – G – 4.1: 748
Bräutigam, Der 13.1: 115
Brasilianisch 13.1: 184
Brauchbarkeit und Würdigkeit 4.1: 747, (758)
Braut von Corinth, Die 4.1: 866
Breit wie lang 11.1.1: 55
Breiter wird immer die Welt 4.1: 719, 812
»Brich doch mit diesem Lump sogleich 13.1: 208
Brief an Lottchen 1.1: 236; 3.2: (18)
Briefe über ästhetische Bildung 4.1: 706, 799
Bringst du die Natur heran 11.1.1: 187; 12: 391; 13.1: 161
⟨Bruchstücke einer Übersetzung aus dem Arabischen⟩ 2.1: 88
Brüder, auf die Welt zu befreien 9: 225
Brüderpaar, Das 4.1: 708, 790
Buch Sad. Gasele 1 11.1.1: 26; 11.1.2: (21)
Buch Suleika 11.1.1: 224; 11.1.2: 82
Buchhändler Anzeige 4.1: 723, 811
Buchhändler Gewerbe 4.1: 703, (798)
Buchstabe Dal. 18te Gasele 11.1.1: 9; 11.1.2: (14)
Buchstabe Nun. XXV Gasele 11.1.1: 20
Buchstabe Sa. Gasele XXII 11.1.1: 27; 11.1.2: (35)
Buchstabe Sad. Gasele I 11.1.1: 26*; 11.1.2: 21*
Buchstabe Sin. Gasele XIII 11.1.1: 12; 11.1.2: (14)
Bücher und Menschen verschluckt 4.1: 703
Bücket euch wie sichs geziemt 4.1: 687, 785
Bürger 4.1: 719
Bürger erzieht ihr der sittlichen Welt 4.1: 765
Bürger Odysseus! Wohl dir! 4.1: 817
Bürgerpflicht 18.1: 52
Bulbuls Nachtlied, durch die Schauer 11.1.1: 204; 11.1.2: 107
Bundes Lied 3.2: 19; 1.1: (274); 16: (738)
Bundeslied. einem jungen Paar gesungen 1.1: 274; 3.2: (19); 16: (738)
bunte Styl, Der 4.1: 705
Buonarotti fing an 4.1: 829
Burg von Otranto, Die 6.1: 32

C. F. 4.1: 751, 773, (834)
C. G. 4.1: 750, 772, (832)
Caesarn wär ich wohl nie 3.2: 62, (63)
Cäsarn wär ich wohl nie 3.2: 63, (62)
⟨Caffé wollen wir trinken mein Fremder! 3.2: 104
Calan empfahl sich Alexandern 18.1: 80
Camper der jüngere trug in Rom 3.2: 87

Campes Laokoon 6.1: 86
Canone perpetuo a 6 Voci 9: 49
Canzonetta Romana 2.1: 57
Catalani tat 18.1: 87
Cato wollte wohl andre strafen 13.1: 201
Ces lignes mon ami 1.1: 81
Charade (Nichts als dein Erstes) 4.1: 721, 809
Charade (Zwei Worte sind es) 9: 21
Charis 4.1: 721, 790
Charon. Neugriechisch (Die Bergeshöhn warum so schwarz?) 13.1: 80
Chinese in Rom, Der 4.1: 857
CHINESISCH-DEUTSCHE JAHRES- UND TAGESZEITEN 18.1: 16
Chloe schwöret sie liebt mich 3.2: 111, 139
Chorlied 4.1: 1236
Chorus 4.1: 814, (720), (813)
Christel (Hab oft einen dummen) 1.1: 224*
Christgeschenk 9: 18
Christlicher Herkules, du erstícktest 4.1: 790
Christoph Kaufmann 2.1: 50
Christus ein Gott 18.1: 87
Chronika 11.1.1: 201
CHULD NAMEH. BUCH DES PARADIESES 11.1.2: 114
Cirrus 13.1: 159; 12: (472)
Climene lebt in tausend Sorgen 1.1: 120
Cölner Mummenschanz, Der 13.1: 116
Coffers führen wir nicht 4.1: 776, (677)
Coffres führen wir nicht 4.1: 677, (776)
Cogito ergo sum. Ich denke 4.1: 820
Commissarius des jüngsten Gerichts, Der 4.1: 782
Constitutionell sind wir alle 18.1: 81
Cumulus 13.1: 159; 12: (472)
Cupido, loser, eigensinniger Knabe! 19: 306
Currus virûm miratur inanes 4.1: 725, 805

Da das Alter, wie wir wissen 13.1: 116
Da das *Ferne* sicher ist 13.1: 80
Da die Franzosen nunmehr ihr Theater eröffnet 4.1: 722
Da die Metaphysik vor kurzem 4.1: 811
Da droben auf jenem Berge (Bergschloß) 6.1: 71
Da droben auf jenem Berge (Schäfers Klagelied) 6.1: 55
Da Du gewiß, wie Du mir zugesagt 11.1.1: 208; 13.1: 117
Da du nun Suleika heißest 11.1.1: 97; 11.1.2: 68
Da er nun seine Straße ging 6.1: 48
Da erschien ihm auf ein zeit 1.1: 231
Da flattert um die Quelle 1.1: 130, 146; 3.2: (17)
Da hatt ich einen Kerl zu Gast 1.1: 223
Da ich viel allein verbleibe 13.1: 221
Da ist kein anderer Rat 4.1: 822
Da ist's denn wieder wie die Sterne wollten 11.1.1: 189; 12: 92; 13.1: 157, 504
Da kann man frank und fröhlich leben 13.1: 196
Da kommen sie von verschiedenen Seiten 13.1: 56

Da liegt ein Ey 11.1.1: 146, 473
Da loben sie den Faust 9: 28
Da reiten sie hin! 13.1: 16
Da siehst du nun, wie's einem geht 9: 132
Da sieht man wie die Menschen sind 11.1.1: 208
Da sind sie nun! 1.1: 152
Da sind sie wieder 9: 85
Da steht man denn von neuem still 13.1: 58
Da wächst der Wein wo's Faß ist 18.1: 53
Da wagt's mein Arm 1.1: 105
Da wird mein Herz von Jammer voll 1.1: 87
Da wird nicht mehr nachgefragt! 11.1.1: 96; 11.1.2: 96
Da, wo das Wasser sich entzweit 9: 117
Dacht' ichs doch! 4.1: 821
Dämmrung senkte sich von oben 18.1: 18
Dämon 13.1: 156, 500; 11.1.1: (188); 12: (91)
Dagegen die Bauern in der Schenke 9: 119
Dagegen man auch nicht gerne hört 13.1: 202
Δαίμων 11.1.1: 188; 12: 91; 13.1: 156, 500
Damit lock ich, ihr Herrn 4.1: 821
Dank des Paria 13.1: 87
Dank des Sängers 11.1.1: 153
Dann ist einer durchaus verarmt 9: 129
Darf man das Volk betrügen? 11.1.1: 56
Darum haßt er dich ewig Genie! 4.1: 702
Das alles ist nicht mein Bereich 13.1: 195
Das alles sieht so lustig aus 9: 69
Das Alter 9: 103; 20.1: (335)
Das Alter ist ein höflich Mann 9: 103; 20.1: 335
Das Amalgama 4.1: 778, (710)
Das Beet schon lockert 11.1.1: 164; 13.1: 29
Das Belebende 4.1: 758, (701)
Das Beste 11.1.1: 54
Das Beste in der Welt 13.1: 109
Das Beste möcht' ich euch vertrauen 13.1: 55
Das Blatt wo Seine Hand geruht 13.1: 75
Das blinde Werkzeug 4.1: 759, (746), (838)
Das Blümlein Wunderschön 6.1: 27
Das Blumenchor 9: 58
Das Brüderpaar 4.1: 708, 790
Das dauert schon 1800 Jahr 9: 141
Das Desideratum 4.1: 777
Das deutsche Reich 4.1: 787, (689)
Das doppelte Amt 4.1: 675
Das Dorf Döbritz 4.1: 721
Das eigne Ideal 4.1: 765
Das Ende krönt jetzt die vergangne Zeit 1.1: 86
Das erste gibt mir Lust genug 9: 100
Das Gänslein rot im Domino 2.1: 72
Das Gastmahl der Weisen (Kommt Brüder!) 9: 107*; 13.1: 163*
Das geht so fröhlich 13.1: 176
Das gemeine lockt jeden 3.2: 150
Das gemeinschaftliche Schicksal 4.1: 743
Das Geschenk 4.1: 738
Das gewöhnliche Schicksal 4.1: 770, (744)

Das Glück. An Annetten 1.1: 130, (144)
Das Glück. An mein Mädgen 1.1: 144, (130)
Das Glück deiner Tage 9: 131
Das Glück der Liebe 1.1: 150
Das Göttliche (Edel sei der Mensch) 2.1: 90
Das Göttliche (Wäre sie unverwelklich) 4.1: 766, (747)
Das goldne Alter 4.1: 813, (720)
Das goldne Zeitalter 4.1: 685, (780)
Das grobe Organ 4.1: 800, (706)
Das Größte will man nicht erreichen 9: 106; 20.1: 346
Das Gute zu bewirken 18.1: 90
Das Haus ist wohl gegründet 18.1: 86
Das Heilige und Heiligste 4.1: 756, (747), (839)
Das Herz legt die Gewohnheit nicht ab 11.1.1: 158
Das holde Tal hat schon die Sonne wieder 13.1: 101
Das Interim 9: 128
Das irdische Bündel 4.1: 764, (710)
Das ist dein eigenes Kind nicht 3.2: 101, 130
Das ist die wahre Liebe 4.1: 740, 774, 835
Das ist doch nur der alte Dreck 13.1: 212
Das ist eben das wahre Geheimnis 4.1: 699, 764
Das ist eine von den alten Sünden 13.1: 214
Das ist eine von den großen Taten 9: 126
Das ist einmal ein Philister-Jahr! 11.1.1: 199
Das ist Italien 3.2: 124
Das ist mein Leib 1.1: 83
Das Journal Deutschland 4.1: 725, 806
Das junge Volk, es bildet sich ein 9: 130
Das Kennzeichen (Freiheits-Priester!) 4.1: 679
Das Kennzeichen (Wahrem Eifer genügt) 4.1: 685
Das Kennzeichen (Was den konfusen Kopf) 4.1: 704
Das Kind 4.1: 740
Das *Kleinod*, das *Vergißmeinnicht* 18.1: 22
Das Leben ist ein Gänsespiel 11.1.1: 38; 11.1.2: 43
Das Leben ist ein schlechter Spas 11.1.1: 230; 11.1.2: (43)
Das Leben ist ein schlechter Spaß 11.1.2: 43; 11.1.1: (230)
Das Leben wohnt in jedem Sterne 13.1: 226
Das Lied vom braun Annel 1.1: 181
Das Lied vom eifersüchtigen Knaben 1.1: 169
Das Lied vom Grafen Friederich 1.1: 177
Das Lied vom Herren und der Magd 1.1: 170
Das Lied vom Herrn von Falckenstein 1.1: 165
Das Lied vom jungen Grafen 1.1: 168
Das Lied vom Lindenschmidt 1.1: 176
Das Lied vom Pfalzgrafen 1.1: 166
Das Lied vom verkleideten Grafen 1.1: 172
Das Lied vom Zimmergesellen 1.1: 174
Das Lokal 4.1: 677

Das Lotto 4.1: 686
Das mach' ich mir denn zum reichen Gewinn 13.1: 54
Das Mädchen spricht 9: 13
Das Märchen 4.1: 718, 792
Das Meer fluthet immer 11.1.1: 80; 11.1.2: 56
Das Merkmal 4.1: 678
Das Mittel (Warum sagst du) 4.1: 797, (696)
Das Mittel (Willst du in Deutschland) 4.1: 769, (744)
Das Mittel (Willst du wirken als Autor) 4.1: 744, (769)
Das Mittelmäßige und das Gute 4.1: 768
Das Monodistichon 4.1: 675
Das Motto 4.1: 677, 801
Das mußt du als ein Knabe leiden 9: 91
Das Naturgesetz 4.1: 768
Das neueste aus Rom 4.1: 792, (720)
Das neuste in der Chemie 4.1: 828
Das Opfer, das die Liebe bringt 9: 111
Das Paket 4.1: 806, (727)
Das Paket Manuskripte 4.1: 727, (806)
Das Parterre spricht (Die Menge spricht) 11.1.1: 33*
Das philosophische Gespräch 4.1: 784, (724)
Das Privilegium (Blößen gibt nur) 4.1: 768
Das Privilegium (Dichter und Kinder) 4.1: 784, (676)
Das Publicum (Wir haben dir Klatsch) 11.1.1: 165; 20.1: (416)
Das Publikum (Fällt auf dem Eise) 4.1: 693, (757)
Das Publikum (Wir haben dir Klatsch) 20.1: 416; 11.1.1: (165)
Das Publikum im Gedränge 4.1: 720, 813
Das Rechte, das ich viel getan 9: 141
Das Requisit 4.1: 679, 802
Das Schlechte kannst du immer loben 13.1: 210
Das schlimmste was uns widerfährt 13.1: 204
Das Schoßkind 4.1: 699, 761, (837)
Das Schreien 1.1: 120, 143, (129)
Das Schrein 1.1: 129, (120), (143)
Das Segel steigt 13.1: 187
Das sind Grillen! 4.1: 734, 824
Das sind mir allzuböse Bissen 9: 126
Das Skelett und die Urne 4.1: 737
Das soll nun auch in meinen Sinn 18.1: 69
Das Sonett 6.1: 46
Das Sträußchen 13.1: 74
Das Subjekt 4.1: 760
Das Tagebuch 9: 37
Das Tüchtige, und wenn auch falsch 13.1: 58
Das Unentbehrliche 4.1: 706, 800
Das ungleiche Schicksal 4.1: 759
Das ungleiche Verhältnis 4.1: 813
Das *Unser Vater* ein schön Gebet 9: 116
Das Unvernünftige zu verbreiten 13.1: 218
Das Unverzeihliche 4.1: 711, 780
⟨Das Veilchen⟩ 1.1: 234

Das Veilchen aber wollt' es Dich erreichen 9: 113
Das Verbindungsmittel 4.1: 777, (710), (838)
Das verkauft er für Humanität? 4.1: 709
Das Verlangen 4.1: 742
Das verlohnte sich auch 4.1: 718, 792
Das verwünschte Gebettel! 4.1: 776
Das wär dir ein schönes Gartengelände 9: 125
Das Wasser rauscht, das Wasser schwoll 2.1: 42
Das Weib das Gott der Herr erschuf 2.1: 45
Das Weltregiment, über Nacht 13.1: 197
Das Werte und Würdige 4.1: 758, (747)
Das Widerwärtige 4.1: 746, 777
Das Wiedersehen 4.1: 659
Das Wirken 4.1: 693
Das wirst du sie nicht überreden 13.1: 224
Das Wissen bläset auf 11.1.1: 227
Das Wohl des Einzelnen bedenken 11.1.1: 181
Das Zeitungs Geschwister 13.1: 209
Das züchtige Herz 4.1: 803, (681)
Das Zufällige 13.1: 156, 501; 11.1.1: (189); 12: (91)
Daß an diesem wilden Sehnen 9: 145
Daß Araber an ihrem Theil 11.1.1: 79; 11.1.2: 12, 289
Daß dein Leben Gestalt 4.1: 700, 766
Daß der Deutsche doch 4.1: 814
Daß des Hauses Glanz sich mehre 11.1.1: 25
Daß die Bibelgesellschaft 13.1: 231
Daß du der Fehler schlimmsten 4.1: 702, 767
Daß du die *gute Sache* liebst 9: 90
Daß du die Herrlichste bist 9: 639
Daß du nicht enden kannst das macht dich groß 11.1.1: 33; 11.1.2: 25
Daß Du zugleich mit dem heilgen Christ 11.1.1: 150, 151
Daß Glück ihm günstig sei 9: 145
Daß ich bezahle 9: 111
Daß ich schweige verdrießt dich 3.2: 110, 120, (145)
Daß ich schweige, verdrießt dich? 3.2: 145, (110), (120)
Daß ihr den sichersten Pfad gewählt 4.1: 762
Daß ihr der Künste würdigste treibt 4.1: 694
Daß ihr seht, wie genau wir den Titel 4.1: 809
Daß im großen Jubeljahre 13.1: 114
Daß man in Güter 13.1: 672
Daß schnell dir dieses Jahr verging 2.1: 45
Daß sie die Kinder erziehen könnten 9: 130
Daß sie mit einander streiten können 9: 120
Daß Suleika in Jussuf vernarrt war 11.1.1: 97; 11.1.2: (67)
Daß Suleika von Jussuph entzückt war 11.1.2: 67; 11.1.1: (97)
Daß Verfassung sich überall bilde! 4.1: 682, 803

Daß wir solche Dinge lehren 11.1.1: 216; 11.1.2: 123
Daß zu Ulrichs Gartenräumen 6.1: 53
Dauer im Wechsel 6.1: 85; 13.1: 148
Dauert nicht so lang in den Landen 9: 141
David Hume 4.1: 822
Decisum 4.1: 822
Dein gedenk ich Apollo du Fernetreffer 4.1: 670
Dein Ost-Geschenck weis ich zu schätzen 11.1.1: 173
Dein Testament verteilt die holden Gaben 13.1: 93
Deine Grüße hab' ich wohl erhalten 2.1: 47
Deine Kollegen verschreist und plünderst du! 4.1: 681, 803
Deine Liebe, dein Kuß mich entzückt! 11.1.1: 244; 11.1.2: 119
Deine liebliche Kleinheit 4.1: 751, 773, 834
Deine Muse besingt 4.1: 778, (716)
Deine Werke, zu höchster Belehrung 13.1: 185
»Deine Zöglinge möchten dich fragen 13.1: 10
Deinem Blick mich zu bequemen 11.1.1: 132; 11.1.2: 85
Deinem Schreibtische 2.1: 78
Deinen heiligen Namen 4.1: 726, 807
Deinen Namen les' ich 4.1: 808, (718)
Deinen Namen liest man 4.1: 718, (808)
Deinen Vorteil zwar verstehst du 13.1: 211
Deinen Wachstum zu begrüßen 13.1: 20
Delikatesse im Tadel 4.1: 748, 768
Delos' ernster Beherrscher und Majas Sohn 6.1: 32
Dem Absolutisten 13.1: 177
Dem Ackersmann 2.1: 101, 603
Dem Arzt verzeiht! 13.1: 209
Dem aufgehenden Vollmonde 18.1: 27; 20.3: 949
Dem Buchhändler 4.1: 707
Dem Buchstabensparer (So soll die Orthografische Nacht) 9: 69*
Dem den tausend Menschen lieben 11.1.1: 63
Dem Dichter widm' ich mich 18.1: 28
Dem Dilettanten 4.1: 692, (757), (842)
Dem Dummen wird die Ilias zur Fibel 13.1: 232
Dem edlen Künstler-Verein zu Berlin (Zu erfinden) 11.1.1: 174; 17: (143), (485)
Dem 31. October 1817 11.1.1: 193
Dem festlichen Tage 9: 72
⟨Dem Frauenverein⟩ 13.1: 125
Dem Fürsten Hardenberg 13.1: 20
Dem Geier gleich 2.1: 37
Dem glücklich-bereichert Wiederkehrenden ⟨...⟩ Carl Bernhard, Herzog von Sachsen-Weimar-Eisenach ⟨...⟩ 13.1: 187
⟨Dem Großherzog Carl August⟩ 18.1: 24
Dem Großsprecher 4.1: 680, 802
Dem heiligen Vater pflegt man 18.1: 49
Dem Herren in der Wüste 4.1: 904; 8.1: 355

Dem Himmel wachse entgegen 1.1: 161
Dem Hülfsbedürftgen immerdar bereit 18.1: 73
Dem ist es schlecht in seiner Haut 13.1: 198
Dem Kellner 11.1.1: 111; 11.1.2: 98
Dem lieben Bernhard v. Knebel 13.1: 44
Dem Mädgen ward nebst andern Gaben 1.1: 103
Dem Passavant- und Schüblerischen Brautpaare 1.1: 249
Dem Scheidenden ist jede Gabe werth 11.1.1: 207
Dem Schenken 11.1.1: 111; 11.1.2: 98
Dem Schicksal (Ich weiß nicht was mir hier gefällt) 2.1: 26*
Dem Schnee dem Regen / Dem Wind entgegen 2.1: 24
Dem schönen Tag sei es geschrieben! 9: 68
Dem Schützen, doch dem alten nicht 2.1: 92
Dem teuern Lebensgenossen von Knebel 13.1: 124
Dem Vernünft'gen 11.1.2: 177
Dem wir unsre Rettung dancken 11.1.1: 141
Dem würdigen Bruderfeste 18.1: 42
Dem Zudringlichen 4.1: 809
Dem Zweyten Januar 1815 11.1.1: 67
Demut 9: 111
Den Besten 11.1.1: 53
Den besten Köpfen sei das Stück empfohlen 6.1: 1050
Den deutschen Mannen gereichts zum Ruhm 18.1: 76
Den Dichter könnt ihr mir nicht nehmen 18.1: 71
Den Drillings-Freunden von Coelln. gegenwärtig in Heidelberg 11.1.1: 42, 44
Den einzigen, Lida, welchen du lieben kannst 2.1: 65
Den ersten *April* mußt überstehn 13.1: 176
Den Frieden kann das Wollen nicht bereiten 9: 195
Den 15. August 1815 13.1: 183
Den funfzehn Englischen Freunden 18.1: 48
Den gemeinen Verstand 4.1: 707
Den Gott der Pfuschereien 6.1: 68
Den Gruß, den wir zum Anfang 4.1: 200
Den Gruß des Unbekannten ehre ja! 11.1.1: 223; 11.1.2: 40
Den Guten 11.1.1: 53
Den hochbestandnen Föhrenwald 13.1: 10
Den kleinen Strauß 1.1: 266
Den künftgen Tag und Stunden 1.1: 274; 3.2: (19); 16: (738)
Den Musen-Schwestern fiel es ein 13.1: 180
Den November, den dreißigsten 13.1: 44
Den offnen Mann 18.1: 87
Den Originalen 9: 68
Den Philister verdrieße 4.1: 708, 800
Den philosoph'schen Verstand 4.1: 707
Den Reichtum muß der Neid beteuern 13.1: 198
Den Reimkollegen 18.1: 62
Den 6. Juny 1816 (Du versuchst, o Sonne, vergebens) 11.1.1: 167*

Den 16. August 13.1: 183
Den verehrten Achtzehn Frankfurter Festfreunden 18.1: 50
Den verehrten neuvaterstädtischen Gönnern und Freunden 18.1: 43
Den vereinigten Staaten 18.1: 13
Den Vorteil hat der Dichter 13.1: 191
Den Zudringlichen 9: 67
Denck, o Herr! wenn du getruncken 11.1.1: 232; 11.1.2: (103)
Denjenigen, der meine Scheitel 11.1.2: 176
Denk an die Menschen nicht 18.1: 63
Denk ich, so bin ich! 4.1: 820
Denk, o Herr! wenn du getrunken 11.1.2: 103; 11.1.1: (232)
Denk und Trostsprüchlein 1.1: 256
»Denkst du nicht auch an ein Testament?« 13.1: 110
Denkt nicht ich geh euch dummem Volk zu Leibe 18.1: 88
Denn bei den alten lieben Toten 9: 128
Denn der Ewige herrscht auf Erden 18.1: 373, 375
Denn die Bande sind zerrissen 17: 157, 548
Denn freilich sinds dergleichen Kiel' und Pfeile 13.1: 93
Denn mit dem himmlischen Küchenzettel 18.1: 84
Denn steht das Trübste vor der Sonne 9: 119
Denn was das Feuer lebendig erfaßt 9: 118
Denn was der Mensch 2.1: 93
Der Abgebildete / Vergleicht sich billig 11.1.1: 42
Der Abschied 1.1: 157
Der Abwesende dem Maskenfest zum 16. Febraur 1818 (So wandelt hin, lebendige Gestalten) 11.1.1: 197*
Der Achse wird mancher Stoß versetzt 13.1: 210
Der Adler und die Taube 1.1: 201
Der ächte Moslem spricht vom Paradiese 11.1.1: 238; 11.1.2: 114
Der ästhetische Torschreiber 4.1: 676, 776
Der Almanach als Bienenkorb 4.1: 804
»Der alte reiche Fürst 18.1: 82
Der Amtmann schnell das Übel stillt 9: 119
Der Anfang ist an allen Sachen schwer 4.1: 192
Der Anonyme Fluß 4.1: 691, 789
Der Antiquar 4.1: 708, 778
Der astronomische Himmel 4.1: 697, 797
Der Autor (Was wär ich) 1.1: 1008*
Der Bär wehrt die Fliegen 4.1: 726
Der Becher 2.1: 64
Der Bekannten-Anerkannten! 18.1: 52
Der Berge dencke gern, auch des Gesteins 11.1.1: 208
Der berufene Leser 4.1: 769, (744), (838)
Der berufene Richter 4.1: 769, (703)
Der beste Rat 4.1: 746
Der Besuch 3.2: 27

Der Biedermann 4.1: 754, (839)
Der böse Geselle 4.1: 714, 793
Der Bräutigam 13.1: 115
Der bunte Styl 4.1: 705
Der Chinese in Rom 4.1: 857
Der Cölner Mummenschanz 13.1: 116
Der Commissarius des jüngsten Gerichts 4.1: 782
Der Damm zerreißt 9: 28
Der Demoiselle Schmehling nach Aufführung der Hassischen Sta Elena al Calvario. Leipzig 1771 18.1: 44; 20.3: 1180
Der Deutsche dankt 11.1.1: 10; 11.1.2: 24
Der Deutsche ist gelehrt 11.1.1: 200
Der Dichter 2.1: 47
Der Dichter freut sich am Talent 18.1: 60
Der Dichter schaut 18.1: 68
Der Dichtung Faden läßt sich heut nicht fassen 13.1: 44, 98
Der du des Lobs dich billig freuen solltest 9: 28
Der du mit deinem Mohne 1.1: 94, 114
Der du so nach Erfindung bangst 13.1: 233
Der du von dem Himmel bist 2.1: 13
Der echte Moslem spricht vom Paradiese 11.1.1: 238*; 11.1.2: 114*
Der Edelknabe und die Müllerin 4.1: 877; 4.2: 692; 8.1: 415
Der einmal ein Zaubrer hieß 11.1.1: 197
Der entschließt sich doch gleich 9: 145
Der epische Hexameter 4.1: 735
Der erhabene Stoff 4.1: 716, 778
Der Ersatz 4.1: 709, 789
Der Erste 4.1: 683, 754, (839)
Der erste Verlust (Ach! wer bringt die schönen Tage) 2.1: 100*
⟨Der ewige Jude⟩ 1.1: 238
Der Fischer 2.1: 42
Der fliegende Fisch 4.1: 786, (689)
Der Frau von Ziegesar geb. v. Stein 13.1: 41
Der freudige Werther 13.1: 232
Der Freund 4.1: 756, (749), (838)
Der Frühling grünte zeitig 13.1: 46
Der Fuchs beim Kranich 4.1: 707
Der fünfte Mai 13.1: 66
Der galante Philosoph 4.1: 717
Der Gatte der Gattin (Du versuchst, o Sonne, vergebens) 11.1.1: 167*
Der Gedanke, das Entwerfen 17: 143, 485
Der Gegner 4.1: 828
Der Geist und der Buchstabe 4.1: 783
Der Genius 4.1: 766, (701)
Der Genius mit der umgestürzten Fackel 4.1: 737
Der getreue Eckart 9: 77
Der geweihte Platz 2.1: 74
Der Glückliche 4.1: 705, 799
Der Glückstopf 4.1: 777
Der Goldschmiedsgesell 9: 26
Der Gott und die Bajadere 4.1: 872
Der Gottes Erde lichten Saal 18.1: 66

Der Gräfin Titinne Odonell, die eine meiner Schreibfedern verlangte (Als der Knabe nach der Schule) 11.1.1: 172*
Der griechische Genius an Meyer in Italien 4.1: 719
Der Guckuck wie die Nachtigall 18.1: 17
Der Halbvogel 4.1: 680, 802
Der hat's den Engeln der den Teufeln abgelauscht 9: 83
Der Hausierer 4.1: 681, 803
Der Heiden-Kaiser Valerian 13.1: 34
Der Höllenhund 4.1: 729
Der Hofmann 4.1: 684, 755, (840)
Der Homeruskopf als Siegel 4.1: 739
Der Hypochonder ist bald kuriert 9: 132
Der Instinkt 4.1: 706, (800)
Der ist zu furchtsam 4.1: 767
Der junge Werther 4.1: 731, 818
Der Junggesell und der Mühlbach 4.1: 879; 4.2: 719; 8.1: 437
Der Kaiserin Abschied 9: 47
Der Kaiserin Ankunft 9: 44
Der Kaiserin Becher 9: 45
Der Kaiserin Platz 9: 46
Der Kauz der auf Minervens Schilde sitzt 2.1: 44
Der Kenner (Alte Vasen und Urnen) 4.1: 708, 778
Der Kenner (Ich führt einen Freund) 1.1: 256
Der Knabe 4.1: 741
Der Kölner Mummenschanz 13.1: 116*
Der König von Thule 1.1: 252; 1.2: (157); 3.1: (559); 6.1: (613)
Der Kranich beim Fuchse 4.1: 707
Der Künstler 4.1: 829
Der Kunstgriff (Wollt ihr zugleich) 4.1: 711, 777
Der kurzweilige Philosoph 4.1: 783
Der lang ersehnte Friede nahet wieder 6.1: 786
Der Lastträger 4.1: 706, 800
Der Leichnam 4.1: 818, (729)
Der letzte Kämpfer 4.1: 827
Der letzte Märtyrer 4.1: 695, 796
Der letzte Versuch 4.1: 680, 802
Der Leviathan und die Epigramme 4.1: 791
Der Liebende wird nicht irre gehn 11.1.1: 85; 11.1.2: 69
Der Liebenden Vergeßlichen, zum Geburtstage 9: 68
Der Liebsten Band und Schleife rauben 9: 96
Der Mahler wagts mit Götterbildern 11.1.1: 234
Der Mann mit dem Klingelbeutel 4.1: 776
Der Meister 4.1: 717, 769
Der Mensch erfährt, er sei auch wer er mag 9: 131
Der Minister 4.1: 684, 755, (840)
Der Misanthrop 1.1: 149
Der moderne Halbgott 4.1: 790
»Der Mond soll im Kalender stehn 13.1: 212
Der moralische und der schöne Charakter 4.1: 758, (747)
Der Morgen kam 2.1: 93
Der Müllerin Reue (Nur fort, du braune Hexe) 4.1: 883*; 8.1: 445*

Der Müllerin Verrat 4.1: 881
Der Mufti las des *Misri* Gedichte 11.1.1: 86; 11.1.2: 25
Der Musensohn 6.1: 43; 16: (716)
Der Mutter schenk' ich 9: 126
Der Nachahmer und der Genius 4.1: 767, (701)
Der Nachtigall (Dich hat Amor gewiß) 2.1: 78*
Der Nachtwächter 4.1: 684, 755, (841)
Der Narr epilogiert 6.1: 89
Der Naturkreis 4.1: 743
Der neue Amadis 1.1: 259
Der neue Amor 4.1: 658; 14: (494)
Der neue Copernicus (Art'ges Häuschen hab ich klein) 11.1.1: 13*
Der neue Pausias und sein Blumenmädchen (1. Fassung) 4.1: 886
Der neue Pausias und sein Blumenmädchen (2. Fassung) 4.1: 887
Der Olympos, der Kissavos 13.1: 79
Der Ost hat sie schon längst verschlungen 13.1: 51
Der Park 2.1: 77
Der Patriot 4.1: 682, 803
Der Pfau schreit häßlich 18.1: 17
Der Philister 4.1: 759, (746)
Der Philosoph, dem ich so gern vertraue 18.1: 68
Der Philosoph und der Schwärmer 4.1: 710, 764
Der Plan des Werks 4.1: 798, (703)
Der Poet ist der Wirt 4.1: 735, 825
Der Pretiöse 4.1: 827
Der Prophet (Schade daß die Natur) 4.1: 778, (710)
Der Prophet spricht 11.1.2: 55; 11.1.1: (109)
»Der Pseudo-Wandrer, wie auch dumm 13.1: 218
Der Purist 4.1: 716, 794
Der Quellenforscher 4.1: 798, (704)
Der Ratsherr 4.1: 684, 755
Der Rattenfänger 6.1: 73
Der Reiche 1.1: 96
Der Reiter kommt 2.1: 63
Der Renegat 4.1: 826
Der Ring (Wäre der Rubin mir eigen) 9: 112*
Der Ruf des Herrn 9: 201
Der's gebaut vor funfzig Jahren 18.1: 25
Der Sänger (Was hör' ich draußen) 2.2: 205*; 5: 127*
Der Schatzgräber 4.1: 863
Der Schellenring um eure Knöchel 11.1.1: 62
Der Schenke (So hab' ich endlich) 11.1.2: 106; 11.1.1: (206)
Der schläft recht gut 11.1.1: 226; 11.1.2: (106)
Der Schlüssel 4.1: 760, (699)
Der Schmetterling 1.1: 128, 143
Der schöne Geist und der Schöngeist 4.1: 746, 760
Der Schulmeister zu Breslau 4.1: 780
Der Sinn ergreift und denkt sich was 13.1: 108
Der Sittenrichter 4.1: 681, (803)
Der sittliche und schöne Charakter 4.1: 747, (758)
Der Spiegel sagt mir ich bin schön! 11.1.1: 117; 11.1.2: 46
Der Sprachforscher 4.1: 792, (715)

Der steigt über den Menschen hinauf 4.1: 716
Der Stöpsel 4.1: 679
Der Storch der sich von Frosch und Wurm 11.1.1: 248
Der Strauß, den ich gepflücket 9: 49
Der Strengling und der Frömmling 4.1: 763
Der Teleolog 4.1: 708, 778
Der Teufel hol das Menschengeschlecht 2.1: 29
Der Teufel! sie ist nicht gering 13.1: 199
Der Todfeind 4.1: 704, 798
Der Totentanz 9: 79
Der treue Spiegel 4.1: 798
Der trockne Versemann 13.1: 211
Der Türmer der schaut zu Mitten der Nacht 9: 79
Der ungeheure Orion 4.1: 730
Der Unterschied (Lächelnd sehn wir den Tänzer) 4.1: 767
Der Unterschied (Unberufene Schwärmer!) 4.1: 682
Der Unterschied (Will der *Witz*) 4.1: 701
Der untreue Knabe (Es war ein Knabe frech genung) 3.1: (393)*
Der Vater 4.1: 743
Der Verleger von P*** Schriften 4.1: 722, (810)
Der vierte Teil meiner Schriften 2.1: 48
Der Virtuose 4.1: 723, 810
Der Vogel ist froh in der Luft gemütet 9: 123
Der vollkommenen Stickerin 13.1: 62
Der Vorhang schwebet hin und her 6.1: 70
Der Vorsichtige 4.1: 827
Der Vorwitz lockt ihn in die Weite 19: 631
Der Vorzug (Jedermann freute sich) 4.1: 696
Der Vorzug (*Über* das Herz) 4.1: 765, (698)
Der Wächter Zions 4.1: 677, 801
Der wagt zu wenig 4.1: 701, (767)
Der wahre Genuß 1.1: 140; 3.2: (25)
Der wahre Grund 4.1: 764, (710)
⟨Der Wandrer⟩ 1.1: 202
Der Weg zum Ruhme 4.1: 744, 770
Der Weihrauch der euch Göttern glüht 13.1: 232
Der Welt Lauf 4.1: 695, 796
Der Welt Lohn 1.1: 1008*
Der Wichtige 4.1: 798, (703)
Der Widerstand 4.1: 796, (696)
Der Winter und Timur 11.1.1: 35; 11.1.2: 65
Der Wolf in Schafskleidern 4.1: 678
Der Wolfische Homeer (Mit hartherzger Kritik) 4.1: 715
Der Wolfische Homer (Sieben Städte) 4.1: 807, (715)
Der Würdige vom Rhein zum Belt 18.1: 58
Der Würdigste 4.1: 754, (683), (839)
Der Zauberlehrling 4.1: 874
Der Zaubrer fordert leidenschaftlich wild 18.1: 52, (473)
Der Zaubrer quält sich um Helenens Bild 18.1: 473, (52)

Der Zeit, des Schreckens Narren sind wir! 11.2: 295
Der Zeitpunkt 4.1: 780
Der Zeitschriftsteller 4.1: 680
Der Zeitungsleser sei gesegnet 6.1: 97
Der Zergliederer 4.1: 761, (695)
Der zierlichsten Undine 13.1: 70
Der zweite Ovid 4.1: 780
Derb und tüchtig 11.1.2: 19; 11.1.1: (21)
Derselbe ⟨Manso⟩ über die Verleumdung der Wissenschaften 4.1: 711
Derselbe ⟨Nicolai⟩ 4.1: 799, (704)
Des ewigen Juden, erster Fetzen 1.1: 238
Des Herren Generals Grafen von Gneisenau Excel. 11.1.1: 223; 11.1.2: (40)
Des Künstlers Vergötterung 1.1: 748
Des Mannes 4.1: 742
Des Maurers Handeln 11.1.1: 146
Des Menschen Seele / Gleicht dem Wasser 2.1: 48
Des Menschen Tage sind verflochten 13.1: 186
Des neuen Alcinous erster Teil 6.1: 63
Des neuen Alcinous zweiter Teil 6.1: 65
Des Paria Gebet 13.1: 83
Des Weibes 4.1: 742
Deshalb er sich zur Unzeit 13.1: 202
Desideratum, Das 4.1: 777
Desto besser! Gefiedert wie ihr 4.1: 728, (815)
Desto besser! Geflügelt wie ihr 4.1: 815, (728)
Desto besser! So gebt mir 4.1: 820
Deutliche Prosa 4.1: 814, (721)
Deutsch in Künsten 4.1: 725, 806
Deutsche Bären nennte man sonst 4.1: 828
Deutsche dankt, Der 11.1.1: 10; 11.1.2: 24
Deutsche haltet nur fest 4.1: 686
Deutsche Kunst 4.1: 771
Deutsche Monatschrift 4.1: 725, 806
deutsche Reich, Das 4.1: 787, (689)
Deutsche schreiben das Werk 4.1: 677
Deutscher Genius 4.1: 771, (719)
Deutscher Nationalcharakter 4.1: 787
Deutscher Parnaß 6.1: 19
Deutsches Lustspiel 4.1: 715, 792
deutsches Meisterstück, Ein 4.1: 791, (717)
Deutschland? Aber wo liegt es? 4.1: 689, 787
Deutschland fragt nach Gedichten nicht viel 4.1: 676, 790
Deutschlands größte Männer 4.1: 714, 808
Deutschlands Revanche an Frankreich 4.1: 803, (682)
Deutschlands Revenge an Frankreich 4.1: 682, (803)
Dialogen aus dem Griechischen 4.1: 708, 789
Dich beglückte ja mein Gesang 11.1.1: 234
Dich betrügt der Regente 3.2: 99

Dich ergriff mit Gewalt 2.1: 102
Dich erwähl ich zum Lehrer 4.1: 759
Dich hat Amor gewiß, o Sängerin, fütternd erzogen 2.1: 78
Dich kleingeblümt Gefäß! 9: 45
Dich o Dämon erwart ich 4.1: 726, (807)
Dich, o Dämon! erwart ich 4.1: 807, (726)
Dich säh ich lieber selbst 18.1: 52
Dich verwirret, Geliebte, die tausendfältige Mischung 6.1: 14; 12: 74; 13.1: 150
Dich zu greifen ziehen sie aus 4.1: 761
Dichten ist ein lustiges Handwerk 3.2: 99, 136
Dichten ist ein Übermuth 11.1.1: 21; 11.1.2: 19
Dichter (Deine Liebe) 11.1.1: 244; 11.1.2: 119
Dichter (Schau, Liebchen, hin!) 9: 20
Dichter (Schencke komm!) 11.1.1: 112; 11.1.2: (102)
Dichter (Schenke komm!) 11.1.2: 102; 11.1.1: (112)
Dichter, Der (Hebet eure zweifelnden Stirnen) 2.1: 47
Dichter bitte die Musen 4.1: 714, 793
Dichter gleichen Bären 9: 145
Dichter, ihr armen 4.1: 781
Dichter lieben nicht zu schweigen 6.1: 44
Dichter und Kinder 4.1: 676, 784
Dichter und Liebende 4.1: 746, 777
Dichterstunde, Die 4.1: 738
Dichtungskraft 4.1: 700, 766
Dicke Bücher! vieles Wissen! 13.1: 113
Die Abgeschiednen betracht' ich gern 11.1.1: 53
Die abgestutzten, angeschmauchten 11.1.1: 172
Die Adressen 4.1: 795
Die Arten 4.1: 676, (779)
Die Aufgabe (Wem die Verse gehören?) 4.1: 787
Die Axt erklingt 13.1: 10
Die Basreliefs 4.1: 737
Die Bedeutung (Was bedeutet dein Werk?) 4.1: 745, (770)
Die Bedingung (Jede Wahrheit vertrag ich) 4.1: 748
Die Beding⟨ung⟩ doch ist eng' 11.1.1: 63
Die Begegnung 4.1: 742
Die beiden lieben sich gar fein 13.1: 223
Die Bekehrte 4.1: 861
Die Belohnung 4.1: 770, (744)
Die Bergeshöhn warum so schwarz? 13.1: 80
Die besten Freunde, die wir haben 13.1: 178
Die Bestimmung 4.1: 681
Die bleibt nicht aus! 11.1.1: 189; 12: 91; 13.1: 156, 502
Die Blumen, in den Wintertagen 9: 59
Die Bösen soll man nimmer schelten 13.1: 209
Die bornierten Köpfe 4.1: 783
Die Braut von Corinth 4.1: 866
Die Burg von Otranto 6.1: 32
Die **chen Flüsse 4.1: 789
Die deutsche Sprache wird nun rein 9: 103
Die Deutschen sind ein gut Geschlecht 13.1: 51

Die Deutschen sind recht gute Leut 18.1: 79
Die Dichterstunde 4.1: 738
Die Dinte macht uns wohl gelehrt 9: 122
Die drei Stände 4.1: 682, 804
Die dreifarbige Kokarde 4.1: 817
Die du der Musen reinste Kost gesogen 6.1: 749
Die echte Konversation 12: 554; 13.1: 104
Die Eiche 4.1: 689
Die Eisbahn 4.1: 692, 756
Die endliche Ruhe wird nur verspürt 9: 118
Die Engel stritten für uns Gerechte 11.1.1: 68
Die Epitheten 4.1: 828
Die Epopeen 4.1: 716
Die erste Walpurgisnacht 6.1: 40
Die ersten Erzeugnisse der Stotternheimer Saline 18.1: 98; 20.3: 904
Die Erzieher 4.1: 765
Die Fajaken 4.1: 690
»Die Feinde sie bedrohen dich 13.1: 220
Die Feyer des achtundzwanzigsten Augusts danckbar zu erwiedern 11.1.1: 227
Die Flut der Leidenschaft 11.1.1: 85; 11.1.2: 64
Die Foderungen 4.1: 720
Die Forscher 4.1: 693
Die französischen Bonmots 4.1: 705
Die Franzosen verstehn uns nicht 18.1: 79
Die Freuden 1.1: 130, 146; 3.2: 17
Die Freunde haben's wohlgemacht 13.1: 187
Die Freundin war hinausgegangen 9: 88
Die Gedichtsammlung 4.1: 721, (791)
Die Gegenwart weiß nichts von sich 13.1: 73; 20.1: 721
Die Geheimnisse. Ein Fragment 2.2: 339
Die geschichtlichen Symbole 13.1: 222
Die Geschlechter 4.1: 741
Die Geschwister (Schlummer und Schlaf) 2.1: 101
Die Gestalten gehn vorüber 13.1: 45
Die glücklichen Gatten 6.1: 60; 13.1: (30)
Die gründlichsten Schuften 6.1: 68
Die *gute Sache* kommt mir vor 9: 90
Die gute Staatsverfassung 4.1: 685
Die Hauptsache 4.1: 683, 804
Die heil'gen drei König' mit ihrem Stern 2.1: 60
Die Herren blendt 1.1: 238
Die höchste Harmonie 4.1: 815
Die Hörsäle auf gewissen Universitäten 4.1: 724, (810)
Die holden jungen Geister 13.1: 193
Die Horen (Einige wandlen zu ernst) 4.1: 726, (807)
Die Horen an Nicolai 4.1: 799, (706)
Die Horen an Nikolai 4.1: 706, (799)
Die Idealwelt 4.1: 739
Die ihr Felsen und Bäume bewohnt 2.1: 76
Die ihrem Mann allein gewährt 4.1: 658

Die Individualität 4.1: 693, (757)
Die Insekten 4.1: 804, (722)
Die Jahre 9: 102; 20.1: (334)
»Die Jahre nahmen dir, du sagst, so vieles 11.1.1: 197; 11.1.2: 43
Die Jahre sind allerliebste Leut 9: 102; 20.1: (334)
Die Jahre sind allerliebste Leute! 20.1: 334; 9: (102)
Die Journale Deutschland und Frankreich 4.1: 677
Die Jugend ist vergessen 13.1: 208
Die Jugend verwundert sich sehr 13.1: 105
Die Kämpfer 4.1: 692
Die kleinen Büchlein kommen froh 9: 98
Die klugen Leute gefallen mir nicht 13.1: 194
Die Königin steht im hohen Saal 9: 22
Die königliche Einsiedlerin 1.1: 283; 2.2: (81)
Die Kränze 6.1: 45
Die Kronen 4.1: 689
Die Kunden 4.1: 777
Die Kunst zu lieben 4.1: 780, (711)
Die Kunst zu lieben von Manso 4.1: 711, (780)
Die Kunstschwätzer 4.1: 771, (744)
Die Lehrer 2.1: 100
⟨Die Leiden des jungen Werthers an Nicolai⟩ 1.1: 264; 16: 625
Die Leidenschaft bringt Leiden! 13.1: 92, 140
Die Liebe wider Willen 1.1: 150
Die Liebende abermals 9: 16
Die Liebende schreibt 9: 16
Die Liebenden 9: 20
Die Liebesgötter auf dem Markte 4.1: 667
Die Liebhaber 1.1: 117
Die Lieblichen sind hier zusammen 13.1: 174
Die Lust ist mächtiger 1.1: 138
Die Lust zu reden kommt zu rechter Stunde 9: 121
Die Lustigen von Weimar 9: 71
Die Mächtigen wollte Gott verschönen 18.1: 72
Die Mannichfaltigkeit (Viele sind gut) 4.1: 766, (700)
Die Mannigfaltigkeit (Reich ist an Blumen) 4.1: 749
Die mathematische Größe 4.1: 696
Die Menge spricht 11.1.1: 33
Die Metamorphose der Pflanzen (Dich verwirret, Geliebte) 6.1: 14; 13.1: 150; 12: (74)
Die Mitarbeiter 4.1: 803
Die Möglichkeit 4.1: 695, 795
Die moralische Kraft 4.1: 758
Die Musageten 6.1: 25
Die Muse 4.1: 728, (815)
Die Muse zu den Xenien 4.1: 735, (825)
Die Nacht 1.1: 127, 142
Die Nachtigall sie war entfernt 13.1: 120, 175
Die Nebel zerreißen 4.1: 666
Die Nektartropfen 2.1: 61
Die neue Entdeckung 4.1: 698
⟨Die neue Sirene⟩ 18.1: 15
Die neuesten Geschmacksrichter 4.1: 781
Die Perle die der Muschel entrann 11.1.1: 92; 11.1.2: 108
Die Pest an H. Posselt 18.1: 89

Die Pflanzen sämtlich, die Dir angehören 9: 113
Die Philosophen 4.1: 762, (693)
Die philosophische Unterredung 4.1: 724, (784)
Die Physiognomisten 2.1: 47
Die Quellen 4.1: 762
Die reitenden Helden 18.1: 77
Die Reliquie 1.1: 149
Die Sachmänner 4.1: 745
Die schön geschriebenen 11.1.1: 121; 11.1.2: 75
Die schöne Nacht 3.2: 15
Die schönen Frauen 18.1: 65
Die schwere Verbindung 4.1: 702, 767, (838)
Die sich herzlich oft begrüßten 11.1.1: 228
Die Sicherheit 4.1: 702, 768
Die Sonne, Helios der Griechen 11.1.1: 143; 11.1.2: 86
Die Sonne kommt! Ein Prachterscheinen! 11.1.1: 124; 11.1.2: 72
Die Sonnenblume möchte Dich begrüßen 9: 113
Die Sonntagskinder 4.1: 815
Die Spinnerin 4.1: 669
Die Sprache 4.1: 749, (769)
Die Sprachreiniger (Gott Danck! daß uns so wohl geschah) 11.1.1: 166*
Die Spröde 4.1: 860
Die Staatsverbesserer 4.1: 679
Die stille Freude wollt ihr stören? 18.1: 20
Die Stockblinden 4.1: 782
Die strenge Grenze doch umgeht gefällig 11.1.1: 189; 12: 91; 13.1: 156, 501
Die Systeme 4.1: 694, 762
Die Tinte macht uns wohl gelehrt 9: 122*
Die Triebfedern 4.1: 764, (710)
Die Trommel gerühret! 3.1: 260
Die Übereinstimmung 4.1: 760
Die Unberufenen (Tadeln ist leicht) 4.1: 770, (744)
Die Unberufenen (Wissen wollt ihr) 4.1: 685
Die unglückliche Eilfertigkeit 4.1: 729, (816)
Die Versart, die dem Mädgen wohl gefiel 1.1: 84
Die verschiedene Bestimmung 4.1: 700, 758
Die Versuche 4.1: 761
Die Vielwisser 4.1: 762, (699)
Die Wächter sind gebändiget 11.1.1: 87; 11.1.2: 197
Die Waidtasche 4.1: 800, (706)
Die Wanderjahre sind nun angetreten 17: 9
Die wandlende Glocke 9: 81; 20.3: (317)
Die weiblichen Tugenden 2.1: 510
Die Weisen und die Leute 9: 107; 13.1: 163
Die Welt durchaus ist lieblich anzuschauen 11.1.1: 113; 11.1.2: 93
Die Welt ist ein Sardellen-Salat 13.1: 229
Die Welt ist nicht aus Brei und Mus geschaffen 9: 145
Die Welt sie ist so groß und breit 12: 611; 13.1: 157
Die Wolle sie ist gut und fein 9: 89
Die Xenien 4.1: 707, 800
Die Xenien sie wandeln zahm 13.1: 203
Die Zeit sie mäht so Rosen als Dornen 9: 135

Die Zerstörung Magdeburgs 6.1: 30
Die zwei Fieber 4.1: 814
Die Zwei Marien. Zwei Romane 9: 83
Die zwei Sinne 4.1: 704
Die Zweifelnden 9: 19
Dies Album lag so manches Jahr 13.1: 118
Dies fessle deine rechte Hand 18.1: 24
Dies ist Musik fürs Denken 4.1: 713, 793
Dies kleine Stück gehört 2.1: 80
Dies unschuldvolle, fromme Spiel 13.1: 184
Dies wird die letzte Trän' nicht sein 1.1: 273
Dies zu deuten bin erbötig! 11.1.1: 120; 11.1.2: 70
Diese Federn, weiß' und schwarze 2.1: 57
Diese Gondel vergleich' ich der sanft einschaukelnden Wiege 3.2: 125, (85), (117)
Diese Gondel vergleich ich der Wiege 3.2: 85, 117, (125)
Diese nur kann ich dafür erkennen 4.1: 685
Diese Richtung ist gewiß 13.1: 119; 20.3: 674
Diese Stimmen, sie erschallen 9: 113
Diese vierzig kann einer sich nehmen 4.1: 681
Diese Worte sind nicht alle in Sachsen 9: 146
Dieselbe ⟨Bibliothek für das andre Geschlecht⟩ (Immer für Weiber) 4.1: 793
Diesem Amboß vergleich' ich das Land 3.2: 127, (86)
Diesen Amboß vergleich ich dem Lande 3.2: 86, (127)
Diesen ist alles Genuß 4.1: 763
Dieser alte Weidenbaum 18.1: 9
Dieser ist mir der Freund 4.1: 749, 756, 838
Dieser kluge Rath den Weltbeherrscher 11.1.1: 60
Dieser Musenalmanach ⟨Schillers Almanach von 1797⟩ 4.1: 807, (728)
Dieser schreckliche Mann 4.1: 718
Dieses Baums Blatt, der von Osten 11.1.1: 118; 11.1.2: 71, 294
Dieses Geschlecht ist hinweg 4.1: 757, 842
Dieses Heft Persönlichkeiten 9: 77
Dieses ist das Bild der Welt 1.1: 82
Dieses ist es, das Höchste 6.1: 39
Dieses Stammbuch, wie man's auch nimmt 9: 9
Dieses Werk ist durchaus nicht 4.1: 714, 792
Diesmal streust du 4.1: 841
Dilettant 4.1: 769, (743)
Dioscuren (Einen wenigstens) 4.1: 818
Dioscuren (Seine Unsterblichkeit) 4.1: 708
Dir alter Jason 18.1: 70
Dir darf dies Blatt ein Kettchen bringen 1.1: 154; 3.2: 18
Dir hat, wie du mir selbst erzählt 1.1: 119
Dir ins Leben, mir zum Ort 13.1: 124
Dir mit Wohlgeruch zu kosen 11.1.1: 100; 11.1.2: 66
»Dir warum doch verliert 13.1: 18

Dir zu eröffnen 11.1.1: 140; 11.1.2: 200; 20.3: 320
Distichen 4.1: 675
⟨Distichen aus Briefen Goethes an Schiller⟩ 4.1: 831
⟨Distichen aus dem »Musen-Almanach«⟩ 4.1: 754
⟨Distichen aus dem Nachlass⟩ 4.1: 826
⟨Distichen der Sammelhandschrift⟩ 4.1: 675
Distichen sind wir 4.1: 677, 776
Distichon 4.1: 735
Distinktionszeichen 4.1: 795
Doch am Morgen ward es klar 13.1: 183
Doch das ist gar kein groß Verdienst 9: 135
Doch denke niemand daß mit vielem Sinnen 2.1: 93
Doch immer höher steigt der edle Drang! 12: 472; 13.1: 159
Doch kann sich einer pfiffiger erweisen 18.1: 86
Doch solcher Grenze, solcher ehrnen Mauer 11.1.1: 189; 12: 92; 13.1: 157, 505
Doch würden sie, könnt es gelingen 13.1: 222
Donau 4.1: 690, (787)
Donau bei Wien 4.1: 690
Donau in B** 4.1: 787, (690)
Donau in O** 4.1: 788, (690)
Donnerstag nach Belvedere 9: 71
»Donnerstags nach Belvedere« 18.1: 47
Doppelt gibt wer gleich gibt 9: 136
doppelte Amt, Das 4.1: 675
Doppelter Irrtum 4.1: 685
Dorf Döbritz, Das 4.1: 721
Dornburg, September 1828 18.1: 27
Dou-rouy 11.1.1: 62
Drängt sich nicht gar Amathusia 4.1: 682
Draußen am Orte 11.1.1: 242; 11.1.2: 118
Draußen zu wenig oder zu viel 9: 138
Drei hundert Jahre sind vor der Türe 13.1: 107
Drei hundert Jahre sind vorbei 13.1: 107
Drei Palinodien 9: 103
drei Stände, Die 4.1: 682, 804
Dreieinigkeit hab ich auch gesehn 18.1: 87
dreifarbige Kokarde, Die 4.1: 817
Dreimal gesegneter Trank! 4.1: 738
Dreistigkeit 11.1.2: 18; 11.1.1: (40)
Drey Dichtarten 11.1.1: 331
Dreyhundert Jahre hat sich schon 11.1.1: 193
Dringe tief zu Berges Grüften 13.1: 25
Dringend 4.1: 820
Drohend hält euch die Schlang’ 4.1: 688, 785
Drucken fördert euch nicht 4.1: 695, 796
Drüben über den Urnen! 4.1: 731, (818)
Drum danket Gott, ihr Söhne der Zeit 9: 118
Dschelâl-eddîn Rumi spricht 11.1.2: 46; 11.1.1: (95)
Dschelaleddin Rumi spricht 11.1.1: 95; 11.1.2: (46)
Du aber halte dich mit Liebe 9: 119

Du bestrafest die Mode 4.1: 726, 807
Du beweinst, du liebst ihn 1.1: 263
Du bist auf immer geborgen 11.1.1: 83; 11.1.2: 62
Du bist! du bist! 2.1: 108
»Du bist ein wunderlicher Mann 13.1: 194
Du bist König und Ritter 4.1: 684, 755, 840
Du bist mein und bist so zierlich 13.1: 177
Du bist sehr eilig, meiner Treu! 9: 129
»Du bist so stolz 11.1.1: 27
Du brauchst nicht scharf zu zielen 1.1: 106
Du dem die Musen von den Akten Stöcken 1.1: 253
Du! der Gefällige 18.1: 69
Du erhebst uns erst zu Idealen 4.1: 727, 806
Du erstaunest, und zeigst mir das Meer 3.2: 146, (120)
Du gefällst mir so wohl 6.1: 98
Du gehst! Ich murre 1.1: 123
»Du gehst so freien Angesichts 13.1: 198
Du gingst vorüber? 13.1: 92
»Du hast an schönen Tagen 13.1: 15
»Du hast dich dem aller verdrießlichsten Trieb 13.1: 104
Du hast es lange genug getrieben 11.1.1: 191
Du hast gar Vielen nicht gedankt 11.1.1: 85; 11.1.2: (63)
Du hast gar vielen nicht gedankt 11.1.2: 63; 11.1.1: (85)
»Du hast *nicht* recht!« 13.1: 56
Du hast so manche Bitte gewährt 11.1.1: 156; 11.1.2: 64
Du hast so vielen schon den Hals gebrochen 18.1: 86
Du hast uns oft im Traum gesehen 1.1: 130, 144
»Du hast Unsterblichkeit im Sinn 13.1: 108
Du hattest gleich mir's angetan 13.1: 89, (90)
Du hattest längst mirs angetan 13.1: 90, (89)
Du im Leben nichts verschiebe 17: 153, 544
Du irrest Salomo! 13.1: 109
Du kleiner Schelm du 11.1.1: 232; 11.1.2: 99
Du kommst doch über so viele hinaus 13.1: 178
»Du kommst nicht ins Ideen Land!« 9: 133
»Du Kräftiger sei nicht so still 13.1: 14
Du machst die Alten jung 2.1: 44
Du magst an dir das Falsche nähren 9: 134
Du, mit deinen braunen Locken 11.1.1: 29; 11.1.2: 98
Du mußt dich niemals mit Schwur vermessen 9: 125
Du mußt verstehn! / Aus Eins mach' Zehn 3.1: 552; 6.1: 606
Du Narr! begünstige die Pfuscherei 18.1: 64
Du nimmst zuletzt doch auch 18.1: 73
Du nur bist mir der würdige Dichter! 4.1: 812
Du prophet'scher Vogel du 6.1: 59
»Du sagst gar wunderliche Dinge!« 13.1: 197
Du Schüler Howards 13.1: 91
Du! schweige künftig nicht zu lange 13.1: 44

Du sehnst dich weit hinaus zu wandern 13.1: 204
Du siehst so ernst, Geliebter! 9: 13
Du sollst mit dem Tode zufrieden sein 9: 132
Du sorgest freundlich mir den Pfad 3.2: 9
Du staunest über die Königspracht 9: 120
Du toller Wicht, gesteh nur offen 13.1: 213
Du trägst sehr leicht 9: 127
Du treibst mir's gar zu toll 9: 129
Du verachtest den Armen 2.1: 97
Du vereinigest jedes Talent 4.1: 744, 769
Du vergehst und bist so freundlich 11.1.1: 108; 11.1.2: 35
Du verklagest das Weib 2.1: 91
Du verkündige mir 4.1: 731, 816
Du versuchst, o Sonne, vergebens 11.1.1: 167
Du willst wahres mich lehren? 4.1: 759
Du wirkest nicht 9: 137
Du zierlicher Knabe, du komm herein 11.1.1: 111; 11.1.2: 98
Dümmer ist nichts zu ertragen 11.1.1: 80; 11.1.2: 58
Dünke der Mann sich frei 4.1: 752
Dummes Zeug kann man 13.1: 52
»Dunckel ist die Nacht 11.1.1: 82; 11.1.2: (60)
»Dunkel ist die Nacht 11.1.2: 60; 11.1.1: (82)
Dunkel sind sie zuweilen 4.1: 706, 799
Durch allen Schall und Klang 11.1.1: 110; 11.1.2: 45
Durch den Koran hab' ich alles 11.1.2: 163
Durch einander gleiten sie her 4.1: 841
Durch Feld und Wald zu schweifen 6.1: 43; 16: 716
Durch Vermittlung einer Teuren 13.1: 65
Durch Vernünfteln wird Poesie vertrieben 9: 139
Durchlauchtigster / Es nahet sich 2.1: 12
Durchsichtig erscheint die Luft so rein 9: 117

E** Hymenäus zu der St* und Sch* Heirat 4.1: 724
E. v. B. – 4.1: 743
Ecce homo 4.1: 705, (799)
Ecce rubet quidam 4.1: 714
Edel-ernst, ein Halbtier liegend 13.1: 171; 13.2: 80
Edel sei der Mensch 2.1: 90
Edelknabe und die Müllerin, Der 4.1: 877; 4.2: 692; 8.1: 415
Edelknabe und Wahrsagerin 3.2: 82
Edle deutsche Häuslichkeit 18.1: 24
Edler Schatten du zürnst? 4.1: 732, 818
Edles Organ 4.1: 725, 806
Efeu und ein zärtlich Gemüt 9: 135
Egalité 9: 106; 20.1: (346)
Eh man Theriac von Bagdad holt 11.1.1: 246
Ehe wir nun weiter schreiten 17: 13
Ehemals hatte man Einen Geschmack 4.1: 721, (779)

Ehmals hatte man Einen Geschmack 4.1: 779, (721)
Ehre, Deutscher, treu und innig 13.1: 118
Ehre, die uns hoch 13.1: 190
Ehrengedichtchen für Demoiselle Schröter (Unwiderstehlich muß die Schöne) 1.1: 1008*
Ehret wen ihr auch wollt! 3.2: 39, (38)
Eiche, Die 4.1: 689
Eigenheiten, die werden schon haften 9: 140
Eigentum 9: 88
eigne Ideal, Das 4.1: 765
Eignes Geschick geht mir nah 18.1: 71
Eile, Freunden dies zu reichen 13.1: 133
Eile zu Ihr 18.1: 53
Eiligst segnend, treuer Weise 18.1: 36
Ein Aber dabei 18.1: 53
Ein abgestumpft Gesicht 11.1.1: 229; 18.1: 85
Ein Adlerjüngling hob die Flügel 1.1: 201
Ein alter Freund erscheint maskiert 9: 106
Ein alter Mann ist stets ein König Lear! 13.1: 11
Ein anders ⟨Memento⟩ 9: 82
Ein asphaltischer Sumpf 4.1: 711, 780
Ein bedenklicher Fall! 4.1: 822
Ein beweglicher Körper erfreut mich 6.1: 39
Ein Bißchen Ruf, ein wenig Ehre 18.1: 61
Ein Blick von deinen Augen in die meinen 9: 16
Ein Blumenglöckchen 9: 105; 20.1: 346
Ein braver Mann! ich kenn' ihn ganz genau 9: 123
Ein Bruder ist's von vielen Brüdern 6.1: 55
Ein Cavalier von Kopf und Herz 11.1.1: 52
Ein deutsches Meisterstück 4.1: 791, (717)
Ein Epigramm sei zu kurz 4.1: 740, 774, 835
Ein ewiges Kochen 18.1: 78
Ein freundlich Wort kommt 13.1: 89
Ein frommer Maler mit vielem Fleiß 4.1: 656
Ein Füllhorn von Blüten 18.1: 51; 20.2: 1577, 1579
Ein Glas zu dem Schmatz 18.1: 54
Ein gleiches (Über allen Gipfeln) 2.1: 53*
Ein Gleichnis (Es hatt' ein Knab) 1.1: 220
Ein Gleichnis (Jüngst pflückt' ich) 18.1: 26; 20.2: 1117
Ein Gleichnis (Über die Wiese) 1.1: 223
Ein grauer trüber Morgen 1.1: 196
Ein großer Teich war zugefroren 13.1: 38
Ein guter Geist ist schon genug 13.1: 22
Ein Herre mit zwey Gesind 11.1.1: 82; 11.1.2: 61
Ein Hündchen wird gesucht 9: 58
Ein jeder denkt in seinem Dunst 18.1: 62
Ein jeder hat sein Ungemach 2.1: 54
Ein jeder *kehre* vor seiner Tür 18.1: 52

Ein jeder lese was der Eine schrieb 18.1: 73
Ein junger Mensch 1.1: 263
Ein Kaiser hatte zwey Cassire 11.1.2: 108; 11.1.1: (94)
Ein Kavalier von Kopf und Herz 11.1.1: 52*
Ein Kayser hatte zwey Cassire 11.1.1: 94; 11.1.2: (108)
Ein klein Papier hast du mir abgewonnen 9: 49
Ein kluges Volk wohnt nah dabei 9: 146
Ein Korb mit Steinwein 4.1: 738
Ein Kranz ist gar viel leichter binden 9: 122
Ein Liebchen ist der Zeitvertreib 11.1.1: 24
Ein luthrischer Geistlicher spricht 2.1: 29
Ein Mägdlein trug man zur Tür hinaus 13.1: 181
Ein Mann der Tränen streng entwöhnt 13.1: 108
Ein Meister einer ländlichen Schule 6.1: 47
Ein munter Lied! 2.1: 103
Ein neu Project ward vorgebracht 18.1: 59
Ein paar Jahre rühret euch nun 4.1: 728
Ein Quidam sagt 9: 68
Ein rascher Sinn 18.1: 89
Ein reiner Reim wird wohl begehrt 13.1: 215
Ein Ritter wohnt in diesem Haus 1.1: 1008*
Ein Saducaer will ich bleiben! 18.1: 75
Ein Schiffer, wenn er nach beglückter langer Fahrt 6.1: 784
»Ein Schnippchen schlägst du doch 13.1: 216
Ein schönes Ja, ein schönes Nein 9: 124
Ein Spiegel er ist mir geworden 11.1.1: 134; 11.1.2: 91
Ein strenger Mann, von Stirne kraus 11.1.1: 218
Ein Strom entrauscht umwölktem Felsensaale 9: 12
Ein Talent das jedem frommt 18.1: 10
Ein teures Büchlein 1.1: 261
Ein unendliches ahndet 4.1: 747, 766
Ein unverschämter Naseweis 9: 27
Ein Veilchen auf der Wiese stand 1.1: 234
Ein vor allemal 4.1: 809
Ein Werckzeug ist alle Tage nöthig 11.1.1: 234
Ein Wunder ist der arme Mensch geboren 17: 436
Ein wunderbares Lied ist euch bereitet 2.2: 339
Ein zärtlich jugendlicher Kummer 1.1: 200
Ein *Zauber* wohl ziehet nach Norden 13.1: 45
Ein Zug Lappländer 2.1: 496
Eine Bresche ist jeder Tag 9: 130
Eine Einzige Nacht an deinem Herzen! 3.2: 110, (144)
Eine einzige Nacht an deinem Herzen! 3.2: 144, (110)
Eine flache Furche 2.1: 101, (603)
Eine Frau macht oft ein bös Gesicht 9: 123
Eine gesunde Moral 4.1: 718
Eine Granate o Zeus 4.1: 727
Eine große Epoche 4.1: 780
Eine hohe Noblesse 4.1: 723, 810

Eine kannt' ich 4.1: 750, 772, 832
Eine Kollektion von Gedichten? 4.1: 721, 791
Eine Leiter zu Gott 4.1: 709
Eine Liebe hatt ich 3.2: 88, 125
Eine Liebe wünscht ich 3.2: 149
Eine lustige Weisheit 4.1: 717
Eine Maschine besitz ich 4.1: 722, 810
Eine nicht hält mich zurück 4.1: 857; 8.1: 169
Eine nur ist sie für alle 4.1: 697, 764
Eine Sanduhr in jeglicher Hand 2.1: 102, (604)
Eine Schachtel Mirabellen 11.1.1: 220
Eine schädliche Frucht 2.1: 63
Eine Schwelle hieß ins Leben 13.1: 133
Eine spaßhafte Weisheit 4.1: 783
Eine Stelle suchte der Liebe Schmerz 11.1.1: 251; 11.1.2: 35
Eine unsterbliche Göttin 4.1: 694, (783)
Eine würdige Sache verfechtet ihr 4.1: 814
Einem Handel mit Käse verglich er 4.1: 722, (810)
Einem ist sie die hohe 4.1: 783, (694)
Einem Käsehandel verglich er 4.1: 810, (722)
Einem möcht' ich gefallen! 6.1: 37
Einem unverständigen Wort 13.1: 201
Einen Bedienten wünscht man zu haben 4.1: 723, 811
Einen Chinesen sah ich in Rom 4.1: 857
Einen Helden mit Lust preisen und nennen 11.1.1: 160; 11.1.2: 59
Einen langen Tag über lebt' ich schön 13.1: 10
Einen Tyrannen zu hassen 4.1: 829
Einen wenigstens hofft' ich von euch 4.1: 818
Einen wohlgeschnitzten vollen Becher 2.1: 64
Einen zierlichen Käfig erblickt ich 3.2: 91, 119
Einer 4.1: 774
Einer aus dem Chor 4.1: 820
Einer aus dem Haufen 4.1: 820
Einer Charis erfreuet sich jeder 4.1: 740
Einer das höret man wohl 4.1: 724, 784
Einer Einzigen angehören 13.1: 33
Einer hohen Reisenden 9: 25
Einer machte das Hocus pocus 18.1: 74
Einer rollet daher 6.1: 38
Eines ist mir verdrießlich 3.2: 68, 69
Eines kenn' ich verehrt 6.1: 39
Eines Menschen Leben ist wenig 3.2: 109, (132)
Eines Menschen Leben, was ist's? 3.2: 132, (109)
Eines verzeih ich mir nicht 4.1: 747
Eines wird mich verdrießen 4.1: 726
Einführung 4.1: 703
Eingefroren sahen wir 4.1: 693, 756, 841
Einheit ewigen Lichts zu spalten 13.1: 223
Einig sollst du zwar sein 4.1: 765, (697)

Einig sollst du zwar sein 4.1: 697, (765)
Einige steigen als leuchtende Kugeln 4.1: 676, 779
Einige wandeln zu ernst 4.1: 807, (726)
Einige wandlen zu ernst 4.1: 726, (807)
Einladung (Glaubst du denn nicht) 4.1: 805, (722)
Einladung (Mußt nicht vor dem Tage fliehen) 11.1.1: 48; 11.1.2: 67
Einlaß 11.1.1: 241; 11.1.2: 117
Einmal nur in unserm Leben 13.1: 122
Einmal sollst du dich nur 4.1: 743
I Samuel 16 Cap II V. 1.1: 231
Eins und Alles 12: 744; 13.1: 149, (62)
Eins wie's andre 13.1: 229
Einsam schmückt sich, zu Hause 6.1: 35
Einsamkeit 2.1: 76
Einsamste Wildnis 13.2: 101; 13.1: (59)
Einschränkung 2.1: 26
Einst ging ich meinem Mädchen nach 1.1: 143, (120), (129)
Einst saß sie meinen Lehren 1.1: 104
Einzelne ⟨Neugriechische Liebe-Skolien⟩ 13.1: 120
Einzelne Saiten begrüßen mich 4.1: 690
Einzelne wenige zählen 4.1: 686
Eisbahn, Die 4.1: 692, 756
Eislebens Lied 2.1: 11
Elbe 4.1: 691, 788
Elegie 13.1: 94, 135, (674)
Elegie I 3.2: 78
Elegie II 3.2: 79
Elegie III 3.2: 81
Elegie IV 3.2: 81
Elegie auf den Tod des Bruders meines Freundes 1.1: 111
ELEGIEN 3.2: 39
Elemente 11.1.2: 14; 11.1.1: (12)
Eleonore 9: 67
Elisium. an Uranien 1.1: 208
Elpänor (Muß ich dich hier schon treffen) 4.1: 729, 816
Ἐλπίς 11.1.1: 189; 12: 92; 13.1: 157, 505
Empfunden! und gearbeitet 1.1: 237
Empiriker (Daß ihr den sichersten Pfad) 4.1: 762
Empiriker (Daß ihr der Künste) 4.1: 694
Empirischer Querkopf 4.1: 704, 798
Emsig wallet der Pilger 3.2: 91, 117, 128
Endlich, endlich darf ich hoffen 2.1: 307
Endlich erblickt ich 4.1: 732, 822
Endlich ist es heraus 4.1: 815
Endlich zog man sie wieder 4.1: 696, 795
Engel schweben auf und nieder 18.1: 372
Ens 4.1: 690, (788)
»Entferne dich nicht ganz und gar 13.1: 106
»Entfernst du dich, du liebe Seele 13.1: 108
Entgegengesetzte Wirkung 4.1: 815
Enthousiasmus suchst du 4.1: 744
Enthusiasmus vergleich' ich gern 11.1.1: 55

Entoptische Farben. An Julien 11.1.1: 183; 13.1: 160
Entsagung (Entwöhnen sollt' ich mich) 9: 15*
Entschuldigung 2.1: 91
Entweicht wo düstre Dummheit gerne schweift 13.1: 109
Entwickle deiner Lüste Glanz 18.1: 17
Entwöhnen sollt' ich mich vom Glanz der Blicke 9: 15
Entzwei und gebiete! Tüchtig Wort 9: 142
Enweri sagt's, ein herrlicher der Männer 11.1.1: 207; 11.1.2: (58); 17: (15)
Enweri sagt's, ein herrlichster der Männer 11.1.2: 58; 17: 15; 11.1.1: (207)
EPIGRAMME 3.2: 83
EPIGRAMME. VENEDIG, 1790 3.2: 123
EPIGRAMME. ZWEITES BUCH 3.2: 109
»Epigramme seid nicht so frech! 3.2: 113, 138
Epilog zu Schillers Glocke 6.1: 90; 11.1.1: 297, 645
Epimenides Erwachen, letzte Strophe 18.1: 79
Epiphanias (Die heil'gen drei König') 2.1: 60*
Epiphaniasfest 2.1: 60
Epirrema 13.1: 153; 11.1.1: (190); 12: (92)
Epirrhema (Müsset im Naturbetrachten und Freuet euch des wahren Scheins) 11.1.1: 190*; 12: 92*; 13.1: 153*
epische Hexameter, Der 4.1: 735
Epitheten, Die 4.1: 828
Epoche 9: 20
Epopeen, Die 4.1: 716
Er, der einzige Gerechte 11.1.1: 78; 11.1.2: 12
Er fliegt hinweg *Dich* zu umfangen 1.1: 249
Er hat euch die Gestirne gesetzt 11.1.1: 79; 11.1.2: 11
Er in Paris 4.1: 679
Er ist noch weit vom Schluß entfernt 9: 91
Er kommt! *Er* naht! 9: 60
Er sucht die Ursach zu ergründen 1.1: 87
Er und sein Name 2.1: 50
Er und seine Gesellen 4.1: 712, (781)
Er war – und, wie, bewegungslos 13.1: 66
Ergebung 11.1.2: 35; 11.1.1: (108)
Ergo bibamus! (Hier sind wir versammlet) 9: 35; 20.3: (259)
Ergo Bibamus (Hier sind wir versammelt) 20.3: 259; 9: (35)
Erhaben stehn auf höchster Stelle 11.1.1: 330
erhabene Stoff, Der 4.1: 716, 778
Erhabne GroßMama! 1.1: 75
Erhabner GroßPapa! 1.1: 75
Erholungen. Zweites Stück 4.1: 809
Eridanus 4.1: 688, 786
Erinnerung (Gedenkst du noch der Stunden) 18.1: 44
Erinnerung (Wenn die Reben wieder blühen) 4.1: 902
Erinnerung (Willst du immer weiter schweifen!) 2.1: 41
Erinnr' ich mich doch spät und früh 13.1: 175
Erkanntes Glück 2.1: 74

Erkenne dich! – Was hab' ich da für Lohn? 9: 144
Erkenne dich! – Was soll das heißen? 9: 143
Erklärung einer antiken Gemme 11.1.1: 50
Erklärung eines alten Holzschnittes vorstellend Hans Sachsens poetische Sendung 2.1: 15
Erlaubt sei Dir, in mancherlei Gestalten 9: 69
Erlauchte Bettler hab' ich gekannt 13.1: 201
Erlauchter Gegner aller Vulkanität! 13.1: 71
Erleuchtet außen von der Sonne Gold 13.1: 102
Erlkönig 2.1: 74, (338)
Ernsthaft beweisen sie dir 4.1: 698
Ἔρως 11.1.1: 189; 12: 91; 13.1: 156, 502
Eros, wie seh ich dich hier! 2.1: 604, (102)
Erotica Romana 3.2: 38
Erreurs et Verité 4.1: 709, 778
Ersatz, Der 4.1: 709, 789
Erschaffen und Beleben 11.1.2: 14; 11.1.1: (9)
Erst ein Deutscher 6.1: 95
Erst Empfindung, dann Gedancken 11.1.1: 118
Erst habt ihr die Großen beschmaust 4.1: 679, 802
Erst singen wir: der Hirsch so frei 13.1: 105
Erst sitzt er eine Weile 1.1: 149
Erste, Der 4.1: 683, 754, (839)
Erste Epistel 4.1: 660
erste Verlust, Der (Ach! wer bringt die schönen Tage) 2.1: 100*
erste Walpurgisnacht, Die 6.1: 40
ersten Erzeugnisse der Stotternheimer Saline, Die 18.1: 98; 20.3: 904
Erster Verlust 2.1: 100, (484)
Erwache Friedericke 1.1: 158
Erwählter Fels 2.1: 76
Erwiederung (Wenn schönes Mädchen) 18.1: 55
Erwiederungen (Wie mir dein Buch gefällt?) 18.1: 69
Erzieher, Die 4.1: 765
Es darf sich einer wenig bücken 13.1: 211
Es fähret die poetsche Wut 2.1: 54
Es flattert um die Quelle 3.2: 17; 1.1: (130), (146)
Es fürchte die Götter / Das Menschengeschlecht! 3.1: 208
Es fuhr ein Fuhrknecht über den Rhein 1.1: 166
Es geht eins nach dem andern hin 11.1.1: 256; 11.1.2: 42
Es geht vorüber 19: 369
Es gibt ein weiblich Wesen 13.1: 117
Es ging ein Knäblein 18.1: 54
Es gschieht wohl daß man an einem Tag 1.1: 256*
Es hange eben nicht zusammen 18.1: 84
Es hat ein hübsches Maidel 18.1: 88
Es hatt' ein Knab 1.1: 220
Es hatte ein junger Mann 13.1: 230
Es ist doch meine Nachbarin 9: 26
Es ist ein schlechter Zeitvertreib 9: 89
Es ist ein Schnee gefallen 11.1.1: 181; 13.1: 25

Es ist ein Schuß gefallen! 2.1: 31
Es ist gut 11.1.2: 110; 11.1.1: (101)
Es ist mein einziges Vergnügen 1.1: 87
Es ist nicht gut die Formen auszuschließen 13.1: 90
Es ist nicht hübsch 18.1: 85
Es ist nicht zu schelten 18.1: 69
Es ist nichts in der Haut 13.1: 168
Es ist sehr schwer oft zu ergründen 9: 137
Es ist so viel Heimweh in der Welt 1.1: 247
Es klingt so prächtig wenn der Dichter 11.1.1: 144; 11.1.2: 87
Es lacht der Mai! 6.1: 40
Es leben die Soldaten 6.1: 29
Es lehrt ein großer Physikus 18.1: 59
Es ließe sich alles trefflich schlichten 9: 124
Es mag ganz artig sein 3.2: 152
Es mag sich Feindliches ereignen 13.1: 111
Es nannten ihre Bücher 1.1: 98
Es rauschet das Wasser 2.1: 295
Es reit der Herr von Falckenstein 1.1: 165
Es sagen die Blicke 4.1: 992
Es schlug mein Herz, geschwind zu Pferde 1.1: 160; 3.2: 15
Es schnurrt mein Tagebuch 13.1: 191
Es segne Gott dies Band 11.1.2: 271
Es spricht sich aus 18.1: 27
Es stecken mehr als funfzig Angeln 11.1.2: 186
Es stehen drei Sternen am Himmel 1.1: 169
Es steht ein junger Feigenstock 11.1.1: 50
Es überzieht nicht 13.1: 222
Es wäre schön was Gut's zu kauen 18.1: 53
Es war ein ädlicher Lindenschmidt 1.1: 176
Es war ein Buhle frech genung 1.1: 250; 3.1: 393
Es war ein fauler Schläfer 2.1: 298
Es war ein Kind das wollte nie 9: 81; 20.3: (317)
Es war ein König in Thule 1.1: 252; 6.1: 613; 1.2: (157); 3.1: (559)
Es war ein König in Tule 1.2: 157; 3.1: 559; 1.1: (252); 6.1: (613)
Es war ein Ratt im Keller Nest 1.2: 147; 3.1: (538); 6.1: (593)
Es war eine Ratt' im Kellernest 3.1: 538; 6.1: 593; 1.2: (147)
Es war einmal ein edler Herr 1.1: 170
Es war einmal ein Hagenstolz 1.1: 115
Es war einmal ein König 1.2: 149; 3.1: 540; 6.1: 595
Es war einmal ein Zimmergesell 1.1: 174
Es waren drei Junggesellen 1.1: 182
Es werbt ein junger Grafen Sohn 1.1: 172
Es wollt ein Knab spazieren gehn 1.1: 181
Etwas ist er, muß auch was scheinen 13.1: 232
Etwas nützet ihr doch 4.1: 783
Etwas wünscht' ich zu sehn 4.1: 813

Etymologie (Ominos ist dein Name) 4.1: 804
Etymologie. Spricht Mephistopheles 18.1: 57
Euch bedaur' ich am meisten 4.1: 713, 782
Euch bedaur' ich, unglückselge Sterne 2.1: 64
Euch ist alles ein Nichts 4.1: 745
Euch, o Grazien! legt ein Dichter 3.2: 55
Euch Präconen des Pfuschers 4.1: 757, 842, (692)
Euch Präkonen des Pfuschers 4.1: 692, (757), (842)
Euch verkummerte man 4.1: 829
Euer Beifall macht mich freier 1.1: 101
Euer Geflüster 18.1: 72
Euer Gegenstand ist der erhabenste 4.1: 696
Euphrosyne 4.1: 906; 4.2: 747; 6.1: 9
Eure Absicht 4.1: 678
Eure Gärtnerei zu lernen 13.1: 120
Eva verziehen sei dir! 11.1.1: 40
Ewig strebst du umsonst 4.1: 697, 765
Ewig wird er euch sein der Eine 6.1: 40
⟨ewige Jude, Der⟩ 1.1: 238
Exempel 4.1: 695, 796

Fällt auf dem Eise 4.1: 693, 757
Fahre fort im Sündenleben 18.1: 73
Fahrt nur fort nach eurer Weise 13.1: 14
Fajaken, Die 4.1: 690
Fallen ist der Sterblichen Los 4.1: 692, 757, 842
Fallen verzeih ich dir gern 4.1: 709
Falscher Studiertrieb 4.1: 743
Falschheit nur und Verstellung 4.1: 748
Familiengemälde 9: 114
Familien-Gruß 13.1: 63
Fassest du die Muse nur beim Zipfel 13.1: 168
Fastenspeisen dem Tisch des frommen Bischofs 4.1: 691, 789
Fauntleroy und Konsorten 13.1: 114
Faust hat sich leider schon oft 4.1: 808
XV. Februar MDCCCXII 9: 59
XVI. Februar MDCCCXII 9: 59
Fehlet die Einsicht 4.1: 840, (683), (754)
Fehlst du; laß dich's nicht betrüben 13.1: 105
Fehlt der Gabe gleich das Neue 18.1: 24
Fehlt die Einsicht 4.1: 683, 754, (840)
Feier der Geburtsstunde des Erbprinzen Carl Friedrich von Sachsen-Weimar 2.1: 81
Feierlich sehn wir neben dem Doge 3.2: 85
Fein genug ist dein Gehör 4.1: 704
Feindlicher Einfall 4.1: 781, (676)
Feindschaft sei zwischen euch 4.1: 797
Feindseliger Blick 13.1: 178
Felsen sollten nicht Felsen 2.1: 92

Fels-Weihegesang. an Psyche 1.1: 211
Ferdusi spricht 11.1.1: 95; 11.1.2: 46
Fern erblick' ich den Mohn 4.1: 833, (750), (772)
Fern in der Speere Gewühl 4.1: 741
Fern von gebildeten Menschen 3.2: 152
Ferne 2.1: 77
Ferner sind alhier zu finden 11.1.1: 115
Fetch Ali Schah der Türk 11.1.2: 269
Fetter grüne du Laub 1.1: 275; 3.2: 22
Fetwa (Der Mufti las) 11.1.1: 86; 11.1.2: 25
Fetwa (Hafis Dichterzüge) 11.1.1: 10; 11.1.2: 24
Feuerwerk 4.1: 675
Fichte 4.1: 719
Fichte und Er 4.1: 706, 799
Finanzier 4.1: 830
Find', in dieser Büchlein Reihe 18.1: 33
Findet in Einem die Vielen 8.2: 94
Finnisch 20.1: 251; 9: (52)
Finnisches Lied 9: 52; 20.1: (251)
Fische 4.1: 688, 786
Fischer, Der 2.1: 42
Flach bedecket und leicht 2.1: 603, (101)
Flach ist mein Ufer 4.1: 691, 788
fleuves indiscrets, Les 4.1: 691, 789
Fliegen möchte der Strauß 4.1: 680, 802
fliegende Fisch, Der 4.1: 786, (689)
Fliegender Fisch 4.1: 689, (786)
Fliegengift 9: 49
Flieh, Täubchen, flieh! 1.1: 225
Flink soll sich der Mensch beweisen 11.1.1: 27
Flinze, wenig Erz enthalten s' 9: 31
Flora 4.1: 726
Flora Deutschlands Töchtern gewidmet 4.1: 726
Flora, welche Jenas Gauen 13.1: 183
Flüchtlinge 4.1: 727
Fluß und Ufer, Land und Höhen 11.1.1: 166
Foderungen, Die 4.1: 720
Folge nicht 9: 76
Formalphilosophie 4.1: 704, 798
Forsche der Philosoph 4.1: 684
Forscher, Die 4.1: 693
Fort ins Land der Philister 4.1: 781, (676)
Fort! ins Land der Philister 4.1: 676, (781)
Fort jetzt ihr Musen! 4.1: 703
Fortzupflanzen die Welt 4.1: 768, 838
Fr. Ob. C. H. v. E. 13.1: 184
Frage in den Reichsanzeiger. W. Meister betreffend 4.1: 810, (724)
Frage in den Reichsanzeiger, Wilhelm Meister betreffend 4.1: 724, (810)
Frage nicht durch welche Pforte 11.1.1: 70, 110; 11.1.2: 41
Frage nicht nach mir 2.1: 77
Fraget nun wen ihr auch wollt 3.2: 38, (39)

⟨Fragment⟩ (Und fand als ich mich aufgerafft) 1.1: 232
Frankreich faßt er mit einer 4.1: 677, 801
Frankreich hat uns ein Beispiel gegeben 3.2: 94
Frankreichs traurig Geschick 3.2: 137
Französische Lustspiele in Dyks Verlag 4.1: 712, (811)
Französische Lustspiele von Dyk 4.1: 811, (712)
Franztum drängt in diesen verworrenen Tagen 4.1: 839
Fratzen 4.1: 763
Frau Oberkammerherrinn Caroline von Eggloffstein 11.1.1: 174
Frauen 4.1: 751
Frauen, richtet mir nie 4.1: 752
Frauen sollen nichts verlieren 11.1.1: 216; 11.1.2: 116
Frauen *** und Professoren 18.1: 56
Frech und froh 3.2: 37
Frech wohl bin ich geworden 3.2: 105, 141
Frei von Tadel zu sein 4.1: 702, 767
Freibeuter 13.1: 142
Freie Welt 13.2: 102; 13.1: (60)
Freier! Seid ihr beleidigt? 4.1: 728, (825)
Freigebig ist der mit seinen Schritten 9: 125
Freiheit 4.1: 826
Freiheit ist ein herrlicher Schmuck 4.1: 826
FreiheitsPriester! ihr habt die Göttin 4.1: 679
Freilich kann ich dich nicht in schlängelnden Wellen 4.1: 736
Freilich laufe wer nackt 4.1: 829
Freilich tauchet der Mann 4.1: 706, 799
Freilich walten sie noch 4.1: 731, 816
Fremde Kinder lieben wir nie so sehr 4.1: 699, 761, 837
Freuden, Die 1.1: 130, 146; 3.2: 17
Freuden des jungen Werthers 1.1: 263
Freudig trete herein 18.1: 28
Freudig war, vor vielen Jahren 11.1.1: 190; 12: 195; 13.1: 150
Freudvoll / und leidvoll 3.1: 286
Freuet euch des wahren Scheins 11.1.1: 190; 12: 92; 13.1: 153
Freund, Der 4.1: 756, (749), (838)
Freund, wer ein Lump ist 2.1: 50
Freunde, bedenkt euch wohl 4.1: 815
Freunde flieht die dunkle Kammer 13.1: 223; 10: 1001
Freunde treibet nur alles mit Ernst und Liebe 4.1: 746, 771, 836
Freundin aus der Wolke (Wo, du Reuter) 1.1: 1008
Freundlich empfange das Wort 6.1: 90
Freundlich werden neue Stunden 11.1.1: 220
Freundliches Begegnen 9: 12
Freust du dich deines Lebens 4.1: 738
Freut euch des Schmetterlings nicht 4.1: 805
Freygebiger wird betrogen 11.1.1: 117; 11.1.2: 44
Freysinn 11.1.2: 11; 11.1.1: (78)
Friede! Zerreißt mich nur nicht! 4.1: 820

Frisch! der Wein soll reichlich fließen! 9: 32; 20.3: 253
Frisch hinaus, wo große Köste 9: 36
Frisches Ey, gutes Ey 11.1.1: 55
Frivole Neugier 4.1: 718, 792
Fröhlich dienen wir eines dem andern 4.1: 736
Frömmigkeit verbindet sehr 13.1: 209
Froh empfind' ich mich nun 3.2: 46, 47
Frohe Zeichen zu gewahren 13.1: 128
Fromm sind wir Liebende 3.2: 42, 43
Fromme gesunde Natur! 4.1: 763
Fromme Wünsche, Freundes Wort 18.1: 52
Frostig und herzlos ist der Gesang 4.1: 714, 793
Früchte bringet das Leben dem Mann 4.1: 836
Früh wenn Tal, Gebirg und Garten 18.1: 27
FRÜHLING 4.1: 832
Frühling 1818 11.1.1: 199
Frühling übers Jahr 11.1.1: 164; 13.1: 29
Frühlingsblüten sind vergangen 13.1: 101
Frühlingsorakel 6.1: 59
Frühzeitiger Frühling 6.1: 49
Fuchs beim Kranich, Der 4.1: 707
Füllest wieder Busch und Tal 2.1: 35, 561, (34)
Füllest wieder 's liebe Tal 2.1: 34, (35), (561)
Fünf andere ⟨Dinge⟩ 11.1.2: 38; 11.1.1: (37)
Fünf andre ⟨Dinge⟩ 11.1.1: 37; 11.1.2: (38)
Fünf Dinge 11.1.1: 37; 11.1.2: 38
Fünf Dinge bringen fünfe nicht hervor 11.1.1: 37; 11.1.2: 38
Für das Gute 6.1: 95
»Für den Kammerdiener 9: 31
Für die historische Kunst 4.1: 719
Für ewig (Doch denke niemand) 2.1: 93*
Für mich hab ich genug erworben 13.1: 216
Für Sie 13.1: 177
Für Töchter edler Herkunft 4.1: 711, 777
Für und wider zu dieser Stunde 18.1: 67
Fürchte nicht, liebliches Mädchen 3.2: 114
Fürchte nicht sagte der Meister den Bogen 4.1: 736
Fürchterlich bist du im Kampf 4.1: 791
Fürs Leben 13.1: 30; 6.1: (60)
Fürsten prägen so oft 3.2: 113, 122, 138
Fürstenregel 11.1.1: 56
Funfzig Jahre sind vorüber 18.1: 42
Furiose Geliebten sind meine Forcen 4.1: 811

G. d. Z. (Dich, o Dämon!) 4.1: 807, (726)
G ... Feder an .... (Was mich auch sonst erkühnt) 13.1: 185
G. G. (Jeder, siehst du ihn einzeln) 4.1: 724, 810
Gabe von obenher 4.1: 771, (745)
Gaben von oben nur 4.1: 745, (771)
Gänseblumen heißet ihr deutsch 4.1: 828

galante Philosoph, Der 4.1: 717
Gans 4.1: 688, 786
Ganymed 1.1: 233; 3.2: 33
Ganz andre Wünsche steigen jetzt 1.1: 87
Ganz hypochondrisch bin ich 4.1: 789
Ganz und gar 9: 126
Gar mancher hat sich ernst beflissen 18.1: 69
Gar manches artig ist geschehn 13.1: 175
Gar nichts neues sagt ihr mir! 13.1: 205
Gar viele Länder hab ich bereist 11.1.1: 172
Garve 4.1: 719, 794
Gastmahl der Weisen, Das (Kommt Brüder!) 9: 107*; 13.1: 163*
Gatte der Gattin, Der (Du versuchst, o Sonne vergebens) 11.1.1: 167*
Gebildetes fürwahr genug! 18.1: 46
Gebraten oder gesotten! 9: 126
Gebt mir zu tun 9: 141
Geburt und Tod betrachtet ich 18.1: 82
Gedenkst du noch der Stunden 18.1: 44
Gedichte sind gemalte Fensterscheiben! 13.1: 180
⟨Gedichte zu symbolischen Bildern⟩ 13.1: 126
Gedichtsammlung, Die 4.1: 721, (791)
Gefährliche Nachfolge 4.1: 815
Gefahr 4.1: 692, (757), (842)
Gefunden 9: 84
Gegen Früchte aller Arten 18.1: 48
Gegen soviel schöne Dinge 11.1.1: 45
Gegenseitig (Wie sitzt mir das Liebchen?) 11.1.1: 173*
Gegenwart 9: 68
Gegner, Der 4.1: 828
Geh doch, ein hektisches Bürschgen 4.1: 732
Geh doch! sein Leben ist keusch 4.1: 828
Geh gehorche meinem Winken 3.1: 237; 3.2: (10), (11)
Geh! gehorche meinen Winken 3.2: 10, 11; 3.1: (237)
Geh ich, so wird der Schade größer 13.1: 192
Gehab dich wohl bei den hundert Lichtern 2.1: 10
Geheimes (Über meines Liebchens Äugeln) 11.1.2: 36; 11.1.1: (28)
Geheimnisse, Die. Ein Fragment 2.2: 339
Geheimschrift 11.1.2: 90; 11.1.1: (122)
Geheimster Wohnsitz 13.2: 102; 13.1: (60)
Geheimstes 11.1.2: 36; 11.1.1: (108)
Gehinderter Verkehr 13.2: 107; 13.1: (61)
»Geht dir denn das von Herzen 13.1: 110
Geht einer mit dem andern hin 13.1: 45
Geht mir dem Krebs in B*** 4.1: 785, (687)
»Geht zu meiner linken ihr Böcke! 3.2: 101, (136)
Gehts in der Welt dir endlich schlecht 9: 124
Geist 4.1: 745
Geist und der Buchstabe, Der 4.1: 783

Geist und Schönheit im Streit 9: 104
Geistige Liebe 4.1: 748
»Geistreich nennt man dies Werk? 4.1: 745
Geiz 18.1: 63
Gelacht! Geschrieben! 1.1: 249
Gelbrot und grün macht das Gelbe 4.1: 797
Geld und Gewalt 18.1: 83
Gelehrte Zeitung 4.1: 727, (814)
Gelehrte Zeitungen 4.1: 814, (727)
Gellerts Monument von Oeser 2.1: 36
gemeinschaftliche Schicksal, Das 4.1: 743
Gemüt muß verschleifen 9: 144
Generalbeichte 6.1: 56
Genialisch Treiben 2.1: 29
Genialische Kraft 4.1: 768, (836)
Genialität (Gutes aus Gutem) 4.1: 701, (767)
Genialität (Wodurch gibt sich der Genius) 4.1: 767
Genieße dies nach deiner eignen Weise 13.1: 90
Genieße, was der Schmerz dir hinterließ! 9: 135
Genius, Der 4.1: 766, (701)
Genius der Zeit 4.1: 726, (807)
⟨Genius die Büste der Natur enthüllend⟩ 13.1: 129
Genius mit der umgestürzten Fackel, Der 4.1: 737
Genügsam 11.1.2: 34; 11.1.1: (102)
Genug (Immer niedlich, immer heiter) 11.1.1: 131*
Genuß 3.2: 25; 1.1: (140)
Geognostischer Dank 18.1: 49
Geranium 4.1: 773
Gern erlassen wir *dir* 4.1: 803, (681)
Gern erlassen wir dir 4.1: 681, (803)
Gern hören wir allerlei gute Lehr 13.1: 200
Gern überschreit ich die Grenze 3.2: 96, 134
Gern verlaß ich diese Hütte 1.1: 127, 142
Gern wär ich Überliefrung los 13.1: 228
Gerne dien ich den Freunden 4.1: 822
Gerne hätt' ich fortgeschrieben 9: 94
Gerne hört man dir zu 4.1: 717
Gerne plagt ich auch dich 4.1: 722, 794
Gesang 4.1: 742
Gesang der Geister über den Wassern 2.1: 48
Geschenk, Das 4.1: 738
Geschichte des dicken Mannes 4.1: 714, (792)
Geschichte eines dicken Mannes 4.1: 792, (714)
Geschichte und Weissagung 4.1: 703
Geschieht wohl, daß man einen Tag 3.2: 36
Geschlechter, Die 4.1: 741
Geschwindschreiber 4.1: 815
Geschwister, Die (Schlummer und Schlaf) 2.1: 101
Gesellschaft 11.1.1: 52
Gesellschaft von Sprachfreunden 4.1: 715, 794
⟨Gesendet von Marienbad einer Gesellschaft versammelter Freunde⟩ 13.1: 89

Gesotten oder gebraten! 9: 126
Gespräch zwischen Schildwache und Freund Hein am Coburger Tor 2.1: 107
Geständnis (Rede leiser mein Freund) 4.1: 819
Geständniß (Was ist schwer zu verbergen?) 11.1.2: 13; 11.1.1: (93)
Gestehts! Die Dichter des Orients 11.1.1: 81; 11.1.2: 58
Gestern war es noch nicht 6.1: 34
Gesundbrunnen zu *** 4.1: 788, (691)
Gesundbrunnen zu XXX 4.1: 691, (788)
Getretner Quarck 11.1.1: 84; 11.1.2: (63)
Getretner Quark 11.1.2: 63; 11.1.1: (84)
getreue Eckart, Der 9: 77
Gewarnt 11.1.2: 32; 11.1.1: (18)
geweihte Platz, Der 2.1: 74
Geweihter Platz (Wenn zu den Reihen der Nymphen) 2.1: 74*
Gewiß ich wäre schon so ferne 2.1: 97
Gewisse Melodien 4.1: 793, (713)
Gewisse Romane 4.1: 709
Gewisse Romanhelden 4.1: 779, (711)
Gewissen Lesern 4.1: 789, (675)
Gewissensskrupel 4.1: 822
gewöhnliche Schicksal, Das 4.1: 770, (744)
Gewöhnung (Sollt' ich mich denn so ganz) 9: 13*
Gewölb 4.1: 736
Gewogen schienst du mir zu sein 13.1: 90
Gewohnt, getan 9: 80; 20.3: (313)
Gib acht! es wird dir allerlei begegnen 13.1: 70
Gib das Tagwerk 2.1: 556, (28)
Gib mir statt der Schwanz ein ander Wort 3.2: 101
Gibt's ein Gespräch? 13.1: 15
Giebichensteiner sei auch persönlich 4.1: 828
Gieße nur, tränke nur fort 3.2: 129
Ging zum Pindus dich zu schildern 13.1: 185
Gingo biloba 11.1.2: 71, (294); 11.1.1: (118)
Ginkgo biloba 11.1.1: 118; 11.1.2: (71), 294
Glänzen sah ich das Meer 3.2: 105, 122, 146
Glaube dich nicht allzu gut gebettet 13.1: 200
Glaube mir gar und ganz 9: 140
Glaube nur, du hast viel getan 9: 123
Glauben sie nicht der Natur 4.1: 733, 823
Glaubst dich zu kennen, wirst Gott nicht erkennen 9: 139
Glaubst du denn nicht 4.1: 722, 805
Glaubst du denn von Mund zu Ohr 11.1.1: 109; 11.1.2: 54
Glaubt mir, es ist kein Märchen 4.1: 740
Glaubt nicht daß ich fasele 18.1: 75
Glaubwürdigkeit 4.1: 699, 761, (837)
Gleich ist alles versöhnt 9: 137
Gleich sei keiner dem Andern 4.1: 838
Gleich und gleich 9: 105; 20.1: (346)

Gleich zu sein unter Gleichen 9: 134
Gleich zur Sache, mein Freund 4.1: 820
gleiches, Ein (Über allen Gipfeln) 2.1: 53*
⟨Gleichgewinn⟩ 13.1: 45
Gleichnis, Ein (Es hatt' ein Knab) 1.1: 220
Gleichnis, Ein (Über die Wiese) 1.1: 223
Gleichnisse dürft ihr mir nicht verwehren 13.1: 230; 18.1: 88
Gleite fröhlich dahin 4.1: 692, 757, 842
Glück auf den Weg 4.1: 786, (689)
Glück, Das. An Annetten 1.1: 130, (144)
Glück, Das. An mein Mädgen 1.1: 144, (130)
Glück der Liebe, Das 1.1: 150
Glücklich Land allwo Cedraten 18.1: 33; 19: 635
Glücklich nenn ich den Autor 4.1: 744, 770
Glücklich wenn nach Außen 18.1: 87
Glückliche, Der 4.1: 705, 799
Glückliche Fahrt 4.1: 666
glücklichen Gatten, Die 6.1: 60; 13.1: (30)
Glücklicher Künstler! 13.1: 174
Glückselig ist, wer Liebe rein genießt 9: 136
Glückstopf, Der 4.1: 777
⟨Gnomische Verse⟩ 2.1: 54
Gönne dem Knaben zu spielen 4.1: 741
Gönnern reiche ich das Buch 6.1: 51
Gönnet immer fort und fort 13.1: 103
Göschen an die deutschen Dichter 4.1: 724, 810
Goethe und Pustkuchen 13.1: 234
Goethes Gartenhaus 18.1: 9; 13.1: (175)
⟨Goethes Geburtstag 1825⟩ 13.1: 125
⟨Goethes Wohnhaus in Weimar⟩ 18.1: 9
Götter wie soll ich euch danken 3.2: 114, 145
Göttliche, Das (Edel sei der Mensch) 2.1: 90
Göttliche, Das (Wäre sie unverwelklich) 4.1: 766, (747)
Göttliche Liebe! 4.1: 742
Göttlicher Morpheus, umsonst 3.2: 110, 121, 144
goldne Alter, Das 4.1: 813, (720)
goldne Zeitalter, Das 4.1: 685, (780)
Goldnes Zeitalter 4.1: 780, (685)
Goldschmiedsgesell, Der 9: 26
Goldstaub wirf in das Wasser 6.1: 46
Gott Danck! daß uns so wohl geschah 11.1.1: 166
GOTT, GEMÜT UND WELT 9: 116
Gott grüß euch, Brüder 13.1: 205
Gott hab' ich und die Kleine 13.1: 199
Gott hat den Menschen gemacht 13.1: 50
Gott hat die Gradheit selbst ans Herz genommen 13.1: 203
Gott, heißt es, schied die Finsternis vom Licht 18.1: 73
Gott nur siehet das Herz 4.1: 748

Gott sandte seinen rohen Kindern 11.1.1: 168
Gott segne dich junge Frau 1.1: 202
Gott und die Bajadere, Der 4.1: 872
Gott und Welt 13.1: 144
Gottes ist der Orient 11.1.1: 78; 11.1.2: 12, 288
Gottesurteil 4.1: 811
Gottheiten zwei 6.1: 69
Gottsched ein Mann 1.1: 84
Grabschrift (Als Knabe verschlossen und trutzig) 9: 91
Grabschrift (Freust du dich deines Lebens) 4.1: 738
Grabschrift (Ich war ein Knabe warm und gut) 1.1: 261
Grabschrift gesetzt von A. u. J. 18.1: 83
Gräme Geliebte dich nicht 3.2: 42, (43)
Graf Friedrich wollt ausreiten 1.1: 177
Granit, gebildet anerkannt 11.1.1: 162, 163
Grau und trüb und immer trüber 13.1: 128
Grausam erweiset sich Amor an mir! 4.1: 834, (774)
Grausam handelt Amor mit mir! 4.1: 774, (834)
Grenzen der Menschheit 2.1: 45
Grenzlose Lebenspein 13.1: 195
Grenzscheide 4.1: 737
Griechheit 4.1: 814
Griechheit was war sie? 4.1: 814
griechische Genius an Meyer in Italien, Der 4.1: 719
Griechische und moderne Tragödie 4.1: 815
grobe Organ, Das 4.1: 800
Gröblich haben wir dich behandelt 4.1: 707, 800
Gros ist Europens Staatskalender 11.1.1: 64
Groß Eltern da dies Jahr 1.1: 76
Groß ist die Diana der Epheser 9: 59
Große Leidenschaft waltet allda 13.1: 235
Große Venus, mächtge Göttin! 1.1: 127
Großen Fluß hab ich verlassen 13.1: 185
Großer Brama, Herr der Mächte 13.1: 83
Großer Brama! nun erkenn' ich 13.1: 87
Grün ist der Boden der Wohnung 3.2: 152
⟨Grundbedingung⟩ 13.1: 33
Gruß 11.1.2: 34; 11.1.1: (98)
Guerre ouverte 4.1: 782
Gut! Brav, mein Herr! 1.1: 258; 3.2: 34
Gut, daß ich euch, ihr Herren 4.1: 820
Gut verloren etwas verloren 18.1: 68
Gute Männer 4.1: 682
Gute Nacht (Wenn man zwanzig Freier zählet) 1.1: 154
Gute Nacht! (Nun so legt euch liebe Lieder) 11.1.1: 49; 11.1.2: 127
gute Staatsverfassung, Die 4.1: 685
Guten Ruf mußt du dir machen 11.1.1: 85; 11.1.2: 63
Guten schreibt er 3.2: 151
Guter Adler! nicht ins Weite 18.1: 42
Guter Adler nicht so munter 13.1: 127

Guter Poet, schlechter Kunstrichter 4.1: 713
Guter Rat (Accipe facundi) 4.1: 715, 808
Guter Rat (Freunde, treibet) 4.1: 771, (746), (836)
Guter Rat (Geschieht wohl) 3.2: 36
Gutes aus Gutem 4.1: 701, 767
Gutes in Künsten verlangt ihr? 4.1: 744, 771
Gutes Jena 4.1: 705
Gutes thu' rein aus des Guten Liebe (1816) 11.1.1: 160; 11.1.2: 59
Gutes thu rein aus des Guten Liebe! (1819) 11.1.1: 231; 11.1.2: 58
Gutes und Schönes 4.1: 701, (758)
Gutes zu empfangen, zu erweisen 13.1: 11

H. S. 4.1: 778, (709), (838)
H. St. 4.1: 709, (778), (838)
H. W. 4.1: 750, 772, (832)
H***s Romanhelden 4.1: 711, (779)
Ha du bist mir der frechste 4.1: 728
Ha, ich bin der Herr der Welt! 2.1: 24
Ha! ich kenne dich, Amor 3.2: 111, 144, (121)
Ha! nun haben wir euch Aristokraten! 4.1: 826
Haar der Berenice 4.1: 687, (785)
Hab ein bucklich Männel g'nomme 1.1: 184
Hab' ich euch denn je gerathen 11.1.1: 96; 11.1.2: 52
Hab' ich gerechter Weis' verschuldet? 13.1: 13
Hab ich tausendmal geschworen 11.1.1: 249
Hab oft einen dummen düstern Sinn 1.1: 224
Habe nichts dagegen, daß ihm so sei 13.1: 212
Haben da und dort zu mäkeln 13.1: 219
Haben sie von deinen Fehlen 11.1.1: 226; 11.1.2: 40
Habens's gekauft, es freut sie baß 9: 129
Habt ihr das alles recht bedacht? 13.1: 105
Habt ihr gelogen in Wort und Schrift 13.1: 55
Habt von Sirenen gehört? 18.1: 15
Hängen auch alle Schmierer und Reimer 4.1: 791
Hängten auch alle poetische Sudler 4.1: 713
Hätt' ich gezaudert zu werden 13.1: 215
Hätt ich irgend wohl Bedencken 11.1.1: 100; 11.1.2: (74)
Hätt' ich irgend wohl Bedenken 11.1.2: 74; 11.1.1: (100)
Hätte deine Musik doch den Parisern gefallen 4.1: 679
Hätte Gott mich anders gewollt 13.1: 104
Hätte Oken gewußt wer er sey 11.1.1: 195
Hätten sie kein *Gewissen* 4.1: 763
Hättest du Phantasie 4.1: 777
Hafis Dichterzüge sie bezeichnen 11.1.1: 10; 11.1.2: 24
Hafis dir sich gleich zu stellen 11.1.1: 147
HAFIS NAMEH. BUCH HAFIS 11.1.2: 22

Halbvogel, Der 4.1: 680, 802
Haller 4.1: 731, 818
Halt Passagiere! 4.1: 676, 776
Halte das Bild der Würdigen 6.1: 90
Halte dich nur im Stillen rein 13.1: 204
Haltet ihr denn den Deutschen so dumm 4.1: 678
Haltet, laßt uns hier 2.1: 88
Hand in Hand den Tanz zu schweben 4.1: 1236
Hand in Hand! und Lipp' auf Lippe 4.1: 668
Handwerksliedchen (Es ist doch meine Nachbarin) 9: 26*
Hans Adam war ein Erdenklos 11.1.1: 9; 11.1.2: 14
⟨Hans Liederlich und der Camerade⟩ 18.1: 54
Harfenspieler (An die Türen will ich schleichen) 5: 335*
Harfenspieler (Wer nie sein Brot mit Tränen aß) 2.2: 211*; 5: 134*, 858*
Harfenspieler (Wer sich der Einsamkeit ergibt) 2.2: 212*; 5: 135*, 858*
Harmonie und Identität 4.1: 697, (765)
Harre lieblich im Kyanenkranze 13.1: 121
Harren seht ihr sie, die Schönen 13.1: 171; 13.2: 74
Hart erscheint noch 4.1: 719
Harzreise im Winter 2.1: 37; 14: (482)
Haslaus Gründe, Felsensteile 18.1: 49
Hast deine Kastanien zu lange gebraten 9: 125
Hast den Ancker fest im Rheine liegend 11.1.1: 155
Hast du an liebender Brust 4.1: 744, 770
Hast du auch wenig genug verdient 4.1: 705, 802
Hast du Bajä gesehn 3.2: 118, 129, (92)
Hast du Bajae gesehn 3.2: 92, (118), (129)
»Hast du das alles nicht bedacht? 13.1: 207
Hast du das Mädchen gesehn 13.1: 177
Hast du die Welle gesehen 6.1: 37
Hast du einmal das Rechte getan 9: 131
Hast du es so lange wie ich getrieben 13.1: 12
Hast du etwas, so gib es her 4.1: 747, 758
Hast du jemals den Schwank 4.1: 707
»Hast du nicht gute Gesellschaft gesehn 3.2: 104, 142
Hat der alte Hexenmeister 4.1: 874
Hat der Tag sich kaum erneuet 11.1.1: 67
Hat dich Hymen geflohn? 3.2: 111
»Hat man das Gute dir erwiedert?« 9: 142
Hat Welscher-Hahn an seinem Kropf 13.1: 16
Hatem (Dies zu deuten) 11.1.1: 120; 11.1.2: 70
Hatem (Locken! haltet mich) 11.1.2: 79; 11.1.1: (131)
Hatem (Nicht Gelegenheit macht Diebe) 11.1.1: 118; 11.1.2: 68
Hatem (Wie des Goldschmieds Bazarlädchen) 11.1.1: 135; 11.1.2: 77

Hatem und Suleika 11.1.1: 226
Hatte sonst einer ein Unglück getragen 9: 91
Hauptsache, Die 4.1: 683, 804
Hausgarten 13.2: 101; 13.1: (60); 14: (516)
Hausierer, Der 4.1: 681, 803
⟨Haus-Park⟩ 4.1: 862
Hausrecht 4.1: 805
Hebe selbst die Hindernisse 13.1: 120
Hebet eure zweifelnden Stirnen empor 2.1: 47
Hegire 11.1.1: 41; 11.1.2: 9
Heidenröslein 1.1: 163
Heilig waren vordem die Tore 4.1: 737
Heilige Familie 2.1: 74
Heilige Freiheit! 4.1: 679, 801
Heilige Leute, sagt man 3.2: 141
Heilige und Heiligste, Das 4.1: 756, (747), (839)
Heiliger Ebusund, du hasts getroffen! 11.1.1: 10; 11.1.2: (24)
Heiliger Ebusuud, hast's getroffen! 11.1.2: 24; 11.1.1: (10)
Heiliger lieber Luther 2.1: 29
Heiß mich nicht reden 2.2: 157; 5: 357, 359
Heitern Weinbergs Lustgewimmel 18.1: 50
Hekate! Keusche! 4.1: 816, (728)
Hekate, keusche! 4.1: 728, (816)
Held ist kein Kammerdiener 9: 31
Helden herrlich zu sein 3.2: 116
Helf Gott 4.1: 776
Hemmet ihr verschmähten Freier 13.1: 222
Heracliden 4.1: 822, (732)
Heraus mit dem Teile des Herrn! 3.2: 89
Herbst 4.1: 836
Herbstgefühl 1.1: 275; 3.2: 22
Herbstlich leuchtet das Feuer gesellig 3.2: 52, (53)
Herbstlich leuchtet die Flamme 3.2: 53, (52)
Hercules 4.1: 822, (732)
Herein, o du Guter du Alter herein 11.1.1: 269, (175)
Herein, o du Guter! Du Alter herein! 11.1.1: 175, (269)
Herkömmlich 13.1: 162; 11.1.1: (188); 12: (553)
Herr Bruder 6.1: 9
Herr Jesus, der die Welt durchwandert 11.1.2: 168
Herr! laß dir gefallen 11.1.1: 83; 11.1.2: 62
Herr Leonhard* 4.1: 718, (808)
Herr Leonhard** 4.1: 808, (718)
Herr Löbel ist ein Medicus 11.1.1: 184, 185
Herr Schatz, a. d. Reichsanzeiger 4.1: 718
Herr Werner ein abstruser Dichter 9: 98
Herren Grafen Carl Harrach 11.1.1: 228
Herren Obristen Grafen Paar 11.1.1: 208
Herrenrecht und Dienstpflicht 11.1.1: 29; 11.1.2: (44)
Herrinn! sag was heißt das Flüstern? 11.1.1: 141; 11.1.2: 90
Herrlich bist du wie Moschus 11.1.1: 205
Herrlich ist der Orient 11.1.1: 167; 11.1.2: 62

Herrlich siehst du im Chor 4.1: 741
Herrlicher Künste Mutter 4.1: 694
Herrmann und Dorothea (Also das wäre Verbrechen) 4.1: 858
Herrn Canzler v. Müller 13.1: 70
⟨Herrn Cunos Buchhandlung zum eisernen Kreuz⟩ 13.1: 24
Herrn Grafen Bouqoy 11.1.1: 207; 11.1.2: (58)
Herrn Grafen Löben 11.1.1: 208
Herrn Grafen Löwen Carlsbad d. 18. Aug. 1818 13.1: 117
⟨Herrn Krüger⟩ 18.1: 10
Herrn Obrist v. Geismar 11.1.1: 141
Herrn Professor Doebler 18.1: 47
Herrn Regierungsrat Peucer 9: 101
Herrn Staats-Minister v. Voigt zur Feyer des sieben und zwanzigsten Septembers 1816 (Von Berges Luft) 11.1.1: 171*
Herrscher möge der sein 3.2: 88, 127
Herz mein Herz was soll das geben? 1.1: 264; 16: 731
Herzlich bat ich die Muse 2.1: 82
Herzlich ist mir das Laster zuwider 4.1: 698, 763
Herzlich und freudevoll 6.1: 789
Herzog Leopold von Braunschweig 2.1: 102
Heuchler ferne von mir! 4.1: 681, 803
Heuer, als der Mai beflügelt 13.1: 24
Heute floh sie, floh wie gestern 13.2: 91
Heute geh' ich. Komm ich wieder 9: 143
Heute hast du gut gegessen 11.1.1: 31; 11.1.2: 101
Heute noch im Paradiese 13.1: 171; 13.2: 77
Heute steh' ich meine Wache 11.1.1: 241; 11.1.2: 117
Hexen lassen sich wohl 4.1: 711, 780
Hielte diesen frühen Segen 6.1: 85; 13.1: 148
Hieltest du deinen Reichtum 4.1: 712, 781
Hier aber folgt noch allzuvieles 18.1: 70
Hier bildend nach der reinen stillen 2.1: 25
Hier gedachte still ein Liebender seiner Geliebten 2.1: 76
Hier hat Tischbein 13.1: 174
Hier ist ewige Jugend 4.1: 753
Hier ist mein Garten bestellt 3.2: 81
Hier ist Messe, geschwind 4.1: 777
Hier ist's 4.1: 911
Hier leg ich teurer Meister meinen Pinsel nieder 1.1: 748
Hier liegt ein überschlechter Poet! 13.1: 215
Hier sah ich hin, hier sah ich zu 11.1.1: 163
Hier schick ich dir ein teures Pfand 1.1: 256
Hier sind so scheint es Wanderer wohlbedacht 13.1: 61; 13.2: 107

Hier sind wir denn vorerst ganz still zu Haus 13.1: 60; 13.2: 101; 14: 516
Hier sind wir versammlet zu löblichem Tun 9: 35
Hier, wo noch Ihr Platz genannt wird 13.1: 21
Hierhergetrabt die Brust voll tiefem Wühlen 2.1: 26
Hiezu haben wir Recht 13.1: 218
HIKMET NAMEH. BUCH DER SPRÜCHE 11.1.2: 56
Hildegard von Hohenthal 4.1: 717
Himmel ach! so ruft man aus 9: 10
Himmelan flögen sie gern 4.1: 710, 764
Hingesunken alten Träumen 18.1: 19
Hinten im Winkel des Gartens 3.2: 81
Hinter jenem Berge wohnt 11.1.1: 149; 13.1: 27
Historische Quellen 4.1: 804
Hoch auf dem alten Turne steht 1.1: 248
Hochbeglückt in deiner Liebe 11.1.1: 119; 11.1.2: 69
Hochbild 11.1.2: 86; 11.1.1: (143)
Hochländisch 18.1: 11; 20.3: (826)
Hochwürdiger, / 's ist eine alte Schrift 2.1: 13
Hochzeitlied (Wir singen und sagen vom Grafen) 6.1: 79
Hochzeitlied. An meinen Freund (Im Schlafgemach) 1.1: 95, 145
Höchste Gunst 11.1.2: 45; 11.1.1: (109)
höchste Harmonie, Die 4.1: 815
Höchster Zweck der Kunst 4.1: 809
Höheres und Höchstes 11.1.1: 216; 11.1.2: 123
Hölle, jetzt nimm dich in acht 4.1: 728, 816
Höllengespenster seid ihr 3.2: 150
Höllenhund, Der 4.1: 729
Hör' auf die Worte *harum horum* 11.1.1: 57
Hör auf doch mit Weisheit zu prahlen, zu prangen 13.1: 12
Hör ich doch in deinen Liedern 11.1.1: 25
Hör ich über Geduld 4.1: 719, 794
Hör' und bewahre 11.1.1: 89; 11.1.2: 30
Höre den Rath den die Leyer tönt 11.1.1: 18; 11.1.2: 38
Höre den Tadler 4.1: 717, 790
Hörest du Liebchen! 3.2: 54, 55
Hörsäle auf gewissen Universitäten 4.1: 810, (724)
Hörsäle auf gewissen Universitäten, Die 4.1: 724, (810)
Hörst du reine Lieder singen 13.1: 182
Hört mir zu mit gutem Willen 13.1: 229
Hoffnung (Allen habt ihr die Ehre genommen) 4.1: 695, 796
Hoffnung (Doch solcher Grenze) 13.1: 157; 11.1.1: (189); 12: (92)
Hoffnung (Schaff' das Tagwerk meiner Hände) 2.1: 28, (556)
Hoffnung beschwingt Gedancken, Liebe Hoffnung 11.1.1: 198

Hofmann, Der 4.1: 684, 755, (840)
Hoher Tugenden 1.1: 218
Holde Lili warst so lang 2.1: 10
Holde Zeugen süß verträumter Jahre 16: 717; 2.1: (48)
Homer 4.1: 715, (807)
Homer ist lange mit Ehren genannt 13.1: 41
Homer wieder Homer 13.1: 179
Homeruskopf als Siegel, Der 4.1: 739
Horatius / Me tabula sacer 1.1: 153
Horaz 4.1: 710, (764)
Horen an Nicolai, Die 4.1: 799, (706)
Horen an Nikolai, Die 4.1: 706, (799)
Horen, Die 4.1: 726, (807)
Horen. Erster Jahrgang 4.1: 807, (726)
Houri (Wieder einen Finger) 11.1.1: 243; 11.1.2: (122)
Howards Ehrengedächtnis (Wenn Gottheit *Camarupa*) 12: 612; 13.1: 158
Howards Ehrengedächtnis (Wenn von dem stillen Wasserspiegel-Plan) 12: 472; 13.1: (158)
Hudhud, als einladender Bote 11.1.1: 234
Hudhud auf dem Palmensteckchen 11.1.1: 234
Hudhud erbittet ein Neujahrsgeschenck, räthselweise 11.1.1: 234
Hudhud erklärt eine räthselhafte Stelle 11.1.1: 234
Hudhud sprach: mit Einem Blicke 11.1.1: 226
Hüben über den Urnen! 4.1: 818, (731)
Hüpfe nur leichtes Geschlecht 4.1: 736
Humanität 4.1: 709
Hume, David 4.1: 822
Hundertmal werd ichs euch sagen 4.1: 695, 795
Hungrig verließ die Tafel der Gast 4.1: 707
Huri (Wieder einen Finger) 11.1.2: 122; 11.1.1: (243)
Hypochonder 2.1: 29

Ich armer Teufel, Herr Baron 2.2: 256; 5: 180
Ich begegnet' einem jungen Mann 11.1.1: 51
Ich bin der wohlbekannte Sänger 6.1: 73
Ich bin eben nirgend geborgen 2.1: 28
»Ich bin ein armer Mann 13.1: 201
Ich bin euch sämtlichen zur Last 13.1: 202
Ich bin gefangen! Wie! 13.1: 93
Ich bin ich, und setze mich selbst 4.1: 821
Ich bin so guter Dinge 13.1: 48
Ich bin so sehr geplagt 18.1: 82
Ich bliebe gern verschlossen still 9: 111
Ich dacht ich habe keinen Schmerz 13.1: 72; 20.1: 720
Ich dachte Dein, und Farben bunt erschienen 11.1.1: 207
Ich denke dein 4.1: 667
Ich, Egoist! – Wenn ich's nicht besser wüßte! 9: 137
Ich ehre mir die Würde der Frauen 18.1: 65
Ich empfehle mich euch! 3.2: 97

Ich fand mein Mädgen einst allein 1.1: 108
Ich fühle gern am Kopfe deine Hand 11.1.1: 155
Ich führt einen Freund 1.1: 256
Ich gedachte in der Nacht 11.1.1: 81; 11.1.2: 67
Ich ging im Felde 9: 84; 13.1: 141
Ich ging im Walde 9: 84
Ich ging, mit stolzem Geists-Vertrauen 11.1.1: 17
Ich gönnt' ihnen gerne Lob und Ehre 18.1: 59
Ich hab' ihn gesehen! 2.1: 99
Ich hab' mein Sach auf Nichts gestellt 6.1: 93
Ich habe die Tage 3.2: 37
Ich habe euch einen Tempel baut 1.1: 227
Ich habe gar nichts gegen die Menge 13.1: 51
Ich habe geliebet; nun lieb' ich erst recht! 9: 80; 20.3: 313
Ich habe nichts gegen die Frömmigkeit 18.1: 75
Ich habe nie mit euch gestritten 18.1: 65
Ich hätt' auch können Gemeinde sagen 18.1: 75
Ich hatt' ihn einzig mir erkoren 5: 376
Ich hielt mich stets von Meistern entfernt 18.1: 58
Ich hör' es gern wenn auch die Jugend plappert 13.1: 13
Ich kam von einem Prälaten 13.1: 62
Ich kann mich nicht bereden lassen 9: 103
Ich kenn' ein Blümlein Wunderschön 6.1: 27
Ich kenn', o Jüngling 1.1: 149
Ich komme bald, ihr goldnen Kinder 1.1: 159
Ich liebe mir den heitern Mann 9: 90
Ich möchte dieses Buch wohl gern zusammen schürzen 11.1.1: 224; 11.1.2: 82
Ich neide nichts, ich laß es gehn 13.1: 193
Ich rufe dich verrufnes Wort 13.1: 9
Ich sah die Welt mit liebevollen Blicken 13.1: 59; 13.2: 101
Ich sah mich um, an vielen Orten 9: 121
Ich sah, mit Staunen und Vergnügen 11.1.1: 92; 11.1.2: 108
Ich sah's in meisterlichen Händen 17: 427
Ich sah wie Doris bei Damoeten stand 1.1: 96, (119)
Ich sah wie Doris bei Damöten stand 1.1: 119, (96)
Ich saug an meiner Nabelschnur 1.2: 543
Ich schreibe jetzt von meinem Belsazer 1.1: 86
Ich seh's du kennst sie nicht 1.1: 103
Ich soll nicht auf den Meister schwören 9: 133
Ich steh auf einem hohen Berg 1.1: 168
Ich tadl' euch nicht 13.1: 197
Ich träumt' und liebte sonnenklar 9: 135
Ich trat in meine Gartentür 18.1: 38, 39
Ich vertrau es dem Felsen 2.1: 92
Ich wandle auf weiter bunter Flur 9: 116

Ich war ein Knabe 1.1: 261
Ich weiß, das mir nichts angehört 9: 88
Ich weiß es wohl 1.1: 150
Ich weiß nicht was mir hier gefällt 2.1: 26, (554)
Ich wollt' euch große Namen sagen 18.1: 63
Ich wollt' ich wär' ein Fisch 2.1: 52
Ich wollte gern sie gelten lassen 18.1: 59
Ich wünsche mir eine hübsche Frau 13.1: 199
Ich wünschte wohl dich anders zu staffieren 18.1: 86
Ich wüßte nicht, daß ich ein Grauen spürte 6.1: 51
»Ich zieh ins Feld 13.1: 53
Ich zweifle doch am Ernst verschränkter Zeilen! 9: 20
Ideale (Hudhud erklärt eine räthselhafte Stelle) 11.1.1: 234*
Idealwelt, Die 4.1: 739
Idylle 4.1: 844
Idyllische Kantate 9: 72
Ihm färbt der Morgensonne Licht 5: 207
Ihr Bestien ihr woltet glauben 11.1.1: 248
Ihr edlen Deutschen wißt noch nicht 13.1: 218
Ihr erstaunt, und zeigt mir das Meer 3.2: 120, (146)
Ihr Gläubigen rühmt nur nicht euren Glauben 18.1: 75
Ihr guten Dichter ihr 13.1: 53
Ihr guten Kinder 13.1: 220
Ihr Herz ist gleich 1.1: 232
Ihr könnt mir immer ungescheut 18.1: 67
Ihr kommt Gebildetes alhier zu schauen 11.1.1: 163
Ihr laßt nicht nach, ihr bleibt dabey 11.1.1: 54
Ihr lieben Leute bleibt dabey 11.1.1: 82; 11.1.2: 61
Ihr liebt, und schreibt Sonette! 9: 19
Ihr meint, ich hätt' mich gewaltig betrogen 9: 128
Ihr möchtet gern den brüderlichen *Schlegeln* 6.1: 67
Ihr müßt mich nicht durch Widerspruch verwirren! 11.1.1: 54
Ihr nennt mich einen kargen Mann 11.1.1: 82; 11.1.2: 61
Ihr schmähet meine Dichtung 13.1: 219
Ihr schwarzen Äugelein! 9: 51; 20.1: 251
Ihr seht uns an mit scheelem Blick 13.1: 211
Ihr sucht die Menschen zu benennen 9: 142
Ihr tiefen Schatten heißet mich willkommen 1.1: 283; 2.2: 81
Ihr verblühet, süße Rosen 1.2: 25; 16: 813
Ihr verfahrt nach Gesetzen 4.1: 694, 762
Ihr verschweiget ein Buch 4.1: 827
Ihr zählt mich immer unter die Frohen 9: 132
Ihrer Sechzig hat die Stunde 13.1: 118
Ihrer viele wissen viel 9: 141
Ihro der Kaiserin von Österreich Majestät 9: 63
Ihro Hoheit der Prinzessin Auguste von Sachsen Weimar und Eisenach (Alle Pappeln) 13.1: 43
Ihro Hoheit der Prinzessin Maria von Sachsen Weimar-

Ich fand mein Mädgen einst allein 1.1: 108
Ich fühle gern am Kopfe deine Hand 11.1.1: 155
Ich führt einen Freund 1.1: 256
Ich gedachte in der Nacht 11.1.1: 81; 11.1.2: 67
Ich ging im Felde 9: 84; 13.1: 141
Ich ging im Walde 9: 84
Ich ging, mit stolzem Geists-Vertrauen 11.1.1: 17
Ich gönnt' ihnen gerne Lob und Ehre 18.1: 59
Ich hab' ihn gesehen! 2.1: 99
Ich hab' mein Sach auf Nichts gestellt 6.1: 93
Ich habe die Tage 3.2: 37
Ich habe euch einen Tempel baut 1.1: 227
Ich habe gar nichts gegen die Menge 13.1: 51
Ich habe geliebet; nun lieb' ich erst recht! 9: 80; 20.3: 313
Ich habe nichts gegen die Frömmigkeit 18.1: 75
Ich habe nie mit euch gestritten 18.1: 65
Ich hätt' auch können Gemeinde sagen 18.1: 75
Ich hatt' ihn einzig mir erkoren 5: 376
Ich hielt mich stets von Meistern entfernt 18.1: 58
Ich hör' es gern wenn auch die Jugend plappert 13.1: 13
Ich kam von einem Prälaten 13.1: 62
Ich kann mich nicht bereden lassen 9: 103
Ich kenn' ein Blümlein Wunderschön 6.1: 27
Ich kenn', o Jüngling 1.1: 149
Ich komme bald, ihr goldnen Kinder 1.1: 159
Ich liebe mir den heitern Mann 9: 90
Ich möchte dieses Buch wohl gern zusammen schürzen 11.1.1: 224; 11.1.2: 82
Ich neide nichts, ich laß es gehn 13.1: 193
Ich rufe dich verrufnes Wort 13.1: 9
Ich sah die Welt mit liebevollen Blicken 13.1: 59; 13.2: 101
Ich sah mich um, an vielen Orten 9: 121
Ich sah, mit Staunen und Vergnügen 11.1.1: 92; 11.1.2: 108
Ich sah's in meisterlichen Händen 17: 427
Ich sah wie Doris bei Damoeten stand 1.1: 96, (119)
Ich sah wie Doris bei Damöten stand 1.1: 119, (96)
Ich saug an meiner Nabelschnur 1.2: 543
Ich schreibe jetzt von meinem Belsazer 1.1: 86
Ich seh's du kennst sie nicht 1.1: 103
Ich soll nicht auf den Meister schwören 9: 133
Ich steh auf einem hohen Berg 1.1: 168
Ich tadl' euch nicht 13.1: 197
Ich träumt' und liebte sonnenklar 9: 135
Ich trat in meine Gartentür 18.1: 38, 39
Ich vertrau es dem Felsen 2.1: 92
Ich wandle auf weiter bunter Flur 9: 116

Ich war ein Knabe 1.1: 261
Ich weiß, das mir nichts angehört 9: 88
Ich weiß es wohl 1.1: 150
Ich weiß nicht was mir hier gefällt 2.1: 26, (554)
Ich wollt' euch große Namen sagen 18.1: 63
Ich wollt' ich wär' ein Fisch 2.1: 52
Ich wollte gern sie gelten lassen 18.1: 59
Ich wünsche mir eine hübsche Frau 13.1: 199
Ich wünschte wohl dich anders zu staffieren 18.1: 86
Ich wüßte nicht, daß ich ein Grauen spürte 6.1: 51
»Ich zieh ins Feld 13.1: 53
Ich zweifle doch am Ernst verschränkter Zeilen! 9: 20
Ideale (Hudhud erklärt eine räthselhafte Stelle) 11.1.1: 234*
Idealwelt, Die 4.1: 739
Idylle 4.1: 844
Idyllische Kantate 9: 72
Ihm färbt der Morgensonne Licht 5: 207
Ihr Bestien ihr woltet glauben 11.1.1: 248
Ihr edlen Deutschen wißt noch nicht 13.1: 218
Ihr erstaunt, und zeigt mir das Meer 3.2: 120, (146)
Ihr Gläubigen rühmt nur nicht euren Glauben 18.1: 75
Ihr guten Dichter ihr 13.1: 53
Ihr guten Kinder 13.1: 220
Ihr Herz ist gleich 1.1: 232
Ihr könnt mir immer ungescheut 18.1: 67
Ihr kommt Gebildetes alhier zu schauen 11.1.1: 163
Ihr laßt nicht nach, ihr bleibt dabey 11.1.1: 54
Ihr lieben Leute bleibt dabey 11.1.1: 82; 11.1.2: 61
Ihr liebt, und schreibt Sonette! 9: 19
Ihr meint, ich hätt' mich gewaltig betrogen 9: 128
Ihr möchtet gern den brüderlichen *Schlegeln* 6.1: 67
Ihr müßt mich nicht durch Widerspruch verwirren! 11.1.1: 54
Ihr nennt mich einen kargen Mann 11.1.1: 82; 11.1.2: 61
Ihr schmähet meine Dichtung 13.1: 219
Ihr schwarzen Äugelein! 9: 51; 20.1: 251
Ihr seht uns an mit scheelem Blick 13.1: 211
Ihr sucht die Menschen zu benennen 9: 142
Ihr tiefen Schatten heißet mich willkommen 1.1: 283; 2.2: 81
Ihr verblühet, süße Rosen 1.2: 25; 16: 813
Ihr verfahrt nach Gesetzen 4.1: 694, 762
Ihr verschweiget ein Buch 4.1: 827
Ihr zählt mich immer unter die Frohen 9: 132
Ihrer Sechzig hat die Stunde 13.1: 118
Ihrer viele wissen viel 9: 141
Ihro der Kaiserin von Österreich Majestät 9: 63
Ihro Hoheit der Prinzessin Auguste von Sachsen Weimar und Eisenach (Alle Pappeln) 13.1: 43
Ihro Hoheit der Prinzessin Maria von Sachsen Weimar-

Eisenach (Sanftes Bild) 13.1: 19
Ihro Hoheit der Prinzessin Marie von Sachsen-Weimar-Eisenach (Deinen Wachstum) 13.1: 20
Ihro Kaiserl. Hoheit Großfürstin Alexandra 13.1: 46
Ihro Kaiserlichen Hoheit der Frau Erbgroßherzogin von Sachsen-Weimar und Eisenach 9: 76
Ihro Majestät der Allerdurchlauchtigsten Frau Frau Maria Ludovica Kaiserin von Österreich bei Ihrer höchst beglückenden Anwesenheit in Karlsbad allerunterthänigst zugeeignete Gedichte 9: 44
Ilm 4.1: 691, 788
Ilmenau 2.1: 82
Im Abendrot liegt See und Himmel still 2.1: 62
Im Atemholen sind zweyerley Gnaden 11.1.2: 12; 11.1.1: (78)
Im Athemholen sind zweyerley Gnaden 11.1.1: 78; 11.1.2: (12)
Im Auslegen seid frisch und munter 13.1: 53
Im deutschen Reich gar wohl bekannt 2.1: 235
Im Dorfe war ein groß Gelag 13.1: 38
Im düstern Wald 1.1: 111
Im ernsten Beinhaus war's 13.1: 189; 17: 713
Im Felde schleich ich still und wild 2.1: 9, 10
Im Gegenteil, wir sind auf rechtem Wege! 9: 20
Im Gegenwärtigen Vergangnes 11.1.1: 15; 11.1.2: 17
Im Grenzenlosen sich zu finden 12: 744; 13.1: 62, 149
Im Guten und Schönen 9: 88
Im Herbst 1775 1.1: 275; 3.2: 22
Im Hexameter steigt 4.1: 735
Im holden Tal 2.1: 13
Im Innern ist ein Universum auch 9: 116; 13.1: 145
Im Leiden 4.1: 752
Im Nahmen dessen der sich selbst erschuf 11.1.1: 165; 12: (388); 13.1: (144)
Im Namen dessen der Sich selbst erschuf 12: 388; 13.1: 144; 11.1.1: (165)
Im neuen Jahre Glück und Heil! 9: 121
Im Schlafgemach entfernt vom Feste 1.1: 145, (95)
Im Schlafgemach, fern von dem Feste 1.1: 95, (145)
Im Sommer 1.1: 1008*
Im spielenden Bache 1.1: 148, (126); 3.2: (17)
Im stillen Busch, den Bach hinab 4.2: 763
Im Überfahren 4.1: 729
Im Vaterlande 9: 138
Im Vatican bedient man sich 13.1: 64
Im Vorbeigehen stutzt mir 4.1: 688, (786)
Im Vorbeigehn stutzt mir 4.1: 786, (688)
Im Vorübergehn 9: 84; 13.1: 141
Im weiten Mantel bis ans Kinn verhüllet 9: 12
Im Zeichen hier vermag ich nicht 18.1: 45
Im Zimmer, wie im hohen Saal 11.1.1: 207; 20.1: 671

Immer bellt man auf euch 4.1: 678, 801
»Immer denk ich: mein Wunsch ist erreicht 9: 138
Immer für Weiber und Kinder 4.1: 716, 793
Immer glaubt ich 3.2: 149
Immer hab ich dich heilige Sonne 3.2: 149
Immer halt ich die Liebste begierig im Arme 3.2: 83, 124
Immer im Großen gesorgt 4.1: 830
Immer im Kleinen gesorgt 4.1: 830
Immer muß man wiederholen 13.1: 57
Immer niedlich, immer heiter 11.1.1: 131
Immer strebe zum Ganzen 4.1: 760, 837
Immer treibe die Furcht 4.1: 710, 764
⟨Immer und Überall⟩ 13.1: 25
Immer war mir das Feld 4.1: 739, 774, 834
Immer wieder in die Weite 13.1: 141
Immer zu, du redlicher Voß! 4.1: 805, (727)
Immer zum Glücke des Volks 4.1: 726
Immerfort du redlicher Voß! 4.1: 727, (805)
Immerfort! zunächst im Osten 11.1.1: 247
Immerhin und immerfort 13.1: 119; 20.3: 674
In allen guten Stunden 3.2: 19; 16: 738; 1.1: (274)
In Asien hab ich freies Spiel 18.1: 89
In brauner Kapp' und Kutte tret' ich an 18.1: 98; 20.3: 904
⟨In das Album der Fürstin Amalie Gallitzin⟩ (Unterschieden ist nicht) 4.1: 659*
In das Gewolk hinauf 4.1: 735
In das Grab hinein 4.1: 737
⟨In das güldne Schatzkästlein der Mutter⟩ 1.1: 83
⟨In das Stammbuch August Wilhelm Ifflands⟩ 4.1: 843
⟨In das Stammbuch Augusts von Goethe⟩ (Dies Album lag) 13.1: 118
In das Stammbuch Augusts von Goethe (Gönnern reiche das Buch) 6.1: 51
⟨In das Stammbuch Carls von Martius⟩ 18.1: 22
⟨In das Stammbuch Caroline von Egloffsteins⟩ 18.1: 25
In das Stammbuch der Frau Hofmarschall von Spiegel 13.1: 44, 98
⟨In das Stammbuch der Gräfin Christine von Brühl⟩ 2.1: 103
⟨In das Stammbuch der Prinzessin Marianne Gallitzin⟩ 4.1: 659
⟨In das Stammbuch des Grafen Emerich Bethlen⟩ 4.1: 843
⟨In das Stammbuch Friedrich Ludwig Schröders⟩ 4.1: 655
⟨In das Stammbuch Heinrich Becks⟩ 4.1: 655
⟨In das Stammbuch von Auguste Jacobi⟩ 18.1: 41
⟨In das Stammbuch von Bertha v. Loder⟩ 9: 30
⟨In das Stammbuch von Biörkland⟩ 1.1: 96
⟨In das Stammbuch von Eckermann⟩ 19: 369
⟨In das Stammbuch von Ernestine Durand-Engels⟩ 18.1: 47

⟨In das Stammbuch von Ernst Diedrich von Schöpping⟩ 1.1: 136
⟨In das Stammbuch von Ernst Theodor Langer⟩ 1.1: 153
⟨In das Stammbuch von Frau v. Berg, geb. v. Sievers⟩ 9: 30
⟨In das Stammbuch von Friedrich Maximilian Moors⟩ 1.1: 82
⟨In das Stammbuch von Fritz von Stein⟩ 2.1: 102
⟨In das Stammbuch von Georg Dietrich Carl List⟩ 1.1: 270
⟨In das Stammbuch von Georg Friedrich Schmoll⟩ (Empfunden!) 1.1: 237
⟨In das Stammbuch von Georg Friedrich Schmoll⟩ (Gelacht!) 1.1: 249
⟨In das Stammbuch von Georg Gröning⟩ 1.1: 97
⟨In das Stammbuch von J. Fr. von Anthing⟩ 3.2: 152
⟨In das Stammbuch von Johann Christian Molter⟩ 1.1: 82
⟨In das Stammbuch von Johann Christoph Clarus⟩ 1.1: 81
⟨In das Stammbuch von Johann Jakob Hess⟩ 1.1: 231
⟨In das Stammbuch von Johann Michael Brack⟩ 1.1: 138
⟨In das Stammbuch von Johann Peter de Reyniers⟩ 1.1: 261
⟨In das Stammbuch von Karl Klose⟩ 1.1: 96
⟨In das Stammbuch von Karoline Bardua⟩ 9: 10
⟨In das Stammbuch von Lenz⟩ 1.1: 269
⟨In das Stammbuch von Ludwig Schneider⟩ 1.1: 270
⟨In das Stammbuch von Melanie von Spiegel⟩ 18.1: 47
⟨In das Stammbuch von Monsieur Brak⟩ 2.1: 88
⟨In das Stammbuch Walthers von Goethe⟩ 13.1: 118
⟨In das Stammbuch Wilhelmine Schröder-Devrients⟩ 18.1: 42
In deine Reimart hoff' ich mich zu finden 11.1.1: 34; 11.1.2: 26
In deinem Herzen / Ist nicht viel Platz 2.1: 45
In deinem Liede walten 13.1: 177
In deiner Locken Banden 11.1.2: 187
In dem engsten der Gäßchen 3.2: 86
In dem Frühling gar zu süße 13.1: 125
In dem lieblichsten Gewirre 13.1: 173
In den Ozean 4.1: 693
In der Art versprechen wir 4.1: 721
In der Dämmrung des Morgens 3.2: 111, 121, 146
In der Dichtkunst hat er mit Worten 4.1: 790
In der Schönheit Gebiet 4.1: 735
»In der Urzeit seien Menschen gewesen 13.1: 209
In der Wüsten ein heiliger Mann 2.1: 28
In des Papillons Gestalt 1.1: 143, (128)
In des Weinstocks herrliche Gaben 9: 137
In die Welt hinaus 13.1: 234
In diesen letzten Stunden 4.1: 198
⟨In ein Album⟩ (Und, wie nach Emmaus) 1.1: 247

⟨In ein Exemplar der Leiden des jungen Werthers⟩ (In jammervolle Seelenfreuden) 1.1: 260
In ein Puppenspiel hatt' ich 3.2: 149
⟨In ein Stammbuch⟩ (Fromme Wünsche) 18.1: 52
In ein Stammbuch. Zum Bildchen Ruine Pleß bei Göttingen (Auf diesen Trümmern hab ich auch gesessen) 11.1.1: 70*
In ein Stammbuch. Zum Bildchen von Ulrichs Garten 6.1: 53
In eine Sammlung künstlich ausgeschnittener Landschaften (Zarte, schattende Gebilde) 11.1.1: 202*
In einer Stadt einmal 11.1.1: 145
In einer Stadt, wo Parität 9: 75
In früher Zeit 6.1: 86
In goldnen Frühlingssonnenstunden 6.1: 1050
In großen Städten lernen 1.1: 145
In Honour of Howard 12: 613
In Hygieas Form beliebts Armiden 13.1: 89
In jammervolle Seelenfreuden 1.1: 260
In Jena weiß man viele Sachen 9: 58
In keiner Gilde kann man sein 13.1: 222
In langweiligen Versen 4.1: 780
In meinem Revier 9: 129
In seiner Werkstatt Sonntags früh 2.1: 15
In Siegesfrieden ruhe 2.1: 11
In tausend Formen magst du dich verstecken 11.1.1: 113; 11.1.2: 93
In unendliche Höhn 4.1: 697, (797)
In unsres Lebens oft getrübten Tagen 6.1: 97
In welchem Weine 11.1.1: 220
In wenig Stunden 9: 116
Individualität, Die 4.1: 693, (757)
Innrer Wert und äußre Erscheinung 4.1: 748
⟨Ins Einzelne⟩ (Seit vielen Jahren) 13.1: 36
Ins holde Leben wenn dich Götter senden 13.1: 12
Ins Innere der Natur 12: 225; 13.1: 162
Ins Sichere willst du dich betten! 13.1: 17
In's Teufels Namen 6.1: 67; 20.1: (1034)
Ins Teufels Namen 20.1: 1034; 6.1: (67)
Ins Weite 13.1: 176
⟨Inschrift⟩ ⟨Auf eine Tafel mit Miniatur-Bildern von Baron von Reutern⟩ 18.1: 46
Insekten, Die 4.1: 804, (722)
Instinkt, Der 4.1: 706, (800)
Invaliden Poeten ist dieser Spittel gestiftet 4.1: 781
Invocavit wir rufen laut 2.1: 66
irdische Bündel, Das 4.1: 764
Irgend ein Anteil der Luft 4.1: 828
»Irr-Tümer sollen uns plagen? 13.1: 106
Irrtum verläßt uns nie 4.1: 837, (699), (761)
Irrtum wolltest du bringen 4.1: 709, 778
Iser 4.1: 691

Isis 11.1.1: 195
Ist aber jemand unwissend 11.1.1: 228
»Ist Concordat und Kirchenplan 18.1: 76
Ist das Auge gesund 4.1: 760, (698)
Ist das Chaos doch, beim Himmel! 18.1: 37
Ist das Knie nur geschmeidig 4.1: 681
Ist dein Auge gesund 4.1: 698, (760)
»Ist dein Geschenk wohl angekommen?« 13.1: 199
Ist dem Gezücht 13.1: 219
»Ist denn das klug 13.1: 9
Ist denn die Wahrheit ein Zwiebel 4.1: 782
Ist der Vater auf Geld ersessen 18.1: 63
Ist dies die Frau des Künstlers Vulkan? 4.1: 721, 790
Ist doch keine Menagerie 1.1: 266
Ist ein Irrtum wohl schädlich? 4.1: 699, 761
Ist endlich der Äther rein und klar 9: 120
Ist erst eine dunkle Kammer gemacht 6.1: 97
Ist es denn wahr 2.1: 109
Ist es Ernst, so zaudre nicht länger 3.2: 110, (144)
Ist es Ernst, so zaudre nun länger nicht 3.2: 144, (110)
Ist es möglich Stern der Sterne 11.1.1: 126; 11.1.2: 88; 13.1: 145
Ist nur erst Wieland heraus 4.1: 724, 810
Ist's denn so großes Geheimnis 3.2: 115, 139
»Ist's in der Näh? 13.1: 203
Ist's möglich daß ich Liebchen dich kose! 11.1.1: 85; 11.1.2: 69
Ist uns Jugendmut 13.1: 695
Ista quidem mala sunt 4.1: 689

J-B. 4.1: 782
Ja das fehlte nun noch 4.1: 803, (681)
Ja das fehlte nur noch 4.1: 681, (803)
Ja! das ist das rechte Gleis 13.1: 48
Ja der Mensch ist ein ärmlicher Wicht 4.1: 716, 777
Ja! die Augen waren's, ja! der Mund 11.1.1: 206; 11.1.2: 31
»Ja du siehst mich unsterblich« 4.1: 731, (818)
Ja! Du siehst mich unsterblich! 4.1: 818, (731)
Ja ein derber und trockener Spaß 4.1: 733, 823
Ja, Götterlust kann einen Durst 1.1: 153
Ja, ich bin würklich reich 1.1: 96
Ja ich kenne dich, Amor 3.2: 121, (111), (144)
Ja! ich rechne mir's zur Ehre 18.1: 60
Ja, in der Schenke hab' ich auch gesessen 11.1.1: 87; 11.1.2: 95
Ja! Lieben ist ein groß Verdienst! 11.1.1: 205; 11.1.2: 30, 205
Ja, schelte nur und fluche fort 9: 133
Ja vom guten Rufe geht etwas verloren 3.2: 70, (71)
Ja, vom Jupiter rollt ihr 6.1: 35
Ja! Wer eure Verehrung nicht kennte 9: 127

Ja, wie Bileam geht mirs 4.1: 826
Jacobis Taschenbuch 4.1: 727, (805)
Jägers Abendlied 2.1: 10, (9)
Jägers Nachtlied 2.1: 9, (10)
Jähe Trennung (War unersättlich) 9: 15*
Jahr aus, Jahr ein 13.1: 176
Jahre, Die 9: 102; 20.1: (334)
Jahre lang bildet der Meister 4.1: 815
Jahre lang schöpfen wir 4.1: 712, 781
Jahre lang schon bedien ich 4.1: 822
Jahre lang steh ich so hier 4.1: 817, (730)
Jahrmarkt zu Hünfeld, den 26 Juli 1814 11.1.1: 17
Jambe nennt man das Tier 4.1: 708, 779
Jamben 4.1: 708, 779
Januar, Februar, März 9: 124
Je gemeiner es ist 3.2: 115, 139
Je mehr man kennt 13.1: 225
Jean Paul Richter 4.1: 712, 781
Jede Wahrheit vertrag ich 4.1: 748
Jede, wohin sie gehört! 4.1: 764
Jedem Besitzer das seine! 4.1: 683, 804
Jedem redlichen Bemühn 11.1.1: 233
Jeden anderen Meister erkennt man 4.1: 717, 769
Jeder Edle Venedigs kann Doge werden 3.2: 102, 128
Jeder geht zum Theater heraus 18.1: 64
Jeder ist doch auch ein Mensch!! 11.1.1: 55
Jeder Jüngling sehnt sich 1.1: 263
Jeder, siehst du ihn einzeln 4.1: 724, 810
Jeder solcher Lumpenhunde 13.1: 210
Jeder treibe sein Handwerk 4.1: 812
Jeder wandle für sich 4.1: 797
Jeder Weg zum rechten Zwecke 11.1.1: 233
Jeder zeigt hier was er vermag 4.1: 692, 756, 841
Jedermann freute sich nun 4.1: 696
Jedermann schürfte bei sich 4.1: 795
Jedes Wort ist ein Versprechen 11.1.1: 128
Jeglichen Schwärmer schlagt mir ans Kreuz 3.2: 137, (115)
Jenas Philister und Professoren 11.1.1: 220
Jene garstige Vettel 11.1.1: 142; 11.1.2: 100
Jene machen Partei 4.1: 839
Jene Menschen sind toll 3.2: 113, 122, 138
Jener fordert durchaus 4.1: 763
Jener mag gelten 4.1: 746, 760
Jener steht auf der Erde 4.1: 710, 764
Jener will uns natürlich 4.1: 720
Jeremiade 4.1: 720, (813), (814)
Jeremiaden aus dem Reichs-Anzeiger 4.1: 813, (720), (814)
Jesus auch er darf da lehren 11.1.1: 23
Jetzige Generation 4.1: 743
Jetzo ihr Distichen nehmt euch zusammen 4.1: 784, (686)
Jetzo Natur beschütze dein Werk 4.1: 742

Jetzo nehmt euch in acht 4.1: 687, 785
Jetzo wäre der Ort 4.1: 687, 785
Jetzo wallen sie zusammen 13.1: 172; 13.2: 84
Jetzt da jeglicher liest 4.1: 660
Jetzt fühlt der Engel 1.1: 158
Jetzt ihr Distichen nehmt euch zusammen 4.1: 686, (784)
Jetzt kein Wort mehr ihr Flüsse 4.1: 691, 789
Jetzt noch bist du Sibylle 4.1: 808
Jetzt war das Bergdorf abgebrannt 13.1: 39
Johanna Sebus 9: 28
Johannes erst in der Wüste predigt 13.1: 175
Johannis-Feuer sei unverwehrt 6.1: 89; 13.1: 210; 14: (121); 19: (189)
Johannisfeuer sei unverwehrt 14: 121; 19: 189; 6.1: (89); 13.1: (210)
Josephs II Diktum an die Buchhändler 4.1: 722, (810)
Josephs II. Diktum, an die Buchhändler 4.1: 810, (722)
Journal der Moden 9: 92
Journal des Luxus und der Moden 4.1: 726, 807
Journal Deutschland, Das 4.1: 725, 806
Journale Deutschland und Frankreich, Die 4.1: 677
Jubiläum am zweyten Januar 1815 (Dem Zweyten Januar 1815) 11.1.1: 67*
Juden und Heiden hinaus! 3.2: 151
Jüngling, merke dir 18.1: 52; 18.2: 218
Jüngst ging ich meinem Mädgen nach 1.1: 129, (120), (143)
Jüngst pflückt' ich einen Wiesenstrauß 18.1: 26; 20.2: 1117
Jüngst schlich ich meinem Mädgen nach 1.1: 120, (129), (143)
Jugend 4.1: 740
Jugendlich kommt sie vom Himmel 2.1: 106
Julien ⟨Gräfin Egloffstein⟩ 11.1.1: 220
Junge Huren alte Nonnen 11.1.1: 200
junge Werther, Der 4.1: 731, 818
Jungfer! ruf ich das Mädchen 3.2: 114
Jungfrau 4.1: 741
Junggesell und der Mühlbach, Der 4.1: 879; 4.2: 719; 8.1: 437
Juni 11.1.1: 149; 13.1: 27
Jupiter Pluvius 3.2: 90, 128
Jupiters Kette 4.1: 791
Just das Gegenteil sprech ich 4.1: 821

K** 4.1: 790, (717)
⟨K.⟩ und ⟨B.⟩ 6.1: 68
Käm' der liebe Wohlbekannte 9: 52; 20.1: 251
Kämpfer, Die 4.1: 692
Kalender der Musen und Grazien 4.1: 727, 805
Kammerrat 4.1: 830
Kamtschadalisch lehrt man euch 4.1: 779
Kann die Vorsicht größer sein 18.1: 72
Kannst dem Schicksal widerstehen 9: 82

Kannst du die Bedeutung lesen 13.1: 129
Kannst du nicht *allen* gefallen 4.1: 703, 768
Kannst du nicht schön empfinden 4.1: 758
Kannst du, o Grausamer! 3.2: 48, 49
Kannst du, schöne Pächtrin 6.1: 77
Kanon (So wälz' ich ohne Unterlaß) 2.1: 29*
Kant und seine Ausleger 4.1: 782
Karl von Karlsberg 4.1: 721, 793
Katechetische Induktion 1.1: 219
Katzenpastete 9: 36; 10: 1022
Kaufmann, Christoph 2.1: 50
Kaum daß ich dich wieder habe 11.1.1: 133; 11.1.2: 83
Kaum erblickt' ich den blaueren Himmel 3.2: 117, 84, (123)
Kaum erblickt' ich die glänzende Sonn' 3.2: 123, (84), (117)
Kaum hat das kalte Fieber der Gallomanie 4.1: 814
Kaum hatt' ich mich in die Welt gespielt 9: 134
Kaum wendet der edle Werner den Rücken 13.1: 224
Kehre nicht in diesem Kreise 2.1: 12
Kehre nicht, liebliches Kind, die Beinchen hinauf 3.2: 133, (95)
Kehre nicht, o Kind, die Beinchen hinauf 3.2: 95, (133)
Kein Stündchen schleiche dir vergebens 13.1: 205
Kein tolleres Versehn kann sein 9: 132
Kein Vergleich! (Befrey uns Gott von *s* und *ung*) 11.1.1: 218*
Kein Wesen kann zu nichts zerfallen 17: 539; 18.1: 35
Keine Gluten, keine Meere 13.1: 225
Keine lockt mich 4.1: 773, 833
Keine Rettung 4.1: 705
Keinem Gärtner verdenk ichs 4.1: 805
Keinen Reimer wird man finden 11.1.1: 22; 11.1.2: 48
Keiner bescheidet sich gern 4.1: 683, 755, 840
Keiner sei gleich dem andern 4.1: 697, 765
Keines von beiden! 4.1: 823, (734)
Keins von allen 11.1.1: 54
Keins von beiden! 4.1: 734, (823)
Kenn Zeichen 4.1: 681
Kenne wohl der Männer Blicke 11.1.1: 193; 11.1.2: 70
Kenner, Der (Alte Vasen und Urnen) 4.1: 708, 778
Kenner, Der (Ich führt einen Freund) 1.1: 256
Kenner und Künstler 1.1: 258; 3.2: 34
Kennst du das herrliche Gift 4.1: 835, (740), (774)
Kennst du das Land, wo die Zitronen blühn 2.2: 170; 5: 142, 143; 17: 469, (131)
Kennst du das Land? wo die Zitronen blühn 17: 131, (469); 2.2: (170); 5: (142), (143)
Kennst du das Spiel? 13.1: 15
Kennst du den herrlichen Gift 4.1: 740, 774, (835)
Kennst du die herrliche Wirkung 4.1: 774, 835

Kennt ihr die Dirne mit lauerndem Blick 3.2: 82
Kennt ihr im Reinecke Fuchs 4.1: 714
Kennzeichen, Das (Freiheits-Priester!) 4.1: 679
Kennzeichen, Das (Wahrem Eifer genügt) 4.1: 685
Kennzeichen, Das (Was den konfusen Kopf) 4.1: 704
Khalkhal 11.1.1: 62
Kind, Das 4.1: 740
Kinder werfen den Ball an die Wand 4.1: 759, 837, (749)
Kinder werfen den Ballen der Wand zu 4.1: 749, (759), (837)
Kinderverstand 1.1: 145
Kirschkerne wird niemand kauen 18.1: 85
Kläffer 11.1.1: 51
Klage der Schönheit 4.1: 740, (775), (836)
Klaggesang. Irisch 11.1.1: 191
Klaggesang von der edlen Frauen des Asan Aga 1.1: 276
Klar ist der Äther 4.1: 767
Klarster Stimme, froh an Sinn 18.1: 44; 20.3: 1180
Klatschrose 4.1: 750, 772, (833)
Kleid' eine Säule 9: 126
Klein ist unter den Fürsten der Deutschen 3.2: 93, (132)
Klein ist unter den Fürsten Germaniens 3.2: 93, 132
Kleine Blumen 1.1: 159
⟨Kleiner bürgerlicher Roman⟩ 13.1: 25
»Klingeln hör' ich 6.1: 38
Klingklang 4.1: 790
Klopstock, der ist mein Mann 4.1: 724, 791
Klopstock will uns vom Pindus entfernen 6.1: 45
Klug und tätig und fest 4.1: 684, 755, 840
Knabe, Der 4.1: 741
Knabe saß ich, Fischerknabe 11.1.1: 148
Knaben liebt ich wohl auch 3.2: 151
Knabenalter 4.1: 741
König Belsatzer schmaust 4.1: 779, (708)
König Belsazer schmaust 4.1: 708, (779)
König von Thule, Der 1.1: 252; 1.2: (157); 3.1: (559); 6.1: (613)
Könige wollen das Gute 3.2: 137
Königin sagt man gab die Natur 2.1: 77
Königlich Gebet 2.1: 24
königliche Einsiedlerin, Die 1.1: 283; 2.2: (81)
Könnt ich vor mir selber fliehn 13.1: 72
Könnte Menschenverstand 4.1: 706, 800
Köpfe schaffet euch an 4.1: 732, 817
Köstliche Ringe besitz ich! 3.2: 114
Komm heilger Geist du Schaffender 13.1: 21; 20.3: 507
Komm her! wir setzen uns zu Tisch 13.1: 210
Komm Komödie wieder 4.1: 720, 813
Komm Liebchen, komm! umwinde mir die Mütze 11.1.1: 91; 11.1.2: 73
Komm mit, o Schöne 2.1: 51
Komm nur von Giebichenstein 4.1: 831; 8.1: 174

Kommen wir in die Revi⟨ere⟩ 11.1.1: 63
Kommst du aus Deutschland? 4.1: 819
Kommt, Brüder! sammelt euch im Hain 13.1: 163; 9: (107)
Kommt Brüder! sammlet euch im Hain 9: 107; 13.1: (163)
Kommt ein wandernder Fürst 6.1: 34
Kommt ihr den Zwillingen nah 4.1: 784
Kommt mir dem Krebs in B***n nicht zu nah 4.1: 687, (785)
Kommt nur kühnlich 2.1: 79
Kommt Zeit, kommt Rat 9: 106
Komödie 4.1: 720, 813
Konnte dein starkes Talent 4.1: 826
Konnte denn die Nadel 4.1: 713
Konstitutionell sind wir alle 18.1: 81*
Konversations Lexikon heißt's mit Recht 13.1: 206
Kophtische Lieder 3.2: 9
Kophtisches Lied (Geh gehorche) 3.1: 237*; 3.2: 10*, 11
Kophtisches Lied (Lasset Gelehrte) 3.1: 237*; 3.2: 9*
Korb mit Steinwein, Ein 4.1: 738
Kore. Nicht gedeutet! (Ob Mutter? Tochter? Schwester? Enkelinn?) 11.1.1: 250*
Kornblume 4.1: 750, 773, (833)
Korrektheit 4.1: 702, 767
Kosegarten 4.1: 717, (790)
Kotzebue (Natur gab dir so schöne Gaben) 11.1.1: 160
Kränken ein liebendes Herz 4.1: 775, 835
Kränze, Die 6.1: 45
Kraft erwart ich vom Mann 4.1: 751
Kranich beim Fuchse, Der 4.1: 707
Krebse mit nacktem Hintern 3.2: 100
Kreuzigen sollte man jeden Propheten 3.2: 115, (137)
Kriechender Efeu 4.1: 713
Kriegserklärung 6.1: 70
Kriegsglück 9: 99
Kristkindlein trägt die Sünden der Welt 9: 135
Kritische Studien 4.1: 797
Krittler 9: 27
Kronen, Die 4.1: 689
⟨Kronos als Kunstrichter⟩ 13.1: 33
Künstler, Der 4.1: 829
Künstler! dich selbst zu adeln 13.1: 193
Künstler! wird's im Innern steif 13.1: 169
Künstler! zeiget nur den Augen 13.1: 109
Künstler-Lied (Dem edlen Künstler-Verein zu Berlin) 11.1.1: 174*
Künstlers Abendlied 3.2: 34; 1.2: (470)
Künstlers Fug und Recht 4.1: 656
Künstlers Morgenlied 1.1: 227
Kumulus 12: 472; 13.1: (159)
Kunden, Die 4.1: 777
Kunst die Spröden zu fangen. Erste Erzählung 1.1: 103
Kunst die Spröden zu fangen. Zwote Erzählung 1.1: 105
⟨Kunst und Altertum⟩ 13.1: 82
Kunst zu lieben, Die 4.1: 780, (711)
Kunst zu lieben von Manso, Die 4.1: 711, (780)

Kunstgriff (Schreib die Journale) 4.1: 802
Kunstgriff, Der (Wollt ihr zugleich) 4.1: 711, 777
Kunstrichter 4.1: 692, (757), (841)
Kunstschwätzer, Die 4.1: 771, (744)
Kurz ist mein Lauf 4.1: 690, 788
Kurz und gut 9: 13
Kurze Freude 4.1: 696, 795
kurzweilige Philosoph, Der 4.1: 783

L.*** (Edler Schatten, du zürnst?) 4.1: 818, (732)
L.*** (Schade daß die Natur) 4.1: 710, (778)
L. B. 4.1: 750, 772, (832)
L. D. 4.1: 750, 772, (832)
L. W. 4.1: 751, 773, (834)
La Biondina 6.1: 87
La mort, en sortant du Tartare 1.1: 92
Lächelnd sehn wir den Tänzer 4.1: 767
Lächerlichster, du nennst das Mode 4.1: 706, 800
Lähmung 9: 92
Ländlich 13.1: 175
Ländliches Glück 2.1: 76
Läßt mich das Alter im Stich? 13.1: 57
Läßt sich einer zur Tafel läuten 18.1: 72
Landschaft 9: 69
Lang und schmal ist ein Weg 6.1: 33
Lange haben die Großen 3.2: 113, 138
Lange hätt' ich euch gern 3.2: 140, (102)
Lange hätt ich euch gerne 3.2: 102, (140)
Lange kann man mit Marken 4.1: 783
Lange kneteten wir 4.1: 675
Lange neckt ihr uns schon 4.1: 782
Lange sucht ich ein Weib mir 3.2: 106
Lange Tag' und Nächte 2.1: 27
Lange werden wir euch noch ärgern 4.1: 679, 802
Langeweile ist ein böses Kraut 9: 130
Langverdorrte halbverweste Blätter 2.1: 48; 16: (717)
Laß deinen süßen Rubinenmund 11.1.1: 159; 11.1.2: 80
Laß den Weltenspiegel Alexandern 11.1.1: 231; 11.1.2: 93
Laß dich den Tod nicht reuen 4.1: 730, 816
Laß dich, Geliebte, nicht reun 3.2: 43, (42)
Laß dich nur in keiner Zeit 11.1.1: 159; 11.1.2: 60
Laß die Sprache dir sein 4.1: 749, 769
Laß dir gefallen 2.1: 25
Laß Dir von den Spiegeleien 13.1: 160; 11.1.1: (183)
Laß dir von den Spiegeleyen 11.1.1: 183; 13.1: (160)
Laß doch was du halb vollbracht 13.1: 194
Laß im Irrtum sie gebettet 13.1: 17
Laß mein Aug' den Abschied sagen 1.1: 157
Laß mich hören, laß mich fühlen 11.1.1: 365
Laß mich ruhen, ich schlafe 6.1: 36
Laß nach vielgeprüftem Leben 11.1.1: 233

Laß Neid und Mißgunst sich verzehren 9: 127
Laß nur die Sorge sein 9: 129
Laß sie's nur immer singen 9: 141
Lasset euch ja nicht 4.1: 689
Lasset Gelehrte sich zanken und streiten 3.1: 237; 3.2: 9
Lasset heut am edlen Ort 18.1: 34
Lasset heut im edeln Kreis 6.1: 56
Lasset uns die Nacht erhellen 9: 47
Lasset walten lasset gelten 13.1: 221
Laßt euch einen Gott begeisten 11.1.1: 53
Laßt euch mit dem Volk nur ein 18.1: 81
Laßt euch nur von Pfaffen sagen 13.1: 235
Laßt euch, o Diplomaten! 11.1.1: 122; 11.1.2: 90
Laßt fahren hin das allzu Flüchtige! 13.1: 123
Laßt geschaffne Ritter kämpfen 9: 90
Laßt mich nur auf meinem Sattel gelten 11.1.1: 78; 11.1.2: 11
Laßt mich weinen! umschränkt von Nacht 11.1.1: 143
Laßt mir den Phäaker schlafen! 6.1: 63
Laßt mir die jungen Leute nur 9: 131
Laßt sodann ruhig die Gans 4.1: 688, 786
Laßt zahme Xenien immer walten 13.1: 191
Lastträger, Der 4.1: 706, 800
Le sigue y le persigue la blasfemia 13.1: 111
Le veritable ami 1.1: 96
Lebe wohl auf Wiedersehn! 13.1: 183
Leben muß man 4.1: 740, 775, 836
Lebend noch exenterieren sie euch 4.1: 797
Lebendiges Andenken 9: 96; 1.1: (149)
Lebensart 11.1.1: 54
Lebensregel 11.1.1: 55
Lebet, ist Leben in euch 4.1: 753
Lebst im Volke; sei gewohnt 9: 95, 121
Legende (Als noch, verkannt und sehr gering) 4.1: 864
Legende (In der Wüsten ein heiliger Mann) 2.1: 28
Legende (Wasser holen geht) 13.1: 83
Lehre an den Kunstjünger 4.1: 702, 767
Lehrer, Die 2.1: 100
Lehret! Das ziemet euch wohl 4.1: 770, (836)
Lehret! es ziemet euch wohl 4.1: 836, (770)
Lehret euch nicht die Natur selbst 11.1.1: 228
Lehrling du schwankest 4.1: 692, 757, 842
Leichnam, Der 4.1: 818, (729)
Leichte Silberwolken schweben 11.1.1: 154; 13.1: 26
Leider von mir ist gar nichts zu sagen 4.1: 788
Leidlich hat Newton gesehen 4.1: 696, 796
Leise löst sich das Band 4.1: 741
Leonhard*, Herr 4.1: 718, (808)
Leonhard**, Herr 4.1: 808, (718)

Les fleuves indiscrets 4.1: 691, 789
Lesebuch 11.1.1: 156; 11.1.2: 31
Lessing 4.1: 732, (818)
letzte Kämpfer, Der 4.1: 827
letzte Märtyrer, Der 4.1: 695, 796
letzte Versuch, Der 4.1: 680, 802
Letzte Zuflucht 4.1: 694, 762
⟨Leuchtender Stern über Winkelwaage, Blei und Zirkel⟩ 13.1: 130
Leviathan und die Epigramme, Der 4.1: 791
Licht und Farbe 4.1: 697, 764
Lichtlein schwimmen auf dem Strome 13.1: 23
Lieb' um Liebe, Stund' um Stunde 11.1.1: 128; 11.1.2: 76
Lieb' und Leidenschaft können verfliegen 13.1: 108
Liebchen ach! im starren Bande 11.1.1: 225; 11.1.2: 33
Liebchen, kommen diese Lieder 6.1: 45
Liebe (Die bleibt) 13.1: 156, 502; 11.1.1: (189); 12: (91)
Liebe (Ich bliebe gern verschlossen) 9: 111
Liebe du mächtige 4.1: 738
Liebe flößest du ein 3.2: 110, 120, 144
Liebe leidet nicht Gesellen 13.1: 12
Liebe Mutter! 13.1: 114
Liebe Mutter, die Gespielen 4.1: 862
Liebe schwärmt auf allen Wegen 3.1: 372, 894
Liebe teilet die Freud 6.1: 50
Liebe und Begierde 4.1: 748
Liebe und Tugend 1.1: 129, 147
Liebe wider Willen, Die 1.1: 150
Liebe will ich liebend loben 9: 12, 94
Liebebedürfnis 2.1: 31
Liebende abermals, Die 9: 16
Liebende schreibt, Die 9: 16
Liebenden, Die 9: 20
Lieber Bruder 1.1: 253
Lieber, heiliger, großer Küsser 2.1: 30
Lieber Herr Dorwille liebe Frau 1.1: 270
Lieber möcht ich fürwahr 4.1: 730, 816
Liebes Lied eines Amerikanischen Wilden 2.1: 79
Liebesbücher und Jahrgedichte 9: 146
Liebesgötter auf dem Markte, Die 4.1: 667
Liebesqual verschmäht mein Herz 3.2: 37
Liebevoll und frank und frei 13.1: 121
Liebhaber, Die 1.1: 117
Liebhaber in allen Gestalten 2.1: 52
Lieblich ist des Mädchens Blick der winket 11.1.1: 17; 11.1.2: 39
Lieblich ist's im Frühlingsgarten 11.1.1: 65, 67
Lieblich sieht er zwar aus 4.1: 737
Lieblich und zart sind deine Gefühle 4.1: 812
Lieblich und zierlich 18.1: 13
Lieblichen Honig geb' er 4.1: 804
Lieblichen Lohn hast du dir 4.1: 752
Liebliches 11.1.2: 16; 11.1.1: (14)

Liebt' ich dich als Kleine 13.1: 121
Lied der Parcen (Es fürchte die Götter) 3.1: 208*
Lied des gefangnen Grafen 6.1: 27
Lied und Gebilde 11.1.2: 18; 11.1.1: (37)
Lied vom braun Annel, Das 1.1: 181
Lied vom eifersüchtigen Knaben, Das 1.1: 169
Lied vom Grafen Friederich, Das 1.1: 177
Lied vom Herren und der Magd, Das 1.1: 170
Lied vom Herrn von Falckenstein, Das 1.1: 165
Lied vom jungen Grafen, Das 1.1: 168
Lied vom Lindenschmidt, Das 1.1: 176
Lied vom Pfalzgrafen, Das 1.1: 166
Lied vom verkleideten Grafen, Das 1.1: 172
Lied vom Zimmergesellen, Das 1.1: 174
LIEDER MIT MELODIEN 1.1: 126
Lief das Brot, wie die Hasen laufen 9: 125
Liegt der Irrtum nur erst 4.1: 695, 795
Liegt dir Gestern klar und offen 13.1: 204
Lies uns nach Laune nach Lust 4.1: 676, 789
Ließe die Wahrheit sich schmeicheln 4.1: 827
Lilis Park 1.1: 266
Line, Dir zum neuen Jahr 18.1: 25
Literarische Ekliptik 4.1: 686, (784)
Literarische Zuverlässigkeit 4.1: 828
Literarischer Adreßkalender 4.1: 812
Literarischer Zodiacus 4.1: 784, (686)
Literaturbriefe 4.1: 714, 793
Lobt ihn, er schmiert ein Buch 4.1: 705
Locken der Berenice 4.1: 785, (687)
Locken! haltet mich gefangen 11.1.1: 131; 11.1.2: 79
Logogryph 9: 100
Lokal, Das 4.1: 677
⟨Lord Byron⟩ 13.1: 122
Lord Byron ohne Scham und Scheu 13.1: 116
Lotto, Das 4.1: 686
Louise von Voss 4.1: 719, 791
Lucian von Samosata 4.1: 819
Lucri bonus odor 4.1: 800, (707)
Lug oder Trug? 11.1.1: 56
Lump (Freund, wer ein Lump ist) 2.1: 50*
Luna solcher hohen Stelle 13.1: 120
Lust und Qual 11.1.1: 148
Lustigen von Weimar, Die 9: 71
Lustrum ist ein fremdes Wort 11.1.1: 193; 20.1: 522
luthrischer Geistlicher spricht, Ein 2.1: 29
Lyde. Eine Erzählung 1.1: 101
Lyrische Blumenlese 4.1: 727

M*** 4.1: 807, (724)
M. R. (Sagt was füllet das Zimmer) 4.1: 751, 773
M r (Etwas ist er) 13.1: 232
M s (Weil du doch alles beschriebst) 4.1: 724, (807)

Mache der Schwärmer sich Schüler 3.2: 100, 126
Machts einander nur nicht sauer 9: 139
Madame Catalani (Im Zimmer, wie im hohen Saal) 11.1.1: 207*
Madrigal (Mein Mädgen sagte mir) 1.1: 120
Madrigal aus dem Französischen (Climene lebt in tausend Sorgen) 1.1: 120
Madrigal aus dem Französischen des Herrn von Voltaire (Auch in die allergröbste Lügen) 1.1: 121
Mächtig bist du! 6.1: 35
Mächtig erhebt sich der deutsche Rhein 4.1: 690
Mächtig führt er den Bogen 4.1: 739
Mächtig seid ihr 4.1: 751
Mächtiges Überraschen 9: 12
Mädchen 9: 20
Mädchen spricht, Das 9: 13
Mädgen setzt euch zu mir nieder 1.1: 98
Männer richten nach Gründen 4.1: 752
Märchen, Das (Mehr als zwanzig Personen) 4.1: 718, 792
Märchen, noch so wunderbar 9: 93
Märkte reizen dich zum Kauf 11.1.1: 228; 11.1.2: 40
März 11.1.1: 181; 13.1: 25
Mäuse laufen zusammen 6.1: 34
Mag der Grieche seinen Thon 11.1.1: 37; 11.1.2: 18
Mag jener dünkelhafte Mann 1.1: 264; 16: 625
Mag's die Welt zur Seite weisen 12: 194; 13.1: 215
Mag sie sich immer ergänzen 11.1.1: 231; 11.1.2: 81
Magisches Netz 6.1: 83
Magnetes Geheimnis, erkläre mir das! 9: 118
Magst du einmal mich hintergehen 9: 142
Magst du jemand Feste geben 18.1: 70
Mahadöh, der Herr der Erde 4.1: 872
Mahomets Gesang (Seht den Felsenquell) 1.1: 518*
Mai 13.1: 26; 11.1.1: (154)
Maifest 1.1: 162
Mailied 9: 43
Main 4.1: 690*, 788*
Majestät der Menschennatur! 4.1: 686
Majestas populi 4.1: 686
Mamsell, / So launisch 1.1: 131
Man hat ein Schimpf-Lied auf dich gemacht 9: 141
Man ist gewohnt daß an den höchsten Tagen 13.1: 98
Man kann nicht immer zusammen stehn 9: 134
Man könnt' erzogene Kinder gebären 13.1: 202
Man lauft man drängt 2.1: 78
Man liebt dich heut wie in den alten Tagen 2.1: 44
Man mäkelt an der Persönlichkeit 13.1: 103
Man sagt: Sie sind ein Misanthrop! 11.1.1: 52
Man soll nicht lachen! 13.1: 215
Man soll sich nicht mit Spöttern befassen 9: 134
Man weiß nicht wie man tue nur das Rechte 18.1: 86
Man wills den Damen übel deuten 2.1: 48

Man zieht den Toten ihr ehrenvolles Gewand an 13.1: 207
Manch gutes Werk hab' ich verricht 6.1: 89
Manch verwandtes Gemüt 4.1: 748
Manche Gefahren umringen euch noch 4.1: 689, 786
Manche rühmen sie habe Verstand 4.1: 718
Manche Töne sind mir zuwider 3.2: 68, 69
Manche zwar haben geherrscht 4.1: 751
Manchen Lakai schon 4.1: 682, 803
Mancherlei hast du versäumet 9: 143
Manches herrliche der Welt 13.1: 127
»Manches können wir nicht verstehn.« 13.1: 49
Manches Seelenregister 4.1: 705
Manches ward indes erfahren 13.1: 118
Mann mit dem Klingelbeutel, Der 4.1: 776
Mann mit zugeknöpften Taschen 11.1.1: 57
Mannichfaltigkeit (Reich ist an Blumen) 4.1: 771, (749), (832)
Mannichfaltigkeit, Die (Viele sind gut) 4.1: 766, (700)
Mannigfaltigkeit, Die (Reich ist an Blumen) 4.1: 749, (771), (832)
Manso von den Grazien 4.1: 711, 780
Mansoische Reimerei 4.1: 712, (781)
Manuskripte besitz ich 4.1: 774, 834
Mariens Huld und Anmut 13.1: 81
Martial (Xenien nennet ihr euch?) 4.1: 819
Martial, wenn ihrs nicht wißt 4.1: 675
Maskenzüge (Die Gestalten gehn vorüber) 13.1: 45
MATHAL NAMEH. BUCH DER PARABELN 11.1.2: 107
mathematische Größe, Die 4.1: 696
Matt und beschwerlich 18.1: 11; 20.3: 826
Mauern seh' ich gestürzt 6.1: 35
Maut 4.1: 677, (776)
May 11.1.1: 154; 13.1: (26)
Mayn 4.1: 690, 788
Mayow wußte das schon 4.1: 828
Medschnun heißt – ich will nicht sagen 11.1.1: 96; 11.1.2: 52
Meeresstille 4.1: 666
Mehr als ich ahndete 3.2: 78
Mehr als zwanzig Personen 4.1: 718, 792
Mehr hat Horaz nicht gewollt 3.2: 149
Mein altes Evangelium 1.1: 254
Mein Beichtiger 18.1: 55
Mein Blick war auf den Himmel hingerichtet 18.1: 90
Mein Erbteil wie herrlich 17: 15; 11.1.1: (231); 11.1.2: (58)
Mein Erbtheil wie herrlich 11.1.1: 231; 11.1.2: 58; 17: (15)
Mein Gesicht lag auf dem Weg 11.1.2: 176
Mein Glaube 4.1: 698, 762
Mein Haus hat kein' Tür 13.1: 142

Mein Kind, sie wissens nicht zu machen 13.1: 102
Mein Kopf im Staub des Weges 11.1.2: 177
Mein Mädgen im Schatten der Laube 1.1: 117
Mein Mädgen sagte mir 1.1: 120
Mein Mädgen ward mir ungetreu 1.1: 156
Mein süßes Liebchen! 9: 18
Meine Antipathie 4.1: 698, 763
Meine Burgen zerfallen zwar 4.1: 690, 788
Meine Dichterglut war sehr gering 9: 133
Meine Freude verdarb er mir garstig 4.1: 714
Meine Göttin 2.1: 54
Meine Liebste wollt ich heut beschleichen 3.2: 27
Meine Muse besingt 4.1: 716, (778)
Meine Reis' ist ein Faden 4.1: 703, 798
Meine Ruh' ist hin 1.2: 171; 3.1: 574; 6.1: 633
Meine Ufer sind arm 4.1: 691, 788
Meine Wahl 9: 90
Meine Wahrheit bestehet im Bellen 4.1: 801, (677)
Meine Wahrheit bestehet in Bellen 4.1: 677, (801)
Meine zarte Natur schockiert 4.1: 812
Meinem Freunde v. Knebel zum 30. November 1817 (Lustrum ist ein fremdes Wort) 11.1.1: 193*
Meinen feierlich Bewegten 13.1: 124
Meinst du denn alles 18.1: 62
Meinst du, er werde größer 4.1: 712, 781
»Meinst du es redlich 18.1: 66
Meissners Apollo 4.1: 727
Meister, Der 4.1: 717, 769
Meister und Dilettant 4.1: 680
Melde mir auch 4.1: 731, 817
Melodien verstehst du 4.1: 680
Memento (Kannst dem Schicksal widerstehen) 9: 82
Memento mori! gibts genug 13.1: 127
Mendelsohn, Moses 4.1: 818, (731)
Mendelssohn, Moses 4.1: 731, (818)
Menschengefühl 2.1: 25
Menschenhaß? Nein 4.1: 717, 808
Menschenhaß und Reue 4.1: 717, 808
Menschliches Leben 4.1: 693
Menschlichkeit kennest du nicht 4.1: 709
Menschlichkeiten 4.1: 696, 796
»Mephisto scheint ganz nah zu sein!« 18.1: 63
Mephistopheles spricht 6.1: 96
Merkmal, Das 4.1: 678
Merkur 4.1: 726, 807
Messieurs! Es ist der Gebrauch 4.1: 776
Metamorphose der Pflanzen, Die (Dich verwirret, Geliebte) 6.1: 14; 13.1: 150; 12: (74)
Metamorphose der Tiere 6.1: 17; 13.1: 153; 12: (153)
Metaphysiker und Physiker (Alles will jetzt) 4.1: 761, (693)
Metaphysiker und Physiker (Welches Treiben) 4.1: 693
Mich ängstigt das Verfängliche 18.1: 19

Mich erbaute zuerst ein Denker 2.1: 78
Mich ergreift, ich weiß nicht wie 6.1: 57
Mich freuen die vielen Guten und Tücht'gen 9: 133
Mich nach- und umzubilden miszubild⟨en⟩ 11.1.1: 225
Mich umwohnet mit glänzendem Aug 4.1: 690, 788
Mich verwirren will das Irren 11.1.1: 78; 11.1.2: 12
Mignon (Heiß mich nicht reden) 2.2: 157*; 5: 357*, 359*
Mignon (Kennst du das Land) 2.2: 170*; 5: 142*
Mignon (Nur wer die Sehnsucht kennt) 2.2: 297*; 5: 238*, 239*
Mignon (So laßt mich scheinen) 5: 517*, 859*
Millionen gebraucht die Natur 4.1: 700, (758)
Millionen sorgen dafür 4.1: 758, (700)
Mineralogischer Patriotismus 4.1: 795
Minerva 4.1: 726, 807
Minister, Der 4.1: 684, 755, (840)
Mir gäb' es keine größre Pein 9: 124
Mir genügt nicht eure Lehre 13.1: 226
Mir her, ich sang der Könige Zwist! 4.1: 819
Mir ist das Volk zur Last 18.1: 82
Mir will das kranke Zeug nicht munden 13.1: 14
Mir will es finster bleiben 11.1.2: 628
Mir will ewiger Durst 11.1.2: 175
Mirabellen pflanz ich 6.1: 46
Misanthrop, Der 1.1: 149
Mit Botanik gibst du dich ab? 3.2: 112, 142
Mit dem hundertsten Teil 4.1: 686
Mit dem Philister stirbt auch sein Ruhm 4.1: 759
Mit der Eule gesiegelt? 4.1: 727, 806
⟨Mit der Jubiläumsmedaille⟩ 13.1: 190
Mit der linken regiert er die Leier 4.1: 718
Mit der Teutschen Freundschaft 11.1.1: 198
Mit der Welt muß niemand leben 13.1: 195
Mit des Bräutigams Behagen 6.1: 74
Mit diesem Versatilen 13.1: 207
Mit diesen Menschen umzugehen 13.1: 213
Mit dieser Welt ist's keiner Wege richtig 13.1: 11
Mit einem Blatt Bryophyllum calycinum 18.1: 41
Mit einem goldnen Halskettchen 1.1: 154; 3.2: 18
Mit einem Herren steht es gut 6.1: 49; 9: 123
Mit einer angeschriebenen Feder 18.1: 28
Mit einer Hiazynthe 2.1: 43
Mit einer Zeichnung 1.1: 232; 16: (674)
Mit Erlaubnis 4.1: 792
Mit Flammenschrift war innigst eingeschrieben 9: 20
Mit hartherzger Kritik 4.1: 715
Mit Kirchengeschichte was hab ich zu schaffen? 18.1: 75

Mit Liebe nicht, nur mit Respekt 13.1: 213; 20.2: 1571
Mit meinem Willen mags geschehn! 9: 127
Mit Narren leben wird dir gar nicht schwer 9: 132; 13.1: 15
Mit Säulen schmückt ein Architect aufs beste 11.1.1: 181
Mit Schnäbeln Hörnern Klauen 18.1: 86
Mit seltsamen Gebärden 13.1: 193
Mit sich selbst zu Rate gehn 13.1: 203
»Mit unsern wenigen Gaben 13.1: 209
Mit Wahrheit und Dichtung 9: 106
Mit widerlegen, bedingen, begrimmen 13.1: 224
Mit Zuversicht darf ich mich hier erheben 11.1.1: 331
Mitarbeiter, Die 4.1: 803
Mitteilung 4.1: 758, (746)
Mittel, Das (Warum sagst du) 4.1: 797, 696
Mittel, Das (Willst du in Deutschland) 4.1: 769, (744)
Mittel, Das (Willst du wirken) 4.1: 744, (769)
Mittelalter 4.1: 693, (756), (841)
Mittelmäßige und das Gute, Das 4.1: 768
Mittelmäßigkeit ist von allen Gegnern der schlimmste 4.1: 702
Mitten im Getümmel mancher Freuden 1.1: 236; 3.2: 18
Mitten in dem Wasserspiegel 13.1: 170; 13.2: 73
Mitternachts weint' und schluchtzt' ich 11.1.1: 101; 11.1.2: 33
Modephilosophie 4.1: 706, 800
Moderezension 4.1: 809, (838)
Modergrün aus Dantes Hölle 13.1: 110
moderne Halbgott, Der 4.1: 790
Modernes 13.1: 169
Möcht' ich doch wohl besser sein 6.1: 98
Möchte gern lustig zu euch treten 18.1: 62
Möge dein Lebensfaden sich spinnen 4.1: 716, 809
Möge dies der Sänger loben! 9: 94
Möget ihr das Licht zerstückeln 11.1.1: 187; 12: 392; 13.1: 161
Möglichkeit, Die 4.1: 695, 795
Mögt ihr die schlechten Regenten 4.1: 782
Mögt zur Gruft ihn senken 18.1: 28
MOGANNI NAMEH. BUCH DES SÄNGERS 11.1.2: 9
Mohamed Schemseddin sage 11.1.1: 11; 11.1.2: 22
Monodistichon, Das 4.1: 675
Monolog des Liebhabers 3.2: 35
Moral der Pflicht und der Liebe 4.1: 764
moralische Kraft, Die 4.1: 758
Moralische Schwätzer 4.1: 698, 763
moralische und der schöne Charakter, Der 4.1: 758, (747)
Moralische Zwecke der Poesie 4.1: 797, (745)
Morgendämmerung wandte sich in's Helle 11.1.2: 186
Morgenklagen 3.2: 23

MorgenNebel, Lila 1.1: 210
Moritz 4.1: 712
Mors ultima linea 1.1: 82
Moses Mendelsohn 4.1: 818, (731)
Moses Mendelssohn 4.1: 731, (818)
⟨Motto auf dem Titelblatt der »Gesänge« von Philipp Christoph Kayser⟩ 2.1: 36
Motto, Das 4.1: 677, 801
Mottos 4.1: 803
Müde bin ich des Widersprechens 13.1: 236
Müde war ich geworden 3.2: 94, 133
Müsset im Naturbetrachten 11.1.1: 190; 12: 92; 13.1: 153
Müßig gelt ich dir nichts 4.1: 736
Muller! Je suis fachè 1.1: 90
Muntre Gärten lieb' ich mir 9: 77
Musageten, Die 6.1: 25
Muse 4.1: 815, (728)
Muse, Die 4.1: 728, (815)
Muse, wo führst du uns hin? 4.1: 728, 815
Muse zu den Xenien 4.1: 825, (735)
Muse zu den Xenien, Die 4.1: 735, (825)
Museen 11.1.1: 166
Musen und Grazien 4.1: 727, 805
Musen und Grazien in der Mark 4.1: 856
Musensohn, Der 6.1: 43; 16: (716)
Muß der Künstler nicht selbst 4.1: 745, 771
Muß ich dich hier schon treffen 4.1: 729, 816
Muß ich wählen 4.1: 763
Mußt nicht vor dem Tage fliehen 11.1.1: 48; 11.1.2: 67
Mußt nicht wiederstehn dem Schicksal 9: 82
Musterbilder 11.1.2: 30; 11.1.1: (89)
Musterstuhl zu Schmerz u. Sorgen 13.1: 184
Mut (Sorglos über die Fläche weg) 2.1: 11*
Myrt' und Lorbeer hatten sich verbunden 13.1: 98
Mystische Erwiderung 13.1: 35

N. Reisen XI Band S. 177 4.1: 704, 799
N. Z. S. O. A. D. 4.1: 750, 772, (832)
Nach Calabrien reis't er 4.1: 782
Nach Corinthus von Athen gezogen 4.1: 866
Nach dem Griechischen (Einen wohlgeschnitzten vollen Becher) 2.1: 64*
Nach diesem Frühlingsregen 6.1: 60; 13.1: 30
Nach Lord Byron 18.1: 63
Nach Mittage saßen wir 1.1: 155
Nach unfruchtbarem Baume 11.1.1: 246
Nachäffer 4.1: 790
Nachahmer und der Genius, Der 4.1: 767, (701)
Nachahmung (Ringe Deutscher) 4.1: 719, (771)
Nachahmung der Natur 13.1: 168
Nachbildung (In deine Reimart) 11.1.2: 26; 11.1.1: (34)
Nachbildung der Natur 4.1: 790

Nachdem einer ringt 13.1: 10
Nachklang 11.1.2: 87; 11.1.1: (144)
⟨Nachlese zu den Venezianischen Epigrammen⟩ 3.2: 149
Nachruf 11.1.1: 229
Nacht, Die 1.1: 127, 142
Nacht und Stille 4.1: 742
Nachtgedanken 2.1: 64
Nachtgesang 6.1: 74
Nachtgespenster ziehen nicht mehr 6.1: 46
Nachts wenn gute Geister schweifen 13.1: 226
Nachtviole, dich geht man 4.1: 750, 772, 832
Nachtwächter, Der 4.1: 684, 755, (841)
Nackend willst du nicht neben mir liegen 3.2: 106
Nächst daran strecket der Bär zu K** 4.1: 784
Nächtig führt' ich in dem Nachen 6.1: 87
Nähe 3.2: 25
Nähe des Geliebten 4.1: 667
Närrisch, daß jeder in seinem Falle 11.1.1: 83; 11.1.2: 61
Nahe warst du dem Edeln 4.1: 705
Narr epilogiert, Der 6.1: 89
National-Versammlung 13.1: 24
Nativität (Der Deutsche ist gelehrt) 11.1.1: 200*
Natur! du ewig keimende 13.2: 66
Natur gab dir so schöne Gaben 11.1.1: 160
Natur und Kunst sie scheinen sich zu fliehen 6.1: 780
Natur und Vernunft 4.1: 760
Naturforscher und Transzendental Philosophen 4.1: 797
Naturgesetz, Das 4.1: 768
Naturkreis, Der 4.1: 743
Neben an gleich empfängt euch 4.1: 686, 784
Neckar 4.1: 690
Neckt euch in Breslau 4.1: 689, 786
Nehmt nur mein Leben hin 13.1: 201
Neigung besiegen ist schwer 4.1: 834, (739), (774)
Nein das ist doch zu arg 4.1: 680, 802
Nein das wird mich nicht kränken 13.1: 217
Nein du erbittest mich nicht 4.1: 722, (794)
Nein! Du erbittest mich nicht 4.1: 794, (722)
Nein! frechere Wette 9: 101
Nein! für den Poeten ist's zuviel 18.1: 63
»Nein! heut' ist mir das Glück erbost!« 9: 130
Nein! hier hat es keine Not 4.1: 656
Nein, ich habe nichts versäumet! 9: 143
Nekrolog (Unter allen, die von uns berichten) 4.1: 712, 781
Nektartropfen, Die 2.1: 61
Nelken! wie find ich euch schön! 4.1: 751, 773, 833
Nelken, wie find' ich euch schön! 4.1: 833, (751), (773)
Nemesis 9: 17
Nenne Lessing nur nicht 4.1: 705, 799
Nenne niemand nur verschone 11.1.1: 246
Nennen dich den großen Dichter 11.1.1: 30; 11.1.2: 102
Neologen 11.1.1: 51
Nett und niedlich 13.1: 177

Neu ist der Einfall doch nicht 4.1: 828
Neu Mond und geküßter Mund 9: 124
neue Amadis, Der 1.1: 259
neue Amor, Der 4.1: 658; 14: (494)
neue Entdeckung, Die 4.1: 698
Neue Heilige 2.1: 106
⟨Neue Liebe, Neues Leben⟩ 1.1: 264; 16: (731)
NEUE LIEDER 1.1: 139
neue Pausias und sein Blumenmädchen, Der (1. Fassung) 4.1: 886
neue Pausias und sein Blumenmädchen, Der (2. Fassung) 4.1: 887
Neueröffnetes moralisch-politisches Puppenspiel 1.1: 234
neueste aus Rom, Das 4.1: 792, (720)
Neueste Behauptung 4.1: 814
Neueste Farbentheorie von Wünsch 4.1: 797
Neueste Theorie der Liebe 4.1: 709
neuesten Geschmacksrichter, Die 4.1: 781
Neugier 4.1: 813
Neugriechisch-epirotische Heldenlieder 13.1: 75
Neugriechische Liebe-Skolien 13.1: 119; 20.3: (674)
Neujahrslied 1.1: 136, 139
neuste in der Chemie, Das 4.1: 828
Neuste Kritikproben 4.1: 812
Neuste Schule 4.1: 779, (721)
Neuster Stoff zum Drama 4.1: 827
Newton hat sich geirrt? 4.1: 695, 796
Newtonisch Weiß 9: 50
Nicht alles ist an eins gebunden 9: 139
Nicht alles ist Gold was gleist 11.1.1: 248
Nicht am Morgen allein 11.1.1: 182
Nicht am Susquehanna der durch Wüsten fließt 9: 23
Nicht an Reiz noch an Kraft fehlts 4.1: 715
Nicht auf der grünen Erde nur 6.1: 81
Nicht Augenblicke steh ich still 18.1: 60
Nicht bloß Beispielsammlung 4.1: 716, 792
Nicht der gewaltige Dis 4.1: 732
Nicht doch! Aber es schwächten 4.1: 819
Nicht Gelegenheit macht Diebe 11.1.1: 118; 11.1.2: 68
Nicht größern Vorteil wüßt' ich zu nennen 9: 142
Nicht jeder kann alles ertragen 13.1: 52
Nicht Jeder wandelt nur gemeine Stege 9: 122
Nicht lange 4.1: 678
Nicht mehr auf Seidenblat 11.1.1: 142
Nicht nur als Kabus hast du mich belehrt 11.1.1: 172
Nicht so eilig, liebes Kind! 2.1: 301
Nicht soll's von ihrer Seite 13.1: 190
Nicht sterblich nicht unsterblich 13.1: 117; 20.1: 841
Nicht über Zeit- noch Landgenossen 9: 138
Nicht viel fehlt dir 4.1: 812
Nicht von dem Architekt 4.1: 770

Nicht zukünftiges nur verkündet Bakis 6.1: 33
Nichts als dein Erstes fehlt dir 4.1: 721, 809
Nichts ist der Menschheit so wichtig 4.1: 723, 811
Nichts ist zarter als die Vergangenheit 13.1: 107
Nichts kann er leiden 4.1: 704, 799
Nichts leichter als dem Dürftigen schmeicheln 9: 143
Nichts! Man siehet bei uns 4.1: 734, 824
Nichts mehr davon 4.1: 685
Nichts mehr von diesem tragischen Spuk 4.1: 733, 823
Nichts neues unter der Sonne 4.1: 828
Nichts soll werden das Etwas 4.1: 790
Nichts taugt Ungedult 9: 145
Nichts vom Vergänglichen 13.1: 13
Nicolai 4.1: 798, (703)
Nicolai entdeckt die Quellen der Donau! 4.1: 798, (704)
Nicolai reiset noch immer 4.1: 798, (703)
Nie erscheinen die Götter allein 4.1: 738
Nie schmeckt ein Mädgen einen Kuß 1.1: 104
Nie verläßt uns der Irrtum 4.1: 699, 761, (837)
Niedergangen ist die Sonne 11.1.1: 38; 11.1.2: 104
Niederträchtigers wird nichts gereicht 9: 146
Niemand liebst du 3.2: 115, 139
Niemand muß herein rennen 13.1: 58
Niemand soll ins Kloster gehn 18.1: 76
Niemand soll mich bestechen 4.1: 827
Niemand will der Dichter kränken 13.1: 221
Niemand wird sich selber kennen 18.1: 58
Niemand wollte sie frein 4.1: 712
Nikias, trefflicher Mann 4.1: 904; 4.2: 715
Nikolai entdeckt die Quellen der Donau! 4.1: 704, (798)
Nikolai reiset noch immer 4.1: 703, (798)
Nikolais Romane 4.1: 714
Nimbus 12: 472; 13.1: 159
Nimm dem Prometheus die Fackel 4.1: 770, 836
Nimmer belohnt ihn des Baumes Frucht 4.1: 746, 759
Nimmer will ich dich verlieren! 11.1.1: 131; 11.1.2: 80
Nimms nicht übel, daß nun auch deiner 4.1: 792
Nimms nicht übel mein Heros 4.1: 734, 824
Nimmst du die Menschen 4.1: 685
Noch bin ich gleich von euch entfernt 13.1: 208
Noch ein Paar 11.1.2: 30, 205; 11.1.1: (205)
Noch ein Phantom 4.1: 729
Noch einmal wagst du 13.1: 112, 134
Noch halt ich mein Urteil zurück 4.1: 827
Noch ist es Tag, da rühre sich der Mann 11.1.1: 230; 11.1.2: 57; 17: 15
Noch ist Italien wie ichs verließ 3.2: 85
Noch spukt der Babylon'sche Turm 9: 128

Nötigung 13.1: 157, 504; 11.1.1: (189); 12: (92)
Nord und West und Süd zersplittern 11.1.1: 41; 11.1.2: 9
Nordwärts strecket der Bär 4.1: 687
Not lehrt beten 3.2: 88, 127
Novemberlied 2.1: 92
Nun auf und laßt verlauten 13.1: 123
»Nun denn! Eh wir von hinnen eilen 18.1: 20
Nun erwartet denn auch 4.1: 728, 807
Nun Freund, bist du versöhnt 4.1: 819
Nun ist's geschehn! 13.1: 117
Nun laßt auch niederwärts 12: 472; 13.1: 159
Nun sitzt der Ritter 1.1: 159
Nun so legt euch liebe Lieder 11.1.1: 49; 11.1.2: 127
Nun verlaß ich diese Hütte 3.2: 15
Nun weiß man erst was Rosenknospe sei 18.1: 18
Nur an des Lebens Gipfel 4.1: 701, 758
Nur an gebildetem Stoff 4.1: 701, (767)
Nur das feurige Roß 4.1: 702, 768
Nur das leichtere trägt 4.1: 746, 760
Nur dasjenige Gesicht 11.1.2: 176
Nur die Fläche bestimmt 4.1: 756, 841
Nur fort, du braune Hexe 4.1: 883; 8.1: 445
Nur heute, heute nur laß dich nicht fangen 9: 124
Nur Luft und Licht und Freundeslieb 2.1: 11
Nur stille! nur bis Morgen früh 13.1: 216
Nur wenig ist's was ich verlange 11.1.1: 98; 11.1.2: 73
Nur wenn das Herz erschlossen 18.1: 68
Nur wer die Sehnsucht kennt 2.2: 297; 5: 238, 239
Nur wer von Allah begünstiget ist 11.1.1: 95; 11.1.2: 46
Nur Zeitschriften 4.1: 677, 801
Nur zwei Tugenden gibts 4.1: 698

O! daß der Sinnen doch so viele sind! 11.1.1: 204; 11.1.2: 81
O des süßen Kindes 2.1: 74
O die Natur, die zeigt auf unsern Bühnen 4.1: 733, 823
O du, die in dem Heiligtum 1.1: 1008*
O du loses leidigliebes Mädchen 3.2: 23
O fände für mich 1.1: 144, (126)
O Freyheit süß der Presse! 11.1.1: 211
O gib, vom weichen Pfühle 6.1: 74
O Händel, dessen Ruhm 1.1: 97; 16: (326)
O Hendel, dessen Ruhm 16: 326; 1.1: (97)
O ich Tor! 4.1: 817
O ihr neckischen Jungen! 4.1: 749
O! ihr Tags- und Splitterrichter 13.1: 212
O Ihr werdet Wunder sehn! 5: 606
O Kinder, still! 2.1: 73
O! laß die Jammer-Klagen 13.1: 17

O liebliche Therese! 1.1: 156
O Magdeburg die Stadt 6.1: 30
O Schöne mit dem weißen Stabe 2.1: 108
O schönes Mädchen du 3.2: 22
O verschreien möchtet ihr gerne 4.1: 827
O wären wir weiter, o wär ich zu Haus! 9: 77
O! Welt, vor deinem häßlichen Schlund 13.1: 213
O Welt! wie schamlos und boshaft du bist! 11.1.1: 95; 11.1.2: 46
O wie achtet ich sonst 3.2: 111, 145
O wie fühl ich in Rom mich so froh! 3.2: (50), 51
O wie ist die Stadt so wenig 4.1: 856
O! wie lallt das Kind so faul! 9: 49
O wie machst du mich, Römerin 3.2: 50, (51)
O wie schätz ich euch hoch! 4.1: 715, 794
O wie selig ward mir! 11.1.1: 98; 11.1.2: 34
O wie viel neue Feinde der Wahrheit! 4.1: 743
Ob der Koran von Ewigkeit sey? 11.1.1: 92; 11.1.2: 95
Ob dich der Genius ruft? 4.1: 746, 794
Ob die Menschen im ganzen 4.1: 685, (780)
Ob die Menschen im Ganzen 4.1: 780, (685)
Ob du der klügste seist 4.1: 684, 755, (840)
Ob du der Klügste seist 4.1: 840, (684), (755)
Ob du wachst 4.1: 684, 755, 841
Ob ein Epigramm wohl gut sei? 3.2: 115, 139
Ob ein Mensch gewohnt ist 4.1: 829
Ob erfüllt sei was Moses 3.2: 106
Ob ich Dich liebe weiß ich nicht 1.1: 162
Ob ich Ird'sches denk' und sinne 11.1.2: 12; 11.1.1: (78)
Ob ich Irdsches denck und sinne 11.1.1: 78; 11.1.2: (12)
Ob ich liebe!, ob ich hasse! 18.1: 64
Ob Mutter? Tochter? Schwester? Enkelinn? 11.1.1: 250
Obelisk 4.1: 736
Obgleich kein Gruß, obgleich kein Brief 1.1: 94
Ode (Welcher Unsterblichen) 2.1: 54*
Ode an Herrn Professor Zachariae 1.1: 113
ODEN AN MEINEN FREUND 1.1: 122
Ödem Wege 18.1: 12
Oedipus reißt die Augen sich aus 4.1: 815
Öffnet die Coffers 4.1: 776, (677)
Öffnet die Coffres! 4.1: 677, (776)
Öffnet die Schranken! 4.1: 811
Öfters nahmst du das Maul schon so voll 4.1: 680, 802
Offen steht das Grab! 3.2: 89
Offen steht sie! 13.1: 130
Offen zeigt sich die Pforte des bergabstürzenden Waldstroms 6.1: 87
Offenbar Geheimniß (Sie haben dich heiliger Hafis) 11.1.2: 26; 11.1.1: (35)
Offne Tafel 9: 86

Oft erklärtet ihr euch als Freunde des Dichters 3.2: 92, 131
Oft führt' ich sie zum Haine 1.1: 105
Oft in tiefen Winternächten 6.1: 25
Oft sind alle neune gekommen 3.2: 88, (129)
Oft, wenn dir jeder Trost entflieht 9: 140
Oftmals hab ich geirrt 3.2: 105, 147
Ohne das mindeste nur 4.1: 711, 779
Ohne Fastnachtstanz und Mummenspiel 13.1: 176
Ohne menschliche Gebrechen 13.1: 173; 13.2: 88
Ohne Schrittschuh und Schellengeläut 13.1: 176
Ohne Umschweife 9: 144
Ohne Wein kann's uns auf Erden 1.2: 542
Ominos ist dein Name 4.1: 804
Ophiuchus 4.1: 688, 785
⟨Ossian-Übersetzungen⟩ 1.1: 185
Otez moi la grammaire! 1.1: 91
Ottave rime 4.1: 735
Ottilien von Goethe 17: 13
Ovid 4.1: 732

P** bei N*** 4.1: 789
Paket, Das 4.1: 806, (727)
Paket Manuskripte, Das 4.1: 727, (806)
⟨Panacee⟩ 13.1: 82
Pantheon der Deutschen 4.1: 714, (808)
Pantheon der Deutschen I Band 4.1: 808, (714)
Parabase 13.1: 150; 11.1.1: (190); 12: (195)
Parabel (Ich trat in meine Gartentür) 18.1: 38, 39
Parabel (In einer Stadt) 9: 75
Parabeln (Ein Meister einer ländlichen Schule) 6.1: 47
Parablen (Zwei Personen ganz verschieden) 13.1: 37
⟨Paria⟩ 13.1: 83
Park, Der 2.1: 77
Parsi Nameh. Buch des Parsen 11.1.2: 111
Parteigeist 4.1: 787
Patriot, Der 4.1: 682, 803
Pegasus, von eben demselben ⟨Schiller⟩ 4.1: 812
Peregrinus Proteus 4.1: 819
Perfektibilität 6.1: 98
Peterskirche 4.1: 737
Pfahl im Fleisch 4.1: 799, (705)
Pfarrer Cyllenius 4.1: 711, 779
Pfeifen hör' ich dort im Busche 11.1.1: 249
Pfingsten 13.1: 142; 9: (112)
Pflanzet über die Häuser 4.1: 768
Pflegten wir kristallen Glas 18.1: 43
Pflicht für jeden 4.1: 760
Pflicht und Frohsinn (Frisch! der Wein soll reichlich) 9: 32*
Phaenomen 11.1.1: 13; 11.1.2: 15
Phantasie 4.1: 700, 766
Philine (Singet nicht in Trauertönen) 5: 315*
Philister 4.1: 746, (759)
Philister, Der 4.1: 759, (746)
Philister und Schöngeist 4.1: 746, 760
Philomele 2.1: 78
Philosoph und der Schwärmer, Der 4.1: 710, 764

Philosophen (Gut, daß ich euch) 4.1: 820
Philosophen, Die (Welche wohl bleibt) 4.1: 762, (693)
Philosophen verderben die Sprache 4.1: 720, 813
Philosophische Annalen (Reise behutsam) 4.1: 713
Philosophische Annalen (Vierzig Eselein) 4.1: 725
philosophische Gespräch, Das 4.1: 784, (724)
Philosophische Querköpfe 4.1: 704, 798
philosophische Unterredung, Die 4.1: 724, (784)
Philosoph'scher Roman 4.1: 721, (814)
Philosophscher Roman 4.1: 814, (721)
Phlegyasque miserrimus omnes admonet 4.1: 817
Phöbos und Hermes 6.1: 32
Physiognomische Reisen 2.1: 47
Physiognomisten, Die 2.1: 47
Pilgers Morgenlied. an Lila 1.1: 210
⟨Pinsel und Feder vom Lorbeer umwunden⟩ 13.1: 130
Plan des Werks, Der 4.1: 798, (703)
Pleisse 4.1: 691, 788
»Pöbel! wagst du zu sagen wo ist der Pöbel?« 4.1: 678
Poetische Gedanken über die Höllenfahrt Jesu Christi 1.1: 77
Poetischer Dilettant 4.1: 743, (769)
Politische Lehre 4.1: 685
Polizei Trost 4.1: 705
Polyphem auf Reisen 4.1: 703
Pompeji 4.1: 737
Porphyrogeneta den Kopf unter dem Arm 4.1: 732, 817
Prächtig habt ihr gebaut 4.1: 694, 762
Prahlt doch nicht immer so mit euren Nebelgestirnen 4.1: 696
Prangt mit den Farben Aurorens 4.1: 773, 833
Preise dem Kinde die Puppen 4.1: 809, 838
Preisfrage von der Akademie nützlicher Wissenschaften 4.1: 810, (723)
Preisfrage von der Akademie nützlicher Wissenschaften in St. 4.1: 723, (810)
Preisfrage zur Aufmunterung des deutschen Genies 4.1: 723
Pretiöse, Der 4.1: 827
Priester werden Messe singen 11.1.1: 188; 12: 553; 13.1: 162
Prinzen und Grafen sind hier 4.1: 724, 810
Privilegium, Das (Blößen gibt nur) 4.1: 768
Privilegium, Das (Dichter und Kinder) 4.1: 784, (676)
Probatum est 11.1.1: 52
Problem 9: 50
Procul profani 4.1: 710
Professor Historiarum 4.1: 719, 812
Prologus 18.1: 56
Prometheus (Bedecke deinen Himmel) 1.1: 229; 3.2: 31
Procemion (Im Nahmen dessen der Sich selbst erschuf) 13.1: 144; 11.1.1: (165)
Prophet, Der 4.1: 778, (710)
Prosa 4.1: 721, (814)
Prosaische Reimer 4.1: 781, (713)

Prüft das Geschick dich 11.1.1: 230; 11.1.2: 57; 17: 15
Pseudo-Wanderer 13.1: 232
Publicum, Das (Wir haben dir Klatsch) 11.1.1: 165; 20.1: (416)
Publikum, Das (Fällt auf dem Eise) 4.1: 693, (757)
Publikum, Das (Wir haben dir Klatsch) 20.1: 416; 11.1.1: (165)
Publikum im Gedränge, Das 4.1: 720, 813
Puffendorf 4.1: 822
Puppenspiel 1.1: 234
»Pure Manier« 4.1: 822, (732)
⟨Purismus⟩ 11.1.1: 166
Purist, Der 4.1: 716, 794
Pusten , grobes deutsches Wort! 13.1: 234
Pygmalion. Eine Romanze 1.1: 115

Quelle der Verjüngung 4.1: 740
Quellen, Die 4.1: 762
Quellenforscher, Der 4.1: 798, (704)
Querkopf! schreiet ergrimmt 4.1: 704, 798
Qui pro quo 4.1: 709
Quod Dii dant 1.1: 136
Quodlibet 18.1: 73

R**sche Komposition 4.1: 713, (793)
Räthsel (Ein Werckzeug ist es) 11.1.1: 234*
Räthsel (Viel Männer sind hoch zu verehren) 11.1.1: 50
Rätsel (Die besten Freunde) 13.1: 178
Rätsel (Ein Bruder ist's) 6.1: 55
⟨Rätsel⟩ (Stadt Ilm 26. Aug. 1813) 9: 85
Rätsel nach dem Griechischen (Nicht sterblich) 20.1: 841; 13.1: (117)
Ranunkeln 4.1: 773
Rapsoden 4.1: 819
Rastlose Liebe 2.1: 24
Ratsherr, Der 4.1: 684, 755
Rattenfänger, Der 6.1: 73
Raum und Zeit, ich empfind es sind bloße Formen 4.1: 739, 774, 834
Raum und Zeit hat man wirklich *gemalt* 4.1: 720, 792
Realist und Idealist 4.1: 698
Recensendum 4.1: 729
Rechenschaft 9: 32; 20.3: (253)
Rechnungsfehler 4.1: 820
Recht gesagt Schloßer! 4.1: 748
Rechtsfrage 4.1: 822
Rede leiser mein Freund. 4.1: 819
Rede nicht mit dem Volk 4.1: 822
Redet, Lumpen, lumpig von mir 4.1: 828
Regen und Regenbogen 9: 105
⟨Regenbogen über den Hügeln⟩ 13.1: 128, 131, 132
Reget sich was 4.1: 706, 800
Reich ist an Blumen die Flur 4.1: 749, 771, 832
Reiche, Der 1.1: 96
Reichen Beyfall hattest du erworben 11.1.1: 229
Reicher Blumen goldne Rancken 11.1.1: 114
Reichsanzeiger 4.1: 725, 806
Reichsländer 4.1: 689
Reichtum und Blüte 13.1: 182
Rein zuerst sei das Haus 4.1: 783

Reinecke Fuchs (Vor Jahrhunderten hätte ein Dichter) 4.1: 716, 808
Reiner Bach, du entstellst nicht 4.1: 798
Reingewaschen in Lammesblut 13.1: 233
Reise behutsam o Wahrheit 4.1: 713
Reise-Seegen 11.1.1: 223
Reisezehrung 9: 15
Reißt der schöne Wahn entzwey 11.1.1: 69
Reitest du bey e'nem Schmied vorbey 11.1.1: 93; 11.1.2: 39
Reliquie, Die 1.1: 149; 9: (96)
RENDSCH NAMEH. BUCH DES UNMUTHS 11.1.2: 47
Renegat, Der 4.1: 826
Repräsentant ist jener 4.1: 747, 758
Republiken hab' ich gesehen 4.1: 683, 754, 840
Requiem, dem frohsten Mann des Jahrhunderts 11.1.1: 280
Requisit, Das 4.1: 679, 802
Rettung 1.1: 156
Reuchlin! wer will sich ihm vergleichen 13.1: 217
Reue 4.1: 883; 8.1: 445
Revolutionen 4.1: 787
Rezension (Sehet wie artig der Frosch) 4.1: 723, 812
Rhein 4.1: 689, 787
Rhein und Mosel 4.1: 690, 787
Richter 4.1: 717
Richter, Jean Paul 4.1: 712, 781
Richter in London! 4.1: 717
Richtet den herrschenden Stab 4.1: 791, 836
Rinaldo 9: 53
Ring, Der (Wäre der Rubin mir eigen) 9: 112*
Ring und Stab! 4.1: 738
Ringe Deutscher 4.1: 719, 771
Ringlein kauft! 13.1: 121
Rings um schrie 4.1: 732, 822
Ritter Curts Brautfahrt 6.1: 74
Ritter wohnt in diesem Haus, Ein 1.1: 1008*
Römisch mag mans immer nennen 18.1: 25
RÖMISCHE ELEGIEN 3.2: 38
Roesels Pinsel, Roesels Kiel 18.1: 21
Roman (Philosophscher Roman, du Gliedermann) 4.1: 814, (721)
Ros' und Lilie morgenthaulich 11.1.1: 15; 11.1.2: 17
Rosenknospe 4.1: 750, 772, 832
Rühr Saite du Sohn Alpins 1.1: 185
Rührt sonst einen der Schlag 4.1: 705, 799
»Ruf ich, da will mir keiner horchen 13.1: 191
Ruhelos strebend 4.1: 742
Ruhig am Arsenal 3.2: 128, (101), (118)
Ruhig gelehnt in die Gondel 3.2: 125
Ruhig saß ich in meiner Gondel 3.2: 86, 118
Ruhig soll ich hier verpassen 13.1: 12
Ruhig Wasser, grause Höhle 13.1: 173; 13.2: 97

's gschieht wohl daß man an einem Tag 1.1: 256
Saale 4.1: 690, 788
Sachen so gestohlen worden 4.1: 723, 811
Sachen so gesucht werden 4.1: 723, 811
Sachmänner, Die 4.1: 745

Sänge sind des Lebens Bild 11.1.1: 196; 20.3: 459
Sänger, Der (Was hör' ich draußen vor dem Tor?) 2.2: 205*; 5: 127*
Sängers Ermuthigung 11.1.1: 196
Säule 4.1: 736
Sag doch Odysseus 4.1: 732
Sag du hast wohl viel gedichtet? 11.1.1: 123; 11.1.2: 72
Sag' ich's euch geliebte Bäume 2.1: 60
»Sag mir doch! von deinen Gegnern 13.1: 205
Sag' mir, warum dich keine Zeitung freut? 11.1.1: 57
Sag mir, was ein Hypochondrist 9: 132
Sag mir wo ist denn die Klicke? 4.1: 829
»Sag mir worauf die Bösen sinnen? 13.1: 10
»Sag nur warum du in manchem Falle 13.1: 57
»Sag nur wie trägst du so behäglich 13.1: 13
»Sag uns doch warum deine Galle 18.1: 60
»Sag uns Jungen doch auch was zu Liebe.« 13.1: 193
»Sag was enthält die Kirchen-Geschichte? 18.1: 74
Sag was könnt' uns Mandarinen 18.1: 16
Sag, was zählst du? 6.1: 36
Sag wie kommst du 4.1: 862
»Sage deutlicher wie und wenn 13.1: 200
Sage Freund, wie find ich 4.1: 729, 818
Sage mir ein weiser Mann 13.1: 210
Sage mir keiner 13.1: 104
Sage mir mit wem zu sprechen 18.1: 10
Sage mir / Was mein Herz begehrt? 11.1.1: 224; 11.1.2: 30
Sage Muse, sag dem Dichter 13.1: 179
Sage, tun wir nicht recht? 3.2: 137
Sage wann nützt mein Gedicht o Muse! 4.1: 829
»Sage warum dich die Menschen verlassen?« 13.1: 192
»Sage wie es dir nur gefällt 13.1: 192
Sage wie lebst du? Ich lebe! 3.2: 109, 145
Saget Steine mir an 3.2: 38, 39
Sagst du: Gott! 18.1: 79
Sagt es niemand, nur den Weisen 11.1.1: 26; 11.1.2: 21, 290
Sagt nur nichts halb 13.1: 106
Sagt was füllet das Zimmer 4.1: 751, (773), (833)
Sagt! was füllet das Zimmer 4.1: 773, 833, (751)
Sagt wem geb ich dies Büchlein? 3.2: 151
»Sagt! wie könnten wir das Wahre 13.1: 56
Sagt wo steht in Deutschland 4.1: 682, 804
Sah ein Knab' ein Röslein stehn 1.1: 163
Sah gemahlt, in Gold und Rahmen 11.1.1: 227
Saiten rühret Apoll 4.1: 675
Saki 11.1.1: 232; 11.1.2: 103
SAKI NAMEH. DAS SCHENKENBUCH 11.1.2: 95
Salmoneus 4.1: 729
Salzach 4.1: 691, 789
I Samuel 16 Cap II V. 1.1: 231
Sanct Johannes im Kot 3.2: 89, 129

Sanftes Bild dem sanften Bilde 13.1: 19
Sangreich war Dein Ehrenweg 18.1: 45; 20.3: 1180
Sapienti sat 1.1: 270
Sarah kocht unserm Herre Gott 1.1: 248
Sarkophagen und Urnen 3.2: 123, (83)
Saß ich früh auf einer Felsenspitze 3.2: 10
Saturnus eigne Kinder frißt 13.1: 33
Sauber hast du dein Volk erlöst 3.2: 94
Schade daß die Natur 4.1: 710, 778
Schade daß ein Talent hier 4.1: 717, 783
Schade fürs schöne Talent 4.1: 809
Schadet ein Irrtum wohl? 4.1: 837
Schädliche Wahrheit 4.1: 699, 761, 837
Schäfers Klagelied 6.1: 55
Schaff' das Tagwerk meiner Hände 2.1: 28, (556)
Schaffen wohl kann sie den Stoff 4.1: 700, 766
Scharfsinnig habt ihr, wie ihr seid 13.1: 179
Schatzgräber, Der 4.1: 863
Schau, Liebchen, hin! 9: 20
Schauerlich stand das Ungetüm da 4.1: 732, 822
Schauspielerin 4.1: 811
Schencke (Heute hast du gut gegessen) 11.1.1: 31; 11.1.2: (101)
Schencke komm! Noch einen Becher! 11.1.1: 112; 11.1.2: (102)
Schenke (Heute hast du gut gegessen) 11.1.2: 101; 11.1.1: (31)
Schenke (Nennen dich den großen Dichter) 11.1.1: 30; 11.1.2: 102
Schenke (Welch ein Zustand!) 11.1.2: 100; 11.1.1: (30)
Schenke, Der (So hab' ich endlich) 11.1.2: 106; 11.1.1: (206)
Schenke komm! Noch einen Becher! 11.1.2: 102; 11.1.1: (112)
Schenke spricht 11.1.1: 29; 11.1.2: 98
Scheu wie das zitternde Reh 4.1: 741
Scheusal! Was bellst du? 4.1: 729
Schicke dir hier den alten Götzen 1.1: 215
Schicke dir hier in altem Kleid 1.1: 214
Schillers Almanach von 1796 4.1: 727, 806
Schillers Almanach von 1797 4.1: 728
Schillers Würde der Frauen 4.1: 812
Schinks Faust 4.1: 808
Schläfst du noch immer? 3.2: 90, 129
Schlägst du ihn aber mit Gewalt 11.1.1: 84; 11.1.2: 63
Schlaf ich, so schlaf ich mir bequem 9: 126
Schlange halte Stille! 13.1: 184
Schlange warte 2.1: 79
Schlechter Dienst 4.1: 827
Schlechter Trost 11.1.2: 33; 11.1.1: (101)
Schlechtes zu fertigen 4.1: 680
Schlimm ist es 11.1.1: 200; 11.1.2: 64

Schlüssel 4.1: 699, (760)
Schlüssel, Der 4.1: 760, (699)
Schlüssel liegen im Buche zerstreut 6.1: 36
Schlummer und Schlaf 2.1: 101
Schlußpoetik 13.1: 179
Schmeichelnd lade das Tor den Freien ein 4.1: 737
Schmeichelt der Menge 4.1: 678
Schmerzlich trat ich hinein 18.1: 28
Schmetterling, Der 1.1: 128, 143
Schmückt die priesterlichen Hallen 18.1: 29
»Schneide so kein Gesicht! 13.1: 208
Schneider-Courage 2.1: 31
Schneidet, schneidet ihr Herrn 4.1: 797
Schön erhebt sich der Aglei 4.1: 750, 772, 832
Schön und köstlich ist die Gabe 11.1.1: 238, 239
Schön und menschlich ist der Geist 13.1: 170; 13.2: 69
Schöne Brücke 4.1: 737
schöne Geist und der Schöngeist, Der 4.1: 746, 760
Schöne Individualität 4.1: 765, (697)
Schöne Kinder tragt ihr 3.2: 91, 119, 130
schöne Nacht, Die 3.2: 15
Schöne Naivetät der Stubenmädchen 4.1: 813, (720)
Schöne Naivität der Stubenmädchen 4.1: 720, (813)
Schöne Seele 4.1: 752
Schönheit (Schönheit ist ewig) 4.1: 697, 765
Schönheit (Willst du schon zierlich) 4.1: 692, (757), (842)
Schönheit ist ewig nur Eine 4.1: 697, 765
Schönste Tugend einer Seele 1.1: 148
Schöpfung durch Feuer 4.1: 696, 795
Schon ein Irrlicht 4.1: 695, 796
Schon entrunzeln sich alle Gesichter! 3.2: 98, (135)
Schon entrunzelt sich jedes Gesicht 3.2: 135, (98)
Schon so lang' umarm ich 4.1: 690, 787
Schon vom Gifte durchwühlt 6.1: 86
Schon wälzen schnelle Räder 1.1: 113
Schoßkind, Das 4.1: 699, 761, (837)
Schreckensmänner wären sie gerne 4.1: 679, 801
Schreib die Journale nur anonym 4.1: 802
Schreibt er in Neßky 11.1.1: 159, 161
Schreien, Das 1.1: 120, 143, (129)
Schrein, Das 1.1: 129, (120), (143)
Schriften für Damen und Kinder 4.1: 715, 793
Schroffe Felsen, weite Meere 18.1: 11
Schüler macht sich der Schwärmer 3.2: 127, (87), (119)
Schütte die Blumen nur her 4.1: 886, 887
Schüttle den Staat 4.1: 679
Schulmeister zu Breslau, Der 4.1: 780
⟨Schulpforta⟩ 13.1: 118
Schwänden dem inneren Auge die Bilder 4.1: 751, 773, 834

Schwärmt ihr doch zu ganzen Scharen 13.1: 221
Schwarz und ohne Licht 18.1: 35
Schwarz und Weiß, eine Totenschau 9: 119
Schwarzer Schatten 11.1.1: 153
Schwarzes Fahrzeug teilt die Welle 13.1: 76
⟨Schwebender Genius über der Erdkugel⟩ 13.1: 127, 132
»Schweig du weißt es besser 3.2: 100
Schweizeralpe (War doch gestern) 4.1: 906*
Schweizerisch 20.1: 252; 9: (51)
Schweizerlied 9: 51; 20.1: (251)
Schwer erhalten wir uns den guten Namen 3.2: 71, (70)
Schwer, in Waldes Busch und Wuchse 13.1: 40
Schwer zu besiegen 4.1: 774, (739), (834)
Schwer zu bezwingen 4.1: 739, (774), (834)
schwere Verbindung, Die 4.1: 702, 767, (838)
Schwester von dem ersten Licht 1.1: 151; 9: 97
Schwimme, du mächtige Scholle 4.1: 842, (693), (757)
Schwimme nur hin du mächtige Scholle! 4.1: 757, (693), (842)
Schwimme nur hin du Scholle des Eises! 4.1: 693, (757), (842)
Schwimmt auch die Wolke des Grams 4.1: 752
Schwindelnd trägt er dich fort 4.1: 735
Séance 4.1: 911
Sebus, Johanna 9: 28
Sechs begünstigte des Hofes 11.1.1: 45; 11.1.2: (124)
Sechs Begünstigte des Hofes 11.1.2: 124; 11.1.1: (45)
Sechs und zwanzig Groschen gilt mein Taler! 9: 146
Sechzig Begriffe wurden mir neulich diebisch 4.1: 723, (811)
Sechzig Dukaten 4.1: 723
Seefahrt 2.1: 27
Seele legt sie auch in den Genuß 4.1: 709
Segenspfänder 11.1.1: 77; 11.1.2: 10
Seh ich an andern große Eigenschaften 9: 137
Seh ich den Pilgrim ich kann mich der Träne 3.2: 85, (125)
Seh' ich den Pilgrim, so kann ich mich nie 3.2: 125, (85)
Seh' ich die Werke der Meister an 9: 111
Seh ich zum Wagen heraus 11.1.1: 25
Sehen möcht ich dich Nickel 4.1: 705, 799
Sehet auch wie ihr in S*** 4.1: 687, 785
Sehet wie artig der Frosch 4.1: 723, 812
Sehnsucht (Dies wird die letzte Trän' nicht sein) 1.1: 273
Sehnsucht (Was zieht mir das Herz so?) 6.1: 76
Seht den Felsenquell 1.1: 518
Seht den Vogel! 6.1: 39
Seht ihr die lustigen Brüder 4.1: 676
Seht ihr in *Leipzig* die Fischlein 4.1: 786, (688)
Seht ihr in Leipzig die Fischlein 4.1: 688, (786)

Seht so schein ich mein Herz 3.2: 110, (145)
Seht, was versucht nicht der Mensch 4.1: 737
Sei das Werte solcher Sendung 9: 95
»Sei deinen Worten Lob und Ehre 13.1: 55
Sei du im Leben wie im Wissen 13.1: 227
»Sei einmal ehrlich nur 13.1: 192
Sei gefühllos! 1.1: 124
Seid, geliebte kleine Lieder 1.1: 121
Seid ihr da glücklich vorbei 4.1: 688, 786
Seid ihr ein Fremder, mein Herr? 3.2: 103
Seid ihr verrückt 18.1: 62
Seid ihr, wie schön geputzte Braut 13.1: 55
Seid mir willkommen süße Buhlerinnen 18.1: 87
Seid, o Geister des Hains 2.1: 76
Seid willkommen edle Gäste 13.1: 41
Sein Gefolge 4.1: 732, (822)
Sein Handgriff 4.1: 680, 803
Sein Schicksal 4.1: 690
Seine Meinung sagt er 4.1: 703, 798
Seine Schüler hörten nun auf 4.1: 696, 796
Seine Todten mag der Feind betrauern 11.1.2: 114; 11.1.1: (214)
Seine Todten mag der Feind betrauren 11.1.1: 214; 11.1.2: (114)
Seine Unsterblichkeit 4.1: 708
Seinem und Schäkespears 1.1: 184
Seinen Sarkophag verzierte der Heide 3.2: 83, (123)
Seit einigen Tagen 9: 112
Seit jenen Zeilen bis zum heutigen Tage 13.1: 98
Seit sechzig Jahren seh' ich 13.1: 52
Seit vielen Jahren hab' ich still 13.1: 36
Seitwärts neigt sich dein Hälschen 3.2: 95, 134
Sektions Wut 4.1: 797
Selbst das himmlische Paar 2.1: 73
Selbst erfinden ist schön 6.1: 48
Selbstbetrug 6.1: 70
Selbstgefühl 11.1.1: 55
Selbstständigkeit 4.1: 692, (756), (841)
Selig bist du, liebe Kleine 2.1: 63
Selige Sehnsucht 11.1.2: 21, (291); 11.1.1: (26)
Selten erhaben und groß 4.1: 787
Seltsam ist Propheten Lied 9: 94
Seltsames Land! 4.1: 691, 788
⟨SESENHEIMER LIEDER⟩ 1.1: 158
Setze mir nicht, du Grobian 11.1.1: 111; 11.1.2: 98
Setze nur immer Mottos auf deine Journale 4.1: 803
Setzet immer voraus 4.1: 685
Seufzend flistert im Winde das Rohr 4.1: 742
Sey das Wort die Braut genannt 11.1.1: 33; 11.1.2: 22
Sey die Zierde des Geschlechts! 11.1.1: 223
Sey du von deiner Geliebten getrennt 11.1.1: 159; 11.1.2: (80)

Seyen sie stets wie Späne gespalten 11.1.2: 187
Shakespeare (Hoffnung beschwingt Gedancken) 11.1.1: 198*
Sibillinisch mit meinem Gesicht 20.1: 940; 13.1: (203)
Sibyllinisch mit meinem Gesicht 13.1: 203; 20.1: (940)
Sich im Respect zu erhalten 11.1.1: 81; 11.1.2: 59
Sich in erneutem Kunstgebrauch zu üben 6.1: 46
Sich läßt die junge Frau 18.1: 65
Sich selbst zu loben ist ein Fehler 11.1.1: 155; 11.1.2: 53
Sich zu schmücken 6.1: 40
Sicher ruhst du auf uns 4.1: 736
Sicherheit, Die 4.1: 702, 768
Sicilianisch 20.1: 251; 9: (51)
Sicilianisches Lied 9: 51; 20.1: (251)
»Sie betrog dich geraume Zeit 13.1: 199
Sie entzückt mich 4.1: 835, (739), (774)
Sie fährt in alles rasch hinein 11.1.1: 195
Sie glauben mit einander zu streiten 9: 129
Sie haben dich heiliger Hafis 11.1.1: 35; 11.1.2: 26
Sie haben uns herausgeschickt 4.1: 196
Sie haben wegen der Trunckenheit 11.1.1: 130; 11.1.2: (98)
Sie haben wegen der Trunkenheit 11.1.2: 98; 11.1.1: (130)
Sie kann nicht enden 9: 17
Sie kauen längst an dem schlechten 13.1: 214
Sie machen immerfort Chausseen 13.1: 206
»Sie maltraitieren dich spät und früh 13.1: 209
Sie möchten gerne frei sein 13.1: 195
Sie sagen: das mutet mich nicht an! 9: 128
Sie saugt mit Gier verrätrisches Getränke 9: 49
Sie schelten einander Egoisten 13.1: 110
Sie streiten mit der Körperwelt 9: 120
Sie täten gern große Männer verehren 13.1: 213
Sie werden so lange votieren 18.1: 71
»Sie wollten dir keinen Beifall 13.1: 218
Sieben gehn verhüllt 6.1: 34
Sieben Jahre nur währte der Krieg 4.1: 715, 808
Sieben Schläfer 11.1.1: 45; 11.1.2: (124)
Sieben Städte zankten sich drum 4.1: 715, 807
Siebenschläfer 11.1.2: 124; 11.1.1: (45)
Sieh! das gebändigte Volk 6.1: 87
Sieh hier in Einen Strauß 4.1: 740
Sieh in diesem Zauberspiegel 1.1: 232; 16: 674
Siehe! da finden sie sich 4.1: 742
Siehe schon nahet der Frühling 4.1: 757, 842
Siehe, wir hassen 4.1: 743
Siehest du Wieland, so sag ihm 4.1: 819
Siehst du das wie ich es sah 11.1.1: 461, (117)
Siehst du die Pomeranze? 3.2: 25

Siehst du dies wie ich es sah 11.1.1: 117, (461)
Siehst du neben dem Doge 3.2: 126
Sieht man den schönsten Stern die Nacht erhellen 9: 65
Silvestre de Sacy 11.1.2: 281
Sind die im Unglück die wir lieben 11.1.1: 56
Sind die Zimmer sämtlich besetzt 6.1: 32
Sind es Kämpfe, die ich sehe? 6.1: 83
Sind Gefilde türkisch worden 13.1: 75
Sind Könige je zusammen gekommen 9: 120
Singen sie Blumen der kindlichen Ruh 11.1.1: 201
Singet nicht in Trauertönen 5: 315
SINNGEDICHTE 3.2: 117
Sinnig zwischen beyden Welten 11.1.1: 247
Sinnreich bist du 4.1: 716, 794
Sisyphus 4.1: 732, 817
Sit mihi fas audita loqui 4.1: 728, (816)
Sittenrichter, Der 4.1: 681, (803)
sittliche und schöne Charakter, Der 4.1: 747, (758)
Sitz' ich allein 11.1.1: 95; 11.1.2: 95
Skandal 4.1: 813, (720)
Skelett und die Urne, Das 4.1: 737
Sklaven sollten wir haben in Deiner Gegenwart? 4.1: 843
So der Weste⟨n⟩ wie der Osten 11.1.1: 247
So erhaben, so groß ist 4.1: 797, (697)
So geht es kühn 9: 203
So groß als die Begierde war in mir 2.1: 63
So hab ich das endlich von dir erharrt 11.1.1: 206; 11.1.2: (106)
So hab' ich endlich von dir erharrt 11.1.2: 106; 11.1.1: (206)
So hab ich würklich dich verloren? 3.2: 16
So hätt' ich mich denn wieder angezogen 4.1: 202
So hoch die Nase reicht 13.1: 192
So ist denn Tieck aus unsrer Mitten 13.1: 234
So kommt denn auch das Dichtergenie 9: 138
So lang' man nüchtern ist 11.1.1: 20; 11.1.2: 96; 19: (613)
»So laß doch auch noch diese gelten 13.1: 211
So laßt mich scheinen bis ich werde 5: 517, 859
So laßt mir das Gedächtnis 13.1: 199
So leitet zu des Schlosses Pforten 9: 114
So rissen wir uns rings herum 9: 231
So sag mir doch wie soll ich ihn denn winden 11.1.1: 155
So schauet mit bescheidnem Blick 11.1.1: 190; 12: 10; 13.1: 155
So schließen wir, daß in die Läng' 9: 146
So schlimm steht es wahrlich noch nicht 4.1: 679
So schwer ist's nicht 1.1: 104
So sehr dir auch der Topf gefällt 18.1: 73
So singet laut den Pillalu 11.1.1: 191

So soll die Orthografische Nacht 9: 69
»So still und so sinnig! 13.1: 18
So traurig daß in Kriegestagen 11.1.1: 84
So umgab sie nun der Winter 11.1.1: 35; 11.1.2: 65
So verwirret mit dumpf willkürlich verwebten Gestalten 3.2: 134, (96)
So verwirret mit seltnen willkürlich verwebten Gestalten 3.2: 96, (134)
So viel wir von ihm zu sagen wissen 18.1: 56
So wälz' ich ohne Unterlaß 2.1: 29
So wandelt hin, lebendige Gestalten 11.1.1: 197
So war es schon in meinen Tagen 6.1: 96
So wars immer 4.1: 768
So wars von jeher 4.1: 703
So weit bracht' es Muley, der Dieb 11.1.2: 95; 11.1.1: (95)
»So widerstrebe! Das wird dich adeln 13.1: 194
So wie der Papst auf seinem Thron 13.1: 35
So wie ein Vogel 1.1: 84
So wie ich weiß 18.1: 89
So wie Moses, kaum geboren 13.1: 175
So wie Titania im Feen- und Zauberland 2.1: 43
So willst du Teufel doch 18.1: 86
Sogar dies Wort hat nicht gelogen 9: 116; 19: (454)
Sohn der Erde! 4.1: 730
Solcher Bande darf sich niemand rühmen 11.1.1: 58
Soldatenlied zu Wallensteins Lager 6.1: 29
Soldatentrost 4.1: 656
Soll auch das Wort sich hören lassen? 9: 101
Soll dein Kompaß dich richtig leiten 9: 119
Soll denn dein Opferrauch 9: 103
Soll der Neider zerplatzen 13.1: 198
Soll dich das Alter nicht verneinen 13.1: 128
Soll es reichlich zu dir fließen 13.1: 198
Soll ich dir die Gegend zeigen 11.1.1: 82; 11.1.2: 61
Soll ich von Smaragden reden 11.1.1: 130; 11.1.2: 33
Soll man dich nicht auf's schmälichste berauben 11.1.1: 160; 11.1.2: 59
Soll man euch immer und immer beplappern? 13.1: 197
Soll sich das Leben wohl gestalten 13.1: 70
Sollen dich die Dohlen nicht umschrein 13.1: 207
Sollen die Menschen nicht denken und dichten 11.1.1: 56
Sollen immer unsre Lieder 13.1: 126
Sollt einmal durch Erfurt fahren 11.1.1: 15
Sollt' es wahr sein 2.1: 47
Sollt' ich mich denn so ganz an Sie gewöhnen? 9: 13
Sollt ich nicht ein Gleichniß brauche⟨n⟩ 11.1.1: 58
SOMMER 4.1: 834
Sommernacht 11.1.1: 38; 11.1.2: 104
Sonderbar 4.1: 826
Sonett, Das 6.1: 46
SONETTE 9: 12

Sonntagskinder, Die 4.1: 815
Sonst war ich Freund von Narren 13.1: 181
»Sonst warst du so weit vom Prahlen entfernt 13.1: 47
Sonst wenn man den heiligen Coran citirte 11.1.1: 224; 11.1.2: 54
Sonst wie die Alten sungen 18.1: 80
Sorge (Kehre nicht in diesem Kreise) 2.1: 12
Sorge! sie steiget mit dir 4.1: 774, 834
Sorgend bewacht der Verstand 4.1: 702
Sorglos über die Fläche weg 2.1: 11
Soweit bracht es Muley der Dieb 11.1.1: 95; 11.1.2: (95)
Spät erklingt, was früh erklang 9: 93
Spaltet immer das Licht! 4.1: 695, 761
Span'sches hast du mir gesandt 18.1: 21
Spiegel der Muse 6.1: 40
Spinnerin, Die 4.1: 669
Spittler 4.1: 719
Sprache (Warum kann der lebendige Geist) 4.1: 769, (749)
Sprache (Was reich und arm!) 1.1: 223
Sprache, Die (Warum kann der lebendige Geist) 4.1: 749, (769)
Sprache gab mir einst 4.1: 691, 788
Sprachforscher, Der 4.1: 792, (715)
Spree 4.1: 691, 788
Sprich! Unter welchem Himmelszeichen 11.1.1: 155
»Sprich, wie du dich immer 13.1: 82
»Sprich, wie werd' ich die Sperlinge los? 6.1: 38
Sprichst du von Natur und Kunst 13.1: 33
Spricht man mit jedermann 13.1: 203
Spricht Mephistopheles 18.1: 57
Sprichwörtlich 9: 121
Sprichwort bezeichnet Nationen 9: 143
Spröde, Die 4.1: 860
Spruch, Widerspruch 11.1.1: 54
Spude dich Kronos 1.1: 260; 3.2: (29)
Spude dich, Kronos! 3.2: 29; 1.1: (260)
St. Nepomucks Vorabend 13.1: 23
Staatsverbesserer, Die 4.1: 679
Stämme wollen gegen Stämme pochen 13.1: 16
⟨Stammbuchblatt für Unbekannt⟩ 9: 88
Stammbuchs-Weihe (Muntre Gärten lieb' ich mir) 9: 77
Stammbuchs-Weihe. Meinem lieben Wölfchen 13.1: 133
Stanze, dich schuf die Liebe 4.1: 735
Stark von Faust 13.1: 122
Statt den Menschen 6.1: 96
Staub ist eins der Elemente 11.1.1: 25; 11.1.2: 20
Steckt doch Mark in jedem Knoch⟨en⟩ 11.1.1: 63
Stehn uns diese weiten Falten 9: 95
Steht vor dem Finstern milchig Grau 9: 120

Steil wohl ist er, der Weg 4.1: 782
Steine sind zwar kalt und schwer 13.1: 69
Sterilemque tibi Proserpina vaccam 4.1: 728, 816
Sterne werden immer scheinen 13.1: 130
Stiftungslied 6.1: 50
Still doch von deinen Pastoren 4.1: 711, 779
Stille kneteten wir Salpeter 4.1: 779
Stimme des Ganzen ist deine Vernunft 4.1: 698, 765
Stirbt der Fuchs, so gilt der Balg 1.1: 155
Stockblinden, Die 4.1: 782
Stöpsel, Der 4.1: 679
Stoßgebet (Vor dem Aristokraten in Lumpen) 4.1: 794
Stoßgebet (Vor Werthers Leiden) 1.1: 263
Stoßseufzer 2.1: 31
Stratus 12: 472; 13.1: 158
Streiche jeder ein Distichon weg 4.1: 717
Strenge Fräulein zu begrüßen 11.1.1: 33
Strenge, wie mein Gewissen 4.1: 748
Strengling und der Frömmling, Der 4.1: 763
Studien 13.1: 168
Stürzt der rüstigste Läufer 4.1: 842
Subjekt, Das 4.1: 760
Suche nicht verborgne Weihe! 13.1: 129, 223
Suche nicht vergebne Heilung 9: 133
Suchst du das Unermeßliche 4.1: 737
Sucht ihr das menschliche Ganze! 4.1: 700
Südwärts hinter euch heulen 4.1: 687
Sülzer 4.1: 731, (818)
Süß den sprossenden Klee 3.2: 92, 126, 118
Süße Freundin 4.1: 659
Süße Sorgen 3.2: 29
Süßes Kind, die Perlenreihen 11.1.1: 102
Suleika (Ach! um deine feuchten Schwingen) 11.1.1: 129; 11.1.2: 87
Suleika (Als ich auf dem Euphrat schiffte) 11.1.1: 120; 11.1.2: 70
Suleika (An des lustgen Brunnens Rand) 11.1.1: 124; 11.1.2: (83)
Suleika (Die Sonne kommt!) 11.1.1: 124; 11.1.2: 72
Suleika (Hochbeglückt in deiner Liebe) 11.1.1: 119; 11.1.2: 69
Suleika (Kaum daß ich dich wieder habe) 11.1.1: 133; 11.1.2: (83)
Suleika (Nimmer will ich dich verlieren!) 11.1.1: 131
Suleika (Sag du hast wohl viel gedichtet?) 11.1.1: 123; 11.1.2: 72
Suleika (Volck und Knecht) 11.1.1: 128; 11.1.2: (76)
Suleika (Volk und Knecht) 11.1.2: 76; 11.1.1: (128)
Suleika (Warum du nur oft so unhold bist?) 11.1.1: 104; 11.1.2: 97
Suleika (Was bedeutet die Bewegung?) 11.1.1: 125; 11.1.2: (85)
Suleika (Wie! Mit innigstem

Behagen) 11.1.2: 92; 11.1.1: (147)
Suleika Nameh. Buch Suleika 11.1.2: 67
Suleika spricht 11.1.1: 117; 11.1.2: 46
Sulzer 4.1: 818, (731)
Supplement zu Schillers Glocke 11.1.1: 69
Symbolum (Des Maurers Handeln) 11.1.1: 146*
Systeme, Die 4.1: 694, 762

Tabulae votivae 4.1: 749, 757
Tadeln ist leicht 4.1: 744, 770
Tadelt immer die Fürsten! 4.1: 826
Tadelt man daß wir uns lieben 13.1: 91
Tadle nur nicht! 13.1: 208
Tage der Wonne 6.1: 49
Tagebuch, Das (Wir hören's oft) 9: 37
Talisman in Carneol 11.1.1: 77; 11.1.2: 10
Talismane 11.1.2: 12, 288; 11.1.1: (78)
Talismane, Amulete, Abraxas. Inschriften und Siegel 11.1.1: 78; 11.1.2: (12)
Talismane werd' ich in dem Buch zerstreuen 11.1.1: 80; 11.1.2: 56
Tantalos (Auch den Tantalos sah ich) 4.1: 730, (817)
Tantalus (Jahre lang steh ich so hier) 4.1: 817, (730)
Taschenbuch 4.1: 805, (727)
Tassos Jerusalem von demselben ⟨Manso⟩ 4.1: 780, (711)
Tassos Jerusalem von Manso 4.1: 711, (780)
Tausend andern verstummt 4.1: 719
Tausend Fliegen hatt' ich am Abend erschlagen 9: 124
Tausend Keime zerstreuet 4.1: 700, 758
Tausend Spione lauren 4.1: 693
Tausendfach und schön entfließe 17: 144
Tefkir Nameh. Buch der Betrachtungen 11.1.2: 38
Teile mir mit was du weißt 4.1: 746, 759
Teilen kann ich nicht das Leben 13.1: 228
Teilt euch wie Brüder! 4.1: 820
Teleolog, Der 4.1: 708, 778
Tempel 4.1: 736
Teuer ist mir der Freund 4.1: 749
That und Leben mir die Brust durchdringen 11.1.2: 186
The most ingenious way 1.1: 270
Thema 9: 31
Theophagen 4.1: 763
Theoretiker 4.1: 694, 762
Thou knowst how heappily 1.1: 88
Thut ein Schilf sich doch hervor 11.1.1: 83; 11.1.2: 21
Tief aus dem Herzen hingesungen 2.1: 36
Tief verstummet die lärmende Jagd 4.1: 742
Tiefe Stille herrscht im Wasser 4.1: 666
Timur Nameh. Buch des Timur 11.1.2: 65
Timur spricht 11.1.1: 230; 11.1.2: 55
Tischlied 6.1: 57
Titelbild (Wilhelm Tischbeins Idyllen) 13.1: 169; 13.2: (62)
⟨Titelstrophen für »Die Leiden

des jungen Werthers«⟩ 1.1: 263
Titius, Cajus, die wohl Bekannten! 13.1: 54
Tityos 4.1: 730
Toast zum akademischen Mittags-Mahl 13.1: 23
Toast zum 28. August 1820 13.1: 35
Toast zum Landtage 11.1.1: 181
Todeslied eines Gefangnen 2.1: 79
Todfeind, Der 4.1: 704, 798
Töchterchen, dein Geschäft 4.1: 682
Töchterchen! nach trüben Stunden 11.1.1: 233
Töchtern edler Geburt 4.1: 711, 777
Töne Lied aus weiter Ferne 13.1: 24
Tolle Zeiten hab ich erlebt 3.2: 100, 137
Tor 4.1: 737
Toren hätten wir wohl 4.1: 715, 792
Totalität 11.1.1: 52
Tote Sprachen 4.1: 745, 771
Totengräbers Tochter sah ich gehn 18.1: 65
Totentanz, Der 9: 79
Trage dein Übel wie du magst 13.1: 222
Tragödie (Trauerspiele voll Salz) 4.1: 720, (813)
Traue nicht dem Truncken Weisen 11.1.1: 59
Trauerloge (An dem öden Strand des Lebens) 11.1.1: 157*
Trauerreglement 9: 77
Trauerspiele voll Salz 4.1: 720, 813
Traun! 9: 27
Traurig herrscht der Begriff 4.1: 700, 766
Traurig Midas war dein Geschick! 3.2: 105, 120, 147
Treffliche Künste danket man 4.1: 762
Treib es mit ihm 18.1: 72
Treibet das Handwerk nur fort 4.1: 713, 782
Treu wie dem Schweizer gebührt 4.1: 689, 787
Treu wünsch ich dir 13.1: 69
treue Spiegel, Der 4.1: 798
Treuer alter Homer 4.1: 739
Triebfedern, Die 4.1: 764, (710)
»Triebst du doch bald dies bald das! 13.1: 18
Trierische Hügel beherrschte Dionysos 4.1: 656
Trilogie der Leidenschaft 13.1: 134
Trink nun, Bester! 4.1: 707
Trink, o Jüngling 1.1: 150
Tritt, in recht vollem klaren Schein 13.1: 38
Triumph der Schule 4.1: 694, 795
Triumph der Tugend (Ich fand mein Mädgen einst allein) 1.1: 108
Triumph der Tugend (Von stiller Wollust eingeladen) 1.1: 107
Triumphbogen 4.1: 736
Triumvirat 6.1: 68
Trocken bist du 4.1: 726, 807
Trocknet nicht, trocknet nicht 3.2: 22
Trost (Laß dich den Tod) 4.1: 730, 816
Trost (Mit dem hundertsten Teil) 4.1: 686

Trost (Nie verläßt uns) 4.1: 761, (699), (837)
Trost in Tränen 6.1: 82
Trotzig schauet und kühn 4.1: 741
Trunken müssen wir alle seyn! 11.1.1: 94; 11.1.2: 96
Tu nur das Rechte in deinen Sachen 9: 123
Tuberose 4.1: 750, 772, (833)
Tuberose, du ragest hervor 4.1: 833, (750), (772)
Tulpen! ihr werdet gescholten 4.1: 751, 772, (833)
Tulpen, ihr werdet gescholten 4.1: 833, (751), (772)
Tun die Himmel sich auf 6.1: 36
Tust deine Sache und tust sie recht 13.1: 54
Tut dir jemand was zu lieb 9: 136
Τύχη 11.1.1: 189; 12: 91; 13.1: 156, 501
Typus 13.1: 168

Über allen Gipfeln / Ist Ruh 2.1: 53
Über Berg und Tal 13.1: 15
Über das Herz zu siegen 4.1: 765, (698)
Über das Herz zu siegen 4.1: 698, (765)
Über die Wiese, den Bach herab 1.1: 223
Über ein Ding wird viel geplaudert 9: 130
Über Europa hinweg 4.1: 730
Über **** Junius an die Nachkommen 18.1: 56
Über meines Liebchens Äugeln 11.1.1: 28; 11.1.2: 36
Über Moses Leichnam stritten 13.1: 220
Über Natur hinaus 4.1: 766
Über's Niederträchtige 11.1.1: 32; 11.1.2: 53
Über Tal und Fluß getragen 4.1: 903
Über Wetter- und Herren-Launen 11.1.1: 54
Über Wiese Hain und Dach 13.1: 132
Überall bist du Poet im Gespräch 4.1: 713
Überall trinkt man guten Wein 13.1: 109
Überall weichet das Weib dem Manne 4.1: 752
Überall will jeder obenauf seyn 11.1.1: 81; 11.1.2: 59
Übereinstimmung, Die 4.1: 760
Überfluß und Mangel 4.1: 705
Übermacht, Ihr könnt es spüren 11.1.1: 19; 11.1.2: 49
Übermütig sieht's nicht aus 13.1: 175; 18.1: 9
Überrascht dich der stärkere Sinn 4.1: 710
Überschriften dazu ⟨Zu gewissen Melodien⟩ 4.1: 793, (714)
Überschriften zu seinen Melodien 4.1: 714, (793)
Übersetzung (Xenien? ruft ihr) 4.1: 675
⟨Übersetzung der Fünften Olympischen Ode⟩ 1.1: 218
Überspringt sich der Witz 4.1: 767
Übertreibung und Einseitigkeit 4.1: 814
Überzeugung soll mir niemand rauben 13.1: 198
Überzeugung sonderst du leicht 4.1: 678
Übrigens haltet euch ja 4.1: 688, 786

Uf'm Bergli 9: 51; 20.1: 251
Uli Khan auf der Terasse 11.1.1: 59
Ultima ratio 4.1: 683, 754, (840)
Ultimatum (Und so sag' ich zum letzten Male) 13.1: 163
Ultimatum (Wollt', ich lebte noch hundert Jahr) 6.1: 88
Um die rhetorischen Figuren auszuüben 1.1: 85
Um Friede (Der du von dem Himmel bist) 2.1: 13*
Um Mitternacht 11.1.1: 196; 13.1: (518)
Um Mitternacht ging ich, nicht eben gerne 11.1.1: 196; 13.1: 518
Um Mitternacht, ich schlief 13.1: 115
Um Mitternacht wenn die Menschen erst schlafen 2.1: 57
Um Mitternacht wohl fang ich an 1.1: 238
Um niemand zu schelten 18.1: 71
Umgekehrt 11.1.1: 56
Umsonst, daß du ein Herz zu lenken 1.1: 140; 3.2: 25
Umstülpen führt nicht ins Weite 13.1: 57
Umwälzung 4.1: 802, (680)
»Unbedeutend sind doch auch manche von euren Gedichtgen«! 4.1: 795
Unbeerdiget irr ich noch stets 4.1: 729
Unbegrenzt 11.1.2: 25; 11.1.1: 33
Unberufene Schwärmer! 4.1: 682
Unberufenen, Die (Tadeln ist leicht) 4.1: 770, (744)
Unberufenen, Die (Wissen wollt ihr) 4.1: 685
Unbesonnenheit ziert die Jugend 18.1: 66
Unbeständigkeit 1.1: 126, 148; 3.2: (17)
Und abermals Menschlichkeiten 4.1: 696, 796
Und als die Fische gesotten waren 18.1: 77
Und das beschäftigt dich so sehr 13.1: 176
Und die Liebe 4.1: 740, 775, 836
Und doch bleibt was Liebes immer 13.1: 56
Und doch haben die Recht die ich schelte 11.1.1: 35; 11.1.2: (27)
Und doch haben sie Recht die ich schelte 11.1.2: 27; 11.1.1: (35)
Und du versprichst, es gilt 18.1: 73
Und ein Gewebe sollt' es ewig sein? 18.1: 71
Und fand als ich mich aufgerafft 1.1: 232
Und frische Nahrung, neues Blut 3.2: 21; 16: 777
Und ich geh meinen alten Gang 2.1: 25
Und in Alammannen Mundart 11.1.1: 58
Und in Papillons Gestalt 1.1: 128, (143)
Und kraftlos sank ihr Haupt zurücke 1.1: 106
Und morgen fällt Sanct Martins Fest 18.1: 13
Und nun erhebt sich das größ⟨t⟩e Gelächt⟨er⟩ 11.1.1: 64
Und Samuel sprach zu Isai 1.1: 231

Und selbst den Leuten du bon ton 9: 147
Und sie in ihrer warmen Sphäre 18.1: 65
Und so Ade 11.1.1: 205
Und so bleibt auch, in ewigem Frieden 9: 120
Und so fang ich oben 13.1: 63
Und so geht mit guten Kindern 18.1: 376; 19: 191
Und so geschah's! Dem friedenreichen Klange 6.1: 90; 11.1.1: 297, 645
Und so haltet, liebe Söhne 13.1: 110
Und so heb' ich alte Schätze 17: 10
Und so ists auch Hafisen ergangen 11.1.1: 58
Und so kommt wieder zur Erde herab 9: 118
Und so sag' ich zum letzten Male 13.1: 163
Und so sag' ich zum zehnten Male 13.1: 49
Und so tändelt ich mir 3.2: 107, 148
Und so will ich, ein für allemal 13.1: 50
Und sollen das Falsche sie umtun 13.1: 58
Und sollst auch DU und Du und du 13.1: 9
Und unsrer Zelten Pfäle 11.1.1: 62
Und verächtlicher nichts 4.1: 764
Und wärst du auch zum fernsten Ort 9: 125
Und warum geht es nicht 13.1: 230
Und warum sendet 11.1.1: 158
Und was bleibt denn an dem Leben 11.1.1: 237
Und was die Menschen meinen 13.1: 47
Und was im *Pend-Nameh* steht 11.1.1: 36; 11.1.2: 39
»Und was sich zwischen beide stellt?« 9: 119
Und weil ihre Wissenschaft exakt 13.1: 214
Und weil sie so viel Recht gehabt 13.1: 214
Und weiterhin im *Mai* wenn's glückt 13.1: 176
Und wenn darauf zu höhrer Atmosphäre 12: 472; 13.1: 159
Und wenn der Mensch in seiner Qual verstummt 13.1: 94, 135
Und wenn die Tat bisweilen 13.1: 47
Und wenn du's vollbracht hast 2.1: 54
Und wenn er ganz gewaltig niest 13.1: 197
Und wenn man auch den Tyrannen ersticht 13.1: 196
Und wenn sie zuletzt erfrieren 6.1: 97
»Und wenn was umzutun wäre 13.1: 57
Und wenn wir unterschieden haben 12: 618; 13.1: 161
Und wer durch alle die Elemente 9: 118
Und wer franzet, oder brittet 11.1.1: 203; 11.1.2: 54
Und wer sich selbst erkennt 11.1.1: 154
Und wie das Trübe verdunstet und weicht 9: 120
Und wie die Hortensien seyd ihr 11.1.1: 62
Und, wie nach Emmaus 1.1: 247; 16: 660

Und will das Licht sich dem Trübsten entwinden 9: 120
Und wird das Wasser sich entfalten 9: 117
Und wo die Freunde verfaulen 13.1: 207
Unentbehrliche, Das 4.1: 706, 800
Unfreundlicher Ausruf (Ins Innere der Natur) 12: 225*
Ungebildet waren wir unangenehm 9: 131
Ungebühr 4.1: 783
Ungeduld 13.1: 141
ungeheure Orion, Der 4.1: 730
Ungezähmt so wie ich war 11.1.1: 109; 11.1.2: 45
Ungezogen genug sind schon die Menschen 4.1: 827
Ungleiche Heirat 2.1: 73
ungleiche Schicksal, Das 4.1: 759
ungleiche Verhältnis, Das 4.1: 813
Unglück bildet den Menschen 2.1: 102
Unglückliche Eilfertigkeit 4.1: 816, (729)
unglückliche Eilfertigkeit, Die 4.1: 729, (816)
Unglückselige Frösche 3.2: 150
Unglückselige Zeit! 4.1: 725
Unmöglich ist's den Tag dem Tag zu zeigen 11.1.1: 188
Unmögliche Vergeltung 4.1: 681, 803
Uns gaben die Götter 1.1: 208
Unschuldige Schwachheit 4.1: 791, (728)
Unser Dank, und wenn auch trutzig 13.1: 42
Unser einer hats halter gut 4.1: 789
Unser Vorgänger 4.1: 675
Unsere Reihen störtest du gern 4.1: 706, 799
Unsere Stimme zum König 4.1: 684
Unserm Meister, geh! verpfände 11.1.2: 281
Unsre Gedichte nur trifft dein Spott 4.1: 728, 791
Unsre Poeten sind seicht 4.1: 813
Unsre Tragödie spricht zum Verstand 4.1: 815
Unsrer liegen noch hundert 4.1: 676, (805)
Unsrer liegen noch tausend 4.1: 805, (676)
Unter allen, die von uns berichten 4.1: 712, 781
Unter dem Felsen am Wege 11.1.2: 134
Unter dem leichten Geschlecht 4.1: 736
Unter der Menge strahlest du vor 4.1: 750, 772, (833)
Unter die Zwillinge tretet ihr nun 4.1: 686
Unter diesen / Lorbeerbüschen 6.1: 19
Unter halb verwelkten Maien 13.1: 142; 9: (112)
Unter halbverdorrten Maien 9: 112; 13.1: (142)
Unter mir, über mir 4.1: 737
Unter vier Augen 4.1: 809
Untergang der Zund-Dynastie 11.1.1: 59
Unterschied (Zweierlei Arten gibt es) 4.1: 684, 755, (840)
Unterschied, Der (Lächelnd sehn) 4.1: 767
Unterschied, Der (Unberufene Schwärmer!) 4.1: 682
Unterschied, Der (Will der *Witz*) 4.1: 701

Unterschied der Stände 4.1: 747, 758
Unterschieden ist nicht das Schöne vom Guten! 4.1: 659
Unvermeidlich 11.1.2: 35; 11.1.1: (27)
Unvermutete Zusammenkunft 4.1: 818, (729)
Unverzeihliche, Das 4.1: 711, 780
Unwiderstehlich muß die Schöne 1.1: 1008*
Unwilliger Ausruf (Ins Innere der Natur) 12: 225*
Urania 4.1: 726, 807
⟨Urne auf einem bunten Teppich⟩ 13.1: 129
Ursache (Wenn du laut) 4.1: 755, (684), (840)
Ursprünglich eignen Sinn 13.1: 225
Ursprüngliches 11.1.1: 53
URWORTE. ORPHISCH 12: 91; 13.1: 156, 500; 11.1.1: (188)
URWORTE, ORPHISCH 11.1.1: 188; 12: (91); 13.1: (156), (500)
USCHK NAMEH. BUCH DER LIEBE 11.1.2: 30

v. R.** 4.1: 721, (779)
Va te sevrer des baisers 1.1: 96
Väterlichster Rat 4.1: 682, 754
Valet (Blumenkelche, Blumenglocken) 11.1.1: 145
Valet (Sonst war ich Freund von Narren) 13.1: 181
Vanitas! vanitatum! vanitas! 6.1: 93
Vater, Der 4.1: 743
Vaudeville a. Mr. Pfeil 1.1: 91
Veilchen bring' ich getragen 1.1: 211
⟨Veilchen, Das⟩ 1.1: 234
VENEZIANISCHE EPIGRAMME 3.2: 83
Veni Creator Spiritus! 13.1: 21; 20.3: 507
Venus in der Schlacht 4.1: 682
Verbindungsmittel, Das 4.1: 777, (710), (838)
Verdammen wir die Jesuiten 13.1: 219
Verdienst 4.1: 802, (705)
Verdoppelte sich der Sterne Schein 9: 119
Verfahre ruhig 18.1: 58
Verfasser des Hesperus 4.1: 715
Verfehlter Beruf (Konnte denn die Nadel) 4.1: 713
Verfehlter Beruf (Schade daß ein Talent) 4.1: 717, 783
Verfehlter Beruf (Schreckensmänner) 4.1: 679, 801
Verfließet, vielgeliebte Lieder 1.1: 153
Verflucht sei wer nach falschem Rat 18.1: 79
Verfluchtes Volk! 9: 98
Vergebene Lehre 4.1: 826
Vergebliche Bemühung (Spaltet immer das Licht!) 4.1: 695, (761)
Vergebliche Müh (Willst du der getreue Eckart sein) 9: 112
Vergebliches Geschwätz 4.1: 768, (838)
Vergebnes Bemühen (O verschreien möchtet ihr gerne) 4.1: 827
Verirrtes Büchlein! 13.1: 64
Verkehrte Wirkung 4.1: 705, 799
Verkehrter Beruf 4.1: 684
Verlangen, Das 4.1: 742
Verlegene Ware 4.1: 678
Verleger von P** Schriften 4.1: 810, (722)

Verleger von P*** Schriften, Der 4.1: 722, (810)
Verliehet ihr den goldnen Kranz 13.1: 19
Vermächtnis 17: 539; 18.1: 35
Vermächtniß alt persischen Glaubens 11.1.1: 105; 11.1.2: 111
Vernünftige Betrachtung 4.1: 794, (743)
Verpflanze den schönen Baum 1.1: 122
verschiedene Bestimmung, Die 4.1: 700, 758
Verschiedene Dressuren 4.1: 678, 801
Verschiedene Empfindungen an Einem Platze 2.1: 99
Verschon uns Gott mit deinem Grimme! 11.1.1: 81; 11.1.2: 59
Verschwiegenheit (Wenn die Liebste zum Erwiedern) 11.1.1: 157*
Verse! Wo irret ihr hin? 4.1: 738
Verständige Leute kannst du irren sehn 13.1: 209
Verstand 4.1: 700, 766
Verstand und Genie 4.1: 701, (766)
Verstanden hat er vieles recht 18.1: 83
Versuche, Die (Dich zu greifen) 4.1: 761
Versuchung 2.1: 63
Versunken 11.1.2: 32; 11.1.1: (9)
Versus memoriales (*Invocavit* wir rufen laut) 2.1: 66*
Versus Memoriales zu Verbreitung und Festhaltung der zwei wichtigsten natürlichen Systeme 9: 31
Verteilet euch nach allen Regionen 6.1: 53; 13.1: (146)
Verteilet Euch, nach allen Regionen 13.1: 146; 6.1: (53)
Vertrauen (Was krähst du mir) 11.1.1: 51
Vertrauter (Du hast so manche Bitte gewährt) 11.1.1: 156; 11.1.2: 64
Verwandte sind sie von Natur 13.1: 235
Verweile nicht und sei dir selbst ein Traum 9: 144; 11.1.1: (95); 11.1.2: (46)
Verweilst du in der Welt sie flieht als Traum 11.1.1: 95; 11.1.2: 46; 9: (144)
Verwünschter weiß ich nichts im Krieg 9: 99
»Verzeihe mir, du gefällst mir nicht 13.1: 192
Verzeiht einmal dem raschen Wort 13.1: 9
Viel Gewohnheiten darfst du haben 9: 141
Viel gute Lehren 18.1: 41
Viel Männer sind hoch zu verehren 11.1.1: 50
Viel Rettungsmittel bietest du! was heißt's? 9: 129
Viel von Künsten 4.1: 843
Viel Wunderkuren gibts 13.1: 212
Viele Bücher genießt ihr 4.1: 675, 789
Viele der Veilchen zusammen geknüpft 4.1: 832, (750), (772)
Viele duftende Glocken 4.1: 750, 772, 832
Viele folgten dir gläubig 3.2: 84
Viele Gäste wünsch' ich heut 9: 86

Viele Kinder und schöne 18.1: 70
Viele Köche versalzen den Brei 9: 128
Viele Läden und Häuser 4.1: 727, 805
Viele Lieb' hab' ich erlebet 9: 136
Viele rühmen, sie habe Verstand; 4.1: 809
Viele sahn dich mit Wonne 4.1: 655
Viele sind gut 4.1: 700, 766
Viele Stimmen 4.1: 819
Viele Veilchen binde zusammen! 4.1: 750, 772, (832)
Vielen 4.1: 771, (832)
Vieles gibt uns die Zeit 6.1: 92
Vieles hab ich versucht 3.2: 88, 130
Vieles hast du geschrieben 4.1: 680, 802
Vieles kann ich ertragen 3.2: 115, 139
Vieles reicht' ich meinen Lieben 9: 95
Vielfach sind die Kräfte des Menschen 4.1: 770
Vielgedultetes, genoßnes 11.1.1: 174
Vieljähriges dürft' ich euch wohl vertrauen! 13.1: 111
Vielwisser, Die 4.1: 762, (699)
⟨VIER ELEGIEN⟩ 3.2: 78
Vier Franzosen nenn ich euch erst 4.1: 826
Vier gefällige Kinder hast du 3.2: 96
Vier Gnaden 11.1.1: 79; 11.1.2: 12, 289
VIER JAHRSZEITEN 4.1: 832
Vier Thieren auch verheisen war 11.1.1: 116; 11.1.2: (122)
Vier Thieren auch verheißen war 11.1.2: 122; 11.1.1: (116)
Vier Träume 11.1.1: 330
vierte Teil meiner Schriften, Der 2.1: 48
Vierzig Eselein ziehen 4.1: 725
Viro generosissimo 1.1: 136
Virtuose, Der 4.1: 723, 810
Visitator 4.1: 776, (677)
Völlig charakterlos ist die Poesie 4.1: 814
Völligen Unsinn siegelt 13.1: 231
Volck und Knecht und Überwinder 11.1.1: 128; 11.1.2: (76)
Volk und Knecht und Überwinder 11.1.2: 76; 11.1.1: (128)
⟨VOLKSLIEDER⟩ 1.1: 165
Voll Locken kraus ein Haupt so rund! 11.1.1: 9; 11.1.2: 32
Volle vierundsiebzig Jahre 13.1: 111
Vollendung (Sagt es niemand) 11.1.1: 26*; 11.1.2: 21*, 290
Vollmondnacht 11.1.2: 90; 11.1.1: (141)
Vom Berge 3.2: 21; 1.2: (544); 16: (779)
Vom Eise befreit sind Strom und Bäche 6.1: 560
Vom heut'gen Tag, von heut'ger Nacht 11.1.2: 56; 11.1.1: (80)
Vom heutgen Tag, von heutger Nacht 11.1.1: 80; 11.1.2: (56)
Vom Himmel sank, in wilder Meere Schauer 11.1.1: 91; 11.1.2: 107
Vom Himmel steigend Jesus 11.1.1: 101; 11.1.2: 109
Vom plauderhaften Knaben 1.1: 182

Vom Vater hab ich die Statur 13.1: 228
Von allen Dingen die geschehn 9: 88
Von allen schönen Waren 4.1: 667
Von Berges Luft, dem Äther gleich zu achten 11.1.1: 171
Von deinem Liebesmahl 11.1.1: 224; 13.1: 50
Von dem Berge zu den Hügeln 13.1: 143; 17: 152, 157, 543, 547; 20.3: (752)
Von dem Ding weiß ich nichts 4.1: 821
Von dem unsterblichen Friedrich 4.1: 714, 793
Von der Blüte zu den Früchten 18.1: 51
Von der Rose meines Herzens 13.1: 121
Von Gott dem Vater stammt Natur 13.1: 186
Von heiligen Männern 13.1: 11
Von Jahren zu Jahren 13.1: 55
Von kalten Weisen rings umgeben 1.1: 93
Von mehr als einer Seite verwaist 2.1: 81
Von Osten nach Westen 3.2: 152
Von Osten / Will das holde Licht 9: 93
Von Sängern hat man viel erzählt 11.1.1: 153
Von so zarten Miniaturen 13.1: 82
Von stiller Wollust eingeladen 1.1: 107
Von .... tu ich euch offen 18.1: 56
Von wem auf Lebens- und Wissens-Bahnen 13.1: 229
Von wem ich's habe das sag ich euch nicht 2.1: 32
Vor dem Aristokraten in Lumpen 4.1: 794
Vor dem Arsenal stehn 3.2: 101, 118, (128)
Vor dem Raben nur sehet euch vor 4.1: 687, 785
Vor den Wissenden sich stellen 11.1.1: 233; 11.1.2: 44
Vor der nördlichen Krone 4.1: 689
Vor der zerstörenden ⟨Zeit⟩ 4.1: 737
Vor die Augen meiner Lieben 18.1: 45
Vor Gericht 2.1: 32
Vor Jahrhunderten hätte ein Dichter 4.1: 716, 808
Vor vierzehn Tagen harrten wir 2.1: 81
Vor Werthers Leiden 1.1: 263
Vorklage 9: 96
Vormals im Leben ehrten wir dich 4.1: 730, 816
Vorn herein liest sich das Lied 4.1: 812
Vornehm nennst du den Ton 4.1: 783
Vornehm schaut ihr im Glück 4.1: 694, 762
Vorsatz 4.1: 800, (708)
Vorschlag zur Güte (Du gefällst mir so wohl) 6.1: 98
Vorschlag zur Güte (Teilt euch wie Brüder!) 4.1: 820
Vorschmack 11.1.1: 238; 11.1.2: 114
Vorsichtige, Der 4.1: 827
⟨Vorsprüche zu den Gedichtgruppen im I. und II. Band der Ausgabe von 1815⟩ 9: 93
Vorstellung wenigstens ist 4.1: 821
Vorüber führt 9: 101
Vorwurf 4.1: 826

Vorzug, Der (Jedermann freute sich) 4.1: 696
Vorzug, Der (Über das Herz) 4.1: 765, (698)
Voß contra *Stolberg*! 13.1: 230
Vossens Almanach 4.1: 727, 805

W. R. L. K. W. J. 4.1: 751, 773
W. v. H. 4.1: 752
Wachsende Neigung (Als kleines artges Kind) 9: 14*
Wachstum 9: 14
Wächter Zions, Der 4.1: 677, 801
Wär ich ein häusliches Weib 3.2: 103, 141
Wär' nicht das Auge sonnenhaft 6.1: 93; 13.1: 108; 12: (671)
Wär't ihr, Schwärmer, im Stande 4.1: 837, (760)
Wäre der Rubin mir eigen 9: 112
Wäre doch das Blättchen größer! 11.1.1: 69
Wäre Gott und Eine 13.1: 199
Wäre Natur und Genie von allen Menschen 4.1: 809
Wäre nicht dein Auge sonnenhaft 12: 671; 6.1: (93); 13.1: (108)
Wäre sie unverwelklich die Schönheit 4.1: 747, 766
Wären der Welt die Augen zu öffnen! 3.2: 150
Wärt ihr, Philister, im Stand 4.1: 760
Wärt ihr, Schwärmer, im Stand 4.1: 760, (837)
Waffen gegen Eifersucht (Laßt geschaffne Ritter kämpfen) 9: 90*
Wage der gewandte Stehler 18.1: 33
»Wagst du Deutsch zu schreiben 3.2: 104
Wagt ihr, also bereitet 6.1: 17; 12: 153; 13.1: 153
Wahl 4.1: 768, (703)
Wahnsinn ruft man dem Calchas 6.1: 33
wahre Genuß, Der 1.1: 140; 3.2: (25)
wahre Grund, Der 4.1: 764, (710)
Wahre Königin ist 4.1: 752
Wahrem Eifer genügt 4.1: 685
Wahrheit (Eine nur ist sie für alle) 4.1: 697, 764
Wahrheit ist niemals schädlich 4.1: 699, 761
Wahrheit sag ich euch 4.1: 677, 801
Wahrheit suchen wir beide 4.1: 760
Wahrheit und Schönheit 4.1: 746, (758)
Wahrheit willst du mich lehren? 4.1: 747
Wahrlich es füllt mit Wonne das Herz 4.1: 719, 791
Wahrlich es scheint nur ein Traum! 4.1: 692, 756, 841
Wahrlich, nichts lustigers weiß ich 4.1: 820
Waidtasche, Die 4.1: 800, (706)
Wallstein Tragedie en cinq Actes 9: 28
Wanderers Gemüthsruhe 11.1.2: 53; 11.1.1: (32)
⟨Wanderers Sturmlied⟩ 1.1: 197
Wanderlied 13.1: 143; 17: (157)
wandlende Glocke, Die 9: 81; 20.3: (317)
⟨Wandrer, Der⟩ 1.1: 202
Wandrer und Pächterin 6.1: 77
Wandrers Gemüthsruhe 11.1.1: 32; 11.1.2: (53)

Wandrers Nachtlied (Der du von dem Himmel bist) 2.1: 13
Wandrers Nachtlied (Über allen Gipfeln) 2.1: 53
Wann magst du dich am liebsten bücken? 9: 135
»Wann wird der Herr seine Freude sehn?« 13.1: 191
War die Henne zuerst? 18.1: 84
War doch gestern dein Haupt 4.1: 906; 8.1: 437
War es stets so wie jetzt? 4.1: 743
War schöner als der schönste Tag 18.1: 18
War unersättlich nach viel tausend Küssen 9: 15
Warnung (Am jüngsten Tag) 9: 19
Warnung (Deutsche haltet nur fest) 4.1: 686
Warnung (Eine würdige Sache) 4.1: 814
Warnung (So wie Titania) 2.1: 43
Warnung (Unsrer liegen) 4.1: 676, 805
Warnung (Wecke nicht den Amor) 2.1: 97
Wartet nur! Alles wird sich 18.1: 62
Warum? 4.1: 684, (755), (840)
»Warum bekämpfst du nicht den Kotzebue 11.1.1: 195
Warum bin ich vergänglich? 4.1: 740, 775, 836
Warum bist du Geliebter 3.2: 66, 67
»Warum bist du so hochmütig 13.1: 198
»Warum denn aber bei unsern Sitzen 18.1: 81
»Warum denn wie mit einem Besen 18.1: 82
Warum doch erschallen 6.1: 765
Warum du nur oft so unhold bist? 11.1.1: 104; 11.1.2: 97
»Warum erklärst du's nicht 13.1: 13
»Warum fährst du nicht zu? 4.1: 727
Warum gabst du uns die Tiefen Blicke 2.1: 20
»Warum hat dich das schöne Kind verlassen?« 9: 140
Warum ich Royaliste bin 13.1: 218
Warum ich wieder zum Papier mich wende? 9: 16
Warum ist alles so rätselhaft? 9: 50
»Warum ist denn das Urteil allzukurz?« 18.1: 70
»Warum ist Wahrheit fern und weit? 11.1.1: 203; 11.1.2: 60
Warum kann der lebendige Geist 4.1: 749, 769
Warum leckst du dein Mäulchen 3.2: 91, 130
Warum macht der Schwärmer sich Schüler 3.2: 87, 119, (127)
»Warum magst du gewisse Schriften nicht lesen?« 9: 144
»Warum man so manches leidet 13.1: 49
Warum mir aber in neuster Welt 13.1: 196
»Warum nur die hübschen Leute 13.1: 16
»Warum o Steuermann 18.1: 60
Warum plagen wir 4.1: 743, 794

Warum sagst du uns das 4.1: 696, 797
Warum schiltst du die einen so hundertfach? 4.1: 722, 804
Warum schreit das Volk und rennt so? 3.2: 87, (126)
Warum siehst du Tina verdammt 2.1: 103
Warum stehen sie davor? 18.1: 9
Warum tadelst du manchen nicht öffentlich? 4.1: 722, 804
Warum tanzen Bübchen mit Mädchen so gern? 9: 118
Warum treibt sich das Volk so, und schreit? 3.2: 126, (87)
Warum uns Gott so wohl gefällt? 9: 139
Warum verzeiht mir Amanda 4.1: 809
Warum werden die Dichter beneidet? 9: 138
Warum will sich Geschmack und Genie 4.1: 702, 767, 838
»Warum willst du das junge Blut 13.1: 193
»Warum willst du den Christen 3.2: 116
»Warum willst du dich von uns allen 13.1: 9
»Warum willst du nicht mit Gewalt 13.1: 13
»Warum zauderst du so mit deinen Schritten?« 9: 136
Warum ziehst du mich 1.1: 265; 16: 732
Was ärgerst du dich über fälschlich Erhobene! 9: 140
Was alle wollen weißt du schon 11.1.1: 212; 11.1.2: 27, 203
Was Alte lustig sungen 18.1: 61
Was auch als Wahrheit oder Fabel 6.1: 92; 13.1: 109
Was auch Helden getan 3.2: 93
Was bedeutet dein Werk? 4.1: 745, 770
Was bedeutet die Bewegung? 11.1.1: 125; 11.1.2: 85
Was bei des Jünglings Blicken 1.1: 104
Was belohnet den Meister? 4.1: 744, 770
»Was brachte Lockmann nicht hervor 11.1.1: 84; 11.1.2: (62)
»Was brachte Lokman nicht hervor 11.1.2: 62; 11.1.1: (84)
Was das entsetzlichste sei 4.1: 780
Was das höchste mir sei? 4.1: 752
Was das Luthertum war 4.1: 787
Was dem Auge dar sich stellet 11.1.1: 182
Was dem einen widerfährt 13.1: 53
Was den Enkel so wie den Ahn frommt 9: 144
Was den Jüngling ergreift 6.1: 48
Was den konfusen Kopf 4.1: 704
Was der August nicht thut 11.1.1: 28
Was der berühmte Verfasser 4.1: 721, 793
Was der Dichter diesem Bande 3.1: 772; 18.1: 10
Was der für Käufer haben sollte 13.1: 39
Was der Gott mich gelehrt 4.1: 749, 757
Was der Mensch als Gott verehrt 6.1: 98
Was die Alten pfeifen 13.1: 171; 13.2: 78

Was die Großen Gutes taten 18.1: 80
Was die gute Natur weislich nur vielen verteilet 2.1: 74
Was die Natur bedarf 4.1: 709
Was die Weiber lieben und hassen 18.1: 65
Was doch buntes dort verbindet 11.1.1: 14; 11.1.2: 16
Was doch die größte Gesellschaft beut 18.1: 81
Was du auch gibst 4.1: 752
Was du dem Publikum 1.1: 1008*
Was? du hier in der Qual 4.1: 729
Was du mit Beißen verdorben 4.1: 681
Was du mit Händen nicht greifst 4.1: 706, 800
Was eben wahr ist aller Ort 9: 145
Was ein christliches Auge nur sieht 4.1: 708, 778
Was ein weiblich Herz erfreue 2.1: 97
Was einer denn wüßte? 18.1: 85
Was erreget zu Seufzern 4.1: 742
Was erschrickst du? 6.1: 38
Was erst still gekeimt in Sachsen 13.1: 190
Was? Es dürfte kein Cäsar 4.1: 734, 824
Was es gilt. Dem Chromatiker 13.1: 161; 11.1.1: (187); 12: (391)
Was euch die heilige Preßfreyheit 11.1.1: 211
Was fragst du viel 9: 128
Was frommt die glühende Natur 1.1: 258
Was für Ware du ihnen gebracht 4.1: 680
Was gehst du, schöne Nachbarin 6.1: 50
Was geschah? (Hungrig verließ er die Tafel) 4.1: 707
Was geschah? (Trink nun, Bester!) 4.1: 707
Was gibst du dir mit Lieb und Ehre 18.1: 88
Was gibt uns wohl den schönsten Frieden 9: 131
Was Gutes zu denken, wäre gut 9: 92
Was haben wir denn da gefunden? 13.1: 206
Was haben wir nicht für Kränze gewunden! 9: 1175; 18.1: 80
Was hätte man vom Zeitungstraum 13.1: 204
»Was hast du denn? 13.1: 111
»Was hast du uns absurd genannt? 13.1: 54
»Was hat dich nur von uns entfernt?« 13.1: 201
Was hat dir das arme Glas getan? 9: 146
Was hat Joseph gewollt? 3.2: 99
Was heißt denn Reichthum? 11.1.1: 96; 11.1.2: 46
»Was heißt du denn Sünde? 13.1: 103
Was heißt schonender Tadel? 4.1: 748, (768)
Was heißt zärtlicher Tadel? 4.1: 768, (748)
Was helfen den Jungfern alle Gaben 9: 58
Was helfen mir die vielen guten Zeichen? 4.1: 534
Was hieße wohl die Natur ergründen? 18.1: 22
Was hilft's dem Pfaffen-Orden 11.1.1: 160; 11.1.2: 59

Was hör' ich draußen vor dem Tor? 2.2: 205; 5: 127, 858
Was ich Allah höchlich dancke? 11.1.1: 83; 11.1.2: (61)
Was ich am meisten besorge 3.2: 98
Was ich dort gelebt, genossen 11.1.1: 187; 12: 412
Was ich in meinem Haus ertrag' 13.1: 202
Was ich leugnend gestehe 2.1: 92
Was ich mich auch sonst erkühnt 13.1: 185
Was ich mir gefallen lasse? 9: 137
Was ich nicht weiß 9: 140
Was ich ohne dich wäre 4.1: 745, 759
Was ich sagen wollt' 13.1: 52
Was? Ihr misbilliget den kräftgen Sturm 11.1.1: 230; 11.1.2: (55)
Was? Ihr mißbilliget den kräftigen Sturm 11.1.2: 55; 11.1.1: (230)
Was im Leben uns verdrießt 9: 95
Was, in der Schencke, waren heute 11.1.1: 212; 11.1.2: (99)
Was, in der Schenke, waren heute 11.1.2: 99; 11.1.1: (212)
Was in der Zeiten Bildersaal 9: 121
Was in Frankreich vorbei ist 4.1: 678
Was ist das heiligste? 4.1: 747, (756), (839)
Was ist das Heiligste? 4.1: 756, 839, (747)
Was ist das schwerste von allem? 4.1: 694
Was ist denn aber beim Gespräch 13.1: 178
»Was ist denn deine Absicht gewesen 13.1: 10
»Was ist denn die Wissenschaft?« 13.1: 206
»Was ist denn Kunst und Altertum 13.1: 82
Was ist der Himmel, was ist die Welt 2.1: 36
Was ist ein Philister? 18.1: 67; 20.2: 1531
Was ist heilig? 4.1: 747, 756, 839
Was ist schwer zu verbergen? Das Feuer! 11.1.1: 93; 11.1.2: 13
Was ist weißes dort 1.1: 276
Was klagst du über Feinde? 11.1.1: 80; 11.1.2: 58
Was krähst du mir und thust so groß 11.1.1: 51
»Was lassen sie denn übrig zuletzt 13.1: 111
»Was lehr' ich dich vor allen Dingen? 13.1: 195
Was machst du an der Welt sie ist schon gemacht 11.1.1: 204; 11.1.2: 57; 17: 15
Was man erfindet tut man mit Liebe 9: 89; 17: (910)
Was mich bewegt 4.1: 713
Was mich tröstet in solcher Not 13.1: 106
Was mir in Kopf und Herzen stritt 2.1: 33
Was mit glühendem Ernst 4.1: 718
Was mit mir das Schicksal gewollt? 3.2: 100, 142
Was, mit mir, die Freunde wollen 11.1.1: 166
Was nicht zusammengeht, das soll sich meiden! 9: 67
Was nützt die glühende Natur 3.2: 35

Was nur einer vermag 4.1: 790
Was nutzt 4.1: 699, 761, (837)
Was räucherst du nun deine Toten? 9: 127
Was reich und arm! 1.1: 223
Was reimt der Junge 13.1: 101
Was sagt hierauf das liebenswürdge Mädchen? 9: 102
Was schadet 4.1: 699, 761
»Was schmückst du die eine Hand denn nun 11.1.1: 84; 11.1.2: 63
»Was schnitt dein Freund für ein Gesicht?« 9: 142
Was sich nach der Erde senkte 13.1: 172; 13.2: 87
Was sie gestern gelernt, das wollen sie heute 4.1: 815
Was sie im Himmel wohl suchen 4.1: 710, 764
Was? Sie machen Kabale 4.1: 824, (734)
Was? Sie spielen 4.1: 734, (824)
Was soll all der Prunck bedeuten? 11.1.1: 319
»Was soll der Stolz 11.1.1: 27
Was soll ich nun vom Wiedersehen hoffen? 13.1: 94, 135, (675)
Was soll ich viel lieben, was soll ich viel hassen 9: 143
Was Spelunke nun sei 3.2: 103, 140
»Was trauern denn die 13.1: 174
Was uns ärgert 4.1: 707, 800
Was uns belustigt 4.1: 707
Was uns gefällt und scheinet fein 9: 90
Was uns Günstiges in fernen Landen 6.1: 93
Was unterm Monde liegt 1.1: 97
Was verkürzt mir die Zeit? 11.1.1: 37; 11.1.2: 38
Was viele singen und sagen 18.1: 61
Was Völker sterbend hinterlassen 6.1: 96
Was vom Christentum gilt 3.2: 151
Was wär ein Gott, der nur von außen stieße 9: 116; 13.1: 144
Was wär ich / Ohne dich 1.1: 1008*
Was waren das für schöne Zeiten 18.1: 64
Was weiß ich was mir hier gefällt 2.1: 554, (26)
Was widert dir der Trank so schal? 11.1.1: 53
»Was will die Nadel nach Norden gekehrt 9: 118
»Was will von Quedlinburg heraus 13.1: 232
»Was willst du daß von deiner Gesinnung 13.1: 17
Was willst du lange vigilieren 9: 136
Was willst du mit den alten Tröpfen 13.1: 17
»Was willst du, redend zur Menge 13.1: 202
Was willst du untersuchen 11.1.1: 81; 11.1.2: 60
»Was wir denn sollen? 13.1: 14
Was wir Dichter 18.1: 61
Was wir froh und dankbar fühlen 13.1: 172; 13.2: 83
Was wir in Gesellschaft singen 9: 93
Was wir vermögen 2.1: 33
Was wird mir jede Stunde so bang? 11.1.1: 206; 11.1.2: 56; 17: 14
Was wollt ihr mit eurem Hohn 18.1: 59
Was zieht mir das Herz so? 6.1: 76

Wasser holen geht die reine 13.1: 83
Wasser ist Körper und Boden der Fluß 4.1: 841, (692), (756)
Wasser ist Körper und Boden die Welle 4.1: 692, 756, (841)
Wasserfülle, Landesgröße 11.1.1: 166; 11.2: 785
Wasserstrahlen reichsten Schwalles 18.1: 23
Wechsel 3.2: 17; 1.1: (126), (148)
Wechsel Lied zum Tanze 2.1: 51
Wechselwirkung 4.1: 759, (749), (837)
Wecke nicht den Amor 2.1: 97
Weg zum Ruhme, Der 4.1: 744, 770
Wegen Tiresias mußt ich herab 4.1: 733, 823
Weh mir es eilet die Zeit 6.1: 46
Wehet ein Lüftchen 13.1: 74
weiblichen Tugenden, Die 2.1: 510
Weichet Sorgen von mir! 3.2: 29
Weihnachten 13.1: 81
Weil du doch alles beschriebst 4.1: 724, 807
Weil du vieles geschleppt 4.1: 706, 800
Weil ein Vers dir gelingt 4.1: 743, 769
Weil es Dinge doch gibt 4.1: 821
Weil soviel zu sagen war 11.1.1: 225
Weimar! / Das von vielen Freuden 18.1: 26
Wein er kann dir nicht beha⟨gen⟩ 11.1.1: 63
Wein macht munter geistreichen Mann 13.1: 200
Weinet nicht geliebte Kinder 3.2: 14
Weint Mädgen, hier, bei Amors Grabe 1.1: 126, (147)
Weint, Mädgen! hier bei Amors Grabe 1.1: 147, (126)
Weise die Rose nicht ab 6.1: 50
Weisen und die Leute, Die 9: 107; 13.1: 163
Weiß hat Neuton gemacht 3.2: 113, (142)
Weiß hat Newton gemacht 3.2: 142, (113)
Weiß ich doch zu welchem Glück 13.1: 121
Weiß wie Lilien 18.1: 16
Weissagungen des Bakis 6.1: 33
Weißt du worin der Spaß des Lebens liegt? 13.1: 18
Weit und schön ist die Welt 3.2: 108
Weit von fern erblick ich dich 4.1: 750, 772, (833)
Weite Welt und breites Leben 11.1.1: 184; 12: 386; 13.1: 144
⟨Weitere Friederiken-Lieder⟩ 1.1: 162
Welch ein ästhetischer Kram 4.1: 829
Welch ein emsig Gedränge 3.2: 89, (127)
Welch ein erhabener Gedanke! 4.1: 694, (795)
Welch ein Getümmel 2.1: 66
Welch ein glänzendes Geleite! 18.1: 10
Welch ein heftig Gedränge 3.2: 89, 127
Welch ein himmlischer Garten 2.1: 77
Welch ein lustiges Spiel! 3.2: 145, (110)

Welch ein Mädchen ich wünsche zu haben? 3.2: 90, (130)
Welch ein verehrendes Gedränge 6.1: 69
»Welch ein Wahnsinn ergriff dich im Müßiggang 3.2: 99, (136)
»Welch ein Wahnsinn ergriff dich Müßigen? 3.2: 136, (99)
Welch ein wunderlich Exempel! 18.1: 66
Welch ein Zustand! Herr, so späte 11.1.1: 30; 11.1.2: 100
Welch eine bunte Gemeinde! 11.1.1: 82; 11.1.2: 61
Welch erhabner Gedanke! 4.1: 795, (694)
Welch Getöse wo entsteht es? 13.1: 77
Welch hoher Dank 13.1: 101
Welch schöner hoher Tag 1.1: 281; 2.2: 88
Welch ungewöhnliches Getümmel! 1.1: 77
Welch Vermächtniß Brüder sollt euch kommen 11.1.1: 105; 11.1.2: 111
Welch Wonneleben wird hier ausgespendet 6.1: 268
Welche Frau hat einen guten Mann 9: 123
Welche Hoffnung ich habe? 3.2: 112
Welche noch kühnere Tat 4.1: 733, 822
Welche Religion ich bekenne? 4.1: 698, 762
Welche Schrift ich zwei-, ja dreimal 4.1: 835, (739), (774)
Welche Schrift ich zweimal 4.1: 739, 774, (835)
Welche Verehrung verdient der Weltenschöpfer? 4.1: 708, 778
Welche wohl bleibt von allen 4.1: 693, 762
Welchen Hofmann ich ehre? 4.1: 684, 755, 840
Welchen Leser ich wünsche? 4.1: 744, 769, 838
Welcher Unsterblichen 2.1: 54
Welches Genie das größte wohl sei? 4.1: 701
Welches Treiben zugleich 4.1: 693
Welt Lohn, Der 1.1: 1008*
Weltseele 6.1: 53; 13.1: 146
Wem die Verse gehören? 4.1: 787
Wem ich ein besser Schicksal gönnte? 13.1: 200
Wem wohl das Glück die schönste Palme beut? 9: 136
Wem zu glauben ist 4.1: 761, 837, 699
Wen die Dankbarkeit geniert 18.1: 67
Wen du nicht verlässest Genius 1.1: 197
Wen ein guter Geist besessen 11.1.1: 205
Wende die Füßchen zum Himmel 3.2: 95, 133
Wenige Treffer sind gewöhnlich 4.1: 777
Wenn alle sprechen 11.1.1: 58
Wenn am Tag' Zenit und Ferne 13.1: 126
Wenn auch der Held sich selbst genug ist 18.1: 77
Wenn auf beschwerlichen Reisen 3.2: 90, 143
Wenn das Trockne brennt 11.1.1: 158
Wenn dem Papa sein Pfeifgen schmeckt 1.1: 214
Wenn der Freund 18.1: 24

Wenn der Jüngling absurd ist 13.1: 54
Wenn der Körper ein Kercker ist 11.1.1: 105; 11.1.2: (97)
Wenn der Körper ein Kerker ist 11.1.2: 97; 11.1.1: (105)
Wenn der Mensch die Erde schätzet 11.1.1: 107; 11.1.2: 113
Wenn der Pinsel ihm die Welt erschuf 13.1: 131
Wenn der schweer gedruckte klagt 11.1.1: 206; 11.1.2: (57)
Wenn der schwer gedrückte klagt 11.1.2: 57; 11.1.1: (206)
Wenn der uralte / Heilige Vater 2.1: 45
Wenn die Liebste zum Erwiedern 11.1.1: 157
Wenn die Reben wieder blühen 4.1: 902
Wenn die Zweige Wurzeln schlagen 6.1: 97
Wenn dir's bei uns nun nicht gefällt 13.1: 199
Wenn dir's in Kopf und Herzen schwirrt 11.1.1: 54
Wenn du am vollen Flusse wohnst 13.1: 36
Wenn du auf dem Guten ruhst 11.1.1: 18; 11.1.2: 50
Wenn Du darnach was fragst 1.1: 247
Wenn du dich im Spiegel besiehst 11.1.1: 250
Wenn du dich selber machst zum Knecht 11.1.1: 54
Wenn du dieses hörst, so achte sie alt die Welt 11.1.1: 59
Wenn du *hast* das ist wohl schön 13.1: 215
Wenn du laut den einzelnen schiltst 4.1: 684, 755, 840
Wenn du mir sagst du habest als Kind 3.2: 52, 53
Wenn du schelten willst 3.2: 86
Wenn durch das Volk die grimme Seuche wütet 9: 17
Wenn ein Edler gegen dich fehlt 9: 133
Wenn ein kluger Mann der Frau befiehlt 9: 123
Wenn ein verständiger Koch 3.2: 101
Wenn einem Mädgen das uns liebt 1.1: 129, 147
Wenn einen seligen Biedermann 1.1: 216
Wenn einer auch sich überschätzt 13.1: 14
Wenn einer schiffet und reiset 9: 130
Wenn einst nach überstandnen Lebens müh 1.1: 225
Wenn euch vor unsrem Namen graut 18.1: 85
Wenn Gott so schlechter Nachbar wäre 11.1.1: 80; 11.1.2: 58
Wenn Gottheit *Camarupa* 12: 612; 13.1: 158
Wenn ich auf dem Markte geh' 13.1: 40
Wenn ich dein gedencke 11.1.1: 132; 11.1.2: (81), (298)
Wenn ich dein gedenke 11.1.2: 81, 298; 11.1.1: (132)
Wenn ich den Dieben gebellt 3.2: 152
Wenn ich den Scherz will ernsthaft nehmen 9: 121
Wenn ich doch so schön wär' 6.1: 70
Wenn ich dumm bin, lassen sie mich gelten 13.1: 198
Wenn ich kennte den Weg des Herrn 13.1: 55

Wenn ich liebe Lili dich nicht liebte 1.2: 544; 3.2: 21; 16: 779
Wenn ich 'mal ungedultig werde 11.1.1: 56
Wenn ich mir in stiller Seele 18.1: 22
Wenn ich nun gleich das weiße Blatt dir schickte 9: 17
Wenn ich nun im holden Haine 6.1: 65
Wenn Ihrs habt und wenn Ihrs wißt 11.1.1: 117
Wenn im Unendlichen dasselbe 13.1: 226
Wenn in Dunst und Wolken verhüllt 3.2: 116, 143
Wenn in Wäldern, Baum an Bäumen 13.1: 170; 13.2: 70
Wenn Jemand sich wohl im Kleinen deucht 9: 123
Wenn Kindesblick begierig schaut 13.1: 227
Wenn Kranz auf Kranz den Tag umwindet 11.1.1: 184
Wenn links an Baches Rand 11.1.1: 16; 11.1.2: 16
Wenn man auch nach Mecca triebe 11.1.1: 84; 11.1.2: 63
Wenn man fürs Künftige was erbaut 9: 122
Wenn man sie in ein Kloster steckte 1.1: 85
Wenn man von einem Orte sich entfernt 4.1: 194
Wenn man zwanzig Freier zählet 1.1: 154
Wenn mich auch die Wächter schlügen 11.1.1: 320
Wenn mit jugendlichen Scharen 18.1: 12
Wenn nicht alles mich trügt 4.1: 723, 811
Wenn Phöbus Rosse sich in Sturm und Nebel 18.1: 23
Wenn Phöbus Rosse sich zu schnell 18.1: 23
Wenn schönes Mädchen sorgen will 18.1: 55
Wenn sich der Hals des Schwanes verkürzt 6.1: 33
Wenn sich lebendig Silber neigt 13.1: 91
Wenn sie aus deinem Korbe naschen 13.1: 207
Wenn sie gleich dein Fest versäumt 18.1: 10
Wenn über die ernste Partitur 13.1: 69
Wenn um das Götterkind Auroren 13.1: 173; 13.2: 88
Wenn unser Sang 9: 203
Wenn von dem stillen Wasserspiegel-Plan 12: 472; 13.1: 158
Wenn von der *Ruhmverkünderin* begleitet 6.1: 787
Wenn vor dem Glanz, der um die Herrin schwebet 9: 46
Wenn was irgend ist geschehen 13.1: 46
Wenn wir Dich o Vater sehen 11.1.1: 194
Wenn zu den Reihen der Nymphen 2.1: 74
Wenn zu der Regenwand 11.1.1: 13; 11.1.2: 15
Wenns jemand ziemt zu sprechen mit Vertrauen 9: 67
Wer aber das Licht in Farben will spalten 18.1: 74
Wer aber recht bequem ist und faul 9: 125
Wer auf die Welt kommt baut ein neues Haus 11.1.1: 83; 11.1.2: 62
Wer Bedingung früh erfährt 18.1: 84

Wer befehlen kann wird loben 11.1.1: 29; 11.1.2: 44
Wer bescheiden ist, muß dulden 11.1.1: 55
Wer da? 2.1: 107
Wer das Dichten will verstehen 11.1.2: 129
Wer dem Publikum dient, ist ein armes Tier 9: 134
Wer den Dichter will verstehen 11.1.2: 250
Wer die Körner wollte zählen 13.1: 20
Wer etwas taugt 13.1: 103
Wer geboren in bösten Tagen 11.1.1: 80; 11.1.2: 56
Wer glaubts? 4.1: 695, 796
Wer Gott ahnet ist hoch zu halten 9: 139
Wer Gott vertraut 9: 116
Wer hätte auf deutsche Blätter Acht 18.1: 62
Wer hat's gewollt 13.1: 59
Wer immerdar nach Schatten greift 6.1: 96
Wer in der Weltgeschichte lebt 13.1: 9
Wer in mein Haus tritt der kann schelten 11.1.1: 204; 11.1.2: 62
Wer ist das würdigste Glied der Regierung? 4.1: 683, 754, (839)
Wer ist das würdigste Glied des Staats? 4.1: 839, (683), (754)
Wer ist denn der souveraine Mann? 9: 142
Wer ist denn wirklich ein Fürst? 4.1: 683, 754, 839
Wer ist der edlere Mann 4.1: 754, 839
Wer ist der glücklichste Mensch? 6.1: 93
Wer ist der Wütende da 4.1: 817
»Wer ist ein unbrauchbarer Mann?« 13.1: 191
Wer ist zum Richter bestellt? 4.1: 703, 769
Wer kann gebieten den Vögeln 11.1.1: 27; 11.1.2: 35
Wer kömmt! Wer kauft 1.1: 139, (136)
Wer kommt! wer kauft 1.1: 136, (139)
Wer Lacerten gesehn 3.2: 102, 140
Wer lebenslang dir wohl getan 18.1: 71
Wer mag denn gleich vortreffliches hören 9: 91
Wer Marmor hier und Erz und Elfenbein erblickt 9: 59
Wer mich entzückt 4.1: 739, 774, (835)
Wer mit dem Leben spielt 18.1: 68
Wer müht sich wohl im Garten 13.1: 100
Wer nicht richtet 1.1: 253
Wer nie sein Brod mit Tränen aß 17: 756; 2.2: (211); 5: (134), (858)
Wer nie sein Brot mit Tränen aß 2.2: 211; 5: 134, 858; 17: (756)
Wer Ohren hat, soll hören 9: 126
Wer Perlen will 11.1.1: 62
Wer recht will tun, immer und mit Lust 9: 135
Wer reitet so spät durch Nacht und Wind? 2.1: 74, 338
Wer schweigt hat wenig zu sorgen 11.1.1: 82; 11.1.2: 61
Wer sich der Einsamkeit ergibt 2.2: 212; 5: 135, 858
Wer sich nicht nach der Decke streckt 9: 123

Wer sich selbst und andre kennt 11.1.1: 247
Wer sich vorm Tode fürchtet 11.1.1: 158
Wer uns am strengsten kritisiert? 9: 139
Wer verleumdet sie denn? 4.1: 711
Wer vernimmt mich? 2.1: 31
Wer von euch ist der Sänger 4.1: 819
Wer will denn alles gleich ergründen! 9: 106
»Wer will der Menge widerstehn?« 13.1: 13
Wer will die Stelle 4.1: 683, 754, (840)
Wer wird von der Welt verlangen? 11.1.1: 31; 11.1.2: 53
Wer Wissenschaft und Kunst besitzt 18.1: 76
Werte und Würdige, Das 4.1: 758, (747)
Weser 4.1: 691, 788
WEST-ÖSTLICHER DIVAN 11.1.2: 7
Westen mag die Luft regieren 13.1: 226
What pleasure, God! 1.1: 91
When *Camarupa* 12: 613
Wichtig wohl ist die Kunst 4.1: 760
Wichtige, Der 4.1: 798, (703)
Widerstand, Der 4.1: 796, (696)
Widerwärtige, Das 4.1: 746, 777
Widmung (Deine Werke, zu höchster Belehrung) 13.1: 185
⟨Widmung eines Exemplars der »Neuen Lieder« an Ernst Theodor Langer⟩ 1.1: 153
⟨Widmung eines Exemplars von Othello an Lersé⟩ 1.1: 184
⟨Widmung von Erwin und Elmire⟩ 1.1: 266
»Wie aber kann sich Hans van Eyck 13.1: 169
Wie alle dich verehren müssen 2.1: 33
Wie alles war in der Welt entzweit 18.1: 81
Wie an dem Tag der Dich der Welt verliehen 11.1.1: 188; 12: 91; 13.1: 156, 500
Wie auch die Welt sich stellen mag 13.1: 15, 202
Wie auf dem *u* fortan 4.1: 723, (810)
Wie auf dem Ü. fortan 4.1: 810, (723)
Wie aus Einem Blatt 18.1: 41
Wie beherzt in Reim und Prose 17: 144
Wie beklag ich es tief 4.1: 746, 759, 838
Wie bewirt ich die Götter? 4.1: 738
»Wie bist du so ausgeartet? 18.1: 66
Wie das erbaut war, wie's im Frieden lag 13.1: 60; 13.2: 102
Wie das Gestirn 13.1: 48
Wie David königlich zur Harfe sang 13.1: 126
Wie dem hohen Apostel ein Tuch voll Tiere 3.2: 109, 138
Wie der Mensch das Pfuschen so liebt 3.2: 112
Wie des Goldschmieds Bazarlädchen 11.1.1: 135; 11.1.2: 77
Wie die Blüten heute dringen 9: 30

Wie die Nummern des Lotto 4.1: 727, 814
Wie die Pflanzen zu wachsen belieben 9: 122
Wie die Winke des Mädchens 3.2: 143
»Wie doch, betrügerischer Wicht 13.1: 14
Wie doch ein einziger Reicher 4.1: 782
Wie du hassest die Tugend? 4.1: 698, 763
Wie du mir oft, geliebtes Kind 3.2: 25
Wie du mir, so ich dir 11.1.1: 57
Wie du Vertrauen erweckst 6.1: 86
Wie einer denkt, ist einerlei 13.1: 54
Wie einer ist, so ist sein Gott 13.1: 192
Wie es dampft und braust und sprühet 9: 30
Wie es dir nicht im Leben ziemt 13.1: 12
Wie es in der Welt so geht 13.1: 196
Wie etwas sey leicht 11.1.1: 80; 11.1.2: 56
Wie Feld und Au 1.1: 1008*
Wie fruchtbar ist der kleinste Kreis 13.1: 227
Wie gerne säh' ich jeden stolzieren 13.1: 16
»Wie hast du an der Welt noch Lust 13.1: 107
»Wie hast du's denn so weit gebracht? 18.1: 61
Wie herrlich ist dem die Welt 1.2: 940
Wie herrlich ist die Welt! 13.1: 174
Wie herrlich leuchtet 1.1: 162
Wie ich so ehrlich war 11.1.1: 250; 11.1.2: 41
Wie ihr denkt, oder denken sollt 13.1: 48
Wie im Auge mit fliegenden Mücken 13.1: 221
Wie im Morgenglanze 3.2: 33; 1.1: (233)
Wie im Morgenrot 1.1: 233; 3.2: 33
Wie im Winter die Saat 4.1: 774, 834
Wie irrig wähnest du 11.1.1: 102; 11.1.2: 34
»Wie ist denn wohl ein Theaterbau?« 13.1: 206
»Wie ist dir's doch so balde 13.1: 16
Wie ist heut mir doch zu Mute! 17: 427
Wie Kirschen und Beeren behagen 9: 139
Wie kommen mir doch die Leute für! 18.1: 9
Wie kommt's, daß du so traurig bist 6.1: 82
Wie kommt's daß man an jedem Orte 11.1.1: 159; 11.1.2: 60
»Wie konnte *der* denn *das* erlangen?« 9: 143
Wie lang' wirst ohne Hand und Fuß 11.1.2: 176
Wie lange harren wir gewisser Kunde! 9: 63
»Wie mag ich gern und lange leben?« 13.1: 105
Wie magst du ruhig fort erfahren 18.1: 85
Wie man die Könige verletzt 13.1: 224
Wie man Geld und Zeit vertan 9: 94
Wie man mit Vorsicht auf der

Erde wandelt 11.1.1: 87; 11.1.2: 255
»Wie man nur so leben mag? 17: 16
Wie manche liebliche Mutter 2.1: 596
Wie mancher auf der Geige fiedelt 13.1: 214
Wie mancher Mißwillige schnuffelt 18.1: 67
Wie mir dein Buch gefällt? 18.1: 69
Wie! Mit innigstem Behagen 11.1.1: 147; 11.1.2: 92
Wie Natur im Vielgebilde 17: 143, 485
Wie nimmt ein leidenschaftlich Stammeln 9: 96
Wie reizend war der Tag 2.1: 89
»Wie reizt doch das die Leute so sehr? 13.1: 206
Wie's aber in der Welt zugeht 18.1: 59
Wie schlimm es einem Freund ergangen 13.1: 72
Wie seit seinen Jünglings-Jahren 13.1: 169; 13.2: 62
Wie sich am Meere Mann um Mann befestigt 13.1: 61; 13.2: 107
Wie sie die Glieder verrenken 4.1: 803
Wie sie klingeln die Pfaffen! 3.2: 87, 119, 126
Wie sie knallen die Peitschen! 4.1: 725, 805
Wie sie mit ihrer Moral 4.1: 698, (763)
Wie sie mit ihrer reinen Moral 4.1: 763, (698)
Wie sie sich quälen 4.1: 710
Wie sind die Vielen doch beflissen? 18.1: 58
Wie sitzt mir das Liebchen? 11.1.1: 173
Wie so bunt der Kram gewesen 9: 94
Wie? So ist wirklich bei euch 4.1: 733, 823
»Wie soll ich meine Kinder unterrichten? 13.1: 208
Wie sollen wir denn da gesunden 13.1: 206
Wie sollt' ich heiter bleiben 11.1.1: 132; 11.1.2: 81
»Wie ungeschickt habt ihr euch benommen 11.1.1: 231; 11.1.2: 57
Wie unterscheidet sich 4.1: 681
Wie verfährt die Natur 4.1: 710, 777, 838
Wie viel Äpfel verlangst du 6.1: 38
Wie viel hundert Gelehrte 4.1: 826
Wie von der künstlichen Hand geschnitzt 3.2: 133, (95)
Wie von der künstlichsten Hand geschnitzt 3.2: 95, (133)
Wie? Wann? und Wo? die Götter bleiben stumm 9: 117
»Wie weißt du dich denn so zu fassen?« 13.1: 49
»Wie weit soll das noch gehn! 13.1: 52
Wie wir dich in unsrer Mitte 9: 10
Wie wir einst so glücklich waren! 9: 93
Wie wollten die Fischer sich nähren und retten 9: 139
Wieder einen Finger schlägst du mir ein! 11.1.1: 243; 11.1.2: 122
Wiederfinden 11.1.2: 88; 13.1: 145; 11.1.1: (126)

Wiederholen kann jener 4.1: 701, (766)
Wiederholen zwar kann der Verstand 4.1: 766, (701)
Wiederholt euch doch nicht! 4.1: 826
Wiederholung 4.1: 695, 795
Wiedersehen, Das 4.1: 659
Wiegenlied dem jungen Mineralogen Wolfgang v. Goethe. Den 21 April 1818 (Singen sie Blumen der kindlichen Ruh) 11.1.1: 201*
Wieland, wie reich ist dein Geist! 4.1: 712, 781
Wieland zeigt sich nur selten 4.1: 726, 807
Wilde Stürme, Kriegeswogen 13.1: 131
Wilhelm Meisters Wanderjahre (Die Wanderjahre sind nun angetreten) 17: 9
WILHELM TISCHBEINS IDYLLEN 13.1: 169
Will der Feder zartes Walten 13.1: 131
Will der Knabe nicht hören 2.1: 88
Will der Neid sich doch zerreißen 11.1.1: 81; 11.1.2: 59
Will der *Witz* nicht gelingen 4.1: 701
Will Einer in die Wüste pred'gen 9: 127
Will einer sich gewöhnen 13.1: 211
Will ich die Blumen 4.1: 656
Will ich euch aber Pedanten benennen 13.1: 54
Will, in Albions Bezirken 13.1: 114
Will Licht einem Körper sich vermählen 9: 119
Will sich's wohl ziemen 13.1: 70
Will Vogelfang dir nicht geraten 9: 125
Willkomm und Abschied 3.2: 15
WILLKOMMEN! 9: 113
»Willst dich nicht gern vom Alten entfernen? 13.1: 193
Willst du alles vertilgen 4.1: 704, 798
Willst du das Gute tun, mein Sohn 9: 131
Willst du dem schlechten den Preis verschaffen? 4.1: 702
Willst Du den *März* nicht ganz verlieren 13.1: 176
Willst du der getreue Eckart sein 9: 112
Willst du dich als Dichter beweisen 13.1: 103; 20.1: 671
Willst du dich am Ganzen erquicken 9: 117
Willst du dich deines Wertes freuen 9: 127
Willst du dich selber erkennen 4.1: 699, 760
Willst du die Freuden der Liebe 3.2: 109, 120, (143)
Willst du dir aber das Beste tun 9: 122
Willst du dir ein gut Leben zimmern 11.1.1: 420, (55); 18.1: 32
Willst du dir ein hübsch Leben zimmern 11.1.1: 55, (420); 18.1: (32)
Willst du frei sein, mein Sohn! 4.1: 682, 754
Willst du Großes dich erkühnen 13.1: 131
Willst du immer weiter schweifen! 2.1: 41
Willst du in Deutschland wirken 4.1: 769, (744)

Willst du ins Unendliche schreiten 9: 117
Willst du jenem den Preis verschaffen 4.1: 768
Willst du, mein Sohn 4.1: 839
Willst du mich sogleich verlassen! 18.1: 27; 20.3: 949
Willst du mit mir haußen 9: 132
Willst du mit reinem Gefühl 3.2: 143, (109), (120)
Willst du nichts Unnützes kaufen 9: 129
Willst du noch die Teufel bannen 11.1.1: 248
Willst du schon zierlich erscheinen? 4.1: 692, 757, 842
»Willst du uns denn nicht auch was gönnen 13.1: 195
»Willst du, was doch Genesene preisen 13.1: 51
Willst du Weihrauchs Geruch erregen 13.1: 200
Willst du wirken als Autor 4.1: 744, (769)
Willst du wirksam sein 18.1: 85
Willst lustig leben 9: 121
Willst nicht Salz und Schmalz verlieren 13.1: 37
Wink 11.1.2: 27; 11.1.1: (35)
WINTER 4.1: 841
Wir begegnen dem Entzücken 9: 58
Wir die Deinen 2.1: 510
Wir Fajaken wir suchen kein Lob 4.1: 690
Wir haben dir Klatsch auf Geklatsche gemacht 11.1.1: 165; 20.1: 416
Wir haben nun den guten Rath gesprochen 11.1.2: 282
Wir hören's oft und glauben's wohl am Ende 9: 37
»Wir kennen dich, du Schalk! 13.1: 49, 163
Wir kommen aus dem Sonnenland 9: 257
Wir kommen in vereinten Chören 2.1: 496
Wir litten schon durch *Kotzebue* 11.1.1: 218
Wir modernen, wir gehn erschüttert 4.1: 815
»Wir quälen uns immerfort 13.1: 200
Wir reiten in die Kreuz' und Quer' 11.1.1: 51
»Wir sind emsig nachzuspüren 11.1.1: 108; 11.1.2: 36
Wir sind vielleicht zu antik gewesen 13.1: 47
Wir singen und sagen vom Grafen 6.1: 79
Wir sollen auf unsern Lorbeern ruhn 18.1: 86
Wir sollten denn doch auch einmal 9: 92
»Wir streben nach dem Absoluten 13.1: 177
Wir versichern auf Ehre 4.1: 712, 811
Wir wandern ferner auf bekanntem Grund 13.1: 60; 13.2: 102
Wir werden nun recht gut geführt 1.1: 248
Wird der Poet nur geboren? 4.1: 783
Wird nur erst der Himmel heiter 9: 95, 116
Wird uns eine rechte Qual zu Teil 9: 130
Wirke Gutes 4.1: 701, 758
Wirke, so viel du magst 4.1: 743
Wirken, Das 4.1: 693
Wirket ein Buch 4.1: 712

Wirket Stunden leichten Webens 13.1: 173; 13.2: 91
Wirkung in die Ferne 9: 22
Wirst du deines Gleichen kennen lernen 9: 118
Wirst du die frommen Wahrheits Wege gehen 13.1: 204
Wirst du in den Spiegel blicken 18.1: 15
»Wirst nicht bei jedem Wander-Schritt 18.1: 60
Wisse daß mir sehr misfällt 11.1.1: 251; 11.1.2: (64)
»Wisse daß mir sehr mißfällt 11.1.2: 64; 11.1.1: (251)
Wissen möchtet ihr gern 4.1: 694
Wissen wollt ihr 4.1: 685
Wissenschaft 4.1: 694, 783
Wissenschaftliches Genie 4.1: 783
Wißt ihr denn auf wen die Teufel lauern 11.1.1: 86; 11.1.2: 23
Wißt ihr denn was Liebchen heiße 11.1.1: 59
Wißt ihr, wie auch der Kleine was ist? 4.1: 683, 754, 839
Wißt ihr wie ich gewiß euch 3.2: 112, 136
Witz und Verstand 4.1: 701, 767
Wo Anmaßung mir wohlgefällt? 9: 131
Wo bist du itzt 1.1: 1008*
Wo die Rose hier blüht 2.1: 101
Wo, du Reuter 1.1: 1008*
»Wo hast du das genommen? 11.1.1: 90; 11.1.2: 47
Wo ich den deutschen Körper zu suchen habe 4.1: 689
Wo ich wohne 13.1: 34
»Wo ist der Lehrer, dem man glaubt?« 9: 139
Wo ist einer der sich quälet 11.1.1: 32
Wo Jahr um Jahr die Jugend sich erneut 13.1: 35
Wo kämen denn die Perlen her 11.1.1: 62
Wo kluge Leute zusammen kommen 11.1.1: 73
Wo man mir Guts erzeigt überall 11.1.1: 137, (139)
Wo man mir guts erzeigt überall 11.1.1: 139, (137)
Wo Parteien entstehn 4.1: 787, 839
Wo recht viel Widersprüche schwirren 13.1: 16
Wo willst du klares Bächlein hin 4.1: 879; 4.2: 719; 8.1: 437
Woche für Woche zieht der Bettelkarren 4.1: 806
Wodurch gibt sich der Genius kund? 4.1: 767
Wofür ich Allah höchlich danke? 11.1.2: 61; 11.1.1: (83)
Woher der Freund so früh und schnelle 4.1: 881
Woher ich kam? Es ist noch eine Frage 11.1.1: 215; 11.1.2: 42
Woher im Mantel so geschwinde? 17: 188, 288
Woher nehmt ihr denn 4.1: 734, 824
Woher wir sind geboren 2.1: 108
Wohin Du trittst, wird uns verklärte Stunde 9: 25
Wohin er auch die Blicke kehrt 2.1: 93
Wohin flüchten wir uns? 4.1: 720, (813)
Wohin wenden wir uns? 4.1: 813, (720)

»Wohin willst du dich wenden?« 13.1: 205
»Wohin wir bei unsern Gebresten 13.1: 198
Wohin? Wohin? / Schöne Müllerin! 4.1: 877; 4.2: 692; 8.1: 415
Wohl kamst du durch 18.1: 61
Wohl unglückselig ist der Mann 9: 127
Wohl! wer auf rechter Spur 13.1: 109
Wohl zu merken! 13.1: 161; 12: (618)
Wohlerleuchtet, glühend-milde 13.1: 183
Wohlfeile Achtung 4.1: 787
Wohne du ewiglich Eines 4.1: 697, 764
Wolf in Schafskleidern, Der 4.1: 678
Wolfische Homeer, Der (Mit hartherzger Kritik) 4.1: 715
Wolfische Homer, Der (Sieben Städte) 4.1: 807, (715)
Wollen die Menschen Bestien sein 9: 132; 19: 233
Wollt es euch etwa nicht behagen 6.1: 425
Wollt', ich lebte noch hundert Jahr 6.1: 88
Wollt ihr zugleich 4.1: 711, 777
Wollte Gott die Menschen belehren 18.1: 72
Wolltet ihr in Leipzigs Gauen 18.1: 78
Wonne der Wehmut 3.2: 22
Wonniglich ist's die Geliebte verlangend im Arme zu halten 3.2: 148, (107)
Wonniglich ists die Geliebte begierig im Arme zu halten 3.2: 107, (148)
Woran erkennst du den Edlen 4.1: 683
Worauf alles ankommt? das ist sehr simpel! 9: 140
Worauf kommt es überall an 11.1.1: 40; 11.1.2: 18
Worauf lauerst du hier? 4.1: 731, 818
Wort und Bilder, Bild und Worte 18.1: 46
Worte, die der Dichter spricht 18.1: 48
Worte sind der Seele Bild 11.1.1: 196; 11.2: 238
Wünscht ihr den Musageten zu sehn 4.1: 675
Würd ein künstlerisch Bemühen 18.1: 47
Würde des Kleinen 4.1: 754
Würde des Menschen 4.1: 685
Würdig deiner, nicht vorbei zu eilen 9: 113
Würdige Prachtgebäude stürzen 13.1: 170; 13.2: 66
Würdiger Freund, du runzelst die Stirne 4.1: 664
Würdigste, Der 4.1: 754, (683), (839)
Wüßte kaum genau zu sagen 17: 12
Wüßte nicht, was sie Bessers erfinden könnten 9: 125
Wunder kann ich nicht thun 11.1.1: 63
Wunderglaube 11.1.1: 250; 11.1.2: 107
Wunderlichstes Buch der Bücher 11.1.1: 156; 11.1.2: 31
Wundern kann es mich nicht daß Menschen die Hunde so lieben 3.2: 99, 141
Wundern kann es mich nicht daß unser Herr Christus 3.2: 99, 104, 141

Wunsch eines jungen Mädgens 1.1: 144, (126)
Wunsch eines kleinen Mädgen 1.1: 126, (144)
⟨Wunsch, für Herrn Direktor Lenz⟩ 13.1: 71

X hat sich nie des Wahren beflissen 13.1: 55
Xenien 4.1: 776
Xenien (Coffers führen wir nicht) 4.1: 776, (677)
Xenien (Distichen sind wir) 4.1: 677, 776
Xenien (Muse, wo führst du) 4.1: 728, 815
Xenien (Nicht doch!) 4.1: 819
Xenien, Die (Was uns ärgert) 4.1: 707, 800
Xenien nennet ihr euch? 4.1: 819
Xenien? ruft ihr 4.1: 675

Zahme Xenien aus dem Nachlass 18.1: 58
Zahme Xenien ⟨I⟩ 13.1: 9
Zahme Xenien II. Mit Bakis Weissagen untermischt 13.1: 47
Zahme Xenien III 13.1: 103
Zahme Xenien IV 13.1: 191
Zahme Xenien V 13.1: 205
Zahme Xenien VI 13.1: 221
Zart Gedicht, wie Regenbogen 9: 134
Zarte, schattende Gebilde 11.1.1: 202
Zarter Blumen leicht Gewinde 13.1: 125
Zauberlehrling, Der 4.1: 874
Zehnmal gelesne Gedanken 4.1: 725, 806
Zeichen der Hunde 4.1: 687
Zeichen der Jungfrau 4.1: 687, 785
Zeichen der Waage 4.1: 687, 785
Zeichen der Zeit 11.1.1: 57
Zeichen der Zwillinge (Kommt ihr) 4.1: 784
Zeichen der Zwillinge (Unter die Zwillinge) 4.1: 686
Zeichen des Bärs (Nächst daran) 4.1: 784
Zeichen des Bärs (Nordwärts strecket) 4.1: 687
Zeichen des Fuhrmanns 4.1: 686, 784
Zeichen des Krebses 4.1: 687, 785
Zeichen des Löwen 4.1: 687, 785
Zeichen des Pegasus 4.1: 688, 786
Zeichen des Raben 4.1: 687, 785
Zeichen des Schützen 4.1: 688, 786
Zeichen des Skorpions 4.1: 688, 785
Zeichen des Steinbocks 4.1: 688, 786
Zeichen des Stiers 4.1: 686, 784
Zeichen des Wassermanns 4.1: 688, 786
Zeichen des Widders 4.1: 686, 784
Zeig' ich die Fehler des Geschlechts 13.1: 14
Zeit 4.1: 703
Zeit und Zeitung 11.1.1: 57
Zeitmaß 2.1: 102, (604)
Zeitpunkt, Der 4.1: 780
Zeitschriftsteller, Der 4.1: 680
Zelebrität 9: 83

Zelters Siebzigster Geburtstag (Lasset heut am edlen Ort) 18.1: 34
Zelters Siebzigster Geburtstag (Schmückt die priesterlichen Hallen) 18.1: 29
Zerbrach einmal eine schöne Schaal' 11.1.1: 250; 11.1.2: 107
Zergliederer, Der 4.1: 761, (695)
Zerstörung Magdeburgs, Die 6.1: 30
Zeugen der Wahrheit 4.1: 826
Zevs zur Venus 4.1: 682
Ziblis. Eine Erzählung 1.1: 98
Ziehn die Schafe von der Wiese 18.1: 16
Zierde wärst du der Gärten 4.1: 750, 773, 833
Zieret Stärke den Mann 3.2: 74, 75
Zierlich Denken und süß Erinnern 9: 135
Zirrus 12: 472; 13.1: (159)
Zu dem erbaulichen Entschluß 4.1: 655
Zu dem Guten, zu dem Schönen 13.1: 119
Zu dem Strande! zu der Barke! 9: 53
Zu den Toten immer das Beste 4.1: 719
Zu der Apfel-Verkäuferin 13.1: 39; 20.1: 600
Zu des einzigen Tages Feste 9: 44
Zu des Rheins gestreckten Hügeln 11.1.1: 173; 11.2: 89
⟨Zu einem Bilde von Frankfurt am Main⟩ 13.1: 185
Zu einem Ölgemälde 13.1: 231
⟨Zu einer Handschrift Friedrichs des Großen⟩ 13.1: 75
Zu Ephesus ein Goldschmied saß 9: 59
Zu erfinden, zu beschließen 11.1.1: 174; 17: 143, 485
Zu Gemälden einer Kapelle 13.1: 175
Zu genießen weiß im Prachern 11.1.1: 64
Zu Goethes Denkmal was zahlest du jetzt? 18.1: 66
⟨Zu Herders Abhandlung »Nemesis. Ein lehrendes Sinnbild«⟩ 2.1: 106
Zu lieblich ists, ein Wort zu brechen 4.1: 902
⟨Zu meinen Handzeichnungen⟩ 13.1: 59
Zu Regenschauer und Hagelschlag 13.1: 180
Zu seinem Besten will er nicht genötigt 9: 91
Zu unsres Lebens oft getrübten Tagen 6.1: 97*
Zu verschweigen meinen Gewinn 9: 106; 20.1: 346
Zu was Ende die griechischen Namen 4.1: 724, 810
Zu was Ende die welschen Namen 4.1: 810, (724)
Zu wünschen hab ich nichts 18.1: 85
Zu würdiger Umgebung Deines Bildes 9: 76
Zucht 4.1: 699, 761
Zücht'ge den Hund, den Wolf magst du peitschen 9: 124
züchtige Herz, Das 4.1: 803, (681)
Zueignung (Da sind sie nun!) 1.1: 152
Zueignung (Der Morgen kam) 2.1: 93
Zueignung (Ihr naht euch wieder) 6.1: 535

Zueignung an P⟨rinzessin⟩ C⟨aroline⟩ v⟨on⟩ W⟨eimar⟩ 9: 9
Zünde Licht an 3.2: 62, 63
Zürnet nicht ihr Frauen 3.2: 98
Zuerst im stillsten Raum entsprungen 13.1: 182
Zufällige, Das 13.1: 156, 501; 11.1.1: (189); 12: (91)
Zug Lappländer, Ein 2.1: 496
Zugabe 1.1: 184
Zugemeßne Rhythmen 11.1.1: 34; 11.1.2: 26
Zum Beginnen, zum Vollenden 13.1: 130
Zum bequemen Gedächtnis 3.2: 153
Zum Bildchen von Ulrichs Garten 6.1: 53
⟨Zum Bilde der Prinzeß Marie⟩ 18.1: 13
Zum XXX. Januar MDCCCXIV 9: 93
Zum ein und zwanzigsten Juni 9: 23
Zum ewigen Frieden 4.1: 683, 754, (840)
Zum ewigen Krieg 4.1: 683, 755, (840)
Zum Geburtstag 4.1: 716, 809
⟨Zum 64. Geburtstag des Freiherrn von Ziegesar⟩ 9: 36
Zum Geburtstag, mit meinen kleinen Gedichten (Wenn Kranz auf Kranz) 11.1.1: 184*
Zum Kessel sprach der neue Topf 11.1.1: 211; 11.1.2: 109
Zum neuen Jahr (Zwischen dem Alten) 6.1: 52
⟨Zum neuen Jahr. 1779⟩ (Du machst die Alten jung) 2.1: 44
Zum XVI. Februar MDCCCXIV 9: 101
Zum sechzehnten Februar (1810) 9: 257
Zum starren Brei erweitert 13.1: 107
Zum Tanze schick ich dir den Strauß 2.1: 59
⟨Zum 64. Geburtstag des Freiherrn von Ziegesar⟩ 9: 36
Zum 24. Oktbr 1820 13.1: 42
Zum vierzehnten Mai 1824 13.1: 100
Zur Abwechslung 4.1: 779, (676)
Zur Erbauung andächtiger Seelen 4.1: 708, 789
Zur Erinnerung guter Stunden 1.1: 269
Zur Erinnerung trüber Tage 11.1.1: 181
Zur Feier (Dem Schützen, doch dem alten nicht) 2.1: 92*
Zur Feyer des sieben und zwanzigsten Septembers 1816 11.1.1: 171
⟨Zur Logenfeier des dritten Septembers 1825⟩ 13.1: 122
Zur *Nation* euch zu bilden 4.1: 787
Zur Strafe dafür 18.1: 70
Zwanzig Begriffe wurden mir neulich diebisch 4.1: 811, (723)
Zwanzig Jahre lies ich gehn 11.1.1: 133; 11.1.2: (9)
Zwanzig Jahre ließ ich gehn 11.1.2: 9; 11.1.1: (133)
Zwar bin ich nicht seit gestern 2.1: 43
Zwar die vierundzwanzig Ritter 13.1: 41
Zwei der feinsten Lacerten 3.2: 104, 141

zwei Fieber, Die 4.1: 814
Zwei gefährliche Schlangen 3.2: 79
Zwei Jahrzehende kostest du mir 4.1: 718
Zwei Journale gibt er heraus 4.1: 677
Zwei Marien, Die. Zwei Romane 9: 83
Zwei Personen ganz verschieden 13.1: 37
zwei Sinne, Die 4.1: 704
Zwei Worte sind es 9: 21
⟨Zwei Zettel aus dem Nachlaß Susanna v. Klettenbergs⟩ 1.1: 238
Zweie seh' ich! den Großen! 6.1: 34
Zweierlei Arten gibt es 4.1: 684, 755, 840
Zweierlei Dinge laß ich passieren 4.1: 821
Zweierlei Wirkungsarten 4.1: 758, (701)
Zweifelnden, Die 9: 19
Zweimal färbt sich das Haar 6.1: 37
Zweite Epistel 4.1: 664
zweite Ovid, Der 4.1: 780
Zwey Personen ganz verschieden 11.1.1: 229
Zwiespalt 11.1.2: 16; 11.1.1: (16)
Zwischen beiden Welten 13.1: 33
Zwischen dem Alten 6.1: 52
Zwischen Felsen wuchsen hier 2.1: 25
Zwischen heut und morgen 9: 122
Zwischen Lavater und Basedow 1.1: 246
Zwischen oben zwischen unten 13.1: 127, 132
Zwischen Weizen und Korn 9: 43

DRAMATISCHE DICHTUNGEN

Anekdote zu den *Freuden* des jungen Werthers 1.2: 9
Aufgeregten, Die, Politisches Drama in fünf Akten 4.1: 133
⟨Aus der Arbeit an »Der Triumph der Empfindsamkeit«?⟩ 2.1: 36
⟨Aus Shakespeares »Hamlet«⟩ 4.1: 263

Belsazar ⟨Dramenfragment⟩ 1.1: 281
Bürgergeneral, Der, ein Lustspiel in einem Aufzuge 4.1: 94

Caesar ⟨Dramenfragment⟩ 1.1: 386
Circe, Gesänge aus der Oper 4.1: 249
Claudine von Villa Bella. Ein Schauspiel mit Gesang 1.2: 78
Claudine von Villa Bella. Ein Singspiel ⟨Zweite Fassung⟩ 3.1: 360
Clavigo. Ein Trauerspiel 1.1: 697
Concerto dramatico 1.1: 510

⟨Das Hofleben⟩ ⟨Dramatisches Fragment⟩ 2.1: 493
⟨Das⟩ Jahrmarkstfest zu Plundersweilern (Erste Fassung) 1.1: 520
Das Jahrmarkts-Fest zu Plundersweilern (Zweite Fassung) 2.1: 213
Das Mädchen von Oberkirch, ein Trauerspiel in fünf Aufzügen 4.1: 182
Das Neueste von Plundersweilern 2.1: 235
Der Bürgergeneral, ein Lustspiel in einem Aufzuge 4.1: 94
Der Cophta. Als Oper angelegt 3.1: 233
Der Falke 2.1: 492
⟨Der gelöste Prometheus⟩ 4.1: 191
Der Groß-Cophta, ein Lustspiel in fünf Aufzügen 4.1: 9
Der Löwenstuhl 11.1.1: 255
Der Lügner ⟨Komödie nach Corneille⟩ 1.1: 284
⟨Der Mann von funfzig Jahren⟩ ⟨Dramenfragment⟩ 13.1: 239
Der Triumph der Empfindsamkeit. Eine dramatische Grille 2.1: 165
Der Tugendspiegel 1.1: 287
Der Zauberflöte zweiter Teil 6.1: 101
Des Epimenides Erwachen ⟨Festspiel⟩ 9: 195
Des Künstlers Erdewallen. Drama. 1.1: 745
Des Künstlers Vergötterung. Drama 1.1: 748
Die Aufgeregten. Politisches Drama in fünf Akten 4.1: 133
Die Fischerin. Ein Singspiel 2.1: 338
Die Geschwister. Ein Schauspiel in einem Akt 2.1: 113

Die königliche Einsiedlerin 1.1: 283; 2.2: (81)
Die Laune des Verliebten ⟨Schäferspiel⟩ 1.1: 289
Die Mitschuldigen, ein Lustspiel in Einem Akte (1. Fassung) 1.1: 311
Die Mitschuldigen, ein Lustspiel in drei Auzügen (2. Fassung) 1.1: 341
Die Mitschuldigen. Ein Lustspiel (3. Fassung) 2.1: 380
Die natürliche Tochter. Trauerspiel 6.1: 241
Die theatralischen Abenteuer 4.1: 204
Die ungleichen Hausgenossen ⟨Ein Singspiel-Fragment⟩ 2.1: 466
Die vereitelten Ränke, Gesänge aus der Oper 4.1: 216
Die Vögel. Nach dem Aristophanes 2.1: 313

Egmont. Ein Trauerspiel in fünf Aufzügen 3.1: 246
Ein Fastnachtsspiel vom Pater Brey 1.1: 539
Elpenor. Ein Schauspiel (Fragment, erste Prosafassung) 2.1: 357
Elpenor. Ein Trauerspiel (Fragment) 6.1: 506
Epilog zu Schillers Glocke 6.1: 90; 11.1.1: 297, 645
Epimenides Erwachen, Des ⟨Festspiel⟩ 9: 195
Erwin und Elmire, ein Schauspiel mit Gesang 1.2: 12
Erwin und Elmire. Ein Singspiel ⟨Zweite Fassung⟩ 3.1: 330
⟨Estherspiel. Zweite Fassung⟩ 1.1: 530

Falke, Der ⟨Dramatisches Fragment⟩ 2.1: 492
⟨Falstaff⟩ ⟨Dramatisches Fragment⟩ 4.1: 131
Fastnachtsspiel vom Pater Brey, Ein 1.1: 539
Faust (Urfaust) 1.2: 134
Faust. Ein Fragment 3.1: 521
Faust. Eine Tragödie ⟨Faust I⟩ 6.1: 535
Faust. Der Tragödie zweiter Teil ⟨Faust II⟩ 18.1: 103
Feradeddin und Kolaila 11.1.1: 301
Finale zu Johann von Paris 11.1.1: 307, 664
Fischerin, Die. Ein Singspiel 2.1: 338

⟨gelöste Prometheus, Der⟩ 4.1: 191
Gesänge aus der Oper: Circe 4.1: 249
Gesänge aus der Oper: Die vereitelten Ränke 4.1: 216
Geschichte Gottfriedens von Berlichingen mit der eisernen Hand 1.1: 387
Geschwister, Die. Ein Schauspiel in einem Akt 2.1: 113
Götter Helden und Wieland, eine Farce. 1.1: 681
Götz von Berlichingen mit der eisernen Hand. Ein Schauspiel 1.1: 549
Götz von Berlichingen mit der eisernen Hand. Schauspiel in fünf Aufzügen ⟨Bühnenfassung⟩ 6.1: 348
Groß-Cophta, Der, ein Lustspiel in fünf Aufzügen 4.1: 9

Hanswursts Hochzeit oder Der Lauf der Welt, ein mikrokosmisches Drama 1.2: 122
Helena im Mittelalter. (Episode zu »Faust«) 6.1: 327
⟨Hofleben, Das⟩ ⟨Dramatisches Fragment⟩ 2.1: 493

Iphigenie auf Tauris. Ein Schauspiel 3.1: 161
Iphigenie in Tauris ⟨Erste Prosafassung⟩ 2.1: 247

Jahrmarktsfest zu Plundersweilern (Erste Fassung) 1.1: 520
Jahrmarkts-Fest zu Plundersweilern, Das (Zweite Fassung) 2.1: 213
Jery und Bätely. Ein Singspiel 2.1: 292

Kantate zum Reformations-Jubiläum und Denkmal für Luther 11.1.1: 311
königliche Einsiedlerin, Die 1.1: 283; 2.2: (81)
Künstlers Apotheose. Drama 3.1: 418

Laune des Verliebten, Die ⟨Schäferspiel⟩ 1.1: 289
Lila ⟨Ein Festspiel mit Gesang und Tanz⟩ 2.1: 131
Lügner, Der ⟨Komödie nach Corneille⟩ 1.1: 284

Mädchen von Oberkirch, Das, ein Trauerspiel in fünf Aufzügen 4.1: 182
Mahomet ⟨Dramatisches Fragment⟩ 1.1: 516
Mahomet (nach Voltaire, 1802) 6.1: 127
⟨Mann von funfzig Jahren, Der⟩ ⟨Dramen-Entwurf⟩ 13.1: 239
Mitschuldigen, Die, ein Lustspiel in Einem Akte (1. Fassung) 1.1: 311
Mitschuldigen, Die, ein Lustspiel in drei Aufzügen (2. Fassung) 1.1: 341
Mitschuldigen, Die. Ein Lustspiel (3. Fassung) 2.1: 380

Nachspiel zu den Hagestolzen 11.1.1: 284
natürliche Tochter, Die. Trauerspiel 6.1: 241
⟨Nausikaa⟩ 3.1: 229
Neueste von Plundersweilern, Das 2.1: 235

Palaeophron und Neoterpe ⟨Festspiel⟩ 6.1: 335
Pandora. Ein Festspiel 9: 151
Pantomimisches Ballett 2.1: 500
Phaeton, Tragödie des Euripides 13.1: 301
Prolog zu den neuesten Offenbarungen Gottes 1.1: 694
Prometheus 1.1: 669
⟨Prometheus, Der gelöste⟩ 4.1: 191
Proserpina. Ein Monodrama 2.1: 161

Requiem, dem frohsten Mann des Jahrhunderts 11.1.1: 280
Revision 1780 2.1: 494
Rinaldo 9: 53

Satyros oder der vergötterte Waldteufel. Drama. 1.1: 654
Schema zu einem Vorspiel bei

Eröffnung des neuen Hamburger Theaters 18.1: 93
Scherz, List und Rache. Ein Singspiel 2.1: 425
Stella. Ein Schauspiel für Liebende (Erste Fassung) 1.2: 37
Stella. Ein Trauerspiel (Zweite Fassung) 6.1: 462

Tancred (nach Voltaire) 6.1: 181
theatralischen Abenteuer, Die 4.1: 204
Torquato Tasso. Ein Schauspiel 3.1: 426
Torquato Tasso. Ein Schauspiel ⟨Bühnenfassung⟩ 6.1: 674
Tragödie aus der Zeit Karls des Großen 9: 186
Triumph der Empfindsamkeit, Der. Eine dramatische Grille 2.1: 165
Tugendspiegel, Der 1.1: 287

⟨Ulysses auf Phäa⟩ 3.1: 222
ungleichen Hausgenossen, Die ⟨Ein Singspiel-Fragment⟩ 2.1: 466
Urfaust 1.2: 134

vereitelten Ränke, Die, Gesänge aus der Oper 4.1: 216
Vögel, Die. Nach dem Aristophanes 2.1: 313

Was wir bringen ⟨Vorspiel zur Eröffnung des neuen Schauspielhauses zu Lauchstädt 1802⟩ 6.1: 750
⟨Zweite Fassung des Esther-spiels⟩ 1.1: 530

Maskenzüge

Aufzug der vier Weltalter 2.1: 511
Aufzug des Winters 2.1: 497
⟨Aus dem Maskenzug zum 30. Januar 1809⟩ 9: 244

Die romantische Poesie (1810) 9: 245
Die weiblichen Tugenden 2.1: 510

Ein Zug Lappländer 2.1: 496
⟨Erläuterung zu den Maskenzügen⟩ 2.1: 495

Maskenzug 1801 6.1: 786
Maskenzug 1802 6.1: 787
Maskenzug 1806 6.1: 789
Maskenzug 1818 11.1.1: 321
Maskenzug russischer Nationen zum 16. Februar 1810 9: 252

Pantomimisches Ballett 2.1: 500
Planetentanz 2.1: 514

romantische Poesie, Die. Stanzen zu Erklärung eines Maskenzugs (1810) 9: 245

⟨Von Goethe später verfaßte Erläuterung zu den Maskenzügen⟩ 2.1: 495

weiblichen Tugenden, Die 2.1: 510

Zug Lappländer, Ein 2.1: 496
Zum sechzehnten Februar (1810) 9: 257

Theaterreden

An die Herzogin Amalia 6.1: 749

Die ersten Erzeugnisse der Stotternheimer Saline 18.1: 98; 20.3: 904

Eleonore ⟨Zum Einakter »Die Wette«⟩ 9: 67
Epilog. *Den letzten Dezember 1791* 4.1: 196
Epilog. Gesprochen den 11. Juni 1792 4.1: 198
Epilog zu Schillers Glocke 6.1: 90; 11.1.1: 297, 645
Epilog zum Trauerspiele Essex 9: 262
ersten Erzeugnisse der Stotternheimer Saline, Die 18.1: 98; 20.3: 904

Prolog ⟨1802 zu »Was wir bringen«⟩ 6.1: 784
Prolog (1811) ⟨Zur Eröffnung der ersten Gastspielserie des Weimarischen Theaters in Halle⟩ 9: 258
Prolog. Bei Eröffnung der Darstellungen des Weimarischen Hoftheaters in Leipzig den 24. Mai 1807 9: 233
Prolog. Gesprochen den 1. Oktober 1791 4.1: 194
Prolog. Gesprochen den 7. Mai 1791 4.1: 192
Prolog von Schiller ⟨zu Wallenstein; von Goethe bearbeitet⟩ 6.2: 663
⟨Prolog zu dem dramatischen Gedicht Hans Sachs von Deinhardstein⟩ 18.1: 96
Prolog zu dem Schauspiel *der Krieg,* von Goldoni 4.1: 200
Prolog zu Eröffnung des Berliner Theaters im Mai 1821 13.1: 241
Prolog zum Lustspiel *Alte und neue Zeit,* von Iffland 4.1: 202

Vorspiel zu Eröffnung des Weimarischen Theaters (1807) 9: 235

⟨Wallenstein. Prolog von Schiller⟩ 6.2: 662
⟨Wallenstein. Prolog von Schiller. Von Goethe bearbeitet⟩ 6.2: 663
Was wir bringen ⟨Vorspiel zur Eröffnung des Theaters in Halle 1814⟩ 9: 268

Zu Wallensteins Lager. Als die Weimarschen Freiwilligen ausmarschierten 9: 266

PROSAWERKE UND EPEN

Achilleis 6.1: 793
Arianne an Wetty 1.2: 192
⟨Aus Homers »Odyssee« und »Ilias«⟩ 4.1: 645
Aus Makariens Archiv 17: 688, 831

Bekenntnisse einer schönen Seele 5: 360
Beschreibung einer Schweizer Landschaft 1.2: 300
Betrachtungen im Sinne der Wanderer 17: 513, 801
Brief des Pastors zu *** an den neuen Pastor zu *** 1.2: 423
Briefe aus der Schweiz. Erste Abteilung ⟨Unter Werthers Papieren gefunden⟩ 4.1: 630

Das nußbraune Mädchen 17: 55, 360
Der Hausball 2.2: 333
Der Lilienstengel 17: 34, 258
Der Mann von funfzig Jahren ⟨Wilhelm Meisters Wanderjahre⟩ 17: 96, 398
Der neue Paris. Knabenmärchen 16: 57
Der Sammler und die Seinigen 6.2: 76
Die Flucht nach Ägypten 17: 17, 241
Die Geheimnisse. Ein Fragment 2.2: 339
Die guten Frauen 6.1: 816
Die Heimsuchung 17: 29, 254
Die Leiden des jungen Werthers (Entwurf) 1.2: 196
Die Leiden des jungen Werthers (Erste Fassung) 1.2: 197
⟨Die⟩ Leiden des jungen Werthers (Zweite Fassung) 2.2: 349
Die neue Melusine 17: 160, 583
Die pilgernde Törin 17: 184, 284
Die Wahlverwandtschaften 9: 283
Dritte Wallfahrt nach Erwins Grabe 1.2: 303

⟨Einfälle und Notizen 1774/1775⟩ 1.2: 500

Flucht nach Ägypten, Die 17: 17, 241

Geheimnisse, Die. Ein Fragment 2.2: 339
guten Frauen, Die 6.1: 816

Hausball, Der 2.2: 333
Heimsuchung, Die 17: 29, 254
Herrmann und Dorothea 4.1: 551

Judenpredigt 1.2: 191

Kunst die Spröden zu fangen. Erste Erzählung 1.1: 103
Kunst die Spröden zu fangen. Zwote Erzählung 1.1: 105

Lehrbrief ⟨Wilhelm Meisters Lehrjahre⟩ 5: 497
Leiden des jungen Werthers, Die (Entwurf) 1.2: 196
Leiden des jungen Werthers, Die (Erste Fassung) 1.2: 197

Leiden des jungen Werthers (Zweite Fassung) 2.2: 349
Lilienstengel, Der 17: 34, 258

Märchen (zur Fortsetzung der Unterhaltungen deutscher Ausgewanderten) 4.1: 519
Mann von funfzig Jahren, Der ⟨Wilhelm Meisters Wanderjahre⟩ 17: 96, 398

neue Melusine, Die 17: 160, 583
neue Paris, Der. Knabenmärchen 16: 57
Nicht zu weit 17: 622
Novelle 18.1: 353
nußbraune Mädchen, Das 17: 55, 360

pilgernde Törin, Die 17: 184, 284

Reineke Fuchs. In zwölf Gesängen 4.1: 282
Reise der Söhne Megaprazons 4.1: 267

Salomons Königs von Israel und Juda güldne Worte 1.2: 446
Sammler und die Seinigen, Der 6.2: 76
Sanct Joseph der Zweite 17: 22, 247
Späne ⟨Einfälle und Notizen⟩ 1.2: 500*

Unterhaltungen deutscher Ausgewanderten 4.1: 436

Wahlverwandtschaften, Die 9: 283
Wer ist der Verräter? 17: 317
Wilhelm Meisters Lehrjahre 5: 3
Wilhelm Meisters theatralische Sendung 2.2: 9
Wilhelm Meisters Wanderjahre oder die Entsagenden (1821) 17: 7
Wilhelm Meisters Wanderjahre oder die Entsagenden (1829) 17: 239
Wo stickt der Verräter? 17: 202

Zwo wichtige bisher unerörterte biblische Fragen 1.2: 434

LABORES JUVENILES

Anweisung zur teutsch-hebräischen Sprache 1.1: 68

⟨Briefe Friedrichs II.⟩ 1.1: 64

Colloquium Pater et Filius (Ist es erlaubt) 1.1: 15
Colloquium Pater et Filius (Was machstu da) 1.1: 25
Colloquium Wolfgang et Maximilian 1.1: 21

Der Wolf und das Lamm (Aesopus) 1.1: 70
Der Wolf und das Lamm (Phaedrus) 1.1: 71
Die Frösche (Aesopus) 1.1: 71
Die Frösche (Phaedrus) 1.1: 72
Die Füchse (Aesopus) 1.1: 70

⟨Etliche Übungen⟩ 1.1: 36
Exemplum Avtocheiriae 1.1: 33
⟨Exercitia privata I-XVI⟩ 1.1: 9
⟨Exercitia privata XVII, XVIII⟩ 1.1: 29

Fabeln 1.1: 70
Frösche, Die (Aesopus) 1.1: 71
Frösche, Die (Phaedrus) 1.1: 72
Füchse, Die (Aesopus) 1.1: 70

Hosea VI.1 1.1: 63

LABORES JUVENILES 1.1: 7

⟨Phaetonerzählung⟩ 1.1: 61

⟨Stech-Schriften⟩ 1.1: 30, 35
⟨Über die Rangordnung der christlichen Feiertage⟩ 1.1: 53
⟨Über die Trinität⟩ 1.1: 56, 60
⟨Über die Tugend und Gelehrsamkeit⟩ 1.1: 59

Wolf und das Lamm, Der (Aesopus) 1.1: 70
Wolf und das Lamm, Der (Phaedrus) 1.1: 71

Zeus und die Schlange (Aesopus) 1.1: 70

MAXIMEN UND REFLEXIONEN

Die Ziffern in eckigen Klammern verweisen auf die Numerierung der Maximen und Reflexionen nach Hecker, die im Textteil am Rand steht.

Abbildungen, Wortbeschreibung [157] 17: 745
Aber die Menschen vermögen nicht [621] 17: 832
Aber in einem jeden Kreise [481] 17: 808
Aber man muß wissen wo man steht [989] 17: 887
Abstumpfen des Geistes [1340] 17: 941
Älteres, beinahe Veraltetes [419, 420] 17: 794
Aemilium Paulum [228] 17: 754
Albrecht Dürern förderte [1089] 17: 901
Alle Empiriker streben nach der Idee [803] 17: 862
Alle Ganz- und Halbpoeten [386] 17: 786
Alle Gegner einer geistreichen Sache [121] 17: 741
Alle Gesetze sind Versuche [831] 17: 867
Alle Gesetze sind von Alten [686] 17: 843
Alle Hypothesen hindern [1221] 17: 922
Alle Individuen und wenn sie tüchtig sind [1182] 17: 916
Alle Krystallisationen [1394] 17: 950
Alle Liebe bezieht sich auf Gegenwart [388] 17: 786
Alle Männer vom Fach sind [1263] 17: 928
Alle Menschen, wie sie zur Freiheit [345] 17: 779
Alle Mystik ist ein Transcendieren [336] 17: 778
Alle praktische Menschen [924] 17: 878
Alle Travers die veralten [93] 17: 737
Alle unmittelbare Aufforderung zum Ideellen [802] 17: 862
Alle Verhältnisse der Dinge Wahr [1379] 17: 947
Alle Wirksamkeit ist stärker [1368] 17: 946
Allein kann der Mensch nicht [421] 17: 795
Allen andern Künsten [361] 17: 782
Alles Abstrakte wird durch Anwendung [530] 17: 816
Alles Gescheite ist schon gedacht worden [441] 17: 801
Alles Ideelle, sobald es vom Realen [315] 17: 775
Alles ist einfacher [1209] 17: 920
Alles ist gleich [623] 17: 832
Alles kommt bei der Mission darauf an [826] 17: 866
Alles Lebendige bildet eine Atmosphäre [435] 17: 798
Alles Lyrische muß im Ganzen [130] 17: 742
Alles Prägnante [1101] 17: 903
Alles Spinozistische in der

poetischen Production [322] 17: 776
Alles Vortreffliche beschränkt uns [348] 17: 780
Alles wahre Apperçu [416] 17: 792
Alles was entsteht sucht sich Raum [1252] 17: 927
Alles was im Subjekt ist [1376] 17: 947
Alles, was man (in Wissenschaften) fordert [1162] 17: 913
Alles was unsern Geist befreit [504] 17: 812
Alles was wir Erfinden [562] 17: 822
Alles, was wir treiben [303] 17: 773
Allgemeine Begriffe [471] 17: 806
Allgemeines Causal-Verhältnis [222] 17: 753
Als drittes entwickelt sich [393] 17: 788
Als getrennt muß sich darstellen [573] 17: 824
Als wenn man um dem Sohn [1323] 17: 939
Also war in der Kunst noch [637] 17: 834
Altes Fundament ehrt man [548] 17: 819
Am widerwärtigsten sind [566] 17: 823
An meinen Bildern müßt ihr nicht schnuffeln [1123] 17: 906
Anaxagoras / lehrt [1191] 17: 917
Anstatt meinen Worten zu widersprechen [114] 17: 740
Anthropomorphism [1306] 17: 937
Antike Tempel / concentrieren den Gott [1134] 17: 908
Aphorismen [1064–1134] 17: 898
⟨Aphoristisch⟩ [391–395] 17: 788
Apokrypha [822] 17: 865
Arden von Feversham [358] 17: 781
Auch Bücher haben ihr *Erlebtes* [231] 17: 756
Auch einsichtige Menschen [768] 17: 857
Auch gefallen mir die Definitionen nicht [757] 17: 856
Auch in Wissenschaften kann man eigentlich nichts wissen [415] 17: 792
Auch jetzt im Augenblick [760] 17: 856
Auch zu schmecken ist sie [1301] 17: 936
Auf ähnliche, ja! gleiche Weise [409] 17: 791
Auf den heiligen Joseph [64] 17: 733
Auf der Recitation ruht alle Declamation [737] 17: 853
Auf die primären, die Ur-Versuche [613] 17: 830
Auf diese heitere Paradoxie [718] 17: 849
Aufklärung ⟨Zu: Wenn man alle Gesetze studieren sollte⟩ [zu 207] 13.1: 520; 17: 754
Aufrichtig zu sein, kann ich versprechen [184] 17: 749
Aus dem Größten wie aus dem Kleinsten [1225] 17: 922
Aus dem Himmel wurden [669] 17: 841
⟨Aus dem Nachlaß⟩ [799–1413] 17: 862

Aus der Natur, nach welcher Seite hin [1409] 17: 953
⟨Aus: Die Wahlverwandtschaften. 1809⟩ [1–57] 17: 720
Aus Makariens Archiv [617–798] 17: 831
⟨Aus: Materialien zur Geschichte der Farbenlehre. 1810⟩ [I–XVI] 17: 726
Aus Ottiliens Tagebuche [1–57] 17: 720
⟨Aus: Über Kunst und Altertum. I, 3 1817⟩ [58–66] 17: 732
⟨Aus: Über Kunst und Altertum. II, 3 1820⟩ [67–68] 17: 734
⟨Aus: Über Kunst und Altertum. III, 1 1821⟩ [69–165] 17: 735
⟨Aus: Über Kunst und Altertum. IV, 2 1823⟩ [166–229] 17: 747
⟨Aus: Über Kunst und Altertum. V, 1 1824⟩ [230–257] 17: 756
⟨Aus: Über Kunst und Altertum. V, 2 1825⟩ [258–280] 17: 761
⟨Aus: Über Kunst und Altertum. V, 3 1826⟩ [281–381] 17: 771
⟨Aus: Über Kunst und Altertum. VI, 1 1827⟩ [382–390] 17: 786
Aus vielen Skizzen endlich [1124] 17: 906
⟨Aus: Wilhelm Meisters Lehrjahre. 1796⟩ 17: 717
⟨Aus: Wilhelm Meisters Wanderjahre. 1829⟩ [441 –798] 17: 801
⟨Aus: Zur Naturwissenschaft überhaupt. 2. Bd., 1. Heft. 1823⟩ [419 –440] 17: 794
Ausgezeichnete Personen [88] 17: 737
Autorität, daß nämlich etwas schon einmal [547] 17: 819
Autorität. Ohne sie kann der Mensch [1174] 17: 915

Bedenklichstes [67, 68] 17: 734
»Begegnet uns Jemand [4] 17: 720
Begreiflich ist jedes Besondere [564] 17: 823
Begriff ist *Summe* [1135] 17: 909
Beharre, wo du stehst! [549] 17: 819
Beharren eines jeden im Character [1349] 17: 943
Bei Betrachtung der Natur [593] 17: 827
Bei Betrachtung von Kunstwerken [1360] 17: 944
Bei den Controversen [1386] 17: 949
Bei den Griechen [1029] 17: 892
Bei den vielfachsten Studien [777] 17: 859
Bei Erweiterung des Wissens [1268] 17: 929
Bei Gelegenheit der Berlinischen Vorbilder [1130] 17: 907
Bei jedem Kunstwerk [224] 17: 754
Bei leichter Berührbarkeit [775] 17: 858
Bei Naturforschung auf Anordnung [1375] 17: 947
Bei Unvorsichtigkeiten ist nichts gewöhnlicher [144] 17: 743

Bei wissenschaftlichen Streitigkeiten [1184] 17: 916
Beide jedoch finden sich im Leben [804] 17: 862
Beim Übersetzen muß man bis ans Unübersetzliche [1056] 17: 896
Beim Zerstören gelten alle falschen Argumente [895] 17: 875
Beispiel von der Rose 17: 942
Beispiele wie sich die Menschen [1334] 17: 941
Bemalung und Punctierung [104] 17: 739
Bes⟨onderes⟩ Vergnügen [1312] 17: 938
Beschaue doch jeder junge Künstler [456] 17: 804
Bescheidenheit gehört in gute geschlossene Gesellschaft [1398] 17: 951
Beschränkt doch den Künstler [1358] 17: 944
Besieht man es genauer [651] 17: 837
Betrachtet man die einzelne frühere Ausbildung [III] 17: 727
⟨Betrachtungen⟩ [I–XVI] 17: 726
Betrachtungen fortgesetzt zu Seite 315 ⟨S. 789⟩ [396–418] 17: 789
Betrachtungen im Sinne der Wanderer [441–616] 17: 801
Bildliche Vorstellung [1003] 17: 889
»Blasen ist nicht flöten [472] 17: 806
Bonus vir semper tiro [283] 17: 771
Brocardicon [384–390] 17: 786
Cantilene / die Fülle der Liebe [1063] 17: 897
Cartesius schrieb sein Buch [1215] 17: 921
Cato ward in seinem Alter [399] 17: 789
Censur und Preßfreiheit [679] 17: 842
Character der, dargestellt [1325] 17: 939
Charakter i⟨m⟩ Großen [839] 17: 867
Charaktere machen oft die Schwäche zum Gesetz [342] 17: 779
Chinesische, Indische, Ägyptische Altertümer [763] 17: 857
Chodowiecky ist ein sehr respektabler [1131] 17: 907
Christliche Mystiker sollte es gar nicht geben [338] 17: 778
Classisch ist das Gesunde, Romantisch das Kranke [1031] 17: 893
Conflikte / Sprünge der Natur [1363] 17: 945
Convertiti stanno, I [211] 17: 752

Da diejenigen welche wissenschaftliche Versuche [1169] 17: 914
Da ich mit der Naturwissenschaft [551] 17: 820
Da nun den Menschen eigentlich nichts interessiert [553] 17: 820
Da seit einiger Zeit meiner Farbenlehre [1292] 17: 935
Da wir denn doch zu dieser allgemeinen Weltberatung [269] 17: 764

»Da wir überzeugt sind [633] 17: 833
Dabei bleibt er ebenso beruhigt [702] 17: 846
Dafür steht ja aber der Mensch so hoch [708] 17: 847
Dagegen aber ist mirs unerträglich [1246] 17: 926
Daher ist das schönste Zeichen [792] 17: 860
Daher kommt daß offenbarte Weisheiten [1266] 17: 929
Darzutun wäre welches der wahre Weg [1283] 17: 932
Das Absurde falsche läßt [881] 17: 873
Das Absurde, mit Geschmack dargestellt [364] 17: 782
Das Abwesende wirkt auf uns durch Überlieferung [535] 17: 817
Das Allgemeine eines solchen Geistes [1204] 17: 919
Das Allgemeine und Besondere [569] 17: 823
Das Altertum setzen wir gern über uns [300] 17: 773
Das Besondere unterliegt [199] 17: 751
Das Beste was wir von der Geschichte haben [495] 17: 811
»Das Betragen ist ein Spiegel [39] 17: 724
Das Christentum steht mit dem Judentum [818] 17: 865
Das deutsche Theater [735] 17: 852
Das eigentlich Unverständige [238] 17: 757
Das eigentlich wahrhaft Gute [135] 17: 742
»Das Eigentümliche [33] 17: 723
Das Einfache durch das Zusammengesetzte [611] 17: 830
Das Element der Lüsternheit [783] 17: 859
Das Erhabene, durch Kenntnis [1139] 17: 909
Das Erhabene für uns [1343] 17: 942
Das Erlebte weiß jeder zu schätzen [400] 17: 790
Das erste und letzte was vom Genie gefordert wird [382] 17: 786
Das Falsche (der Irrtum) [1316] 17: 938
Das Falsche hat den Vorteil [587] 17: 826
Das Faßliche gehört der Sinnlichkeit [333] 17: 777
Das Fürchterlichste ist [1012] 17: 890
Das Fürtreffliche ist unergründlich [227] 17: 754
Das ganze Leben besteht aus / Wollen [915] 17: 877
Das Gedächtnis mag immer [111] 17: 739
Das Gemeine muß man nicht rügen [350] 17: 780
Das genetische Verfahren [1235] 17: 924
Das Genie mit Großsinn [1010] 17: 890
Das Genie übt eine Art Ubiquität [1007] 17: 890
Das Gesetz, das in die Erscheinung tritt [1346] 17: 942
Das Gesicht ist der edelste Sinn [744] 17: 854
Das Glück des Genies [1008] 17: 890
Das große Recht [964] 17: 884
Das Große überkolossale der Natur [1275] 17: 930

Das höchste Glück ist das [524] 17: 815
Das Höchste wäre zu begreifen [575] 17: 824
Das Höchste was wir von Gott [391] 17: 788
Das Interesse an ihnen [693] 17: 844
Das ist die wahre Symbolik [314] 17: 775
Das ist eben das hohe der Mathemat⟨iker⟩ [1390] 17: 949
Das Jahrhundert ist vorgerückt [1167] 17: 914
Das kleinste Haar [82] 17: 736
Das kommt daher, weil das Gewissen [1265] 17: 929
»Das Lächerliche entspringt [13] 17: 721
Das längst Gefundene wird wieder verscharrt [123] 17: 741
Das Leben, so gemein es aussieht [164; 171a] 17: 746, 747
Das Leben vieler Menschen [917] 17: 877
Das Lebendige hat die Gabe [1253] 17: 927
Das Manierierte ist ein verfehltes Ideelle [508] 17: 813
Das Menschliche Liebenswürdige [1361] 17: 944
Das Närrischste ist, daß jeder glaubt [583] 17: 826
Das Naive als Natürlich [60] 17: 732
Das neunzehnte Jahrhundert [1216] 17: 921
Das poetische Talent [732] 17: 851
Das Publicum beklagt sich [1020] 17: 891
Das Publicum will wie Frauenzimmer [1019] 17: 891
Das radicale Übel [863] 17: 870
Das Recht dringt auf Schuldigkeit [544] 17: 819
Das Romantische ist schon in seinen Abgrund [1033] 17: 893
Das schädlichste Vorurteil [700] 17: 845
Das Schöne ist eine Manifestation [183] 17: 749
Das schönste Glück [1207] 17: 919
Das schrecklichste für den Schüler [1132] 17: 907
»Das Schwierige leicht behandelt [55] 17: 725
Das sogenannte aus sich schöpfen [1119] 17: 905
Das sogenannte Romantische [181] 17: 749
Das Tier wird durch seine Organe [1190] 17: 917
Das trocken Naive [1086] 17: 901
Das unheilbare Übel [1400] 17: 951
Das unmittelbare Gewahrwerden der Urphänomene [433] 17: 798
Das Unsterbliche ist nicht dem sterblichen Lebenden [630] 17: 833
Das Unzulängliche widerstrebt [1176] 17: 915
Das Urteil können sie verwehren [874] 17: 872
Das Verhältnis der Künste und Wissenschaften [484] 17: 808
Das Verhältnis zu seiner Frau [784] 17: 859
Das wäre wohl der werteste Professor [1186] 17: 917
Das Wahre (allgemeine) [1004] 17: 889

Das Wahre anerkannte [1399] 17: 951
Das Wahre fördert [596] 17: 828
Das Wahre, Gute und Vortreffliche [1028] 17: 892
Das Wahre ist eine Fackel [236] 17: 757
Das Wahre ist gottähnlich [619] 17: 831
Das *Was* des Kunstwerks [505] 17: 812
Das was man für sie tut [1320] 17: 939
Das werden aber die Menschen nicht lernen [557] 17: 821
Das Wichtigste bleibt jedoch das Gleichzeitige [398] 17: 789
Das Wissen beruht auf der Kenntnis [1151] 17: 911
Das Wissen wird durch das Gewahrwerden [1152] 17: 911
Das Wort: Es solle keiner mit der Geometrie [654] 17: 838
Das Wort Schule [734] 17: 852
Das wunderlichste im Leben [927] 17: 879
Das Zufällig-Wirkliche [103] 17: 738
Das Zurückführen der Wirkung [1244] 17: 926
Daß Christus auf eine Hamletische Weise [1305] 17: 937
Daß das Bedingte zugleich [1372] 17: 946
Daß der Mensch zuletzt Epitomator [995] 17: 888
Daß die bildende Kunst [1038] 17: 894
Daß die Natur die uns zu schaffen macht [1364] 17: 945
Daß die Naturforscher nicht [873] 17: 872
Daß es dem Menschen selten gegeben ist [1374] 17: 947
Daß Friedrich der Große [766] 17: 857
Daß man gerade nur denkt [939] 17: 880
Daß Menschen dasjenige noch zu können glauben [312] 17: 775
Daß Newton bei seinen prismatischen Versuchen [431] 17: 797
Davon kommt dem teilnehmenden Jüngling [408] 17: 791
Dem Klugen kommt das Leben [919] 17: 878
Dem Menschen ist verhaßt [868] 17: 871
Dem tätigen Menschen [100] 17: 738
Dem Verzweiflenden verzeiht man [857] 17: 870
Den Deutschen ist nichts daran gelegen [169] 17: 747
Den einzelnen Verkehrtheiten [280] 17: 768
Den Stoff sieht Jedermann [289] 17: 772
Den teleologischen Beweis [808] 17: 863
Den Timon fragte jemand [243] 17: 758
Denke nur niemand [907] 17: 876
Denken ist interessanter als Wissen [1150] 17: 911
Denn das Gemeine ists [1104] 17: 903
Denn das Gesetz haben die Menschen [624] 17: 832
Denn die Götter lehren uns [622] 17: 832

Denn eben, wenn man Probleme [1402] 17: 952
Denn indem die Form [639] 17: 835
Denn sie sind eigentlich Compendien [692] 17: 844
Denn wenn wir uns dem Altertum [660] 17: 839
Denn wir glauben überzeugt zu sein [665] 17: 840
Der Aberglaube gehört zum Wesen des Menschen [500] 17: 812
Der Aberglaube ist die Poesie [171] 17: 747
Der allgemeine neuere Vulkanismus [602] 17: 829
Der Alte verliert eins der größten Menschenrechte [371] 17: 783
Der Appell an die Nachwelt [209] 17: 752
Der Augenblick ist eine Art von Publicum [909] 17: 876
Der Bach ist dem Müller [527] 17: 816
Der Begriff vom Entstehen [724] 17: 850
Der Conflikt des Individuums [XIII] 17: 730
Der Credit ist eine durch reale Leistungen [947] 17: 881
Der denkende Mensch hat die wunderliche Eigenschaft [591] 17: 827
Der denkende Mensch irrt [1234] 17: 924
Der Despotismus fördert die Autokratie [321] 17: 776
Der Deutsche hat Freiheit [80] 17: 736
Der Deutsche läuft keine größere Gefahr [764] 17: 857
Der Deutsche soll alle Sprachen lernen [978] 17: 885
Der Dichter ist angewiesen [510] 17: 813
Der echte Deutsche [976] 17: 885
Der echte Schüler lernt aus dem Bekannten [620] 17: 832
Der eigentliche Obscurantismus [165] 17: 746
Der eine Bruder brach Töpfe [245] 17: 758
Der eingeborenste Begriff [1236] 17: 924
Der Empirismus zur Unbedingtheit [1373] 17: 946
Der Engländer ist Meister [590] 17: 827
Der Fehler schwacher Geister [1164] 17: 913
Der Fraunhoferische Versuch [1290] 17: 934
Der für dichterische und bildnerische Schöpfungen [662] 17: 839
Der Gemein-Verstand, der als Genie [539] 17: 818
Der gemeine Wissenschäftler [1175] 17: 915
Der geringste Mensch kann complett sein [474] 17: 806
Der Glaube ist ein häuslich [163] 17: 746
Der Granit verwittert [1241] 17: 925
Der grenzenlose Verstand [1308] 17: 937
Der Grund aller theatralischen Kunst [736] 17: 852
Der Handelnde ist immer gewissenlos [241] 17: 758
Der Haß ist ein actives Mißvergnügen [247] 17: 758

Der herrliche Kirchengesang [182] 17: 749
Der Historiker kann und braucht [943] 17: 881
Der Höchste Zweck der Gesellschaft [950] 17: 882
Der Humor entsteht [1006] 17: 889
Der Humor ist eins der Elemente des Genies [65] 17: 733
Der Irrtum ist recht gut [92] 17: 737
Der Irrtum ist viel leichter zu erkennen [166] 17: 747
Der Irrtum verhält sich gegen das Wahre [331] 17: 777
Der Irrtum wiederholt sich immerfort [292] 17: 772
Der ist der glücklichste Mensch [140] 17: 743
Der Kampf des Alten, Bestehenden [346] 17: 779
Der Kampf mit Newton [1294] 17: 935
Der Konflikt des Individuums [XIII] 17: 730*
Der Laie mag das glauben [1075] 17: 899
Der lebendige begabte Geist [1205] 17: 919
Der liebt nicht der die Fehler [843] 17: 868
Der Magnet ist ein Urphänomen [434] 17: 798
Der Mathematiker ist angewiesen auf's Quantitative [1286] 17: 933
Der Mathematiker ist nur in sofern vollkommen [609] 17: 830
Der Mensch, abgesehen von der Herrschaft [387] 17: 786
Der Mensch an sich selbst [706] 17: 846
Der Mensch begreift niemals [203] 17: 751
Der Mensch findet sich mitten unter Wirkungen [597] 17: 828
Der Mensch ist als wirklich in die Mitte [266] 17: 763
Der Mensch ist genugsam ausgestattet [1194] 17: 918
Der Mensch ist nicht glücklich 17: 719
Der Mensch kann nur mit seines Gleichen [1405] 17: 953
Der Mensch muß bei dem Glauben verharren [563] 17: 822
Der Mensch wäre nicht der Vornehmste [122] 17: 741
Der Menschenverstand der eigentlichst aufs Praktische [1201] 17: 918
Der Menschenverstand wird mit dem gesunden Menschen [344] 17: 779
Der mittelmäßigste Roman [1406] 17: 953
Der Müller denkt [138] 17: 743
Der Mysticismus [369] 17: 783
Der Newtonische Irrtum [1293] 17: 935
Der Newtonische Versuch [1288] 17: 934
Der pedantische Purismus [982] 17: 886
Der Philolog ist angewiesen [509] 17: 813
Der rechtliche Mensch denkt [830] 17: 866
Der Rhythmus hat etwas Zauberisches [248] 17: 758
Der Roman ist eine subjektive Epopee [133] 17: 742
Der Romanenheld assimiliert sich alles [1048] 17: 895

Der Scharfsinn verläßt geistreiche Männer [1011] 17: 890
Der Schmutz ist glänzend [137] 17: 743
Der Schnee ist eine erlogene Reinlichkeit [127] 17: 741
Der Schulmann, indem er [661] 17: 839
Der schwache Faden [VI] 17: 728
»Der sinnliche Mensch lacht [14] 17: 721
Der Sprache liegt zwar [1287] 17: 933
Der Tag an und für sich [910] 17: 876
Der Tag gehört dem Irrtum [911] 17: 877
Der Tiger der dem Hirsch [937] 17: 880
Der törigste von allen Irrtümern [254] 17: 759
»Der Umgang mit Frauen [31] 17: 723
Der Undank ist immer eine Art [185] 17: 749
Der unschätzbare Vorteil [730] 17: 851
»Der Verständige findet fast alles lächerlich [15] 17: 721
Der Verständige regiert nicht [687] 17: 843
Der Vorteil, den sich der junge [453] 17: 803
Der Wolf im Schafpelze [850] 17: 869
Der wunderbarste Irrtum [68] 17: 734
Der zur Vernunft geborene Mensch [469] 17: 806
Derjenige, an dem viel zu entwickeln ist 17: 718
Derjenige der sich mit Einsicht [1188] 17: 917
Derjenige ders allen andern zuvortun will [905] 17: 876
Des tragischen Dichters Aufgabe [1050] 17: 896
Deshalb hat die Petersburger Akademie [1212] 17: 920
Deshalb ist die Bibel [335] 17: 777
Deshalb leben Kinder [276] 17: 766
Deswegen läßt sich bemerken [520] 17: 815
Deswegen sagte man ganz richtig [1298] 17: 936
Deswegen sind Bücher willkommen [1270] 17: 929
Deutlichkeit ist eine gehörige Verteilung [251] 17: 759
Die Afterweisen suchen [699] 17: 845
Die Allegorie verwandelt die Erscheinung [1112] 17: 904
Die Alten vergleichen [1192] 17: 917
Die Analogie hat zwei Verirrungen [559] 17: 822
»Die angenehmsten Gesellschaften [11] 17: 721
Die Arbeit macht den Gesellen [71] 17: 735
Die außerordentlichen Männer [436] 17: 798
Die Bedeutsamkeit der unschuldigsten Reden [482] 17: 808
Die bildende Kunst ist auf das Sichtbare angewiesen [59] 17: 732
Die Botaniker haben eine Pflanzenabteilung [473] 17: 806
Die christliche Religion [819] 17: 865
Die Constanz der Phänomene [1229] 17: 923

Die Creatur ist sehr schwach [814] 17: 864
Die Crystallographie [721] 17: 850
Die Cultur des Wissens [I] 17: 726
Die Deutschen der Alten Zeit [974] 17: 885
Die Deutschen der neueren Zeit [973] 17: 885
Die Deutschen sollten [340] 17: 778
Die Deutschen, und sie nicht allein [589] 17: 826
Die Dialektik ist die Ausbildung [1202] 17: 919
Die Dilettanten, wenn sie das Mögliche getan [447] 17: 802
Die Dunkelheit gewisser Maximen [1068] 17: 898
Die empirisch-sittliche Welt [170] 17: 747
Die Engländer werden uns beschämen [977] 17: 885
Die Erfahrung nutzt erst [615] 17: 831
Die Erscheinung ist vom Beobachter [1224] 17: 922
Die Form will so gut verdauet sein [1083] 17: 900
Die Frage: ob man bei Betrachtung [492] 17: 811
Die Frage über die Instinkte [1397] 17: 951
Die Frage, wer höher steht [270] 17: 765
Die Frage: *woher hat's der Dichter?* [506] 17: 813
Die französischen Worte [102] 17: 738
Die Franzosen haben dem Materialismus entsagt [647] 17: 836
Die Freigebigkeit erwirbt [84] 17: 736
Die Freude des ersten Gewahrwerdens [1145] 17: 910
Die Funktion ist das Dasein [1367] 17: 945
Die Gedanken kommen wieder [297] 17: 773
Die gegenwärtige Welt ist nicht wert [896] 17: 875
Die Gegenwirkung eines vorzüglich kindlichen Wesens [275] 17: 766
Die Geheimnisse der Lebenspfade [617] 17: 831
Die Gelehrten sind meist gehässig [255] 17: 760
Die Geognosie des Herren d'Aubuisson [1274] 17: 930
Die Geschichte der Philosophie [704] 17: 846
Die Geschichte der Wissenschaften zeigt uns bei allem [425] 17: 796
Die Geschichte der Wissenschaften ist eine große Fuge [545] 17: 819
Die Geschichte freilich belehrt [279b] 17: 767
Die Geschichte, wie das Universum [945] 17: 881
Die Gesellschaft in die ich trete [952] 17: 882
Die Gewalt einer Sprache [979] 17: 886
Die gewöhnlichen Theaterkritiken [1054] 17: 896
Die Griechen nannten [1365] 17: 945
Die Griechen, wenn sie beschrieben [1366] 17: 945
Die größte Achtung [77] 17: 736
Die größte Wahrscheinlichkeit [360] 17: 782

»Die größten Menschen [49] 17: 725
Die größten Schwierigkeiten [772] 17: 858
»Die größten Vorteile im Leben [34] 17: 723
Die große Aufgabe wäre [1282] 17: 932
Die große Schwierigkeit [278] 17: 766
Die Güte des Herzens [1318] 17: 938
Die Heiligkeit der Kirchenmusiken [489] 17: 809
Die Hindous der Wüste [145] 17: 743
Die höchste Absicht der Kunst [1352] 17: 943
Die höhere Empirie verhält sich zur Natur [411] 17: 792
Die höheren Forderungen [1085] 17: 901
Die Idee ist ewig und einzig [375] 17: 783
Die in einander greifenden Menschen- und Zeitalter [IX] 17: 729
Die Irrtümer des Menschen [282] 17: 771
Die jungen Leute [1413] 17: 953
»Die Kirche schwächt alles [821] 17: 865
Die Klugen haben mit einander viel gemein [237] 17: 757
Die Konstanz der Phänomene [1229] 17: 923*
Die Kreatur ist sehr schwach [814] 17: 864*
Die Kreise des Wahren berühren sich [1249] 17: 926
Die Kritik erscheint wie Ate [1027] 17: 892
Die Kunst an und für sich [61] 17: 732
»Die Kunst beschäftigt sich [54] 17: 725
Die Kunst ist ein ernsthaftes Geschäft [58] 17: 732
Die Kunst ist eine Vermittlerin [384] 17: 786
Die Kunst ist lang 17: 717
Die Kunst kann niemand fördern [250] 17: 759
Die Kunst ruht auf einer Art religiosen Sinn [1107] 17: 904
Die Kunst soll das Penible [1121] 17: 905
Die Lateinische Sprache [1040] 17: 894
Die Laune ist ein bewußtloses [1005] 17: 889
Die Lehre von dem Gebrauch [1197] 17: 918
»Die Leidenschaft erhöht und mildert sich [24] 17: 722
»Die Leidenschaften sind Mängel [21] 17: 721
Die liberalen Schriftsteller [215] 17: 753
Die Liebe, deren Gewalt die Jugend empfindet [385] 17: 786
Die Literatur verdirbt sich [1030] 17: 893
Die Lust der Deutschen [75] 17: 735
Die Mängel erkennt nur der Lieblose [523] 17: 815
Die *Malerei* ist die läßlichste [491] 17: 810
Die Manifestation der Idee [377] 17: 784
Die Materie aber hatte eine solche Gestalt [636] 17: 834
Die Mathematik ist wie die Dialektik [605] 17: 829
Die Mathematik vermag kein Vorurteil [608] 17: 829

Die Mathematiker sind eine Art Franzosen [1279] 17: 931
Die Mathematiker sind wunderliche Leute [1277] 17: 931
Die Meisterschaft gilt oft [316] 17: 775
Die Menge fragt [697] 17: 845
Die Menge kann tüchtige Menschen [177] 17: 748
Die Menschen, da sie zum Notwendigen [1189] 17: 917
Die Menschen glauben [930] 17: 879
Die Menschen halten sich [290] 17: 772
Die Menschen kennen einander [86] 17: 737
Die Menschen sind als Organe [957] 17: 883
Die Menschen sind durch die unendlichen Bedingungen [716] 17: 848
Die Menschen sind wie das rote Meer [294] 17: 772
Die Menschen verdrießt's [116] 17: 740
Die Menschen werden an sich [463] 17: 805
Die Menschen wundern sich [1313] 17: 938
Die mimische Tanzkunst [381] 17: 785
Die Mineralien-Händler [1260] 17: 928
Die Modernen sollen nur Lateinisch [1039] 17: 894
Die Musik ist heilig oder profan [487] 17: 809
Die nächsten faßlichen Ursachen [1238] 17: 924
Die Natur auffassen [437] 17: 799
Die Natur bekümmert sich nicht [1250] 17: 926
Die Natur füllt mit ihrer grenzenlosen Productivität [1251] 17: 927
Die Natur gerät auf Specificationen [95] 17: 738
Die Natur hat sich so viel Freiheit [439] 17: 799
Die Natur ist immer Jehovah [1304] 17: 937
Die Natur verbirgt Gott! [811] 17: 864
Die Natur verstummt [115] 17: 740
Die Natur wirkt nach Gesetzen [1106] 17: 903
Die neuere Zeit schätzt sich selbst zu hoch [VII] 17: 729
Die neueste Philosophie [646] 17: 836
Die Ohrenbeichte im besten Sinne [823] 17: 865
Die orientalische mystische Poesie [337] 17: 778
Die originalsten Autoren [791] 17: 860
Die Pflicht des Historikers [271] 17: 765
Die Phänomene sind nichts wert [1228] 17: 923
Die Realen. Was nicht geleistet wird [925] 17: 878
Die Redekunst ist angewiesen [511] 17: 814
Die Schönheit jehe milde Übereinstimmung [1350] 17: 943
Die Schönheit kann nie über sich selbst [256] 17: 760
Die schönste Metamorphose [1259] 17: 928
Die schönste Metempsychose [403] 17: 791

Die schwer zu lösende Aufgabe [862] 17: 870
»Die Schwierigkeiten wachsen [56] 17: 725
Die Sehnsucht die nach außen [1062] 17: 897
Die Sentimentalität der Engländer [363] 17: 782
Die Sinne trügen nicht [1193] 17: 917
Die sogenannten Natur-Dichter [112] 17: 739
Die Symbolik verwandelt die Erscheinung [1113] 17: 904
Die Technik im Bündnis [1129] 17: 907
Die Theorie an und für sich [529] 17: 816
Die ungeheuerste Cultur [928] 17: 879
Die Unmöglichkeit, Rechenschaft zu geben [1347] 17: 942
Die vernünftige Welt [444] 17: 801
Die Vernunft hat nur über das Lebendige [599] 17: 828
Die Vernunft ist auf das Werdende [555] 17: 821
Die Verwechselung eines Consonanten [206] 17: 752
Die vielen Vorzüge die man diesem Werk [280a] 17: 768
Die Vögel sind ganz späte Erzeugnisse [1256] 17: 927
Die Vorsicht ist einfach [142] 17: 743
Die Vorurteile der Menschen [341] 17: 778
Die Wahlsprüche deuten auf das [319] 17: 775
Die wahre Liberalität [876] 17: 872
Die wahre Vermittlerin [413] 17: 792
Die wahren Weisen fragen [698] 17: 845
Die Wahrheit gehört dem Menschen [150] 17: 744
Die Wahrheit widerspricht unserer Natur [310] 17: 774
Die Weisheit ist nur [78] 17: 736
Die Welt ist ein Glocke [193] 17: 750
Die Wirksamkeiten auf die wir achten müssen [536] 17: 817
Die Wissenschaft hilft uns [417] 17: 793
Die Wissenschaft wird dadurch sehr zurückgehalten [410] 17: 792
Die Wissenschaften, auch in ihrem innern Kreise [695] 17: 844
Die Wissenschaften so gut als die Künste [1155] 17: 912
Die Wissenschaften zerstören sich [1161] 17: 913
Die Würde der Kunst erscheint bei der Musik [486] 17: 809
Die Zeit ist selbst ein Element [202] 17: 751
Die Zudringlichkeiten junger Dilettanten [194] 17: 750
Die zweite Gunst der von oben wirkenden [392] 17: 788
Diejenigen die das einzige grundklare Licht [1296] 17: 936
Diejenigen welche widersprechen [886] 17: 873
Dies ist es, was man Ideologie [801] 17: 862
Diese Neigung kann nach vielen Seiten [390] 17: 787
Dieser schnelle Wechsel von

Ernst und Scherz [779] 17: 859
Dieser Wirkung nach Außen [394] 17: 788
Dieses weiter auszuführen [644] 17: 836
Dilettantismus, ernstlich behandelt [249] 17: 759
Doch mag dies auch vorteilhaft [769] 17: 858
Doch muß man auch hier bemerken, daß der Schwächere [680] 17: 842
Docieren kannst du tüchtiger [354] 17: 781
Drei Classen von Narren [1327] 17: 940
Drei Dinge werden nicht eher erkannt [1326] 17: 939
Dummheit seinen Feind [861] 17: 870
»Durch das, was wir Betragen [30] 17: 723
Durch die despotische Unvernunft [94] 17: 737
»Durch nichts bezeichnen die Menschen [12] 17: 721

Eben so begreift man nicht leicht, daß in der großen Natur [438] 17: 799
Eben so gehts allen [1072] 17: 899
Ebenso ist es mit dem Berechnen [707] 17: 847
Echt ästhetisch-didaktisch könnte man sein [378] 17: 784
Egoistische Kleinstädterei [869] 17: 871
Eigenes und Angeeignetes [166–229] 17: 747
Eigenes und Angeeignetes in Sprüchen [69–165] 17: 735
Eigentlich kommt alles auf die Gesinnung an [794] 17: 861
Eigentlich lernen wir nur von Büchern [334] 17: 777
Eigentlich weiß man nur [281] 17: 771
Eigentlichster Wert [514] 17: 814
Eigentümlichkeit des Ausdrucks [739] 17: 853
Eigentümlichkeit ruft [496] 17: 811
Ein alter gutmütiger Examinator [226] 17: 754
Ein anderes ist die Nachäffung [449] 17: 802
Ein ausgesprochnes Wort fordert [1000] 17: 888
Ein ausgesprochnes Wort tritt [X] 17: 729
Ein bedeutendes Factum [696] 17: 845
Ein beschränkter, ehrlicher Mensch [174] 17: 748
Ein Deutscher war schon absurd [1331] 17: 940
Ein dramatisches Werk [1052] 17: 896
Ein edler Philosoph sprach von der Baukunst [1133] 17: 907
Ein Eklectiker aber ist ein jeder [649] 17: 837
Ein gebranntes Kind scheut das Feuer [931] 17: 879
Ein geistreicher Humorist [1337] 17: 941
Ein geistreicher Mann sagte [339] 17: 778
Ein großer Fehler: daß man sich mehr dünkt [476] 17: 807
Ein großer Fehler den wir begehen [1237] 17: 924
Ein großes Übel in den Wissenschaften [614] 17: 830

Ein großes Unheil entspringt aus den falschen Begriffen [1022] 17: 892
Ein historisches Menschengefühl [494] 17: 811
Ein jeder leidet [332] 17: 777
Ein jeder Mensch sieht [594] 17: 827
Ein Jeder, weil er spricht [239] 17: 757
Ein Künstler, der schätzbare Arbeiten [1069] 17: 898
Ein lustiger Gefährte ist ein Rollwagen [136] 17: 742
Ein Mensch zeigt nicht eher seinen Charakter [864] 17: 870
Ein Phänomen, ein Versuch kann nichts beweisen [156] 17: 745
Ein schäbiges Kamel [904] 17: 876
Ein Unterschied, der dem Verstand nichts gibt [204] 17: 751
Ein unzulängliches Wahre [146] 17: 743
Ein Zustand der alle Tage [143] 17: 743
Ein zweijähriger Knabe [277] 17: 766
Einbildungskraft wird nur durch Kunst [507] 17: 813
Eine allgemeine Ausbildung [771] 17: 858
Eine Chronik schreibt nur [296] 17: 773
Eine eklectische Philosophie [648] 17: 837
Eine falsche Lehre [119] 17: 740
Eine freie Seele wie die seine [774] 17: 858
Eine gefallene Schreibe Feder [854] 17: 869
Eine jede Idee tritt als ein fremder Gast [800] 17: 862
Eine Kraft beherrscht die andere 17: 718
Eine Musik die den heiligen [488] 17: 809
Eine Nachgesprochne Wahrheit [880] 17: 873
Eine richtige Antwort [888] 17: 873
Eine Romanze ist kein Prozeß [1055] 17: 896
Eine Sammlung von Anecdoten und Maximen [190] 17: 750
Eine Schule ist als ein einziger Mensch [118] 17: 740
Eine solche Arbeit braucht nicht im höchsten Grade [455] 17: 803
Eine solche freundlich-belehrende Unterhaltung [273] 17: 765
Eine tätige Skepsis [1203] 17: 919
Eine völlige Gleichstellung mit dem spanischen Theater [741] 17: 853
»Einem bejahrten Manne [16] 17: 721
Einem jeden wohlgesinnten Deutschen [288] 17: 772
Einem Klugen widerfährt keine geringe Torheit [223] 17: 754
Einen *gerüsteten*, auf die *Defensive* [962] 17: 883
Einen Irrtum nenn' ich [552] 17: 820
Einen Regenbogen [161] 17: 746
Einen wundersamen Anblick [1049] 17: 895
Einer neuen Wahrheit ist nichts schädlicher [715] 17: 848

Eingebildete Gleichheit [954] 17: 882
Einzelnes [230–257] 17: 756
Einzelnes [258–280] 17: 761
Einzelnes [281–381] 17: 771
Eitelkeit ist eine persönliche Ruhmsucht [860] 17: 870
Eltern und Kindern bleibt nichts übrig [996] 17: 888
Engländer und Franzosen [1034] 17: 893
Englisch⟨e⟩ Stücke [1341] 17: 941
Er betrachtet die Idee [264] 17: 762
Er fühlte einen entschiedenen Haß [776] 17: 858
Er ist in nichts ein Muster [787] 17: 860
Er scherzt gar anmutig [785] 17: 860
Er stand vor einem Hintergrunde [670] 17: 841
Erfahrung kann sich ins Unendliche [308] 17: 774
Erfüllte Pflicht empfindet sich [522] 17: 815
Erlaubt uns in unsern vermischten Schriften [1095] 17: 902
Ersparnis der Erfahrung [1370] 17: 946
Erst hört man von Natur [1073] 17: 899
Es äußert sich jenes im praktischen Sinn [534] 17: 817
Es begegnet mir von Zeit zu Zeit [477] 17: 807
Es begegnete und geschieht [162] 17: 746
Es betrügt sich kein Mensch [993] 17: 887
Es bleibt einem Jeden immer noch so viel Kraft [110] 17: 739
»Es darf sich einer nur für frei erklären [44] 17: 724
Es folgt eben gar nicht [1280] 17: 931
Es gehört eine eigene Geisteswendung [592] 17: 827
Es geht uns mit Büchern [272] 17: 765
Es geschieht nichts Unvernünftiges [540] 17: 818
»Es gibt auch After-Künstler [326] 17: 776
Es gibt bedeutende Zeiten [II] 17: 726
Es gibt Bücher [1058] 17: 897
Es gibt eine enthusiastische Reflexion [329] 17: 777
»Es gibt eine Höflichkeit des Herzens [40] 17: 724
Es gibt eine Poesie ohne Tropfen [225] 17: 754
Es gibt eine zarte Empirie [565] 17: 823
Es gibt empirische Enthusiasten [1021] 17: 891
Es gibt Hypothesen wo Verstand [727] 17: 851
Es gibt im Menschen auch ein Dienenwollendes [306] 17: 774
Es gibt jetzt eine böse Art [1240] 17: 925
»Es gibt kein äußeres Zeichen [38] 17: 724
Es gibt keine Lage [856] 17: 869
Es gibt keine patriotische Kunst [690] 17: 844
»Es gibt keinen größeren Trost [48] 17: 724
Es gibt Menschen, die auf die

Mängel ihrer Freunde [882] 17: 873
Es gibt Menschen die gar nicht irren [197] 17: 751
Es gibt Menschen die ihr Gleiches lieben [284] 17: 771
Es gibt nichts Gemeines [109] 17: 739
Es gibt nur zwei wahre Religionen [667] 17: 840
Es gibt Pedanten die zugleich Schelme [567] 17: 823
Es gibt Personen denen ich wohl will [244] 17: 758
Es gibt problematische Naturen [134] 17: 742
»Es gibt, sagt man, für den Kammerdiener [47] 17: 724
Es gibt Theologen [820] 17: 865
Es gibt viele Menschen die sich einbilden [889] 17: 874
Es gibt wohl zu diesem oder jenem Geschäft [422] 17: 795
Es gibt zwei friedliche Gewalten [543] 17: 819
Es gibt zwei Momente der Weltgeschichte [IV] 17: 727
Es gibt zweierlei Erfahrungsarten [VIII] 17: 729
Es hat mit Euch eine Beschaffenheit [131] 17: 742
Es hört doch jeder nur [887] 17: 873
Es ist besser das geringste Ding [752] 17: 855
Es ist besser, daß Ungerechtigkeiten geschehn [833] 17: 867
Es ist besser eine Torheit [920] 17: 878
Es ist besser, es geschehe dir unrecht [832] 17: 866
Es ist besser man betrügt [848] 17: 869
Es ist daher das beste [1404] 17: 952
Es ist das eigne zu bemerken [1210] 17: 920
Es ist eben als ob man es selbst vermöchte [318] 17: 775
Es ist ein angenehmes Geschäft [1140] 17: 910
Es ist ein großer Unterschied [1057] 17: 897
Es ist eine Eigenheit dem Menschen angeboren [556] 17: 821
Es ist eine Forderung der Natur [99] 17: 738
Es ist eine schlimme Sache [424] 17: 796
Es ist eine Tradition [1128] 17: 906
Es ist etwas Unbekanntes [1344] 17: 942
Es ist ganz einerlei ob man das Wahre [884] 17: 873
Es ist ganz einerlei, vornehm oder gering zu sein [214] 17: 753
Es ist ihnen wohl Ernst [1179] 17: 915
Es ist immer dieselbe Welt [309] 17: 774
Es ist kein großer Unterschied [985] 17: 886
Es ist keine Kunst eine Göttin zur Hexe [855] 17: 869
Es ist mir in den Wissenschaften [372] 17: 783
Es ist mit den Ableitungsgründen [414] 17: 792
Es ist mit den Jahren [990] 17: 887
Es ist mit der Geschichte wie mit der Natur [944] 17: 881

Es ist mit Meinungen [148] 17: 744
Es ist nicht die Rede vom Höheren [457] 17: 804
Es ist nicht genug zu wissen [689] 17: 843
Es ist nicht immer nötig [466] 17: 805
Es ist nicht wahr daß das Leben [1310] 17: 938
Es ist nicht zu leugnen [668] 17: 840
Es ist nichts furchtbarer [898] 17: 875
Es ist nichts inconsequenter [899] 17: 875
Es ist nichts schrecklicher als eine tätige Unwissenheit [367] 17: 782
Es ist nichts theatralisch [1053] 17: 896
Es ist nichts trauriger anzusehn [961] 17: 883
Es ist niemand fähig zu denken [870] 17: 871
Es ist nun schon bald zwanzig Jahre [311] 17: 774
Es ist schon genug daß Kunstliebhaber [1100] 17: 902
Es ist schwer, gegen den Augenblick [139] 17: 743
Es ist so gewiß als wunderbar [149] 17: 744
Es ist so schwer etwas von Mustern zu lernen [1082] 17: 900
Es ist soviel gleichzeitig Tüchtiges [352] 17: 780
Es ist traurig anzusehen [76] 17: 735
Es ist viel mehr schon entdeckt [1148] 17: 911
Es ist von einem Experiment [709] 17: 847
»Es ist was schreckliches [46] 17: 724
Es ist weit eher möglich [74] 17: 735
»Es käme Niemand mit der Brille [36b] 17: 723
Es kann wohl sein, daß der Mensch [357] 17: 781
Es kommt mir wunderbar vor [1339] 17: 941
Es sind immer nur unsere Augen [220] 17: 753
Es sind zwei Gefühle [1149] 17: 911
Es steht manches Schöne [452] 17: 803
Es wäre nicht der Mühe wert [618] 17: 831
Es war schon bei den Römern [1396] 17: 950
Es werden jetzt Productionen möglich [126] 17: 741
Es wird eine Zeit kommen [430] 17: 797
Es ziemt sich dem Bejahrten [988] 17: 887
Etwas mönchisch-hagestolzenartiges [722] 17: 850
Etwas Theoretisches populär zu machen [1232] 17: 923
Euch wird aber der Stein [635] 17: 834
Eulenspiegel [1045] 17: 895

Fall und Stoß [1242] 17: 925
Falsche Tendenzen sind eine Art realer Sehnsucht [923] 17: 878
Falsche Vorstellung [1278] 17: 931
Fehler der Dilettanten [1127] 17: 906
Fehler der sogenannten Aufklärung [958] 17: 883

Ferner bringen auch die Künste [641] 17: 835
Frage sich doch jeder [903] 17: 876
»Freiwillige Abhängigkeit [41] 17: 724
Freunden und Gegnern zur Beherzigung [1064–1134] 17: 898
Freundschaft kann sich bloß [280d] 17: 769
Friedrich der zweite [1353] 17: 943
Friedrich *von Raumer* [266a] 17: 763
Frömmigkeit ist kein Zweck [519] 17: 815
Für das größte Unheil unserer Zeit [479] 17: 807
Für die vorzüglichste Frau [729] 17: 851

Ganz das Entgegengesetzte [723] 17: 850
Ganz nahe daran steht die Neigung [389] 17: 787
Ganze, halb- und viertels-Irrtümer [465] 17: 805
Gar oft im Laufe des Lebens [67] 17: 734
Gar selten tun wir uns selbst genug [406] 17: 791
Gar vieles kann lange erfunden [1081] 17: 900
Gedankenlosigkeit die uns den Wert des Augenblicks [1324] 17: 939
Gegen die drei Einheiten [355] 17: 781
Gegen die Kritik kann man sich weder schützen [176] 17: 748
»Gegen große Vorzüge eines Andern [45] 17: 724
Gegner glauben uns zu widerlegen [885] 17: 873
Gehalt ohne Methode führt zu Schwärmerei [XV] 17: 730
Geheimnisse sind noch keine Wunder [210] 17: 752
Gehen wir in die Geschichte zurück [397] 17: 789
Gemüt hat Jedermann [1116] 17: 905
Genau besehen haben wir uns [673] 17: 841
»Genau besehen ist alle Philosophie [1200] 17: 919
Geometrie ist hier in ihren [655] 17: 838
Gerade das, was u⟨n⟩gebildeten Menschen [1076] 17: 899
Gerechtigkeit [975] 17: 885
Gesch⟨ichte⟩ der Wissensch⟨aften⟩ [1157] 17: 912
Gescheute Leute sind immer [196] 17: 751
Geschichte der Wissenschaft / Was [1381] 17: 948
Geschichte schreiben ist eine Art [105] 17: 739
Geselligkeit lag in meiner Natur [327] 17: 776
Gesetzgeber oder Revolutionairs [953] 17: 882
Gesinnungen aber sind selten liberal [218] 17: 753
Gesunde Menschen sind die [938] 17: 880
Gewisse Bücher scheinen geschrieben [72] 17: 735
»Gewisse Mängel sind notwendig [18] 17: 721
Gewissen Geistern muß man [125] 17: 741
Gewöhnliches Anschauen [533] 17: 817

Gib mir, wo ich stehe! [221] 17: 753
Glaube ist Liebe zum Unsichtbar⟨en⟩ [815] 17: 864
Glaube, Liebe, Hoffnung [858] 17: 870
Gleiche oder wenigstens ähnliche Wirkungen [603] 17: 829
Gott wenn wir hoch stehen [813] 17: 864
»Große Leidenschaften sind Krankheiten [23] 17: 722
Große Talente sind das schönste Versöhnungs Mittel [1009] 17: 890
Große Talente sind selten [260] 17: 761
Große, von Ewigkeit her [374] 17: 783
Grundeigenschaften der lebendigen Einheit [571] 17: 823
Gunst, als Symbol der Souveränität [108] 17: 739

Heinrich der Vierte [1042] 17: 894
Heinroths Anthropologie [280a] 17: 768
Herr von Schweinichen [253] 17: 759
Herrschen lernt sich leicht [967] 17: 884
Herrschen und genießen [966] 17: 884
Hersilie sagte von der Pilgernden Törin [1342] 17: 942
Hiebei aber haben jene immer das voraus [515] 17: 814
Hier aber kommt es nun auf die Natur [606] 17: 829
Hierauf haben wir unsern Tact [483] 17: 808
Hierüber kann eine Arbeit [66] 17: 733
Historisch betrachtet erscheint unser Gutes [842] 17: 868
Höchst bemerkenswert bleibt es immer [265] 17: 762
Höchst merkwürdig ist [999] 17: 888
»Hoffnung ist die zweite Seele [304] 17: 773
Hundert graue Pferde [1295] 17: 936
Hypothesen sind Gerüste [1222] 17: 922
Hypothesen sind Wiegenlieder [579] 17: 825

I Convertiti stanno [211] 17: 752
Ich aber will zeigen [626] 17: 832
Ich bedauere die Menschen [155] 17: 745
Ich bin mit allen Menschen einig [878] 17: 872
»Ich bin über die Wurzeln des Baums [994] 17: 888
Ich bin überzeugt, daß die Bibel [672] 17: 841
Ich denke immer wenn ich einen Druckfehler sehe [1060] 17: 897
Ich denke Wissenschaft könnte man [758] 17: 856
Ich erwarte wohl daß mir mancher Leser widerspricht [1401] 17: 951
»Ich finde es beinahe natürlich [28] 17: 722
Ich glaube einen Gott [809] 17: 864
Ich habe mich so lange um's Allgemeine [229] 17: 754
Ich habe nichts dagegen [1300] 17: 936

Ich höre das ganze Jahr [879] 17: 872
»Ich kann das Predigen nicht vertragen [786] 17: 860
Ich möchte gern ehrlich mit dir sein [213] 17: 752
Ich schweige zu Vielem still [503] 17: 812
Ich verfluche allen negativen Purismus [980] 17: 886
Ich verwünsche das tägliche [913] 17: 877
Ich verwünsche die, die aus dem Irrtum [117] 17: 740
Ich weiß wohl daß diese Worte vergebens [1291] 17: 935
Identität Rasenden Enthusiasmus [1335] 17: 941
Ihr wählt euch ein Muster [1102] 17: 903
Im Ästhetischen tut man nicht wohl [376] 17: 783
Im Altertum spuken [1035] 17: 893
Im Betrachten, wie im Handeln [537] 17: 817
Im Frühling und Herbst denkt man nicht [796] 17: 861
Im Idealen kommt alles auf den Elans [926] 17: 879
Im Laufe des frischen Lebens [871] 17: 871
Im Reich der Natur waltet *Bewegung* [423] 17: 795
Im sechzehnten Jahrhundert [1160] 17: 913
»Im Theater wird durch die Belustigung [307] 17: 774
Im Wissen und NachSinnen [1153] 17: 912
In allen Künsten gibt es [1117] 17: 905
In dem Erfolg der Literaturen [761] 17: 856
In den großen leeren Weltraum [714] 17: 848
In den Werken des Menschen [462] 17: 804
In den Wissenschaften ist es höchst verdienstlich [147] 17: 744
In den Wissenschaften ist viel Gewisses [576] 17: 825
In den Zeitungen ist alles [971] 17: 885
In der Geschichte der Naturforschung [1165] 17: 913
In der Geschichte der Wissenschaften [1156] 17: 912
In der Gesellschaft sind alle gleich [951] 17: 882
In der Idee leben [262] 17: 762
In der jetzigen Zeit soll niemand schweigen [159] 17: 745
In der Jugend bald die Vorzüge [992] 17: 887
In der Mineralogie [1271] 17: 929
In der Naturforschung bedarf es [574] 17: 824
In der Phanerogamie [205] 17: 752
In der Schmiede erweicht man [632] 17: 833
In der wahren Kunst gibt es keine Vorschule [448] 17: 802
In der Welt kommt's nicht drauf an [89] 17: 737
In der wissenschaftlichen Welt [703] 17: 846
In der zweihundert und vierzigsten Nummer [280e] 17: 769
In diesem Sinn kann man die Mathematik [1391] 17: 949
In diesem Sinne hab' ich [280c] 17: 769

In eben dem Falle sind die neuern deutschen Künstler [343] 17: 779
In einigen Staaten ist in Folge [960] 17: 883
In jedem Künstler liegt ein Keim [62] 17: 732
In jeder großen Trennung [998] 17: 888
In Kunst und Wissenschaft [153] 17: 744
In natürlicher Wahrheit [513] 17: 814
In Neu York sind neunzig verschiedene [1181] 17: 915
In Neuyork sagt man [824] 17: 865
In Rembrandts trefflicher Radierung [1114] 17: 904
In Rücksicht auf's praktische [922] 17: 878
In weltlichen Dingen [1321] 17: 939
In Wissenschaften, so wie auch sonst [1185] 17: 916
Indem ich mich zeither [230] 17: 756
Indem wir der Einbildungskraft [1239] 17: 924
Indes wir dem Ungeheuren [914] 17: 877
Induction habe ich zu stillen Forschungen [1245] 17: 926
Innerhalb einer Epoche [1023] 17: 892
Irren heißt, sich in einem Zustande befinden [1248] 17: 926
Ist das ganze Dasein ein ewiges Trennen [572] 17: 824
Ist denn die Welt nicht [81] 17: 736
Ist er nun nicht geneigt [470] 17: 806
Je uneigennütziger der Mensch ist [1319] 17: 939
Je weiter man in der Erfahrung fortrückt [1206] 17: 919
Jede ⟨Erscheinung⟩ ist zugänglich [1377] 17: 947
Jede große Idee, die als ein Evangelium [799] 17: 862
Jede große Idee, sobald sie in die Erscheinung tritt [541] 17: 818
(Jede Revolution geht auf Naturzustand [955] 17: 882
Jedem Alter des Menschen [806] 17: 863
Jeden Tag hat man Ursache [1168] 17: 914
Jeder Besitz ist eine plumpe Sache [948] 17: 881
Jeder Denkende, der seinen Calender ansieht [711] 17: 847
Jeder Forscher muß sich durchaus ansehen [701] 17: 845
Jeder große Künstler reißt uns weg [1115] 17: 905
Jeder hat etwas in seiner Natur [97] 17: 738
Jeder Mensch fühlt sich privilegiert [949] 17: 881
Jeder Mensch muß nach seiner Weise [460] 17: 804
Jeder prüfe sich [675] 17: 842
Jedermann hat seine Eigenheiten [151] 17: 744
»Jedes ausgesprochene Wort [9] 17: 720
Jedes Existierende ist ein Analogon [554] 17: 821
Jedes gute und schlechte Kunstwerk [1103] 17: 903
Jemand sagte: was bemüht ihr euch [1037] 17: 894

Jetzt, da sich eine Weltliteratur [767] 17: 857
Jüdisches Wesen [1330] 17: 940

Kannst du lesen, so sollst du verstehen [525] 17: 815
Kant beschränkt sich [1198] 17: 918
Kant hat uns aufmerksam gemacht [468] 17: 805
Kein Phänomen erklärt sich [1230] 17: 923
Kein Wort steht still [983] 17: 886
Kein Wunder, daß wir uns alle [349] 17: 780
Keine Nation gewinnt ein Urteil [113] 17: 740
Keine Nation hat ein Urteil [1024] 17: 892
Keine Nation hat eine Critik [1026] 17: 892
Kenne ich mein Verhältnis zu mir selbst [198] 17: 751
Keppler sagte [812] 17: 864
Klassisch ist das Gesunde [1031] 17: 893*
Könnte man Zeit, wie bares Geld [748] 17: 854
Konflikt des Individuums, Der [XIII] 17: 730*
Konflikte / Sprünge der Natur [1363] 17: 945*
Krystallographie so wie [1261] 17: 928
Kunst eine andere Natur [1105] 17: 903
Kunst, Ethisches, Natur ⟨Betrachtungen im Sinne der Wanderer⟩ 17: 513
Kunst und Wissenschaft sind Worte [756] 17: 856
»L'amour est un vrai recommenceur [305] 17: 774
Läßliche Hypothese nenn' ich [581] 17: 825
Laßt doch den deutschen Dichtern [1097] 17: 902
Laßt uns doch vielseitig sein [1094] 17: 902
»Le sens commun est le Génie [538] 17: 817
Lebhafte Frage nach der Ursache [585] 17: 826
Lehrbrief S. [717] 17: 848
Lehrbücher sollen anlockend sein [1262] 17: 928
Leichtsinnige, leidenschaftliche Begünstigung [212] 17: 752
Leider besteht der ganze Hintergrund [XVI] 17: 731
Lessing, der mancherlei Beschränkung [542] 17: 818
Licht und Geist [1299] 17: 936
Lichtenbergs Schriften [713] 17: 848
Liebes gewaschenes Seelchen [235] 17: 757
Literatur ist das Fragment [512] 17: 814
Löste sich doch in jeder italiänischen Schule [1091] 17: 901
Lorenz Sterne war geboren [773] 17: 858
Lüsternheit. Spiel mit dem zu Genießenden [859] 17: 870

M⟨ajestät⟩ ist das Vermögen [965] 17: 884
Madame Roland [258] 17: 761
Männer vom Fach bleiben [1269] 17: 929
Märchen / das uns unmögliche Begebenheiten [1046] 17: 895

»Mäßigkeit und klarer Himmel [743] 17: 854
Man beobachtet niemand [846] 17: 868
Man braucht nicht alles selbst [570] 17: 823
Man darf nur alt werden [240] 17: 758
Man datiert von Baco von Verulam [1166] 17: 913
Man denke sich das Große [658] 17: 838
Man erkennt niemand an [526] 17: 816
Man erkundige sich ums Phänomen [1211] 17: 920
Man frage nicht ob man durchaus übereinstimmt [893] 17: 874
Man gedenke der leichten Erregbarkeit [1254] 17: 927
Man geht nie weiter [901] 17: 875
»Man hält die Menschen [50] 17: 725
Man hat den Epikur [1311] 17: 938
Man hat sich lange mit der Kritik der Vernunft [1199] 17: 918
Man hört nur die Mathematik sei gewiß [1389] 17: 949
Man ist nur eigentlich lebendig [518] 17: 815
Man ist nur vielseitig [1096] 17: 902
Man kann den Idealisten [642] 17: 835
»Man kann der Gesellschaft alles aufdringen [26] 17: 722
Man kann die Nützlichkeit einer Idee [805] 17: 863
Man kann in den Naturwissenschaften [546] 17: 819
Man kann nicht für jedermann leben [208] 17: 752
Man kann niemand lieben [844] 17: 868
Man kann sich nicht verleugnen [1013] 17: 890
Man kennt nur diejenigen [845] 17: 868
Man klagt über wissenschaftliche Academien [418] 17: 793
Man könnte zum Scherze sagen [836] 17: 867
»Man läßt sich seine Mängel vorhalten [17] 17: 721
Man leugnet dem Gesicht nicht ab [1195] 17: 918
Man mag nicht *mit* jedem leben [396] 17: 789
»Man mag noch so eingezogen [3] 17: 720
Man mag sich die Bildung [V] 17: 728
Man muß bedenken, daß unter den Menschen [497] 17: 811
Man muß eine Sache gefunden haben [1410] 17: 953
Man muß nicht fürchten [1314] 17: 938
Man muß sein Glaubensbekenntnis [158] 17: 745
Man muß seine Irrtümer [323] 17: 776
Man nehme das nicht übel [1218] 17: 921
»Man nimmt in der Welt Jeden wofür er sich gibt [25] 17: 722
Man rühmt das achtzehnte Jahrhundert [666] 17: 840
Man sagt: eitles Eigenlob stinket [132] 17: 742
»Man sagt: er stirbt bald [19] 17: 721

Man sagt gar gehörig [1233] 17: 923
Man sagt sich oft im Leben [259] 17: 761
Man sagt: studiere Künstler die Natur! [191] 17: 750
Man sagt wohl zum Lobe [1118] 17: 905
Man sagt, zwischen zwei entgegengesetzten Meinungen [616] 17: 831
Man schont die Alten [370] 17: 783
Man sehe die Physik genau durch [612] 17: 830
Man sieht gleich wo [840] 17: 868
Man soll sich Alles praktisch denken [380] 17: 784
Man soll sich ⟨. . .⟩ vor einem Talente hüten 17: 718
Man spricht geheimnisvoll [1289] 17: 934
Man spricht soviel von Geschmack [1018] 17: 891
Man streiche zwei Stäbchen [120] 17: 740
Man streitet viel [373] 17: 783
Man tut immer besser [550] 17: 820
Man tut nicht wohl sich allzulange im Abstrakten [728] 17: 851
»Man verändert fremde Reden [7] 17: 720
»Man weicht der Welt nicht [52] 17: 725
Man weiß eigentlich das was man weiß [595] 17: 828
Man wird nie betrogen [681] 17: 842
Man würde einander besser [87] 17: 737
Man würde viel Almosen geben [852] 17: 869
Manche sind auf das was sie wissen stolz [941] 17: 880
Mancher hat nach der Antike studiert [1084] 17: 900
Mancher klopft mit dem Hammer [101] 17: 738
Mannräuschlein nannte man [234] 17: 757
Mathematic / die auf Conviction [1388] 17: 949
Mathematik sich immer mit dem mächtigen [1387] 17: 949
MAXIMEN UND REFLEXIONEN 17: 715
Mein ganzes inneres Wirken [328] 17: 777
Mein Verhältnis zu Schiller [279] 17: 766
Meine Sache ist der affirmative Purismus [981] 17: 886
Memoiren von oben herunter [179] 17: 748
Menschen, die ihre Kenntnisse [1315] 17: 938
Metamorphose im höhern Sinn [96] 17: 738
Mikroscope und Fernröhre [502] 17: 812
Mir wird, je länger ich lebe [445] 17: 801
Mißgunst und Haß beschränken den Beobachter [286] 17: 771
Mit dem größten Entzücken [232] 17: 756
Mit dem Vertrauen ist es eine wunderliche Sache [172] 17: 748
Mit den Ansichten [1147] 17: 911
Mit den Irrtümern der Zeit [440] 17: 800
Mit den Jahren steigern sich die Prüfungen [677] 17: 842

Mit Gedanken die nicht aus der tätigen Natur [921] 17: 878
Mit Jemand leben [847] 17: 868
Mit Ungeduld bestraft [1412] 17: 953
Mit wahrhaft Gleichgesinnten [877] 17: 872
Mitteilung durch Analogieen [1247] 17: 926
Möge das Studium der griechischen [762] 17: 857
Musik im besten Sinne [485] 17: 809
Mut und Bescheidenheit [753] 17: 855
Mystik eine unrei⟨f⟩e Poesie [1001] 17: 889
Mythologie = Luxe de Croyance [816] 17: 864

Nach Analogien denken [532] 17: 816
Nach Preßfreiheit schreit [972] 17: 885
Nach unserer Überzeugung [451] 17: 803
Nach unserm Rat bleibe jeder [1173] 17: 914
Nachdem man in der 2ten Hälfte [1170] 17: 914
Nachdem man in der neuern Zeit [1171] 17: 914
Nachdem uns Klopstock [1093] 17: 902
Nachdenken und Handlen verglich einer [746] 17: 854
⟨Nachlese aus dem Nachlaß⟩ [1405–1413] 17: 953
Naivität und Humor [58–66] 17: 732
Napoleon der ganz in der Idee lebte [263] 17: 762
Natur hat zu nichts gesetzmäßige Fähigkeit [1257] 17: 927
Natur und Idee läßt sich nicht trennen [1070] 17: 899
Nehmen wir sodann das bedeutende Wort [657] 17: 838
Nehmet an daher: zwei steinerne Massen [634] 17: 834
Nero hätte in den 4 Jahren [834] 17: 867
Neuere Poeten tun viel Wasser [749] 17: 855
Newton, als Mathematiker [1285] 17: 933
Nicht allein das Angeborene [837] 17: 867
Nicht allein der freie Stoff [1258] 17: 927
Nicht alles Wünschenswerte [1187] 17: 917
Nicht bloß Barbaren [1385] 17: 948
Nicht die Sprache an und für sich [610] 17: 830
Nicht jeder dem man Prägnantes überliefert [107] 17: 739
Nicht überall wo Wasser ist [90] 17: 737
Nichts im Leben, außer Gesundheit [747] 17: 854
Nichts ist höher zu schätzen [789] 17: 860
Nichts ist widerwärtiger [604] 17: 829
Nichts peinlichers habe gefunden [894] 17: 874
»Nichts wird leicht ganz unparteiisch [795] 17: 861
Niederträchtigkeit der mittlern Zeit [1382] 17: 948
»Niemand ist lästiger als ein täppischer Mensch [36] 17: 723

»Niemand ist mehr Sklave [43] 17: 724
»Niemand würde viel in Gesellschaften sprechen [6] 17: 720
»Nihil rerum mortalium [325] 17: 776
Nur alle Menschen machen die Menschheit aus 17: 718
»Nur die gegenwärtige Wissenschaft [1159] 17: 912
Nur durch eine erhöhte Praxis [694] 17: 844
Nur im höchsten und im gemeinsten [1137] 17: 909
Nur in der Schule selbst [330] 17: 777
Nur klugtätige Menschen [475] 17: 807
Nur solchen Menschen [865] 17: 871

Ob denn die Glücklichen [242] 17: 758
Ob eine Nation reif werden könne [963] 17: 883
Organische Natur [1362] 17: 945
Ovid blieb Classisch [1032] 17: 893

Panoramic ability schreibt mir [287] 17: 771
Paris ist offen [1357] 17: 944
Pereant, qui, ante nos [790] 17: 860
Perspectivische Gesetze [1378] 17: 947
Pflicht des Historikers [295] 17: 772
Pflicht; wo man liebt [829] 17: 866
Philologen, Apollo Sauroktonos [984] 17: 886
Plastik wirkt eigentlich nur [490] 17: 810
Poesie deutet auf die Geh⟨eimnisse⟩ [1002] 17: 889
Poesie wirkt am meisten [233] 17: 757, 809
Professor Zaupers deutsche Poetik aus Goethe [404] 17: 791

Rafael ist unter den neuern [63] 17: 733
Rasches Vorschreiten zum Zweck [1322] 17: 939
Realität in der *höchsten* Nützlichkeit [1108] 17: 904
Redensarten wodurch das was das Genie [1384] 17: 948
Reine mittlere Wirkung [187] 17: 749
Reine Natur Gesinnung [1307] 17: 937
Religion Alte [1303] 17: 937
»Rohe Kriegsleute gehen [35] 17: 723
Roman / der uns mögliche Begebenheiten [1047] 17: 895

S⟨ä⟩he man Kunst und Wissenschaft [1014] 17: 891
»Säen ist nicht so beschwerlich [57] 17: 725
Sagacität und Penetration [780] 17: 859
Sage mir, mit wem du umgehst [459] 17: 804
Sage nicht daß du geben willst [851] 17: 869
Sakontala [1036] 17: 893
Schauspieler gewinnen die Herzen [1407] 17: 953
Schmidt v. Werneuchen [1044] 17: 895
Schönheit der Jugend [1348] 17: 943

Schönheit und Geist muß man entfernen [368] 17: 782
Schon jetzt erklären die Meister [1213] 17: 920
Sehen wir unsre Literatur [765] 17: 857
Sei nicht ungeduldig [797] 17: 861
Seine Heiterkeit, Genügsamkeit [781] 17: 859
Selbst das mäßige Talent hat immer Geist [1125] 17: 906
»Selbst im Augenblick des höchsten Glücks [53] 17: 725
Setzen wir uns an die Stelle [745] 17: 854
Shakespear ist für aufkeimende Talente [516] 17: 814
Shakespeare ist reich an wundersamen Tropen [252] 17: 759
Shakspeare und Calderon [738] 17: 853
Shakspears trefflichsten Theaterstücken [359] 17: 781
Shandeism nennt er die Unmöglichkeit [778] 17: 859
Sich den Objecten in der Breite gleichstellen [1141] 17: 910
Sich in seiner Beschränktheit gefallen [1359] 17: 944
»Sich mitzuteilen ist Natur [5] 17: 720
Sich subordinieren ist überhaupt keine Kunst [301] 17: 773
Sie peitschen den Quark [73] 17: 735
Sieht man ein Übel [598] 17: 828
⟨Skizziertes. Zweifelhaftes. Unvollständiges⟩ [1303–1404] 17: 937
So eigensinnig widersprechend [141] 17: 743
So erkennt der Unterrichtete [628] 17: 833
So ganz leere Worte [1217] 17: 921
So lange das nicht ins Absurde geht [70] 17: 735
So ruhen meine Natur-Studien [401] 17: 790
So sehr uns der Anblick einer freien Seele [782] 17: 859
So verhält sich die Wahrsagekunst [631] 17: 833
So wenig nun die Dampfmaschinen [480] 17: 808
So wie der Weihrauch [671] 17: 841
So wiederhole ich die meinige [420] 17: 794
Sobald die guten Werke [317] 17: 775
Sobald die Tyrannei aufgehoben ist [956] 17: 882
Sobald man der subjectiven [257] 17: 760
Sogar ist es selten, daß jemand im höchsten Alter [652] 17: 837
Sollen wir ewig als Raupen [1092] 17: 901
Sowohl in Absicht auf Überlieferung [XIV] 17: 730
Spannung Ist der indifferent scheinende Zustand [1255] 17: 927
Steine sind stumme Lehrer [719] 17: 849
Stetigkeit [1309] 17: 937
Stoffartige Hülfe [1333] 17: 940
Suchet in euch [1080] 17: 900

Theorie und Erfahrung [1231] 17: 923
Theorien sind gewöhnlich Übereilungen [428] 17: 797
Tief und ernstlich denkende Menschen [498] 17: 811
Toleranz sollte eigentlich nur [875] 17: 872
Toll ist wer Toren belehrt [1328] 17: 940
»Toren und gescheide Leute [51] 17: 725
Trübe Stellen, wo die Intention des Dichters [1338] 17: 941
Tüchtiger, tätiger Mann [446] 17: 802
Tut er nun hierin der eigentlichen Kunstpädagogik [454] 17: 803
Tycho de Brahe, ein großer Mathematiker [1284] 17: 932

Über die wichtigsten Angelegenheiten [891] 17: 874
Über Geschichte kann niemand urteilen [517] 17: 815
⟨Über Kunst und Kunstgeschichte⟩ [1064–1134] 17: 898
Über Kunst und Leben 17: 862
Über Kunst und Naturgeschichte 17: 862
⟨Über Literatur und Leben⟩ [799–1063] 17: 862
⟨Über Natur und Naturwissenschaft⟩ [1135–1301] 17: 909
Übersetzer sind als geschäftige Kuppler anzusehen [299] 17: 773
Um die alten abgeschmacktesten locos communes [1043] 17: 894
Um mich zu retten, betrachte ich alle Erscheinungen [561] 17: 822
Um sich aus der grenzenlosen Vielfachheit [664] 17: 840
Um zu begreifen, daß der Himmel [568] 17: 823
Unbedingte Tätigkeit [461] 17: 804
Und doch bei aller Unvollständigkeit [268] 17: 764
Und doch ist dem Menschen [1196] 17: 918
Und doch ist jede Wortüberlieferung [XI] 17: 729
Und gehört die Farbe [1302] 17: 936
Und gesetzt, der Gegenstand [1074] 17: 899
Und wäre es denn anders? [405] 17: 791
Und wir Deutsche sollen uns [1087] 17: 901
Unglücklich ist immer derjenige [1383] 17: 948
Unreine Lebensverhältnisse [173] 17: 748
Uns selbst zu achten [755] 17: 855
»Unser Anteil an öffentlichen Angelegenheiten [788] 17: 860
Unser Fehler besteht darin [580] 17: 825
Unser ganzes Kunststück [302] 17: 773
Unsere Meister nennen wir [129] 17: 742
Unsere Zustände schreiben wir bald Gott [429] 17: 797
Unsre Eigenschaften müssen wir kultivieren [838] 17: 867
»Unsre Leidenschaften sind wahre Phönixe [22] 17: 722

Unsre Meinungen sind nur Supplemente [841] 17: 868
Unter allen Diebsgesindel [754] 17: 855
»Unter allen Völkerschaften haben die Griechen [298] 17: 773
Unter mancherlei wunderlichen Albernheiten [750] 17: 855
Unwissende werfen Fragen auf [1267] 17: 929
Urphänomene ⟨ideal⟩ real [1369] 17: 946
Ursache des Dilettantismus [1126] 17: 906

Verhältnis, Neigung, Liebe, Leidenschaft, Gewohnheit [385–390] 17: 786
Verharren wir aber in dem Bestreben [676] 17: 842
Verleger haben die Autoren [1061] 17: 897
Vernünftiges und Unvernünftiges [883] 17: 873
Verschiedene Sprüche der Alten [653] 17: 837
Versuche die eigne Autorität [906] 17: 876
Versuche es doch der Künstler [458] 17: 804
Viele Gedanken heben sich erst [793] 17: 861
Vielleicht wird man mir einwenden [759] 17: 856
⟨Vier⟩ Epochen der Wissenschaften [1158] 17: 912
Vis superba formae [362] 17: 782
»Vollkommenheit ist die Norm des Himmels [828] 17: 866
Vollkommenheit / ist schon da [1109] 17: 904
Vollkommenheit kann mit Disproportion [1110] 17: 904
Vollkommne Künstler [1351] 17: 943
Vom Absoluten in theoretischem Sinne [261] 17: 761
Vom eigentlich Productiven [200] 17: 751
Vom Verdienste fordert man Bescheidenheit [867] 17: 871
Von dem was sie verstehen [1180] 17: 915
Von denen selbst die sich [1395] 17: 950
Von der Art ist die Weissagekunst [627] 17: 832
Von der besten Gesellschaft sagte man [365] 17: 782
Von der Notwendigkeit: daß der bildende Künstler [450] 17: 802
Von einem bedeutenden frauenzimmerlichen Gedichte [366] 17: 782
Vor dem Gewitter erhebt sich [85] 17: 736
Vor den Urphänomenen [412] 17: 792
Vor der Revolution war alles Bestreben [959] 17: 883
Vor zwei Dingen kann man [1177] 17: 915
Vorschlag zu einem polemischen Purism [1332] 17: 940

⟨W⟩ir sind nur in so fern zu achten 17: 719
Wachlers Handbuch der *Geschichte der Literatur* [266b] 17: 764
Wäre die Natur in ihren leblosen Anfängen [705] 17: 846

Wäre es Gott darum zu tun [835] 17: 867
Wahre, in alle Zeiten [1025] 17: 892
Wahrheitsliebe zeigt sich darin [493] 17: 811
Ward man doch auch des Sexualsystems [1172] 17: 914
Warum man doch ewige Mißreden hört? [866] 17: 871
Warum schelten wir das manierierte [1120] 17: 905
Was aber das aller Sonderbarste ist [432] 17: 798
Was aber ist deine Pflicht? [443] 17: 801
Was die Franzosen Tournure nennen [160] 17: 745
Was die letzte Hand tun kann [1122] 17: 906
Was die Wissenschaften am meisten retardiert [1163] 17: 913
Was einem angehört [645] 17: 836
Was Freunde mit und für uns tun [395] 17: 789
»Was für Mängel dürfen wir behalten [20] 17: 721
Was hat denn der Mathematiker [1392] 17: 950
Was hat ein Maler zu studieren [1098] 17: 902
Was hat man sich nicht mit dem Granit [1403] 17: 952
Was heißt auch erfinden [1146] 17: 910
Was ich in meinem Leben [83] 17: 736
Was ich recht weiß [720] 17: 849
Was ist an der Mathematik [607] 17: 829
Was ist das Allgemeine? [558] 17: 821
Was ist das für eine Zeit [1015] 17: 891
Was ist denn das Erfinden [1143] 17: 910
Was ist der Unterschied [1144] 17: 910
Was ist Praedestinatio? [817] 17: 865
Was man erfindet, tut man mit Liebe [1142] 17: 910; 9: (89)
Was man Idee nennt [1136] 17: 909
Was man Mode heißt [986] 17: 887
Was man Motive nennt [1051] 17: 896
Was man mündlich ausspricht [892] 17: 874
Was man nicht versteht [106] 17: 739
Was nicht mehr entsteht [601] 17: 828
Was nicht originell ist [1016] 17: 891
Was nun die Menschen gesetzt [625] 17: 832
»Was sind Tragödien anders [733] 17: 852
Was uns so sehr irre macht [1138] 17: 909
Was von seiten der Monarchen [969] 17: 884
Was wir ausdenken [464] 17: 805
Weder Mythologie noch Legenden [560] 17: 822
Weil Albrecht Dürer [1088] 17: 901
Weil zum didaktischen Vortrag [584] 17: 826
Weiß denn der Sperling [936] 17: 880

Weiter schreiben wir nicht [219] 17: 753
Welche Erziehungsart ist für die beste zu halten? [347] 17: 780
Welche Regierung die beste sei? [353] 17: 781
Welcher Gewinn wäre es für's Leben [933] 17: 879
Welches Recht wir zum Regiment [683] 17: 843
Wem die Natur ihr offenbares Geheimnis [201] 17: 751
Wen jemand lobt [688] 17: 843
Wenn aber die Kunst dasjenige was sie ist [638] 17: 834
Wenn der Knabe zu begreifen anfängt [656] 17: 838
Wenn der Mensch alles leisten soll [69] 17: 735
Wenn der Mensch über sein Physisches [98] 17: 738
Wenn die Affen es dahin bringen [918] 17: 877
Wenn die Jugend ein Fehler ist [991] 17: 887
Wenn die Männer sich mit den Weibern [356] 17: 781
Wenn die Menschen recht schlecht werden [195] 17: 751
Wenn diese Hoffnungen sich verwirklichen [1393] 17: 950
Wenn ein deutscher Literator [324] 17: 776
Wenn ein gutes Wort eine gute Statt [825] 17: 866
Wenn ein Mann mit einem Weibe zusammen [629] 17: 833
Wenn ein Paar Menschen [849] 17: 869
Wenn ein Wissen reif ist [419] 17: 794
Wenn einem Autor ein Lexicon [1059] 17: 897
Wenn ich an meinen Tod denke [997] 17: 888
Wenn ich die Meinung eines andern [499] 17: 812
Wenn ich ein zerstreutes Gerippe finde [600] 17: 828
Wenn ich irre [79] 17: 736
Wenn ich jüngere deutsche Maler [467] 17: 805
Wenn ich mich beim Urphänomen [577] 17: 825
Wenn ich mich in einer mittleren oder großen Stadt [280b] 17: 768
Wenn ich von liberalen Ideen reden höre [216] 17: 753
Wenn ihr sagt wir machen ⟨es⟩ so [1356] 17: 944
Wenn in der Mathematik [1276] 17: 931
Wenn in Wissenschaften [1178] 17: 915
Wenn jemand spricht [1183] 17: 916
Wenn Künstler von Natur sprechen [1071] 17: 899
Wenn man älter wird [987] 17: 887
Wenn man alle Gesetze studieren sollte [207] 17: 752
»Wenn man alt ist muß man mehr tun [521] 17: 815
»Wenn man dagegen bei andern gewesen ist [29] 17: 722
Wenn man den Menschlichen Geist [1223] 17: 922
Wenn man den Tod abschaffen [684] 17: 843
Wenn man die Probleme des Aristoteles [578] 17: 825
Wenn man einige Monate [970] 17: 884

Wenn man von den Leuten Pflichten fordert [180] 17: 748
Wenn mancher sich nicht verpflichtet [586] 17: 826
Wenn mir eine Sache mißfällt [934] 17: 880
Wenn nun unser Schulunterricht [659] 17: 839
»Wenn Reisende ein sehr großes Ergötzen [717] 17: 848
Wenn sich die Societät [685] 17: 843
Wenn sie wüßten wo das liegt [1317] 17: 938
Wenn verständige, sinnige Personen [154] 17: 744
Wenn weise Männer nicht irrten [940] 17: 880
Wenn wir das was wir wissen [1272] 17: 930
»Wenn wir mit Menschen leben [36a] 17: 723
Wenn zwei Meister derselben Kunst [1273] 17: 930
Wer das erste Knopfloch verfehlt [900] 17: 875
Wer das Falsche verteidigen will [1219] 17: 921
Wer den Unterschied des Phantastischen [726] 17: 851
Wer die Entdeckung der Luftballone [402] 17: 790
Wer die Natur als göttliches Organ [810] 17: 864
Wer ein Phänomen vor Augen hat [1227] 17: 923
Wer einem Autor Dunkelheit [1065] 17: 898
»Wer einen Stein nicht allein erheben mag [320] 17: 776
Wer fremde Sprachen nicht kennt [91] 17: 737
Wer freudig tut [1411] 17: 953
Wer gegen sich selbst [383] 17: 786
Wer gegenwärtig über Kunst [1064] 17: 898
Wer hätte mit mir Geduld haben sollen [929] 17: 879
Wer in sich recht ernstlich hinab steigt [935] 17: 880
Wer kann sagen daß er eine Neigung [1226] 17: 923
Wer kann sagen er erfahre was [890] 17: 874
Wer keine Liebe fühlt [175] 17: 748
Wer klare Begriffe hat [968] 17: 884
Wer lange in bedeutenden Verhältnissen [798] 17: 861
Wer Maximen bestreiten will [1067] 17: 898
Wer meine Fehler überträgt [178] 17: 748
Wer muß Langmut üben [1329] 17: 940
Wer nicht einsieht wie das Wahre [588] 17: 826
Wer Proportion (das Meßbare) [1099] 17: 902
Wer sein Leben mit einem Geschäft [902] 17: 875
Wer sich an eine falsche Vorstellung [1297] 17: 936
Wer sich in ein Wissen einlassen soll [942] 17: 880
Wer sich mit reiner Erfahrung begnügt [528] 17: 816
»Wer sich mit Wissenschaften abgibt [189] 17: 750
Wer sich nicht zu viel dünkt [152] 17: 744
Wer sich von jeher erlaubt hätte [285] 17: 771
Wer sich von nun an nicht [770] 17: 858

Wer sich vor der Idee scheut [128] 17: 741
Wer streiten will [1066] 17: 898
Wer tätig sein will [908] 17: 876
Wer viel mit Kindern lebt [274] 17: 766
»Wer vor andern lange allein spricht [8] 17: 720
Wer vorsieht ist Herr des Tags [912] 17: 877
Wer weiß etwas von Electricität [712] 17: 848
Wer will behaupten, daß wir Virgil oder Homer [751] 17: 855
Wer zuerst aus der Systole [1079] 17: 900
Wer zuerst im Bilde [1078] 17: 900
Wer zuviel verlangt [531] 17: 816
Werke der Kunst werden zerstört [1111] 17: 904
Wers nicht besser machen kann [1017] 17: 891
»Widerspruch und Schmeichelei [10] 17: 720
Wie das Unbedingte [1371] 17: 946
Wie haben sich die Deutschen [872] 17: 871
Wie in Rom außer den Römern [293] 17: 772
»Wie kann der Character [32] 17: 723
Wie kann man sich selbst kennen lernen? [442] 17: 801
Wie lange hat man über die Antipoden [124] 17: 741
Wie man aus Gewohnheit [246] 17: 758
Wie man der französischen Sprache [710] 17: 847
Wie man gebildete Menschen sieht [379] 17: 784
Wie manches Bedeutende [725] 17: 850
Wie Martin Schön neben ihm steht [1090] 17: 901
Wie Socrates den sittlichen Menschen [663] 17: 839
Wie soll nun aber ein junger Mann [478] 17: 807
Wie viel Falsches Shakspeare [740] 17: 853
Wie viel vermag nicht die Übung! [932] 17: 879
Wie viele Jahre muß man nicht *tun* [897] 17: 875
Wie wäre es wenn man auf demselben Wege [1243] 17: 925
Wie wenig von dem Geschehenen [267] 17: 764
Wie wir was Großes lernen [168] 17: 747
Wie wollte einer als Meister [582] 17: 826
Windischmann, über Etwas das der Heilkunst Not tut [279a] 17: 767
Wir alle leben vom Vergangnen [167] 17: 747
Wir alle sind so borniert [186] 17: 749
»Wir befinden uns nicht leicht [2] 17: 720
»Wir blicken so gern in die Zukunft [1] 17: 720
Wir brauchen in unserer Sprache [682] 17: 842
»Wir gestehen lieber unsre moralischen Irrtümer [1264] 17: 929
Wir haben das unabweichliche [674] 17: 841
Wir können einem Widerspruch [351] 17: 780

Wir leben innerhalb der abgeleiteten Erscheinungen [1208] 17: 919
»Wir lernen die Menschen nicht kennen [27] 17: 722
Wir Menschen sind auf Ausdehnung [643] 17: 836
Wir mögen die Welt kennen lernen [291] 17: 772
Wir müssen erkennen [1281] 17: 932
Wir sehen in unser Leben [407] 17: 791
Wir sind Naturforschend [807] 17: 863
»Wir sind nie entfernter von unsern Wünschen [42] 17: 724
Wir stehen mit der Überlieferung [XII] 17: 730
Wir wissen von keiner Welt [1077] 17: 900
Wir würden gar Vieles besser kennen [501] 17: 812
Wir würden unser Wissen [1154] 17: 912
Wirkung Namhafter gründlich arbeitender Autoren [1336] 17: 941
Wissen / Das Bedeutende der Erfahrung [1380] 17: 948
Wissenschaften entfernen sich im Ganzen [691] 17: 844
Wo der Anteil sich verliert [192] 17: 750
Wo die Franzosen [731] 17: 851
Wo ich aufhören muß sittlich [678] 17: 842
Wo Lampen brennen [827] 17: 866
Wo man die Liberalität aber suchen muß [217] 17: 753
Wollen und vollbringen [916] 17: 877
Wollte aber jemand die Künste [640] 17: 835
Wort und Bild sind Correlate [188] 17: 749

Yorik Sterne war der schönste Geist [742] 17: 854

Zeichnet doch euere Patriotischen Gegenstände [1354] 17: 943
Zeichnet stecht in Kupfer [1355] 17: 944
Zensur und Preßfreiheit [679] 17: 842*
Zu allen Zeiten sind es nur die Individuen [313] 17: 775
Zu berichtigen verstehen die Deutschen [1408] 17: 953
Zu den glücklichen Umständen [1041] 17: 894
Zuerst belehre man sich selbst [427] 17: 796
Zum Ergreifen der Wahrheit [1220] 17: 921
Zum idealen Teile gehört [946] 17: 881
Zum Schönen wird erfordert [1345] 17: 942
Zum Tun gehört Talent [853] 17: 869
Zur Methode wird nur der getrieben [1214] 17: 921
⟨Zur Morphologie. 1. Bd., 4. Heft. 1822⟩ 17: 788
Zur Verewigung des Irrtums [426] 17: 796
»Zutraulichkeit an der Stelle der Ehrfurcht [37] 17: 723
Zwei eklectische Philosophen [650] 17: 837

ÜBERSETZUNGEN

Aufgenommen sind Übersetzungen Goethes aller Textgenres und Goethes Anmerkungen zu seinen Übersetzungen. Den Titeln von Gedichten sind die Versanfänge in Klammern beigefügt.

Altgriechische Rätsel (Nicht sterblich) 13.1: 117; 20.1: 841
Altschottisch (Matt und beschwerlich) 20.3: 826; 18.1: (11)
⟨Altschottisch⟩ (Und morgen fällt) 18.1: 13
Amlets Geschichte nach dem Saxo Grammatikus 4.2: 70
An den holden Jüngling denkend 9: 70
An die Heuschrecke (Selig bist du) 2.1: 63*
An die Zikade (Selig bist du) 2.1: 63
Anhang zur Lebensbeschreibung des Benvenuto Cellini, bezüglich auf Sitten, Kunst und Technik 7: 454
Anmerkungen über Personen und Gegenstände, deren in dem Dialog ›Rameaus Neffe‹ erwähnt wird 7: 656
⟨Arie. Nach dem Italienischen⟩ (An den holden Jüngling) 9: 70
Auch in die allergröbste Lügen 1.1: 121
Auf die Geburt des Apollo (Dein gedenk ich) 4.1: 670
Aus einem Stammbuch von 1604(Hoffnung beschwingt) 11.1.1: 198
⟨Aus einer florentinischen Zeitung⟩ 4.2: 507
⟨Aus Homers »Odyssee« und »Ilias«⟩ 4.1: 645
⟨Aus Shakespeares »Hamlet«⟩ 4.1: 263
Ausgeherrschet hat die Sonne 13.1: 78

Beuge Liakos, dem Pascha 13.1: 76
Biondina, La (Nächtig führt' ich) 6.1: 87
⟨Bruchstücke einer Übersetzung aus dem Arabischen⟩ (Haltet, laßt uns hier) 2.1: 88

Canzonetta Romana (Diese Federn, weiß' und schwarze) 2.1: 57
Charon. Neugriechisch (Die Bergeshöhn warum so schwarz?) 13.1: 80
Circe, Gesänge aus der Oper 4.1: 249
Climene lebt in tausend Sorgen 1.1: 120

⟨Das Hohelied Salomons⟩ 1.2: 449
Das Schreien (Jüngst schlich ich) (Einst ging ich) 1.1: 120, 143, (129)
Das Schrein (Jüngst ging ich) 1.1: 129, (120), (143)
Dein gedenk ich Apollo du Fernetreffer 4.1: 670

Der fünfte Mai (Er war – und, wie, bewegungslos) 13.1: 66
Der Goldschmiedsgesell (Es ist doch meine Nachbarin) 9: 26
Der Lügner 1.1: 284
Der Olympos, der Kissavos 13.1: 79
Der Wolf und das Lamm (Aesopus) 1.1: 70
Der Wolf und das Lamm (Phaedrus) 1.1: 71
Der Zeit, des Schreckens Narren sind wir! 11.2: 295
Diderots Versuch über die Malerei 7: 517
Die Bergeshöhn warum so schwarz? 13.1: 80
Die Frösche (Aesopus) 1.1: 71
Die Frösche (Phaedrus) 1.1: 72
Die Füchse (Aesopus) 1.1: 70
Die Gesänge von Selma 1.1: 188
Die theatralischen Abenteuer 4.1: 204
Die vereitelten Ränke, Gesänge aus der Oper 4.1: 216
Diese Federn, weiß' und schwarze 2.1: 57
Diese Richtung ist gewiß 13.1: 119; 20.3: 674

Einzelne ⟨Neugriechische Liebe-Skolien⟩ 13.1: 120
Er war – und, wie, bewegungslos 13.1: 66
Es gibt ein weiblich Wesen 13.1: 117

Fabeln 1.1: 70
Finnisches Lied (Käm' der liebe Wohlbekannte) 9: 52; 20.1: (251)
Freudig trete herein 18.1: 28
Friedrichs Ruhm 9: 568
Frösche, Die (Aesopus) 1.1: 71
Frösche, Die (Phaedrus) 1.1: 72
Füchse, Die (Aesopus) 1.1: 70

Gesänge aus der Oper: Circe 4.1: 249
Gesänge aus der Oper: Die vereitelten Ränke 4.1: 216
Gesänge von Selma, Die 1.1: 188
⟨Gnomische Verse⟩ (Und wenn du's vollbracht hast) 2.1: 54
Goldschmiedsgesell, Der (Es ist doch meine Nachbarin) 9: 26

Haltet, laßt uns hier 2.1: 88
Hochländisch (Matt und beschwerlich) 18.1: 11; 20.3: (826)
Hoffnung beschwingt Gedancken, Liebe Hoffnung 11.1.1: 198
⟨Hohelied Salomons⟩, Das 1.2: 449
Hoher Tugenden 1.1: 218

Immerhin und immerfort 13.1: 119; 20.3: 674

Jüngst schlich ich meinem Mädgen nach 1.1: 120, (129), (143)

Klaggesang. Irisch (So singet laut) 11.1.1: 191
Kommt nur kühnlich 2.1: 79
⟨Koran-Auszüge⟩ 1.2: 443

La Biondina (Nächtig führt' ich) 6.1: 87

⟨Leben des Benvenuto Cellini. Anhang von Goethe⟩ 7: 454
Leben des Benvenuto Cellini, Florentinischen Goldschmieds und Bildhauers 7: 9
Liebes Lied eines Amerikanischen Wilden (Schlange warte) 2.1: 79
Lügner, Der ⟨Komödie nach Corneille⟩ 1.1: 284

Madrigal aus dem Französischen (Climene lebt in tausend Sorgen) 1.1: 120
Madrigal aus dem Französischen des Herrn von Voltaire (Auch in die allergröbste Lügen) 1.1: 121
Mahomet (nach Voltaire, 1802) 6.1: 127
Matt und beschwerlich 18.1: 11; 20.3: 826

Neugriechisch-epirotische Heldenlieder (Sind Gefilde türkisch worden) 13.1: 75
Neugriechische Liebe-Skolien (Diese Richtung ist gewiß) 13.1: 119; 20.3: (674)
Nicht sterblich nicht unsterblich 13.1: 117; 20.1: 841
⟨Notiz zu ›Rameaus Neffe‹ von Diderot, in: ›Über Kunst und Altertum IV 1‹⟩ 7: 695

⟨Ossian-Übersetzungen⟩ (Rühr Saite du Sohn Alpins) 1.1: 185

Rätsel nach dem Griechischen (Nicht sterblich) 20.1: 841; 13.1: (117)
⟨Rameaus Neffe. Anmerkungen von Goethe⟩ 7: 656
Rameaus Neffe. Ein Dialog von Diderot 7: 567
Rameaus Neffe ⟨Nachträgliches⟩ 7: 703
Rameaus Neffe in Bezug auf Kunst und Altertum Teil IV. Heft 1. S. 159 7: 701
Rühr Saite du Sohn Alpins 1.1: 185

Schlange warte 2.1: 79
Schreien, Das (Jüngst schlich ich) (Einst ging ich) 1.1: 120, 143, (129)
Schrein, Das (Jüngst ging ich) 1.1: 129, (120), (143)
Schwarzes Fahrzeug teilt die Welle 13.1: 76
Selig bist du, liebe Kleine 2.1: 63
Shakespeare (Hoffnung beschwingt Gedancken) 11.1.1: 198*
Sicilianisches Lied (Ihr schwarzen Äugelein!) 9: 51; 20.1: (251)
Sind Gefilde türkisch worden 13.1: 75
So singet laut den Pillalu 11.1.1: 191

Tancred (nach Voltaire) 6.1: 181
theatralischen Abenteuer, Die 4.1: 204
Todeslied eines Gefangnen (Kommt nur kühnlich) 2.1: 79

⟨Übersetzung der Fünften Olympischen Ode⟩ (Hoher Tugenden) 1.1: 218

Und morgen fällt Sanct Martins Fest 18.1: 13
Und wenn du's vollbracht hast 2.1: 54
vereitelten Ränke, Die, Gesänge aus der Oper 4.1: 216
Von dem Gesetzlichen der Pflanzenbildung 18.2: 396

Welch Getöse wo entsteht es? 13.1: 77
Wie manche liebliche Mutter 2.1: 596
Wie reizend war der Tag 2.1: 89
Wolf und das Lamm, Der (Aesopus) 1.1: 70
Wolf und das Lamm, Der (Phaedrus) 1.1: 71

Zeus und die Schlange (Aesopus) 1.1: 70
⟨Zur Übersetzung von Maturins Trauerspiel ›Bertram or the Castle of St. Aldobrand‹⟩ 11.2: 230

FRAGMENTE UND ENTWÜRFE

⟨Ansätze zu Bühnenbearbeitungen von Faust I⟩ 6.1: 1067
Aufgeregten, Die, Politisches Drama in fünf Akten 4.1: 133
⟨Aus Homers »Odyssee« und »Ilias«⟩ 4.1: 645
⟨Aus meinem Leben. Fragmentarisches⟩ 9: 935
⟨Aus meinem Leben. Paralipomena⟩ 16: 833
⟨Aus Shakespeares »Hamlet«⟩ 4.1: 263
Belsazar 1.1: 281
Caesar 1.1: 386
⟨Das Hofleben⟩ 2.1: 493
Das Mädchen von Oberkirch, ein Trauerspiel in fünf Aufzügen 4.1: 182
Der Cophta. Als Oper angelegt 3.1: 233
Der Falke 2.1: 492
⟨Der gelöste Prometheus⟩ 4.1: 191
Der Hausball 2.2: 333
Der Löwenstuhl 11.1.1: 255
Der Lügner ⟨Komödie nach Corneille⟩ 1.1: 284
⟨Der Mann von funfzig Jahren⟩ 13.1: 239
Der Tugendspiegel 1.1: 287
Der Zauberflöte zweiter Teil 6.1: 101
⟨Dichtung und Wahrheit. Fragmentarisches⟩ 9: 935
⟨Dichtung und Wahrheit. Paralipomena⟩ 16: 833
Die Aufgeregten. Politisches Drama in fünf Akten 4.1: 133
Die Geheimnisse. Ein Fragment 2.2: 339
Die königliche Einsiedlerin 1.1: 283; 2.2: (81)
Die ungleichen Hausgenossen 2.1: 466
Elpenor. Ein Schauspiel (Erste Prosafassung) 2.1: 357
Elpenor. Ein Trauerspiel 6.1: 506
⟨Estherspiel. Zweite Fassung⟩ 1.1: 530
Falke, Der 2.1: 492
⟨Falstaff⟩ 4.1: 131
Faust (Urfaust) 1.2: 134
Faust. Ein Fragment 3.1: 521
Feradeddin und Kolaila 11.1.1: 301
⟨Fragment⟩ (Und fand als ich mich aufgerafft) 1.1: 232
Geheimnisse, Die. Ein Fragment 2.2: 339
⟨gelöste Prometheus, Der⟩ 4.1: 191
Hausball, Der 2.2: 333
⟨Hofleben, Das⟩ 2.1: 493
Kantate zum Reformations-Jubiläum und Denkmal für Luther 11.1.1: 311
königliche Einsiedlerin, Die 1.1: 283; 2.2: (81)
⟨Laokoonfragment⟩ 1.2: 490
Lügner, Der ⟨Komödie nach Corneille⟩ 1.1: 284
Mädchen von Oberkirch, Das, ein Trauerspiel in fünf Aufzügen 4.1: 182
Mahomet 1.1: 516

⟨Mann von funfzig Jahren, Der⟩ 13.1: 239
⟨Nausikaa⟩ 3.1: 229
Pandora. Ein Festspiel 9: 151
⟨Paralipomena zu ›Aus meinem Leben. Dichtung und Wahrheit‹⟩ 16: 833
⟨Paralipomena zu ›Campagne in Frankreich 1792‹, ›Belagerung von Maynz‹⟩ 14: 538
⟨Paralipomena zu ›Der Sammler und die Seinigen‹⟩ 6.2: 1008
⟨Paralipomena zu den Propyläen⟩ 6.2: 962
⟨Paralipomena zu Faust I⟩ 6.1: 1050
⟨Paralipomena zu Faust II siehe ›Zu den Paralipomena‹⟩ 18.1: 645
⟨Paralipomena zu ›Polygnots Gemälde in der Lesche zu Delphi‹⟩ 6.2: 1118
⟨Paralipomena zu Preisaufgaben⟩ 6.2: 1085, 1091, 1104
⟨Paralipomena zu ›Regeln für Schauspieler‹⟩ 6.2: 1201
⟨Paralipomena zu ›Über den Dilettantismus‹⟩ 6.2: 1036
⟨Paralipomena zu ›Über die Gegenstände der bildenden Kunst‹⟩ 6.2: 990
⟨Paralipomena zu ›Wilhelm Meisters Lehrjahre⟩ 5: 709
⟨Paralipomena zu ›Wilhelm Meisters Wanderjahre‹⟩ 17: 1057
⟨Paralipomena zu ›Winkelmann und sein Jahrhundert‹⟩ 6.2: 1066
⟨Paralipomena zur Achilleis⟩ 6.1: 1103
⟨Paralipomena zur Eröffnung des Weimarischen Theaters⟩ 6.2: 1177
⟨Paralipomenon zu ›Gottlieb Hiller: Gedichte und Selbstbiographie‹⟩ 6.2: 1161
⟨Paralipomenon zu ›Johann Peter Hebel: Allemannische Gedichte‹⟩ 6.2: 1144
⟨Paralipomenon zur Rezension ›Bekenntnisse einer schönen Seele‹⟩ 6.2:⟩ 1165
⟨Prometheus, Der gelöste⟩ 4.1: 191
Reise der Söhne Megaprazons 4.1: 267
Revision 1780 2.1: 494
⟨Schema der ganzen Farbenlehre⟩ 6.2: 818
Schema zu einem Volksbuch, historischen Inhalts 9: 605
Schema zu einem Vorspiel bei Eröffnung des neuen Hamburger Theaters 18.1: 93
Schemata zu Schillers Totenfeier 6.1: 904
Tragödie aus der Zeit Karls des Großen 9: 186
Tugendspiegel, Der 1.1: 287
⟨Ulysses auf Phäa⟩ 3.1: 222
Und fand als ich mich aufgerafft 1.1: 232
ungleichen Hausgenossen, Die 2.1: 466
Urfaust 1.2: 134
Wilhelm Meisters theatralische Sendung 2.2: 9
⟨Zweite Fassung des Estherspiels⟩ 1.1: 530

BIOGRAPHISCHE UND AUTOBIOGRAPHISCHE SCHRIFTEN

⟨Acta geführt auf einer Reise nach Karlsbad im Juli 1795⟩ 4.2: 502
An Seine Majestät den König von Bayern 8.1: 7
Anhang zur Lebensbeschreibung des Benvenuto Cellini, bezüglich auf Sitten, Kunst und Technik 7: 454
Aufenthalt in Pyrmont und Göttingen 18.2: 339
⟨August von Goethes Rede bei Niederlegung von Schillers Schädel auf der Großherzoglichen Bibliothek in Weimar⟩ 13.2: 350
Aus der Schweizerreise im Jahre 1797 ⟨Naturwissenschaftliche Schriften⟩ 4.2: 442
Aus der Schweizerreise im Jahre 1797 ⟨Zu Kunst und Literatur⟩ 4.2: 89
Aus einer Reise in die Schweiz über Frankfurt, Heidelberg, Stuttgart und Tübingen 4.2: 605
Aus meinem Leben. Dichtung und Wahrheit 16: 3
⟨Aus meinem Leben. Fragmentarisches⟩ 9: 935
⟨Aus meinem Leben. Paralipomena⟩ 16: 833
Aus meinem Leben. Zweiter Abteilung Erster Teil 15: 9
Aus meinem Leben. Zweiter Abteilung Erster Teil. Carlsbad bis auf den Brenner 15: 7
Aus meinem Leben. Zweiter Abteilung Erster Teil. Ferrara bis Rom 15: 115
Aus meinem Leben. Zweiter Abteilung Erster Teil. Rom 15: 146
Aus meinem Leben. Zweiter Abteilung Erster Teil. Venedig 15: 73
Aus meinem Leben. Zweiter Abteilung Erster Teil. Verona bis Venedig 15: 42
Aus meinem Leben. Zweiter Abteilung Erster Teil. Vom Brenner bis Verona 15: 23
Aus meinem Leben. Zweiter Abteilung Zweiter Teil 15: 213
Aus meinem Leben. Zweiter Abteilung Zweiter Teil. Neapel ⟨Februar/März 1787⟩ 15: 215
Aus meinem Leben. Zweiter Abteilung Zweiter Teil. Neapel ⟨Mai/Juni 1787⟩ 15: 392
Aus meinem Leben. Zweiter Abteilung Zweiter Teil. Sicilien 15: 280
⟨Aus:⟩ Ridels und der früher heimgegangenen Brüder Kästner, Krumbholz, Slevoigt und Jagemann Totenfeier, in der Loge Amalia zu Weimar, am 15. Juni 1821. 13.2: 339
⟨Aus Teplitz⟩ 9: 895
Auszüge aus einem Reise-Journal 3.2: 161

⟨Bedeutung des Individuellen⟩ 9: 935
Belagerung von Maynz 14: 517
Belagerung von Maynz. Paralipomena 14: 583
Beschreibung einer Schweizer Landschaft 1.2: 300
⟨Besuch in Sesenheim⟩ 9: 941
⟨Besuch von Iffland, auf meiner Reise über Mannheim nach der Schweiz im Jahre 1779⟩ 4.2: 507
Betrachtungen über ein dem Dichter Goethe in seiner Vaterstadt zu errichtendes Denkmal 14: 561
Biographisches von Frank 4.2: 468
Briefe aus der Schweiz 2.2: 595
⟨Briefwechsel zwischen Goethe und Schiller im Jahr 1794⟩ 8.1: 9
⟨Briefwechsel zwischen Goethe und Schiller im Jahr 1795⟩ 8.1: 51
⟨Briefwechsel zwischen Goethe und Schiller im Jahr 1796⟩ 8.1: 149
⟨Briefwechsel zwischen Goethe und Schiller im Jahr 1797⟩ 8.1: 297
⟨Briefwechsel zwischen Goethe und Schiller im Jahr 1798⟩ 8.1: 481
⟨Briefwechsel zwischen Goethe und Schiller im Jahr 1799⟩ 8.1: 669
⟨Briefwechsel zwischen Goethe und Schiller im Jahr 1800⟩ 8.1: 777
⟨Briefwechsel zwischen Goethe und Schiller im Jahr 1801⟩ 8.1: 835
⟨Briefwechsel zwischen Goethe und Schiller im Jahr 1802⟩ 8.1: 871
⟨Briefwechsel zwischen Goethe und Schiller im Jahr 1803⟩ 8.1: 921
⟨Briefwechsel zwischen Goethe und Schiller im Jahr 1804⟩ 8.1: 959
⟨Briefwechsel zwischen Goethe und Schiller im Jahr 1805⟩ 8.1: 985
Briefwechsel zwischen Goethe und Zelter in den Jahren 1799 bis 1827 20.1: 7
Briefwechsel zwischen Goethe und Zelter in den Jahren 1828 bis 1832 20.2: 1089

Campagne in Frankreich 1792 14: 335
Campagne in Frankreich. Paralipomena 14: 583
Carlsbad, Anfang September 1819 11.2: 568
Cölln ⟨Nachtrag⟩ 11.2: 129

Dankbare Gegenwart 14: 569
Das Louisenfest gefeiert Weimar am 25.ten August 1777 ⟨richtig: 9. Juli 1778⟩ 18.2: 333
Das Römische Carneval 3.2: 217
Der Verfasser teilt die Geschichte seiner botanischen Studien mit 18.2: 438
Des Joseph Balsamo, genannt Cagliostro, Stammbaum. Mit einigen Nachrichten von seiner in Palermo noch lebenden Familie 4.2: 451
Dichtung und Wahrheit 16: 3
⟨Dichtung und Wahrheit. Fragmentarisches⟩ 9: 935

⟨Dichtung und Wahrheit. Paralipomena⟩ 16: 833
Dresdner Galerie 4.2: 481
Dritte Wallfahrt nach Erwins Grabe 1.2: 303

Eckermanns Gespräche mit Goethe 19: 3
⟨Einfälle und Notizen 1774/75⟩ 1.2: 500
Entstehung der biographischen Annalen 14: 572
⟨Entwurf der Grabschrift für Anna Amalia⟩ 9: 934
Ephemerides 1.2: 519

Ferneres in Bezug auf mein Verhältnis zu Schiller 14: 580
Frankfurt am Mayn ⟨Nachtrag⟩ 11.2: 130

Gespräche mit Eckermann 19: 3

Hackert, Jakob Philipp (Aufsatz) 9: 657
Hackert, Philipp. Biographische Skizze, meist nach dessen eigenen Aufsätzen entworfen 9: 665
Hackert, Philipp. Nachträge 9: 828
Hanau ⟨Nachtrag⟩ 11.2: 133
Heidelberg ⟨Nachtrag⟩ 11.2: 134
Herder 14: 567
⟨Herder späterhin⟩ 9: 940

Im Rheingau Herbsttage. Supplement des Rochus-Festes, 1814 11.2: 116
Italienische Reise 15: 3
Italienische Reise. Erster Teil. Carlsbad bis auf den Brenner 15: 9
Italienische Reise. Erster Teil. Ferrara bis Rom 15: 115
Italienische Reise. Erster Teil. Rom 15: 146
Italienische Reise. Erster Teil. Venedig 15: 73
Italienische Reise. Erster Teil. Verona bis Venedig 15: 42
Italienische Reise. Erster Teil. Vom Brenner bis Verona 15: 23
Italienische Reise. Zweiter römischer Aufenthalt vom Juni 1787 bis April 1788 15: 423
Italienische Reise. Zweiter Teil. Neapel ⟨Februar/März 1787⟩ 15: 215
Italienische Reise. Zweiter Teil. Neapel ⟨Mai/Juni 1787⟩ 15: 392
Italienische Reise. Zweiter Teil. Sicilien 15: 280

⟨Jacobi⟩ 9: 942; 14: (327)
Jacobi 14: 327; 9: (942)
Jakob Philipp Hackert (Aufsatz) 9: 657
Johann Peter Eckermann: Gespräche mit Goethe in den letzten Jahren seines Lebens. 1823–1832 19: 3
⟨Jugendepoche⟩ 9: 936

⟨Kodizill vom 22. Januar 1831⟩ 18.2: 347
⟨Kodizill zum Testament vom 24. Juli 1797⟩ 6.2: 926
⟨Kotzebue⟩ ⟨Aus meinem Leben⟩ 9: 943
Kunst und Altertum am Rhein und Mayn 11.2: 9, (306)

Kurze Nachricht von meiner Reise von Tübingen nach Stäfe 4.2: 1194

⟨Lavater⟩ 9: 942
Leben des Benvenuto Cellini, Florentinischen Goldschmieds und Bildhauers 7: 9
Leben und Verdienste des Doktor Joachim Jungius, Rektors zu Hamburg 18.2: 426
⟨Leipziger Theater⟩ 9: 939
⟨Lenz⟩ 9: 940
Lord Bristol, Bischof von Derry 4.2: 511
Louisenfest gefeiert Weimar am 25.ten August 1777, Das ⟨richtig: 9. Juli 1778⟩ 18.2: 333

⟨Monatsschriften 1794 und 1795⟩ 4.2: 469

Notiz ⟨Zur Biographie von J.P. Hackert⟩ 9: 657

⟨Paralipomena zu ›Aus meinem Leben. Dichtung und Wahrheit‹⟩ 16: 833
Philipp Hackert. Biographische Skizze, meist nach dessen eigenen Aufsätzen entworfen 9: 665
Philipp Hackert. Nachträge 9: 828

⟨Reisetagebuch, 30 Oktr 1775⟩ 1.2: 547
Römische Carneval, Das 3.2: 217

Sanct Rochus-Fest zu Bingen. Am 16. August 1814 11.2: 89
Schemata zu Schillers Totenfeier 6.1: 904
⟨Schweizerreise 1775⟩ 1.2: 542
⟨Selbstschilderung⟩ 4.2: 515
Späne ⟨Einfälle und Notizen⟩ 1.2: 500*
⟨Spätere Zeit⟩ ⟨Aus meinem Leben. Fragmentarisches⟩ 9: 938

Tag- und Jahres-Hefte als Ergänzung meiner sonstigen Bekenntnisse 14: 7
Tagebuch der italienischen Reise für Frau von Stein 1786 3.1: 7
⟨Tagebuch. Schweizerreise 1775⟩ 1.2: 542
Tageregister von 1792 14: 585
Testament vom 24. Juli 1797 4.2: 512
⟨Testament vom 6. Januar 1831⟩ 18.2: 341

Über Italien. Fragmente eines Reisejournals ⟨Auszüge aus einem Reise-Journal⟩ 3.2: 161*
Ungedruckte Winkelmannische Briefe 6.2: 188
⟨Unter eine Silhouette von Charlotte von Stein⟩ 1.2: 490
Unterredung mit Napoleon 14: 576

Verfasser teilt die Geschichte seiner botanischen Studien mit, Der 18.2: 438
⟨Vertrag mit J. P. Eckermann vom 15. Mai und 10. Juni 1831⟩ 18.2: 351

⟨Vorbereitung zur zweiten Reise nach Italien⟩ 4.2: 519
Voß und Stolberg 14: 330

⟨Weitere Studien über Jungius⟩ 18.2: 433
Wiederholte Spiegelungen 14: 568
⟨Wieland, zu brüderlichem Andenken⟩ 9: 945
Winkelmann und sein Jahrhundert 6.2: 195

Zu brüderlichem Andenken Wielands. 1813 9: 945
Zum feierlichen Andenken der Durchlauchtigsten Fürstin und Frau Anna Amalia 9: 929
Zum Jahre 1804. Frau von Staël 14: 325
Zum Jahre 1815. Theater 14: 329
⟨Zusatz zur Logenrede von C. W. v. Fritsch zur Feier der fünfzigjährigen Regierung Carl Augusts⟩ 13.2: 349
Zweiter römischer Aufenthalt vom Juni 1787 bis April 1788 15: 423

NATURWISSENSCHAFTLICHE SCHRIFTEN

Die Natur 2.2: 477

Einige Bemerkungen aus dem Naturalienkabinett 4.2: 442
Erfinden und Entdecken 11.2: 525
⟨Erläuterung zu dem aphoristischen Aufsatz Die Natur⟩ 18.2: 358

Howards Ehrengedächtnis (Wenn von dem stillen Wasserspiegel-Plan) 12: 472; 13.1: (158)

Natur, Die 2.2: 477
Naturalienkabinett des Prof. Storr 4.2: 443

Studie nach Spinoza 2.2: 479

Umschlagseiten der einzelnen Hefte *Zur Morphologie* und *Zur Naturwissenschaft überhaupt* 12: 813

Zu den Versammlungen deutscher Naturforscher und Ärzte 18.2: 357
Zur Naturwissenschaft überhaupt. Erster Band 12: 385
Zur Naturwissenschaft überhaupt. Ersten Bandes erstes Heft 12: 386
Zur Naturwissenschaft überhaupt. Ersten Bandes zweites Heft 12: 431
Zur Naturwissenschaft überhaupt. Ersten Bandes drittes Heft 12: 451
Zur Naturwissenschaft überhaupt. Ersten Bandes viertes Heft 12: 553
Zur Naturwissenschaft überhaupt. Zweiter Band 12: 659
Zur Naturwissenschaft überhaupt. Zweiten Bandes erstes Heft 12: 661
Zur Naturwissenschaft überhaupt. Zweiten Bandes zweites Heft 12: 745

Optik und Farbenlehre

Affinität des gefärbten Lichts zu den Phosphoren 4.2: 315
Allgemeinste über Farben, Das 6.2: 805
Analyse und Synthese 18.2: 360
Ankündigung eines Werks über die Farben 4.2: 262
Anzeige und Übersicht des Goetheschen Werkes zur Farbenlehre 10: 973

Auge, Das 6.2: 814

Beiträge zur Optik. Erstes Stück 4.2: 264
Beiträge zur Optik. Zweites Stück 4.2: 299
Betrachtungen über die Farben 4.2: 357
Blendendes Bild 4.2: 438

Chromatik ⟨Einleitung zu Vorlesungen über Goethes Farbenlehre von L. von Henning⟩ 12: 724
Chromatik ⟨Zur Naturwissenschaft überhaupt I,4⟩ 12: 553

Das Allgemeinste über Farben 6.2: 805
Das Auge 6.2: 814
Der Descartische Versuch mit der Glaskugel 4.2: 440
Descartische Versuch mit der Glaskugel, Der 4.2: 440
⟨Die Kraft, Farben hervorzubringen⟩ 4.2: 260

Einige allgemeine chromatische Sätze 4.2: 363
Enthüllung der Theorie Newtons 10: 275
Entoptische Farben. An Julien 11.1.1: 183; 13.1: 160
Entwurf einer Farbenlehre 10: 17
Erklärung der zu Goethes Farbenlehre gehörigen Tafeln 10: 943

Farbenlehre 10: 3
⟨Farbenlehre, Didaktischer Teil⟩ 10: 17
⟨Farbenlehre, Historischer Teil⟩ 10: 473
⟨Farbenlehre, Polemischer Teil⟩ 10: 275
Freunde flieht die dunkle Kammer 13.1: 223; 10: 1001

⟨Geplante Versuche⟩ 4.2: 333
Geschichte der Arbeiten des Verfassers in diesem Fache ⟨zur Farbenlehre⟩ 6.2: 798
Geschichte der Farbenlehre 6.2: 789
⟨Grundversuche über Farbenerscheinungen bei der Refraktion⟩ 4.2: 433

⟨Harmonie der Farben⟩ 6.2: 777
Herkömmlich 13.1: 162; 11.1.1: (188); 12: (553)

Inhalt der Abhandlung über die Farbenlehre 6.2: 801
Ist erst eine dunkle Kammer gemacht 6.1: 97

⟨Kraft, Farben hervorzubringen, Die⟩ 4.2: 260

Materialien zur Geschichte der Farbenlehre 10: 473

Neutonische Lehre. Maratische Lehre 4.2: 360
Newtonisch Weiß 9: 50

Refraktion im allgemeinen 6.2: 807
Refraktion ohne Farbenerscheinung 6.2: 811
Resultate meiner Erfahrungen 4.2: 361

⟨Schema der ganzen Farbenlehre⟩ 6.2: 818
Statt des versprochenen Supplementaren Teils ⟨zur Farbenlehre⟩ 10: 921

⟨Temperamentenrose⟩ 6.2: 786

Über das Blau 4.2: 260
Über die Einteilung der Farben

und ihr Verhältnis gegen einander 4.2: 369
Über die Farbenerscheinungen, die wir bei Gelegenheit der Refraktion gewahr werden 4.2: 388
⟨Über Newtons Hypothese der diversen Refrangibilität⟩ 4.2: 376

Verhandlungen mit Herrn Boisserée den Regenbogen betr. 1832 18.2: 557
Versuch die Elemente der Farbenlehre zu entdecken 4.2: 413
⟨Versuche mit Leuchtsteinen⟩ 4.2: 315
Von den achromatischen Gläsern 4.2: 372
Von den farbigen Schatten 4.2: 340
⟨Von Personen welche gewisse Farben nicht unterscheiden können⟩ 6.2: 780

Wär' nicht das Auge sonnenhaft 6.1: 93; 13.1: 108; 12: (671)
Wäre nicht dein Auge sonnenhaft 12: 671; 6.1: (93); 13.1: (108)
Was es gilt. Dem Chromatiker 13.1: 161; 11.1.1: (187); 12: (391)
⟨Wirkung der Farben auf den Menschen⟩ 6.2: 813

Zahl der Farben 6.2: 816
Zur Einleitung ⟨der Farbenlehre⟩ 6.2: 787
Zur Einleitung ⟨Farbe als Erscheinung⟩ 6.2: 815
Zur Farbenlehre (1810) 10: 3
Zur Farbenlehre ⟨Zur Naturwissenschaft überhaupt I, 1⟩ 12: 391
Zur Naturwissenschaft überhaupt. Erster Band 12: 385
Zur Naturwissenschaft überhaupt. Ersten Bandes erstes Heft 12: 386
Zur Naturwissenschaft überhaupt. Ersten Bandes drittes Heft 12: 451
Zur Naturwissenschaft überhaupt. Ersten Bandes viertes Heft 12: 553
Zur Naturwissenschaft überhaupt. Zweiter Band 12: 659
Zur Naturwissenschaft überhaupt. Zweiten Bandes erstes Heft 12: 661

Biologie

Allgemeines Schema zur ganzen Abhandlung der Morphologie 4.2: 196
⟨Anzeige für Mursinna⟩ 13.2: 308

⟨Betrachtung über Morphologie⟩ 4.2: 197
Betrachtung über Morphologie überhaupt 4.2: 200
Bildung und Umbildung organischer Naturen 12: 7, 271
Biologie. Einleitung 3.2: 303

⟨Die Negation des Wortes organisch⟩ 6.2: 770

Herrn Du Mont de Courset … 11.2: 555

Leben und Verdienste des Doktor Joachim Jungius, Rektors zu Hamburg 18.2: 426

Morphologie 4.2: 188

⟨Negation des Wortes organisch, Die⟩ 6.2: 770

⟨Ordnung des Unternehmens⟩ 4.2: 189
Poetische Metamorphosen 18.2: 404
⟨Weitere Studien über Jungius⟩ 18.2: 433
Wirkung des Lichts 4.2: 229

Zur Morphologie. Erster Band 12: 9
Zur Morphologie. Zweiter Band 12: 273
Zur Naturwissenschaft überhaupt, besonders zur Morphologie. Erfahrung, Betrachtung, Folgerung, durch Lebensereignisse verbunden 12: 3

Botanik

Ästhetische Pflanzen Ansicht 18.2: 403
⟨Alexander von Humboldt: Ideen zu einer Physiognomik der Gewächse⟩ 6.2: 770
⟨Anthericum comosum⟩ 18.2: 411
⟨Aufzucht von Pflanzen im Dunkeln⟩ 4.2: 212
Bemerkungen zu dem 15.n § meiner Pflanzen-Metamorphose auf Anregung Herrn Ernst Meyer zu Königsberg 18.2: 414
⟨Bignonia radicans⟩ 18.2: 406
Biologie. Einleitung 3.2: 303
Blatt und Wurzel 13.2: 317
Bryophyllum calycinum ⟨I⟩ 13.2: 305
Bryophyllum calycinum ⟨II⟩ 13.2: 320

Cissus 18.2: 410

Der Verfasser teilt die Geschichte seiner botanischen Studien mit 18.2: 438
Die Metamorphose der Pflanzen (Dich verwirret, Geliebte) 6.1: 14; 13.1: 150; 12: (74)
Die Metamorphose der Pflanzen ⟨Zur Morphologie⟩ 12: 29

Eigenschaften der Monokotyledonen 4.2: 131
Einzelnes zu Noten bestimmt ⟨Zur Metamorphose der Pflanzen⟩ 18.2: 418
⟨Entwürfe zu einem Aufsatz über den Weinbau⟩ 18.2: 386

⟨Gang der Metamorphose⟩ 18.2: 413
⟨Gesetze der Pflanzenbildung⟩ 3.2: 308
Gesneria flacourtifolia 18.2: 409
Goldstaub wirf in das Wasser 6.1: 46

⟨Heinrich Cotta: Naturbeobachtungen⟩ 6.2: 775

Knospen. Stolonen 3.2: 371

Metamorphose der Pflanzen, Die (Dich verwirret, Geliebte) 6.1: 14; 13.1: 150; 12: (74)
Metamorphose der Pflanzen, Die ⟨Zur Morphologie⟩ 12: 29
Metamorphose der Pflanzen. Zweiter Versuch 3.2: 367
Monstrose⟨s⟩ Runkelrübenkraut 18.2: 412

Pietra fungaja 9: 918

Rhus cotinus (De Candolle Theorie elementaire de la Botanique) 18.2: 409
Rhus cotinus (Die wollartigen ⟨...⟩ Endspitzen der Zweige) 18.2: 410

Samenhäute 4.2: 131

Über die Spiraltendenz 18.2: 480
Über Martius Palmenwerk 13.2: 309
Über zwei emetische Wurzeln 13.2: 319
Unbillige Forderung 13.2: 308

Verbreiterung (Abzulehnen wäre daher) 11.2: 557
Verbreiterung (Sollte man irgend eine Vermutung aussprechen) 11.2: 557
Verfasser teilt die Geschichte seiner botanischen Studien mit, Der 18.2: 438
Versuch die Metamorphose der Pflanzen zu erklären 3.2: 318
Von dem Gesetzlichen der Pflanzenbildung 18.2: 396
Vorarbeiten zu einer Physiologie der Pflanzen 4.2: 195

⟨Wacholder in Goethes Garten⟩ 11.2: 557
⟨Weitere Studien zur Spiraltendenz⟩ 18.2: 484
Wirkung der Elektrizität auf die Pflanzen 11.2: 556
Wirkung des Lichts auf organische Körper im Sommer 1796 4.2: 204
Wirkung dieser Schrift und weitere Entfaltung der darin vorgetragenen Idee. 1830 ⟨Zu: Die Metamorphose der Pflanzen⟩ 18.2: 457

Zum bequemen Gedächtnis 3.2: 153
Zur Morphologie. Ersten Bandes erstes Heft 12: 11
Zur Morphologie. Ersten Bandes viertes Heft 12: 227
Zur Morphologie. Zweiten Bandes erstes Heft 12: 275
Zur Morphologie. Zweiten Bandes zweites Heft 12: 319
Zu §. 15. der Metamorphose der Pflanzen 18.2: 415
Zum 16. Februar (1810) 9: 257*
Zum XVI. Februar MDCCCXIV 9: 101
Zur Verstäubung. Morphologie I. S. 328 13.2: 307

Zoologie und Anatomie

Anatomie der Schnecke 4.2: 259
Auge, Das 6.2: 814

Beschreibung des Zwischenknochens mehrerer Tiere bezüglich auf die beliebte Einteilung und Terminologie 2.2: 545
Beschreibung eines großen Faltenschwammes 2.2: 562

Das Auge 6.2: 814
Dem Menschen wie den Tieren ist ein Zwischenknochen der obern Kinnlade zuzuschreiben 2.2: 530

Eingeweide des Frosches 4.2: 257
Einige Bemerkungen über die sogenannte Tremella 2.2: 562
Entomologische Studien 4.2: 232

In wiefern die Idee: Schönheit sei Vollkommenheit mit Freiheit, auf organische Naturen angewendet werden könne 4.2: 185
Infusions-Tiere 2.2: 563

⟨Knochenlehre⟩ 4.2: 146
Kraniologie 13.2: 304

Metamorphose der Tiere 6.1: 17; 13.1: 153; 12: (153)
Muskeln eines Ziegenkopfs 4.2: 184
⟨Naturgeschichtlicher Beitrag zu Lavaters »Physiognomischen Fragmenten«⟩ 2.2: 525

Plastische Anatomie 18.2: 539
Principes de Philosophie Zoologique 18.2: 508
Punkte zur Beobachtung der Metamorphose der Raupe 4.2: 240

⟨Veränderlichkeit der Racen⟩ 13.2: 312
Versuch einer allgemeinen Knochenlehre 4.2: 146
Versuch einer allgemeinen Vergleichungslehre 4.2: 179
Versuch über die Gestalt der Tiere 4.2: 134
Von den Kotyledonen 2.2: 580

⟨Weitere Beschreibungen zur Ergänzung der Knochenlehre⟩ 4.2: 168

Zur Morphologie. Ersten Bandes zweites Heft 12: 91
Zur Morphologie. Ersten Bandes drittes Heft 12: 195
Zur Morphologie. Ersten Bandes viertes Heft 12: 227
Zur Morphologie. Zweiten Bandes erstes Heft 12: 275
Zur Morphologie. Zweiten Bandes zweites Heft 12: 319
Zur vergleichenden Osteologie 13.2: 312
⟨Zwischenknochen der obern Kinnlade⟩ 12: 156

Mineralogie und Geologie

Achtermanns Höhe, Die 11.2: 1204
Altenberger Suite 9: 907
An Freunde der Geognosie 6.2: 752
An Herrn Assessor Leonhard 9: 880
⟨Anzeige von Mechels Höhenkarte⟩ 6.2: 752
Auflösung im nassen und trocknen Wege 2.2: 508
⟨Aufzeichnungen über Bergbau und Geologie in Schneeberg im Erzgebirge August 1786⟩ 2.2: 521
Aus der Schweizerreise im Jahre 1797 ⟨Naturwissenschaftliche Schriften⟩ 4.2: 442
⟨Aus Teplitz⟩ 9: 895

Bernhardsfelsen 2.2: 519
⟨Bildung der Erde. Entwürfe nach dem Schema geordnet⟩ 6.2: 762
⟨Bildung der Erde. Schema⟩ 6.2: 758
⟨Bildung des Granits und Zinnvorkommen⟩ 11.2: 551
⟨Braunkohlengrube bei Dux⟩ 9: 902

⟨Chemische Kräfte bei der Gebirgsbildung⟩ 11.2: 547

Das Gerinnen (Den Begriff des uranfänglichen Gerinnens) 11.2: 538
Das Gerinnen (kann im geologischen Falle) 11.2: 538
David Knollsche Sammlung von Sprudel-Steinen, roh oder geschliffen 18.2: 382
Die Achtermanns Höhe 11.2: 1204
⟨Die Granitgebürge⟩ 2.2: 513
Die steinernen Waffen betreffend 11.2: 532
⟨Dogmatismus und Skepsis⟩ 18.2: 364
Durch das Gas des Marienbrunnens angegriffenes Grund-Gebirg 13.2: 260

Egeran 13.2: 239
⟨Eine Versteinerung⟩ 6.2: 749
Einige mineralogische Nachrichten 4.2: 442
Entwurf einer allgemeinen Geschichte der Natur 9: 875
⟨Epochen bei der Weltbildung⟩ 11.2: 543
⟨Epochen der Gesteinsbildung⟩ 2.2: 509

Folge der Gebürgsarten des Harzes 1785 2.2: 502
⟨Form und Bildung des Granits⟩ 2.2: 508

⟨Gebirge von und um Karlsbad⟩ 9: 877
Gebirgsarten des Leitmeritzer Kreises in Böhmen 9: 904
⟨Geognostische Vorlesungen⟩ 9: 873
Geognostisches Gemälde von Brasilien von Obrist W. v. Eschwege 13.2: 240
⟨Geognostisches Tagebuch der dritten Harzreise⟩ 2.2: 490
⟨Geognostisches Tagebuch der Reise nach dem Fichtelgebirge und nach Böhmen. Juni/Juli 1785⟩ 2.2: 515

Geologische Probleme und Versuch ihrer Auflösung 18.2: 374
Gerinnen, Das (Den Begriff des uranfänglichen Gerinnens) 11.2: 538
Gerinnen, Das (kann im geologischen Falle) 11.2: 538
⟨Gespräch über die Bewegung von Granitblöcken durch Gletscher⟩ 18.2: 368
Gestalteter Sandstein 13.2: 235
Gestörte Bildung 11.2: 540
Gestörte Formation 11.2: 539
⟨Gneis und Granit⟩ 9: 876
⟨Granit I⟩ 2.2: 487
⟨Granit II⟩ 2.2: 503
Granit aus Karlsbaad 6.2: 752
Granite 13.2: 267
⟨Granitgebürge, Die⟩ 2.2: 513

⟨Hausmanns Vorlesung⟩ 18.2: 377
Herr Mawe. Nachricht von seinen letzten Expeditionen im Oktober 1817 11.2: 543
Herrn von Hofs geologisches Werk 13.2: 243
Hervortreten des Unterschiednen 11.2: 546
Höhen der alten und neuen Welt bildlich verglichen 9: 911
⟨Höherer Chemismus des Elementaren⟩ 13.2: 267
⟨Hornblendekugel bei Weimar⟩ 11.2: 548

Induktion 18.2: 365
Instruktion für den Bergbeflissenen J. C. W. Voigt 2.2: 483

Joseph Müllersche jetzt David Knollsche Sammlung zur Kenntnis der Gebirge von und um Karlsbad 18.2: 379

Kälte 18.2: 366
Kalk-Gebirg 2.2: 520
⟨King Coal⟩ 13.2: 262
⟨Kirchers Pyrophylacium wieder hergestellt⟩ 13.2: 266
⟨Knolliger Stinkstein⟩ 11.2: 527
Kobes-Mühle 11.2: 553
Kritik der geologischen Theorie besonders der von Breislak und jeder ähnlichen 13.2: 250

⟨Lage der Flöze⟩ 18.2: 367
⟨Ludus Helmontii⟩ 13.2: 265

Mineralogie von Thüringen und angrenzender Länder 2.2: 484

⟨Neigung des Materiellen, sich zu gestalten⟩ 11.2: 549
⟨Notizblatt von der zweiten Harzreise⟩ 2.2: 486

Orographisch-Hydrographische Karte 11.2: 537

⟨Quarziges Tongestein⟩ 2.2: 515

Scheinbare Breccien 6.2: 750
Schema zu einer Vorarbeit die fossilen Materialien im hiesigen Fürstentum betreffend 4.2: 447
Schema zum geologischen Aufsatz 11.2: 542
Schiefer 3.2: 301
steinernen Waffen betreffend, Die 11.2: 532

⟨Tennstedt⟩ 11.2: 533
Totes Liegendes 2.2: 490
Totes Liegendes um Eisenach 2.2: 488
⟨Trappformation bei Darmstadt⟩ 11.2: 528
Trümmer-Porphyr zu Ilmenau im Ratssteinbruche 11.2: 540

⟨Über Bildung von Edelsteinen⟩ 11.2: 531
⟨Über das Wachstum der Schweizer Gletscher⟩ 13.2: 235
Über den Ausdruck Porphyrartig 9: 886
⟨Über den Bau und die Wirkungsart der Vulkane in verschiedenen Erdstrichen von Alexander von Humboldt⟩ 13.2: 247
⟨Über die Gestalt und die Urgeschichte der Erde von K. F. von Klöden. 1829⟩ 18.2: 370

Umherliegende Granite 18.2: 365
Unter Fischern 11.2: 552
Ursache der Vulkane wird angenommen 13.2: 249

⟨Verglaste Burgen⟩ 18.2: 372
Vergleichs Vorschläge die Vulkanier und Neptunier über die Entstehung des Basalts zu vereinigen 3.2: 299
⟨Verhältnis zur Wissenschaft, besonders zur Geologie⟩ 13.2: 236
⟨Versteinerung, Eine⟩ 6.2: 749
Versus Memoriales zu Verbreitung und Festhaltung der zwei wichtigsten natürlichen Systeme 9: 31
Verzeichnis der Mineralien, welche auf unserer Tour nach dem Gotthard teils gefunden, teils angeschafft worden 4.2: 444
⟨Vollendung eines Dinges⟩ 2.2: 512
Von den Augiten insbesondere 13.2: 259
⟨Von Salzungen nach Wilhelmstal bei Eisenach⟩ 2.2: 489
Vulkanischer Ruß 6.2: 751

⟨Weitere Sammlungen von der Reise nach Teplitz 1813⟩ 9: 903

⟨Zerklüftung des Granits⟩ 2.2: 512
Zinn 11.2: 527
⟨Zinnformation⟩ 9: 909
Zinnwalder Suite 9: 906
Zur Geologie, besonders der Böhmischen 12: 518
Zur Geologie. November 1829 18.2: 364
Zur Kenntnis der böhmischen Gebirge 12: 411
Zur Lehre von den Gängen 11.2: 540
Zur Naturwissenschaft überhaupt. Erster Band 12: 387
Zur Naturwissenschaft überhaupt. Ersten Bandes erstes Heft 12: 386
Zur Naturwissenschaft überhaupt. Ersten Bandes zweites Heft 12: 431
Zur Naturwissenschaft überhaupt. Ersten Bandes drittes Heft 12: 451
Zur Naturwissenschaft über-

haupt. Ersten Bandes viertes Heft 12: 553
Zur Naturwissenschaft überhaupt. Zweiter Band 12: 659
Zur Naturwissenschaft überhaupt. Zweiten Bandes zweites Heft 12: 745

Naturphilosophie und Wissenschaftstheorie

Analyse und Synthese 18.2: 360

⟨Beobachten und Ordnen⟩ 6.2: 830

Der Versuch als Vermittler von Objekt und Subjekt 4.2: 321; 12: 684

Einige allgemeine chromatische Sätze 4.2: 363

In wiefern die Idee: Schönheit sei Vollkommenheit mit Freiheit, auf organische Naturen angewendet werden könne 4.2: 185

Katzenpastete 9: 36; 10: 1022

Naturlehre 3.2: 195
Naturlehre. Antwort 3.2: 214
Naturphilosophie 13.2: 335

⟨Ordnung des Unternehmens⟩ 4.2: 189

Poetische Metamorphosen 18.2: 404

⟨Reine Begriffe⟩ 4.2: 332

⟨Über die Notwendigkeit von Hypothesen⟩ 3.2: 297

Versuch als Vermittler von Objekt und Subjekt, Der 4.2: 321; 12: 684

Weltseele 6.1: 53; 13.1: 146

Zur Naturwissenschaft überhaupt. Ersten Bandes zweites Heft 12: 431
Zur Naturwissenschaft überhaupt. Zweiten Bandes erstes Heft 12: 661

Mathematik und Physik

Das reine Phänomen 6.2: 820
Den Magnet betr. 6.2: 831

In Sachen der Physik contra Physik 11.2: 571

⟨Naturwissenschaftlicher Entwicklungsgang⟩ 13.2: 322

Physikalische Preis-Aufgabe der Petersburger Academie der Wissenschaften. 1827 18.2: 546
Physikalische Vorlesungen 1808 9: 919
Physikalische Vorträge schematisiert 6.2: 834

⟨Physische Wirkungen⟩ 6.2: 822

reine Phänomen, Das 6.2: 820

Tonlehre 9: 923

Über Mathematik und deren Mißbrauch, so wie das periodische Vorwalten einzelner wissenschaftlicher Zweige 13.2: 324

⟨Wirkung der Sonne auf Bergeshöhen⟩ 18.2: 556

⟨Zur Winderzeugung⟩ 18.2: 555

Meteorologie

Bisherige Beobachtung und Wünsche für die Zukunft 13.2: 272

Camarupa 11.2: 560
Carlsbad, Anfang September 1819 11.2: 568
Cirrus 13.1: 159; 12: (472)
Cumulus 13.1: 159; 12: (472)

⟨Disposition der Atmosphäre⟩ 11.2: 567

Farben des Himmels 11.2: 566
⟨Feuerkugel⟩ 13.2: 273

Howards Ehrengedächtnis (Wenn Gottheit *Camarupa*) 12: 612; 13.1: 158

Kumulus 12: 472; 13.1: (159)

⟨Meteorologische Beobachtungen⟩ 13.2: 269
⟨Meteorologische Beobachtungsorte⟩ 13.2: 272
Naturlehre 3.2: 195
Naturlehre. Antwort 3.2: 214
Nimbus 12: 472; 13.1: 159

⟨Nordlicht⟩ 11.2: 559

Professor Meinecke in Halle 13.2: 302

Stratus 12: 472; 13.1: 158

Versuch einer Witterungslehre 1825 13.2: 275

Wetterbaum 13.2: 269
Witterungskunde 13.2: 271

Zirrus 12: 472; 13.1: (159)
Zur Naturwissenschaft überhaupt. Erster Band 12: 385
Zur Naturwissenschaft überhaupt. Ersten Bandes drittes Heft 12: 451
Zur Naturwissenschaft überhaupt. Zweiter Band 12: 659
Zur Naturwissenschaft überhaupt. Zweiten Bandes erstes Heft 12: 661
Zur Naturwissenschaft überhaupt. Zweiten Bandes zweites Heft 12: 745

SCHRIFTEN ZUR KUNST

⟨Ältere Gemälde. Neuere Restaurationen in Venedig, betrachtet 1791⟩ 3.2: 289; 13.2: (186)
Ältere Gemälde. Neuere Restaurationen in Venedig, betrachtet 1791 13.2: 186; 3.2: (289)
⟨An Sickler, Sendschreiben über dessen neuentdecktes Griechisches Grabmal bei Cumä⟩ 9: 621
Aesop 6.2: 182
Ästhetische Pflanzen Ansicht 18.2: 403
Albrecht Dürers christlich-mythologische Handzeichnungen 9: 598
Alt-Deutsche Baukunst 11.2: 359
Andrier, Die 13.2: 29
Anforderung an den modernen Bildhauer 11.2: 394
⟨Ansichten, Risse und einzelne Teile des Doms zu Cöln, von Sulpitz Boisserée, 1824⟩ 13.2: 183
⟨Ansichten und Risse des Doms zu Cöln, von Sulpitz Boisseree, 1823⟩ 13.2: 150
Antik und Modern 11.2: 496
Aus den Italienischen Kollektaneen 4.2: 53
Aus der Schweizerreise im Jahre 1797 ⟨Zu Kunst und Literatur⟩ 4.2: 89
Ausgrabungen 11.2: 508
Baukunst 1795 4.2: 53
⟨Beispiele symbolischer Behandlung in der Kunst⟩ 18.2: 233
Beispiele, wo Personen ikonisch in irgend einem Bezug auf Monumenten dargestellt sind 18.2: 240
⟨Bemerkungen über bildliche Darstellungen⟩ 18.2: 328
⟨Bericht über Bilderrestauration in Weimar⟩ 18.2: 255
Beschreibung eines Gemäldes von Herrn I. van Bree zu Antwerpen 13.2: 41
⟨Bilder am Hause Goethes bei Carl Augusts Regierungsjubiläum, Die⟩ 13.2: 207
Blüchers Denkmal 11.2: 372
Blumen-Malerei 11.2: 437
Bossi, Joseph, über Leonard da Vinci Abendmahl zu Mayland 11.2: 403

⟨C. A. Menzel: Fassaden zu Stadt- und Landhäusern⟩ 18.2: 270
⟨C. F. Zelters Portrait, nach C. Begas von L. Heine⟩ 18.2: 243
⟨Cäsars Triumphzug, gemalt von Mantegna⟩ 13.2: 119
Cäsars Triumphzug, gemalt von Mantegna. Zweiter Abschnitt 13.2: 136
Campes Laokoon 6.1: 86
Carl Lehmanns Buchbinderarbeiten 18.2: 270
⟨Carus. Zwei Landschaften⟩ 13.2: 18

⟨Castis Fabelgedicht: die redenden Tiere, Skizzen⟩ 11.2: 376
Cephalus und Prokris. nach Julius Roman 18.2: 315
Charon. Neugriechisch ⟨Aufsatz zum Gedicht⟩ 13.2: 196
Christus nebst zwölf alt- und neutestamentlichen Figuren den Bildhauern vorgeschlagen. 1830 18.2: 288
⟨Cölner Carneval, Das⟩ 13.2: 185
⟨Cölner Domriß durch Moller⟩ 11.2: 517

⟨Das Cölner Carneval⟩ 13.2: 185
⟨Das Römische Denkmal in Igel und seine Bildwerke⟩ 18.2: 272
Denkmale 6.2: 182
⟨Der Markgrafenstein auf dem Rauhischen Berge bei Fürstenwalde, nach J. Schoppe von J. Tempeltey⟩ 18.2: 261
⟨Der Oppenheimer Dom⟩ 18.2: 262
Der Sammler und die Seinigen 6.2: 76
Die Andrier 13.2: 29
⟨Die Bilder am Hause Goethes bei Carl Augusts Regierungsjubiläum⟩ 13.2: 207
Die Externsteine 13.2: 176
Die Preisaufgabe betreffend (1800) 6.2: 422
Die schöne Anthia 13.2: 29
Dresdner Galerie 4.2: 481
⟨Dürers christlich-mythologische Handzeichnungen⟩ 9: 598
Ein Grab bei Kumä ⟨...⟩ 18.2: 322
Einfache Nachahmung der Natur, Manier, Styl 3.2: 186
Einiges von dem Lebens- und Kunstgange Herrn Martin Wagners 6.2: 539
Einleitung ⟨in die ›Propyläen‹⟩ 6.2: 9
Elfenbeinarbeiten in Berlin 18.2: 269
Elgin Marbles 11.2: 366
Elginische Marmore 11.2: 384
⟨Emele, Joseph: Beschreibung römischer und deutscher Altertümer⟩ 13.2: 208
⟨Entwurf einer Ausstellungsschrift⟩ 6.2: 438
⟨Entwurf zu einem Aufsatz über neuere Kunst⟩ 9: 648
⟨Erklärung der Weimarischen Kunstfreunde⟩ 6.2: 538
Externsteine, Die 13.2: 176

⟨Fragmente über Architektur⟩ 18.2: 330
⟨François Gérard: Collection des Portraits historiques ...⟩ 13.2: 215
Fürst Blüchers Denkbild 11.2: 512

⟨G. F. Waagen: Abbildungen der vorzüglichsten Werke von Christian Rauch⟩ 18.2: 265
Gellerts Monument von Oeser 2.1: 36
Gemälde ⟨St. Rochus zu Bingen⟩ 11.2: 356
Grab bei Kumä ⟨...⟩, Ein 18.2: 322
⟨Grabmal bei Cumä⟩ 9: 621
Granitarbeiten in Berlin 18.2: 260

⟨Grundlage zu einer architektonischen Bibliothek⟩ 4.2: 65
⟨Gutachten über die Ausbildung eines jungen Malers⟩ 6.2: 139

Hackert, Jakob Philipp (Aufsatz) 9: 657
Hackert, Philipp. Biographische Skizze, meist nach dessen eigenen Aufsätzen entworfen 9: 665
Hackert, Philipp. Nachträge 9: 828
⟨Hackert, Philipp. Zwei Landschaften⟩ 6.2: 179
⟨Heinrich Füßli: Vorlesungen über die Malerei⟩ 6.2: 561
Hemsterhuis-Galizinische Gemmen-Sammlung 13.2: 147
⟨Heroische Statuen, von Tieck⟩ 18.2: 266
⟨Hittorf, J., L. Zanth: Architecture antique de la Sicile⟩ 18.2: 242
⟨Hittorf, J., L. Zanth: Architecture moderne de la Sicile⟩ 18.2: 240
Homers Apotheose 18.2: 234

⟨J. A. Ramboux: Altertümer und Naturansichten im Moseltale bei Trier⟩ 13.2: 195
⟨J. A. Ramboux, Ferd. Ruscheweyh: La Cena⟩ 13.2: 170
⟨J.C. de Jonge: Notice sur le Cabinet des Médailles et des Pierres gravées …⟩ 13.2: 166
⟨J. Eugenius Ruhl: Kirchen, Paläste und Klöster in Italien⟩ 13.2: 109
⟨J. Hittorf, L. Zanth: Architecture antique de la Sicile⟩ 18.2: 242
⟨J. Hittorf, L. Zanth: Architecture moderne de la Sicile⟩ 18.2: 240
⟨J. Roux: Die Farben⟩ 18.2: 252
Jakob Philipp Hackert (Aufsatz) 9: 657
⟨Jakson, der Formschneider⟩ 11.2: 495
Joseph Bossi über Leonard da Vinci Abendmahl zu Mayland 11.2: 403
⟨Joseph Emele: Beschreibung römischer und deutscher Altertümer⟩ 13.2: 208
Julius Cäsars Triumphzug, gemalt von Mantegna 13.2: 119
⟨Julius⟩ Cäsars Triumphzug, gemalt von Mantegna. Zweiter Abschnitt 13.2: 136

⟨K. F. von Klöden: Programm der Gewerbschule⟩ 18.2: 259
⟨K. Kratzeisen: Bildnisse ausgezeichneter Griechen und Philhellenen⟩ 18.2: 253
⟨Kölner Karneval, Das⟩ 13.2: 185*
⟨Kölner Domriß durch Moller⟩ 11.2: 517*
⟨Kopien pompejanischer und herculanischer Gemälde von Ternite⟩ 18.2: 223
⟨Künstlerische Behandlung landschaftlicher Gegenstände⟩ 18.2: 281
Kunst und Altertum am Rhein und Mayn 11.2: 9, (306)
⟨Kunst und Handwerk⟩ 4.2: 118
Kupferstich nach Titian, wahr-

scheinlich von C. Cort 13.2: 114
Kupferstich von Wright, nach Dawe, London 13.2: 41
⟨Kurze Anzeige⟩ (Übersetzung der Äneis) 11.2: 521
⟨Kurze Anzeigen⟩ (aus: Über Kunst und Altertum II 1, 1818) 11.2: 515
Kurzgefaßte Miszellen 6.2: 178

Landschaft 9: 69
Landschaftliche Malerei 18.2: 283
⟨Landschaftsmalerei⟩ 11.2: 494
⟨Laokoonfragment⟩ 1.2: 490

⟨M. Retzsch: Galerie zu Shakespeares dramatischen Werken⟩ 18.2: 254
⟨Männliches Bildnis nach Guercino⟩ 13.2: 213
⟨Menzel, C. A.: Fassaden zu Stadt- und Landhäusern⟩ 18.2: 270
Münzkunde der deutschen Mittelzeit 11.2: 399
Myrons Kuh 9: 630

Nachricht an Künstler und Preisaufgabe 6.2: 411
⟨Nachricht über den Verkauf der im Januar-Programm gewürdigten Gemmensammlung⟩ 9: 562
Nachricht von altdeutschen in Leipzig entdeckten Kunstschätzen 11.2: 299
⟨Nachtrag zu ›Philostrats Gemälde‹⟩ 13.2: 21
⟨Nauwerk, Bilder zu Faust⟩ 18.2: 271
⟨Nehrlichs Darstellungen aus Faust⟩ 18.2: 325
Neu-deutsche religios-patriotische Kunst 11.2: 319
Neue Unterhaltungen über verschiedene Gegenstände der Kunst 9: 579
Notiz ⟨Zur Biographie von J.P. Hackert⟩ 9: 657

⟨Observations on Leonardo da Vinci's celebrated picture of the Last supper⟩ 13.2: 107
⟨Oppenheimer Dom, Der⟩ 18.2: 262
Orpheus 13.2: 28

⟨Pentazonium Vimariense⟩ 18.2: 248
Philipp Hackert. Biographische Skizze, meist nach dessen eigenen Aufsätzen entworfen 9: 665
Philipp Hackert. Nachträge 9: 828
⟨Philipp Hackert. Zwei Landschaften⟩ 6.2: 179
Philostrats Gemälde 11.2: 449
⟨Philostrats Gemälde, Nachtrag⟩ 13.2: 21
Physiognomische Skizzen der Gebrüder Henschel 18.2: 269
⟨Poesie. Plastik. Musik. Drei Schemata⟩ 6.2: 177
Polygnots Gemälde in der Lesche zu Delphi (An diesem Versammlungsorte) 6.2: 508
Polygnots Gemälde in der Lesche zu Delphi (Die unwiderstehliche Begierde) 6.2: 508
Portrait Ihro Königl. Hoheit der Frau Großherzogin von Sachsen-Weimar-Eisenach 18.2: 244

Prag 11.2: 355
Preise ⟨1800⟩ 6.2: 436
Preise ⟨1801⟩ 6.2: 440
Propyläen. Eine periodische Schrift 6.2: 131
Püchlerische Familie 11.2: 366

⟨Radierte Blätter, nach Handzeichnungen von Goethe⟩ 13.2: 97
⟨Ramboux, J. A.: Altertümer und Naturansichten im Moseltale bei Trier⟩ 13.2: 195
⟨Ramboux, J. A., Ferd. Ruscheweyh: La Cena⟩ 13.2: 170
⟨Reinigen und Restaurieren schadhafter Gemälde⟩ 11.2: 316
Reizmittel in der bildenden Kunst 18.2: 232
⟨Relief von Phigalia⟩ 11.2: 444
Rembrand der Denker 18.2: 321
Restauriertes Gemälde 13.2: 158
⟨Retzsch, M.: Galerie zu Shakespeares dramatischen Werken⟩ 18.2: 254
Rezension einer Anzahl französischer satyrischer Kupferstiche 4.2: 100
⟨Römische Denkmal in Igel und seine Bildwerke, Das⟩ 18.2: 272
Roma sotterranea di Antonio Bosio Romano 18.2: 239
⟨Roux, J.: Die Farben⟩ 18.2: 252
⟨Ruhl, J. Eugenius: Kirchen, Paläste und Klöster in Italien⟩ 13.2: 109
Rungische Blätter 11.2: 355
⟨Russische Heiligenbilder⟩ 9: 651
Ruysdael als Dichter 9: 644

Sammler und die Seinigen, Der 6.2: 76
Sappho von einem herrschenden Vorurteil befreit 11.2: 369
⟨Schema über das Studium der bildenden Künste⟩ 4.2: 124
Schloß Marienburg 13.2: 173
schöne Anthia, Die 13.2: 29
⟨Schwerins Tod. Gemalt von Frisch, gestochen von Berger⟩ 4.2: 9
⟨Sechs Ansichten von Frankfurt am Main⟩ 18.2: 243
⟨Sendschreiben an Sickler über dessen neuentdecktes Griechisches Grabmal bei Cumä⟩ 9: 621
Siebente Weimarische Kunstausstellung vom Jahre 1805 6.2: 544
Siegesglück Napoleons in Ober-Italien 13.2: 180
Skizzen zu Castis Fabelgedicht: die redenden Tiere 11.2: 376
Steindruck 13.2: 228
Steinschneider 18.2: 330
Stoschische Gemmensammlung 18.2: 229
⟨Südöstliche Ecke des Jupiter-Tempels in Girgenti⟩ 18.2: 256

⟨Tausendundeine Nacht⟩ 18.2: 256
⟨Tieck, Heroische Statuen⟩ 18.2: 266
⟨Tischbeins Zeichnungen des Ammazzaments der Schweine in Rom⟩ 11.2: 302
⟨Toscanische Münze⟩ 18.2: 318
Transparent-Gemälde 13.2: 9

⟨Über Aloys Hirt⟩ 18.2: 329
Über Christus und die zwölf Apostel, nach Raphael 3.2: 275
⟨Über den Dilettantismus⟩ 6.2: 174
⟨Über den Dilettantismus. Allgemeines Schema⟩ 6.2: 151
Über den Hochschnitt 6.2: 68
Über die beigefügten Kupfer ⟨zu ›Propyläen‹ Heft 1⟩ 6.2: 27
Über die bildende Nachahmung des Schönen von Carl Philipp Moritz 3.2: 271
Über die Entstehung der 22 Blätter meiner Handzeichnungen 1810 fg. 13.2: 45
Über die Flaxmannischen Werke 6.2: 144
Über die Gegenstände der bildenden Kunst (1797) 4.2: 121
Über die Gegenstände der bildenden Kunst (1798) 6.2: 27
⟨Über eine altdeutsche Taufschale⟩ 13.2: 13
⟨Über Flaxmans Kompositionen⟩ 6.2: 145
⟨Über Glas-, Emaille- und Porzellanmalerei⟩ 11.2: 515
Über Heinrich Füeslis Arbeiten 4.2: 89
Über Kunst und Altertum in den Rhein- und Maingegenden 11.2: 306, (9)
Über Laokoon 4.2: 73
⟨Über Magdeburger Kunstsachen⟩ 6.2: 402
Über Polygnots Gemälde 6.2: 537
Über strenge Urteile 6.2: 142
Über Wahrheit und Wahrscheinlichkeit der Kunstwerke. Ein Gespräch 4.2: 89
Ungedruckte Winkelmannische Briefe 6.2: 188
Unterhaltungen über Gegenstände der bildenden Kunst 9: 533

Verein der deutschen Bildhauer 11.2: 391
⟨Verein der Kunstfreunde in Preußen⟩ 18.2: 288
⟨Verzeichnis der geschnittenen Steine⟩ 18.2: 247
⟨Voigts Münzkabinett⟩ 18.2: 326
Von Arabesken 3.2: 191
Von deutscher Baukunst (1773) 1.2: 415
Von deutscher Baukunst 1823 13.2: 159
⟨Vorbilder für Fabrikanten und Handwerker, 1821⟩ 13.2: 112
⟨Vorbilder für Fabrikanten und Handwerker, 1823⟩ 13.2: 165
Vorschläge den Künstlern Arbeit zu verschaffen 6.2: 184
Vorschlag ⟨an Künstler einen Zyklus zu wählen⟩ 18.2: 313
Vorteile, die ein junger Maler haben könnte, der sich zuerst bei einem Bildhauer in die Lehre gäbe 4.2: 117

⟨W. Zahn: Die schönsten Ornamente und merkwürdigsten Gemälde aus Pompeji, Herkulanum und Stabiä⟩ 18.2: 297
⟨W. Zahn: Die schönsten Ornamente und merkwürdigsten Gemälde aus Pompeji, Her-

kulanum und Stabiä. Voranzeige⟩ 18.2: 251
⟨Waagen, G. F.: Abbildungen der vorzüglichsten Werke von Christian Rauch⟩ 18.2: 265
Weimarische Kunstausstellung vom Jahre 1801 und Preisaufgaben für das Jahr 1802 6.2: 441
Weimarische Kunstausstellung vom Jahre 1802 und Preisaufgaben für das Jahr 1803 6.2: 493
Weimarische Kunstausstellung vom Jahre 1803 und Preisaufgabe für das Jahr 1804 6.2: 498
Weimarische Kunstausstellung vom Jahre 1804 und Preisaufgabe für das Jahr 1805 6.2: 541
Weimarische Pinakothek. Erstes Heft 13.2: 30
Weimarische Preisverteilung ⟨1802⟩ 6.2: 490
Weimarsche sechste Kunstausstellung und Aufgabe zur siebenten 6.2: 540
Wien ⟨Kaiserl. Königl. Bildergalerie im Belvedere⟩ 13.2: 213
Wilhelm Tischbeins Idyllen ⟨Kunst und Altertum III,3 1822⟩ 13.2: 62
Wilhelm Tischbeins Idyllen (Wie seit seinen Jünglings-Jahren 13.1: 169
Winkelmann und sein Jahrhundert 6.2: 195
Winkelmannische Briefe, Ungedruckte 6.2: 188

⟨Zahn, W.: Die schönsten Ornamente und merkwürdigsten Gemälde aus Pompeji, Herkulanum und Stabiä⟩ 18.2: 297
⟨Zahn, W.: Die schönsten Ornamente und merkwürdigsten Gemälde aus Pompeji, Herkulanum und Stabiä. Voranzeige⟩ 18.2: 251
Zu Charon, dem Neugriechischen 13.2: 157
⟨Zu malende Gegenstände⟩ 18.2: 328
⟨Zu Meyers Aufsatz über die Passion des Martin Schön⟩ 6.2: 75
Zum Schluß 11.2: 365
Zur Erinnerung des Städelschen Cabinets 4.2: 96
Zur Geschichte der Peterskirche nach Bonanni 4.2: 61
⟨Zur Preisverteilung. 1799⟩ 6.2: 418
Zur Theorie der bildenden Künste 3.2: 164
⟨Zwei Landschaften von Carus⟩ 13.2: 18
⟨Zwei Landschaften von Philipp Hackert⟩ 6.2: 179
Zwei teutsche Altertümer 9: 627
Zwei weibliche Figuren 18.2: 317

SCHRIFTEN ZU LITERATUR UND SPRACHE, REZENSIONEN

⟨A. Nicolovius: Über Goethe⟩ 18.2: 134
⟨A. Soumet: Elisabeth de France⟩ 18.2: 126
Abaldemus. Über die Natur des Menschengeschlechts 13.1: 497
Agnese 9: 642
Alexander Manzoni an Goethe 13.1: 378
Allerlieblichste Trochäen 13.1: 216
Almanach für Theater und Theaterfreunde auf das Jahr 1807 von August Wilhelm Iffland 9: 563
⟨Alonzo, historischer Roman⟩ 13.1: 398
Altböhmische Gedichte 18.2: 121
Amazonen in Böhmen 18.2: 138
Amlets Geschichte nach dem Saxo Grammatikus 4.2: 70
⟨»Amphitryon« von Kleist, Schema⟩ 9: 578
An die T.. und D.. 9: 98
⟨Ankündigung einer Besprechung zweier Homer-Übersetzungen⟩ 13.1: 329
⟨Ankündigung eines Briefes von Lessing⟩ 6.2: 602
Antwort ⟨auf die Antikritik des Verfassers einer Jägeridylle ›Der Geburtstag‹⟩ 6.2: 597
Antwort des Rezensenten ⟨im Namen von Johann Heinrich Voß⟩ 6.2: 579
Aristoteles' Poetik, Nachlese 13.1: 340
Athenerinnen, Die. große Oper, Poesie von Jouy Musik von Spontini 18.2: 210
⟨Athenor, ein Gedicht in sechzehn Gesängen⟩ 6.2: 600
⟨Auf Lavaters »Lied eines Christen an Christus« geschrieben⟩ 2.1: 108
⟨Augustinus ›De civitate dei‹, Bemerkungen⟩ 3.2: 286
Aus der Schweizerreise im Jahre 1797 ⟨Zu Kunst und Literatur⟩ 4.2: 89
⟨Aus einem Stammbuch von 1604 von Shakspeare. Nähere Nachricht über dieses Gedicht⟩ 13.1: 364
Aus Goethes Brieftasche 1.2: 491

B. und K. 6.1: 67
Bacchantinnen des Euripides, Die 13.1: 334
Bei allen Musen und Grazien 2.1: 50
Bei Gelegenheit des Schauspiels ›die Philosophen‹ von Palissot 7: 699
⟨BEITRÄGE ZU DEN FRANKFURTER GELEHRTEN ANZEIGEN⟩ 1.2: 309
⟨Bekenntnisse einer schönen Seele. Melanie das Findelkind. Wilhelm Dumont⟩ 6.2: 626
Bemerkung und Wink 18.2: 28

⟨Bemerkungen zu Augustinus ›De civitate dei‹⟩ 3.2: 286
⟨Bemerkungen zur Sammlung ›Priapeia‹⟩ 3.2: 280
Benjamin Constant über Ilias und Odyßee 18.2: 90
Besserem Verständniß 11.1.2: 129
⟨Besuch von Iffland, auf meiner Reise über Mannheim nach der Schweiz im Jahre 1779⟩ 4.2: 507
Bezüge nach Außen 18.2: 97
⟨Bildnisse jetzt lebender Berliner Gelehrten⟩ 6.2: 622
Biographische Denkmale von Varnhagen von Ense 13.1: 479
Böhmische Poesie 18.2: 64
⟨Briefe eines Verstorbenen⟩ 18.2: 194
⟨Byron, Lord, Cain. A mystery⟩ 13.1: 384
⟨Byron, Lord, Goethes Beitrag zu seinem Andenken⟩ 13.1: 405
⟨Byron, Lord, Manfred, a dramatic Poem. London 1817⟩ 11.2: 293
Byrons Don Juan 13.1: 361

⟨C. Iken: Eunomia⟩ 18.2: 106
Cäcilia, eine Zeitschrift für die musikalische Welt. Mainz 18.2: 83
Cain. A mystery by Lord Byron 13.1: 384
⟨Campbells ›Lectures on Poetry‹⟩ 13.1: 298
Capitain Medwins Unterhaltungen mit Lord Byron 13.1: 418
Carlyle, Thomas. Leben Schillers ⟨…⟩ 18.2: 179
Castellis, J. F., Gedichte in niederösterreichischer Mundart 18.2: 121
Charon. Neugriechisch ⟨Aufsatz zum Gedicht⟩ 13.2: 196
Chinesisches 18.2: 20
Chronik des Otto von Freysingen 13.1: 434
⟨Collin, Heinrich Joseph von: Regulus, eine Tragödie in fünf Aufzügen⟩ 6.2: 592
Constant, Benjamin, über Ilias und Odyßee 18.2: 90
conte di Carmagnola, Il. Tragedia di Alessandro Manzoni. Milano 1820 13.1: 348
Cours de littérature grèque moderne ⟨…⟩ 18.2: 110

Dainos, oder Litthauische Volkslieder ⟨…⟩ 18.2: 117
⟨Dante⟩ 13.1: 425
⟨Danz: Lehrbuch der neueren christlichen Kirchengeschichte⟩ 13.1: 497
Das Neueste Serbischer Literatur 18.2: 63
Das Neueste von Plundersweilern 2.1: 235
Das Niebelungenlied, übersetzt von Carl Simrock. 2 Teile. Berlin 1827 18.2: 87
Das Sonett 6.1: 46
Daß im großen Jubeljahre 13.1: 114
Den Musen-Schwestern fiel es ein 13.1: 180
Den Originalen 9: 68
Der deutsche Gil-Blas 13.1: 447
⟨Der Geburtstag, eine Jägeridylle in vier Gesängen⟩ 6.2: 596
Der geweihte Platz 2.1: 74

Der Pfingstmontag, Lustspiel in straßburger Mundart 11.2: 267
Des Hommes Célèbres de France au dix-huitième siècle, et de l'etat de la littérature et des arts à la même époque 7: 696
⟨Des jungen Feldjägers Landsmann⟩ 18.2: 23
⟨Des Knaben Wunderhorn⟩ 6.2: 602
Des neuen Alcinous erster Teil 6.1: 63
Des neuen Alcinous zweiter Teil 6.1: 65
deutsche Gil-Blas, Der 13.1: 447
Deutsche Literatur 18.2: 142
Deutsche Sprache 11.2: 221
Deutscher Natur-Dichter 13.1: 474
Deutscher Parnaß 6.1: 19
Die Athenerinnen. große Oper, Poesie von Jouy Musik von Spontini 18.2: 210
Die Bacchantinnen des Euripides 13.1: 334
Die drei Paria 13.1: 387
Die heiligen drei Könige. Manuskript, lateinisch, aus dem fünfzehnten Jahrhundert 11.2: 280
Die heiligen drei Könige noch einmal 13.1: 454
Die Inschrift von Heilsberg 11.2: 245
Die Kränze 6.1: 45
⟨Die Negation des Wortes organisch⟩ 6.2: 770
⟨Die Organisation der Coburg-Saalfeldischen Lande⟩ 6.2: 579
Die Piccolomini. Wallensteins Erster Teil. Ein Schauspiel in fünf Aufzügen von Schiller 6.2: 670
Die Teilnahme der Engländer u. Schottländer an deutscher Literatur 18.2: 145
Die Tochter der Luft 13.1: 376
Die tragischen Tetralogien der Griechen 13.1: 317
Die Verlobung, eine Novelle von Ludwig Tiek 13.1: 478
Die Zwei Marien. Zwei Romane 9: 83
Diesseitige Antwort auf Bürgers Anfrage wegen Übersetzung des Homers 2.2: 469
Don Ciccio 11.2: 186
Dramatische Preisaufgabe 6.2: 437
drei Paria, Die 13.1: 387
Drey Dichtarten 11.1.1: 331
Duval, M. Alexander, Le Tasse, drame historique en cinq actes 18.2: 9

⟨Eco und Globe⟩ 18.2: 137
⟨Edinburgh Reviews⟩ 18.2: 131
Egeria. Sammlung italiänischer Volkslieder ⟨...⟩ 18.2: 117
Ein frommer Maler mit vielem Fleiß 4.1: 656
Ein reiner Reim wird wohl begehrt 13.1: 215
⟨Ein Wort für junge Dichter⟩ 18.2: 219
Ein Wort über den Verfasser des Pilatus 2.2: 470
Einige Szenen aus Mahomet, nach Voltaire 6.2: 691
Englisches Schauspiel in Paris 18.2: 90
⟨Entwurf einer Vorrede zu Knebels Lucrez-Übersetzung⟩ 13.1: 253

Epoche der forcierten Talente 9: 639
Epoche der genialen Anmaßung 9: 641
Er und sein Name 2.1: 50
⟨Euripides, Die Bacchantinnen⟩ 13.1: 334
⟨Euripides, Kyklops⟩ 13.1: 329
Euripides' Phaethon. 13.1: 337

F. H. Jacobis auserlesener Briefwechsel, in zwei Bänden 18.2: 82
⟨F. W. Krummacher: Blicke ins Reich der Gnade⟩ 18.2: 151
Fauntleroy und Konsorten 13.1: 114
⟨Faust, übersetzt von F. A. A. Stapfer⟩ 18.2: 124
first edition of the Tragedy of Hamlet, The. By William Shakespeare 13.1: 429
⟨Fontan, L. M.: Perkins Warbeck⟩ 18.2: 129
Foreign quarterly Review, The. No. 1. July, 1827 18.2: 94
⟨Frankfurter Gelehrte Anzeigen⟩ 1.2: 309
Französisches Haupttheater 18.2: 121
Französisches Schauspiel in Berlin 18.2: 103
⟨Frederick Schiller: Wallenstein⟩ 18.2: 130
Frithiofs Saga 13.1: 393
⟨Fromme Betrachtung über Leitung und Vorsehung mit einem Schlußworte von Hamann⟩ 13.1: 449
⟨Füßli, Heinrich: Vorlesungen über die Malerei⟩ 6.2: 561

⟨G. F. Grotefends Deutung der Heilsberger Inschrift⟩ 11.2: 256
Gabriele von Johanna Schopenhauer 13.1: 466
Gedichte in schlesischer Mundart ⟨...⟩ 18.2: 119
Gedichte sind gemalte Fensterscheiben! 13.1: 180
Geistes-Epochen nach Hermanns neusten Mitteilungen 11.2: 240
Gelehrter Gesellschaften dem Herausgeber gewidmete Diplome 18.2: 139
German Romance. Vol. IV. Edinburgh 1827 18.2: 85
geweihte Platz, Der 2.1: 74
gloire de Frédéric, La 9: 565
Goethe an die den 28. August 1829 gestiftete Gesellschaft für ausländische schöne Literatur in Berlin 18.2: 148
⟨Goethes Beitrag zum Andenken Lord Byrons⟩ 13.1: 405
Gottheiten zwei 6.1: 69
⟨Gottlieb Hiller: Gedichte und Selbstbiographie⟩ 6.2: 616
Graf Carmagnola noch einmal 13.1: 370
⟨Grotefends, G. F., Deutung der Heilsberger Inschrift⟩ 11.2: 256
⟨Grübel, Johann Konrad: Gedichte in Nürnberger Mundart⟩ 6.2: 588
Grübels Gedichte in Nürnberger Mundart. 1798 6.2: 554

⟨H. F. W. Hinrichs: Das Wesen der antiken Tragödie⟩ 18.2: 65
Hagen, August, Olfried und Lisena. Ein romantisches

Gedicht in zehn Gesängen 13.1: 440
Hamlet. By William Shakespeare, The first edition of the Tragedy 13.1: 429
⟨Hebel, Johann Peter: Allemannische Gedichte⟩ 6.2: 581
heiligen drei Könige, Die 11.2: 280
heiligen drei Könige noch einmal, Die 13.1: 454
⟨Heilsberger Inschrift, Die⟩ 11.2: 245
⟨Heilsberger Inschrift, G. F. Grotefends Deutung⟩ 11.2: 256
⟨Heinrich Füßli: Vorlesungen über die Malerei⟩ 6.2: 561
⟨Heinrich Joseph von Collin: Regulus, eine Tragödie in fünf Aufzügen⟩ 6.2: 592
⟨Helena in Edinburgh, Paris und Moskau⟩ 18.2: 134
⟨Herder, J. G.: Idées sur la philosophie de l'histoire de l'humanité⟩ 18.2: 129
⟨Herders Abhandlung »Nemesis. Ein lehrendes Sinnbild«⟩ 2.1: 106
Herr Werner ein abstruser Dichter 9: 98
⟨Hiller, Gottlieb: Gedichte und Selbstbiographie⟩ 6.2: 616
⟨Hinrichs, H. F. W.: Das Wesen der antiken Tragödie⟩ 18.2: 65
Hör- Schreib- und Druckfehler 11.2: 289
Homer noch einmal 13.1: 333

⟨Iken, C.: Eunomia⟩ 18.2: 106
⟨Iken, C.: Leukothea⟩ 18.2: 115
Il conte di Carmagnola. Tragedia di Alessandro Manzoni. Milano 1820 13.1: 348
Ilias 13.1: 256
Im deutschen Reich gar wohl bekannt 2.1: 235
Indicazione di cio che nel 1819 si è fatto in Italia intorno alle lettere, alle scienze ed alle arti 13.1: 364
Indische Dicht⟨ungen⟩ 11.2: 246
⟨Individualpoesie⟩ 13.1: 487
In's Teufels Namen 6.1: 67; 20.1: (1034)
Ins Teufels Namen 20.1: 1034; 6.1: (67)
Inschrift von Heilsberg, Die 11.2: 245
Irrtümer und Wahrheiten von Wilhelm Schütz 13.1: 489

⟨J. A. Taschereau: Histoire de la Vie et des Ouvrages de Molière⟩ 18.2: 136
J. F. Castellis Gedichte in niederösterreichischer Mundart 18.2: 121
⟨J. G. Herder: Idées sur la philosophie de l'histoire de l'humanité⟩ 18.2: 129
⟨J. R. Lichtenstädt: Platons Lehren auf dem Gebiete der Naturforschung und der Heilkunde. Leipzig 1826⟩ 18.2: 102
Jacobis, F. H., auserlesener Briefwechsel, in zwei Bänden 18.2: 82
⟨Johann Friedrich, Kurfürst zu Sachsen, ein Trauerspiel⟩ 6.2: 580
Johann Friedrich Reichardt: Vertraute Briefe aus Paris 6.2: 560

〈Johann Heinrich Voß: Lyrische Gedichte〉 6.2: 565
〈Johann Konrad Grübel: Gedichte in Nürnberger Mundart〉 6.2: 588
〈Johann Peter Hebel: Allemannische Gedichte〉 6.2: 581
Jugendlich kommt sie vom Himmel 2.1: 106
Junger Feldjäger, in französischen und englischen Diensten 13.1: 481
Justus Möser 13.1: 469

〈K.〉 und 〈B.〉 6.1: 68
Kantate zum Reformations-Jubiläum und Denkmal für Luther 11.1.1: 311
Karoline von Woltmann. Spiegel der großen Welt 13.1: 479
Klassiker und Romantiker in Italien, sich heftig bekämpfend 11.2: 258
〈Kleists »Amphitryon«, Schema〉 9: 578
〈Knebels Übersetzung des Lukrez〉 13.1: 299
Kränze, Die 6.1: 45
〈Krummacher, F. W.: Blicke ins Reich der Gnade〉 18.2: 151
Künstlers Fug und Recht 4.1: 656
〈Kurze Anzeige〉 (Olfried und Lisena) 13.1: 439
〈Kurze Anzeigen〉 (aus: Über Kunst und Altertum V 3, 1826) 13.1: 425
Kurze Anzeigen (aus: Über Kunst und Altertum V 3, 1826) 13.1: 323

L'Eco, Giornale di Scienze, Lettere, Arti, Commercio e Teatri. Milano 18.2: 133
〈L. J. N. Lemercier: Richelieu〉 18.2: 104
〈L. M. Fontan: Perkins Warbeck〉 18.2: 129
La gloire de Frédéric 9: 565
La Guzla, poésies illyriques 〈…〉 18.2: 109
〈Le Globe. Übersetzung und Auszug〉 13.1: 420
〈Le Livre des Cent-et-un〉 18.2: 201
Le Tasse, drame historique en cinq actes, par M. Alexander Duval 18.2: 9
〈Lemercier, L. J. N.: Richelieu〉 18.2: 104
Leukothea, von Dr. Carl *Iken* 〈…〉 18.2: 115
〈Lichtenstädt, J. R.: Platons Lehren auf dem Gebiete der Naturforschung und der Heilkunde. Leipzig 1826〉 18.2: 102
Life of Friedrich Schiller, The 18.2: 84
Literarischer Sanscülottismus 4.2: 15
〈Lob- und Spottgedicht auf König Rudolph von Habsburg〉 13.1: 433
〈Lord Byron, Cain. A mystery〉 13.1: 384
〈Lord Byron, Goethes Beitrag zu seinem Andenken〉 13.1: 405
〈Lord Byron, Manfred, a dramatic Poem. London 1817〉 11.2: 293
Lord Byron ohne Scham und Scheu 13.1: 116
Lorenz Sterne 13.1: 419

⟨Madame de Staël⟩ Versuch über die Dichtungen 4.2: 23
Manfred, a dramatic Poem by Lord Byron. London 1817. 11.2: 293
⟨Manzoni, Alessandro, Il conte di Carmagnola. Tragedia. Milano 1820⟩ 13.1: 348
Manzoni, Alessandro, Opere poetiche ⟨Anzeige⟩ 18.2: 16
Manzoni, Alexander, an Goethe 13.1: 378
Manzoni, Teilnahme Goethes 18.2: 28
⟨Memoiren Robert Guillemards⟩ 18.2: 23
Moderne Guelfen und Ghibellinen 13.1: 423
Möser, Justus 13.1: 469
⟨Monatschrift der Gesellschaft des vaterländischen Museums in Böhmen⟩ 18.2: 153
⟨Monatsschriften 1794 und 1795⟩ 4.2: 469

Nachlese zu Aristoteles' Poetik 13.1: 340
⟨Nachricht von dem Verfasser der heiligen Drei Könige und einer gefundenen alten deutschen Übersetzung⟩ 13.1: 443
⟨Nachtrag zum Pfingstmontag⟩ 13.1: 443
⟨Napoleon Bonaparte und das französische Volk unter seinem Konsulate⟩ 6.2: 564
Nationelle Dichtkunst 18.2: 107
⟨Negation des Wortes organisch, Die⟩ 6.2: 770
Nekrolog des deutschen Gil-Blas 13.1: 476
Neueste deutsche Poesie 18.2: 59
Neueste Serbischer Literatur, Das 18.2: 63
Neueste von Plundersweilern, Das 2.1: 235
Neugriechische Volkslieder ⟨...⟩ 18.2: 116
Nichts anders als 13.1: 456
Nicolai de Syghen. Chronicon Thuringicum, von Herrn Geheimrat v. Goethe 13.1: 445
⟨Nicolovius, A.: Über Goethe⟩ 18.2: 134
Niebelungenlied, Das, übersetzt von Carl Simrock. 2 Teile. Berlin 1827 18.2: 87
Niebuhr, Römische Geschichte 18.2: 19
Noten und Abhandlungen zu besserem Verständnis des West-östlichen Divans 11.1.2: 129

Östliche Rosen von Friedrich Rückert 13.1: 457
Olfried und Lisena. Ein romantisches Gedicht in zehn Gesängen von August Hagen 13.1: 440
⟨Olfried und Lisena, Kurze Anzeige⟩ 13.1: 439
Olfried und Lisena noch einmal 13.1: 456
Opere poetiche di Alessandro Manzoni ⟨Anzeige⟩ 18.2: 16
⟨Organisation der Coburg-Saalfeldischen Lande, Die⟩ 6.2: 579

Pfingstmontag, Der, Lustspiel in straßburger Mundart 11.2: 267
Phaeton, Tragödie des Euripides 13.1: 301

⟨Philoktet⟩ 13.1: 320
Plato, als Mitgenosse einer christlichen Offenbarung 4.2: 47
⟨Poesie. Plastik. Musik. Drei Schemata⟩ 6.2: 177
Poetische Metamorphosen 18.2: 404
⟨›Priapeia‹, Bemerkungen zur Sammlung⟩ 3.2: 280

Redensarten welche der Schriftsteller vermeidet, sie jedoch dem Leser beliebig einzuschalten überläßt 11.2: 227
⟨Reflexionen über allgemeine Weltliteratur⟩ 18.2: 178
Reichardt, Johann Friedrich: Vertraute Briefe aus Paris 6.2: 560
Römische Geschichte von Niebuhr 18.2: 19
Rückert, Friedrich, Östliche Rosen 13.1: 457
⟨Ruffa, Tragödien⟩ 13.1: 367

⟨Salomo: Lied der Liebe, übersetzt von Friedrich Wilhelm Carl Umbreit⟩ 13.1: 344
⟨Schema und Bemerkungen zu Ludwick Tieck: Franz Sternbalds Wanderungen⟩ 6.2: 549
⟨Schema zu Kleists »Amphitryon«⟩ 9: 578
Schema zu Kunst und Altertum VI. Bdes. 3s Stück 18.2: 137
Schematisch ⟨Zu literarisch kulturellen Beziehungen zwischen Frankreich und Deutschland⟩ 18.2: 146
⟨Schiller: Die Piccolomini. Wallensteins Erster Teil. Ein Schauspiel in fünf Aufzügen⟩ 6.2: 670
⟨Schiller, Frederick: Wallenstein⟩ 18.2: 130
Schlußpoetik 13.1: 179
⟨Schütz, Wilhelm, Irrtümer und Wahrheiten⟩ 13.1: 489
Scot, Walter. Leben Napoleons 18.2: 92
Serbische Gedichte 18.2: 61
Serbische Lieder 13.1: 408
Serbische Literatur 13.1: 389
Servian popular poetry ⟨...⟩ 18.2: 108
Shakespear und kein Ende! 11.2: 173
Shakspear als Theaterdichter 11.2: 182
So soll die Orthografische Nacht 9: 69
Solgers nachgelassene Schriften und Briefwechsel. 2 Bände 18.2: 14
Sonett, Das 6.1: 46
⟨Soumet, A.: Elisabeth de France⟩ 18.2: 126
Spanische Romanzen, übersetzt von Beauregard Pandin 13.1: 381
Sterne, Lorenz 13.1: 419
Stoff und Gehalt zur Bearbeitung vorgeschlagen 18.2: 78

⟨Taschereau, J. A.: Histoire de la Vie et des Ouvrages de Molière⟩ 18.2: 136
⟨Tausend und Ein Tag⟩ 18.2: 135
Tausend und Eine Nacht 13.1: 347
Teilnahme der Engländer u. Schottländer an deutscher Literatur, Die 18.2: 145

Teilnahme der Franzosen an deutscher Literatur 18.2: 144
Teilnahme der Italiäner an deutscher Literatur 18.2: 146
Teilnahme Goethes an Manzoni 18.2: 28
The first edition of the Tragedy of Hamlet. By William Shakespeare 13.1: 429
The Foreign quarterly Review. No. 1. July, 1827 18.2: 94
The Life of Friedrich Schiller. Comprehending an examination of his works. London 1825 18.2: 84
⟨Theater-Einheit, in Bezug auf vorstehendes Trauerspiel ausgesprochen⟩ 13.1: 369
Thomas Carlyle. Leben Schillers ⟨...⟩ 18.2: 179
⟨Tieck, Ludwig, Franz Sternbalds Wanderungen, Schema und Bemerkungen⟩ 6.2: 549
⟨Tiek, Ludwig, Die Verlobung, eine Novelle⟩ 13.1: 478
Tochter der Luft, Die 13.1: 376
⟨Touti Nameh, übersetzt von Carl Jakob Iken⟩ 13.1: 345
tragischen Tetralogien der Griechen, Die 13.1: 317
⟨Tragödien von Ruffa⟩ 13.1: 367
Triumvirat 6.1: 68

⟨Über Campbells ›Lectures on Poetry‹⟩ 13.1: 298
Über das deutsche Theater 11.2: 161
Über das Lehrgedicht 13.1: 498
⟨Über den Dilettantismus⟩ 6.2: 174
⟨Über den Dilettantismus. Allgemeines Schema⟩ 6.2: 151
Über die Entstehung des Festspiels zu Ifflands Andenken 11.2: 201
⟨Über ein französisches Dictum⟩ 11.2: 147
Über epische und dramatische Dichtung von Goethe und Schiller 4.2: 126
⟨Über Volks- und Kinderlieder⟩ 13.1: 495
⟨Über Volkslieder⟩ 13.1: 404
⟨Ugolino Gherardesca, ein Trauerspiel⟩ 6.2: 598
Ultimatum (Wollt', ich lebte noch hundert Jahr) 6.1: 88
Urteilsworte französischer Kritiker ⟨I⟩ 11.2: 235
Urteilsworte französischer Kritiker ⟨II⟩ 11.2: 265

Varnhagen von Ense, Biographische Denkmale 13.1: 479
Varrenhagen von Enses Biographien 18.2: 13
Verlobung, Die, eine Novelle von Ludwig Tiek 13.1: 478
Versuch eine homerische, dunkle Stelle zu erklären 3.2: 157
Versuch über die Dichtungen ⟨Madame de Staël⟩ 4.2: 23
⟨Volksgesänge abermals empfohlen⟩ 13.1: 380
Von Knebels Übersetzung des Lukrez 13.1: 299
⟨Vorschlag zur Einführung der deutschen Sprache in Polen⟩ 4.2: 20
⟨Vorwort zu ›Der deutsche Gilblas‹⟩ 13.1: 458

⟨Vorwort zu ›Der junge Feldjäger‹⟩ 13.1: 485
⟨Vorwort zu ›Des Jungen Feldjägers Kriegskamerad‹⟩ 13.1: 493
⟨Voß, Johann Heinrich: Lyrische Gedichte⟩ 6.2: 565

⟨Wallenstein von Frederick Schiller⟩ 18.2: 130
⟨Wallensteins Erster Teil. Ein Schauspiel in fünf Aufzügen, Die Piccolomini von Schiller⟩ 6.2: 670
Walter Scot. Leben Napoleons 18.2: 92
Welch ein verehrendes Gedränge 6.1: 69
Wenn zu den Reihen der Nymphen 2.1: 74
Whims and Oddities 18.2: 81
⟨Wieland, zu brüderlichem Andenken⟩ 9: 945
Wohlgemeinte Erwiederung ⟨an junge Dichter⟩ 18.2: 217
Woltmann, Karoline von. Spiegel der großen Welt 13.1: 479
Wort über den Verfasser des Pilatus, Ein 2.2: 470
Zu brüderlichem Andenken Wielands. 1813 9: 945
Zu Charon, dem Neugriechischen 13.2: 157
⟨Zu Herders Abhandlung »Nemesis. Ein lehrendes Sinnbild«⟩ 2.1: 106
Zu Phaeton des Euripides 13.1: 313
Zu Schillers und Ifflands Andenken 11.2: 199
⟨Zum Kyklops des Euripides⟩ 13.1: 329
Zum nähern Verständnis des Gedichts: »Dem Könige die Muse.« gewidmet dem 28. Aug. 1827 18.2: 99
Zum Schäkespears Tag 1.2: 411
⟨Zur Geschichte der französischen Literatur⟩ 18.2: 17
Zur Geschichte der Jenaischen Literaturzeitung. Schema 13.1: 488
⟨Zur Übersetzung von Maturins Trauerspiel ›Bertram or the Castle of St. Aldobrand‹⟩ 11.2: 230
⟨Zwei Einleitungsentwürfe zum Auszug aus der Ilias⟩ 13.1: 296
Zwei Marien, Die. Zwei Romane 9: 83

SCHRIFTEN ZU EIGENEN WERKEN UND PROJEKTEN

⟨A. Nicolovius: Über Goethe⟩ 18.2: 134
⟨An Werther⟩ 13.1: 112, (134)
Anhang zur Lebensbeschreibung des Benvenuto Cellini, bezüglich auf Sitten, Kunst und Technik 7: 454
⟨Ankündigung der Helena-Dichtung⟩ 18.2: 66
⟨Ankündigung des West-östlichen Divans und des Maskenzuges vom 18. Dezember 1818⟩ 11.2: 248
Ankündigung einer neuen Ausgabe von Goethes Werken 11.2: 204
Ankündigung eines Werks über die Farben 4.2: 262
Ankündigung von Goethes Schriften in 8 Bänden 2.2: 472
Anmerkungen über Personen und Gegenstände, deren in dem Dialog ›Rameaus Neffe‹ erwähnt wird 7: 656
⟨Antwort auf eine Anfrage über Wilhelm Meisters Wanderjahre⟩ 11.2: 190
Anzeige und Übersicht des Goetheschen Werkes zur Farbenlehre 10: 973
Anzeige von Goethes sämtlichen Werken, vollständige Ausgabe letzter Hand 13.1: 529
Aufklärung ⟨Zu: Wenn man alle Gesetze studieren sollte⟩ [zu Marimen und Reflexionen 207] 13.1: 520; 17: 754
⟨Aufzeichnungen zu den geplanten Noten zum Briefwechsel zwischen Schiller und Goethe⟩ 13.1: 527
Aus dem Französischen des Globe 13.1: 555
⟨Auslegungen des Märchens aus den Unterhaltungen deutscher Ausgewanderten⟩ 11.2: 217

Ballade. Betrachtung und Auslegung 13.1: 505
Besserem Verständniß ⟨Zu: West-östlicher Divan⟩ 11.1.2: 129

Der Verfasser teilt die Geschichte seiner botanischen Studien mit 18.2: 438
Des Epimenides Erwachen. Aufzuführen, Berlin, den 30sten Mai 1815 11.2: 147
Des Hommes Célèbres de France au dix-huitième siècle, et de l'etat de la littérature et des arts à la même époque 7: 696
Die erste Lieferung der Taschenausgabe von Goethes Werken 18.2: 81
Die Geheimnisse. Fragment von Goethe 11.2: 213

⟨Ein ganz schlechtes Gedicht⟩ 13.1: 527
Einige Szenen aus Mahomet, nach Voltaire 6.2: 691

Epimenides Erwachen, Des. Aufzuführen, Berlin, den 30sten Mai 1815 11.2: 147
Erklärung und Bitte 13.1: 516
⟨Erläuterung zu dem aphoristischen Aufsatz Die Natur⟩ 18.2: 358
⟨Erläuterung zu den Maskenzügen⟩ 2.1: 495
erste Lieferung der Taschenausgabe von Goethes Werken, Die 18.2: 81
Eugenia. Schema der Fortsetzung ⟨zu »Die natürliche Tochter«⟩ 6.1: 938

⟨Faust, übersetzt von F. A. A. Stapfer⟩ 18.2: 124
⟨Fürs Leben⟩ ⟨Nachtrag in: Über Kunst und Altertum III,1 1821⟩ 13.1: 508

⟨ganz schlechtes Gedicht, Ein⟩ 13.1: 527
Geheimnisse, Die. Fragment von Goethe 11.2: 213
Geneigte Teilnahme an den Wanderjahren 13.1: 516
Goethes Schriften. Erster bis vierter Teil 3.2: 157
⟨Goethes Werke. Erster bis zwölfter Band. 1806–1808⟩ 6.2: 602

⟨Leben des Benvenuto Cellini. Anhang von Goethe⟩ 7: 454
⟨Lyrisches Volksbuch⟩ 9: 615

Neue Liedersammlung von Carl Friedr. Zelter 13.1: 518
Noch einmal wagst du 13.1: 112, 134
Noten und Abhandlungen zu besserem Verständnis des West-östlichen Divans 11.1.2: 129*
Notice sur la vie et les Ouvrages de Goethe par Albert Stapfer 13.1: 537
⟨Notiz zu ›Rameaus Neffe‹ von Diderot, in: ›Über Kunst und Altertum IV 1‹⟩ 7: 695

⟨Öffentliche Erklärung⟩ 1.2: 490
⟨Œuvres dramatiques de Goethe⟩ 13.1: 539
Ouvrages poetiques de Goethe 13.1: 521

Paläophron und Neoterpe. Ankündigung 6.2: 559
Paralipomena zu Faust I 6.1: 1050
Paralipomena zur Achilleis 6.1: 1103
Propyläen. Eine periodische Schrift 6.2: 131
Proserpina. Melodram von Goethe, Musik von Eberwein 11.2: 191

⟨Rameaus Neffe. Anmerkungen von Goethe⟩ 7: 454
Rameaus Neffe ⟨Nachträgliches⟩ 7: 703
Rameaus Neffe in Bezug auf Kunst und Altertum Teil IV. Heft 1. S. 159 7: 701

Schema zu einem Volksbuch, historischen Inhalts 9: 605
Sicherung meines literarischen Nachlasses 13.1: 521
Sicherung meines literarischen Nachlasses und Vorberei-

tung zu einer echten vollständigen Ausgabe meiner Werke 13.1: 524
Summarische Jahresfolge Goethescher Schriften 11.2: 249

Tief aus dem Herzen hingesungen 2.1: 36

Über das deutsche Theater 11.2: 161
Über die neue Ausgabe der Goethe'schen Werke 11.2: 210
Über epische und dramatische Dichtung von Goethe und Schiller 4.2: 126
Über Goethes Harzreise im Winter. Einladungsschrift von Dr. Kanngießer 13.1: 508

Urworte Orphisch ⟨Kommentar Goethes⟩ 13.1: 500
⟨Urworte Orphisch. Nachtrag⟩ 13.1: 508

Verfasser teilt die Geschichte seiner botanischen Studien mit, Der 18.2: 438
⟨Vertrag mit J. P. Eckermann vom 15. Mai und 10. Juni 1831⟩ 18.2: 351
⟨Von Goethe später verfaßte Erläuterung zu den Maskenzügen⟩ 2.1: 495
⟨Vorschlag zur Güte⟩ ⟨einen Octavband herauszugeben »Goethe in den mißwollenden Zeugnissen der Mitlebenden«⟩ 13.1: 526
Vorwort ⟨zu Eckermanns Aufsatz: Über Goethes Rezensionen für die Frankfurter gelehrten Anzeigen⟩ 13.1: 536

West-Östlicher Divan oder Versammlung deutscher Gedichte in stetem Bezug auf den Orient 11.2: 208
⟨Wiederholte Entschuldigung und Bitte⟩ 13.1: 519
Willkommen! Übersicht 9: 652

Zweite Anzeige von Goethes sämtlichen Werken vollständige Ausgabe letzter Hand 13.1: 553

SCHRIFTEN ZU MUSIK, THEATER UND SCHAUSPIELKUNST

Almanach für Theater und Theaterfreunde auf das Jahr 1807 von August Wilhelm Iffland 9: 563
Auf Miedings Tod 2.1: 66

Berliner Dramaturgen 13.1: 576

Das Neueste von Plundersweilern 2.1: 235
Das Römische Carneval 3.2: 217
Deutsches Theater 9: 618
Die Piccolomini. Wallensteins Erster Teil. Ein Schauspiel in fünf Aufzügen von Schiller 6.2: 670

Einige Szenen aus Mahomet, nach Voltaire 6.2: 691
Eröffnung des Weimarischen Theaters. Aus einem Briefe 6.2: 642

Französisches Haupttheater 18.2: 121
Französisches Schauspiel in Berlin 18.2: 103
Frauenrollen auf dem römischen Theater durch Männer gespielt 3.2: 171
Für Freunde der Tonkunst, von Friedrich Rochlitz, erster Band. Leipzig 1824 13.1: 566

Herzogliches Hoftheater zu Weimar ⟨1792⟩ 4.2: 10
Herzogliches Hoftheater zu Weimar ⟨1795⟩ 4.2: 14

Iffland, August Wilhelm, Almanach für Theater und Theaterfreunde auf das Jahr 1807 9: 563
Im deutschen Reich gar wohl bekannt 2.1: 235

Joseph Haydns Schöpfung. Aufgeführt an dessen Geburtstage den 31. März 1826 13.1: 569
⟨Jugend der Schauspieler⟩ 13.1: 569
Ludwig Tiecks Dramat⟨urg⟩ische Blätter 13.1: 573

⟨Nach Berlin, als Nachtrag zu den Notizen und Urteilen das Berliner Theater betreffend⟩ 13.1: 565
Neue Liedersammlung von Carl Friedr. Zelter 13.1: 518
Neueste von Plundersweilern, Das 2.1: 235

⟨Poesie. Plastik. Musik. Drei Schemata⟩ 6.2: 177

⟨Regeln für Schauspieler⟩ 6.2: 703
Römische Carneval, Das 3.2: 217

Tieck, Ludwig, Dramat⟨urg⟩ische Blätter 13.1: 573

⟨Über den Dilettantismus⟩ 6.2: 174
⟨Über den Dilettantismus. Allgemeines Schema⟩ 6.2: 151
⟨Über die Notwendigkeit, Tunlichkeit und Schicklichkeit der Trennung des Schauspiels von der Oper⟩ 9: 969
Über Wahrheit und Wahrscheinlichkeit der Kunstwerke. Ein Gespräch 4.2: 89

Volksgesang 3.2: 198

Weimarischer, neudekorierter TheaterSaal. Dramatische Bearbeitung der Wallensteinischen Geschichte durch Schiller 6.2: 639
Weimarisches Hoftheater 6.2: 692
Welch ein Getümmel 2.1: 66
Wunsch und freundliches Begehren 13.1: 563

Zum Jahre 1815. Theater 14: 329

SCHRIFTEN ZU PHILOSOPHIE, THEOLOGIE UND POLITIK

⟨Abfällige Berichte über Weimar⟩ 9: 1005
⟨An Johann Gottlieb Fichte⟩ 4.2: 854
⟨Anteil an Lavaters Physiognomischen Fragmenten⟩ 1.2: 457
Auszüge aus einem Reise-Journal 3.2: 161

⟨Beiträge zu den Frankfurter Gelehrten Anzeigen⟩ 1.2: 309
⟨Bemerkungen zu Augustinus ›De civitate dei‹⟩ 3.2: 286
⟨Bildnisse jetzt lebender Berliner Gelehrten⟩ 6.2: 622
Biographisches von Frank 4.2: 468
Brief des Pastors zu *** an den neuen Pastor zu *** 1.2: 423

Das Römische Carneval 3.2: 217
⟨Deutsche Philosophie⟩ 18.2: 176
Die Natur 2.2: 477
⟨Die Organisation der Coburg-Saalfeldischen Lande⟩ 6.2: 579
Die Wolle sie ist gut und fein 9: 89
⟨Einfälle und Notizen 1774/75⟩ 1.2: 500
Epochen geselliger Bildung 18.2: 200
Erfinden und Entdecken 11.2: 525

⟨Frankfurter Gelehrte Anzeigen⟩ 1.2: 309
Frauenrollen auf dem römischen Theater durch Männer gespielt 3.2: 171
⟨Für Lavater verfaßte Erklärung⟩ 1.2: 456

⟨Koran-Auszüge⟩ 1.2: 443

⟨Lavaters Physiognomische Fragmente⟩ 1.2: 457

Natur, Die 2.2: 477
Neapel 3.2: 175

⟨Organisation der Coburg-Saalfeldischen Lande, Die⟩ 6.2: 579

⟨Physiognomische Fragmente⟩ 1.2: 457
Plato, als Mitgenosse einer christlichen Offenbarung 4.2: 47
Plinius Naturgeschichte 3.2: 182
Positiones Juris 1.2: 551

⟨Reflexion über den Egoismus des Tüchtigen⟩ 18.2: 177
⟨Reflexion über nationelle Eigentümlichkeiten⟩ 18.2: 150
Römische Carneval, Das 3.2: 217
Rosaliens Heiligtum 3.2: 161

Späne ⟨Einfälle und Notizen⟩ 1.2: 500*

Studie nach Spinoza 2.2: 479
Stundenmaß der Italiener 3.2: 169

Über das was man ist 1.2: 300
Über Italien. Fragmente eines Reisejournals 3.2: 161*
⟨Über Kants Philosophie⟩ 11.2: 229
⟨Über Newtons Hypothese der diversen Refrangibilität⟩ 4.2: 376

⟨Vorschlag zur Einführung der deutschen Sprache in Polen⟩ 4.2: 20

⟨Zum Reformationsfest⟩ 11.2: 220
Zum Schäkespears Tag 1.2: 411
⟨Zurückgehaltene Gedichte⟩ 18.2: 193
Zwo wichtige bisher unerörterte biblische Fragen 1.2: 434

AMTLICHE SCHRIFTEN

⟨Abfällige Berichte über Weimar⟩ 9: 1005
Aktenmäßige Nachricht über die seit dem 10ten Junius 1792. Auf der Akademie vorgefallenen Unruhen 4.2: 824
⟨An Christian Friedrich Schnauß⟩ 4.2: 835
⟨An Christian Gottlob Voigt⟩ (Daß die Armee) 4.2: 830
⟨An Christian Gottlob Voigt⟩ (Daß unser Kriegsstern rückgängig) 4.2: 836
⟨An Christian Gottlob Voigt⟩ (Für die gütige Verwendung, das Wildpret betreffend) 4.2: 861
⟨An Christian Gottlob Voigt⟩ (Hier überschicke ich den flüchtigen Entwurf eines Schemas der hiesigen Tätigkeit) 4.2: 864
⟨An Christian Gottlob Voigt⟩(Wie selig kann man seine Freunde preisen) 4.2: 838
⟨An Ernst Josias Friedrich von Stein⟩ 4.2: 839
⟨An Gottlieb Hufeland⟩ 4.2: 854
⟨An Johann Gottlieb Fichte⟩ 4.2: 854
⟨Ansprache auf dem Gewerkentag zu Ilmenau am 9. Dezember 1793⟩ 4.2: 794
⟨Ansprache bei Einführung August von Goethes in die Hoftheaterintendanz⟩ 11.2: 141
⟨Anstellung von Johann Heinrich Voß d.J. am Weimarer Gymnasium⟩ 6.2: 924
⟨Ansuchen der Republik der Vereinigten Niederlande⟩ 2.2: 679
⟨Anwerbung von sächsisch-weimarischen Landeskindern für die preußische Armee⟩ 2.2: 673
Assistenz, Die dem Chef der Oberaufsicht zugeordnete 18.2: 567
Aufsicht über die Zeichenschule 3.2: 403
⟨Ausarbeitung des Münzgutachtens⟩ 4.2: 846
⟨Auslieferung eines relegierten Studenten an das preußische Militär⟩ 2.2: 667

Bau einer neuen Gärtnerwohnung im botanischen Garten zu Jena 18.2: 614
⟨Beabsichtigte Anstellung des Carl Caesar von Leonhard in Sachsen-Weimar⟩ 9: 1016
⟨Beabsichtigte Ernennung Herders zum Geheimen Kirchenrat⟩ 2.2: 666
Beabsichtigte Gründung einer Loge in Jena 9: 1037
⟨Begräbnis eines im Duell gefallenen Studenten⟩ 2.2: 652
⟨Bei feierlicher Einweihung und ersten Austeilung des weißen Falkenordens am 30. Jan. 1816. gesprochen von Goethe.⟩ 11.2: 137
⟨Beitrag zum Statistischen Be-

richt an den französischen Intendanten Villain⟩ 6.2: 899
Bergwerksangelegenheiten 2.2: 765
Bergwerkskommission 3.2: 386
⟨Bericht über den Auszug der Studenten der Universität Jena nach Nohra⟩ 4.2: 820
⟨Bericht über die Frankfurter Reichspostamts-Zeitung⟩ 4.2: 823
⟨Bericht über die Tätigkeit der Wegebaudirektion in den Jahren 1784/85⟩ 2.2: 708
⟨Bericht über die Verwendung der säumigen Steuerzahler beim Wegebau⟩ 2.2: 695
⟨Bericht über eine Session⟩ 4.2: 888
⟨Berufung des Professors Sartorius in Sachsen-Weimarische Dienste⟩ 9: 1017
⟨Berufung Schellings als a.o. Professor der Philosophie nach Jena⟩ 6.2: 922
⟨Betrachtungen über die Konkurs-Konstitution vom 25. Mai 1780⟩ 2.2: 690
⟨Bibliothekswesen⟩ 6.2: 883
⟨Bier und Brot als Deputat für die Schloßtorwärter Färber⟩ 9: 1044
⟨Büttnerische Bibliothek⟩ 2.2: 661

Das Personal der Sternwarte in Jena und das Geschäft im allgemeinen 18.2: 629
Das Verhältnis des Dr. Eckermann zu den oberaufsichtlichen Geschäften 18.2: 569
Der gegenwärtige Zustand und die künftige Behandlung der wissenschaftlichen Anstalten 11.2: 585
Die dem Chef der Oberaufsicht zugeordnete Assistenz 18.2: 567
Die Mitbenutzung des botanischen Gartens zu Jena von seiten der Universität 18.2: 612
Die Reorganisation der Oberaufsicht 11.2: 575

Einrichtung eines landwirtschaftlichen Instituts in Tiefurt 9: 1003
⟨Entlassung Fichtes aus Jena⟩ 6.2: 923
⟨Ernennung der Geheimen Räte zu Wirklichen Geheimen Räten mit dem Prädikat Exzellenz⟩ 6.2: 925
⟨Erörterungen über das Verfahren der Einziehung rückständiger Steuern⟩ 2.2: 683
⟨Erörterungen über den Wasserbau in der Flur des Dorfes Ringleben⟩ 2.2: 704
⟨Erörterungen über die Abschaffung der Kirchenbuße⟩ 2.2: 668
⟨Errichtung einer Art Provinzialmiliz⟩ 2.2: 677
Erste Nachricht von dem Fortgang des neuen Bergbaues zu Ilmenau 2.2: 755

⟨Feststellungen über das Fabrik- und Manufakturwesen im Lande⟩ 2.2: 713
⟨Freitagsgesellschaft, Gründung⟩ 4.2: 809
⟨Freitagsgesellschaft, Wiederbelebung⟩ 4.2: 864

Fünfte Nachricht von dem neuen Bergbau zu Ilmenau 4.2: 778

Geheimes Concilium. Personalia und Studenten 3.2: 375
⟨Geplante Versetzung des Professors Fernow nach Jena⟩ 9: 1013
⟨Gesuch des Frankfurter Schutzjuden Elias Löb Reisz um herzogliche Gnadenerweise⟩ 2.2: 665
Gründung einer Baugewerkschule 18.2: 573

⟨Herausgabe der Zeitschrift Nemesis durch Professor Luden in Jena⟩ 9: 1011

⟨Ilmenauer Bergbau und Gewerkentag⟩ 4.2: 767
⟨Ilmenauer Bergwerksessionen⟩ 4.2: 887
Ilmenauer Steuerkommission 3.2: 395

⟨Jahresbericht über die wissenschaftlichen und künstlerischen Institute in Weimar und Jena. 1811⟩ 9: 974
⟨Jenaische Allgemeine Literatur-Zeitung⟩ 6.2: 916
Jenaische Museen und Sternwarte 9: 998

⟨Kindsmord⟩ 2.2: 671
⟨Kurze Darstellung einer möglichen Badeanstalt zu Berka an der Ilm⟩ 9: 1024

⟨Maßnahmen gegen die landsmannschaftlichen Verbindungen an der Universität Jena⟩ 2.2: 653
⟨Maßnahmen zur Verbesserung des Zustandes der verarmten Gemeinde Melpers⟩ 2.2: 681
⟨Memorandum über die der Oberaufsicht unterstellten Institute in Jena, 1817⟩ 11.2: 605
Mitbenutzung des botanischen Gartens zu Jena von seiten der Universität, Die 18.2: 612
⟨Münzgutachten⟩ 4.2: 840

⟨Nachricht den Ilmenauer Bergbau betreffend⟩ 2.2: 770
Nachricht von dem am 24sten Februar 1784 geschehenen feierlichen Wiederangriff des Bergwerks zu Ilmenau 2.2: 750
Nachricht von dem ehmaligen Bergbau bei Ilmenau in der Grafschaft Henneberg 2.2: 728
Nachricht von dem ilmenauischen Bergwesen 2.2: 715
⟨Naturwissenschaftliche Institute in Jena⟩ 11.2: 605

Oberaufsicht über den botanischen Garten in Jena 13.2: 372
Oberaufsicht über die naturwissenschaftlichen Institute in Jena 11.2: 585
Oberaufsicht über die naturwissenschaftlichen Institute in Jena, allgemein 13.2: 358
Oberaufsicht über die Sternwarte in Jena 13.2: 395

Oberaufsicht über die unmittelbaren Anstalten für Wissenschaft und Kunst 18.2: 567
Oberaufsicht über die unmittelbaren Anstalten für Wissenschaft und Kunst, allgemein 13.2: 355

Personal der Sternwarte in Jena und das Geschäft im allgemeinen, Das 18.2: 629
⟨Plan Goethes zu Maßnahmen gegen Nachdruck und Anonymität⟩ 9: 1010
Positiones Juris 1.2: 551
Praktische Anstalten auf der Universität zu Jena 6.2: 897
⟨Protokoll und Eröffnungsansprache zur ersten Sitzung der Freitagsgesellschaft⟩ 4.2: 810
⟨Protokoll und Eröffnungsansprache zur zweiten Sitzung der Freitagsgesellschaft⟩ 4.2: 814

Rechtsanwalts-Eingaben 1.2: 557
Reparaturen und Baumaßnahmen im botanischen Garten zu Jena 18.2: 599

⟨Schema zu einem Aufsatz über die Schwefelwasser bei Berka an der Ilm⟩ 9: 1022
⟨Schema zu Münzgutachten, 8.–23. November 1793⟩ 4.2: 841
⟨Schema zu Münzgutachten, 5.–7. November 1793⟩ 4.2: 840
⟨Schema zur Abschaffung der Duelle⟩ 4.2: 816
Schloßbaukommission 3.2: 405
Sechste Nachricht von dem Bergbaue zu Ilmenau 4.2: 788
Siebente Nachricht von dem Bergbaue zu Ilmenau 4.2: 798
⟨Statut der Freitagsgesellschaft⟩ 4.2: 809
⟨Steuern und Erbzinsen Ruhla⟩ 2.2: 698

⟨Über ausstehende Arbeiten am Ilmenauer Bergwerk⟩ 2.2: 767
⟨Über die Frankfurter Quartier-Ordnung⟩ 1.2: 669
⟨Über die Notwendigkeit, Tunlichkeit und Schicklichkeit der Trennung des Schauspiels von der Oper⟩ 9: 969
Über die verschiedenen Zweige der hiesigen Tätigkeit 4.2: 872
Übersicht des Bisherigen und Gegenwärtigen nebst Vorschlägen für die nächste Zeit 11.2: 605
⟨Universität Jena, disziplinarische Angelegenheiten⟩ 4.2: 816
Untertänigster Jahres-Bericht über den Zustand der Museen und anderer wissenschaftlichen Anstalten zu Jena ⟨1812⟩ 9: 980

⟨Verbesserung der akademischen Disziplin⟩ 6.2: 894
⟨Vereinfachung des Kanzleistils⟩ 2.2: 651
Verhältnis des Dr. Eckermann zu den oberaufsichtlichen Geschäften, Das 18.2: 569

⟨Verwaltung des Naturalienkabinetts in Jena⟩ 2.2: 660
Vierte Nachricht von dem Fortgang des neuen Bergbaus zu Ilmenau 4.2: 767
⟨Vorbereitungen zur Einrichtung eines chemischen Laboratoriums in Jena⟩ 2.2: 663
⟨Vortrag am 6. Juli 1796⟩ 4.2: 887
⟨Votum an Carl August⟩ 4.2: 832
⟨Votum an Christian Gottlob Voigt⟩ 4.2: 855
⟨Votum zur Ausbildung der jungen Theologen⟩ 4.2: 885
⟨Votum zur Gründung eines Erziehungsinstituts für Ausländer⟩ 4.2: 884

Wegebaudirektion und Wasserbaukommission 3.2: 392

⟨Zensurpraxis⟩ 4.2: 854
⟨Zum Bruch des Martinrodaer Stollens⟩ 4.2: 890
Zur Bergwerkssession 4.2: 890
⟨Zusatz Goethes zu J. C. W. Voigts Bericht vom 1. Oktober 1785⟩ 2.2: 764
⟨Zusatz zum Statut der Freitagsgesellschaft⟩ 4.2: 813

ALPHABETISCHES INHALTSVERZEICHNIS SÄMTLICHER WERKE EINSCHLIESSLICH DER GEDICHTE

ALPHABETISCHES INHALTSVERZEICHNIS

A. 4.1: 715, (792)
A. D. B. 4.1: 806, (725)
A. d. Ph. 4.1: 806
A. d. Z. 4.1: 806, (725)
A. F. K. N. H. D. 4.1: 751, 772
A. L. 4.1: 750, 772, (832)
A Monsieur le Major General de Hoffmann 1.1: 92
⟨A. Nicolovius: Über Goethe⟩ 18.2: 134
A propos Tübingen! 4.1: 704, 799
A Song over The Unconfidence towards my self 1.1: 88
⟨A. Soumet: Elisabeth de France⟩ 18.2: 126
A und O 4.1: 827
Abaldemus. Über die Natur des Menschengeschlechts 13.1: 497
Aber abseits wer ist's 14: 482
Aber da bist du 4.1: 742
Aber da meinen die Pfuscher 4.1: 790
Aber das habt ihr ja alles bequemer 4.1: 734, 824
Aber entfaltet sich 4.1: 701, 758
Aber, erscheint sie selbst 4.1: 783
Aber ich bitte dich Freund 4.1: 734, 824
Aber jetzt kömmt ein böses Insekt 4.1: 688, (785)
Aber jetzt rat ich euch 4.1: 735, 825
Aber nun kommt ein böses Insekt 4.1: 785, (688)
Aber seht ihr in B**** 4.1: 786, (688)
Aber seht ihr in B****g 4.1: 688, (786)
Aber von Leben rauscht es 4.1: 700, 766
Aber wenn der Tag die Welt 13.1: 227
Aber widrigers kenn ich auch nichts 4.1: 748, 764
Aberwitz und Wahnwitz 4.1: 767
⟨Abfällige Berichte über Weimar⟩ 9: 1005
Abgeschlossen sei das Buch 13.1: 82
Abglanz 11.1.2: 91; 11.1.1: (134)
Abkündigung 6.1: 1050
Abscheu 4.1: 681, 803
Abscheulich ist 18.1: 89
Abschied (Am Ende bin ich nun) 6.1: 1051
Abschied (War unersättlich) 9: 15
Abschied (Zu lieblich ists) 4.1: 902
Abschied, Der (Laß mein Aug') 1.1: 1570
⟨Abschied an den Herzog Carl August im Namen der Engelhäuser Bäuerinnen⟩ 4.1: 109
Absendung des Vorstehenden ⟨Inschrift für eine Bildtafel von Wilhelm von Reuter⟩ 18.1: 46
Absurder Pfaffe! 13.1: 233
Abwege 13.1: 169
Abwesend ist kein Freund zu achten 13.1: 23
Accipe facundi Culicem 4.1: 715, 808

Ach! Auf wiesenreichen Auen 11.1.1: 69
Ach bist du fort? 1.1: 1008*
Ach Cypresse, hoch zu schauen 13.1: 121
Ach das ist Frerons unsterblicher Schnabel 4.1: 730
Ach das ist nur mein Leib 4.1: 729, 818
Ach daß die innre Schöpfungskraft 1.2: 470; 3.2: 34
Ach fände für mich 1.1: 126, (144)
Ach ich kann sie nicht erwiedern 11.1.1: 246
Ach ich war auch in diesem Falle 1.1: 231
Ach! ihm mangelt leider 4.1: 817, (731)
Ach, ihm mangelt leider 4.1: 731, (817)
Ach ihr Götter 2.1: 25
Ach, man sparte viel 2.1: 31
Ach! mein Hals ist ein Wenig geschwollen 3.2: 107, (148)
Ach, mein Hals ist ein wenig geschwollen! 3.2: 148, (107)
Ach mein Mädchen verreist! 3.2: 112, 147
Ach! Mir geschieht ganz recht! 4.1: 730
»Ach! mit diesen Seelen was macht er! 3.2: 97, (135)
»Ach! mit diesen Seelen, was macht er? 3.2: 135, (97)
Ach neige / Du schmerzenreiche 1.2: 178; 3.1: (585); 6.1: (640)
Ach neige, / Du Schmerzenreiche 3.1: 585; 6.1: 640; 1.2: (178)
Ach! sie neiget das Haupt 3.2: 121
Ach sie suchet umsonst 4.1: 742
Ach so drückt mein Schicksal mich 2.1: 26
Ach! um deine feuchten Schwingen 11.1.1: 129; 11.1.2: 87
Ach! unaufhaltsam strebet das Schiff 4.1: 844, 845
Ach was soll der Mensch verlangen? 2.1: 32
Ach! wer bringt die schönen Tage 2.1: 100, 484
Ach! wer doch wieder gesundete! 13.1: 72
Ach wie bist du mir, / Wie bin ich dir geblieben! 2.1: 26
Ach! Wie schrumpfen allhier 4.1: 818, (731)
Ach wie schrumpfen allhier 4.1: 731, (818)
Ach wie sehn ich mich nach Dir 1.1: 196
Ach wie sie Freiheit schrien 4.1: 729, 816
Ach Zypresse, hoch zu schauen 13.1: 121*
Acheronta movebo 4.1: 816, (728)
Achilleis 6.1: 793
Achilles (Vormals im Leben ehrten wir dich) 4.1: 730, 816
Achtermanns Höhe, Die 11.2: 1204
⟨Acta geführt auf einer Reise nach Karlsbad im Juli 1795⟩ 4.2: 502
Adelung (Anatomieren magst du) 4.1: 715*
⟨Adler mit einer Lyra nach oben strebend⟩ 13.1: 126
Adler und die Taube, Der 1.1: 201
Adressen, Die 4.1: 795
⟨Ältere Gemälde. Neuere Re-

staurationen in Venedig, betrachtet 1791⟩ 3.2: 289; 13.2: (186)
Ältere Gemälde. Neuere Restaurationen in Venedig, betrachtet 1791 13.2: 186; 3.2: (289)
Ämtchen bringen Käppchen 18.1: 72
⟨Äolsharfen⟩ 13.1: 72
Ärgerts jemand daß es Gott gefallen 11.1.1: 109; 11.1.2: 55
Ärzte 4.1: 694
Aesop 6.2: 182
Ästhetische Pflanzen Ansicht 18.2: 403
ästhetische Torschreiber, Der 4.1: 676, 776
Affiche 4.1: 779
Affinität des gefärbten Lichts zu den Phosphoren 4.2: 315
Afirmativo soy, y tan constante 13.1: 111
Agamemnon (Bürger Odysseus!) 4.1: 817
Agamemnon (Nicht der gewaltige Dis) 4.1: 732
Agnese 9: 642
Ajax 4.1: 731, 817
Ajax Telamons Sohn! 4.1: 731, 817
Aktenmäßige Nachricht über die seit dem 10ten Junius 1792. Auf der Akademie vorgefallenen Unruhen 4.2: 824
Albrecht Dürers christlich-mythologische Handzeichnungen 9: 598
Alcibiades 4.1: 819
Alexander Manzoni an Goethe 13.1: 378
Alexander und Caesar und Heinrich 3.2: 54, (55)
Alexander und Cäsar und Heinrich 3.2: 55, (54)
⟨Alexander von Humboldt: Ideen zu einer Physiognomik der Gewächse⟩ 6.2: 770
Alexandriner 4.1: 735
Alexis und Dora (Ach! unaufhaltsam) ⟨1. Fassung⟩ 4.1: 844
Alexis und Dora (Ach! unaufhaltsam) ⟨2. Fassung⟩ 4.1: 845
Alexis und Dora (Sag wie kommst du) 4.1: 862
All ihr andern, ihr sprecht 4.1: 788
All unser redlichstes Bemühn 13.1: 108
Alle Blüten müssen vergehn 4.1: 837
Alle die andern, sie haben zu tragen 4.1: 735
Alle Freiheits Apostel 3.2: 94, (122), (136)
Alle Freiheits-Apostel 3.2: 136, (94), (122)
Alle Freiheitsapostel 3.2: 122, (94), (136)
Alle Freude des Dichters 4.1: 774, 835
Alle gleichen wir uns 2.1: 101
Alle Künste lernt und treibt der Deutsche 3.2: 91, 131
Alle Menschen gros und klein 11.1.1: 94; 11.1.2: (109)
Alle Menschen groß und klein 11.1.2: 109; 11.1.1: (94)
Alle Neun, sie winkten mir oft 3.2: 129, (88)
Alle Pappeln hoch in Lüften 13.1: 43
Alle ruhen die gelitten 11.1.1: 280
Alle sagen mir 3.2: 151

Alle schöne Sünderinnen 2.1: 106
Alle Schöpfung ist Werk der Natur 4.1: 768, 836
Alle sind sie entwichen 4.1: 739
Alle streben und eilen 4.1: 756, 841
Alle Tage / Lebendige Geister 2.1: 44
Alle Viere mehr und minder 9: 94
Alle Weiber sind Ware 3.2: 106
Allegiere der Erste nur falsch 4.1: 828
Allein das Lebensmaß Chlorindens ist nun voll 5: 27; 2.2: (24)
Allein des Lebens Maß Chlorindens ist nun voll 2.2: 24; 5: (27)
Allen Formen macht er den Krieg 4.1: 704, 798
Allen gehört was du denkst 4.1: 697, 765
Allen habt ihr die Ehre genommen 4.1: 695, 796
Aller Dinge Gehalt 4.1: 703
Allerdings. Dem Physiker 13.1: 162; 12: (225)
Allerlieblichste Trochäen 13.1: 216
Alles an diesem Gedicht 4.1: 717, 791
Alles auch Meinende 13.1: 216
Alles beginnt der Deutsche mit Feierlichkeit 4.1: 725, 806
Alles, du ruhige, schließt sich 4.1: 743
»Alles erkläret sich wohl 3.2: 113, 142
Alles gaben Götter die unendlichen 2.1: 34
Alles gleitet unter einander 4.1: 692, 756
Alles in der Welt läßt sich ertragen 9: 127
Alles in Deutschland 4.1: 720, 813, 814
Alles ist nicht für alle 4.1: 795
Alles kann mißlingen 4.1: 711, 780
Alles kündet Dich an! 9: 68
Alles mischt die Natur 4.1: 710, 778
Alles schreibt, es schreibt der Knabe 4.1: 743
Alles seh ich gerne von dir 3.2: 97, 135
Alles sei recht 4.1: 685
Alles streitende löst sich 4.1: 739
Alles war nur ein Spiel! 4.1: 825, (728)
Alles was du denkst 6.1: 95
Alles was ihr wollt 3.2: 150
Alles will jetzt den Menschen von außen 4.1: 693, (761)
Alles will jetzt den Menschen von innen 4.1: 761, (693)
Alles will reden 13.1: 214
Alles, wir sagens vorher, ist nicht für alle 4.1: 675
Alles wünscht' ich zu haben 4.1: 774, 835
Allgemeine deutsche Bibliothek 4.1: 725, (806)
Allgemeines Schema zur ganzen Abhandlung der Morphologie 4.2: 196
Allgemeinste über Farben, Das 6.2: 805
Allleben 11.1.1: 25; 11.1.2: 20
Almanach als Bienenkorb, Der 4.1: 804
Almanach für Theater und Theaterfreunde auf das Jahr 1807 von August Wilhelm Iffland 9: 563

Almansaris und Amanda 4.1: 809
⟨Alonzo, historischer Roman⟩ 13.1: 398
Als Allerschönste bist du anerkannt 18.1: 19
Als an der Elb' ich die Waffen ihm segnete 13.1: 42
Als auf einem Landgut bei Koppenhagen drei Urnen gefunden wurden 2.1: 11
Als Centauren gingen sie 4.1: 708, 790
Als das heilige Blatt 6.1: 32
Als der Knabe nach der Schule 11.1.1: 172
Als der Undankbare floh 2.1: 106
Als Diogenes still in seiner Tonne 2.1: 100
Als du die griechischen Götter geschmäht 4.1: 709, 789
Als ein wahrer Narciß 4.1: 829
Als Gellert, der geliebte, schied 2.1: 36
Als Gottes Spürhund 2.1: 50
Als hätte, da wär' ich sehr erstaunt 13.1: 51
Als ich auf dem Euphrat schiffte 11.1.1: 120; 11.1.2: 70
Als ich einmal eine Spinne erschlagen 11.1.1: 82; 11.1.2: 60
Als ich in Saarbrücken 1.1: 1008*
Als ich noch ein Knabe war 1.1: 259
Als ich still und ruhig spann 4.1: 669
Als Kentauren gingen sie 4.1: 708*, 790*
Als kleinen Knaben hab ich dich gesehn 11.1.1: 182
Als kleines artges Kind, nach Feld und Auen 9: 14
Als Knabe nahm ich mir's zur Lehre 13.1: 194
Als Knabe verschlossen und trutzig 9: 91
Als Luthers Fest, mit gläubiger Schaar 11.1.1: 211
Als man ihn traf den Esel 4.1: 828
Als Minerva jenen Liebling 2.1: 61
Als noch, verkannt und sehr gering 4.1: 864
Als wenn das auf Nahmen ruhte! 11.1.1: 23; 11.1.2: (51)
Als wenn das auf Namen ruhte! 11.1.2: 51; 11.1.1: (23)
Als wenn ich auf den Maskenball käme 9: 144
Also das wäre Verbrechen 4.1: 858
Also *eure* Natur 4.1: 735, 824
Also lustig sah es aus 11.1.1: 168
Also sieht man bei euch 4.1: 733, 823
Alsobald knallet in G** 4.1: 784, (686)
Alsobald knallt in G**a 4.1: 686, (784)
Altböhmische Gedichte 18.2: 121
Alt-Deutsche Baukunst 11.2: 359
Alte, bärtige, sogar schwarze Gesichter 11.1.1: 199
Alte deutsche Tragödie 4.1: 813, (720)
Alte Jungfern und Manso 4.1: 712
Alte Prosa komm wieder 4.1: 721, 814
Alte Vasen und Urnen das

Zeug wohl könnt ich entbehren 4.1: 708, (778)
Alte Vasen und Urnen! Das Zeug wohl könnt ich entbehren 4.1: 778, (708)
Altenberger Suite 9: 907
Alter, Das 9: 103; 20.1: (335)
Alter Feuersegen 18.1: 54
Alter gesellet sich gern 6.1: 48
Alter Held schützt alte Bücher 13.1: 128
»Alter Mond, in deinen Phasen 13.1: 104
Altgriechische Rätsel (Nicht sterblich) 13.1: 117; 20.1: 841
Altschottisch (Matt und beschwerlich) 20.3: 826; 18.1: (11)
⟨Altschottisch⟩ (Und morgen fällt) 18.1: 13
Alt-Tümer sind ein böses Ding 13.1: 106
Am acht und zwanzigsten August 1826 13.1: 186
Am Ende bin ich nun des Trauerspiels 6.1: 1051
Am 1. Oktober 1797 4.1: 906; 8.1: (437)
Am feuchten Fels 13.1: 71
Am Flusse (Verfließet, vielgeliebte Lieder) 1.1: 153*
Am Flusse kannst du stemmen und häkeln 9: 124
Am heißen Quell verbringst Du 13.1: 93
Am jüngsten Tag, vor Gottes Thron 18.1: 77
Am jüngsten Tag, wenn die Posaunen schallen 9: 19
Am Lehrling mäkelten sie 13.1: 217
Am siebenten November 13.1: 124
Amalgama, Das 4.1: 778, (710)
Amazonen in Böhmen 18.2: 138
Amerika du hast es besser 18.1: 13
Amerikanerin nennst du das Töchterchen 3.2: 96
Amlets Geschichte nach dem Saxo Grammatikus 4.2: 70
Amor, als Schulkollege 4.1: 780
Amor bleibet ein Schalk 3.2: 58, 59
Amor der lächelnde kommt 4.1: 738
Amor ein Landschaftsmaler 3.2: 10
Amor, nicht aber das Kind 14: 494; 4.1: (658)
Amor, nicht das Kind 4.1: 658; 14: (494)
Amors Grab 1.1: 126, 147
⟨»Amphitryon« von Kleist, Schema⟩ 9: 578
Amyntas 4.1: 904; 4.2: 715
⟨An …?⟩ (Alle gleichen wir uns) 2.1: 101
⟨An …?⟩ (Der Reiter kommt) 2.1: 63
⟨An ?⟩ (Ist uns Jugendmut entrissen) 13.1: 695
An * (Teile mir mit) 4.1: 759, (746)
An ** (Du willst wahres mich lehren?) 4.1: 759
An ** (Gerne plagt ich) 4.1: 722, 794
An *** (Dich erwähl ich zum Lehrer) 4.1: 759
An *** (Nein! Du erbittest mich nicht) 4.1: 794
An *** (Teile mir mit) 4.1: 746, (759)
An **** (Du vereinigest jedes Talent) 4.1: 769, (744)

⟨An …, mit der Taschen-Ausgabe von Goethes Werken⟩ 18.1: 12
⟨An …, 17. Mai. 1828⟩ 18.1: 26
⟨An Albertine Rapp⟩ 18.1: 26
An Alexander v. Humboldt 11.1.1: 167
⟨An Amalia von Hendrich⟩ 2.1: 45
An Annetten 1.1: 98
⟨An Belinden⟩ 1.1: 265; 16: (732)
An Bildern schleppt ihr hin und her 11.1.1: 166
⟨An Carl Friedrich Zelter⟩ 18.1: 51
⟨An Caroline Herder⟩ 2.1: 80
⟨An Caroline Riemer⟩ 18.1: 10
⟨An Charlotte von Stein⟩ (Ach wie bist du mir) 2.1: 26
⟨An Charlotte von Stein⟩ (Als der Undankbare floh) 2.1: 106
⟨An Charlotte von Stein⟩ (Deine Grüße hab' ich wohl erhalten) 2.1: 47
⟨An Charlotte von Stein⟩ (Es fähret die poetsche Wut) 2.1: 54
⟨An Charlotte von Stein⟩ (Frage nicht nach mir) 2.1: 77
⟨An Charlotte von Stein⟩ (Gewiß ich wäre schon so ferne) 2.1: 97
⟨An Charlotte von Stein⟩ (Hier bildend nach der reinen stillen) 2.1: 25
⟨An Charlotte von Stein⟩ (Hierhergetrabt die Brust voll tiefem Wühlen) 2.1: 26
⟨An Charlotte von Stein⟩ (Ich bin eben nirgend geborgen) 2.1: 28
⟨An Charlotte von Stein⟩ (Man wills den Damen übel deuten) 2.1: 48
⟨An Charlotte von Stein⟩ (Von mehr als einer Seite verwaist) 2.1: 81
⟨An Charlotte von Stein⟩ (Warum gabst du uns die Tiefen Blicke) 2.1: 20
⟨An Charlotte von Stein⟩ (Was mir in Kopf und Herzen stritt) 2.1: 33
⟨An Charlotte von Stein⟩ (Zum Tanze schick ich dir den Strauß) 2.1: 59
⟨An Christian Friedrich Schnauß⟩ 4.2: 835
⟨An Christian Gottlob Voigt⟩ (Daß die Armee) 4.2: 830
⟨An Christian Gottlob Voigt⟩ (Daß unser Kriegsstern rückgängig) 4.2: 836
⟨An Christian Gottlob Voigt⟩ (Für die gütige Verwendung, das Wildpret betreffend) 4.2: 861
⟨An Christian Gottlob Voigt⟩ (Hier überschicke ich den flüchtigen Entwurf eines Schemas der hiesigen Tätigkeit) 4.2: 864
⟨An Christian Gottlob Voigt⟩ (Wie selig kann man seine Freunde preisen) 4.2: 838
An Christel (Hab oft einen dummen) 1.1: 224*
⟨An Christine Genast, geb. Böhler⟩ 13.1: 69
⟨An Clementine von Mandelsloh⟩ 18.1: 23
An dem Eingang der Bahn 4.1: 693
An dem Meere ging ich 3.2: 130, (90)

An dem öden Strand des Lebens 11.1.1: 157
An dem reinsten Frühlingsmorgen 4.1: 860
An dem stillbegrenzten Orte 13.1: 118
An Demoiselle Fanny Caspers 11.1.1: 145
An Demoiselle Sontag 13.1: 185
An den Dichter 4.1: 749, 769
An den Geist des Johannes Sekundus 2.1: 30
⟨An den Grafen Caspar Sternberg⟩ 18.1: 12
⟨An den Herzog Carl August⟩ (Durchlauchtigster / Es nahet sich) 2.1: 12
⟨An den Herzog Carl August⟩ (Ist es denn wahr) 2.1: 109
⟨An den Herzog Carl August⟩ (So groß als die Begierde war) 2.1: 63
⟨An den Herzog Carl August⟩ (Zu dem erbaulichen Entschluß) 4.1: 655
⟨An den Herzog Carl August⟩ (Zwar bin ich nicht) 2.1: 43
An den Herzog von Weimar 3.2: 9
An den holden Jüngling denkend 9: 70
An den Kuchenbäcker Händel 1.1: 97; 16: (326)
An den Leser (Alles, wir sagens vorher) 4.1: 675
An den Leser (Lies uns nach Laune) 4.1: 676, 789
An den Mond (Füllest wieder) 2.1: 34, 35, (561)
An den Mond (Schwester von dem ersten Licht) 1.1: 151; 9: (97)
An den Mond nach meiner Manier 2.1: 561, (34), (35)
An den neuen St. Antonius 6.1: 9
An den Prinzen von Ligne 6.1: 86
An den Schlaf 1.1: 94, 114
An den Selbstherrscher 4.1: 684, 755, (840)
An den verehrl. Frauen-Verein 13.1: 81
An den Wurzeln heiliger Eiche 13.1: 231
An der Finsternis zusammengeschrunden 9: 119
An des Eridanus Ufern 4.1: 688, 786
An des lust'gen Brunnens Rand 11.1.1: 124; 11.1.2: 83
An deutsche Baulustige 4.1: 779
An die Astronomen 4.1: 696
An die Bußfertigen 4.1: 710
An die Entfernte 3.2: 16
⟨An die Erbgroßherzogin Maria Paulowna⟩ 13.1: 102
An die ernsthaften Herren 4.1: 676, (784)
An die ernsthaften Xenien 4.1: 676
An die Erwählte 4.1: 668
⟨An die Frankfurter Freunde⟩ 13.1: 19
An die Freier 4.1: 728, 825
An die Gesetzgeber 4.1: 685
⟨An die Gräfin Christine von Brühl⟩ 2.1: 105
An die Günstigen 6.1: 44
An die Herren D. E. F. 4.1: 826
An die Herren G. H. J. 4.1: 699, (762)
An die Herren N. O. P. 4.1: 782, (713)
An die Herren P. R. W. 4.1: 713, (782)

An die Herzogin Amalia 6.1: 749
⟨An die Herzogin Luise⟩ (Man liebt dich heut) 2.1: 44
⟨An die Herzogin Luise⟩ (Sklaven sollten wir haben) 4.1: 843
⟨An die Herzogin Luise⟩ (Was wir vermögen) 2.1: 33
⟨An die Herzogin Luise⟩ (Wie alle dich verehren müssen) 2.1: 33
An die Heuschrecke (Selig bist du) 2.1: 63*
An die Jünglinge 4.1: 709
An die lustigen Xenien 4.1: 676, (781)
An die Moralisten (Lehret! Das ziemet euch wohl) 4.1: 770, (836)
An die Moralisten (Richtet den herrschenden Stab) 4.1: 791, (836)
An die Muse (Nimm dem Prometheus die Fackel) 4.1: 770, (836)
An die Muse (Was ich ohne dich wäre) 4.1: 745, 759
An die Mystiker 4.1: 699, 764
An die Obern 4.1: 678, 801
An die Philister 4.1: 805
⟨An die Prinzessin Christine von Ligne⟩ 9: 49
An die Stelle des Genusses 11.1.1: 118
An die Stummen 4.1: 827
An die T . . und D . . 9: 98
An die Türen will ich schleichen 5: 335
An die Unschuld 1.1: 148
An die Väter 4.1: 709
An die voreiligen Verbindungsstifter 4.1: 797
⟨An die Wand von Lavaters Stube⟩ 1.1: 270
An die Xenien (»Deutschland fragt«) 4.1: 676, (790)
An die Xenien (O ihr neckischen Jungen!) 4.1: 749
An die Zikade 2.1: 63
An diesem Brunnen hast auch Du gespielt 13.1: 133
⟨An Dominicus Predari⟩ 18.1: 33
⟨An Doris Böhler⟩ 13.1: 70
An ein goldnes Herz das er am Halse trug 2.1: 9; 16: (792)
An ein Weihnachts-Kind (Daß Du zugleich mit dem heilgen Christ) 11.1.1: 150*
An einen berühmten Schriftsteller 4.1: 747
An einen gewissen moralischen Dichter 4.1: 716, 777
An einen jungen Prahler 1.1: 119
An einige Repräsentanten 4.1: 682
An einige Schriftsteller 4.1: 826
⟨An Ernst Josias Friedrich von Stein⟩ 4.2: 839
⟨An Fanny Mendelssohn⟩ 18.1: 22
⟨An Felix Mendelssohn-Bartholdy⟩ 13.1: 69
⟨An Ferdinand Hiller⟩ 18.1: 10
An Fräulein Casimira 13.1: 93
An Fräulein Mathilde von Lyncker 11.1.1: 168
An Fräulein von Schiller 11.1.1: 225
An Fräulein Wilhelmine Herzlieb 11.1.1: 184
An Frau K. in C. Erwiederung 18.1: 55
⟨An Frau von Felgenhauer⟩ 2.1: 45

⟨An Frau von Lichtenberg, geb. von Ilten⟩ 2.1: 45
⟨An Frau von Martius⟩ (Mein Kind) 13.1: 102
An Freund Mellisch 13.1: 65
An Freunde der Geognosie 6.2: 752
An Friederike Oeser 1.1: 131
⟨An Friedrich Förster⟩ (Als an der Elb') 13.1: 42
⟨An Friedrich Maximilian Klinger⟩ 13.1: 133
⟨An Friedrich Wagener⟩ 13.1: 187
An Friedrich Wilhelm Gotter 1.1: 215
An Fürst Biron von Curland 11.1.1: 211
An Gebildetem nur 4.1: 767, (701)
An Geheimerath von Willemer (Reicher Blumen goldne Rancken) 11.1.1: 114*
An gewisse Kollegen 4.1: 782
An gewisse Umschöpfer 4.1: 790
⟨An Gottlieb Hufeland⟩ 4.2: 854
⟨An Gräfin Albertine Rapp⟩ (Zu dem Guten) 13.1: 119
⟨An Gräfin Caroline von Egloffstein⟩ (Der Heiden-Kaiser Valerian) 13.1: 34
⟨An Gräfin Caroline von Egloffstein⟩ (Ein *Zauber* wohl ziehet) 13.1: 45
An Gräfin Constanze von Fritsch. Bei Übersendung eines Pensée-Bouquets 9: 103
⟨An Gräfin Josefine O'Donnell⟩ (Eile zu Ihr) 18.1: 53
⟨An Gräfin Josephine O'Donell⟩ (Die kleinen Büchlein) 9: 98
An Gräfin Odonell. Carlsbad d. 8. Aug. 1818 (Ich dachte Dein, und Farben bunt erschienen) 11.1.1: 207*
An Gräfin Odonell (Hier, wo noch Ihr Platz) 13.1: 21
An Gräfinn Jaraczewska 11.1.1: 208
An Gräfinn Maria v. Einsiedel 11.1.1: 233
⟨An Graf Caspar von Sternberg⟩ (Frühlingsblüten) 13.1: 101
An Grafen Paar 11.1.1: 207
⟨An Großherzog Carl August und Frau von Heygendorf⟩ 18.1: 22
An Hafis 11.1.1: 212; 11.1.2: 27, 203
⟨An Hedwig von Martius⟩ (Gegen Früchte aller Arten) 18.1: 48
⟨An Hedwig von Martius⟩ (Wenn Phöbus Rosse) 18.1: 23
⟨An Henriette von Pogwisch⟩ 18.1: 11
An Herder ⟨Ossian-Übersetzungen⟩ 1.1: 185
An Herrn Abbate Bondi 9: 67
An Herrn Assessor Leonhard 9: 880
An Hieronymus Peter Schlosser 1.1: 253
⟨An Jane Carlyle⟩ (Im Zeichen hier) 18.1: 45
⟨An Jane Carlyle mit einem Armband⟩ (Dies fessle deine rechte Hand) 18.1: 24
⟨An Jane Carlyle mit einem Halsband⟩ (Wirst du in den Spiegel blicken) 18.1: 15

⟨An Jane Carlyle mit einer Brustnadel⟩ (Wenn der Freund) 18.1: 24
⟨An Jane Carlyle zu *Hermann und Dorothea*⟩ 18.1: 24
⟨An Jenny von Pappenheim⟩ (Dem heiligen Vater) 18.1: 49
⟨An Jenny von Pappenheim⟩ Der Bekannten-Anerkannten! 18.1: 52
⟨An Johann Daniel Wagener⟩ 18.1: 21
An Johann Georg und Rahel d'Orville 1.1: 270
⟨An Johann Gottfried Herder⟩ (Hochwürdiger, 's ist eine alte Schrift) 2.1: 13
⟨An Johann Gottlieb Fichte⟩ 4.2: 854
An Johann Heinrich Merck 1.1: 214
⟨An Julie von Egloffstein⟩ (Eiligst segnend) 18.1: 36
⟨An Julie von Egloffstein⟩ (Abgeschlossen sei das Buch) 13.1: 82
An Julien (*Ein* guter Geist) 13.1: 22
An Julien (Von so zarten Miniaturen) 13.1: 82
An Kant 4.1: 783
⟨An Karl Streckfuß⟩ 13.1: 186
⟨An Karolina Wangemann⟩ 18.1: 51
⟨An Karoline von Staupitz⟩ 2.1: 108
An Kenner und Liebhaber 1.1: 258
⟨An Kestner. Widmung eines Exemplars von Oliver Goldsmith' The deserted village⟩ 1.1: 225
An Lida 2.1: 65
⟨An Lili⟩ (Im holden Tal) 2.1: 13
An Lili (Du hattest gleich mir's) 13.1: 89, (90)
An Lina 6.1: 45
An Lord Byron 13.1: 89
An Lottchen 3.2: 18; 1.1: (236)
⟨An Luise Adelheid von Waldner⟩ 2.1: 44
⟨An Luise von Göchhausen⟩ (Der Kranz) 2.1: 44
⟨An Luise von Göchhausen und ihre Teegesellschaft⟩ (O Kinder, still!) 2.1: 73
An Luna 9: 97; 1.1: (151)
An Madame B** und ihre Schwestern 4.1: 808
An Madame Mara zum frohen Jahresfeste. Weimar 1831 18.1: 45; 20.3: 1180
An Madame Marie Szymanowska (Die Leidenschaft bringt Leiden!) 13.1: 92, (140)
An Madame Marie Szymanowska. Mit einer angeschriebenen Feder 18.1: 28*
An Madame Milder 13.1: 184
An Madame Wolff 9: 69
An Mademoiselle Schulz 1.1: 1008*
⟨An Marianne von Willemer⟩ (Da das *Ferne*) 13.1: 80
⟨An Marianne von Willemer⟩ (Du! schweige künftig nicht so lange) 13.1: 44
⟨An Marianne von Willemer⟩ (Myrt' und Lorbeer) 13.1: 98
⟨An Marianne von Willemer⟩ (Nicht soll's von ihrer Seite) 13.1: 190
⟨An Marianne von Willemer⟩ (Was erst still) 13.1: 190

⟨An Marianne von Willemer bei Rücksendung ihrer Briefe⟩ (Vor die Augen) 18.1: 45
⟨An Marianne von Willemer. Mit einem Blatt Bryophyllum Clycinum⟩ 18.1: 41
⟨An Marie Duval und ihre Mutter⟩ 18.1: 33
An mehr als Einen 4.1: 679, 802
An meine Lieder (Seid, geliebte kleine Lieder) 1.1: 121
An meine Lieder (Verfließet, vielgeliebte Lieder) 1.1: 153
An meine Mutter 1.1: 94
⟨An Merck⟩ (Hier schick ich dir) 1.1: 256
An Merck (Lieber Bruder) 1.1: 253
An Merck (Mein altes Evangelium) 1.1: 254
An Mignon (Über Tal und Fluß) 4.1: 903
⟨An Nathalie von Kielmansegge⟩. Geognostischer Dank 18.1: 49
⟨An Obristlieutenant von Bock⟩ 9: 88
⟨An Ottilie von Goethe⟩ (Dicke Bücher) 13.1: 113
⟨An Ottilie von Goethe⟩ (Liebe Mutter) 13.1: 114
⟨An Ottilie von Goethe⟩ (Wo ich wohne) 13.1: 34
⟨An Pauline Gotter⟩ 9: 27
An Psyche (Den einzigen) 2.1: 65*
⟨An Rath Schellhorn⟩ 13.1: 114
An Riese 1.1: 87
An S. B. 11.1.1: 155
⟨An Samuel Rösel⟩ (Roesels Pinsel) 18.1: 21
⟨An Samuel Rösel⟩ (Schwarz und ohne Licht) 18.1: 35
⟨An Samuel Rösel⟩ (Wage der gewandte Stehler) 18.1: 33
An Schach Sedschan und seines Gleichen 11.1.1: 110; 11.1.2: 45
An Schiller (Dem Herren in der Wüste) 4.1: 904
An Schwätzer und Schmierer 4.1: 713, 782
An Schwager Kronos 1.1: 260; 3.2: 29
An Seine Majestät den König von Bayern 8.1: 7
An seine Spröde 3.2: 25
An seinen ⟨Mansos⟩ Lobredner 4.1: 712, 781
⟨An Sickler, Sendschreiben über dessen neuentdecktes Griechisches Grabmal bei Cumä⟩ 9: 621
An Sie (Bist du's nicht) 18.1: 37
An Sie (Ist das Chaos) 18.1: 37
An Silvie von Ziegesar (Nicht am Susquehanna) 9: 23*
An Silvien (Und wenn sie zuletzt) 6.1: 97
An Silvien (Wenn die Zweige) 6.1: 97
An Suleika (Dir mit Wohlgeruch) 11.1.2: 66; 11.1.1: (100)
⟨An Thomas und Jane Carlyle⟩ 18.1: 15
An Tischbein (Alles was du denkst) 6.1: 95
An Tischbein (Erst ein Deutscher) 6.1: 95
An Tischbein (Für das Gute) 6.1: 95
An Tischbein (Statt den Menschen) 6.1: 95
An Trauertagen 11.1.1: 167

⟨An Ulrike von Levetzow⟩ (Es ist nicht gut) 13.1: 90
⟨An Ulrike von Levetzow⟩ (Genieße dies) 13.1: 90
⟨An Ulrike von Levetzow⟩ (Gewogen schienst du mir) 13.1: 90
⟨An Ulrike von Levetzow⟩ (Wie schlimm es) 13.1: 72
An unsere Repräsentanten 4.1: 684
An unsers himmlischen Vaters 13.1: 104
An Uranius 9: 10
An Venus (Große Venus, mächtge Göttin!) 1.1: 127
An Venus Medicis ruht es in Frieden 18.1: 88
An vollen Büschelzweigen 11.1.1: 126; 11.1.2: 82
⟨An Werther⟩ 13.1: 112, (134)
An Werther 13.1: 134, (112)
An zwei Gebrüder eifrige junge Naturfreunde 13.1: 71
Anacharsis dem ersten nahmt ihr den Kopf 4.1: 804
Anacharsis der zweite 4.1: 804
Ἀνάγκη 11.1.1: 189; 12: 92; 13.1: 157, 504
Anakreons Grab 2.1: 101
Analyse und Synthese 18.2: 360
Analytiker 4.1: 782
Anatomie der Schnecke 4.2: 259
Anatomieren magst du die Sprache 4.1: 715, 792
Anbete du das Feuer hundert Jahr 13.1: 212
»Anders lesen Knaben den Terenz 13.1: 194; 20.1: 714
Andre zu kennen, das mußt du probieren 9: 144
Andrier, Die 13.2: 29
Anekdote unsrer Tage (Ich führt einen Freund) 1.1: 256*
Anekdote zu den *Freuden* des jungen Werthers 1.2: 9
Anekdoten von Friedrich II. 4.1: 714, 793
Anforderung an den modernen Bildhauer 11.2: 394
Angebinde zur Rückkehr 9: 88
Angedenken 18.1: 28
Angedenken an das Gute 18.1: 28
Angedenken du verklungner Freude 2.1: 9; 16: 792
Anhang zur Lebensbeschreibung des Benvenuto Cellini, bezüglich auf Sitten, Kunst und Technik 7: 454
Anklage 11.1.1: 86; 11.1.2: 23
Anklang 11.1.1: 242; 11.1.2: 118
Ankündigung (Den Philister verdrieße) 4.1: 708, (800)
Ankündigung (Nikolai reiset) 4.1: 703, (798)
⟨Ankündigung der Helena-Dichtung⟩ 18.2: 66
⟨Ankündigung des West-östlichen Divans und des Maskenzuges vom 18. Dezember 1818⟩ 11.2: 248
⟨Ankündigung einer Besprechung zweier Homer-Übersetzungen⟩ 13.1: 329
Ankündigung einer neuen Ausgabe von Goethes Werken 11.2: 204
⟨Ankündigung eines Briefes von Lessing⟩ 6.2: 602
Ankündigung eines Werks über die Farben 4.2: 262
Ankündigung von Goethes Schriften in 8 Bänden 2.2: 472

Anliegen 3.2: 22
Anmerkungen über Personen und Gegenstände, deren in dem Dialog ›Rameaus Neffe‹ erwähnt wird 7: 656
Anmutig Tal, du immergrüner Hain 2.1: 82
ANNETTE 1.1: 98
Annette an ihren Geliebten 1.1: 96, 119
⟨Annonce⟩ 9: 58
Anonyme Fluß, Der 4.1: 691, 789
Anschaun, wenn es dir gelingt 13.1: 129
Anschlagzettel zum Otto v. Wittelspach a. d. Hamburg. Theater 4.1: 722
⟨Ansichten, Risse und einzelne Teile des Doms zu Cöln, von Sulpitz Boisserée, 1824⟩ 13.2: 183
⟨Ansichten und Risse des Doms zu Cöln, von Sulpitz Boisseree, 1823⟩ 13.2: 150
⟨Ansprache auf dem Gewerkentag zu Ilmenau am 9. Dezember 1793⟩ 4.2: 794
⟨Ansprache bei Einführung August von Goethes in die Hoftheaterintendanz⟩ 11.2: 141
Anstatt daß ihr bedächtig steht 18.1: 64
⟨Anstellung von Johann Heinrich Voß d.J. am Weimarer Gymnasium⟩ 6.2: 924
⟨Ansuchen der Republik der Vereinigten Niederlande⟩ 2.2: 679
⟨Anteil an Lavaters Physiognomischen Fragmenten⟩ 1.2: 457
Antepirrema 13.1: 155; 11.1.1: (190); 12: (100)
Antepirrhema (So schauet mit bescheidnem Blick) 11.1.1: 190*; 12: 100*; 13.1: 155*
⟨Anthericum comosum⟩ 18.2: 411
Antik und Modern 11.2: 496
Antikritik 9: 50
Antiquar, Der 4.1: 708, 778
Antwort ⟨auf die Antikritik des Verfassers einer Jägeridylle ›Der Geburtstag‹⟩ 6.2: 597
⟨Antwort auf eine Anfrage über Wilhelm Meisters Wanderjahre⟩ 11.2: 190
Antwort auf obigen Avis ⟨Sachen so gestohlen worden⟩ 4.1: 723, 811
Antwort des Rezensenten ⟨im Namen von Johann Heinrich Voß⟩ 6.2: 579
Antworten bei einem gesellschaftlichen Fragespiel 2.1: 97
Anweisung zur teutsch-hebräischen Sprache 1.1: 68
⟨Anwerbung von sächsisch-weimarischen Landeskindern für die preußische Armee⟩ 2.2: 673
⟨Anzeige für Mursinna⟩ 13.2: 308
Anzeige und Übersicht des Goetheschen Werkes zur Farbenlehre 10: 973
Anzeige von Goethes sämtlichen Werken, vollständige Ausgabe letzter Hand 13.1: 529
⟨Anzeige von Mechels Höhenkarte⟩ 6.2: 752
Apollo der Hirt 4.1: 739

Apollos Bildsäule in einem gewissen Gartentempel 4.1: 718
Apolog 4.1: 707
April 13.1: 26
Arabesken 4.1: 735
Architektur 4.1: 736
Archiv der Zeit 4.1: 725
Arianne an Wetty 1.2: 192
⟨Arie. Nach dem Italienischen⟩ 9: 70
Aristokraten mögen noch gehn 4.1: 678, 801
Aristokratisch gesinnt ist mancher Gelehrte 4.1: 696, 796
Aristokratische Hunde 4.1: 678, 801
Aristoteles 4.1: 820
Aristoteles' Poetik, Nachlese 13.1: 340
Arm an Beutel, krank am Herzen 4.1: 863
Arm an Geiste kommt heut spät dein Geliebter 2.1: 77
Arm in Arme nun geht ihr 4.1: 724
Arm und kleiderlos war das Mädchen 3.2: 147, (114)
Arm und kleiderlos war sie 3.2: 114, (147)
Arme basaltische Säulen 4.1: 696, 795
Armer empirischer Teufel 4.1: 704, 798
Armer Flieger du flogst mitunter 4.1: 827
Armer Moritz! 4.1: 712
Armer Naso, hättest du doch 4.1: 780
Armer Tobis tappst am Stabe 9: 50
Ars Ares wird der Kriegesgott genannt 18.1: 57
Art'ges Häuschen hab ich klein 11.1.1: 13
Arten, Die 4.1: 676, (779)
Assistenz, Die dem Chef der Oberaufsicht zugeordnete 18.2: 567
Astromanen seid ihr 4.1: 762, (699)
Astronomen seid ihr 4.1: 699, (762)
astronomische Himmel, Der (In unendliche Höhn) 4.1: 697
astronomische Himmel, Der (So erhaben) 4.1: 797
Athenerinnen, Die. große Oper, Poesie von Jouy Musik von Spontini 18.2: 210
⟨Athenor, ein Gedicht in sechzehn Gesängen⟩ 6.2: 600
Atmosphäre 13.1: 157; 12: (611)
ΑΘΡΟΙΣΜΟΣ 12: 153; 6.1: (17); 13.1: (153)
Auch den lob ich den Mann 4.1: 827
Auch den Tantalos sah ich 4.1: 730, (817)
Auch diese will ich nicht verschonen 13.1: 65
Auch endlich ward ich Grospapa! 11.1.1: 201
Auch erscheint ein Herr F* rhetorisch 4.1: 831
Auch gut! Philosophie hat eure Gefühle 4.1: 823, (733)
Auch gut. Philosophie hat eure Gefühle 4.1: 733, (823)
Auch ich verharre meiner Pflicht 18.1: 71
Auch in der Ferne dir so nah! 11.1.1: 204; 11.1.2: 81
Auch in der sittlichen Welt ist ein Adel 4.1: 747, 758

Auch in die allergröbste Lügen 1.1: 121
Auch in Locken hab' ich mich 11.1.1: 18; 11.1.2: 32
Auch mich bratet ihr 4.1: 695, 796
Auch Nikolai schrieb 4.1: 714, 793
Auch noch hier nicht in Ruh 4.1: 732, (817)
Auch noch hier nicht zur Ruh 4.1: 817, (732)
Auch Vergangenes zeigt euch Bakis 6.1: 36
Auch vernehmet, im Gedränge 9: 95
Auch von des höchsten Gebirgs 4.1: 906; 4.2: 747; 6.1: 9
Auch zu lieben bedarfst du der Kunst? 4.1: 711, 780
Auf Adler dich zur Sonne schwing 1.1: 234
Auf Bergen, in der reinsten Höhe 9: 120
Auf Cristianen R. 1.1: 224
Auf das empfindsame Volk 4.1: 709, 778, 838
⟨Auf das Grab des Schauspielers Pius Alexander Wolff⟩ 18.1: 28
Auf das Ordensband 11.1.2: 271
Auf dem Harz im Dezember 1777 (Dem Geier gleich) 2.1: 37*
Auf dem Land 1.1: 217
Auf dem See 3.2: 21; 16: (777)
Auf dem Umschlag sieht man 4.1: 725, 806
Auf den Auen wandlen wir 2.1: 105
Auf den Kauf (Wo ist einer der sich quälet) 11.1.1: 32*
Auf den Pinsel auf den Kiel 13.1: 130
Auf den Widder stoßt ihr zuerst 4.1: 686, (784)
Auf den Widder stoßt ihr zunächst 4.1: 784, (686)
Auf der Asphodelos Wiese 4.1: 730
Auf der recht- und linken Seite 13.1: 24
Auf die Fahne 11.1.2: 269
Auf die Geburt des Apollo 4.1: 670
Auf diesen Trümmern hab ich auch gesessen 11.1.1: 70, 71
Auf eine Bildsäule im Garten zu Weimar (Dich hat Amor gewiß) 2.1: 78*
⟨Auf eine Forsttafel geschrieben⟩ 2.1: 11
Auf ewig hab ich sie vertrieben 13.1: 65
Auf gewisse Anfragen 4.1: 746, 794
Auf großen und auf kleinen Brucken 9: 83
Auf ihr Distichen frisch! 4.1: 771, 832
Auf Kieseln im Bache 1.1: 126, (148); 3.2: 17
⟨Auf Lavaters »Lied eines Christen an Christus« geschrieben⟩ 2.1: 108
Auf Miedings Tod 2.1: 66
Auf Msll. N. N. 1.1: 232
⟨Auf Nicolai⟩ 1.1: 264; 16: (625)
Auf Pergament Lieb' und Haß geschrieben 13.1: 106
Auf schweres Gewitter und Regenguß 9: 105
Auf theoretischem Feld ist weiter nichts mehr 4.1: 821

Aufenthalt in Pyrmont und Göttingen 18.2: 339
Aufgabe (Keiner sei gleich dem andern) 4.1: 765, (697)
Aufgabe, Die (Wem die Verse gehören?) 4.1: 787
Aufgelöstes Rätsel 4.1: 815
Aufgeregten, Die, Politisches Drama in fünf Akten 4.1: 133
Aufgerichtet hat mich 4.1: 736
Aufklärung ⟨Zu: Wenn man alle Gesetze studieren sollte⟩ [zu Marimen und Reflexionen 207] 13.1: 520; 17: 754
Auflösung im nassen und trocknen Wege 2.2: 508
Aufmunterung 4.1: 790, (676)
Aufsicht über die Zeichenschule 3.2: 403
⟨Aufzeichnungen über Bergbau und Geologie in Schneeberg im Erzgebirge August 1786⟩ 2.2: 521
⟨Aufzeichnungen zu den geplanten Noten zum Briefwechsel zwischen Schiller und Goethe⟩ 13.1: 527
⟨Aufzucht von Pflanzen im Dunkeln⟩ 4.2: 212
Aufzug der vier Weltalter 2.1: 511
Aufzug des Winters 2.1: 497
Aug' um Ohr (Was dem Auge dar sich stellet) 11.1.1: 182*
Auge, Das 6.2: 814
Augen leiht dir der Blinde zu dem 4.1: 804
Augen sagt mir, sagt was sagt ihr 13.1: 26
Augenblicklich aufzuwarten 18.1: 15
⟨August von Goethes Rede bei Niederlegung von Schillers Schädel auf der Großherzoglichen Bibliothek in Weimar⟩ 13.2: 350
⟨Augustinus ›De civitate dei‹, Bemerkungen⟩ 3.2: 286
Auktion 4.1: 811
Aus dem Französischen des Globe 13.1: 555
Aus dem Griechischen (Einen wohlgeschnitzten vollen Becher) 2.1: 64*
⟨Aus dem Maskenzug zum 30. Januar 1809⟩ 9: 244
Aus dem Zaubertal dortnieden 2.1: 43
Aus den Gruben, hier im Graben 18.1: 372, 375
Aus den Italienischen Kollektaneen 4.2: 53
Aus der Ästhetik 4.1: 720, 813
⟨Aus der Arbeit an »Der Triumph der Empfindsamkeit«?⟩ 2.1: 36
⟨Aus der Arbeit an »Wilhelm Meisters theatralische Sendung«⟩ 2.1: 62
Aus der Ferne 13.1: 93
Aus der Knospe beginnt 4.1: 741
Aus der schlechtesten Hand 4.1: 746, 758
Aus der Schweizerreise im Jahre 1797 ⟨Naturwissenschaftliche Schriften⟩ 4.2: 442
Aus der Schweizerreise im Jahre 1797 ⟨Zu Kunst und Literatur⟩ 4.2: 89
Aus des Regens düstrer Trübe 13.1: 128
Aus düstern Klosterhallen schallen 13.1: 35
⟨Aus einem Brief an Charlotte von Stein⟩ (Das Gänslein rot im Domino) 2.1: 72

⟨Aus einem Brief an Charlotte von Stein⟩ (Denn was der Mensch) 2.1: 93
⟨Aus einem Brief an Charlotte von Stein⟩ (Doch denke niemand) 2.1: 93
⟨Aus einem Brief an Charlotte von Stein⟩ (Du verachtest den Armen) 2.1: 97
⟨Aus einem Brief an Charlotte von Stein⟩ (Herzlich bat ich die Muse) 2.1: 82
⟨Aus einem Brief an Charlotte von Stein⟩ (Ich vertrau es dem Felsen) 2.1: 92
⟨Aus einem Brief an Charlotte von Stein⟩ (Man lauft man drängt) 2.1: 78
⟨Aus einem Brief an Charlotte von Stein⟩ (Um Mitternacht) 2.1: 57
⟨Aus einem Brief an Charlotte von Stein⟩ (Was ich leugnend gestehe) 2.1: 92
⟨Aus einem Brief an Charlotte von Stein⟩ (Woher sind wir geboren) 2.1: 108
⟨Aus einem Brief an Charlotte von Stein⟩ (Wohin er auch die Blicke kehrt) 2.1: 93
⟨Aus einem Brief an die Gräfin Auguste zu Stolberg⟩ (Alles gaben Götter) 2.1: 34
⟨Aus einem Brief an Herzog Carl August⟩ (Holde Lili) 2.1: 10
Aus einem Stammbuch von 1604 11.1.1: 198
⟨Aus einem Stammbuch von 1604 von Shakspeare. Nähere Nachricht über dieses Gedicht⟩ 13.1: 364
Aus einer der neuesten Episteln 4.1: 724, 791
⟨Aus einer florentinischen Zeitung⟩ 4.2: 507
Aus einer großen Gesellschaft heraus 11.1.1: 52
Aus einer Reise in die Schweiz über Frankfurt, Heidelberg, Stuttgart und Tübingen 4.2: 605
Aus Goethes Brieftasche 1.2: 491
⟨Aus Homers »Odyssee« und »Ilias«⟩ 4.1: 645
Aus jenen Ländern echten Sonnenscheines 9: 67
Aus Juvaviens Bergen 4.1: 691, 789
Aus Kötschaus Toren reichet Euch 2.1: 59
⟨Aus Lavaters Tagebuch⟩ 1.1: 247
Aus Makariens Archiv 17: 688, 831
Aus meinem Leben. Dichtung und Wahrheit 16: 3
⟨Aus meinem Leben. Fragmentarisches⟩ 9: 935
⟨Aus meinem Leben. Paralipomena⟩ 16: 833
Aus meinem Leben. Zweiter Abteilung Erster Teil 15: 9
Aus meinem Leben. Zweiter Abteilung Erster Teil. Carlsbad bis auf den Brenner 15: 7
Aus meinem Leben. Zweiter Abteilung Erster Teil. Ferrara bis Rom 15: 115
Aus meinem Leben. Zweiter Abteilung Erster Teil. Rom 15: 146
Aus meinem Leben. Zweiter Abteilung Erster Teil. Venedig 15: 73
Aus meinem Leben. Zweiter

Abteilung Erster Teil. Verona bis Venedig 15: 42
Aus meinem Leben. Zweiter Abteilung Erster Teil. Vom Brenner bis Verona 15: 23
Aus meinem Leben. Zweiter Abteilung Zweiter Teil 15: 213
Aus meinem Leben. Zweiter Abteilung Zweiter Teil. Neapel ⟨Februar/März 1787⟩ 15: 215
Aus meinem Leben. Zweiter Abteilung Zweiter Teil. Neapel ⟨Mai/Juni 1787⟩ 15: 392
Aus meinem Leben. Zweiter Abteilung Zweiter Teil. Sicilien 15: 280
⟨Aus:⟩ Ridels und der früher heimgegangenen Brüder Kästner, Krumbholz, Slevoigt und Jagemann Totenfeier, in der Loge Amalia zu Weimar, am 15. Juni 1821. 13.2: 339
⟨Aus Shakespeares »Hamlet«⟩ 4.1: 263
⟨Aus Teplitz⟩ 9: 895
Aus tiefem Gemüt, aus der Mutter Schoß 9: 117
Aus wie vielen Elementen 11.1.1: 12; 11.1.2: 14
Aus zu eklem Geschmack 3.2: 150
⟨Ausarbeitung des Münzgutachtens⟩ 4.2: 846
Auserwählte Frauen 11.1.1: 216; 11.1.2: 116
Ausführung 9: 31
Ausgeherrschet hat die Sonne 13.1: 78
Ausgrabungen 11.2: 508
⟨Auslegungen des Märchens aus den Unterhaltungen deutscher Ausgewanderten⟩ 11.2: 217
⟨Auslieferung eines relegierten Studenten an das preußische Militär⟩ 2.2: 667
Ausnahme 4.1: 804, (722)
Aussicht (Siehst du dies wie ich es sah) 11.1.1: 117*
Aussicht auf Kultur 4.1: 827
Aussöhnung 13.1: 140, (92)
Austausch 11.1.1: 199
Auswahl 4.1: 717
Auszüge aus einem Reise-Journal 3.2: 161
Auszuspannen befiehlt der Vater 3.2: 97
Auszuziehen versteh ich 4.1: 680, 803
Autochthonisch, autodidactisch 18.1: 58
Autor, Der (Was wär ich) 1.1: 1008*
Autoren (Über die Wiese) 1.1: 223*
Axiom 2.1: 50

B** (Wäre Natur und Genie) 4.1: 809
B**s Taschenbuch (Eine Kollektion von Gedichten?) 4.1: 791
B. T. R. 4.1: 713
B. und K. 6.1: 67
Baal der im Grimme 11.1.1: 320
Baalspfaffen 4.1: 679, 801
Bacchantinnen des Euripides, Die 13.1: 334
Bacchus der lustige 4.1: 690, 787
Bänkelsängerlied 2.1: 103
Bär wehrt die Fliegen, Der 4.1: 726

Bäume leuchtend, Bäume blendend 13.1: 81
»Bakis ist wieder auferstanden!« 13.1: 49
Bald, es kenne nur jeder 4.1: 840, (683), (754)
Bald ist die Menge gesättigt 4.1: 680
Bald kennt jeder den eigenen Vorteil 4.1: 683, (754), (840)
Bald, kennt jeder den eigenen Vorteil 4.1: 754, (683), (840)
Bald leuchtest du o Graf 1.1: 221, 222
Balde seh ich Rickgen wieder 1.1: 160
Ballade (Herein, o du Guter!) 11.1.1: 175, 269
Ballade. Betrachtung und Auslegung 13.1: 505
BALLADEN 1797 4.1: 863
Basreliefs, Die 4.1: 737
Bau einer neuen Gärtnerwohnung im botanischen Garten zu Jena 18.2: 614
Baue, Jüngling den Garten bei Zeiten 4.1: 843
Baukunst 1795 4.2: 53
⟨Beabsichtigte Anstellung des Carl Caesar von Leonhard in Sachsen-Weimar⟩ 9: 1016
⟨Beabsichtigte Ernennung Herders zum Geheimen Kirchenrat⟩ 2.2: 666
Beabsichtigte Gründung einer Loge in Jena 9: 1037
Becher, Der 2.1: 64
Beckers Taschenbuch 4.1: 728
Bedarf's noch ein Diplom 18.1: 47
Bedecke deinen Himmel Zeus 1.1: 229; 3.2: (31)
Bedecke deinen Himmel, Zevs 3.2: 31; 1.1: (229)
Bedenk, o Kind 1.1: 219
Bedenklich 11.1.2: 33; 11.1.1: (130)
Bedenkt, man will euch hören 18.1: 84
⟨Bedeutung des Individuellen⟩ 9: 935
Bedeutung (Wahrlich es scheint nur ein Traum!) 4.1: 692, (756), (841)
Bedeutung (»*Was bedeutet* dein Werk?«) 4.1: 770, (745)
Bedeutung, Die (Was bedeutet dein Werk?) 4.1: 745, (770)
Bedientenpflicht 4.1: 783
Bedingung (Ewig strebst du umsonst) 4.1: 765, (697)
Bedingung (Ihr laßt nicht nach) 11.1.1: 54
Bedingung, Die (Jede Wahrheit vertrag ich) 4.1: 748
Befindet sich einer heiter und gut 11.1.1: 112; 11.1.2: 48
Befrey uns Gott von *s* und *ung* 11.1.1: 218
Begegnung, Die 4.1: 742
Begeisterung 13.1: 168
⟨Begräbnis eines im Duell gefallenen Studenten⟩ 2.2: 652
Begünstigte Thiere 11.1.2: 122; 11.1.1: (116)
Behandelt die Frauen mit Nachsicht! 11.1.1: 90; 11.1.2: 42
Beherzigung 2.1: 32
Behramgur, sagt man, hat den Reim erfunden 11.1.1: 203; 11.1.2: 84
Bei allen Musen und Grazien 2.1: 50
Bei dem erfreulichen Anbruche 1.1: 75
Bei dem Glanze der Abendröte 4.1: 861

Bei diesem neuen Jahres Wechsel 1.1: 76
Bei einer großen Wassersnot 18.1: 77
⟨Bei feierlicher Einweihung und ersten Austeilung des weißen Falkenordens am 30. Jan. 1816. gesprochen von Goethe.⟩ 11.2: 137
Bei Gelegenheit des Schauspiels ›die Philosophen‹ von Palissot 7: 699
»Bei mancherlei Geschäftigkeit 13.1: 194
»Bei so verworrnem Spiele 13.1: 110
Bei Tag der Wolken 13.1: 126
Beide suchen die Wahrheit 4.1: 698
⟨Beispiele symbolischer Behandlung in der Kunst⟩ 18.2: 233
Beispiele, wo Personen ikonisch in irgend einem Bezug auf Monumenten dargestellt sind 18.2: 240
Beispielsammlung 4.1: 716, 792
⟨Beiträge zu den Frankfurter Gelehrten Anzeigen⟩ 1.2: 309
Beiträge zur Optik. Erstes Stück 4.2: 264
Beiträge zur Optik. Zweites Stück 4.2: 299
⟨Beitrag zum Statistischen Bericht an den französischen Intendanten Villain⟩ 6.2: 899
Beitrag zur Kalenderkunde 2.1: 66
Bekehrte, Die 4.1: 861
Bekenntniß heist nach altem Brauch 11.1.1: 187
Bekenntnisse einer schönen Seele 5: 360
⟨Bekenntnisse einer schönen Seele. Melanie das Findelkind. Wilhelm Dumont⟩ 6.2: 626
⟨Bekenntnisse einer schönen Seele. Paralipomena zur Rezension⟩ 6.2: 1165
Belagerung von Maynz 14: 517
Belagerung von Maynz. Paralipomena 14: 583
Belebende, Das 4.1: 758, (701)
Belohnung, Die 4.1: 770, (744)
Belsatzer ein Drama (König Belsatzer schmaust) 4.1: 779, (708)
Belsazar ⟨Dramenfragment⟩ 1.1: 281
Bemerkung und Wink 18.2: 28
⟨Bemerkungen über bildliche Darstellungen⟩ 18.2: 328
⟨Bemerkungen zu Augustinus ›De civitate dei‹⟩ 3.2: 286
Bemerkungen zu dem 15.n § meiner Pflanzen-Metamorphose auf Anregung Herrn Ernst Meyer zu Königsberg 18.2: 414
⟨Bemerkungen zur Sammlung ›Priapeia‹⟩ 3.2: 280
Benjamin Constant über Ilias und Odyßee 18.2: 90
Benutze redlich deine Zeit! 9: 122
⟨Beobachten und Ordnen⟩ 6.2: 830
Bequemes Wandern 13.2: 107, (61)
Berechtigte Männer 11.1.1: 214; 11.1.2: 114
Bergschloß 6.1: 71
Bergwerksangelegenheiten 2.2: 765

Bergwerkskommission 3.2: 386
⟨Bericht über Bilderrestauration in Weimar⟩ 18.2: 255
⟨Bericht über den Auszug der Studenten der Universität Jena nach Nohra⟩ 4.2: 820
⟨Bericht über die Frankfurter Reichspostamts-Zeitung⟩ 4.2: 823
⟨Bericht über die Tätigkeit der Wegebaudirektion in den Jahren 1784/85⟩ 2.2: 708
⟨Bericht über die Verwendung der säumigen Steuerzahler beim Wegebau⟩ 2.2: 695
⟨Bericht über eine Session⟩ 4.2: 888
Berliner Dramaturgen 13.1: 576
Bernhardsfelsen 2.2: 519
Beruf des Storchs 11.1.1: 248
berufene Leser, Der 4.1: 769, (744), (838)
berufene Richter, Der 4.1: 769, (703)
⟨Berufung des Professors Sartorius in Sachsen-Weimarische Dienste⟩ 9: 1017
⟨Berufung Schellings als a.o. Professor der Philosophie nach Jena⟩ 6.2: 922
Bescheidenheit 4.1: 692, (757), (842)
⟨Beschildeter Arm⟩ 13.1: 127
Beschluß. Lied eines physiognomischen Zeichners 1.2: 470; 3.2: (34)
Beschreibung des Zwischenknochens mehrerer Tiere bezüglich auf die beliebte Einteilung und Terminologie 2.2: 545
Beschreibung einer Schweizer Landschaft 1.2: 300
Beschreibung eines Gemäldes von Herrn I. van Bree zu Antwerpen 13.2: 41
Beschreibung eines großen Faltenschwammes 2.2: 562
Besonders Eulen 18.1: 86
Besonders wenn die Liberalen 18.1: 82
Besorgnis 4.1: 726
Besser bettlen als borgen! 13.1: 201
Besserem Verständniß ⟨Zu: West-östlicher Divan⟩ 11.1.2: 129
»Bessern, bessern soll uns der Dichter!« 4.1: 745, 797
beste Rat, Der 4.1: 746, (771), (836)
Bestimmung, Die 4.1: 681
⟨Besuch in Sesenheim⟩ 9: 941
⟨Besuch von Iffland, auf meiner Reise über Mannheim nach der Schweiz im Jahre 1779⟩ 4.2: 507
⟨Betrachtung über Morphologie⟩ 4.2: 197
Betrachtung über Morphologie überhaupt 4.2: 200
Betrachtungen im Sinne der Wanderer 17: 513, 801
Betrachtungen über die Farben 4.2: 357
⟨Betrachtungen über die Konkurs-Konstitution vom 25. Mai 1780⟩ 2.2: 690
Betrachtungen über ein dem Dichter Goethe in seiner Vaterstadt zu errichtendes Denkmal 14: 561
»Betrogen bist du zum Erbarmen 13.1: 200
Betrübt euch nicht, ihr guten Seelen! 11.1.1: 85; 11.1.2: 63
Beuge Liakos 13.1: 76

Bewährt den Forscher der Natur 9: 36
Bey Mondenschein im Paradeis 11.1.1: 101; 11.1.2: 110
Bey Saadi gedenk ich mich 11.1.1: 249
Beym Staube deines Wegs 11.1.2: 176
Beynahme 11.1.1: 11; 11.1.2: (22)
Beyname 11.1.2: 22; 11.1.1: (11)
Beyspiel 11.1.1: 56
Bezüge nach Außen 18.2: 97
»Bibliothek für das andre Geschlecht, nebst Fabeln für Kinder« 4.1: 715, 793
Bibliothek schöner Wissenschaften (Jahre lang) 4.1: 781, (712)
Bibliothek schöner Wissenschaften (Wirket ein Buch) 4.1: 712
⟨Bibliothekswesen⟩ 6.2: 883
Biedermann, Der 4.1: 754, (839)
⟨Bier und Brot als Deputat für die Schloßtorwärter Färber⟩ 9: 1044
⟨Bignonia radicans⟩ 18.2: 406
Bilde Künstler! Rede nicht! 9: 95
Bilden wohl kann der Verstand 4.1: 700, 766
⟨Bilder am Hause Goethes bei Carl Augusts Regierungsjubiläum, Die⟩ 13.2: 207
Bilder so wie Leidenschaften 9: 94
Bilder-Scenen (Ihr kommt Gebildetes alhier zu schauen) 11.1.1: 163
Bilder-Scenen (Mit Säulen schmückt ein Architekt) 11.1.1: 181
⟨Bildnisse jetzt lebender Berliner Gelehrten⟩ 6.2: 622
⟨Bildung der Erde. Entwürfe nach dem Schema geordnet⟩ 6.2: 762
⟨Bildung der Erde. Schema⟩ 6.2: 758
⟨Bildung des Granits und Zinnvorkommen⟩ 11.2: 551
Bildung und Umbildung organischer Naturen 12: 7, 271
Bin ich für 'ne Sache eingenommen 18.1: 67
Bin so in Lieb zu ihr versunken 2.1: 81
Biographische Denkmale von Varnhagen von Ense 13.1: 479
Biographisches von Frank 4.2: 468
Biologie. Einleitung 3.2: 303
Biondina, La 6.1: 87
Bis in die Geisterwelt 4.1: 763
Bisherige Beobachtung und Wünsche für die Zukunft 13.2: 272
Bist am Rhein und Mayn gewesen 11.1.1: 168
»Bist du denn nicht auch zu Grunde gerichtet? 9: 138
Bist du Gemündisches Silber 6.1: 88
Bist du hier 1.1: 270
Bist du's nicht, so sei vergeben 18.1: 37
Bist du von deiner Geliebten getrennt 11.1.2: 80; 11.1.1: (159)
Bist eingeladen! 18.1: 70
Bist noch so tief in Schmerz 17: 436
Bist undankbar 18.1: 67
Bist zu schwach geschäftet 18.1: 84

Blätter, nach Natur gestammelt 9: 106
»Blaß erscheinest du mir 6.1: 37
Blatt und Wurzel 13.2: 317
Bleibe das Geheimnis teuer! 13.1: 129
Bleibe nicht am Boden heften 17: 158, 237, 549, 620
Bleiben, Gehen 17: 641
Bleibt so etwas dem wir huld'-gen 13.1: 56
Blendendes Bild 4.2: 438
Blick um Blick 11.1.1: 250
Blinde Kuh 1.1: 156
Blinde, weiß ich wohl, fühlen 4.1: 782
blinde Werkzeug, Das 4.1: 759, (746), (838)
Blößen gibt nur das Gute 4.1: 702, (768)
Blößen gibt nur das Reiche 4.1: 768, (702)
Blüchers Denkmal 11.2: 372
Blühend erhebt sich 4.1: 741
Blümlein Wunderschön, Das 6.1: 27
Blumen auf den Weg Ihro des Kaisers Majestät 9: 60
Blumen auf den Weg Ihro Majestät der Kaiserin von Frankreich 9: 65
Blumen reicht die Natur 4.1: 655
Blumen sah ich, Edelsteine 18.1: 26
Blumen und Gold zugleich 13.1: 182
Blumen und Pflanzen 9: 113
Blumenchor, Das 9: 58
Blumengruß 9: 49
Blumenkelche, Blumenglocken 11.1.1: 145
Blumen-Malerei 11.2: 437
Böcke, zur Linken mit euch! 3.2: 136, (101)
Böhmische Poesie 18.2: 64
böse Geselle, Der 4.1: 714, 793
Böse Gesellschaft 4.1: 678, 801
Böse Vorbedeutung 4.1: 725, (806)
Böse Ware 4.1: 680
Böse Zeiten 4.1: 813, (720)
Böser Kampf 4.1: 702
Bon vivants 4.1: 710, (764)
Bonus odor 4.1: 707, (800)
bornierten Köpfe, Die 4.1: 783
Borussias 4.1: 715, 808
Bossi, Joseph, über Leonard da Vinci Abendmahl zu Mayland 11.2: 403
Br – G – 4.1: 748
Bräutigam, Der 13.1: 115
Brasilianisch 13.1: 184
Brauchbarkeit und Würdigkeit 4.1: 747, (758)
⟨Braunkohlengrube bei Dux⟩ 9: 902
Braut von Corinth, Die 4.1: 866
Breit wie lang 11.1.1: 55
Breiter wird immer die Welt 4.1: 719, 812
»Brich doch mit diesem Lump sogleich 13.1: 208
Brief an Lottchen 1.1: 236; 3.2: (18)
Brief des Pastors zu *** an den neuen Pastor zu *** 1.2: 423
Briefe aus der Schweiz 2.2: 595
Briefe aus der Schweiz. Erste Abteilung ⟨Unter Werthers Papieren gefunden⟩ 4.1: 630
⟨Briefe eines Verstorbenen⟩ 18.2: 194
⟨Briefe Friedrichs II.⟩ 1.1: 64

Briefe über ästhetische Bildung 4.1: 706, 799
⟨Briefwechsel zwischen Goethe und Schiller im Jahr 1794⟩ 8.1: 9
⟨Briefwechsel zwischen Goethe und Schiller im Jahr 1795⟩ 8.1: 51
⟨Briefwechsel zwischen Goethe und Schiller im Jahr 1796⟩ 8.1: 149
⟨Briefwechsel zwischen Goethe und Schiller im Jahr 1797⟩ 8.1: 297
⟨Briefwechsel zwischen Goethe und Schiller im Jahr 1798⟩ 8.1: 481
⟨Briefwechsel zwischen Goethe und Schiller im Jahr 1799⟩ 8.1: 669
⟨Briefwechsel zwischen Goethe und Schiller im Jahr 1800⟩ 8.1: 777
⟨Briefwechsel zwischen Goethe und Schiller im Jahr 1801⟩ 8.1: 835
⟨Briefwechsel zwischen Goethe und Schiller im Jahr 1802⟩ 8.1: 871
⟨Briefwechsel zwischen Goethe und Schiller im Jahr 1803⟩ 8.1: 921
⟨Briefwechsel zwischen Goethe und Schiller im Jahr 1804⟩ 8.1: 959
⟨Briefwechsel zwischen Goethe und Schiller im Jahr 1805⟩ 8.1: 985
Briefwechsel zwischen Goethe und Zelter in den Jahren 1799 bis 1827 20.1: 7
Briefwechsel zwischen Goethe und Zelter in den Jahren 1828 bis 1832 20.2: 1089
Bringst du die Natur heran 11.1.1: 187; 12: 391; 13.1: 161
⟨Bruchstücke einer Übersetzung aus dem Arabischen⟩ 2.1: 88
Brüder, auf die Welt zu befreien 9: 225
Brüderpaar, Das 4.1: 708, 790
Bryophyllum calycinum ⟨I⟩ 13.2: 305
Bryophyllum calycinum ⟨II⟩ 13.2: 320
Buch Sad. Gasele 1 11.1.1: 26; 11.1.2: (21)
Buch Suleika 11.1.1: 224; 11.1.2: 82
Buchhändler Anzeige 4.1: 723, 811
Buchhändler Gewerbe 4.1: 703, (798)
Buchstabe Dal. 18te Gasele 11.1.1: 9; 11.1.2: (14)
Buchstabe Nun. XXV Gasele 11.1.1: 20
Buchstabe Sa. Gasele XXII 11.1.1: 27; 11.1.2: (35)
Buchstabe Sad. Gasele I 11.1.1: 26*; 11.1.2: 21*
Buchstabe Sin. Gasele XIII 11.1.1: 12; 11.1.2: (14)
Bücher und Menschen verschluckt 4.1: 703
Bücket euch wie sichs geziemt 4.1: 687, 785
Bürger 4.1: 719
Bürger erzieht ihr der sittlichen Welt 4.1: 765
Bürger Odysseus! Wohl dir! 4.1: 817
Bürgergeneral, Der, ein Lustspiel in einem Aufzuge 4.1: 94
Bürgerpflicht 18.1: 52

⟨Büttnerische Bibliothek⟩ 2.2: 661
Bulbuls Nachtlied, durch die Schauer 11.1.1: 204; 11.1.2: 107
Bundes Lied 3.2: 19; 1.1: (274); 16: (738)
Bundeslied. einem jungen Paar gesungen 1.1: 274; 3.2: (19); 16: (738)
bunte Styl, Der 4.1: 705
Buonarotti fing an 4.1: 829
Burg von Otranto, Die 6.1: 32
⟨Byron, Lord, Cain. A mystery⟩ 13.1: 384
⟨Byron, Lord, Goethes Beitrag zu seinem Andenken⟩ 13.1: 405
⟨Byron, Lord, Manfred, a dramatic Poem. London 1817⟩ 11.2: 293
Byrons Don Juan 13.1: 361

⟨C. A. Menzel: Fassaden zu Stadt- und Landhäusern⟩ 18.2: 270
C. F. 4.1: 751, 773, (834)
⟨C. F. Zelters Portrait, nach C. Begas von L. Heine⟩ 18.2: 243
C. G. 4.1: 750, 772, (832)
⟨C. Iken: Eunomia⟩ 18.2: 106
Cäcilia, eine Zeitschrift für die musikalische Welt. Mainz 18.2: 83
Caesar ⟨Dramenfragment⟩ 1.1: 386
Caesarn wär ich wohl nie 3.2: 62, (63)
Cäsarn wär ich wohl nie 3.2: 63, (62)
⟨Cäsars Triumphzug, gemalt von Mantegna⟩ 13.2: 119
Cäsars Triumphzug, gemalt von Mantegna. Zweiter Abschnitt 13.2: 136
⟨Caffé wollen wir trinken mein Fremder! 3.2: 104
Cain. A mystery by Lord Byron 13.1: 384
Calan empfahl sich Alexandern 18.1: 80
Camarupa 11.2: 560
Campagne in Frankreich 1792 14: 335
Campagne in Frankreich. Paralipomena 14: 583
⟨Campbells ›Lectures on Poetry‹⟩ 13.1: 298
Camper der jüngere trug in Rom 3.2: 87
Campes Laokoon 6.1: 86
Canone perpetuo a 6 Voci 9: 49
Canzonetta Romana 2.1: 57
Capitain Medwins Unterhaltungen mit Lord Byron 13.1: 418
Carl Lehmanns Buchbinderarbeiten 18.2: 270
Carlsbad, Anfang September 1819 11.2: 568
Carlyle, Thomas. Leben Schillers ⟨...⟩ 18.2: 179
⟨Carus. Zwei Landschaften⟩ 13.2: 18
Castellis, J. F., Gedichte in niederösterreichischer Mundart 18.2: 121
⟨Castis Fabelgedicht: die redenden Tiere, Skizzen⟩ 11.2: 376
Catalani tat 18.1: 87
Cato wollte wohl andre strafen 13.1: 201
Cephalus und Prokris. nach Julius Roman 18.2: 315
Ces lignes mon ami 1.1: 81

Charade (Nichts als dein Erstes) 4.1: 721, 809
Charade (Zwei Worte sind es) 9: 21
Charis 4.1: 721, 790
Charon. Neugriechisch ⟨Aufsatz zum Gedicht⟩ 13.2: 196
Charon. Neugriechisch (Die Bergeshöhn warum so schwarz?) 13.1: 80
⟨Chemische Kräfte bei der Gebirgsbildung⟩ 11.2: 547
Chinese in Rom, Der 4.1: 857
CHINESISCH-DEUTSCHE JAHRES- UND TAGESZEITEN 18.1: 16
Chinesisches 18.2: 20
Chloe schwöret sie liebt mich 3.2: 111, 139
Chorlied 4.1: 1236
Chorus 4.1: 814, (720), (813)
Christel (Hab oft einen dummen) 1.1: 224*
Christgeschenk 9: 18
Christlicher Herkules, du ersticktest 4.1: 790
Christoph Kaufmann 2.1: 50
Christus ein Gott 18.1: 87
Christus nebst zwölf alt- und neutestamentlichen Figuren den Bildhauern vorgeschlagen. 1830 18.2: 288
Chromatik ⟨Einleitung zu Vorlesungen über Goethes Farbenlehre von L. von Henning⟩ 12: 724
Chromatik ⟨Zur Naturwissenschaft überhaupt I,4⟩ 12: 553
Chronik des Otto von Freysingen 13.1: 434
Chronika 11.1.1: 201
CHULD NAMEH. BUCH DES PARADIESES 11.1.2: 114
Circe, Gesänge aus der Oper 4.1: 249
Cirrus 13.1: 159; 12: (472)
Cissus 18.2: 410
Claudine von Villa Bella. Ein Schauspiel mit Gesang 1.2: 78
Claudine von Villa Bella. Ein Singspiel ⟨Zweite Fassung⟩ 3.1: 360
Clavigo. Ein Trauerspiel 1.1: 697
Climene lebt in tausend Sorgen 1.1: 120
Cölln ⟨Nachtrag⟩ 11.2: 129
⟨Cölner Carneval, Das⟩ 13.2: 185
⟨Cölner Domriß durch Moller⟩ 11.2: 517
Cölner Mummenschanz, Der 13.1: 116
Coffers führen wir nicht 4.1: 776, (677)
Coffres führen wir nicht 4.1: 677, (776)
Cogito ergo sum. Ich denke 4.1: 820
⟨Collin, Heinrich Joseph von: Regulus, eine Tragödie in fünf Aufzügen⟩ 6.2: 592
Colloquium Pater et Filius (Ist es erlaubt) 1.1: 15
Colloquium Pater et Filius (Was machstu da) 1.1: 25
Colloquium Wolfgang et Maximilian 1.1: 21
Commissarius des jüngsten Gerichts, Der 4.1: 782
Concerto dramatico 1.1: 510
Constant, Benjamin, über Ilias und Odyßee 18.2: 90
Constitutionell sind wir alle 18.1: 81
conte di Carmagnola, Il. Trage-

dia di Alessandro Manzoni. Milano 1820 13.1: 348
Cours de littérature grèque moderne ⟨…⟩ 18.2: 110
Cumulus 13.1: 159; 12: (472)
Cupido, loser, eigensinniger Knabe! 19: 306
Currus virûm miratur inanes 4.1: 725, 805

Da das Alter, wie wir wissen 13.1: 116
Da das *Ferne* sicher ist 13.1: 80
Da die Franzosen nunmehr ihr Theater eröffnet 4.1: 722
Da die Metaphysik vor kurzem 4.1: 811
Da droben auf jenem Berge (Bergschloß) 6.1: 71
Da droben auf jenem Berge (Schäfers Klagelied) 6.1: 55
Da Du gewiß, wie Du mir zugesagt 11.1.1: 208; 13.1: 117
Da du nun Suleika heißest 11.1.1: 97; 11.1.2: 68
Da er nun seine Straße ging 6.1: 48
Da erschien ihm auf ein zeit 1.1: 231
Da flattert um die Quelle 1.1: 130, 146; 3.2: (17)
Da hatt ich einen Kerl zu Gast 1.1: 223
Da ich viel allein verbleibe 13.1: 221
Da ist kein anderer Rat 4.1: 822
Da ist's denn wieder wie die Sterne wollten 11.1.1: 189; 12: 92; 13.1: 157, 504
Da kann man frank und fröhlich leben 13.1: 196
Da kommen sie von verschiedenen Seiten 13.1: 56
Da liegt ein Ey 11.1.1: 146, 473
Da loben sie den Faust 9: 28
Da reiten sie hin! 13.1: 16
Da siehst du nun, wie's einem geht 9: 132
Da sieht man wie die Menschen sind 11.1.1: 208
Da sind sie nun! 1.1: 152
Da sind sie wieder 9: 85
Da steht man denn von neuem still 13.1: 58
Da wächst der Wein wo's Faß ist 18.1: 53
Da wagt's mein Arm 1.1: 105
Da wird mein Herz von Jammer voll 1.1: 87
Da wird nicht mehr nachgefragt! 11.1.1: 96; 11.1.2: 96
Da, wo das Wasser sich entzweit 9: 117
Dacht' ichs doch! 4.1: 821
Dämmrung senkte sich von oben 18.1: 18
Dämon 13.1: 156, 500; 11.1.1: (188); 12: (91)
Dagegen die Bauern in der Schenke 9: 119
Dagegen man auch nicht gerne hört 13.1: 202
Δαίμων 11.1.1: 188; 12: 91; 13.1: 156, 500
Dainos, oder Litthauische Volkslieder ⟨…⟩ 18.2: 117
Damit lock ich, ihr Herrn 4.1: 821
Dank des Paria 13.1: 87
Dank des Sängers 11.1.1: 153
Dankbare Gegenwart 14: 569
Dann ist einer durchaus verarmt 9: 129
⟨Dante⟩ 13.1: 425
⟨Danz: Lehrbuch der neueren christlichen Kirchengeschichte⟩ 13.1: 497

Darf man das Volk betrügen? 11.1.1: 56
Darum haßt er dich ewig Genie! 4.1: 702
Das alles ist nicht mein Bereich 13.1: 195
Das alles sieht so lustig aus 9: 69
Das Allgemeinste über Farben 6.2: 805
Das Alter 9: 103; 20.1: (335)
Das Alter ist ein höflich Mann 9: 103; 20.1: 335
Das Amalgama 4.1: 778, (710)
Das Auge 6.2: 814
Das Beet schon lockert 11.1.1: 164; 13.1: 29
Das Belebende 4.1: 758, (701)
Das Beste 11.1.1: 54
Das Beste in der Welt 13.1: 109
Das Beste möcht' ich euch vertrauen 13.1: 55
Das Blatt wo Seine Hand geruht 13.1: 75
Das blinde Werkzeug 4.1: 759, (746), (838)
Das Blümlein Wunderschön 6.1: 27
Das Blumenchor 9: 58
Das Brüderpaar 4.1: 708, 790
⟨Das Cölner Carneval⟩ 13.2: 185
Das dauert schon 1800 Jahr 9: 141
Das Desideratum 4.1: 777
Das deutsche Reich 4.1: 787, (689)
Das doppelte Amt 4.1: 675
Das Dorf Döbritz 4.1: 721
Das eigne Ideal 4.1: 765
Das Ende krönt jetzt die vergangne Zeit 1.1: 86
Das erste gibt mir Lust genug 9: 100
Das Gänslein rot im Domino 2.1: 72
Das Gastmahl der Weisen (Kommt Brüder!) 9: 107*; 13.1: 163*
Das geht so fröhlich 13.1: 176
Das gemeine lockt jeden 3.2: 150
Das gemeinschaftliche Schicksal 4.1: 743
Das Gerinnen (Den Begriff des uranfänglichen Gerinnens) 11.2: 538
Das Gerinnen (kann im geologischen Falle) 11.2: 538
Das Geschenk 4.1: 738
Das gewöhnliche Schicksal 4.1: 770, (744)
Das Glück. An Annetten 1.1: 130, (144)
Das Glück. An mein Mädgen 1.1: 144, (130)
Das Glück deiner Tage 9: 131
Das Glück der Liebe 1.1: 150
Das Göttliche (Edel sei der Mensch) 2.1: 90
Das Göttliche (Wäre sie unverwelklich) 4.1: 766, (747)
Das goldne Alter 4.1: 813, (720)
Das goldne Zeitalter 4.1: 685, (780)
Das grobe Organ 4.1: 800, (706)
Das Größte will man nicht erreichen 9: 106; 20.1: 346
Das Gute zu bewirken 18.1: 90
Das Haus ist wohl gegründet 18.1: 86
Das Heilige und Heiligste 4.1: 756, (747), (839)
Das Herz legt die Gewohnheit nicht ab 11.1.1: 158
⟨Das Hofleben⟩ ⟨Dramatisches Fragment⟩ 2.1: 493

⟨Das Hohelied Salomons⟩ 1.2: 449
Das holde Tal hat schon die Sonne wieder 13.1: 101
Das Interim 9: 128
Das irdische Bündel 4.1: 764, (710)
Das ist dein eigenes Kind nicht 3.2: 101, 130
Das ist die wahre Liebe 4.1: 740, 774, 835
Das ist doch nur der alte Dreck 13.1: 212
Das ist eben das wahre Geheimnis 4.1: 699, 764
Das ist eine von den alten Sünden 13.1: 214
Das ist eine von den großen Taten 9: 126
Das ist einmal ein Philister-Jahr! 11.1.1: 199
Das ist Italien 3.2: 124
Das ist mein Leib 1.1: 83
⟨Das⟩ Jahrmarkstfest zu Plundersweilern (Erste Fassung) 1.1: 520
Das Jahrmarkts-Fest zu Plundersweilern (Zweite Fassung) 2.1: 213
Das Journal Deutschland 4.1: 725, 806
Das junge Volk, es bildet sich ein 9: 130
Das Kennzeichen (Freiheits-Priester!) 4.1: 679
Das Kennzeichen (Wahrem Eifer genügt) 4.1: 685
Das Kennzeichen (Was den konfusen Kopf) 4.1: 704
Das Kind 4.1: 740
Das *Kleinod*, das *Vergißmeinnicht* 18.1: 22
⟨Das Kölner Karneval⟩ 13.2: 185*
Das Leben ist ein Gänsespiel 11.1.1: 38; 11.1.2: 43
Das Leben ist ein schlechter Spas 11.1.1: 230; 11.1.2: (43)
Das Leben ist ein schlechter Spaß 11.1.2: 43; 11.1.1: (230)
Das Leben wohnt in jedem Sterne 13.1: 226
Das Lied vom braun Annel 1.1: 181
Das Lied vom eifersüchtigen Knaben 1.1: 169
Das Lied vom Grafen Friederich 1.1: 177
Das Lied vom Herren und der Magd 1.1: 170
Das Lied vom Herrn von Falckenstein 1.1: 165
Das Lied vom jungen Grafen 1.1: 168
Das Lied vom Lindenschmidt 1.1: 176
Das Lied vom Pfalzgrafen 1.1: 166
Das Lied vom verkleideten Grafen 1.1: 172
Das Lied vom Zimmergesellen 1.1: 174
Das Lokal 4.1: 677
Das Lotto 4.1: 686
Das Louisenfest gefeiert Weimar am 25.ten August 1777 ⟨richtig: 9. Juli 1778⟩ 18.2: 333
Das mach' ich mir denn zum reichen Gewinn 13.1: 54
Das Mädchen spricht 9: 13
Das Mädchen von Oberkirch, ein Trauerspiel in fünf Aufzügen 4.1: 182
Das Märchen 4.1: 718, 792
Das Meer fluthet immer 11.1.1: 80; 11.1.2: 56
Das Merkmal 4.1: 678

Das Mittel (Warum sagst du) 4.1: 797, (696)
Das Mittel (Willst du in Deutschland) 4.1: 769, (744)
Das Mittel (Willst du wirken) 4.1: 744, (769)
Das Mittelmäßige und das Gute 4.1: 768
Das Monodistichon 4.1: 675
Das Motto 4.1: 677, 801
Das mußt du als ein Knabe leiden 9: 91
Das Naturgesetz 4.1: 768
Das neueste aus Rom 4.1: 792, (720)
Das Neueste Serbischer Literatur 18.2: 63
Das Neueste von Plunderweilern 2.1: 235
Das neuste in der Chemie 4.1: 828
Das Niebelungenlied, übersetzt von Carl Simrock. 2 Teile. Berlin 1827 18.2: 87
Das nußbraune Mädchen 17: 55, 360
Das Opfer, das die Liebe bringt 9: 111
Das Paket 4.1: 806, (727)
Das Paket Manuskripte 4.1: 727, (806)
Das Parterre spricht (Die Menge spricht) 11.1.1: 33*
Das Personal der Sternwarte in Jena und das Geschäft im allgemeinen 18.2: 629
Das philosophische Gespräch 4.1: 784, (724)
Das Privilegium (Blößen gibt nur) 4.1: 768
Das Privilegium (Dichter und Kinder) 4.1: 784, (676)
Das Publicum (Wir haben dir Klatsch) 11.1.1: 165; 20.1: (416)
Das Publikum (Fällt auf dem Eise) 4.1: 693, (757)
Das Publikum (Wir haben dir Klatsch) 20.1: 416; 11.1.1: (165)
Das Publikum im Gedränge 4.1: 720, 813
Das Rechte, das ich viel getan 9: 141
Das reine Phänomen 6.2: 820
Das Requisit 4.1: 679, 802
Das Römische Carneval 3.2: 217
⟨Das Römische Denkmal in Igel und seine Bildwerke⟩ 18.2: 272
Das Schlechte kannst du immer loben 13.1: 210
Das schlimmste was uns widerfährt 13.1: 204
Das Schoßkind 4.1: 699, 761, (837)
Das Schreien 1.1: 120, 143, (129)
Das Schrein 1.1: 129, (120), (143)
Das Segel steigt 13.1: 187
Das sind Grillen! 4.1: 734, 824
Das sind mir allzuböse Bissen 9: 126
Das Skelett und die Urne 4.1: 737
Das soll nun auch in meinen Sinn 18.1: 69
Das Sonett 6.1: 46
Das Sträußchen 13.1: 74
Das Subjekt 4.1: 760
Das Tagebuch 9: 37
Das Tüchtige, und wenn auch falsch 13.1: 58
Das Unentbehrliche 4.1: 706, 800

Das ungleiche Schicksal 4.1: 759
Das ungleiche Verhältnis 4.1: 813
Das *Unser Vater* ein schön Gebet 9: 116
Das Unvernünftige zu verbreiten 13.1: 218
Das Unverzeihliche 4.1: 711, 780
⟨Das Veilchen⟩ 1.1: 234
Das Veilchen aber wollt' es Dich erreichen 9: 113
Das Verbindungsmittel 4.1: 777, (710), (838)
Das Verhältnis des Dr. Eckermann zu den oberaufsichtlichen Geschäften 18.2: 569
Das verkauft er für Humanität? 4.1: 709
Das Verlangen 4.1: 742
Das verlohnte sich auch 4.1: 718, 792
Das verwünschte Gebettel! 4.1: 776
Das wär dir ein schönes Gartengelände 9: 125
Das Wasser rauscht, das Wasser schwoll 2.1: 42
Das Weib das Gott der Herr erschuf 2.1: 45
Das Weltregiment, über Nacht 13.1: 197
Das Werte und Würdige 4.1: 758, (747)
Das Widerwärtige 4.1: 746, 777
Das Wiedersehen 4.1: 659
Das Wirken 4.1: 693
Das wirst du sie nicht überreden 13.1: 224
Das Wissen bläset auf 11.1.1: 227
Das Wohl des Einzelnen bedenken 11.1.1: 181
Das Zeitungs Geschwister 13.1: 209
Das züchtige Herz 4.1: 803, (681)
Das Zufällige 13.1: 156, 501; 11.1.1: (189); 12: (91)
Daß an diesem wilden Sehnen 9: 145
Daß Araber an ihrem Theil 11.1.1: 79; 11.1.2: 12, 289
Daß dein Leben Gestalt 4.1: 700, 766
Daß der Deutsche doch 4.1: 814
Daß des Hauses Glanz sich mehre 11.1.1: 25
Daß die Bibelgesellschaft 13.1: 231
Daß du der Fehler schlimmsten 4.1: 702, 767
Daß du die *gute Sache* liebst 9: 90
Daß du die Herrlichste bist 9: 639
Daß du nicht enden kannst das macht dich groß 11.1.1: 33; 11.1.2: 25
Daß Du zugleich mit dem heilgen Christ 11.1.1: 150, 151
Daß Glück ihm günstig sei 9: 145
Daß ich bezahle 9: 111
Daß ich schweige verdrießt dich 3.2: 110, 120, (145)
Daß ich schweige, verdrießt dich? 3.2: 145, (110), (120)
Daß ihr den sichersten Pfad gewählt 4.1: 762
Daß ihr der Künste würdigste treibt 4.1: 694
Daß ihr seht, wie genau wir den Titel 4.1: 809
Daß im großen Jubeljahre 13.1: 114

Daß man in Güter 13.1: 672
Daß schnell dir dieses Jahr verging 2.1: 45
Daß sie die Kinder erziehen könnten 9: 130
Daß sie mit einander streiten können 9: 120
Daß Suleika in Jussuf vernarrt war 11.1.1: 97; 11.1.2: (67)
Daß Suleika von Jussuph entzückt war 11.1.2: 67; 11.1.1: (97)
Daß Verfassung sich überall bilde! 4.1: 682, 803
Daß wir solche Dinge lehren 11.1.1: 216; 11.1.2: 123
Daß zu Ulrichs Gartenräumen 6.1: 53
Dauer im Wechsel 6.1: 85; 13.1: 148
Dauert nicht so lang in den Landen 9: 141
David Hume 4.1: 822
David Knollsche Sammlung von Sprudel-Steinen, roh oder geschliffen 18.2: 382
Decisum 4.1: 822
Dein gedenk ich Apollo du Fernetreffer 4.1: 670
Dein Ost-Geschenck weis ich zu schätzen 11.1.1: 173
Dein Testament verteilt die holden Gaben 13.1: 93
Deine Grüße hab' ich wohl erhalten 2.1: 47
Deine Kollegen verschreist und plünderst du! 4.1: 681, 803
Deine Liebe, dein Kuß mich entzückt! 11.1.1: 244; 11.1.2: 119
Deine liebliche Kleinheit 4.1: 751, 773, 834
Deine Muse besingt 4.1: 778, (716)
Deine Werke, zu höchster Belehrung 13.1: 185
»Deine Zöglinge möchten dich fragen 13.1: 10
Deinem Blick mich zu bequemen 11.1.1: 132; 11.1.2: 85
Deinem Schreibtische 2.1: 78
Deinen heiligen Namen 4.1: 726, 807
Deinen Namen les' ich 4.1: 808, (718)
Deinen Namen liest man 4.1: 718, (808)
Deinen Vorteil zwar verstehst du 13.1: 211
Deinen Wachstum zu begrüßen 13.1: 20
Delikatesse im Tadel 4.1: 748, 768
Delos' ernster Beherrscher und Majas Sohn 6.1: 32
Dem Absolutisten 13.1: 177
Dem Ackersmann 2.1: 101, 603
Dem Arzt verzeiht! 13.1: 209
Dem aufgehenden Vollmonde 18.1: 27; 20.3: 949
Dem Buchhändler 4.1: 707
Dem Buchstabensparer (So soll die Orthografische) 9: 69*
Dem den tausend Menschen lieben 11.1.1: 63
Dem Dichter widm' ich mich 18.1: 28
Dem Dilettanten 4.1: 692, (757), (842)
Dem Dummen wird die Ilias zur Fibel 13.1: 232
Dem edlen Künstler-Verein zu Berlin (Zu erfinden) 11.1.1: 174; 17: (143), (485)
Dem 31. October 1817 11.1.1: 193
Dem festlichen Tage 9: 72

⟨Dem Frauenverein⟩ 13.1: 125
Dem Fürsten Hardenberg 13.1: 20
Dem Geier gleich 2.1: 37
Dem glücklich-bereichert Wiederkehrenden ⟨...⟩ Carl Bernhard, Herzog von Sachsen-Weimar-Eisenach ⟨...⟩ 13.1: 187
⟨Dem Großherzog Carl August⟩ (Fehlt der Gabe) 18.1: 24
Dem Großsprecher 4.1: 680, 802
Dem heiligen Vater pflegt man 18.1: 49
Dem Herren in der Wüste 4.1: 904; 8.1: 355
Dem Himmel wachse entgegen 1.1: 161
Dem Hülfsbedürftgen immerdar bereit 18.1: 73
Dem ist es schlecht in seiner Haut 13.1: 198
Dem Kellner 11.1.1: 111; 11.1.2: 98
Dem lieben Bernhard v. Knebel 13.1: 44
Dem Mädgen ward nebst andern Gaben 1.1: 103
Dem Menschen wie den Tieren ist ein Zwischenknochen der obern Kinnlade zuzuschreiben 2.2: 530
Dem Passavant- und Schüblerischen Brautpaare 1.1: 249
Dem Scheidenden ist jede Gabe werth 11.1.1: 207
Dem Schenken 11.1.1: 111; 11.1.2: 98
Dem Schicksal (Ich weiß nicht was mir hier gefällt) 2.1: 26*
Dem Schnee dem Regen / Dem Wind entgegen 2.1: 24
Dem schönen Tag sei es geschrieben! 9: 68
Dem Schützen, doch dem alten nicht 2.1: 92
Dem teuern Lebensgenossen von Knebel 13.1: 124
Dem Vernünft'gen 11.1.2: 177
Dem wir unsre Rettung dancken 11.1.1: 141
Dem würdigen Bruderfeste 18.1: 42
Dem Zudringlichen 4.1: 809
Dem Zweyten Januar 1815 11.1.1: 67
Demut 9: 111
Den Besten 11.1.1: 53
Den besten Köpfen sei das Stück empfohlen 6.1: 1050
Den deutschen Mannen gereichts zum Ruhm 18.1: 76
Den Dichter könnt ihr mir nicht nehmen 18.1: 71
Den Drillings-Freunden von Coelln. gegenwärtig in Heidelberg 11.1.1: 42, 44
Den einzigen, Lida, welchen du lieben kannst 2.1: 65
Den ersten *April* mußt überstehn 13.1: 176
Den Frieden kann das Wollen nicht bereiten 9: 195
Den 15. August 1815 13.1: 183
Den funfzehn Englischen Freunden 18.1: 48
Den gemeinen Verstand 4.1: 707
Den Gott der Pfuschereien 6.1: 68
Den Gruß, den wir zum Anfang 4.1: 200
Den Gruß des Unbekannten ehre ja! 11.1.1: 223; 11.1.2: 40
Den Guten 11.1.1: 53

Den hochbestandnen Föhrenwald 13.1: 10
Den kleinen Strauß 1.1: 266
Den künftgen Tag und Stunden 1.1: 274; 3.2: (19); 16: (738)
Den Magnet betr. 6.2: 831
Den Musen-Schwestern fiel es ein 13.1: 180
Den November, den dreißigsten 13.1: 44
Den offnen Mann 18.1: 87
Den Originalen 9: 68
Den Philister verdrieße 4.1: 708, 800
Den philosoph'schen Verstand 4.1: 707
Den Reichtum muß der Neid beteuern 13.1: 198
Den Reimkollegen 18.1: 62
Den 6. Juny 1816 (Du versuchst, o Sonne, vergebens) 11.1.1: 167*
Den 16. August 13.1: 183
Den verehrten Achtzehn Frankfurter Festfreunden 18.1: 50
Den verehrten neuvaterstädtischen Gönnern und Freunden 18.1: 43
Den vereinigten Staaten 18.1: 13
Den Vorteil hat der Dichter 13.1: 191
Den Zudringlichen 9: 67
Denck, o Herr! wenn du getruncken 11.1.1: 232; 11.1.2: (103)
Denjenigen, der meine Scheitel 11.1.2: 176
Denk an die Menschen nicht 18.1: 63
Denk ich, so bin ich! 4.1: 820
Denk, o Herr! wenn du getrunken 11.1.2: 103; 11.1.1: (232)
Denk und Trostsprüchlein 1.1: 256
Denkmale 6.2: 182
»Denkst du nicht auch an ein Testament?« 13.1: 110
Denkt nicht ich geh euch dummem Volk zu Leibe 18.1: 88
Denn bei den alten lieben Toten 9: 128
Denn der Ewige herrscht auf Erden 18.1: 373, 375
Denn die Bande sind zerrissen 17: 157, 548
Denn freilich sinds dergleichen Kiel' und Pfeile 13.1: 93
Denn mit dem himmlischen Küchenzettel 18.1: 84
Denn steht das Trübste vor der Sonne 9: 119
Denn was das Feuer lebendig erfaßt 9: 118
Denn was der Mensch 2.1: 93
Der Abgebildete / Vergleicht sich billig 11.1.1: 42
Der Abschied 1.1: 157
Der Abwesende dem Maskenfest zum 16. Febraur 1818 (So wandelt hin, lebendige Gestalten) 11.1.1: 197*
Der Achse wird mancher Stoß versetzt 13.1: 210
Der Adler und die Taube 1.1: 201
Der ächte Moslem spricht vom Paradiese 11.1.1: 238; 11.1.2: 114
Der ästhetische Torschreiber 4.1: 676, 776
Der Almanach als Bienenkorb 4.1: 804

»Der alte reiche Fürst 18.1: 82
Der Amtmann schnell das Übel stillt 9: 119
Der Anfang ist an allen Sachen schwer 4.1: 192
Der Anonyme Fluß 4.1: 691, 789
Der Antiquar 4.1: 708, 778
Der astronomische Himmel 4.1: 697, 797
Der Autor (Was wär ich) 1.1: 1008*
Der Bär wehrt die Fliegen 4.1: 726
Der Becher 2.1: 64
Der Bekannten-Anerkannten! 18.1: 52
Der Berge dencke gern, auch des Gesteins 11.1.1: 208
Der berufene Leser 4.1: 769, (744), (838)
Der berufene Richter 4.1: 769, (703)
Der beste Rat 4.1: 746
Der Besuch 3.2: 27
Der Biedermann 4.1: 754, (839)
Der böse Geselle 4.1: 714, 793
Der Bräutigam 13.1: 115
Der Bürgergeneral, ein Lustspiel in einem Aufzuge 4.1: 94
Der bunte Styl 4.1: 705
Der Chinese in Rom 4.1: 857
Der Cölner Mummenschanz 13.1: 116
Der Commissarius des jüngsten Gerichts 4.1: 782
Der Cophta. Als Oper angelegt 3.1: 233
Der Damm zerreißt 9: 28
Der Demoiselle Schmehling nach Aufführung der Hassischen Sta Elena al Calvario. Leipzig 1771 18.1: 44; 20.3: 1180
Der Descartische Versuch mit der Glaskugel 4.2: 440
Der Deutsche dankt 11.1.1: 10; 11.1.2: 24
Der deutsche Gil-Blas 13.1: 447
Der Deutsche ist gelehrt 11.1.1: 200
Der Dichter 2.1: 47
Der Dichter freut sich am Talent 18.1: 60
Der Dichter schaut 18.1: 68
Der Dichtung Faden läßt sich heut nicht fassen 13.1: 44, 98
Der du des Lobs dich billig freuen solltest 9: 28
Der du mit deinem Mohne 1.1: 94, 114
Der du so nach Erfindung bangst 13.1: 233
Der du von dem Himmel bist 2.1: 13
Der echte Moslem spricht vom Paradiese 11.1.1: 238*; 11.1.2: 114*
Der Edelknabe und die Müllerin 4.1: 877; 4.2: 692; 8.1: 415
Der einmal ein Zaubrer hieß 11.1.1: 197
Der entschließt sich doch gleich 9: 145
Der epische Hexameter 4.1: 735
Der erhabene Stoff 4.1: 716, 778
Der Ersatz 4.1: 709, 789
Der Erste 4.1: 683, 754, (839)
Der erste Verlust (Ach! wer bringt die schönen Tage) 2.1: 100*

⟨Der ewige Jude⟩ 1.1: 238
Der Falke 2.1: 492
Der Fischer 2.1: 42
Der fliegende Fisch 4.1: 786, (689)
Der Frau von Ziegesar geb. v. Stein 13.1: 41
Der freudige Werther 13.1: 232
Der Freund 4.1: 756, (749), (838)
Der Frühling grünte zeitig 13.1: 46
Der Fuchs beim Kranich 4.1: 707
Der fünfte Mai 13.1: 66
Der galante Philosoph 4.1: 717
Der Gatte der Gattin (Du versuchst, o Sonne, vergebens) 11.1.1: 167*
⟨Der Geburtstag, eine Jägeridylle in vier Gesängen⟩ 6.2: 596
Der Gedanke, das Entwerfen 17: 143, 485
Der gegenwärtige Zustand und die künftige Behandlung der wissenschaftlichen Anstalten 11.2: 585
Der Gegner 4.1: 828
Der Geist und der Buchstabe 4.1: 783
⟨Der gelöste Prometheus⟩ 4.1: 191
Der Genius 4.1: 766, (701)
Der Genius mit der umgestürzten Fackel 4.1: 737
Der getreue Eckart 9: 77
Der geweihte Platz 2.1: 74
Der Glückliche 4.1: 705, 799
Der Glückstopf 4.1: 777
Der Goldschmiedsgesell 9: 26
Der Gott und die Bajadere 4.1: 872
Der Gottes Erde lichten Saal 18.1: 66
Der Gräfin Titinne Odonell, die eine meiner Schreibfedern verlangte (Als der Knabe nach der Schule) 11.1.1: 172*
Der griechische Genius an Meyer in Italien 4.1: 719
Der Groß-Cophta, ein Lustspiel in fünf Aufzügen 4.1: 9
Der Guckuck wie die Nachtigall 18.1: 17
Der Halbvogel 4.1: 680, 802
Der hat's den Engeln der den Teufeln abgelauscht 9: 83
Der Hausball 2.2: 333
Der Hausierer 4.1: 681, 803
Der Heiden-Kaiser Valerian 13.1: 34
Der Höllenhund 4.1: 729
Der Hofmann 4.1: 684, 755, (840)
Der Homeruskopf als Siegel 4.1: 739
Der Hypochonder ist bald kuriert 9: 132
Der Instinkt 4.1: 706, (800)
Der ist zu furchtsam 4.1: 767
Der junge Werther 4.1: 731, 818
Der Junggesell und der Mühlbach 4.1: 879; 4.2: 719; 8.1: 437
Der Kaiserin Abschied 9: 47
Der Kaiserin Ankunft 9: 44
Der Kaiserin Becher 9: 45
Der Kaiserin Platz 9: 46
Der Kauz der auf Minervens Schilde sitzt 2.1: 44
Der Kenner (Alte Vasen und Urnen) 4.1: 708, 778
Der Kenner (Ich führt einen Freund) 1.1: 256

Der Knabe 4.1: 741
Der Kölner Mummenschanz 13.1: 116*
Der König von Thule 1.1: 252; 1.2: (157); 3.1: (559); 6.1: (613)
Der Kranich beim Fuchse 4.1: 707
Der Künstler 4.1: 829
Der Kunstgriff (Wollt ihr zugleich) 4.1: 711, 777
Der kurzweilige Philosoph 4.1: 783
Der lang ersehnte Friede nahet wieder 6.1: 786
Der Lastträger 4.1: 706, 800
Der Leichnam 4.1: 818, (729)
Der letzte Kämpfer 4.1: 827
Der letzte Märtyrer 4.1: 695, 796
Der letzte Versuch 4.1: 680, 802
Der Leviathan und die Epigramme 4.1: 791
Der Liebende wird nicht irre gehn 11.1.1: 85; 11.1.2: 69
Der Liebenden Vergeßlichen, zum Geburtstage 9: 68
Der Liebsten Band und Schleife rauben 9: 96
Der Lilienstengel 17: 34, 258
Der Löwenstuhl 11.1.1: 255
Der Lügner ⟨Komödie nach Corneille⟩ 1.1: 284
Der Mahler wagts mit Götterbildern 11.1.1: 234
Der Mann mit dem Klingelbeutel 4.1: 776
⟨Der Mann von funfzig Jahren⟩ ⟨Dramenfragment⟩ 13.1: 239
Der Mann von funfzig Jahren ⟨Wilhelm Meisters Wanderjahre⟩ 17: 96, 398
⟨Der Markgrafenstein auf dem Rauhischen Berge bei Fürstenwalde, nach J. Schoppe von J. Tempeltey⟩ 18.2: 261
Der Meister 4.1: 717, 769
Der Mensch erfährt, er sei auch wer er mag 9: 131
Der Minister 4.1: 684, 755, (840)
Der Misanthrop 1.1: 149
Der moderne Halbgott 4.1: 790
»Der Mond soll im Kalender stehn 13.1: 212
Der moralische und der schöne Charakter 4.1: 758, (747)
Der Morgen kam 2.1: 93
Der Müllerin Reue (Nur fort, du braune Hexe) 4.1: 883*; 8.1: 445*
Der Müllerin Verrat 4.1: 881
Der Mufti las des *Misri* Gedichte 11.1.1: 86; 11.1.2: 25
Der Musensohn 6.1: 43; 16: (716)
Der Mutter schenk' ich 9: 126
Der Nachahmer und der Genius 4.1: 767, (701)
Der Nachtigall (Dich hat Amor gewiß) 2.1: 78*
Der Nachtwächter 4.1: 684, 755, (841)
Der Narr epilogiert 6.1: 89
Der Naturkreis 4.1: 743
Der neue Amadis 1.1: 259
Der neue Amor 4.1: 658; 14: (494)
Der neue Copernicus (Art'ges Häuschen hab ich klein) 11.1.1: 13*
Der neue Paris. Knabenmärchen 16: 57
Der neue Pausias und sein Blumenmädchen (1. Fassung) 4.1: 886
Der neue Pausias und sein Blu-

menmädchen (2. Fassung) 4.1: 887
Der Olympos, der Kissavos 13.1: 79
⟨Der Oppenheimer Dom⟩ 18.2: 262
Der Ost hat sie schon längst verschlungen 13.1: 51
Der Park 2.1: 77
Der Patriot 4.1: 682, 803
Der Pfau schreit häßlich 18.1: 17
Der Pfingstmontag, Lustspiel in straßburger Mundart 11.2: 267
Der Philister 4.1: 759, (746)
Der Philosoph, dem ich so gern vertraue 18.1: 68
Der Philosoph und der Schwärmer 4.1: 710, 764
Der Plan des Werks 4.1: 798, (703)
Der Poet ist der Wirt 4.1: 735, 825
Der Pretiöse 4.1: 827
Der Prophet (Schade daß die Natur) 4.1: 778, (710)
Der Prophet spricht 11.1.2: 55; 11.1.1: (109)
»Der Pseudo-Wandrer, wie auch dumm 13.1: 218
Der Purist 4.1: 716, 794
Der Quellenforscher 4.1: 798, (704)
Der Ratsherr 4.1: 684, 755
Der Rattenfänger 6.1: 73
Der Reiche 1.1: 96
Der Reiter kommt 2.1: 63
Der Renegat 4.1: 826
Der Ring (Wäre der Rubin mir eigen) 9: 112*
Der Ruf des Herrn 9: 201
Der's gebaut vor funfzig Jahren 18.1: 25
Der Sänger (Was hör' ich draußen) 2.2: 205*; 5: 127*
Der Sammler und die Seinigen 6.2: 76
⟨Der Sammler und die Seinigen. Paralipomena⟩ 6.2: 1008
Der Schatzgräber 4.1: 863
Der Schellenring um eure Knöchel 11.1.1: 62
Der Schenke (So hab' ich endlich) 11.1.2: 106; 11.1.1: (206)
Der schläft recht gut 11.1.1: 226; 11.1.2: (106)
Der Schlüssel 4.1: 760, (699)
Der Schmetterling 1.1: 128, 143
Der schöne Geist und der Schöngeist 4.1: 746, 760
Der Schulmeister zu Breslau 4.1: 780
Der Sinn ergreift 13.1: 108
Der Sittenrichter 4.1: 681, (803)
Der sittliche und schöne Charakter 4.1: 747, (758)
Der Spiegel sagt mir ich bin schön! 11.1.1: 117; 11.1.2: 46
Der Sprachforscher 4.1: 792, (715)
Der steigt über den Menschen hinauf 4.1: 716
Der Stöpsel 4.1: 679
Der Storch der sich von Frosch und Wurm 11.1.1: 248
Der Strauß, den ich gepflücket 9: 49
Der Strengling und der Frömmling 4.1: 763
Der Teleolog 4.1: 708, 778
Der Teufel hol das Menschengeschlecht 2.1: 29
Der Teufel! sie ist 13.1: 199
Der Todfeind 4.1: 704, 798
Der Totentanz 9: 79
Der treue Spiegel 4.1: 798

Der Triumph der Empfindsamkeit. Eine dramatische Grille 2.1: 165
Der trockne Versemann 13.1: 211
Der Türmer der schaut zu Mitten der Nacht 9: 79
Der Tugendspiegel 1.1: 287
Der ungeheure Orion 4.1: 730
Der Unterschied (Lächelnd sehn wir den Tänzer) 4.1: 767
Der Unterschied (Unberufene Schwärmer!) 4.1: 682
Der Unterschied (Will der *Witz*) 4.1: 701
Der untreue Knabe (Es war ein Knabe frech genung) 3.1: (393)*
Der Vater 4.1: 743
Der Verfasser teilt die Geschichte seiner botanischen Studien mit 18.2: 438
Der Verleger von P*** Schriften 4.1: 722, (810)
Der Versuch als Vermittler von Objekt und Subjekt 4.2: 321; 12: 684
Der vierte Teil meiner Schriften 2.1: 48
Der Virtuose 4.1: 723, 810
Der Vogel ist froh in der Luft gemütet 9: 123
Der vollkommenen Stickerin 13.1: 62
Der Vorhang schwebet hin und her 6.1: 70
Der Vorsichtige 4.1: 827
Der Vorwitz lockt ihn in die Weite 19: 631
Der Vorzug (Jedermann freute sich) 4.1: 696
Der Vorzug (*Über* das Herz) 4.1: 765, (698)
Der Wächter Zions 4.1: 677, 801
Der wagt zu wenig 4.1: 701, (767)
Der wahre Genuß 1.1: 140; 3.2: (25)
Der wahre Grund 4.1: 764, (710)
⟨Der Wandrer⟩ 1.1: 202
Der Weg zum Ruhme 4.1: 744, 770
Der Weihrauch der euch Göttern glüht 13.1: 232
Der Welt Lauf 4.1: 695, 796
Der Welt Lohn 1.1: 1008*
Der Wichtige 4.1: 798, (703)
Der Widerstand 4.1: 796, (696)
Der Winter und Timur 11.1.1: 35; 11.1.2: 65
Der Wolf in Schafskleidern 4.1: 678
Der Wolf und das Lamm (Aesopus) 1.1: 70
Der Wolf und das Lamm (Phaedrus) 1.1: 71
Der Wolfische Homeer (Mit hartherzger Kritik) 4.1: 715
Der Wolfische Homer (Sieben Städte) 4.1: 807, (715)
Der Würdige vom Rhein zum Belt 18.1: 58
Der Würdigste 4.1: 754, (683), (839)
Der Zauberflöte zweiter Teil 6.1: 101
Der Zauberlehrling 4.1: 874
Der Zaubrer fordert leidenschaftlich wild 18.1: 52, (473)
Der Zaubrer quält sich um Helenens Bild 18.1: 473, (52)
Der Zeit, des Schreckens Narren sind wir! 11.2: 295

Der Zeitpunkt 4.1: 780
Der Zeitschriftsteller 4.1: 680
Der Zeitungsleser sei gesegnet 6.1: 97
Der Zergliederer 4.1: 761, (695)
Der zierlichsten Undine 13.1: 70
Der zweite Ovid 4.1: 780
Derb und tüchtig 11.1.2: 19; 11.1.1: (21)
Derselbe ⟨Manso⟩ über die Verleumdung der Wissenschaften 4.1: 711
Derselbe ⟨Nicolai⟩ 4.1: 799, (704)
Des Epimenides Erwachen ⟨Festspiel⟩ 9: 195
Des Epimenides Erwachen. Aufzuführen, Berlin, den 30sten Mai 1815 11.2: 147
Des ewigen Juden, erster Fetzen 1.1: 238
Des Herren Generals Grafen von Gneisenau Excel. 11.1.1: 223; 11.1.2: (40)
Des Hommes Célèbres de France au dix-huitième siècle, et de l'etat de la littérature et des arts à la même époque 7: 696
Des Joseph Balsamo, genannt Cagliostro, Stammbaum. Mit einigen Nachrichten von seiner in Palermo noch lebenden Familie 4.2: 451
⟨Des jungen Feldjägers Landsmann⟩ 18.2: 23
⟨Des Knaben Wunderhorn⟩ 6.2: 602
Des Künstlers Erdewallen. Drama. 1.1: 745
Des Künstlers Vergötterung. Drama 1.1: 748
Des Mannes 4.1: 742
Des Maurers Handeln 11.1.1: 146
Des Menschen Seele / Gleicht dem Wasser 2.1: 48
Des Menschen Tage sind verflochten 13.1: 186
Des neuen Alcinous erster Teil 6.1: 63
Des neuen Alcinous zweiter Teil 6.1: 65
Des Paria Gebet 13.1: 83
Des Weibes 4.1: 742
Descartische Versuch mit der Glaskugel, Der 4.2: 440
Deshalb er sich zur Unzeit 13.1: 202
Desideratum, Das 4.1: 777
Desto besser! Gefiedert wie ihr 4.1: 728, (815)
Desto besser! Geflügelt wie ihr 4.1: 815, (728)
Desto besser! So gebt mir 4.1: 820
Deutliche Prosa 4.1: 814, (721)
Deutsch in Künsten 4.1: 725, 806
Deutsche Bären nennte man sonst 4.1: 828
Deutsche dankt, Der 11.1.1: 10; 11.1.2: 24
deutsche Gil-Blas, Der 13.1: 447
Deutsche haltet nur fest 4.1: 686
Deutsche Kunst 4.1: 771
Deutsche Literatur 18.2: 142
Deutsche Monatschrift 4.1: 725, 806
⟨Deutsche Philosophie⟩ 18.2: 176
deutsche Reich, Das 4.1: 787, (689)

Deutsche schreiben das Werk 4.1: 677
Deutsche Sprache 11.2: 221
Deutscher Genius 4.1: 771, (719)
Deutscher Nationalcharakter 4.1: 787
Deutscher Natur-Dichter 13.1: 474
Deutscher Parnaß 6.1: 19
Deutsches Lustspiel 4.1: 715, 792
deutsches Meisterstück, Ein 4.1: 791, (717)
Deutsches Theater 9: 618
Deutschland? Aber wo liegt es? 4.1: 689, 787
Deutschland fragt nach Gedichten nicht viel 4.1: 676, 790
Deutschlands größte Männer 4.1: 714, 808
Deutschlands Revanche an Frankreich 4.1: 803, (682)
Deutschlands Revenge an Frankreich 4.1: 682, (803)
Dialogen aus dem Griechischen 4.1: 708, 789
Dich beglückte ja mein Gesang 11.1.1: 234
Dich betrügt der Regente 3.2: 99
Dich ergriff mit Gewalt 2.1: 102
Dich erwähl ich zum Lehrer 4.1: 759
Dich hat Amor gewiß, o Sängerin, fütternd erzogen 2.1: 78
Dich kleingeblümt Gefäß! 9: 45
Dich o Dämon erwart ich 4.1: 726, (807)
Dich, o Dämon! erwart ich 4.1: 807, (726)
Dich säh ich lieber 18.1: 52
Dich verwirret, Geliebte, die tausendfältige Mischung 6.1: 14; 12: 74; 13.1: 150
Dich zu greifen ziehen sie aus 4.1: 761
Dichten ist ein lustiges Handwerk 3.2: 99, 136
Dichten ist ein Übermuth 11.1.1: 21; 11.1.2: 19
Dichter (Deine Liebe) 11.1.1: 244; 11.1.2: 119
Dichter (Schau, Liebchen, hin!) 9: 20
Dichter (Schencke komm!) 11.1.1: 112; 11.1.2: (102)
Dichter (Schenke komm!) 11.1.2: 102; 11.1.1: (112)
Dichter, Der (Hebet eure zweifelnden Stirnen) 2.1: 47
Dichter bitte die Musen 4.1: 714, 793
Dichter gleichen Bären 9: 145
Dichter, ihr armen 4.1: 781
Dichter lieben nicht zu schweigen 6.1: 44
Dichter und Kinder 4.1: 676, 784
Dichter und Liebende 4.1: 746, 777
Dichterstunde, Die 4.1: 738
Dichtung und Wahrheit 16: 3
⟨Dichtung und Wahrheit. Fragmentarisches⟩ 9: 935
⟨Dichtung und Wahrheit. Paralipomena⟩ 16: 833
Dichtungskraft 4.1: 700, 766
Dicke Bücher! vieles Wissen! 13.1: 113
Diderots Versuch über die Malerei 7: 517
Die Abgeschiednen betracht’ ich gern 11.1.1: 53

Die abgestutzten, angeschmauchten 11.1.1: 172
Die Achtermanns Höhe 11.2: 1204
Die Adressen 4.1: 795
Die Andrier 13.2: 29
Die Arten 4.1: 676, (779)
Die Athenerinnen. große Oper, Poesie von Jouy Musik von Spontini 18.2: 210
Die Aufgabe (Wem die Verse gehören?) 4.1: 787
Die Aufgeregten. Politisches Drama in fünf Akten 4.1: 133
Die Axt erklingt, da blinkt 13.1: 10
Die Bacchantinnen des Euripides 13.1: 334
Die Basreliefs 4.1: 737
Die Bedeutung (Was bedeutet dein Werk?) 4.1: 745, (770)
Die Bedingung (Jede Wahrheit vertrag ich) 4.1: 748
Die Beding⟨ung⟩ doch ist eng' 11.1.1: 63
Die Begegnung 4.1: 742
Die beiden lieben sich gar fein 13.1: 223
Die Bekehrte 4.1: 861
Die Belohnung 4.1: 770, (744)
Die Bergeshöhn warum so schwarz? 13.1: 80
Die besten Freunde, die wir haben 13.1: 178
Die Bestimmung 4.1: 681
⟨Die Bilder am Hause Goethes bei Carl Augusts Regierungsjubiläum⟩ 13.2: 207
Die bleibt nicht aus! 11.1.1: 189; 12: 91; 13.1: 156, 502
Die Blumen, in den Wintertagen 9: 59
Die Bösen soll man nimmer schelten 13.1: 209
Die bornierten Köpfe 4.1: 783
Die Braut von Corinth 4.1: 866
Die Burg von Otranto 6.1: 32
Die **chen Flüsse 4.1: 789
Die dem Chef der Oberaufsicht zugeordnete Assistenz 18.2: 567
Die deutsche Sprache wird nun rein 9: 103
Die Deutschen sind ein gut Geschlecht 13.1: 51
Die Deutschen sind recht gute Leut 18.1: 79
Die Dichterstunde 4.1: 738
Die Dinte macht uns wohl gelehrt 9: 122
Die drei Paria 13.1: 387
Die drei Stände 4.1: 682, 804
Die dreifarbige Kokarde 4.1: 817
Die du der Musen reinste Kost gesogen 6.1: 749
Die echte Konversation 12: 554; 13.1: 104
Die Eiche 4.1: 689
Die Eisbahn 4.1: 692, 756
Die endliche Ruhe wird nur verspürt 9: 118
Die Engel stritten für uns Gerechte 11.1.1: 68
Die Epitheten 4.1: 828
Die Epopeen 4.1: 716
Die erste Lieferung der Taschenausgabe von Goethes Werken 18.2: 81
Die erste Walpurgisnacht 6.1: 40
Die ersten Erzeugnisse der Stotternheimer Saline 18.1: 98; 20.3: 904
Die Erzieher 4.1: 765

Die Externsteine 13.2: 176
Die Fajaken 4.1: 690
»Die Feinde sie bedrohen dich 13.1: 220
Die Feyer des achtundzwanzigsten Augusts danckbar zu erwiedern 11.1.1: 227
Die Fischerin. Ein Singspiel 2.1: 338
Die Flucht nach Ägypten 17: 17, 241
Die Flut der Leidenschaft 11.1.1: 85; 11.1.2: 64
Die Foderungen 4.1: 720
Die Forscher 4.1: 693
Die französischen Bonmots 4.1: 705
Die Franzosen verstehn uns nicht 18.1: 79
Die Freuden 1.1: 130, 146; 3.2: 17
Die Freunde haben's wohlgemacht 13.1: 187
Die Freundin war hinausgegangen 9: 88
Die Frösche (Aesopus) 1.1: 71
Die Frösche (Phaedrus) 1.1: 72
Die Füchse (Aesopus) 1.1: 70
Die Gedichtsammlung 4.1: 721, (791)
Die Gegenwart weiß nichts von sich 13.1: 73; 20.1: 721
Die Geheimnisse. Ein Fragment 2.2: 339
Die Geheimnisse. Fragment von Goethe 11.2: 213
Die Gesänge von Selma 1.1: 188
Die geschichtlichen Symbole 13.1: 222
Die Geschlechter 4.1: 741
Die Geschwister (Schlummer und Schlaf) 2.1: 101
Die Geschwister. Ein Schauspiel in einem Akt 2.1: 113
Die Gestalten gehn vorüber 13.1: 45
Die glücklichen Gatten 6.1: 60; 13.1: (30)
⟨Die Granitgebürge⟩ 2.2: 513
Die gründlichsten Schuften 6.1: 68
Die *gute Sache* kommt mir vor 9: 90
Die gute Staatsverfassung 4.1: 685
Die guten Frauen 6.1: 816
Die Hauptsache 4.1: 683, 804
Die heil'gen drei König' mit ihrem Stern 2.1: 60
Die heiligen drei Könige. Manuskript, lateinisch, aus dem fünfzehnten Jahrhundert 11.2: 280
Die heiligen drei Könige noch einmal 13.1: 454
Die Heimsuchung 17: 29, 254
Die Herren blendt 1.1: 238
Die höchste Harmonie 4.1: 815
Die Hörsäle auf gewissen Universitäten 4.1: 724, (810)
Die holden jungen Geister 13.1: 193
Die Horen (Einige wandlen zu ernst) 4.1: 726, (807)
Die Horen an Nicolai 4.1: 799, (706)
Die Horen an Nikolai 4.1: 706, (799)
Die Idealwelt 4.1: 739
Die ihr Felsen und Bäume bewohnt 2.1: 76
Die ihrem Mann allein gewährt 4.1: 658
Die Individualität 4.1: 693, (757)
Die Inschrift von Heilsberg 11.2: 245

Die Insekten 4.1: 804, (722)
Die Jahre 9: 102; 20.1: (334)
»Die Jahre nahmen dir, du sagst, so vieles 11.1.1: 197; 11.1.2: 43
Die Jahre sind allerliebste Leut 9: 102; 20.1: (334)
Die Jahre sind allerliebste Leute! 20.1: 334; 9: (102)
Die Journale Deutschland und Frankreich 4.1: 677
Die Jugend ist vergessen 13.1: 208
Die Jugend verwundert sich sehr 13.1: 105
Die Kämpfer 4.1: 692
Die kleinen Büchlein kommen froh 9: 98
Die klugen Leute gefallen mir nicht 13.1: 194
Die Königin steht im hohen Saal 9: 22
Die königliche Einsiedlerin 1.1: 283; 2.2: (81)
Die Kränze 6.1: 45
⟨Die Kraft, Farben hervorzubringen⟩ 4.2: 260
Die Kronen 4.1: 689
Die Kunden 4.1: 777
Die Kunst zu lieben 4.1: 780, (711)
Die Kunst zu lieben von Manso 4.1: 711, (780)
Die Kunstschwätzer 4.1: 771, (744)
Die Laune des Verliebten ⟨Schäferspiel⟩ 1.1: 289
Die Lehrer 2.1: 100
⟨Die Leiden des jungen Werthers an Nicolai⟩ 1.1: 264; 16: 625
Die Leiden des jungen Werthers (Entwurf) 1.2: 196
Die Leiden des jungen Werthers (Erste Fassung) 1.2: 197
⟨Die⟩ Leiden des jungen Werthers (Zweite Fassung) 2.2: 349
Die Leidenschaft bringt Leiden! 13.1: 92, 140
Die Liebe wider Willen 1.1: 150
Die Liebende abermals 9: 16
Die Liebende schreibt 9: 16
Die Liebenden 9: 20
Die Liebesgötter auf dem Markte 4.1: 667
Die Liebhaber 1.1: 117
Die Lieblichen sind hier zusammen 13.1: 174
Die Lust ist mächtiger 1.1: 138
Die Lust zu reden kommt zu rechter Stunde 9: 121
Die Lustigen von Weimar 9: 71
Die Mächtigen wollte Gott verschönen 18.1: 72
Die Mannichfaltigkeit (Viele sind gut) 4.1: 766, (700)
Die Mannigfaltigkeit (Reich ist an Blumen) 4.1: 749
Die mathematische Größe 4.1: 696
Die Menge spricht 11.1.1: 33
Die Metamorphose der Pflanzen (Dich verwirret, Geliebte) 6.1: 14; 13.1: 150; 12: (74)
Die Metamorphose der Pflanzen ⟨Zur Morphologie⟩ 12: 29
Die Mitarbeiter 4.1: 803
Die Mitbenutzung des botanischen Gartens zu Jena von seiten der Universität 18.2: 612
Die Mitschuldigen, ein Lust-

spiel in Einem Akte (1. Fassung) 1.1: 311
Die Mitschuldigen, ein Lustspiel in drei Auzügen (2. Fassung) 1.1: 341
Die Mitschuldigen. Ein Lustspiel (3. Fassung) 2.1: 380
Die Möglichkeit 4.1: 695, 795
Die moralische Kraft 4.1: 758
Die Musageten 6.1: 25
Die Muse 4.1: 728, (815)
Die Muse zu den Xenien 4.1: 735, (825)
Die Nacht 1.1: 127, 142
Die Nachtigall sie war entfernt 13.1: 120, 175
Die natürliche Tochter. Trauerspiel 6.1: 241
Die Natur 2.2: 477
Die Nebel zerreißen 4.1: 666
⟨Die Negation des Wortes organisch⟩ 6.2: 770
Die Nektartropfen 2.1: 61
Die neue Entdeckung 4.1: 698
Die neue Melusine 17: 160, 583
⟨Die neue Sirene⟩ 18.1: 15
Die neuesten Geschmacksrichter 4.1: 781
⟨Die Organisation der Coburg-Saalfeldischen Lande⟩ 6.2: 579
Die Perle die der Muschel entrann 11.1.1: 92; 11.1.2: 108
Die Pest an H. Posselt 18.1: 89
Die Pflanzen sämtlich, die Dir angehören 9: 113
Die Philosophen 4.1: 762, (693)
Die philosophische Unterredung 4.1: 724, (784)
Die Physiognomisten 2.1: 47
Die Piccolomini. Wallensteins Erster Teil. Ein Schauspiel in fünf Aufzügen von Schiller 6.2: 670
Die pilgernde Törin 17: 184, 284
Die Preisaufgabe betreffend (1800) 6.2: 422
Die Quellen 4.1: 762
Die reitenden Helden 18.1: 77
Die Reliquie 1.1: 149
Die Reorganisation der Oberaufsicht 11.2: 575
Die romantische Poesie (1810) 9: 245
Die Sachmänner 4.1: 745
Die schön geschriebenen 11.1.1: 121; 11.1.2: 75
Die schöne Anthia 13.2: 29
Die schöne Nacht 3.2: 15
Die schönen Frauen 18.1: 65
Die schwere Verbindung 4.1: 702, 767, (838)
Die sich herzlich oft begrüßten 11.1.1: 228
Die Sicherheit 4.1: 702, 768
Die Sonne, Helios der Griechen 11.1.1: 143; 11.1.2: 86
Die Sonne kommt! Ein Prachterscheinen! 11.1.1: 124; 11.1.2: 72
Die Sonnenblume möchte Dich begrüßen 9: 113
Die Sonntagskinder 4.1: 815
Die Spinnerin 4.1: 669
Die Sprache 4.1: 749, (769)
Die Sprachreiniger (Gott Danck! daß uns so wohl geschah) 11.1.1: 166*
Die Spröde 4.1: 860
Die Staatsverbesserer 4.1: 679
Die steinernen Waffen betreffend 11.2: 532
Die stille Freude wollt ihr stören? 18.1: 20
Die Stockblinden 4.1: 782

Die strenge Grenze doch umgeht gefällig 11.1.1: 189; 12: 91; 13.1: 156, 501
Die Systeme 4.1: 694, 762
Die Teilnahme der Engländer u. Schottländer an deutscher Literatur 18.2: 145
Die theatralischen Abenteuer 4.1: 204
Die Tinte macht uns wohl gelehrt 9: 122*
Die Tochter der Luft 13.1: 376
Die tragischen Tetralogien der Griechen 13.1: 317
Die Triebfedern 4.1: 764, (710)
Die Trommel gerühret! 3.1: 260
Die Übereinstimmung 4.1: 760
Die Unberufenen (Tadeln ist leicht) 4.1: 770, (744)
Die Unberufenen (Wissen wollt ihr) 4.1: 685
Die ungleichen Hausgenossen ⟨Ein Singspiel-Fragment⟩ 2.1: 466
Die unglückliche Eilfertigkeit 4.1: 729, (816)
Die vereitelten Ränke, Gesänge aus der Oper 4.1: 216
Die Verlobung, eine Novelle von Ludwig Tiek 13.1: 478
Die Versart, die dem Mädgen wohl gefiel 1.1: 84
Die verschiedene Bestimmung 4.1: 700, 758
Die Versuche 4.1: 761
Die Vielwisser 4.1: 762, (699)
Die Vögel. Nach dem Aristophanes 2.1: 313
Die Wächter sind gebändiget 11.1.1: 87; 11.1.2: 197
Die Wahlverwandtschaften 9: 283
Die Waidtasche 4.1: 800, (706)
Die Wanderjahre sind nun angetreten 17: 9
Die wandlende Glocke 9: 81; 20.3: (317)
Die weiblichen Tugenden 2.1: 510
Die Weisen und die Leute 9: 107; 13.1: 163
Die Welt durchaus ist lieblich anzuschauen 11.1.1: 113; 11.1.2: 93
Die Welt ist ein Sardellen-Salat 13.1: 229
Die Welt ist nicht aus Brei und Mus geschaffen 9: 145
Die Welt sie ist so groß und breit 12: 611; 13.1: 157
Die Wolle sie ist gut und fein 9: 89
Die Xenien 4.1: 707, 800
Die Xenien sie wandeln zahm 13.1: 203
Die Zeit sie mäht so Rosen als Dornen 9: 135
Die Zerstörung Magdeburgs 6.1: 30
Die zwei Fieber 4.1: 814
Die Zwei Marien. Zwei Romane 9: 83
Die zwei Sinne 4.1: 704
Die Zweifelnden 9: 19
Dies Album lag so manches Jahr 13.1: 118
Dies fessle deine rechte Hand 18.1: 24
Dies ist Musik fürs Denken 4.1: 713, 793
Dies kleine Stück gehört 2.1: 80
Dies unschuldvolle, fromme Spiel 13.1: 184
Dies wird die letzte Trän' nicht sein 1.1: 273

Dies zu deuten bin erbötig! 11.1.1: 120; 11.1.2: 70
Diese Federn, weiß' und schwarze 2.1: 57
Diese Gondel vergleich' ich der sanft einschaukelnden Wiege 3.2: 125, (85), (117)
Diese Gondel vergleich ich der Wiege 3.2: 85, 117, (125)
Diese nur kann ich dafür erkennen 4.1: 685
Diese Richtung ist gewiß 13.1: 119; 20.3: 674
Diese Stimmen, sie erschallen 9: 113
Diese vierzig kann einer sich nehmen 4.1: 681
Diese Worte sind nicht alle in Sachsen 9: 146
Dieselbe ⟨Bibliothek für das andre Geschlecht⟩ (Immer für Weiber) 4.1: 793
Diesem Amboß vergleich' ich das Land 3.2: 127, (86)
Diesen Amboß vergleich ich dem Lande 3.2: 86, (127)
Diesen ist alles Genuß 4.1: 763
Dieser alte Weidenbaum 18.1: 9
Dieser ist mir der Freund 4.1: 749, 756, 838
Dieser kluge Rath den Weltbeherrscher 11.1.1: 60
Dieser Musenalmanach ⟨Schillers Almanach von 1797⟩ 4.1: 807, (728)
Dieser schreckliche Mann 4.1: 718
Dieses Baums Blatt, der von Osten 11.1.1: 118; 11.1.2: 71, 294
Dieses Geschlecht ist hinweg 4.1: 757, 842
Dieses Heft Persönlichkeiten 9: 77
Dieses ist das Bild der Welt 1.1: 82
Dieses ist es, das Höchste 6.1: 39
Dieses Stammbuch, wie man's auch nimmt 9: 9
Dieses Werk ist durchaus nicht 4.1: 714, 792
Diesmal streust du 4.1: 841
Diesseitige Antwort auf Bürgers Anfrage wegen Übersetzung des Homers 2.2: 469
Dilettant 4.1: 769, (743)
Dioscuren (Einen wenigstens) 4.1: 818
Dioscuren (Seine Unsterblichkeit) 4.1: 708
Dir alter Jason 18.1: 70
Dir darf dies Blatt ein Kettchen bringen 1.1: 154; 3.2: 18
Dir hat, wie du mir selbst erzählt 1.1: 119
Dir ins Leben, mir zum Ort 13.1: 124
Dir mit Wohlgeruch zu kosen 11.1.1: 100; 11.1.2: 66
»Dir warum doch verliert 13.1: 18
Dir zu eröffnen 11.1.1: 140; 11.1.2: 200; 20.3: 320
⟨Disposition der Atmosphäre⟩ 11.2: 567
Distichen 4.1: 675
⟨Distichen aus Briefen Goethes an Schiller⟩ 4.1: 831
⟨Distichen aus dem »Musen-Almanach«⟩ 4.1: 754
⟨Distichen aus dem Nachlass⟩ 4.1: 826
⟨Distichen der Sammelhandschrift⟩ 4.1: 675

Distichen sind wir 4.1: 677, 776
Distichon 4.1: 735
Distinktionszeichen 4.1: 795
Doch am Morgen ward es klar 13.1: 183
Doch das ist gar kein groß Verdienst 9: 135
Doch denke niemand daß mit vielem Sinnen 2.1: 93
Doch immer höher steigt der edle Drang! 12: 472; 13.1: 159
Doch kann sich einer pfiffiger erweisen 18.1: 86
Doch solcher Grenze, solcher ehrnen Mauer 11.1.1: 189; 12: 92; 13.1: 157, 505
Doch würden sie, könnt es gelingen 13.1: 222
⟨Dogmatismus und Skepsis⟩ 18.2: 364
Don Ciccio 11.2: 186
Donau 4.1: 690, (787)
Donau bei Wien 4.1: 690
Donau in B** 4.1: 787, (690)
Donau in O** 4.1: 788, (690)
Donnerstag nach Belvedere 9: 71
»Donnerstags nach Belvedere« 18.1: 47
Doppelt gibt wer gleich gibt 9: 136
doppelte Amt, Das 4.1: 675
Doppelter Irrtum 4.1: 685
Dorf Döbritz, Das 4.1: 721
Dornburg, September 1828 18.1: 27
Dou-rouy 11.1.1: 62
Drängt sich nicht gar Amathusia 4.1: 682
Dramatische Preisaufgabe 6.2: 437
Draußen am Orte 11.1.1: 242; 11.1.2: 118
Draußen zu wenig oder zu viel 9: 138
Drei hundert Jahre sind vor der Türe 13.1: 107
Drei hundert Jahre sind vorbei 13.1: 107
Drei Palinodien 9: 103
drei Paria, Die 13.1: 387
drei Stände, Die 4.1: 682, 804
Dreieinigkeit hab ich auch gesehn 18.1: 87
dreifarbige Kokarde, Die 4.1: 817
Dreimal gesegneter Trank! 4.1: 738
Dreistigkeit 11.1.2: 18; 11.1.1: (40)
Dresdner Galerie 4.2: 481
Drey Dichtarten 11.1.1: 331
Dreyhundert Jahre hat sich schon 11.1.1: 193
Dringe tief zu Berges Grüften 13.1: 25
Dringend 4.1: 820
Dritte Wallfahrt nach Erwins Grabe 1.2: 303
Drohend hält euch die Schlang' 4.1: 688, 785
Drucken fördert euch nicht 4.1: 695, 796
Drüben über den Urnen! 4.1: 731, (818)
Drum danket Gott, ihr Söhne der Zeit 9: 118
Dschelâl-eddîn Rumi spricht 11.1.2: 46; 11.1.1: (95)
Dschelaleddin Rumi spricht 11.1.1: 95; 11.1.2: (46)
Du aber halte dich mit Liebe 9: 119
Du bestrafest die Mode 4.1: 726, 807
Du beweinst, du liebst ihn 1.1: 263

Du bist auf immer geborgen 11.1.1: 83; 11.1.2: 62
Du bist! du bist! 2.1: 108
»Du bist ein wunderlicher Mann 13.1: 194
Du bist König und Ritter 4.1: 684, 755, 840
Du bist mein und bist so zierlich 13.1: 177
Du bist sehr eilig, meiner Treu! 9: 129
»Du bist so stolz 11.1.1: 27
Du brauchst nicht scharf zu zielen 1.1: 106
Du dem die Musen von den Akten Stöcken 1.1: 253
Du! der Gefällige 18.1: 69
Du erhebst uns erst zu Idealen 4.1: 727, 806
Du erstaunest, und zeigst mir das Meer 3.2: 146, (120)
Du gefällst mir so wohl 6.1: 98
Du gehst! Ich murre 1.1: 123
»Du gehst so freien Angesichts 13.1: 198
Du gingst vorüber? 13.1: 92
»Du hast an schönen Tagen 13.1: 15
»Du hast dich dem aller verdrießlichsten Trieb 13.1: 104
Du hast es lange genug getrieben 11.1.1: 191
Du hast gar Vielen nicht gedankt 11.1.1: 85; 11.1.2: (63)
Du hast gar vielen nicht gedankt 11.1.2: 63; 11.1.1: (85)
»Du hast *nicht* recht!« 13.1: 56
Du hast so manche Bitte gewährt 11.1.1: 156; 11.1.2: 64
Du hast so vielen schon den Hals gebrochen 18.1: 86
Du hast uns oft im Traum gesehen 1.1: 130, 144
»Du hast Unsterblichkeit im Sinn 13.1: 108
Du hattest gleich mir's angetan 13.1: 89, (90)
Du hattest längst mirs angetan 13.1: 90, (89)
Du im Leben nichts verschiebe 17: 153, 544
Du irrest Salomo! 13.1: 109
Du kleiner Schelm du 11.1.1: 232; 11.1.2: 99
Du kommst doch über so viele hinaus 13.1: 178
»Du kommst nicht ins Ideen Land!« 9: 133
»Du Kräftiger sei nicht so still 13.1: 14
Du machst die Alten jung 2.1: 44
Du magst an dir das Falsche nähren 9: 134
Du, mit deinen braunen Locken 11.1.1: 29; 11.1.2: 98
Du mußt dich niemals mit Schwur vermessen 9: 125
Du mußt verstehn! / Aus Eins mach' Zehn 3.1: 552; 6.1: 606
Du Narr! begünstige die Pfuscherei 18.1: 64
Du nimmst zuletzt doch auch 18.1: 73
Du nur bist mir der würdige Dichter! 4.1: 812
Du prophet'scher Vogel du 6.1: 59
»Du sagst gar wunderliche Dinge!« 13.1: 197
Du Schüler Howards 13.1: 91
Du! schweige künftig nicht zu lange 13.1: 44
Du sehnst dich weit hinaus zu wandern 13.1: 204
Du siehst so ernst, Geliebter! 9: 13

Du sollst mit dem Tode zufrieden sein 9: 132
Du sorgest freundlich mir den Pfad 3.2: 9
Du staunest über die Königspracht 9: 120
Du toller Wicht, gesteh nur offen 13.1: 213
Du trägst sehr leicht 9: 127
Du treibst mir's gar zu toll 9: 129
Du verachtest den Armen 2.1: 97
Du vereinigest jedes Talent 4.1: 744, 769
Du vergehst und bist so freundlich 11.1.1: 108; 11.1.2: 35
Du verklagest das Weib 2.1: 91
Du verkündige mir 4.1: 731, 816
Du versuchst, o Sonne, vergebens 11.1.1: 167
Du willst wahres mich lehren? 4.1: 759
Du wirkest nicht 9: 137
Du zierlicher Knabe, du komm herein 11.1.1: 111; 11.1.2: 98
Dümmer ist nichts zu ertragen 11.1.1: 80; 11.1.2: 58
Dünke der Mann sich frei 4.1: 752
⟨Dürers christlich-mythologische Handzeichnungen⟩ 9: 598
Dummes Zeug kann man 13.1: 52
»Dunckel ist die Nacht 11.1.1: 82; 11.1.2: (60)
»Dunkel ist die Nacht 11.1.2: 60; 11.1.1: (82)
Dunkel sind sie zuweilen 4.1: 706, 799
Durch allen Schall und Klang 11.1.1: 110; 11.1.2: 45
Durch das Gas des Marienbrunnens angegriffenes Grund-Gebirg 13.2: 260
Durch den Koran hab' ich alles 11.1.2: 163
Durch einander gleiten sie her 4.1: 841
Durch Feld und Wald zu schweifen 6.1: 43; 16: 716
Durch Vermittlung einer Teuren 13.1: 65
Durch Vernünfteln wird Poesie vertrieben 9: 139
Durchlauchtigster / Es nahet sich 2.1: 12
Durchsichtig erscheint die Luft so rein 9: 117
Duval, M. Alexander, Le Tasse, drame historique en cinq actes 18.2: 9

E** Hymenäus zu der St* und Sch* Heirat 4.1: 724
E. v. B. – 4.1: 743
Ecce homo 4.1: 705, (799)
Ecce rubet quidam 4.1: 714
Eckermanns Gespräche mit Goethe 19: 3
⟨Eco und Globe⟩ 18.2: 137
Edel-ernst, ein Halbtier liegend 13.1: 171; 13.2: 80
Edel sei der Mensch 2.1: 90
Edelknabe und die Müllerin, Der 4.1: 877; 4.2: 692; 8.1: 415
Edelknabe und Wahrsagerin 3.2: 82
⟨Edinburgh Reviews⟩ 18.2: 131
Edle deutsche Häuslichkeit 18.1: 24
Edler Schatten du zürnst? 4.1: 732, 818

Edles Organ 4.1: 725, 806
Efeu und ein zärtlich Gemüt 9: 135
Egalité 9: 106; 20.1: (346)
Egeran 13.2: 239
Egeria. Sammlung italiänischer Volkslieder ⟨...⟩ 18.2: 117
Egmont. Ein Trauerspiel in fünf Aufzügen 3.1: 246
Eh man Theriac von Bagdad holt 11.1.1: 246
Ehe wir nun weiter schreiten 17: 13
Ehemals hatte man Einen Geschmack 4.1: 721, (779)
Ehmals hatte man Einen Geschmack 4.1: 779, (721)
Ehre, Deutscher, treu und innig 13.1: 118
Ehre, die uns hoch 13.1: 190
Ehrengedichtchen für Demoiselle Schröter (Unwiderstehlich muß die Schöne) 1.1: 1008*
Ehret wen ihr auch wollt! 3.2: 39, (38)
Eiche, Die 4.1: 689
Eigenheiten, die werden schon haften 9: 140
Eigenschaften der Monokotyledonen 4.2: 131
Eigentum 9: 88
eigne Ideal, Das 4.1: 765
Eignes Geschick geht mir nah 18.1: 71
Eile, Freunden dies zu reichen 13.1: 133
Eile zu Ihr 18.1: 53
Eiligst segnend, treuer Weise 18.1: 36
Ein Aber dabei 18.1: 53
Ein abgestumpft Gesicht 11.1.1: 229; 18.1: 85
Ein Adlerjüngling hob die Flügel 1.1: 201
Ein alter Freund erscheint maskiert 9: 106
Ein alter Mann ist stets ein König Lear! 13.1: 11
Ein anders ⟨Memento⟩ 9: 82
Ein asphaltischer Sumpf 4.1: 711, 780
Ein bedenklicher Fall! 4.1: 822
Ein beweglicher Körper erfreut mich 6.1: 39
Ein Bißchen Ruf, ein wenig Ehre 18.1: 61
Ein Blick von deinen Augen in die meinen 9: 16
Ein Blumenglöckchen 9: 105; 20.1: 346
Ein braver Mann! ich kenn' ihn ganz genau 9: 123
Ein Bruder ist's von vielen Brüdern 6.1: 55
Ein Cavalier von Kopf und Herz 11.1.1: 52
Ein deutsches Meisterstück 4.1: 791, (717)
Ein Epigramm sei zu kurz 4.1: 740, 774, 835
Ein ewiges Kochen 18.1: 78
Ein Fastnachtsspiel vom Pater Brey 1.1: 539
Ein freundlich Wort kommt 13.1: 89
Ein frommer Maler mit vielem Fleiß 4.1: 656
Ein Füllhorn von Blüten 18.1: 51; 20.2: 1577, 1579
⟨Ein ganz schlechtes Gedicht⟩ 13.1: 527
Ein Glas zu dem Schmatz 18.1: 54
Ein gleiches (Über allen Gipfeln) 2.1: 53*

Ein Gleichnis (Es hatt' ein Knab) 1.1: 220
Ein Gleichnis (Jüngst pflückt' ich) 18.1: 26; 20.2: 1117
Ein Gleichnis (Über die Wiese) 1.1: 223
Ein Grab bei Kumä ⟨...⟩ 18.2: 322
Ein grauer trüber Morgen 1.1: 196
Ein großer Teich war zugefroren 13.1: 38
Ein guter Geist ist schon genug 13.1: 22
Ein Herre mit zwey Gesind 11.1.1: 82; 11.1.2: 61
Ein Hündchen wird gesucht 9: 58
Ein jeder denkt in seinem Dunst 18.1: 62
Ein jeder hat sein Ungemach 2.1: 54
Ein jeder *kehre* vor seiner Tür 18.1: 52
Ein jeder lese was der Eine schrieb 18.1: 73
Ein junger Mensch 1.1: 263
Ein Kaiser hatte zwey Cassire 11.1.2: 108; 11.1.1: (94)
Ein Kavalier von Kopf und Herz 11.1.1: 52*
Ein Kayser hatte zwey Cassire 11.1.1: 94; 11.1.2: (108)
Ein klein Papier hast du mir abgewonnen 9: 49
Ein kluges Volk wohnt nah dabei 9: 146
Ein Korb mit Steinwein 4.1: 738
Ein Kranz ist gar viel leichter binden 9: 122
Ein Liebchen ist der Zeitvertreib 11.1.1: 24
Ein luthrischer Geistlicher spricht 2.1: 29
Ein Mägdlein trug man zur Tür hinaus 13.1: 181
Ein Mann der Tränen streng entwöhnt 13.1: 108
Ein Meister einer ländlichen Schule 6.1: 47
Ein munter Lied! 2.1: 103
Ein neu Project ward vorgebracht 18.1: 59
Ein paar Jahre rühret euch nun 4.1: 728
Ein Quidam sagt 9: 68
Ein rascher Sinn 18.1: 89
Ein reiner Reim wird wohl begehrt 13.1: 215
Ein Ritter wohnt in diesem Haus 1.1: 1008*
Ein Saducaer will ich bleiben! 18.1: 75
Ein Schiffer, wenn er nach beglückter langer Fahrt 6.1: 784
»Ein Schnippchen schlägst du doch 13.1: 216
Ein schönes Ja, ein schönes Nein 9: 124
Ein Spiegel er ist mir geworden 11.1.1: 134; 11.1.2: 91
Ein strenger Mann, von Stirne kraus 11.1.1: 218
Ein Strom entrauscht umwölktem Felsensaale 9: 12
Ein Talent das jedem frommt 18.1: 10
Ein teures Büchlein 1.1: 261
Ein unendliches ahndet 4.1: 747, 766
Ein unverschämter Naseweis 9: 27
Ein Veilchen auf der Wiese stand 1.1: 234
Ein vor allemal 4.1: 809
Ein Werckzeug ist alle Tage nöthig 11.1.1: 234

⟨Ein Wort für junge Dichter⟩ 18.2: 219
Ein Wort über den Verfasser des Pilatus 2.2: 470
Ein Wunder ist der arme Mensch geboren 17: 436
Ein wunderbares Lied ist euch bereitet 2.2: 339
Ein zärtlich jugendlicher Kummer 1.1: 200
Ein *Zauber* wohl ziehet nach Norden 13.1: 45
Ein Zug Lappländer 2.1: 496
Eine Bresche ist jeder Tag 9: 130
Eine Einzige Nacht an deinem Herzen! 3.2: 110, (144)
Eine einzige Nacht an deinem Herzen! 3.2: 144, (110)
Eine flache Furche 2.1: 101, (603)
Eine Frau macht oft ein bös Gesicht 9: 123
Eine gesunde Moral 4.1: 718
Eine Granate o Zeus 4.1: 727
Eine große Epoche 4.1: 780
Eine hohe Noblesse 4.1: 723, 810
Eine kannt' ich 4.1: 750, 772, 832
Eine Kollektion von Gedichten? 4.1: 721, 791
Eine Leiter zu Gott 4.1: 709
Eine Liebe hatt ich 3.2: 88, 125
Eine Liebe wünscht ich 3.2: 149
Eine lustige Weisheit 4.1: 717
Eine Maschine besitz ich 4.1: 722, 810
Eine nicht hält mich zurück 4.1: 857; 8.1: 169
Eine nur ist sie für alle 4.1: 697, 764
Eine Sanduhr in jeglicher Hand 2.1: 102, (604)
Eine Schachtel Mirabellen 11.1.1: 220
Eine schädliche Frucht 2.1: 63
Eine Schwelle hieß ins Leben 13.1: 133
Eine spaßhafte Weisheit 4.1: 783
Eine Stelle suchte der Liebe Schmerz 11.1.1: 251; 11.1.2: 35
Eine unsterbliche Göttin 4.1: 694, (783)
⟨Eine Versteinerung⟩ 6.2: 749
Eine würdige Sache verfechtet ihr 4.1: 814
Einem Handel mit Käse verglich er 4.1: 722, (810)
Einem ist sie die hohe 4.1: 783, (694)
Einem Käsehandel verglich er 4.1: 810, (722)
Einem möcht' ich gefallen! 6.1: 37
Einem unverständigen Wort 13.1: 201
Einen Bedienten wünscht man zu haben 4.1: 723, 811
Einen Chinesen sah ich in Rom 4.1: 857
Einen Helden mit Lust preisen und nennen 11.1.1: 160; 11.1.2: 59
Einen langen Tag über lebt' ich schön 13.1: 10
Einen Tyrannen zu hassen 4.1: 829
Einen wenigstens hofft' ich von euch 4.1: 818
Einen wohlgeschnitzten vollen Becher 2.1: 64
Einen zierlichen Käfig erblickt ich 3.2: 91, 119
EINER 4.1: 774
Einer aus dem Chor 4.1: 820

Einer aus dem Haufen 4.1: 820
Einer Charis erfreuet sich jeder 4.1: 740
Einer das höret man wohl 4.1: 724, 784
Einer Einzigen angehören 13.1: 33
Einer hohen Reisenden 9: 25
Einer machte das Hocus pocus 18.1: 74
Einer rollet daher 6.1: 38
Eines ist mir verdrießlich 3.2: 68, 69
Eines kenn' ich verehrt 6.1: 39
Eines Menschen Leben ist wenig 3.2: 109, (132)
Eines Menschen Leben, was ist's? 3.2: 132, (109)
Eines verzeih ich mir nicht 4.1: 747
Eines wird mich verdrießen 4.1: 726
Einfache Nachahmung der Natur, Manier, Styl 3.2: 186
⟨Einfälle und Notizen 1774/75⟩ 1.2: 500
Einführung 4.1: 703
Eingefroren sahen wir 4.1: 693, 756, 841
Eingeweide des Frosches 4.2: 257
Einheit ewigen Lichts zu spalten 13.1: 223
Einig sollst du zwar sein 4.1: 765, (697)
Einig sollst du zwar sein 4.1: 697, (765)
Einige allgemeine chromatische Sätze 4.2: 363
Einige Bemerkungen aus dem Naturalienkabinett 4.2: 442
Einige Bemerkungen über die sogenannte Tremella 2.2: 562
Einige mineralogische Nachrichten 4.2: 442
Einige steigen als leuchtende Kugeln 4.1: 676, 779
Einige Szenen aus Mahomet, nach Voltaire 6.2: 691
Einige wandeln zu ernst 4.1: 807, (726)
Einige wandlen zu ernst 4.1: 726, (807)
Einiges von dem Lebens- und Kunstgange Herrn Martin Wagners 6.2: 539
Einladung (Glaubst du denn nicht) 4.1: 805, (722)
Einladung (Mußt nicht vor dem Tage fliehen) 11.1.1: 48; 11.1.2: 67
Einlaß 11.1.1: 241; 11.1.2: 117
Einleitung ⟨in die ›Propyläen‹⟩ 6.2: 9
Einmal nur in unserm Leben 13.1: 122
Einmal sollst du dich nur 4.1: 743
Einrichtung eines landwirtschaftlichen Instituts in Tiefurt 9: 1003
I Samuel 16 Cap II V. 1.1: 231
Eins und Alles 12: 744; 13.1: 149, (62)
Eins wie's andre 13.1: 229
Einsam schmückt sich, zu Hause 6.1: 35
Einsamkeit 2.1: 76
Einsamste Wildnis 13.2: 101; 13.1: (59)
Einschränkung 2.1: 26
Einst ging ich meinem Mädchen nach 1.1: 143, (120), (129)
Einst saß sie meinen Lehren 1.1: 104
Einzelne ⟨Neugriechische Liebe-Skolien⟩ 13.1: 120

Einzelne Saiten begrüßen mich 4.1: 690
Einzelne wenige zählen 4.1: 686
Einzelnes zu Noten bestimmt ⟨Zur Metamorphose der Pflanzen⟩ 18.2: 418
Eisbahn, Die 4.1: 692, 756
Eislebens Lied 2.1: 11
Elbe 4.1: 691, 788
Elegie 13.1: 94, 135, (674)
Elegie I 3.2: 78
Elegie II 3.2: 79
Elegie III 3.2: 81
Elegie IV 3.2: 81
Elegie auf den Tod des Bruders meines Freundes 1.1: 111
ELEGIEN 3.2: 39
Elemente 11.1.2: 14; 11.1.1: (12)
Eleonore 9: 67
Elfenbeinarbeiten in Berlin 18.2: 269
Elgin Marbles 11.2: 366
Elginische Marmore 11.2: 384
Elisium. an Uranien 1.1: 208
Elpänor (Muß ich dich hier schon treffen) 4.1: 729, 816
Elpenor. Ein Schauspiel (Fragment, erste Prosafassung) 2.1: 357
Elpenor. Ein Trauerspiel (Fragment) 6.1: 506
Ἐλπίς 11.1.1: 189; 12: 92; 13.1: 157, 505
⟨Emele, Joseph: Beschreibung römischer und deutscher Altertümer⟩ 13.2: 208
Empfunden! und gearbeitet 1.1: 237
Empiriker (Daß ihr den sichersten Pfad) 4.1: 762
Empiriker (Daß ihr der Künste) 4.1: 694
Empirischer Querkopf 4.1: 704, 798
Emsig wallet der Pilger 3.2: 91, 117, 128
Endlich, endlich darf ich hoffen 2.1: 307
Endlich erblickt ich 4.1: 732, 822
Endlich ist es heraus 4.1: 815
Endlich zog man sie wieder 4.1: 696, 795
Engel schweben auf und nieder 18.1: 372
Englisches Schauspiel in Paris 18.2: 90
Ens 4.1: 690, (788)
»Entferne dich nicht ganz und gar 13.1: 106
»Entfernst du dich, du liebe Seele 13.1: 108
Entgegengesetzte Wirkung 4.1: 815
Enthousiasmus suchst du 4.1: 744
Enthüllung der Theorie Newtons 10: 275
Enthusiasmus vergleich' ich gern 11.1.1: 55
⟨Entlassung Fichtes aus Jena⟩ 6.2: 923
Entomologische Studien 4.2: 232
Entoptische Farben. An Julien 11.1.1: 183; 13.1: 160
Entsagung (Entwöhnen sollt' ich mich) 9: 15*
Entschuldigung 2.1: 91
Entstehung der biographischen Annalen 14: 572
Entweicht wo düstre Dummheit gerne schweift 13.1: 109
Entwickle deiner Lüste Glanz 18.1: 17

Entwöhnen sollt' ich mich vom Glanz der Blicke 9: 15
⟨Entwürfe zu einem Aufsatz über den Weinbau⟩ 18.2: 386
⟨Entwurf der Grabschrift für Anna Amalia⟩ 9: 934
Entwurf einer allgemeinen Geschichte der Natur 9: 875
⟨Entwurf einer Ausstellungsschrift⟩ 6.2: 438
Entwurf einer Farbenlehre 10: 17
⟨Entwurf einer Vorrede zu Knebels Lucrez-Übersetzung⟩ 13.1: 253
⟨Entwurf zu einem Aufsatz über neuere Kunst⟩ 9: 648
Entzwei und gebiete! Tüchtig Wort 9: 142
Enweri sagt's, ein herrlicher der Männer 11.1.1: 207; 11.1.2: (58); 17: (15)
Enweri sagt's, ein herrlichster der Männer 11.1.2: 58; 17: 15; 11.1.1: (207)
Ephemerides 1.2: 519
Epigramme 3.2: 83
Epigramme. Venedig, 1790 3.2: 123
Epigramme. Zweites Buch 3.2: 109
»Epigramme seid nicht so frech! 3.2: 113, 138
Epilog. *Den letzten Dezember 1791* 4.1: 196
Epilog. Gesprochen den 11. Juni 1792 4.1: 198
Epilog zu Schillers Glocke 6.1: 90; 11.1.1: 297, 645
Epilog zum Trauerspiele Essex 9: 262
Epimenides Erwachen, Des ⟨Festspiel⟩ 9: 195
Epimenides Erwachen, Des. Aufzuführen, Berlin, den 30sten Mai 1815 11.2: 147
Epimenides Erwachen, letzte Strophe 18.1: 79
Epiphanias (Die heil'gen drei König') 2.1: 60*
Epiphaniasfest 2.1: 60
Epirrema 13.1: 153; 11.1.1: (190); 12: (92)
Epirrhema (Müsset im Naturbetrachten und Freuet euch des wahren Scheins) 11.1.1: 190*; 12: 92*; 13.1: 153*
epische Hexameter, Der 4.1: 735
Epitheten, Die 4.1: 828
Epoche 9: 20
Epoche der forcierten Talente 9: 639
Epoche der genialen Anmaßung 9: 641
⟨Epochen bei der Weltbildung⟩ 11.2: 543
⟨Epochen der Gesteinsbildung⟩ 2.2: 509
Epochen geselliger Bildung 18.2: 200
Epopeen, Die 4.1: 716
Er, der einzige Gerechte 11.1.1: 78; 11.1.2: 12
Er fliegt hinweg *Dich* zu umfangen 1.1: 249
Er hat euch die Gestirne gesetzt 11.1.1: 79; 11.1.2: 11
Er in Paris 4.1: 679
Er ist noch weit vom Schluß entfernt 9: 91
Er kommt! *Er* naht! 9: 60
Er sucht die Ursach zu ergründen 1.1: 87
Er und sein Name 2.1: 50
Er und seine Gesellen 4.1: 712, (781)

Er war – und, wie, bewegungslos 13.1: 66
Erfinden und Entdecken 11.2: 525
Ergebung 11.1.2: 35; 11.1.1: (108)
Ergo bibamus! 9: 35; 20.3: (259)
Ergo Bibamus 20.3: 259; 9: (35)
Erhaben stehn auf höchster Stelle 11.1.1: 330
erhabene Stoff, Der 4.1: 716, 778
Erhabne GroßMama! 1.1: 75
Erhabner GroßPapa! 1.1: 75
Erholungen. Zweites Stück 4.1: 809
Eridanus 4.1: 688, 786
Erinnerung (Gedenkst du noch der Stunden) 18.1: 44
Erinnerung (Wenn die Reben wieder blühen) 4.1: 902
Erinnerung (Willst du immer weiter schweifen!) 2.1: 41
Erinnr' ich mich doch spät und früh 13.1: 175
Erkanntes Glück 2.1: 74
Erkenne dich! – Was hab' ich da für Lohn? 9: 144
Erkenne dich! – Was soll das heißen? 9: 143
⟨Erklärung der Weimarischen Kunstfreunde⟩ 6.2: 538
Erklärung der zu Goethes Farbenlehre gehörigen Tafeln 10: 943
Erklärung einer antiken Gemme 11.1.1: 50
Erklärung eines alten Holzschnittes vorstellend Hans Sachsens poetische Sendung 2.1: 15
Erklärung und Bitte 13.1: 516
⟨Erläuterung zu dem aphoristischen Aufsatz Die Natur⟩ 18.2: 358
⟨Erläuterung zu den Maskenzügen⟩ 2.1: 495
Erlaubt sei Dir 9: 69
Erlauchte Bettler hab' ich gekannt 13.1: 201
Erlauchter Gegner aller Vulkanität! 13.1: 71
Erleuchtet außen von der Sonne Gold 13.1: 102
Erlkönig 2.1: 74, (338)
⟨Ernennung der Geheimen Räte zu Wirklichen Geheimen Räten mit dem Prädikat Exzellenz⟩ 6.2: 925
Ernsthaft beweisen sie dir 4.1: 698
Eröffnung des Weimarischen Theaters. Aus einem Briefe 6.2: 642
⟨Eröffnung des Weimarischen Theaters. Paralipomena⟩ 6.2: 1177
⟨Erörterungen über das Verfahren der Einziehung rückständiger Steuern⟩ 2.2: 683
⟨Erörterungen über den Wasserbau in der Flur des Dorfes Ringleben⟩ 2.2: 704
⟨Erörterungen über die Abschaffung der Kirchenbuße⟩ 2.2: 668
Ἔρως 11.1.1: 189; 12: 91; 13.1: 156, 502
Eros, wie seh ich dich hier! 2.1: 604, (102)
Erotica Romana 3.2: 38
Erreurs et Verité 4.1: 709, 778
⟨Errichtung einer Art Provinzialmiliz⟩ 2.2: 677
Ersatz, Der 4.1: 709, 789

Erschaffen und Beleben 11.1.2: 14; 11.1.1: (9)
Erst ein Deutscher 6.1: 95
Erst Empfindung, dann Gedancken 11.1.1: 118
Erst habt ihr die Großen beschmaust 4.1: 679, 802
Erst singen wir: der Hirsch so frei 13.1: 105
Erst sitzt er eine Weile 1.1: 149
Erste, Der 4.1: 683, 754, (839)
Erste Epistel 4.1: 660
erste Lieferung der Taschenausgabe von Goethes Werken, Die 18.2: 81
Erste Nachricht von dem Fortgang des neuen Bergbaues zu Ilmenau 2.2: 755
erste Verlust, Der (Ach! wer bringt die schönen Tage) 2.1: 100*
erste Walpurgisnacht, Die 6.1: 40
ersten Erzeugnisse der Stotternheimer Saline, Die 18.1: 98; 20.3: 904
Erster Verlust 2.1: 100, (484)
Erwache Friedericke 1.1: 158
Erwählter Fels 2.1: 76
Erwiederung (Wenn schönes Mädchen) 18.1: 55
Erwiederungen (Wie mir dein Buch gefällt?) 18.1: 69
Erwin und Elmire, ein Schauspiel mit Gesang 1.2: 12
Erwin und Elmire. Ein Singspiel ⟨Zweite Fassung⟩ 3.1: 330
Erzieher, Die 4.1: 765
Es darf sich einer wenig bücken 13.1: 211
Es fähret die poetsche Wut 2.1: 54
Es flattert um die Quelle 3.2: 17; 1.1: (130), (146)
Es fürchte die Götter / Das Menschengeschlecht! 3.1: 208
Es fuhr ein Fuhrknecht über den Rhein 1.1: 166
Es geht eins nach dem andern hin 11.1.1: 256; 11.1.2: 42
Es geht vorüber 19: 369
Es gibt ein weiblich Wesen 13.1: 117
Es ging ein Knäblein 18.1: 54
Es hange eben nicht zusammen 18.1: 84
Es hat ein hübsches Maidel 18.1: 88
Es hatt' ein Knab 1.1: 220
Es hatte ein junger Mann 13.1: 230
Es ist doch meine Nachbarin 9: 26
Es ist ein schlechter Zeitvertreib 9: 89
Es ist ein Schnee gefallen 11.1.1: 181; 13.1: 25
Es ist ein Schuß gefallen! 2.1: 31
Es ist gut 11.1.2: 110; 11.1.1: (101)
Es ist mein einziges Vergnügen 1.1: 87
Es ist nicht gut die Formen auszuschließen 13.1: 90
Es ist nicht hübsch 18.1: 85
Es ist nicht zu schelten 18.1: 69
Es ist nichts in der Haut 13.1: 168
Es ist sehr schwer oft zu ergründen 9: 137
Es ist so viel Heimweh in der Welt 1.1: 247
Es klingt so prächtig wenn der

Dichter 11.1.1: 144; 11.1.2: 87
Es lacht der Mai! 6.1: 40
Es leben die Soldaten 6.1: 29
Es lehrt ein großer Physikus 18.1: 59
Es ließe sich alles trefflich schlichten 9: 124
Es mag ganz artig sein 3.2: 152
Es mag sich Feindliches ereignen 13.1: 111
Es nannten ihre Bücher 1.1: 98
Es rauschet das Wasser 2.1: 295
Es reit der Herr von Falckenstein 1.1: 165
Es sagen die Blicke 4.1: 992
Es schlug mein Herz, geschwind zu Pferde 1.1: 160; 3.2: 15
Es schnurrt mein Tagebuch 13.1: 191
Es segne Gott dies Band 11.1.2: 271
Es spricht sich aus 18.1: 27
Es stecken mehr als funfzig Angeln 11.1.2: 186
Es stehen drei Sternen am Himmel 1.1: 169
Es steht ein junger Feigenstock 11.1.1: 50
Es überzieht nicht 13.1: 222
Es wäre schön was Gut's zu kauen 18.1: 53
Es war ein ädlicher Lindenschmidt 1.1: 176
Es war ein Buhle frech genung 1.1: 250; 3.1: 393
Es war ein fauler Schläfer 2.1: 298
Es war ein Kind das wollte nie 9: 81; 20.3: (317)
Es war ein König in Thule 1.1: 252; 6.1: 613; 1.2: (157); 3.1: (559)
Es war ein König in Tule 1.2: 157; 3.1: 559; 1.1: (252); 6.1: (613)
Es war ein Ratt im Keller Nest 1.2: 147; 3.1: (538); 6.1: (593)
Es war eine Ratt' im Kellernest 3.1: 538; 6.1: 593; 1.2: (147)
Es war einmal ein edler Herr 1.1: 170
Es war einmal ein Hagenstolz 1.1: 115
Es war einmal ein König 1.2: 149; 3.1: 540; 6.1: 595
Es war einmal ein Zimmergesell 1.1: 174
Es waren drei Junggesellen 1.1: 182
Es werbt ein junger Grafen Sohn 1.1: 172
Es wollt ein Knab spazieren gehn 1.1: 181
⟨Estherspiel. Zweite Fassung⟩ 1.1: 530
⟨Etliche Übungen⟩ 1.1: 36
Etwas ist er, muß auch was scheinen 13.1: 232
Etwas nützet ihr doch 4.1: 783
Etwas wünscht' ich zu sehn 4.1: 813
Etymologie (Ominos ist dein Name) 4.1: 804
Etymologie. Spricht Mephistopheles 18.1: 57
Euch bedaur' ich am meisten 4.1: 713, 782
Euch bedaur' ich, unglückselge Sterne 2.1: 64
Euch ist alles ein Nichts 4.1: 745
Euch, o Grazien! legt ein Dichter 3.2: 55
Euch Präconen des Pfuschers 4.1: 757, 842, (692)

Euch Präkonen des Pfuschers 4.1: 692, (757), (842)
Euch verkummerte man 4.1: 829
Euer Beifall macht mich freier 1.1: 101
Euer Geflüster 18.1: 72
Euer Gegenstand ist der erhabenste 4.1: 696
Eugenia. Schema der Fortsetzung ⟨zu »Die natürliche Tochter«⟩ 6.1: 938
Euphrosyne 4.1: 906; 4.2: 747; 6.1: 9
Eure Absicht 4.1: 678
Eure Gärtnerei zu lernen 13.1: 120
⟨Euripides, Die Bacchantinnen⟩ 13.1: 334
⟨Euripides, Kyklops⟩ 13.1: 329
Euripides' Phaethon. 13.1: 337
Eva verziehen sei dir! 11.1.1: 40
Ewig strebst du umsonst 4.1: 697, 765
Ewig wird er euch sein der Eine 6.1: 40
⟨ewige Jude, Der⟩ 1.1: 238
Exempel 4.1: 695, 796
Exemplum Avtocheiriae 1.1: 33
⟨Exercitia privata I-XVI⟩ 1.1: 9
⟨Exercitia privata XVII, XVIII⟩ 1.1: 29
Externsteine, Die 13.2: 176

F. H. Jacobis auserlesener Briefwechsel, in zwei Bänden 18.2: 82
⟨F. W. Krummacher: Blicke ins Reich der Gnade⟩ 18.2: 151
Fabeln 1.1: 70
Fällt auf dem Eise 4.1: 693, 757
Fahre fort im Sündenleben 18.1: 73
Fahrt nur fort nach eurer Weise 13.1: 14
Fajaken, Die 4.1: 690
Falke, Der ⟨Dramatisches Fragment⟩ 2.1: 492
Fallen ist der Sterblichen Los 4.1: 692, 757, 842
Fallen verzeih ich dir gern 4.1: 709
Falscher Studiertrieb 4.1: 743
Falschheit nur und Verstellung 4.1: 748
⟨Falstaff⟩ ⟨Dramatisches Fragment⟩ 4.1: 131
Familiengemälde 9: 114
Familien-Gruß 13.1: 63
Farben des Himmels 11.2: 566
Farbenlehre 10: 3
⟨Farbenlehre, Didaktischer Teil⟩ 10: 17
⟨Farbenlehre, Historischer Teil⟩ 10: 473
⟨Farbenlehre, Polemischer Teil⟩ 10: 275
Fassest du die Muse nur beim Zipfel 13.1: 168
Fastenspeisen dem Tisch des frommen Bischofs 4.1: 691, 789
Fastnachtsspiel vom Pater Brey, Ein 1.1: 539
Fauntleroy und Konsorten 13.1: 114
Faust (Urfaust) 1.2: 134
Faust. Ein Fragment 3.1: 521
Faust. Eine Tragödie ⟨Faust I⟩ 6.1: 535
⟨Faust I. Ansätze zu einer Bühnenbearbeitung⟩ 6:1: 1067
Faust. Der Tragödie zweiter Teil ⟨Faust II⟩ 18.1: 103

Faust hat sich leider schon oft 4.1: 808
⟨Faust, übersetzt von F. A. A. Stapfer⟩ 18.2: 124
XV. Februar MDCCCXII 9: 59
XVI. Februar MDCCCXII 9: 59
Fehlet die Einsicht 4.1: 840, (683), (754)
Fehlst du 13.1: 105
Fehlt der Gabe gleich das Neue 18.1: 24
Fehlt die Einsicht 4.1: 683, 754, (840)
Feier der Geburtsstunde des Erbprinzen Carl Friedrich von Sachsen-Weimar 2.1: 81
Feierlich sehn wir neben dem Doge 3.2: 85
Fein genug ist dein Gehör 4.1: 704
Feindlicher Einfall 4.1: 781, (676)
Feindschaft sei 4.1: 797
Feindseliger Blick 13.1: 178
Felsen sollten nicht Felsen 2.1: 92
Fels-Weihegesang. an Psyche 1.1: 211
Feradeddin und Kolaila 11.1.1: 301
Ferdusi spricht 11.1.1: 95; 11.1.2: 46
Fern erblick' ich den Mohn 4.1: 833, (750), (772)
Fern in der Speere Gewühl 4.1: 741
Fern von gebildeten Menschen 3.2: 152
Ferne 2.1: 77
Ferner sind alhier zu finden 11.1.1: 115
Ferneres in Bezug auf mein Verhältnis zu Schiller 14: 580
⟨Feststellungen über das Fabrik- und Manufakturwesen im Lande⟩ 2.2: 713
Fetch Ali Schah der Türk 11.1.2: 269
Fetter grüne du Laub 1.1: 275; 3.2: 22
Fetwa (Der Mufti las) 11.1.1: 86; 11.1.2: 25
Fetwa (Hafis Dichterzüge) 11.1.1: 10; 11.1.2: 24
⟨Feuerkugel⟩ 13.2: 273
Feuerwerk 4.1: 675
Fichte 4.1: 719
Fichte und Er 4.1: 706, 799
Finale zu Johann von Paris 11.1.1: 307, 664
Finanzier 4.1: 830
Find', in dieser Büchlein Reihe 18.1: 33
Findet in Einem die Vielen 8.2: 94
Finnisch 20.1: 251; 9: (52)
Finnisches Lied 9: 52; 20.1: (251)
Fische 4.1: 688, 786
Fischer, Der 2.1: 42
Fischerin, Die. Ein Singspiel 2.1: 338
Flach bedecket und leicht 2.1: 603, (101)
Flach ist mein Ufer 4.1: 691, 788
fleuves indiscrets, Les 4.1: 691, 789
Fliegen möchte der Strauß 4.1: 680, 802
fliegende Fisch, Der 4.1: 786, (689)
Fliegender Fisch 4.1: 689, (786)
Fliegengift 9: 49

Flieh, Täubchen, flieh! 1.1: 225
Flink soll sich der Mensch beweisen 11.1.1: 27
Flinze, wenig Erz enthalten s' 9: 31
Flora 4.1: 726
Flora Deutschlands Töchtern gewidmet 4.1: 726
Flora, welche Jenas Gauen 13.1: 183
Flucht nach Ägypten, Die 17: 17, 241
Flüchtlinge 4.1: 727
Fluß und Ufer, Land und Höhen 11.1.1: 166
Foderungen, Die 4.1: 720
Folge der Gebürgsarten des Harzes 1785 2.2: 502
Folge nicht 9: 76
⟨Fontan, L. M.: Perkins Warbeck⟩ 18.2: 129
⟨Form und Bildung des Granits⟩ 2.2: 508
Formalphilosophie 4.1: 704, 798
Forsche der Philosoph 4.1: 684
Forscher, Die 4.1: 693
Fort ins Land der Philister 4.1: 781, (676)
Fort! ins Land der Philister 4.1: 676, (781)
Fort jetzt ihr Musen! 4.1: 703
Fortzupflanzen die Welt 4.1: 768, 838
Fr. Ob. C. H. v. E. 13.1: 184
Frage in den Reichsanzeiger. W. Meister betreffend 4.1: 810, (724)
Frage in den Reichsanzeiger, Wilhelm Meister betreffend 4.1: 724, (810)
Frage nicht durch welche Pforte 11.1.1: 70, 110; 11.1.2: 41
Frage nicht nach mir 2.1: 77
Fraget nun wen ihr auch wollt 3.2: 38, (39)
⟨Fragment⟩ (Und fand als ich mich aufgerafft) 1.1: 232
⟨Fragmente über Architektur⟩ 18.2: 330
⟨François Gérard: Collection des Portraits historiques …⟩ 13.2: 215
Frankfurt am Mayn ⟨Nachtrag⟩ 11.2: 130
⟨Frankfurter Gelehrte Anzeigen⟩ 1.2: 309
Frankreich faßt er mit einer 4.1: 677, 801
Frankreich hat uns ein Beispiel gegeben 3.2: 94
Frankreichs traurig Geschick 3.2: 137
Französische Lustspiele in Dyks Verlag 4.1: 712, (811)
Französische Lustspiele von Dyk 4.1: 811, (712)
Französisches Haupttheater 18.2: 121
Französisches Schauspiel in Berlin 18.2: 103
Franztum drängt in diesen verworrenen Tagen 4.1: 839
Fratzen 4.1: 763
Frau Oberkammerherrinn Caroline von Eggloffstein 11.1.1: 174
Frauen 4.1: 751
Frauen, richtet mir nie 4.1: 752
Frauen sollen nichts verlieren 11.1.1: 216; 11.1.2: 116
Frauen *** und Professoren 18.1: 56
Frauenrollen auf dem römischen Theater durch Männer gespielt 3.2: 171
Frech und froh 3.2: 37

Frech wohl bin ich geworden 3.2: 105, 141
⟨Frederick Schiller: Wallenstein⟩ 18.2: 130
Frei von Tadel zu sein 4.1: 702, 767
Freibeuter 13.1: 142
Freie Welt 13.2: 102; 13.1: (60)
Freier! Seid ihr beleidigt? 4.1: 728, (825)
Freigebig ist der mit seinen Schritten 9: 125
Freiheit 4.1: 826
Freiheit ist ein herrlicher Schmuck 4.1: 826
FreiheitsPriester! ihr habt die Göttin 4.1: 679
Freilich kann ich dich nicht in schlängelnden Wellen 4.1: 736
Freilich laufe wer nackt 4.1: 829
Freilich tauchet der Mann 4.1: 706, 799
Freilich walten sie noch 4.1: 731, 816
⟨Freitagsgesellschaft, Gründung⟩ 4.2: 809
⟨Freitagsgesellschaft, Wiederbelebung⟩ 4.2: 864
Fremde Kinder lieben wir nie so sehr 4.1: 699, 761, 837
Freuden, Die 1.1: 130, 146; 3.2: 17
Freuden des jungen Werthers 1.1: 263
Freudig trete herein 18.1: 28
Freudig war, vor vielen Jahren 11.1.1: 190; 12: 195; 13.1: 150
Freudvoll / und leidvoll 3.1: 286
Freuet euch des wahren Scheins 11.1.1: 190; 12: 92; 13.1: 153
Freund, Der 4.1: 756, (749), (838)
Freund, wer ein Lump ist 2.1: 50
Freunde, bedenkt euch wohl 4.1: 815
Freunde flieht die dunkle Kammer 13.1: 223; 10: 1001
Freunde treibet nur alles mit Ernst und Liebe 4.1: 746, 771, 836
Freundin aus der Wolke (Wo, du Reuter) 1.1: 1008
Freundlich empfange das Wort 6.1: 90
Freundlich werden neue Stunden 11.1.1: 220
Freundliches Begegnen 9: 12
Freust du dich deines Lebens 4.1: 738
Freut euch des Schmetterlings nicht 4.1: 805
Freygebiger wird betrogen 11.1.1: 117; 11.1.2: 44
Freysinn 11.1.2: 11; 11.1.1: (78)
Friede! Zerreißt mich nur nicht! 4.1: 820
Friedrichs Ruhm 9: 568
Frisch! der Wein soll reichlich fließen! 9: 32; 20.3: 253
Frisch hinaus, wo große Köste 9: 36
Frisches Ey, gutes Ey 11.1.1: 55
Frithiofs Saga 13.1: 393
Frivole Neugier 4.1: 718, 792
Fröhlich dienen wir eines dem andern 4.1: 736
Frömmigkeit verbindet sehr 13.1: 209
Frösche, Die (Aesopus) 1.1: 71
Frösche, Die (Phaedrus) 1.1: 72
Froh empfind' ich mich nun 3.2: 46, 47

Frohe Zeichen zu gewahren 13.1: 128
Fromm sind wir Liebende 3.2: 42, 43
⟨Fromme Betrachtung über Leitung und Vorsehung mit einem Schlußworte von Hamann⟩ 13.1: 449
Fromme gesunde Natur! 4.1: 763
Fromme Wünsche, Freundes Wort 18.1: 52
Frostig und herzlos ist der Gesang 4.1: 714, 793
Früchte bringet das Leben dem Mann 4.1: 836
Früh wenn Tal, Gebirg und Garten 18.1: 27
FRÜHLING 4.1: 832
Frühling 1818 11.1.1: 199
Frühling übers Jahr 11.1.1: 164; 13.1: 29
Frühlingsblüten sind vergangen 13.1: 101
Frühlingsorakel 6.1: 59
Frühzeitiger Frühling 6.1: 49
Fuchs beim Kranich, Der 4.1: 707
Füchse, Die (Aesopus) 1.1: 70
Füllest wieder Busch und Tal 2.1: 35, 561, (34)
Füllest wieder 's liebe Tal 2.1: 34, (35), (561)
Fünf andere ⟨Dinge⟩ 11.1.2: 38; 11.1.1: (37)
Fünf andre ⟨Dinge⟩ 11.1.1: 37; 11.1.2: (38)
Fünf Dinge 11.1.1: 37; 11.1.2: 38
Fünf Dinge bringen fünfe nicht hervor 11.1.1: 37; 11.1.2: 38
Fünfte Nachricht von dem neuen Bergbau zu Ilmenau 4.2: 778
Für das Gute 6.1: 95
»Für den Kammerdiener 9: 31
Für die historische Kunst 4.1: 719
Für ewig (Doch denke niemand) 2.1: 93*
Für Freunde der Tonkunst, von Friedrich Rochlitz, erster Band. Leipzig 1824 13.1: 566
⟨Für Lavater verfaßte Erklärung⟩ 1.2: 456
Für mich hab ich genug erworben 13.1: 216
Für Sie 13.1: 177
Für Töchter edler Herkunft 4.1: 711, 777
Für und wider zu dieser Stunde 18.1: 67
Fürchte nicht, liebliches Mädchen 3.2: 114
Fürchte nicht sagte der Meister den Bogen 4.1: 736
Fürchterlich bist du im Kampf 4.1: 791
⟨Fürs Leben⟩ ⟨Nachtrag in: Über Kunst und Altertum III,1 1821⟩ 13.1: 508
Fürs Leben 13.1: 30; 6.1: (60)
Fürst Blüchers Denkbild 11.2: 512
Fürsten prägen so oft 3.2: 113, 122, 138
Fürstenregel 11.1.1: 56
⟨Füßli, Heinrich: Vorlesungen über die Malerei⟩ 6.2: 561
Funfzig Jahre sind vorüber 18.1: 42
Furiose Geliebten sind meine Forcen 4.1: 811

G. d. Z. (Dich, o Dämon!) 4.1: 807, (726)
G … Feder an ……. (Was

mich auch sonst erkühnt) 13.1: 185
⟨G. F. Grotefends Deutung der Heilsberger Inschrift⟩ 11.2: 256
⟨G. F. Waagen: Abbildungen der vorzüglichsten Werke von Christian Rauch⟩ 18.2: 265
G. G. (Jeder, siehst du ihn einzeln) 4.1: 724, 810
Gabe von obenher 4.1: 771, (745)
Gaben von oben nur 4.1: 745, (771)
Gabriele von Johanna Schopenhauer 13.1: 466
Gänseblumen heißet ihr deutsch 4.1: 828
galante Philosoph, Der 4.1: 717
⟨Gang der Metamorphose⟩ 18.2: 413
Gans 4.1: 688, 786
Ganymed 1.1: 233; 3.2: 33
Ganz andre Wünsche steigen jetzt 1.1: 87
Ganz hypochondrisch bin ich 4.1: 789
⟨ganz schlechtes Gedicht, Ein⟩ 13.1: 527
Ganz und gar 9: 126
Gar mancher hat sich ernst beflissen 18.1: 69
Gar manches artig ist geschehn 13.1: 175
Gar nichts neues sagt ihr mir! 13.1: 205
Gar viele Länder hab ich bereist 11.1.1: 172
Garve 4.1: 719, 794
Gastmahl der Weisen, Das (Kommt Brüder!) 9: 107*; 13.1: 163*
Gatte der Gattin, Der (Du versuchst, o Sonne vergebens) 11.1.1: 167*
Gebildetes fürwahr genug! 18.1: 46
⟨Gebirge von und um Karlsbad⟩ 9: 877
Gebirgsarten des Leitmeritzer Kreises in Böhmen 9: 904
Gebraten oder gesotten! 9: 126
Gebt mir zu tun 9: 141
Geburt und Tod betrachtet ich 18.1: 82
Gedenkst du noch der Stunden 18.1: 44
Gedichte in schlesischer Mundart ⟨...⟩ 18.2: 119
Gedichte sind gemalte Fensterscheiben! 13.1: 180
⟨Gedichte zu symbolischen Bildern⟩ 13.1: 126
Gedichtsammlung, Die 4.1: 721, (791)
Gefährliche Nachfolge 4.1: 815
Gefahr 4.1: 692, (757), (842)
Gefunden 9: 84
Gegen Früchte aller Arten 18.1: 48
Gegen soviel schöne Dinge 11.1.1: 45
Gegenseitig (Wie sitzt mir das Liebchen?) 11.1.1: 173*
Gegenwart 9: 68
Gegner, Der 4.1: 828
Geh doch, ein hektisches Bürschgen 4.1: 732
Geh doch! sein Leben ist keusch 4.1: 828
Geh gehorche meinem Winken 3.1: 237; 3.2: (10), (11)
Geh! gehorche meinen Winken 3.2: 10, 11; 3.1: (237)

Geh ich, so wird der Schade größer 13.1: 192
Gehab dich wohl bei den hundert Lichtern 2.1: 10
Geheimes (Über meines Liebchens Äugeln) 11.1.2: 36; 11.1.1: (28)
Geheimes Concilium. Personalia und Studenten 3.2: 375
Geheimnisse, Die. Ein Fragment 2.2: 339
Geheimnisse, Die. Fragment von Goethe 11.2: 213
Geheimschrift 11.1.2: 90; 11.1.1: (122)
Geheimster Wohnsitz 13.2: 102; 13.1: (60)
Geheimstes 11.1.2: 36; 11.1.1: (108)
Gehinderter Verkehr 13.2: 107; 13.1: (61)
»Geht dir denn das von Herzen 13.1: 110
Geht einer mit dem andern hin 13.1: 45
Geht mir dem Krebs in B*** 4.1: 785, (687)
»Geht zu meiner linken ihr Böcke! 3.2: 101, (136)
Gehts in der Welt dir endlich schlecht 9: 124
Geist 4.1: 745
Geist und der Buchstabe, Der 4.1: 783
Geist und Schönheit im Streit 9: 104
Geistes-Epochen nach Hermanns neusten Mitteilungen 11.2: 240
Geistige Liebe 4.1: 748
»Geistreich nennt man dies Werk? 4.1: 745
Geiz 18.1: 63
Gelacht! Geschrieben! 1.1: 249
Gelbrot und grün macht das Gelbe 4.1: 797
Geld und Gewalt 18.1: 83
Gelehrte Zeitung 4.1: 727, (814)
Gelehrte Zeitungen 4.1: 814, (727)
Gelehrter Gesellschaften dem Herausgeber gewidmete Diplome 18.2: 139
Gellerts Monument von Oeser 2.1: 36
⟨gelöste Prometheus, Der⟩ 4.1: 191
Gemälde ⟨St. Rochus zu Bingen⟩ 11.2: 356
gemeinschaftliche Schicksal, Das 4.1: 743
Gemüt muß verschleifen 9: 144
Geneigte Teilnahme an den Wanderjahren 13.1: 516
Generalbeichte 6.1: 56
Genialisch Treiben 2.1: 29
Genialische Kraft 4.1: 768, (836)
Genialität (Gutes aus Gutem) 4.1: 701, (767)
Genialität (Wodurch gibt sich der Genius) 4.1: 767
Genieße dies nach deiner eignen Weise 13.1: 90
Genieße, was der Schmerz dir hinterließ! 9: 135
Genius, Der 4.1: 766, (701)
Genius der Zeit 4.1: 726, (807)
⟨Genius die Büste der Natur enthüllend⟩ 13.1: 129
Genius mit der umgestürzten Fackel, Der 4.1: 737
Genügsam 11.1.2: 34; 11.1.1: (102)
Genug (Immer niedlich, immer heiter) 11.1.1: 131*

Genuß 3.2: 25; 1.1: (140)
⟨Geognostische Vorlesungen⟩ 9: 873
Geognostischer Dank 18.1: 49
Geognostisches Gemälde von Brasilien von Obrist W. v. Eschwege 13.2: 240
⟨Geognostisches Tagebuch der dritten Harzreise⟩ 2.2: 490
⟨Geognostisches Tagebuch der Reise nach dem Fichtelgebirge und nach Böhmen. Juni/Juli 1785⟩ 2.2: 515
Geologische Probleme und Versuch ihrer Auflösung 18.2: 374
⟨Geplante Versetzung des Professors Fernow nach Jena⟩ 9: 1013
⟨Geplante Versuche⟩ 4.2: 333
Geranium 4.1: 773
Gerinnen, Das (Den Begriff des uranfänglichen Gerinnens) 11.2: 538
Gerinnen, Das (kann im geologischen Falle) 11.2: 538
German Romance. Vol. IV. Edinburgh 1827 18.2: 85
Gern erlassen wir *dir* 4.1: 803, (681)
Gern erlassen wir dir 4.1: 681, (803)
Gern hören wir allerlei gute Lehr 13.1: 200
Gern überschreit ich die Grenze 3.2: 96, 134
Gern verlaß ich diese Hütte 1.1: 127, 142
Gern wär ich Überliefrung los 13.1: 228
Gerne dien ich den Freunden 4.1: 822
Gerne hätt' ich fortgeschrieben 9: 94
Gerne hört man dir zu 4.1: 717
Gerne plagt ich auch dich 4.1: 722, 794
Gesänge aus der Oper: Circe 4.1: 249
Gesänge aus der Oper: Die vereitelten Ränke 4.1: 216
Gesänge von Selma, Die 1.1: 188
Gesang 4.1: 742
Gesang der Geister über den Wassern 2.1: 48
Geschenk, Das 4.1: 738
Geschichte der Arbeiten des Verfassers in diesem Fache ⟨zur Farbenlehre⟩ 6.2: 798
Geschichte der Farbenlehre 6.2: 789
Geschichte des dicken Mannes 4.1: 714, (792)
Geschichte eines dicken Mannes 4.1: 792, (714)
Geschichte Gottfriedens von Berlichingen mit der eisernen Hand 1.1: 387
Geschichte und Weissagung 4.1: 703
Geschieht wohl, daß man einen Tag 3.2: 36
Geschlechter, Die 4.1: 741
Geschwindschreiber 4.1: 815
Geschwister, Die (Schlummer und Schlaf) 2.1: 101
Geschwister, Die. Ein Schauspiel in einem Akt 2.1: 113
Gesellschaft 11.1.1: 52
Gesellschaft von Sprachfreunden 4.1: 715, 794
⟨Gesendet von Marienbad einer Gesellschaft versammelter Freunde⟩ 13.1: 89
⟨Gesetze der Pflanzenbildung⟩ 3.2: 308

Gesneria flacourtifolia 18.2: 409
Gesotten oder gebraten! 9: 126
⟨Gespräch über die Bewegung von Granitblöcken durch Gletscher⟩ 18.2: 368
Gespräch zwischen Schildwache und Freund Hein am Coburger Tor 2.1: 107
Gespräche mit Eckermann 19: 3
Geständnis (Rede leiser mein Freund) 4.1: 819
Geständniß (Was ist schwer zu verbergen?) 11.1.2: 13; 11.1.1: (93)
Gestalteter Sandstein 13.2: 235
Gestehts! Die Dichter des Orients 11.1.1: 81; 11.1.2: 58
Gestern war es noch nicht 6.1: 34
Gestörte Bildung 11.2: 540
Gestörte Formation 11.2: 539
⟨Gesuch des Frankfurter Schutzjuden Elias Löb Reisz um herzogliche Gnadenerweise⟩ 2.2: 665
Gesundbrunnen zu *** 4.1: 788, (691)
Gesundbrunnen zu XXX 4.1: 691, (788)
Getretner Quarck 11.1.1: 84; 11.1.2: (63)
Getretner Quark 11.1.2: 63; 11.1.1: (84)
getreue Eckart, Der 9: 77
Gewarnt 11.1.2: 32; 11.1.1: (18)
geweihte Platz, Der 2.1: 74
Geweihter Platz (Wenn zu den Reihen der Nymphen) 2.1: 74*
Gewiß ich wäre schon so ferne 2.1: 97
Gewisse Melodien 4.1: 793, (713)
Gewisse Romane 4.1: 709
Gewisse Romanhelden 4.1: 779, (711)
Gewissen Lesern 4.1: 789, (675)
Gewissensskrupel 4.1: 822
gewöhnliche Schicksal, Das 4.1: 770, (744)
Gewöhnung (Sollt' ich mich denn so ganz) 9: 13*
Gewölb 4.1: 736
Gewogen schienst du mir zu sein 13.1: 90
Gewohnt, getan 9: 80; 20.3: (313)
Gib acht! es wird dir allerlei begegnen 13.1: 70
Gib das Tagwerk 2.1: 556, (28)
Gib mir statt der Schwanz ein ander Wort 3.2: 101
Gibt's ein Gespräch? 13.1: 15
Giebichensteiner sei auch persönlich 4.1: 828
Gieße nur, tränke nur fort 3.2: 129
Ging zum Pindus dich zu schildern 13.1: 185
Gingo biloba 11.1.2: 71, (294); 11.1.1: (118)
Ginkgo biloba 11.1.1: 118; 11.1.2: (71), 294
Glänzen sah ich das Meer 3.2: 105, 122, 146
Glaube dich nicht allzu gut gebettet 13.1: 200
Glaube mir gar und ganz 9: 140
Glaube nur, du hast viel getan 9: 123
Glauben sie nicht der Natur 4.1: 733, 823

Glaubst dich zu kennen, wirst Gott nicht erkennen 9: 139
Glaubst du denn nicht 4.1: 722, 805
Glaubst du denn von Mund zu Ohr 11.1.1: 109; 11.1.2: 54
Glaubt mir, es ist kein Märchen 4.1: 740
Glaubt nicht daß ich fasele 18.1: 75
Glaubwürdigkeit 4.1: 699, 761, (837)
Gleich ist alles versöhnt 9: 137
Gleich sei keiner dem Andern 4.1: 838
Gleich und gleich 9: 105; 20.1: (346)
Gleich zu sein unter Gleichen 9: 134
Gleich zur Sache, mein Freund 4.1: 820
gleiches, Ein (Über allen Gipfeln) 2.1: 53*
⟨Gleichgewinn⟩ 13.1: 45
Gleichnis, Ein (Es hatt' ein Knab) 1.1: 220
Gleichnis, Ein (Über die Wiese) 1.1: 223
Gleichnisse dürft ihr mir nicht verwehren 13.1: 230; 18.1: 88
Gleite fröhlich dahin 4.1: 692, 757, 842
gloire de Frédéric, La 9: 565
Glück auf den Weg 4.1: 786, (689)
Glück, Das. An Annetten 1.1: 130, (144)
Glück, Das. An mein Mädgen 1.1: 144, (130)
Glück der Liebe, Das 1.1: 150
Glücklich Land allwo Cedraten 18.1: 33; 19: 635
Glücklich nenn ich den Autor 4.1: 744, 770
Glücklich wenn nach Außen 18.1: 87
Glückliche, Der 4.1: 705, 799
Glückliche Fahrt 4.1: 666
glücklichen Gatten, Die 6.1: 60; 13.1: (30)
Glücklicher Künstler! 13.1: 174
Glückselig ist, wer Liebe rein genießt 9: 136
Glückstopf, Der 4.1: 777
⟨Gneis und Granit⟩ 9: 876
⟨Gnomische Verse⟩ 2.1: 54
Gönne dem Knaben zu spielen 4.1: 741
Gönnern reiche ich das Buch 6.1: 51
Gönnet immer fort und fort 13.1: 103
Göschen an die deutschen Dichter 4.1: 724, 810
Goethe an die den 28. August 1829 gestiftete Gesellschaft für ausländische schöne Literatur in Berlin 18.2: 148
Goethe und Pustkuchen 13.1: 234
⟨Goethes Beitrag zum Andenken Lord Byrons⟩ 13.1: 405
Goethes Gartenhaus 18.1: 9; 13.1: (175)
⟨Goethes Geburtstag 1825⟩ 13.1: 125
Goethes Schriften. Erster bis vierter Teil 3.2: 157
⟨Goethes Werke. Erster bis zwölfter Band. 1806–1808⟩ 6.2: 602
⟨Goethes Wohnhaus in Weimar⟩ 18.1: 9
Götter Helden und Wieland, eine Farce. 1.1: 681
Götter wie soll ich euch danken 3.2: 114, 145

Göttliche, Das (Edel sei der Mensch) 2.1: 90
Göttliche, Das (Wäre sie unverwelklich) 4.1: 766, (747)
Göttliche Liebe! 4.1: 742
Göttlicher Morpheus, umsonst 3.2: 110, 121, 144
Götz von Berlichingen mit der eisernen Hand. Ein Schauspiel 1.1: 549
Götz von Berlichingen mit der eisernen Hand. Schauspiel in fünf Aufzügen ⟨Bühnenfassung⟩ 6.1: 348
goldne Alter, Das 4.1: 813, (720)
goldne Zeitalter, Das 4.1: 685, (780)
Goldnes Zeitalter 4.1: 780, (685)
Goldschmiedsgesell, Der 9: 26
Goldstaub wirf in das Wasser 6.1: 46
Gott Danck! daß uns so wohl geschah 11.1.1: 166
GOTT, GEMÜT UND WELT 9: 116
Gott grüß euch, Brüder 13.1: 205
Gott hab' ich und die Kleine 13.1: 199
Gott hat den Menschen gemacht 13.1: 50
Gott hat die Gradheit selbst ans Herz genommen 13.1: 203
Gott, heißt es, schied die Finsternis vom Licht 18.1: 73
Gott nur siehet das Herz 4.1: 748
Gott sandte seinen rohen Kindern 11.1.1: 168
Gott segne dich junge Frau 1.1: 202
Gott und die Bajadere, Der 4.1: 872
GOTT UND WELT 13.1: 144
Gottes ist der Orient 11.1.1: 78; 11.1.2: 12, 288
Gottesurteil 4.1: 811
Gottheiten zwei 6.1: 69
⟨Gottlieb Hiller: Gedichte und Selbstbiographie⟩ 6.2: 616
Gottsched ein Mann 1.1: 84
Grab bei Kumä ⟨...⟩, Ein 18.2: 322
⟨Grabmal bei Cumä⟩ 9: 621
Grabschrift (Als Knabe verschlossen und trutzig) 9: 91
Grabschrift (Freust du dich deines Lebens) 4.1: 738
Grabschrift (Ich war ein Knabe warm und gut) 1.1: 261
Grabschrift gesetzt von A. u. J. 18.1: 83
Gräme Geliebte dich nicht 3.2: 42, (43)
Graf Carmagnola noch einmal 13.1: 370
Graf Friedrich wollt ausreiten 1.1: 177
⟨Granit I⟩ 2.2: 487
⟨Granit II⟩ 2.2: 503
Granit aus Karlsbaad 6.2: 752
Granit, gebildet anerkannt 11.1.1: 162, 163
Granitarbeiten in Berlin 18.2: 260
Granite 13.2: 267
⟨Granitgebürge, Die⟩ 2.2: 513
Grau und trüb und immer trüber 13.1: 128
Grausam erweiset sich Amor an mir! 4.1: 834, (774)
Grausam handelt Amor mit mir! 4.1: 774, (834)
Grenzen der Menschheit 2.1: 45

Grenzlose Lebenspein 13.1: 195
Grenzscheide 4.1: 737
Griechheit 4.1: 814
Griechheit was war sie? 4.1: 814
griechische Genius an Meyer in Italien, Der 4.1: 719
Griechische und moderne Tragödie 4.1: 815
grobe Organ, Das 4.1: 800
Gröblich haben wir dich behandelt 4.1: 707, 800
Gros ist Europens Staatskalender 11.1.1: 64
Groß-Cophta, Der, ein Lustspiel in fünf Aufzügen 4.1: 9
Groß Eltern da dies Jahr 1.1: 76
Groß ist die Diana der Epheser 9: 59
Große Leidenschaft waltet allda 13.1: 235
Große Venus, mächtge Göttin! 1.1: 127
Großen Fluß hab ich verlassen 13.1: 185
Großer Brama, Herr der Mächte 13.1: 83
Großer Brama! nun erkenn' ich 13.1: 87
⟨Grotefends, G. F., Deutung der Heilsberger Inschrift⟩ 11.2: 256
⟨Grübel, Johann Konrad: Gedichte in Nürnberger Mundart⟩ 6.2: 588
Grübels Gedichte in Nürnberger Mundart. 1798 6.2: 554
Grün ist der Boden der Wohnung 3.2: 152
Gründung einer Baugewerkschule 18.2: 573
⟨Grundbedingung⟩ 13.1: 33
⟨Grundlage zu einer architektonischen Bibliothek⟩ 4.2: 65
⟨Grundversuche über Farbenerscheinungen bei der Refraktion⟩ 4.2: 433
Gruß 11.1.2: 34; 11.1.1: (98)
Guerre ouverte 4.1: 782
Gut! Brav, mein Herr! 1.1: 258; 3.2: 34
Gut, daß ich euch, ihr Herren 4.1: 820
Gut verloren etwas verloren 18.1: 68
⟨Gutachten über die Ausbildung eines jungen Malers⟩ 6.2: 139
Gute Männer 4.1: 682
Gute Nacht (Wenn man zwanzig Freier zählet) 1.1: 154
Gute Nacht! (Nun so legt euch liebe Lieder) 11.1.1: 49; 11.1.2: 127
gute Staatsverfassung, Die 4.1: 685
guten Frauen, Die 6.1: 816
Guten Ruf mußt du dir machen 11.1.1: 85; 11.1.2: 63
Guten schreibt er 3.2: 151
Guter Adler! nicht ins Weite 18.1: 42
Guter Adler nicht so munter 13.1: 127
Guter Poet, schlechter Kunstrichter 4.1: 713
Guter Rat (Accipe facundi) 4.1: 715, 808
Guter Rat (Freunde, treibet) 4.1: 771, (746), (836)
Guter Rat (Geschieht wohl) 3.2: 36
Gutes aus Gutem 4.1: 701, 767
Gutes in Künsten verlangt ihr? 4.1: 744, 771

Gutes Jena 4.1: 705
Gutes thu' rein aus des Guten Liebe (1816) 11.1.1: 160; 11.1.2: 59
Gutes thu rein aus des Guten Liebe! (1819) 11.1.1: 231; 11.1.2: 58
Gutes und Schönes 4.1: 701, (758)
Gutes zu empfangen, zu erweisen 13.1: 11

⟨H. F. W. Hinrichs: Das Wesen der antiken Tragödie⟩ 18.2: 65
H. S. 4.1: 778, (709), (838)
H. St. 4.1: 709, (778), (838)
H. W. 4.1: 750, 772, (832)
H***s Romanhelden 4.1: 711, (779)
Ha du bist mir der frechste 4.1: 728
Ha, ich bin der Herr der Welt! 2.1: 24
Ha! ich kenne dich, Amor 3.2: 111, 144, (121)
Ha! nun haben wir euch Aristokraten! 4.1: 826
Haar der Berenice 4.1: 687, (785)
Hab ein bucklich Männel g'nomme 1.1: 184
Hab' ich euch denn je gerathen 11.1.1: 96; 11.1.2: 52
Hab' ich gerechter Weis' verschuldet? 13.1: 13
Hab ich tausendmal geschworen 11.1.1: 249
Hab oft einen dummen düstern Sinn 1.1: 224
Habe nichts dagegen, daß ihm so sei 13.1: 212
Haben da und dort zu mäkeln 13.1: 219
Haben sie von deinen Fehlen 11.1.1: 226; 11.1.2: 40
Habens's gekauft, es freut sie baß 9: 129
Habt ihr das alles recht bedacht? 13.1: 105
Habt ihr gelogen in Wort und Schrift 13.1: 55
Habt von Sirenen gehört? 18.1: 15
Hackert, Jakob Philipp (Aufsatz) 9: 657
Hackert, Philipp. Biographische Skizze, meist nach dessen eigenen Aufsätzen entworfen 9: 665
Hackert, Philipp. Nachträge 9: 828
⟨Hackert, Philipp. Zwei Landschaften⟩ 6.2: 179
Hängen auch alle Schmierer und Reimer 4.1: 791
Hängten auch alle poetische Sudler 4.1: 713
Hätt' ich gezaudert zu werden 13.1: 215
Hätt ich irgend wohl Bedencken 11.1.1: 100; 11.1.2: (74)
Hätt' ich irgend wohl Bedenken 11.1.2: 74; 11.1.1: (100)
Hätte deine Musik doch den Parisern gefallen 4.1: 679
Hätte Gott mich anders gewollt 13.1: 104
Hätte Oken gewußt wer er sey 11.1.1: 195
Hätten sie kein *Gewissen* 4.1: 763
Hättest du Phantasie 4.1: 777
Hafis Dichterzüge sie bezeichnen 11.1.1: 10; 11.1.2: 24
Hafis dir sich gleich zu stellen 11.1.1: 147

Hafis Nameh. Buch Hafis 11.1.2: 22
Hagen, August, Olfried und Lisena. Ein romantisches Gedicht in zehn Gesängen 13.1: 440
Halbvogel, Der 4.1: 680, 802
Haller 4.1: 731, 818
Halt Passagiere! 4.1: 676, 776
Halte das Bild der Würdigen 6.1: 90
Halte dich nur im Stillen rein 13.1: 204
Haltet ihr denn den Deutschen so dumm 4.1: 678
Haltet, laßt uns hier 2.1: 88
Hamlet. By William Shakespeare, The first edition of the Tragedy 13.1: 429
Hanau ⟨Nachtrag⟩ 11.2: 133
Hand in Hand den Tanz zu schweben 4.1: 1236
Hand in Hand! und Lipp' auf Lippe 4.1: 668
Handwerksliedchen (Es ist doch meine Nachbarin) 9: 26*
Hans Adam war ein Erdenklos 11.1.1: 9; 11.1.2: 14
⟨Hans Liederlich und der Camerade⟩ 18.1: 54
Hanswursts Hochzeit oder Der Lauf der Welt, ein mikrokosmisches Drama 1.2: 122
Harfenspieler (An die Türen will ich schleichen) 5: 335*
Harfenspieler (Wer nie sein Brot mit Tränen aß) 2.2: 211*; 5: 134*, 858*
Harfenspieler (Wer sich der Einsamkeit ergibt) 2.2: 212*; 5: 135*, 858*
⟨Harmonie der Farben⟩ 6.2: 777
Harmonie und Identität 4.1: 697, (765)
Harre lieblich im Kyanenkranze 13.1: 121
Harren seht ihr sie, die Schönen 13.1: 171; 13.2: 74
Hart erscheint noch 4.1: 719
Harzreise im Winter 2.1: 37; 14: (482)
Haslaus Gründe 18.1: 49
Hast deine Kastanien 9: 125
Hast den Ancker fest im Rheine liegend 11.1.1: 155
Hast du an liebender Brust 4.1: 744, 770
Hast du auch wenig genug verdient 4.1: 705, 802
Hast du Bajä gesehn 3.2: 118, 129, (92)
Hast du Bajae gesehn 3.2: 92, (118), (129)
»Hast du das alles nicht bedacht? 13.1: 207
Hast du das Mädchen gesehn 13.1: 177
Hast du die Welle gesehen 6.1: 37
Hast du einmal das Rechte getan 9: 131
Hast du es so lange wie ich getrieben 13.1: 12
Hast du etwas, so gib es her 4.1: 747, 758
Hast du jemals den Schwank 4.1: 707
»Hast du nicht gute Gesellschaft gesehn 3.2: 104, 142
Hat der alte Hexenmeister 4.1: 874
Hat der Tag sich kaum erneuet 11.1.1: 67
Hat dich Hymen geflohn? 3.2: 111

»Hat man das Gute dir erwiedert?« 9: 142
Hat Welscher-Hahn an seinem Kropf 13.1: 16
Hatem (Dies zu deuten) 11.1.1: 120; 11.1.2: 70
Hatem (Locken! haltet mich) 11.1.2: 79; 11.1.1: (131)
Hatem (Nicht Gelegenheit macht Diebe) 11.1.1: 118; 11.1.2: 68
Hatem (Wie des Goldschmieds Bazarlädchen) 11.1.1: 135; 11.1.2: 77
Hatem und Suleika 11.1.1: 226
Hatte sonst einer ein Unglück getragen 9: 91
Hauptsache, Die 4.1: 683, 804
Hausball, Der 2.2: 333
Hausgarten 13.2: 101; 13.1: (60); 14: (516)
Hausierer, Der 4.1: 681, 803
⟨Hausmanns Vorlesung⟩ 18.2: 377
⟨Haus-Park⟩ 4.1: 862
Hausrecht 4.1: 805
Hebe selbst die Hindernisse 13.1: 120
⟨Hebel, Johann Peter: Allemannische Gedichte⟩ 6.2: 581
⟨Hebel: Allemannische Gedichte. Paralipomenon zur Rezension⟩ 6.2: 1144
Hebet eure zweifelnden Stirnen empor 2.1: 47
Hegire 11.1.1: 41; 11.1.2: 9
Heidelberg ⟨Nachtrag⟩ 11.2: 134
Heidenröslein 1.1: 163
Heilig waren vordem die Tore 4.1: 737
Heilige Familie 2.1: 74
Heilige Freiheit! 4.1: 679, 801
Heilige Leute 3.2: 141
Heilige und Heiligste, Das 4.1: 756, (747), (839)
heiligen drei Könige, Die 11.2: 280
heiligen drei Könige noch einmal, Die 13.1: 454
Heiliger Ebusund, du hasts getroffen! 11.1.1: 10; 11.1.2: (24)
Heiliger Ebusuud, hast's getroffen! 11.1.2: 24; 11.1.1: (10)
Heiliger lieber Luther 2.1: 29
⟨Heilsberger Inschrift, Die⟩ 11.2: 245
⟨Heilsberger Inschrift, G. F. Grotefends Deutung⟩ 11.2: 256
Heimsuchung, Die 17: 29, 254
⟨Heinrich Cotta: Naturbeobachtungen⟩ 6.2: 775
⟨Heinrich Füßli: Vorlesungen über die Malerei⟩ 6.2: 561
⟨Heinrich Joseph von Collin: Regulus, eine Tragödie in fünf Aufzügen⟩ 6.2: 592
Heiß mich nicht reden 2.2: 157; 5: 357, 359
Heitern Weinbergs Lustgewimmel 18.1: 50
Hekate! Keusche! 4.1: 816, (728)
Hekate, keusche! 4.1: 728, (816)
Held ist kein Kammerdiener 9: 31
Helden herrlich zu sein 3.2: 116
Helena im Mittelalter. (Episode zu »Faust«) 6.1: 327
⟨Helena in Edinburgh, Paris und Moskau⟩ 18.2: 134
Helf Gott 4.1: 776
Hemmet ihr verschmähten Freier 13.1: 222

Hemsterhuis-Galizinische Gemmen-Sammlung 13.2: 147
Heracliden 4.1: 822, (732)
Heraus mit dem Teile des Herrn! 3.2: 89
⟨Herausgabe der Zeitschrift Nemesis durch Professor Luden in Jena⟩ 9: 1011
HERBST 4.1: 836
Herbstgefühl 1.1: 275; 3.2: 22
Herbstlich leuchtet das Feuer gesellig 3.2: 52, (53)
Herbstlich leuchtet die Flamme 3.2: 53, (52)
Hercules 4.1: 822, (732)
Herder 14: 567
⟨Herder, J. G.: Idées sur la philosophie de l'histoire de l'humanité⟩ 18.2: 129
⟨Herder späterhin⟩ 9: 940
⟨Herders Abhandlung »Nemesis. Ein lehrendes Sinnbild«⟩ 2.1: 106
Herein, o du Guter du Alter herein 11.1.1: 269, (175)
Herein, o du Guter! Du Alter herein! 11.1.1: 175, (269)
Herkömmlich 13.1: 162; 11.1.1: (188); 12: (553)
⟨Heroische Statuen, von Tieck⟩ 18.2: 266
Herr Bruder 6.1: 9
Herr Jesus, der die Welt durchwandert 11.1.2: 168
Herr! laß dir gefallen 11.1.1: 83; 11.1.2: 62
Herr Leonhard* 4.1: 718, (808)
Herr Leonhard** 4.1: 808, (718)
Herr Löbel ist ein Medicus 11.1.1: 184, 185
Herr Mawe. Nachricht von seinen letzten Expeditionen im Oktober 1817 11.2: 543
Herr Schatz, a. d. Reichsanzeiger 4.1: 718
Herr Werner ein abstruser Dichter 9: 98
Herren Grafen Carl Harrach 11.1.1: 228
Herren Obristen Grafen Paar 11.1.1: 208
Herrenrecht und Dienstpflicht 11.1.1: 29; 11.1.2: (44)
Herrinn! sag was heißt das Flüstern? 11.1.1: 141; 11.1.2: 90
Herrlich bist du wie Moschus 11.1.1: 205
Herrlich ist der Orient 11.1.1: 167; 11.1.2: 62
Herrlich siehst du im Chor 4.1: 741
Herrlicher Künste Mutter 4.1: 694
Herrmann und Dorothea (Also das wäre Verbrechen) 4.1: 858
Herrmann und Dorothea ⟨Epos⟩ 4.1: 551
Herrn Canzler v. Müller 13.1: 70
⟨Herrn Cunos Buchhandlung zum eisernen Kreuz⟩ 13.1: 24
Herrn Du Mont de Courset … 11.2: 555
Herrn Grafen Bouqoy 11.1.1: 207; 11.1.2: (58)
Herrn Grafen Löben 11.1.1: 208
Herrn Grafen Löwen Carlsbad d. 18. Aug. 1818 13.1: 117
⟨Herrn Krüger⟩ 18.1: 10
Herrn Obrist v. Geismar 11.1.1: 141

Herrn Professor Doebler 18.1: 47
Herrn Regierungsrat Peucer 9: 101
Herrn Staats-Minister v. Voigt zur Feyer des sieben und zwanzigsten Septembers 1816 (Von Berges Luft) 11.1.1: 171*
Herrn von Hofs geologisches Werk 13.2: 243
Herrscher möge der sein 3.2: 88, 127
Hervortreten des Unterschiednen 11.2: 546
Herz mein Herz was soll das geben? 1.1: 264; 16: 731
Herzlich bat ich die Muse 2.1: 82
Herzlich ist mir das Laster zuwider 4.1: 698, 763
Herzlich und freudevoll 6.1: 789
Herzog Leopold von Braunschweig 2.1: 102
Herzogliches Hoftheater zu Weimar ⟨1792⟩ 4.2: 10
Herzogliches Hoftheater zu Weimar ⟨1795⟩ 4.2: 14
Heuchler ferne von mir! 4.1: 681, 803
Heuer, als der Mai beflügelt 13.1: 24
Heute floh sie, floh wie gestern 13.2: 91
Heute geh' ich. Komm ich wieder 9: 143
Heute hast du gut gegessen 11.1.1: 31; 11.1.2: 101
Heute noch im Paradiese 13.1: 171; 13.2: 77
Heute steh' ich meine Wache 11.1.1: 241; 11.1.2: 117
Hexen lassen sich wohl 4.1: 711, 780
Hielte diesen frühen Segen 6.1: 85; 13.1: 148
Hieltest du deinen Reichtum 4.1: 712, 781
Hier aber folgt noch allzuvieles 18.1: 70
Hier bildend nach der reinen stillen 2.1: 25
Hier gedachte still ein Liebender seiner Geliebten 2.1: 76
Hier hat Tischbein 13.1: 174
Hier ist ewige Jugend 4.1: 753
Hier ist mein Garten bestellt 3.2: 81
Hier ist Messe, geschwind 4.1: 777
Hier ist's 4.1: 911
Hier leg ich teurer Meister meinen Pinsel nieder 1.1: 748
Hier liegt ein überschlechter Poet! 13.1: 215
Hier sah ich hin, hier sah ich zu 11.1.1: 163
Hier schick ich dir 1.1: 256
Hier sind so scheint es Wanderer wohlbedacht 13.1: 61; 13.2: 107
Hier sind wir denn vorerst ganz still zu Haus 13.1: 60; 13.2: 101; 14: 516
Hier sind wir versammlet zu löblichem Tun 9: 35
Hier, wo noch Ihr Platz genannt wird 13.1: 21
Hierhergetrabt die Brust voll tiefem Wühlen 2.1: 26
Hiezu haben wir Recht 13.1: 218
HIKMET NAMEH. BUCH DER SPRÜCHE 11.1.2: 56
Hildegard von Hohenthal 4.1: 717
⟨Hiller, Gottlieb: Gedichte und Selbstbiographie⟩ 6.2: 616

⟨Hiller, G.: Gedichte und Selbstbiographie. Paralipomenon zur Rezension⟩ 6.2: 1161
Himmel ach! so ruft man aus 9: 10
Himmelan flögen sie gern 4.1: 710, 764
Hingesunken alten Träumen 18.1: 19
⟨Hinrichs, H. F. W.: Das Wesen der antiken Tragödie⟩ 18.2: 65
Hinten im Winkel des Gartens 3.2: 81
Hinter jenem Berge wohnt 11.1.1: 149; 13.1: 27
Historische Quellen 4.1: 804
⟨Hittorf, J., L. Zanth: Architecture antique de la Sicile⟩ 18.2: 242
⟨Hittorf, J., L. Zanth: Architecture moderne de la Sicile⟩ 18.2: 240
Hoch auf dem alten Turne steht 1.1: 248
Hochbeglückt in deiner Liebe 11.1.1: 119; 11.1.2: 69
Hochbild 11.1.2: 86; 11.1.1: (143)
Hochländisch 18.1: 11; 20.3: (826)
Hochwürdiger, / 's ist eine alte Schrift 2.1: 13
Hochzeitlied (Wir singen und sagen vom Grafen) 6.1: 79
Hochzeitlied. An meinen Freund (Im Schlafgemach) 1.1: 95, 145
Höchste Gunst 11.1.2: 45; 11.1.1: (109)
höchste Harmonie, Die 4.1: 815
Höchster Zweck der Kunst 4.1: 809
Höhen der alten und neuen Welt bildlich verglichen 9: 911
⟨Höherer Chemismus des Elementaren⟩ 13.2: 267
Höheres und Höchstes 11.1.1: 216; 11.1.2: 123
Hölle, jetzt nimm dich in acht 4.1: 728, 816
Höllengespenster seid ihr 3.2: 150
Höllenhund, Der 4.1: 729
Hör' auf die Worte *harum horum* 11.1.1: 57
Hör auf doch mit Weisheit zu prahlen, zu prangen 13.1: 12
Hör ich doch in deinen Liedern 11.1.1: 25
Hör ich über Geduld 4.1: 719, 794
Hör- Schreib- und Druckfehler 11.2: 289
Hör' und bewahre 11.1.1: 89; 11.1.2: 30
Höre den Rath den die Leyer tönt 11.1.1: 18; 11.1.2: 38
Höre den Tadler 4.1: 717, 790
Hörest du Liebchen! 3.2: 54, 55
Hörsäle auf gewissen Universitäten 4.1: 810, (724)
Hörsäle auf gewissen Universitäten, Die 4.1: 724, (810)
Hörst du reine Lieder singen 13.1: 182
Hört mir zu mit gutem Willen 13.1: 229
Hoffnung (Allen habt ihr die Ehre genommen) 4.1: 695, 796
Hoffnung (Doch solcher Grenze) 13.1: 157; 11.1.1: (189); 12: (92)
Hoffnung (Schaff' das Tagwerk meiner Hände) 2.1: 28, (556)

Hoffnung beschwingt Gedancken, Liebe Hoffnung 11.1.1: 198
⟨Hofleben, Das⟩ ⟨Dramatisches Fragment⟩ 2.1: 493
Hofmann, Der 4.1: 684, 755, (840)
⟨Hohelied Salomons⟩, Das 1.2: 449
Hoher Tugenden 1.1: 218
Holde Lili warst so lang 2.1: 10
Holde Zeugen süß verträumter Jahre 16: 717; 2.1: (48)
Homer 4.1: 715, (807)
Homer ist lange mit Ehren genannt 13.1: 41
Homer noch einmal 13.1: 333
Homer wieder Homer 13.1: 179
Homers Apotheose 18.2: 234
Homeruskopf als Siegel, Der 4.1: 739
Horatius / Me tabula sacer 1.1: 153
Horaz 4.1: 710, (764)
Horen an Nicolai, Die 4.1: 799, (706)
Horen an Nikolai, Die 4.1: 706, (799)
Horen, Die 4.1: 726, (807)
Horen. Erster Jahrgang 4.1: 807, (726)
⟨Hornblendekugel bei Weimar⟩ 11.2: 548
Hosea VI.1 1.1: 63
Houri (Wieder einen Finger) 11.1.1: 243; 11.1.2: (122)
Howards Ehrengedächtnis (Wenn Gottheit *Camarupa*) 12: 612; 13.1: 158
Howards Ehrengedächtnis (Wenn von dem stillen Wasserspiegel-Plan) 12: 472; 13.1: (158)
Hudhud, als einladender Bote 11.1.1: 234
Hudhud auf dem Palmensteckchen 11.1.1: 234
Hudhud erbittet ein Neujahrsgeschenck, räthselweise 11.1.1: 234
Hudhud erklärt eine räthselhafte Stelle 11.1.1: 234
Hudhud sprach: mit Einem Blicke 11.1.1: 226
Hüben über den Urnen! 4.1: 818, (731)
Hüpfe nur leichtes Geschlecht 4.1: 736
Humanität 4.1: 709
Hume, David 4.1: 822
Hundertmal werd ichs euch sagen 4.1: 695, 795
Hungrig verließ die Tafel der Gast 4.1: 707
Huri (Wieder einen Finger) 11.1.2: 122; 11.1.1: (243)
Hypochonder 2.1: 29

Ich armer Teufel, Herr Baron 2.2: 256; 5: 180
Ich begegnet' einem jungen Mann 11.1.1: 51
Ich bin der wohlbekannte Sänger 6.1: 73
Ich bin eben nirgend geborgen 2.1: 28
»Ich bin ein armer Mann 13.1: 201
Ich bin euch sämtlichen zur Last 13.1: 202
Ich bin gefangen! Wie! 13.1: 93
Ich bin ich, und setze mich selbst 4.1: 821
Ich bin so guter Dinge 13.1: 48
Ich bin so sehr geplagt 18.1: 82
Ich bliebe gern verschlossen still 9: 111

Ich dacht ich habe keinen Schmerz 13.1: 72; 20.1: 720
Ich dachte Dein, und Farben bunt erschienen 11.1.1: 207
Ich denke dein 4.1: 667
Ich, Egoist! – Wenn ich's nicht besser wüßte! 9: 137
Ich ehre mir die Würde der Frauen 18.1: 65
Ich empfehle mich euch! 3.2: 97
Ich fand mein Mädgen einst allein 1.1: 108
Ich fühle gern am Kopfe deine Hand 11.1.1: 155
Ich führt einen Freund 1.1: 256
Ich gedachte in der Nacht 11.1.1: 81; 11.1.2: 67
Ich ging im Felde 9: 84; 13.1: 141
Ich ging im Walde 9: 84
Ich ging, mit stolzem Geists-Vertrauen 11.1.1: 17
Ich gönnt' ihnen gerne Lob und Ehre 18.1: 59
Ich hab' ihn gesehen! 2.1: 99
Ich hab' mein Sach auf Nichts gestellt 6.1: 93
Ich habe die Tage 3.2: 37
Ich habe euch einen Tempel baut 1.1: 227
Ich habe gar nichts gegen die Menge 13.1: 51
Ich habe geliebet; nun lieb' ich erst recht! 9: 80; 20.3: 313
Ich habe nichts gegen die Frömmigkeit 18.1: 75
Ich habe nie mit euch gestritten 18.1: 65
Ich hätt' auch können Gemeinde sagen 18.1: 75
Ich hatt' ihn einzig mir erkoren 5: 376
Ich hielt mich stets von Meistern entfernt 18.1: 58
Ich hör' es gern wenn auch die Jugend plappert 13.1: 13
Ich kam von einem Prälaten 13.1: 62
Ich kann mich nicht bereden lassen 9: 103
Ich kenn' ein Blümlein Wunderschön 6.1: 27
Ich kenn', o Jüngling 1.1: 149
Ich komme bald, ihr goldnen Kinder 1.1: 159
Ich liebe mir den heitern Mann 9: 90
Ich möchte dieses Buch wohl gern zusammen schürzen 11.1.1: 224; 11.1.2: 82
Ich neide nichts, ich laß es gehn 13.1: 193
Ich rufe dich verrufnes Wort 13.1: 9
Ich sah die Welt mit liebevollen Blicken 13.1: 59; 13.2: 101
Ich sah mich um, an vielen Orten 9: 121
Ich sah, mit Staunen und Vergnügen 11.1.1: 92; 11.1.2: 108
Ich sah's in meisterlichen Händen 17: 427
Ich sah wie Doris bei Damoeten stand 1.1: 96, (119)
Ich sah wie Doris bei Damöten stand 1.1: 119, (96)
Ich saug an meiner Nabelschnur 1.2: 543
Ich schreibe jetzt von meinem Belsazer 1.1: 86
Ich seh's du kennst sie nicht 1.1: 103
Ich soll nicht auf den Meister schwören 9: 133
Ich steh auf einem hohen Berg 1.1: 168

Ich tadl' euch nicht 13.1: 197
Ich träumt' und liebte sonnenklar 9: 135
Ich trat in meine Gartentür 18.1: 38, 39
Ich vertrau es dem Felsen 2.1: 92
Ich wandle auf weiter bunter Flur 9: 116
Ich war ein Knabe 1.1: 261
Ich weiß, das mir nichts angehört 9: 88
Ich weiß es wohl 1.1: 150
Ich weiß nicht was mir hier gefällt 2.1: 26, (554)
Ich wollt' euch große Namen sagen 18.1: 63
Ich wollt' ich wär' ein Fisch 2.1: 52
Ich wollte gern sie gelten lassen 18.1: 59
Ich wünsche mir eine hübsche Frau 13.1: 199
Ich wünschte wohl dich anders zu staffieren 18.1: 86
Ich wüßte nicht, daß ich ein Grauen spürte 6.1: 51
»Ich zieh ins Feld 13.1: 53
Ich zweifle doch am Ernst verschränkter Zeilen! 9: 20
Ideale (Hudhud erklärt eine räthselhafte Stelle) 11.1.1: 234*
Idealwelt, Die 4.1: 739
Idylle 4.1: 844
Idyllische Kantate 9: 72
Iffland, August Wilhelm, Almanach für Theater und Theaterfreunde auf das Jahr 1807 9: 563
Ihm färbt der Morgensonne Licht 5: 207
Ihr Bestien ihr woltet glauben 11.1.1: 248
Ihr edlen Deutschen wißt noch nicht 13.1: 218
Ihr erstaunt, und zeigt mir das Meer 3.2: 120, (146)
Ihr Gläubigen rühmt nur nicht euren Glauben 18.1: 75
Ihr guten Dichter ihr 13.1: 53
Ihr guten Kinder 13.1: 220
Ihr Herz ist gleich 1.1: 232
Ihr könnt mir immer ungescheut 18.1: 67
Ihr kommt Gebildetes alhier zu schauen 11.1.1: 163
Ihr laßt nicht nach, ihr bleibt dabey 11.1.1: 54
Ihr lieben Leute bleibt dabey 11.1.1: 82; 11.1.2: 61
Ihr liebt, und schreibt Sonette! 9: 19
Ihr meint, ich hätt' mich gewaltig betrogen 9: 128
Ihr möchtet gern den brüderlichen *Schlegeln* 6.1: 67
Ihr müßt mich nicht durch Widerspruch verwirren! 11.1.1: 54
Ihr nennt mich einen kargen Mann 11.1.1: 82; 11.1.2: 61
Ihr schmähet meine Dichtung 13.1: 219
Ihr schwarzen Äugelein! 9: 51; 20.1: 251
Ihr seht uns an mit scheelem Blick 13.1: 211
Ihr sucht die Menschen zu benennen 9: 142
Ihr tiefen Schatten heißet mich willkommen 1.1: 283; 2.2: 81
Ihr verblühet, süße Rosen 1.2: 25; 16: 813
Ihr verfahrt nach Gesetzen 4.1: 694, 762
Ihr verschweiget ein Buch 4.1: 827

Ihr zählt mich immer unter die Frohen 9: 132
Ihrer Sechzig hat die Stunde 13.1: 118
Ihrer viele wissen viel 9: 141
Ihro der Kaiserin von Österreich Majestät 9: 63
Ihro Hoheit der Prinzessin Auguste von Sachsen Weimar und Eisenach (Alle Pappeln) 13.1: 43
Ihro Hoheit der Prinzessin Maria von Sachsen Weimar-Eisenach (Sanftes Bild) 13.1: 19
Ihro Hoheit der Prinzessin Marie von Sachsen-Weimar-Eisenach (Deinen Wachstum) 13.1: 20
Ihro Kaiserl. Hoheit Großfürstin Alexandra 13.1: 46
Ihro Kaiserlichen Hoheit der Frau Erbgroßherzogin von Sachsen-Weimar und Eisenach 9: 76
Ihro Majestät der Allerdurchlauchtigsten Frau Frau Maria Ludovica Kaiserin von Österreich bei Ihrer höchst beglückenden Anwesenheit in Karlsbad allerunterthänigst zugeeignete Gedichte 9: 44
⟨Iken, C.: Eunomia⟩ 18.2: 106
⟨Iken, C.: Leukothea⟩ 18.2: 115
Il conte di Carmagnola. Tragedia di Alessandro Manzoni. Milano 1820 13.1: 348
Ilias 13.1: 256
Ilm 4.1: 691, 788
Ilmenau 2.1: 82
⟨Ilmenauer Bergbau und Gewerkentag⟩ 4.2: 767
⟨Ilmenauer Bergwerksessionen⟩ 4.2: 887
Ilmenauer Steuerkommission 3.2: 395
Im Abendrot liegt See und Himmel still 2.1: 62
Im Atemholen sind zweyerley Gnaden 11.1.2: 12; 11.1.1: (78)
Im Athemholen sind zweyerley Gnaden 11.1.1: 78; 11.1.2: (12)
Im Auslegen seid frisch und munter 13.1: 53
Im deutschen Reich gar wohl bekannt 2.1: 235
Im Dorfe war ein groß Gelag 13.1: 38
Im düstern Wald 1.1: 111
Im ernsten Beinhaus war's 13.1: 189; 17: 713
Im Felde schleich ich still und wild 2.1: 9, 10
Im Gegenteil, wir sind auf rechtem Wege! 9: 20
Im Gegenwärtigen Vergangnes 11.1.1: 15; 11.1.2: 17
Im Grenzenlosen sich zu finden 12: 744; 13.1: 62, 149
Im Guten und Schönen 9: 88
Im Herbst 1775 1.1: 275; 3.2: 22
Im Hexameter steigt 4.1: 735
Im holden Tal 2.1: 13
Im Innern ist ein Universum auch 9: 116; 13.1: 145
Im Leiden 4.1: 752
Im Nahmen dessen der sich selbst erschuf 11.1.1: 165; 12: (388); 13.1: (144)
Im Namen dessen der Sich selbst erschuf 12: 388; 13.1: 144; 11.1.1: (165)
Im neuen Jahre Glück und Heil! 9: 121

Im Rheingau Herbsttage. Supplement des Rochus-Festes, 1814 11.2: 116
Im Schlafgemach entfernt vom Feste 1.1: 145, (95)
Im Schlafgemach, fern von dem Feste 1.1: 95, (145)
Im Sommer 1.1: 1008*
Im spielenden Bache 1.1: 148, (126); 3.2: (17)
Im stillen Busch, den Bach hinab 4.2: 763
Im Überfahren 4.1: 729
Im Vaterlande 9: 138
Im Vatican bedient man sich 13.1: 64
Im Vorbeigehen stutzt mir 4.1: 688, (786)
Im Vorbeigehn stutzt mir 4.1: 786, (688)
Im Vorübergehn 9: 84; 13.1: 141
Im weiten Mantel bis ans Kinn verhüllet 9: 12
Im Zeichen hier vermag ich nicht 18.1: 45
Im Zimmer, wie im hohen Saal 11.1.1: 207; 20.1: 671
Immer bellt man auf euch 4.1: 678, 801
»Immer denk ich: mein Wunsch ist erreicht 9: 138
Immer für Weiber und Kinder 4.1: 716, 793
Immer glaubt ich 3.2: 149
Immer hab ich dich heilige Sonne 3.2: 149
Immer halt ich die Liebste begierig im Arme 3.2: 83, 124
Immer im Großen gesorgt 4.1: 830
Immer im Kleinen gesorgt 4.1: 830
Immer muß man wiederholen 13.1: 57
Immer niedlich, immer heiter 11.1.1: 131
Immer strebe zum Ganzen 4.1: 760, 837
Immer treibe die Furcht 4.1: 710, 764
⟨Immer und Überall⟩ 13.1: 25
Immer war mir das Feld 4.1: 739, 774, 834
Immer wieder in die Weite 13.1: 141
Immer zu, du redlicher Voß! 4.1: 805, (727)
Immer zum Glücke des Volks 4.1: 726
Immerfort du redlicher Voß! 4.1: 727, (805)
Immerfort! zunächst im Osten 11.1.1: 247
Immerhin und immerfort 13.1: 119; 20.3: 674
In allen guten Stunden 3.2: 19; 16: 738; 1.1: (274)
In Asien hab ich freies Spiel 18.1: 89
In brauner Kapp' und Kutte tret' ich an 18.1: 98; 20.3: 904
⟨In das Album der Fürstin Amalie Gallitzin⟩ (Unterschieden ist nicht) 4.1: 659*
In das Gewolk hinauf 4.1: 735
In das Grab hinein 4.1: 737
⟨In das güldne Schatzkästlein der Mutter⟩ 1.1: 83
⟨In das Stammbuch August Wilhelm Ifflands⟩ 4.1: 843
⟨In das Stammbuch Augusts von Goethe⟩ (Dies Album lag) 13.1: 118
In das Stammbuch Augusts von Goethe (Gönnern reiche das Buch) 6.1: 51

⟨In das Stammbuch Carls von Martius⟩ 18.1: 22
⟨In das Stammbuch Caroline von Egloffsteins⟩ 18.1: 25
In das Stammbuch der Frau Hofmarschall von Spiegel 13.1: 44, 98
⟨In das Stammbuch der Gräfin Christine von Brühl⟩ 2.1: 103
⟨In das Stammbuch der Prinzessin Marianne Gallitzin⟩ 4.1: 659
⟨In das Stammbuch des Grafen Emerich Bethlen⟩ 4.1: 843
⟨In das Stammbuch Friedrich Ludwig Schröders⟩ 4.1: 655
⟨In das Stammbuch Heinrich Becks⟩ 4.1: 655
⟨In das Stammbuch von Auguste Jacobi⟩ 18.1: 41
⟨In das Stammbuch von Bertha v. Loder⟩ 9: 30
⟨In das Stammbuch von Biörkland⟩ 1.1: 96
⟨In das Stammbuch von Eckermann⟩ 19: 369
⟨In das Stammbuch von Ernestine Durand-Engels⟩ 18.1: 47
⟨In das Stammbuch von Ernst Diedrich von Schöpping⟩ 1.1: 136
⟨In das Stammbuch von Ernst Theodor Langer⟩ 1.1: 153
⟨In das Stammbuch von Frau v. Berg, geb. v. Sievers⟩ 9: 30
⟨In das Stammbuch von Friedrich Maximilian Moors⟩ 1.1: 82
⟨In das Stammbuch von Fritz von Stein⟩ 2.1: 102
⟨In das Stammbuch von Georg Dietrich Carl List⟩ 1.1: 270
⟨In das Stammbuch von Georg Friedrich Schmoll⟩ (Empfunden!) 1.1: 237
⟨In das Stammbuch von Georg Friedrich Schmoll⟩ (Gelacht!) 1.1: 249
⟨In das Stammbuch von Georg Gröning⟩ 1.1: 97
⟨In das Stammbuch von J. Fr. von Anthing⟩ 3.2: 152
⟨In das Stammbuch von Johann Christian Molter⟩ 1.1: 82
⟨In das Stammbuch von Johann Christoph Clarus⟩ 1.1: 81
⟨In das Stammbuch von Johann Jakob Hess⟩ 1.1: 231
⟨In das Stammbuch von Johann Michael Brack⟩ 1.1: 138
⟨In das Stammbuch von Johann Peter de Reyniers⟩ 1.1: 261
⟨In das Stammbuch von Karl Klose⟩ 1.1: 96
⟨In das Stammbuch von Karoline Bardua⟩ 9: 10
⟨In das Stammbuch von Lenz⟩ 1.1: 269
⟨In das Stammbuch von Ludwig Schneider⟩ 1.1: 270
⟨In das Stammbuch von Melanie von Spiegel⟩ 18.1: 47
⟨In das Stammbuch von Monsieur Brak⟩ 2.1: 88
⟨In das Stammbuch Walthers von Goethe⟩ 13.1: 118
⟨In das Stammbuch Wilhelmine Schröder-Devrients⟩ 18.1: 42
In deine Reimart hoff' ich mich zu finden 11.1.1: 34; 11.1.2: 26
In deinem Herzen / Ist nicht viel Platz 2.1: 45
In deinem Liede walten 13.1: 177

In deiner Locken Banden 11.1.2: 187
In dem engsten der Gäßchen 3.2: 86
In dem Frühling gar zu süße 13.1: 125
In dem lieblichsten Gewirre 13.1: 173
In den Ozean 4.1: 693
In der Art versprechen wir 4.1: 721
In der Dämmrung des Morgens 3.2: 111, 121, 146
In der Dichtkunst hat er mit Worten 4.1: 790
In der Schönheit Gebiet 4.1: 735
»In der Urzeit seien Menschen gewesen 13.1: 209
In der Wüsten ein heiliger Mann 2.1: 28
In des Papillons Gestalt 1.1: 143, (128)
In des Weinstocks herrliche Gaben 9: 137
In die Welt hinaus 13.1: 234
In diesen letzten Stunden 4.1: 198
⟨In ein Album⟩ (Und, wie nach Emmaus) 1.1: 247
⟨In ein Exemplar der Leiden des jungen Werthers⟩ (In jammervolle Seelenfreuden) 1.1: 260
In ein Puppenspiel hatt' ich 3.2: 149
⟨In ein Stammbuch⟩ (Fromme Wünsche) 18.1: 52
In ein Stammbuch. Zum Bildchen Ruine Pleß bei Göttingen (Auf diesen Trümmern hab ich auch gesessen) 11.1.1: 70*
In ein Stammbuch. Zum Bildchen von Ulrichs Garten 6.1: 53
In eine Sammlung künstlich ausgeschnittener Landschaften (Zarte, schattende Gebilde) 11.1.1: 202*
In einer Stadt einmal 11.1.1: 145
In einer Stadt, wo Parität 9: 75
In früher Zeit 6.1: 86
In goldnen Frühlingssonnenstunden 6.1: 1050
In großen Städten lernen 1.1: 145
In Honour of Howard 12: 613
In Hygieas Form beliebts Armiden 13.1: 89
In jammervolle Seelenfreuden 1.1: 260
In Jena weiß man viele Sachen 9: 58
In keiner Gilde kann man sein 13.1: 222
In langweiligen Versen 4.1: 780
In meinem Revier 9: 129
In Sachen der Physik contra Physik 11.2: 571
In seiner Werkstatt Sonntags früh 2.1: 15
In Siegesfrieden ruhe 2.1: 11
In tausend Formen magst du dich verstecken 11.1.1: 113; 11.1.2: 93
In unendliche Höhn 4.1: 697, (797)
In unsres Lebens oft getrübten Tagen 6.1: 97
In welchem Weine 11.1.1: 220
In wenig Stunden 9: 116
In wiefern die Idee: Schönheit sei Vollkommenheit mit Freiheit, auf organische Naturen angewendet werden könne 4.2: 185

Indicazione di cio che nel 1819 si è fatto in Italia intorno alle lettere, alle scienze ed alle arti 13.1: 364
Indische Dicht⟨ungen⟩ 11.2: 246
Individualität, Die 4.1: 693, (757)
⟨Individualpoesie⟩ 13.1: 487
Induktion 18.2: 365
Infusions-Tiere 2.2: 563
Inhalt der Abhandlung über die Farbenlehre 6.2: 801
Innrer Wert und äußre Erscheinung 4.1: 748
⟨Ins Einzelne⟩ (Seit vielen Jahren) 13.1: 36
Ins holde Leben wenn dich Götter senden 13.1: 12
Ins Innere der Natur 12: 225; 13.1: 162
Ins Sichere willst du dich betten! 13.1: 17
In's Teufels Namen 6.1: 67; 20.1: (1034)
Ins Teufels Namen 20.1: 1034; 6.1: (67)
Ins Weite 13.1: 176
⟨Inschrift⟩ ⟨Auf eine Tafel mit Miniatur-Bildern von Baron von Reutern⟩ 18.1: 46
Inschrift von Heilsberg, Die 11.2: 245
Insekten, Die 4.1: 804, (722)
Instinkt, Der 4.1: 706, (800)
Instruktion für den Bergbeflissenen J. C. W. Voigt 2.2: 483
Invaliden Poeten ist dieser Spittel gestiftet 4.1: 781
Invocavit wir rufen laut 2.1: 66
Iphigenie auf Tauris. Ein Schauspiel 3.1: 161
Iphigenie in Tauris ⟨Erste Prosafassung⟩ 2.1: 247
irdische Bündel, Das 4.1: 764
Irgend ein Anteil der Luft 4.1: 828
»Irr-Tümer sollen uns plagen? 13.1: 106
Irrtümer und Wahrheiten von Wilhelm Schütz 13.1: 489
Irrtum verläßt uns nie 4.1: 837, (699), (761)
Irrtum wolltest du bringen 4.1: 709, 778
Iser 4.1: 691
Isis 11.1.1: 195
Ist aber jemand unwissend 11.1.1: 228
»Ist Concordat und Kirchenplan 18.1: 76
Ist das Auge gesund 4.1: 760, (698)
Ist das Chaos doch, beim Himmel! 18.1: 37
Ist das Knie nur geschmeidig 4.1: 681
Ist dein Auge gesund 4.1: 698, (760)
»Ist dein Geschenk wohl angekommen?« 13.1: 199
Ist dem Gezücht 13.1: 219
»Ist denn das klug 13.1: 9
Ist denn die Wahrheit ein Zwiebel 4.1: 782
Ist der Vater auf Geld ersessen 18.1: 63
Ist dies die Frau des Künstlers Vulkan? 4.1: 721, 790
Ist doch keine Menagerie 1.1: 266
Ist ein Irrtum wohl schädlich? 4.1: 699, 761
Ist endlich der Äther rein und klar 9: 120
Ist erst eine dunkle Kammer gemacht 6.1: 97
Ist es denn wahr 2.1: 109

Ist es Ernst, so zaudre nicht länger 3.2: 110, (144)
Ist es Ernst, so zaudre nun länger nicht 3.2: 144, (110)
Ist es möglich Stern der Sterne 11.1.1: 126; 11.1.2: 88; 13.1: 145
Ist nur erst Wieland heraus 4.1: 724, 810
Ist's denn so großes Geheimnis 3.2: 115, 139
»Ist's in der Näh? 13.1: 203
Ist's möglich daß ich Liebchen dich kose! 11.1.1: 85; 11.1.2: 69
Ist uns Jugendmut 13.1: 695
Ista quidem mala sunt 4.1: 689
Italienische Reise 15: 3
Italienische Reise. Erster Teil. Carlsbad bis auf den Brenner 15: 9
Italienische Reise. Erster Teil. Ferrara bis Rom 15: 115
Italienische Reise. Erster Teil. Rom 15: 146
Italienische Reise. Erster Teil. Venedig 15: 73
Italienische Reise. Erster Teil. Verona bis Venedig 15: 42
Italienische Reise. Erster Teil. Vom Brenner bis Verona 15: 23
Italienische Reise. Zweiter römischer Aufenthalt vom Juni 1787 bis April 1788 15: 423
Italienische Reise. Zweiter Teil. Neapel ⟨Februar/März 1787⟩ 15: 215
Italienische Reise. Zweiter Teil. Neapel ⟨Mai/Juni 1787⟩ 15: 392
Italienische Reise. Zweiter Teil. Sicilien 15: 280
⟨J. A. Ramboux: Altertümer und Naturansichten im Moseltale bei Trier⟩ 13.2: 195
⟨J. A. Ramboux, Ferd. Ruscheweyh: La Cena⟩ 13.2: 170
⟨J. A. Taschereau: Histoire de la Vie et des Ouvrages de Molière⟩ 18.2: 136
J–B. 4.1: 782
⟨J.C. de Jonge: Notice sur le Cabinet des Médailles et des Pierres gravées …⟩ 13.2: 166
⟨J. Eugenius Ruhl: Kirchen, Paläste und Klöster in Italien⟩ 13.2: 109
J. F. Castellis Gedichte in niederösterreichischer Mundart 18.2: 121
⟨J. G. Herder: Idées sur la philosophie de l'histoire de l'humanité⟩ 18.2: 129
⟨J. Hittorf, L. Zanth: Architecture antique de la Sicile⟩ 18.2: 242
⟨J. Hittorf, L. Zanth: Architecture moderne de la Sicile⟩ 18.2: 240
⟨J. R. Lichtenstädt: Platons Lehren auf dem Gebiete der Naturforschung und der Heilkunde. Leipzig 1826⟩ 18.2: 102
⟨J. Roux: Die Farben⟩ 18.2: 252
Ja das fehlte nun noch 4.1: 803, (681)
Ja das fehlte nur noch 4.1: 681, (803)
Ja! das ist das rechte Gleis 13.1: 48
Ja der Mensch ist ein ärmlicher Wicht 4.1: 716, 777
Ja! die Augen waren's, ja! der Mund 11.1.1: 206; 11.1.2: 31

»Ja du siehst mich unsterblich« 4.1: 731, (818)
Ja! Du siehst mich unsterblich! 4.1: 818, (731)
Ja ein derber und trockener Spaß 4.1: 733, 823
Ja, Götterlust kann einen Durst 1.1: 153
Ja, ich bin würklich reich 1.1: 96
Ja ich kenne dich, Amor 3.2: 121, (111), (144)
Ja! ich rechne mir's zur Ehre 18.1: 60
Ja, in der Schenke hab' ich auch gesessen 11.1.1: 87; 11.1.2: 95
Ja! Lieben ist ein groß Verdienst! 11.1.1: 205; 11.1.2: 30, 205
Ja, schelte nur und fluche fort 9: 133
Ja vom guten Rufe geht etwas verloren 3.2: 70, (71)
Ja, vom Jupiter rollt ihr 6.1: 35
Ja! Wer eure Verehrung nicht kennte 9: 127
Ja, wie Bileam geht mirs 4.1: 826
⟨Jacobi⟩ 9: 942; 14: (327)
Jacobi 14: 327; 9: (942)
Jacobis Taschenbuch 4.1: 727, (805)
Jacobis, F. H., auserlesener Briefwechsel, in zwei Bänden 18.2: 82
Jägers Abendlied 2.1: 10, (9)
Jägers Nachtlied 2.1: 9, (10)
Jähe Trennung (War unersättlich) 9: 15*
Jahr aus, Jahr ein 13.1: 176
Jahre, Die 9: 102; 20.1: (334)
Jahre lang bildet der Meister 4.1: 815
Jahre lang schöpfen wir 4.1: 712, 781
Jahre lang schon bedien ich 4.1: 822
Jahre lang steh ich so hier 4.1: 817, (730)
⟨Jahresbericht über die wissenschaftlichen und künstlerischen Institute in Weimar und Jena. 1811⟩ 9: 974
Jahrmarkt zu Hünfeld, den 26 Juli 1814 11.1.1: 17
Jahrmarktsfest zu Plundersweilern (Erste Fassung) 1.1: 520
Jahrmarkts-Fest zu Plundersweilern, Das (Zweite Fassung) 2.1: 213
Jakob Philipp Hackert (Aufsatz) 9: 657
⟨Jakson, der Formschneider⟩ 11.2: 495
Jambe nennt man das Tier 4.1: 708, 779
Jamben 4.1: 708, 779
Januar, Februar, März 9: 124
Je gemeiner es ist 3.2: 115, 139
Je mehr man kennt 13.1: 225
Jean Paul Richter 4.1: 712, 781
Jede Wahrheit vertrag ich 4.1: 748
Jede, wohin sie gehört! 4.1: 764
Jedem Besitzer das seine! 4.1: 683, 804
Jedem redlichen Bemühn 11.1.1: 233
Jeden anderen Meister erkennt man 4.1: 717, 769
Jeder Edle Venedigs kann Doge werden 3.2: 102, 128
Jeder geht zum Theater heraus 18.1: 64
Jeder ist doch auch ein Mensch!! 11.1.1: 55

Jeder Jüngling sehnt sich 1.1: 263
Jeder, siehst du ihn einzeln 4.1: 724, 810
Jeder solcher Lumpenhunde 13.1: 210
Jeder treibe sein Handwerk 4.1: 812
Jeder wandle für sich 4.1: 797
Jeder Weg zum rechten Zwecke 11.1.1: 233
Jeder zeigt hier was er vermag 4.1: 692, 756, 841
Jedermann freute sich nun 4.1: 696
Jedermann schürfte bei sich 4.1: 795
Jedes Wort ist ein Versprechen 11.1.1: 128
Jeglichen Schwärmer schlagt mir ans Kreuz 3.2: 137, (115)
⟨Jenaische Allgemeine Literatur-Zeitung⟩ 6.2: 916
Jenaische Museen und Sternwarte 9: 998
Jenas Philister und Professoren 11.1.1: 220
Jene garstige Vettel 11.1.1: 142; 11.1.2: 100
Jene machen Partei 4.1: 839
Jene Menschen sind toll 3.2: 113, 122, 138
Jener fordert durchaus 4.1: 763
Jener mag gelten 4.1: 746, 760
Jener steht auf der Erde 4.1: 710, 764
Jener will uns natürlich 4.1: 720
Jeremiade 4.1: 720, (813), (814)
Jeremiaden aus dem Reichs-Anzeiger 4.1: 813, (720), (814)
Jery und Bätely. Ein Singspiel 2.1: 292
Jesus auch er darf da lehren 11.1.1: 23
Jetzige Generation 4.1: 743
Jetzo ihr Distichen nehmt euch zusammen 4.1: 784, (686)
Jetzo Natur beschütze dein Werk 4.1: 742
Jetzo nehmt euch in acht 4.1: 687, 785
Jetzo wäre der Ort 4.1: 687, 785
Jetzo wallen sie zusammen 13.1: 172; 13.2: 84
Jetzt da jeglicher liest 4.1: 660
Jetzt fühlt der Engel 1.1: 158
Jetzt ihr Distichen nehmt euch zusammen 4.1: 686, (784)
Jetzt kein Wort mehr ihr Flüsse 4.1: 691, 789
Jetzt noch bist du Sibylle 4.1: 808
Jetzt war das Bergdorf abgebrannt 13.1: 39
⟨Johann Friedrich, Kurfürst zu Sachsen, ein Trauerspiel⟩ 6.2: 580
Johann Friedrich Reichardt: Vertraute Briefe aus Paris 6.2: 560
⟨Johann Heinrich Voß: Lyrische Gedichte⟩ 6.2: 565
⟨Johann Konrad Grübel: Gedichte in Nürnberger Mundart⟩ 6.2: 588
Johann Peter Eckermann: Gespräche mit Goethe in den letzten Jahren seines Lebens. 1823–1832 19: 3
⟨Johann Peter Hebel: Allemannische Gedichte⟩ 6.2: 581
Johanna Sebus 9: 28
Johannes erst in der Wüste predigt 13.1: 175
Johannis-Feuer sei unverwehrt

6.1: 89; 13.1: 210; 14: (121); 19: (189)
Johannisfeuer sei unverwehrt 14: 121; 19: 189; 6.1: (89); 13.1: (210)
Joseph Bossi über Leonard da Vinci Abendmahl zu Mayland 11.2: 403
⟨Joseph Emele: Beschreibung römischer und deutscher Altertümer⟩ 13.2: 208
Joseph Haydns Schöpfung. Aufgeführt an dessen Geburtstage den 31. März 1826 13.1: 569
Joseph Müllersche jetzt David Knollsche Sammlung zur Kenntnis der Gebirge von und um Karlsbad 18.2: 379
Josephs II Diktum an die Buchhändler 4.1: 722, (810)
Josephs II. Diktum, an die Buchhändler 4.1: 810, (722)
Journal der Moden 9: 92
Journal des Luxus und der Moden 4.1: 726, 807
Journal Deutschland, Das 4.1: 725, 806
Journale Deutschland und Frankreich, Die 4.1: 677
Jubiläum am zweyten Januar 1815 (Dem Zweyten Januar 1815) 11.1.1: 67*
Juden und Heiden hinaus! 3.2: 151
Judenpredigt 1.2: 191
Jüngling, merke dir 18.1: 52; 18.2: 218
Jüngst ging ich meinem Mädgen nach 1.1: 129, (120), (143)
Jüngst pflückt' ich einen Wiesenstrauß 18.1: 26; 20.2: 1117
Jüngst schlich ich meinem Mädgen nach 1.1: 120, (129), (143)
Jugend 4.1: 740
⟨Jugend der Schauspieler⟩ 13.1: 569
⟨Jugendepoche⟩ 9: 936
Jugendlich kommt sie vom Himmel 2.1: 106
Julien ⟨Gräfin Egloffstein⟩ 11.1.1: 220
Julius Cäsars Triumphzug, gemalt von Mantegna 13.2: 119
⟨Julius⟩ Cäsars Triumphzug, gemalt von Mantegna. Zweiter Abschnitt 13.2: 136
Junge Huren alte Nonnen 11.1.1: 200
junge Werther, Der 4.1: 731, 818
Junger Feldjäger, in französischen und englischen Diensten 13.1: 481
Jungfer! ruf ich das Mädchen 3.2: 114
Jungfrau 4.1: 741
Junggesell und der Mühlbach, Der 4.1: 879; 4.2: 719; 8.1: 437
Juni 11.1.1: 149; 13.1: 27
Jupiter Pluvius 3.2: 90, 128
Jupiters Kette 4.1: 791
Just das Gegenteil sprech ich 4.1: 821
Justus Möser 13.1: 469

K** 4.1: 790, (717)
⟨K.⟩ und ⟨B.⟩ 6.1: 68
⟨K. F. von Klöden: Programm der Gewerbschule⟩ 18.2: 259
⟨K. Kratzeisen: Bildnisse ausgezeichneter Griechen und Philhellenen⟩ 18.2: 253
Kälte 18.2: 366

Käm' der liebe Wohlbekannte 9: 52; 20.1: 251
Kämpfer, Die 4.1: 692
Kalender der Musen und Grazien 4.1: 727, 805
Kalk-Gebirg 2.2: 520
Kammerrat 4.1: 830
Kamtschadalisch lehrt man euch 4.1: 779
Kann die Vorsicht größer sein 18.1: 72
Kannst dem Schicksal widerstehen 9: 82
Kannst du die Bedeutung lesen 13.1: 129
Kannst du nicht *allen* gefallen 4.1: 703, 768
Kannst du nicht schön empfinden 4.1: 758
Kannst du, o Grausamer! 3.2: 48, 49
Kannst du, schöne Pächtrin 6.1: 77
Kanon (So wälz' ich ohne Unterlaß) 2.1: 29*
Kant und seine Ausleger 4.1: 782
Kantate zum Reformations-Jubiläum und Denkmal für Luther 11.1.1: 311
Karl von Karlsberg 4.1: 721, 793
Karoline von Woltmann. Spiegel der großen Welt 13.1: 479
Katechetische Induktion 1.1: 219
Katzenpastete 9: 36; 10: 1022
Kaufmann, Christoph 2.1: 50
Kaum daß ich dich wieder habe 11.1.1: 133; 11.1.2: 83
Kaum erblickt' ich den blaueren Himmel 3.2: 117, 84, (123)
Kaum erblickt' ich die glänzende Sonn' 3.2: 123, (84), (117)
Kaum hat das kalte Fieber der Gallomanie 4.1: 814
Kaum hatt' ich mich in die Welt gespielt 9: 134
Kaum wendet der edle Werner den Rücken 13.1: 224
Kehre nicht in diesem Kreise 2.1: 12
Kehre nicht, liebliches Kind, die Beinchen hinauf 3.2: 133, (95)
Kehre nicht, o Kind, die Beinchen hinauf 3.2: 95, (133)
Kein Stündchen schleiche dir vergebens 13.1: 205
Kein tolleres Versehn kann sein 9: 132
Kein Vergleich! (Befrey uns Gott von *s* und *ung*) 11.1.1: 218*
Kein Wesen kann zu nichts zerfallen 17: 539; 18.1: 35
Keine Gluten, keine Meere 13.1: 225
Keine lockt mich 4.1: 773, 833
Keine Rettung 4.1: 705
Keinem Gärtner verdenk ichs 4.1: 805
Keinen Reimer wird man finden 11.1.1: 22; 11.1.2: 48
Keiner bescheidet sich gern 4.1: 683, 755, 840
Keiner sei gleich dem andern 4.1: 697, 765
Keines von beiden! 4.1: 823, (734)
Keins von allen 11.1.1: 54
Keins von beiden! 4.1: 734, (823)
Kenn Zeichen 4.1: 681
Kenne wohl der Männer Blicke 11.1.1: 193; 11.1.2: 70

Kenner, Der (Alte Vasen und Urnen) 4.1: 708, 778
Kenner, Der (Ich führt einen Freund) 1.1: 256
Kenner und Künstler 1.1: 258; 3.2: 34
Kennst du das herrliche Gift 4.1: 835, (740), (774)
Kennst du das Land, wo die Zitronen blühn 2.2: 170; 5: 142, 143; 17: 469, (131)
Kennst du das Land? wo die Zitronen blühn 17: 131, (469); 2.2: (170); 5: (142), (143)
Kennst du das Spiel? 13.1: 15
Kennst du den herrlichen Gift 4.1: 740, 774, (835)
Kennst du die herrliche Wirkung 4.1: 774, 835
Kennt ihr die Dirne mit lauerndem Blick 3.2: 82
Kennt ihr im Reinecke Fuchs 4.1: 714
Kennzeichen, Das (FreiheitsPriester!) 4.1: 679
Kennzeichen, Das (Wahrem Eifer genügt) 4.1: 685
Kennzeichen, Das (Was den konfusen Kopf) 4.1: 704
Khalkhal 11.1.1: 62
Kind, Das 4.1: 740
Kinder werfen den Ball an die Wand 4.1: 759, 837, (749)
Kinder werfen den Ballen der Wand zu 4.1: 749, (759), (837)
Kinderverstand 1.1: 145
⟨Kindsmord⟩ 2.2: 671
⟨King Coal⟩ 13.2: 262
⟨Kirchers Pyrophylacium wieder hergestellt⟩ 13.2: 266
Kirschkerne wird niemand kauen 18.1: 85
Kläffer 11.1.1: 51
Klage der Schönheit 4.1: 740, (775), (836)
Klaggesang. Irisch 11.1.1: 191
Klaggesang von der edlen Frauen des Asan Aga 1.1: 276
Klar ist der Äther 4.1: 767
Klarster Stimme, froh an Sinn 18.1: 44; 20.3: 1180
Klassiker und Romantiker in Italien, sich heftig bekämpfend 11.2: 258
Klatschrose 4.1: 750, 772, (833)
Kleid' eine Säule 9: 126
Klein ist unter den Fürsten der Deutschen 3.2: 93, (132)
Klein ist unter den Fürsten Germaniens 3.2: 93, 132
Kleine Blumen 1.1: 159
⟨Kleiner bürgerlicher Roman⟩ 13.1: 25
⟨Kleists »Amphitryon«, Schema⟩ 9: 578
»Klingeln hör' ich 6.1: 38
Klingklang 4.1: 790
⟨Klöden, K. F. von: Programm der Gewerbschule⟩ 18.2: 259
Klopstock, der ist mein Mann 4.1: 724, 791
Klopstock will uns vom Pindus entfernen 6.1: 45
Klug und tätig und fest 4.1: 684, 755, 840
Knabe, Der 4.1: 741
Knabe saß ich, Fischerknabe 11.1.1: 148
Knaben liebt ich wohl auch 3.2: 151
Knabenalter 4.1: 741
⟨Knebels Übersetzung des Lukrez⟩ 13.1: 299
⟨Knochenlehre⟩ 4.2: 146

⟨Knolliger Stinkstein⟩ 11.2: 527
Knospen. Stolonen 3.2: 371
Kobes-Mühle 11.2: 553
⟨Kodizill vom 22. Januar 1831⟩ 18.2: 347
⟨Kodizill zum Testament vom 24. Juli 1797⟩ 6.2: 926
⟨Kölner Karneval, Das⟩ 13.2: 185*
Kölner Mummenschanz, Der 13.1: 116*
König Belsatzer schmaust 4.1: 779, (708)
König Belsazer schmaust 4.1: 708, (779)
König von Thule, Der 1.1: 252; 1.2: (157); 3.1: (559); 6.1: (613)
Könige wollen das Gute 3.2: 137
Königin sagt man gab die Natur 2.1: 77
Königlich Gebet 2.1: 24
königliche Einsiedlerin, Die 1.1: 283; 2.2: (81)
Könnt ich vor mir selber fliehn 13.1: 72
Könnte Menschenverstand 4.1: 706, 800
Köpfe schaffet euch an 4.1: 732, 817
Köstliche Ringe besitz ich! 3.2: 114
Komm heilger Geist du Schaffender 13.1: 21; 20.3: 507
Komm her! wir setzen uns zu Tisch 13.1: 210
Komm Komödie wieder 4.1: 720, 813
Komm Liebchen, komm! umwinde mir die Mütze 11.1.1: 91; 11.1.2: 73
Komm mit, o Schöne 2.1: 51
Komm nur von Giebichenstein 4.1: 831; 8.1: 174
Kommen wir in die Revi⟨ere⟩ 11.1.1: 63
Kommst du aus Deutschland? 4.1: 819
Kommt, Brüder! sammelt euch im Hain 13.1: 163; 9: (107)
Kommt Brüder! sammlet euch im Hain 9: 107; 13.1: (163)
Kommt ein wandernder Fürst 6.1: 34
Kommt ihr den Zwillingen nah 4.1: 784
Kommt mir dem Krebs in B***n nicht zu nah 4.1: 687, (785)
Kommt nur kühnlich 2.1: 79
Kommt Zeit, kommt Rat 9: 106
Komödie 4.1: 720, 813
Konnte dein starkes Talent 4.1: 826
Konnte denn die Nadel 4.1: 713
Konstitutionell sind wir alle 18.1: 81*
Konversations Lexikon heißt's mit Recht 13.1: 206
Kophtische Lieder 3.2: 9
Kophtisches Lied (Geh gehorche) 3.1: 237*; 3.2: 10*, 11
Kophtisches Lied (Lasset Gelehrte) 3.1: 237*; 3.2: 9*
⟨Kopien pompejanischer und herculanischer Gemälde von Ternite⟩ 18.2: 223
⟨Koran-Auszüge⟩ 1.2: 443
Korb mit Steinwein, Ein 4.1: 738
Kore. Nicht gedeutet! (Ob Mutter? Tochter? Schwester? Enkelinn?) 11.1.1: 250*

Kornblume 4.1: 750, 773, (833)
Korrektheit 4.1: 702, 767
Kosegarten 4.1: 717, (790)
⟨Kotzebue⟩ ⟨Aus meinem Leben⟩ 9: 943
Kotzebue (Natur gab dir so schöne Gaben) 11.1.1: 160
Kränken ein liebendes Herz 4.1: 775, 835
Kränze, Die 6.1: 45
Kraft erwart ich vom Mann 4.1: 751
⟨Kraft, Farben hervorzubringen, Die⟩ 4.2: 260
Kranich beim Fuchse, Der 4.1: 707
Kraniologie 13.2: 304
⟨Kratzeisen, K.: Bildnisse ausgezeichneter Griechen und Philhellenen⟩ 18.2: 253
Krebse mit nacktem Hintern 3.2: 100
Kreuzigen sollte man jeden Propheten 3.2: 115, (137)
Kriechender Efeu 4.1: 713
Kriegserklärung 6.1: 70
Kriegsglück 9: 99
Kristkindlein trägt die Sünden der Welt 9: 135
Kritik der geologischen Theorie besonders der von Breislak und jeder ähnlichen 13.2: 250
Kritische Studien 4.1: 797
Krittler 9: 27
Kronen, Die 4.1: 689
⟨Kronos als Kunstrichter⟩ 13.1: 33
⟨Krummacher, F. W.: Blicke ins Reich der Gnade⟩ 18.2: 151
Künstler, Der 4.1: 829
Künstler! dich selbst zu adeln 13.1: 193
Künstler! wird's im Innern steif 13.1: 169
Künstler! zeiget nur den Augen 13.1: 109
⟨Künstlerische Behandlung landschaftlicher Gegenstände⟩ 18.2: 281
Künstler-Lied (Dem edlen Künstler-Verein zu Berlin) 11.1.1: 174*
Künstlers Abendlied 3.2: 34; 1.2: (470)
Künstlers Apotheose. Drama 3.1: 418
Künstlers Fug und Recht 4.1: 656
Künstlers Morgenlied 1.1: 227
Kumulus 12: 472; 13.1: (159)
Kunden, Die 4.1: 777
Kunst die Spröden zu fangen. Erste Erzählung 1.1: 103
Kunst die Spröden zu fangen. Zwote Erzählung 1.1: 105
⟨Kunst und Altertum⟩ 13.1: 82
Kunst und Altertum am Rhein und Mayn 11.2: 9, (306)
⟨Kunst und Handwerk⟩ 4.2: 118
Kunst zu lieben, Die 4.1: 780, (711)
Kunst zu lieben von Manso, Die 4.1: 711, (780)
Kunstgriff (Schreib die Journale) 4.1: 802
Kunstgriff, Der (Wollt ihr zugleich) 4.1: 711, 777
Kunstrichter 4.1: 692, (757), (841)
Kunstschwätzer, Die 4.1: 771, (744)
Kupferstich nach Titian, wahrscheinlich von C. Cort 13.2: 114

Kupferstich von Wright, nach Dawe, London 13.2: 41
Kurz ist mein Lauf 4.1: 690, 788
Kurz und gut 9: 13
⟨Kurze Anzeige⟩ (Olfried und Lisena) 13.1: 439
⟨Kurze Anzeige⟩ (Übersetzung der Äneis) 11.2: 521
⟨Kurze Anzeigen⟩ (aus: Über Kunst und Altertum II 1, 1818) 11.2: 515
⟨Kurze Anzeigen⟩ (aus: Über Kunst und Altertum V 3, 1826) 13.1: 425
Kurze Anzeigen (aus: Über Kunst und Altertum V 3, 1826) 13.1: 323
⟨Kurze Darstellung einer möglichen Badeanstalt zu Berka an der Ilm⟩ 9: 1024
Kurze Freude 4.1: 696, 795
Kurze Nachricht von meiner Reise von Tübingen nach Stäfe 4.2: 1194
Kurzgefaßte Miszellen 6.2: 178
kurzweilige Philosoph, Der 4.1: 783

L.*** (Edler Schatten, du zürnst?) 4.1: 818, (732)
L.*** (Schade daß die Natur) 4.1: 710, (778)
L. B. 4.1: 750, 772, (832)
L. D. 4.1: 750, 772, (832)
L'Eco, Giornale di Scienze, Lettere, Arti, Commercio e Teatri. Milano 18.2: 133
⟨L. J. N. Lemercier: Richelieu⟩ 18.2: 104
⟨L. M. Fontan: Perkins Warbeck⟩ 18.2: 129
L. W. 4.1: 751, 773, (834)
La Biondina 6.1: 87
La gloire de Frédéric 9: 565
La Guzla, poésies illyriques ⟨...⟩ 18.2: 109
La mort, en sortant du Tartare 1.1: 92
LABORES JUVENILES 1.1: 7
Lächelnd sehn wir den Tänzer 4.1: 767
Lächerlichster, du nennst das Mode 4.1: 706, 800
Lähmung 9: 92
Ländlich 13.1: 175
Ländliches Glück 2.1: 76
Läßt mich das Alter im Stich? 13.1: 57
Läßt sich einer zur Tafel läuten 18.1: 72
⟨Lage der Flöze⟩ 18.2: 367
Landschaft 9: 69
Landschaftliche Malerei 18.2: 283
⟨Landschaftsmalerei⟩ 11.2: 494
Lang und schmal ist ein Weg 6.1: 33
Lange haben die Großen 3.2: 113, 138
Lange hätt' ich euch gern 3.2: 140, (102)
Lange hätt ich euch gerne 3.2: 102, (140)
Lange kann man mit Marken 4.1: 783
Lange kneteten wir 4.1: 675
Lange neckt ihr uns schon 4.1: 782
Lange sucht ich ein Weib mir 3.2: 106
Lange Tag' und Nächte 2.1: 27
Lange werden wir euch noch ärgern 4.1: 679, 802
Langeweile ist ein böses Kraut 9: 130
Langverdorrte halbverweste Blätter 2.1: 48; 16: (717)

⟨Laokoonfragment⟩ 1.2: 490
Laß deinen süßen Rubinenmund 11.1.1: 159; 11.1.2: 80
Laß den Weltenspiegel Alexandern 11.1.1: 231; 11.1.2: 93
Laß dich den Tod nicht reuen 4.1: 730, 816
Laß dich, Geliebte, nicht reun 3.2: 43, (42)
Laß dich nur in keiner Zeit 11.1.1: 159; 11.1.2: 60
Laß die Sprache dir sein 4.1: 749, 769
Laß dir gefallen 2.1: 25
Laß Dir von den Spiegeleien 13.1: 160; 11.1.1: (183)
Laß dir von den Spiegeleyen 11.1.1: 183; 13.1: (160)
Laß doch was du halb vollbracht 13.1: 194
Laß im Irrtum sie gebettet 13.1: 17
Laß mein Aug' den Abschied sagen 1.1: 157
Laß mich hören, laß mich fühlen 11.1.1: 365
Laß mich ruhen, ich schlafe 6.1: 36
Laß nach vielgeprüftem Leben 11.1.1: 233
Laß Neid und Mißgunst sich verzehren 9: 127
Laß nur die Sorge sein 9: 129
Laß sie's nur immer singen 9: 141
Lasset euch ja nicht 4.1: 689
Lasset Gelehrte sich zanken und streiten 3.1: 237; 3.2: 9
Lasset heut am edlen Ort 18.1: 34
Lasset heut im edeln Kreis 6.1: 56
Lasset uns die Nacht erhellen 9: 47
Lasset walten lasset gelten 13.1: 221
Laßt euch einen Gott begeisten 11.1.1: 53
Laßt euch mit dem Volk nur ein 18.1: 81
Laßt euch nur von Pfaffen sagen 13.1: 235
Laßt euch, o Diplomaten! 11.1.1: 122; 11.1.2: 90
Laßt fahren hin das allzu Flüchtige! 13.1: 123
Laßt geschaffne Ritter kämpfen 9: 90
Laßt mich nur auf meinem Sattel gelten 11.1.1: 78; 11.1.2: 11
Laßt mich weinen! umschränkt von Nacht 11.1.1: 143
Laßt mir den Phäaker schlafen! 6.1: 63
Laßt mir die jungen Leute nur 9: 131
Laßt sodann ruhig die Gans 4.1: 688, 786
Laßt zahme Xenien immer walten 13.1: 191
Lastträger, Der 4.1: 706, 800
Laune des Verliebten, Die ⟨Schäferspiel⟩ 1.1: 289
⟨Lavater⟩ 9: 942
⟨Lavaters Physiognomische Fragmente⟩ 1.2: 457
⟨Le Globe. Übersetzung und Auszug⟩ 13.1: 420
⟨Le Livre des Cent-et-un⟩ 18.2: 201
Le sigue y le persigue la blasfemia 13.1: 111
Le Tasse, drame historique en cinq actes, par M. Alexander Duval 18.2: 9
Le veritable ami 1.1: 96
Lebe wohl auf Wiedersehn! 13.1: 183

⟨Leben des Benvenuto Cellini. Anhang von Goethe⟩ 7: 454
Leben des Benvenuto Cellini, Florentinischen Goldschmieds und Bildhauers 7: 9
Leben muß man 4.1: 740, 775, 836
Leben und Verdienste des Doktor Joachim Jungius, Rektors zu Hamburg 18.2: 426
Lebend noch exenterieren sie euch 4.1: 797
Lebendiges Andenken 9: 96; 1.1: (149)
Lebensart 11.1.1: 54
Lebensregel 11.1.1: 55
Lebet, ist Leben in euch 4.1: 753
Lebst im Volke; sei gewohnt 9: 95, 121
Legende (Als noch, verkannt und sehr gering) 4.1: 864
Legende (In der Wüsten ein heiliger Mann) 2.1: 28
Legende (Wasser holen geht) 13.1: 83
Lehrbrief ⟨Wilhelm Meisters Lehrjahre⟩ 5: 497
Lehre an den Kunstjünger 4.1: 702, 767
Lehrer, Die 2.1: 100
Lehret! Das ziemet euch wohl 4.1: 770, (836)
Lehret! es ziemet euch wohl 4.1: 836, (770)
Lehret euch nicht die Natur selbst 11.1.1: 228
Lehrling du schwankest 4.1: 692, 757, 842
Leichnam, Der 4.1: 818, (729)
Leichte Silberwolken schweben 11.1.1: 154; 13.1: 26
Leiden des jungen Werthers, Die (Entwurf) 1.2: 196
Leiden des jungen Werthers, Die (Erste Fassung) 1.2: 197
Leiden des jungen Werthers (Zweite Fassung) 2.2: 349
Leider von mir ist gar nichts zu sagen 4.1: 788
Leidlich hat Newton gesehen 4.1: 696, 796
⟨Leipziger Theater⟩ 9: 939
Leise löst sich das Band 4.1: 741
⟨Lemercier, L. J. N.: Richelieu⟩ 18.2: 104
⟨Lenz⟩ 9: 940
Leonhard*, Herr 4.1: 718, (808)
Leonhard**, Herr 4.1: 808, (718)
Les fleuves indiscrets 4.1: 691, 789
Lesebuch 11.1.1: 156; 11.1.2: 31
Lessing 4.1: 732, (818)
letzte Kämpfer, Der 4.1: 827
letzte Märtyrer, Der 4.1: 695, 796
letzte Versuch, Der 4.1: 680, 802
Letzte Zuflucht 4.1: 694, 762
⟨Leuchtender Stern über Winkelwaage, Blei und Zirkel⟩ 13.1: 130
Leukothea, von Dr. Carl *Iken* ⟨...⟩ 18.2: 115
Leviathan und die Epigramme, Der 4.1: 791
Licht und Farbe 4.1: 697, 764
⟨Lichtenstädt, J. R.: Platons Lehren auf dem Gebiete der Naturforschung und der Heilkunde. Leipzig 1826⟩ 18.2: 102
Lichtlein schwimmen auf dem Strome 13.1: 23

Lieb' um Liebe, Stund' um Stunde 11.1.1: 128; 11.1.2: 76
Lieb' und Leidenschaft können verfliegen 13.1: 108
Liebchen ach! im starren Bande 11.1.1: 225; 11.1.2: 33
Liebchen, kommen diese Lieder 6.1: 45
Liebe (Die bleibt) 13.1: 156, 502; 11.1.1: (189); 12: (91)
Liebe (Ich bliebe gern verschlossen) 9: 111
Liebe du mächtige 4.1: 738
Liebe flößest du ein 3.2: 110, 120, 144
Liebe leidet nicht Gesellen 13.1: 12
Liebe Mutter! 13.1: 114
Liebe Mutter, die Gespielen 4.1: 862
Liebe schwärmt auf allen Wegen 3.1: 372, 894
Liebe teilet die Freud 6.1: 50
Liebe und Begierde 4.1: 748
Liebe und Tugend 1.1: 129, 147
Liebe wider Willen, Die 1.1: 150
Liebe will ich liebend loben 9: 12, 94
Liebebedürfnis 2.1: 31
Liebende abermals, Die 9: 16
Liebende schreibt, Die 9: 16
Liebenden, Die 9: 20
Lieber Bruder 1.1: 253
Lieber, heiliger, großer Küsser 2.1: 30
Lieber Herr Dorwille liebe Frau 1.1: 270
Lieber möcht ich fürwahr 4.1: 730, 816
Liebes Lied eines Amerikanischen Wilden 2.1: 79
Liebesbücher und Jahrgedichte 9: 146
Liebesgötter auf dem Markte, Die 4.1: 667
Liebesqual verschmäht mein Herz 3.2: 37
Liebevoll und frank und frei 13.1: 121
Liebhaber, Die 1.1: 117
Liebhaber in allen Gestalten 2.1: 52
Lieblich ist des Mädchens Blick der winket 11.1.1: 17; 11.1.2: 39
Lieblich ist's im Frühlingsgarten 11.1.1: 65, 67
Lieblich sieht er zwar aus 4.1: 737
Lieblich und zart sind deine Gefühle 4.1: 812
Lieblich und zierlich 18.1: 13
Lieblichen Honig geb' er 4.1: 804
Lieblichen Lohn hast du dir 4.1: 752
Liebliches 11.1.2: 16; 11.1.1: (14)
Liebt' ich dich als Kleine 13.1: 121
Lied der Parcen (Es fürchte die Götter) 3.1: 208*
Lied des gefangnen Grafen 6.1: 27
Lied und Gebilde 11.1.2: 18; 11.1.1: (37)
Lied vom braun Annel, Das 1.1: 181
Lied vom eifersüchtigen Knaben, Das 1.1: 169
Lied vom Grafen Friederich, Das 1.1: 177
Lied vom Herren und der Magd, Das 1.1: 170
Lied vom Herrn von Falckenstein, Das 1.1: 165
Lied vom jungen Grafen, Das 1.1: 168

Lied vom Lindenschmidt, Das 1.1: 176
Lied vom Pfalzgrafen, Das 1.1: 166
Lied vom verkleideten Grafen, Das 1.1: 172
Lied vom Zimmergesellen, Das 1.1: 174
LIEDER MIT MELODIEN 1.1: 126
Lief das Brot, wie die Hasen laufen 9: 125
Liegt der Irrtum nur erst 4.1: 695, 795
Liegt dir Gestern klar und offen 13.1: 204
Lies uns nach Laune nach Lust 4.1: 676, 789
Ließe die Wahrheit sich schmeicheln 4.1: 827
Lila ⟨Ein Festspiel mit Gesang und Tanz⟩ 2.1: 131
Lilienstengel, Der 17: 34, 258
Lilis Park 1.1: 266
Line, Dir zum neuen Jahr 18.1: 25
Literarische Ekliptik 4.1: 686, (784)
Literarische Zuverlässigkeit 4.1: 828
Literarischer Adreßkalender 4.1: 812
Literarischer Sanscülottismus 4.2: 15
Literarischer Zodiacus 4.1: 784, (686)
Literaturbriefe 4.1: 714, 793
⟨Lob- und Spottgedicht auf König Rudolph von Habsburg⟩ 13.1: 433
Lobt ihn, er schmiert ein Buch 4.1: 705
Locken der Berenice 4.1: 785, (687)
Locken! haltet mich gefangen 11.1.1: 131; 11.1.2: 79
Logogryph 9: 100
Lokal, Das 4.1: 677
Lord Bristol, Bischof von Derry 4.2: 511
⟨Lord Byron⟩ (Stark von Faust) 13.1: 122
⟨Lord Byron, Cain. A mystery⟩ 13.1: 384
⟨Lord Byron, Goethes Beitrag zu seinem Andenken⟩ 13.1: 405
⟨Lord Byron, Manfred, a dramatic Poem. London 1817⟩ 11.2: 293
Lord Byron ohne Scham und Scheu 13.1: 116
Lorenz Sterne 13.1: 419
Lotto, Das 4.1: 686
Louise von Voss 4.1: 719, 791
Louisenfest gefeiert Weimar am 25.ten August 1777, Das ⟨richtig: 9. Juli 1778⟩ 18.2: 333
Lucian von Samosata 4.1: 819
Lucri bonus odor 4.1: 800, (707)
⟨Ludus Helmontii⟩ 13.2: 265
Ludwig Tiecks Dramat⟨urg⟩ische Blätter 13.1: 573
Lügner, Der ⟨Komödie nach Corneille⟩ 1.1: 284
Lug oder Trug? 11.1.1: 56
Lump (Freund, wer ein Lump ist) 2.1: 50*
Luna solcher hohen Stelle 13.1: 120
Lust und Qual 11.1.1: 148
Lustigen von Weimar, Die 9: 71
Lustrum ist ein fremdes Wort 11.1.1: 193; 20.1: 522

luthrischer Geistlicher spricht, Ein 2.1: 29
Lyde. Eine Erzählung 1.1: 101
Lyrische Blumenlese 4.1: 727
⟨Lyrisches Volksbuch⟩ 9: 615

M*** 4.1: 807, (724)
M. R. (Sagt was füllet das Zimmer) 4.1: 751, 773
M r (Etwas ist er) 13.1: 232
M s (Weil du doch alles beschriebst) 4.1: 724, (807)
⟨M. Retzsch: Galerie zu Shakespeares dramatischen Werken⟩ 18.2: 254
Mache der Schwärmer sich Schüler 3.2: 100, 126
Machts einander nur nicht sauer 9: 139
Madame Catalani (Im Zimmer, wie im hohen Saal) 11.1.1: 207*
⟨Madame de Staël⟩ Versuch über die Dichtungen 4.2: 23
Madrigal (Mein Mädgen sagte mir) 1.1: 120
Madrigal aus dem Französischen (Climene lebt in tausend Sorgen) 1.1: 120
Madrigal aus dem Französischen des Herrn von Voltaire (Auch in die allergröbste Lügen) 1.1: 121
Mächtig bist du! 6.1: 35
Mächtig erhebt sich der deutsche Rhein 4.1: 690
Mächtig führt er den Bogen 4.1: 739
Mächtig seid ihr 4.1: 751
Mächtiges Überraschen 9: 12
Mädchen 9: 20
Mädchen spricht, Das 9: 13
Mädchen von Oberkirch, Das, ein Trauerspiel in fünf Aufzügen 4.1: 182
Mädgen setzt euch zu mir nieder 1.1: 98
Männer richten nach Gründen 4.1: 752
⟨Männliches Bildnis nach Guercino⟩ 13.2: 213
Märchen (zur Fortsetzung der Unterhaltungen deutscher Ausgewanderten) 4.1: 519
Märchen, Das (Mehr als zwanzig Personen) 4.1: 718, 792
Märchen, noch so wunderbar 9: 93
Märkte reizen dich zum Kauf 11.1.1: 228; 11.1.2: 40
März 11.1.1: 181; 13.1: 25
Mäuse laufen zusammen 6.1: 34
Mag der Grieche seinen Thon 11.1.1: 37; 11.1.2: 18
Mag jener dünkelhafte Mann 1.1: 264; 16: 625
Mag's die Welt zur Seite weisen 12: 194; 13.1: 215
Mag sie sich immer ergänzen 11.1.1: 231; 11.1.2: 81
Magisches Netz 6.1: 83
Magnetes Geheimnis, erkläre mir das! 9: 118
Magst du einmal mich hintergehen 9: 142
Magst du jemand Feste geben 18.1: 70
Mahadöh, der Herr der Erde 4.1: 872
Mahomet ⟨Dramatisches Fragment⟩ 1.1: 516
Mahomet (nach Voltaire, 1802) 6.1: 127
Mahomets Gesang (Seht den Felsenquell) 1.1: 518*
Mai 13.1: 26; 11.1.1: (154)

Maifest 1.1: 162
Mailied 9: 43
Main 4.1: 690*, 788*
Majestät der Menschennatur! 4.1: 686
Majestas populi 4.1: 686
Mamsell, / So launisch 1.1: 131
Man hat ein Schimpf-Lied auf dich gemacht 9: 141
Man ist gewohnt daß an den höchsten Tagen 13.1: 98
Man kann nicht immer zusammen stehn 9: 134
Man könnt' erzogene Kinder gebären 13.1: 202
Man lauft man drängt 2.1: 78
Man liebt dich heut wie in den alten Tagen 2.1: 44
Man mäkelt an der Persönlichkeit 13.1: 103
Man sagt: Sie sind ein Misanthrop! 11.1.1: 52
Man soll nicht lachen! 13.1: 215
Man soll sich nicht mit Spöttern befassen 9: 134
Man weiß nicht wie man tue nur das Rechte 18.1: 86
Man wills den Damen übel deuten 2.1: 48
Man zieht den Toten ihr ehrenvolles Gewand an 13.1: 207
Manch gutes Werk hab' ich verricht 6.1: 89
Manch verwandtes Gemüt 4.1: 748
Manche Gefahren umringen euch noch 4.1: 689, 786
Manche rühmen sie habe Verstand 4.1: 718
Manche Töne sind mir zuwider 3.2: 68, 69
Manche zwar haben geherrscht 4.1: 751
Manchen Lakai schon 4.1: 682, 803
Mancherlei hast du versäumet 9: 143
Manches herrliche der Welt 13.1: 127
»Manches können wir nicht verstehn.« 13.1: 49
Manches Seelenregister 4.1: 705
Manches ward indes erfahren 13.1: 118
Manfred, a dramatic Poem by Lord Byron. London 1817. 11.2: 293
Mann mit dem Klingelbeutel, Der 4.1: 776
Mann mit zugeknöpften Taschen 11.1.1: 57
⟨Mann von funfzig Jahren, Der⟩ ⟨Dramen-Entwurf⟩ 13.1: 239
Mann von funfzig Jahren, Der ⟨Wilhelm Meisters Wanderjahre⟩ 17: 96, 398
Mannichfaltigkeit (Reich ist an Blumen) 4.1: 771, (749), (832)
Mannichfaltigkeit, Die (Viele sind gut) 4.1: 766, (700)
Mannigfaltigkeit, Die (Reich ist an Blumen) 4.1: 749, (771), (832)
Manso von den Grazien 4.1: 711, 780
Mansoische Reimerei 4.1: 712, (781)
Manuskripte besitz ich 4.1: 774, 834
⟨Manzoni, Alessandro, Il conte di Carmagnola. Tragedia. Milano 1820⟩ 13.1: 348
Manzoni, Alessandro, Opere poetiche ⟨Anzeige⟩ 18.2: 16

Manzoni, Alexander, an Goethe 13.1: 378
Manzoni, Teilnahme Goethes 18.2: 28
Mariens Huld und Anmut 13.1: 81
Martial (Xenien nennet ihr euch?) 4.1: 819
Martial, wenn ihrs nicht wißt 4.1: 675
Maskenzüge (Die Gestalten gehn vorüber) 13.1: 45
Maskenzug 1801 6.1: 786
Maskenzug 1802 6.1: 787
Maskenzug 1806 6.1: 789
Maskenzug 1818 11.1.1: 321
Maskenzug russischer Nationen zum 16. Februar 1810 9: 252
⟨Maßnahmen gegen die landsmannschaftlichen Verbindungen an der Universität Jena⟩ 2.2: 653
⟨Maßnahmen zur Verbesserung des Zustandes der verarmten Gemeinde Melpers⟩ 2.2: 681
Materialien zur Geschichte der Farbenlehre 10: 473
MATHAL NAMEH. BUCH DER PARABELN 11.1.2: 107
mathematische Größe, Die 4.1: 696
Matt und beschwerlich 18.1: 11; 20.3: 826
Mauern seh' ich gestürzt 6.1: 35
Maut 4.1: 677, (776)
MAXIMEN UND REFLEXIONEN 17: 715
May 11.1.1: 154; 13.1: (26)
Mayn 4.1: 690, 788
Mayow wußte das schon 4.1: 828
Medschnun heißt – ich will nicht sagen 11.1.1: 96; 11.1.2: 52
Meeresstille 4.1: 666
Mehr als ich ahndete 3.2: 78
Mehr als zwanzig Personen 4.1: 718, 792
Mehr hat Horaz nicht gewollt 3.2: 149
Mein altes Evangelium 1.1: 254
Mein Beichtiger 18.1: 55
Mein Blick war auf den Himmel hingerichtet 18.1: 90
Mein Erbteil wie herrlich 17: 15; 11.1.1: (231); 11.1.2: (58)
Mein Erbtheil wie herrlich 11.1.1: 231; 11.1.2: 58; 17: (15)
Mein Gesicht lag auf dem Weg 11.1.2: 176
Mein Glaube 4.1: 698, 762
Mein Haus hat kein' Tür 13.1: 142
Mein Kind, sie wissens nicht zu machen 13.1: 102
Mein Kopf im Staub des Weges 11.1.2: 177
Mein Mädgen im Schatten der Laube 1.1: 117
Mein Mädgen sagte mir 1.1: 120
Mein Mädgen ward mir ungetreu 1.1: 156
Mein süßes Liebchen! 9: 18
Meine Antipathie 4.1: 698, 763
Meine Burgen zerfallen zwar 4.1: 690, 788
Meine Dichterglut war sehr gering 9: 133
Meine Freude verdarb er mir garstig 4.1: 714
Meine Göttin 2.1: 54
Meine Liebste wollt ich heut beschleichen 3.2: 27

Meine Muse besingt 4.1: 716, (778)
Meine Reis' ist ein Faden 4.1: 703, 798
Meine Ruh' ist hin 1.2: 171; 3.1: 574; 6.1: 633
Meine Ufer sind arm 4.1: 691, 788
Meine Wahl 9: 90
Meine Wahrheit bestehet im Bellen 4.1: 801, (677)
Meine Wahrheit bestehet in Bellen 4.1: 677, (801)
Meine zarte Natur schockiert 4.1: 812
Meinem Freunde v. Knebel zum 30. November 1817 (Lustrum ist ein fremdes Wort) 11.1.1: 193*
Meinen feierlich Bewegten 13.1: 124
Meinst du denn alles 18.1: 62
Meinst du, er werde größer 4.1: 712, 781
»Meinst du es redlich 18.1: 66
Meissners Apollo 4.1: 727
Meister, Der 4.1: 717, 769
Meister und Dilettant 4.1: 680
Melde mir auch 4.1: 731, 817
Melodien verstehst du 4.1: 680
Memento (Kannst dem Schicksal widerstehen) 9: 82
Memento mori! gibts genug 13.1: 127
⟨Memoiren Robert Guillemards⟩ 18.2: 23
⟨Memorandum über die der Oberaufsicht unterstellten Institute in Jena, 1817⟩ 11.2: 605
Mendelsohn, Moses 4.1: 818, (731)
Mendelssohn, Moses 4.1: 731, (818)
Menschengefühl 2.1: 25
Menschenhaß? Nein 4.1: 717, 808
Menschenhaß und Reue 4.1: 717, 808
Menschliches Leben 4.1: 693
Menschlichkeit kennest du nicht 4.1: 709
Menschlichkeiten 4.1: 696, 796
⟨Menzel, C. A.: Fassaden zu Stadt- und Landhäusern⟩ 18.2: 270
»Mephisto scheint ganz nah zu sein!« 18.1: 63
Mephistopheles spricht 6.1: 96
Merkmal, Das 4.1: 678
Merkur 4.1: 726, 807
Messieurs! Es ist der Gebrauch 4.1: 776
Metamorphose der Pflanzen, Die (Dich verwirret, Geliebte) 6.1: 14; 13.1: 150; 12: (74)
Metamorphose der Pflanzen, Die ⟨Zur Morphologie⟩ 12: 29
Metamorphose der Pflanzen. Zweiter Versuch 3.2: 367
Metamorphose der Tiere 6.1: 17; 13.1: 153; 12: (153)
Metaphysiker und Physiker (Alles will jetzt) 4.1: 761, (693)
Metaphysiker und Physiker (Welches Treiben) 4.1: 693
⟨Meteorologische Beobachtungen⟩ 13.2: 269
⟨Meteorologische Beobachtungsorte⟩ 13.2: 272
Mich ängstigt das Verfängliche 18.1: 19
Mich erbaute zuerst ein Denker 2.1: 78

Mich ergreift, ich weiß nicht wie 6.1: 57
Mich freuen die vielen Guten und Tücht'gen 9: 133
Mich nach- und umzubilden miszubild⟨en⟩ 11.1.1: 225
Mich umwohnet mit glänzendem Aug 4.1: 690, 788
Mich verwirren will das Irren 11.1.1: 78; 11.1.2: 12
Mignon (Heiß mich nicht reden) 2.2: 157*; 5: 357*, 359*
Mignon (Kennst du das Land) 2.2: 170*; 5: 142*
Mignon (Nur wer die Sehnsucht kennt) 2.2: 297*; 5: 238*, 239*
Mignon (So laßt mich scheinen) 5: 517*, 859*
Millionen gebraucht die Natur 4.1: 700, (758)
Millionen sorgen dafür 4.1: 758, (700)
Mineralogie von Thüringen und angrenzender Länder 2.2: 484
Mineralogischer Patriotismus 4.1: 795
Minerva 4.1: 726, 807
Minister, Der 4.1: 684, 755, (840)
Mir gäb' es keine größre Pein 9: 124
Mir genügt nicht eure Lehre 13.1: 226
Mir her, ich sang der Könige Zwist! 4.1: 819
Mir ist das Volk zur Last 18.1: 82
Mir will das kranke Zeug nicht munden 13.1: 14
Mir will es finster bleiben 11.1.2: 628
Mir will ewiger Durst 11.1.2: 175
Mirabellen pflanz ich 6.1: 46
Misanthrop, Der 1.1: 149
Mit Botanik gibst du dich ab? 3.2: 112, 142
Mit dem hundertsten Teil 4.1: 686
Mit dem Philister stirbt auch sein Ruhm 4.1: 759
Mit der Eule gesiegelt? 4.1: 727, 806
⟨Mit der Jubiläumsmedaille⟩ 13.1: 190
Mit der linken regiert er die Leier 4.1: 718
Mit der Teutschen Freundschaft 11.1.1: 198
Mit der Welt muß niemand leben 13.1: 195
Mit des Bräutigams Behagen 6.1: 74
Mit diesem Versatilen 13.1: 207
Mit diesen Menschen umzugehen 13.1: 213
Mit dieser Welt ist's keiner Wege richtig 13.1: 11
Mit einem Blatt Bryophyllum calycinum 18.1: 41
Mit einem goldnen Halskettchen 1.1: 154; 3.2: 18
Mit einem Herren steht es gut 6.1: 49; 9: 123
Mit einer angeschriebenen Feder 18.1: 28
Mit einer Hiazynthe 2.1: 43
Mit einer Zeichnung 1.1: 232; 16: (674)
Mit Erlaubnis 4.1: 792
Mit Flammenschrift war innigst eingeschrieben 9: 20
Mit hartherzger Kritik 4.1: 715

Mit Kirchengeschichte was hab ich zu schaffen? 18.1: 75
Mit Liebe nicht, nur mit Respekt 13.1: 213; 20.2: 1571
Mit meinem Willen mags geschehn! 9: 127
Mit Narren leben wird dir gar nicht schwer 9: 132; 13.1: 15
Mit Säulen schmückt ein Architect aufs beste 11.1.1: 181
Mit Schnäbeln Hörnern Klauen 18.1: 86
Mit seltsamen Gebärden 13.1: 193
Mit sich selbst zu Rate gehn 13.1: 203
»Mit unsern wenigen Gaben 13.1: 209
Mit Wahrheit und Dichtung 9: 106
Mit widerlegen, bedingen, begrimmen 13.1: 224
Mit Zuversicht darf ich mich hier erheben 11.1.1: 331
Mitarbeiter, Die 4.1: 803
Mitbenutzung des botanischen Gartens zu Jena von seiten der Universität, Die 18.2: 612
Mitschuldigen, Die, ein Lustspiel in Einem Akte (1. Fassung) 1.1: 311
Mitschuldigen, Die, ein Lustspiel in drei Aufzügen (2. Fassung) 1.1: 341
Mitschuldigen, Die. Ein Lustspiel (3. Fassung) 2.1: 380
Mitteilung 4.1: 758, (746)
Mittel, Das (Warum sagst du) 4.1: 797, 696
Mittel, Das (Willst du in Deutschland) 4.1: 769, (744)
Mittel, Das (Willst du wirken) 4.1: 744, (769)
Mittelalter 4.1: 693, (756), (841)
Mittelmäßige und das Gute, Das 4.1: 768
Mittelmäßigkeit ist von allen Gegnern der schlimmste 4.1: 702
Mitten im Getümmel mancher Freuden 1.1: 236; 3.2: 18
Mitten in dem Wasserspiegel 13.1: 170; 13.2: 73
Mitternachts weint' und schluchtzt' ich 11.1.1: 101; 11.1.2: 33
Modephilosophie 4.1: 706, 800
Moderezension 4.1: 809, (838)
Modergrün aus Dantes Hölle 13.1: 110
Moderne Guelfen und Ghibellinen 13.1: 423
moderne Halbgott, Der 4.1: 790
Modernes 13.1: 169
Möcht' ich doch wohl besser sein 6.1: 98
Möchte gern lustig zu euch treten 18.1: 62
Möge dein Lebensfaden sich spinnen 4.1: 716, 809
Möge dies der Sänger loben! 9: 94
Möget ihr das Licht zerstückeln 11.1.1: 187; 12: 392; 13.1: 161
Möglichkeit, Die 4.1: 695, 795
Mögt ihr die schlechten Regenten 4.1: 782
Mögt zur Gruft ihn senken 18.1: 28
Möser, Justus 13.1: 469
MOGANNI NAMEH. BUCH DES SÄNGERS 11.1.2: 9
Mohamed Schemseddin sage 11.1.1: 11; 11.1.2: 22

⟨Monatschrift der Gesellschaft des vaterländischen Museums in Böhmen⟩ 18.2: 153
⟨Monatsschriften 1794 und 1795⟩ 4.2: 469
Monodistichon, Das 4.1: 675
Monolog des Liebhabers 3.2: 35
Monstrose⟨s⟩ Runkelrübenkraut 18.2: 412
Moral der Pflicht und der Liebe 4.1: 764
moralische Kraft, Die 4.1: 758
Moralische Schwätzer 4.1: 698, 763
moralische und der schöne Charakter, Der 4.1: 758, (747)
Moralische Zwecke der Poesie 4.1: 797, (745)
Morgendämmerung wandte sich in's Helle 11.1.2: 186
Morgenklagen 3.2: 23
MorgenNebel, Lila 1.1: 210
Moritz 4.1: 712
Morphologie 4.2: 188
Mors ultima linea 1.1: 82
Moses Mendelsohn 4.1: 818, (731)
Moses Mendelssohn 4.1: 731, (818)
⟨Motto auf dem Titelblatt der »Gesänge« von Philipp Christoph Kayser⟩ 2.1: 36
Motto, Das 4.1: 677, 801
Mottos 4.1: 803
Müde bin ich des Widersprechens 13.1: 236
Müde war ich geworden 3.2: 94, 133
⟨Münzgutachten⟩ 4.2: 840
Münzkunde der deutschen Mittelzeit 11.2: 399
Müsset im Naturbetrachten 11.1.1: 190; 12: 92; 13.1: 153
Müßig gelt ich dir nichts 4.1: 736
Muller! Je suis fachè 1.1: 90
Muntre Gärten lieb' ich mir 9: 77
Musageten, Die 6.1: 25
Muse 4.1: 815, (728)
Muse, Die 4.1: 728, (815)
Muse, wo führst du uns hin? 4.1: 728, 815
Muse zu den Xenien 4.1: 825, (735)
Muse zu den Xenien, Die 4.1: 735, (825)
Museen 11.1.1: 166
Musen und Grazien 4.1: 727, 805
Musen und Grazien in der Mark 4.1: 856
Musensohn, Der 6.1: 43; 16: (716)
Muskeln eines Ziegenkopfs 4.2: 184
Muß der Künstler nicht selbst 4.1: 745, 771
Muß ich dich hier schon treffen 4.1: 729, 816
Muß ich wählen 4.1: 763
Mußt nicht vor dem Tage fliehen 11.1.1: 48; 11.1.2: 67
Mußt nicht wiederstehn dem Schicksal 9: 82
Musterbilder 11.1.2: 30; 11.1.1: (89)
Musterstuhl zu Schmerz u. Sorgen 13.1: 184
Mut (Sorglos über die Fläche weg) 2.1: 11*
Myrons Kuh 9: 630
Myrt' und Lorbeer hatten sich verbunden 13.1: 98
Mystische Erwiderung 13.1: 35

N. Reisen XI Band S. 177 4.1: 704, 799
N. Z. S. O. A. D. 4.1: 750, 772, (832)
⟨Nach Berlin, als Nachtrag zu den Notizen und Urteilen das Berliner Theater betreffend⟩ 13.1: 565
Nach Calabrien reis't er 4.1: 782
Nach Corinthus von Athen gezogen 4.1: 866
Nach dem Griechischen (Einen wohlgeschnitzten vollen Becher) 2.1: 64*
Nach diesem Frühlingsregen 6.1: 60; 13.1: 30
Nach Lord Byron 18.1: 63
Nach Mittage saßen wir 1.1: 155
Nach unfruchtbarem Baume 11.1.1: 246
Nachäffer 4.1: 790
Nachahmer und der Genius, Der 4.1: 767, (701)
Nachahmung (Ringe Deutscher) 4.1: 719, (771)
Nachahmung der Natur 13.1: 168
Nachbildung (In deine Reimart) 11.1.2: 26; 11.1.1: (34)
Nachbildung der Natur 4.1: 790
Nachdem einer ringt 13.1: 10
Nachklang 11.1.2: 87; 11.1.1: (144)
Nachlese zu Aristoteles' Poetik 13.1: 340
⟨Nachlese zu den Venezianischen Epigrammen⟩ 3.2: 149
Nachricht an Künstler und Preisaufgabe 6.2: 411
⟨Nachricht den Ilmenauer Bergbau betreffend⟩ 2.2: 770
⟨Nachricht über den Verkauf der im Januar-Programm gewürdigten Gemmensammlung⟩ 9: 562
Nachricht von altdeutschen in Leipzig entdeckten Kunstschätzen 11.2: 299
Nachricht von dem am 24sten Februar 1784 geschehenen feierlichen Wiederangriff des Bergwerks zu Ilmenau 2.2: 750
Nachricht von dem ehmaligen Bergbau bei Ilmenau in der Grafschaft Henneberg 2.2: 728
Nachricht von dem ilmenauischen Bergwesen 2.2: 715
⟨Nachricht von dem Verfasser der heiligen Drei Könige und einer gefundenen alten deutschen Übersetzung⟩ 13.1: 443
Nachruf 11.1.1: 229
Nachspiel zu den Hagestolzen 11.1.1: 284
Nacht, Die 1.1: 127, 142
Nacht und Stille 4.1: 742
Nachtgedanken 2.1: 64
Nachtgesang 6.1: 74
Nachtgespenster ziehen nicht mehr 6.1: 46
⟨Nachtrag zu ›Philostrats Gemälde‹⟩ 13.2: 21
⟨Nachtrag zum Pfingstmontag⟩ 13.1: 443
Nachts wenn gute Geister schweifen 13.1: 226
Nachtviole, dich geht man 4.1: 750, 772, 832
Nachtwächter, Der 4.1: 684, 755, (841)
Nackend willst du nicht neben mir liegen 3.2: 106

Nächst daran strecket der Bär zu K** 4.1: 784
Nächtig führt' ich in dem Nachen 6.1: 87
Nähe 3.2: 25
Nähe des Geliebten 4.1: 667
Närrisch, daß jeder in seinem Falle 11.1.1: 83; 11.1.2: 61
Nahe warst du dem Edeln 4.1: 705
⟨Napoleon Bonaparte und das französische Volk unter seinem Konsulate⟩ 6.2: 564
Narr epilogiert, Der 6.1: 89
National-Versammlung 13.1: 24
Nationelle Dichtkunst 18.2: 107
Nativität (Der Deutsche ist gelehrt) 11.1.1: 200*
natürliche Tochter, Die. Trauerspiel 6.1: 241
Natur, Die 2.2: 477
Natur! du ewig keimende 13.2: 66
Natur gab dir so schöne Gaben 11.1.1: 160
Natur und Kunst sie scheinen sich zu fliehen 6.1: 780
Natur und Vernunft 4.1: 760
Naturalienkabinett des Prof. Storr 4.2: 443
Naturforscher und Transzendental Philosophen 4.1: 797
⟨Naturgeschichtlicher Beitrag zu Lavaters »Physiognomischen Fragmenten«⟩ 2.2: 525
Naturgesetz, Das 4.1: 768
Naturkreis, Der 4.1: 743
Naturlehre 3.2: 195
Naturlehre. Antwort 3.2: 214
Naturphilosophie 13.2: 335
⟨Naturwissenschaftliche Institute in Jena⟩ 11.2: 605
⟨Naturwissenschaftlicher Entwicklungsgang⟩ 13.2: 322
⟨Nausikaa⟩ 3.1: 229
⟨Nauwerk, Bilder zu Faust⟩ 18.2: 271
Neapel 3.2: 175
Neben an gleich empfängt euch 4.1: 686, 784
Neckar 4.1: 690
Neckt euch in Breslau 4.1: 689, 786
⟨Negation des Wortes organisch, Die⟩ 6.2: 770
Nehmt nur mein Leben hin 13.1: 201
⟨Nehrlichs Darstellungen aus Faust⟩ 18.2: 325
Neigung besiegen ist schwer 4.1: 834, (739), (774)
⟨Neigung des Materiellen, sich zu gestalten⟩ 11.2: 549
Nein das ist doch zu arg 4.1: 680, 802
Nein das wird mich nicht kränken 13.1: 217
Nein du erbittest mich nicht 4.1: 722, (794)
Nein! Du erbittest mich nicht 4.1: 794, (722)
Nein! frechere Wette 9: 101
Nein! für den Poeten ist's zuviel 18.1: 63
»Nein! heut' ist mir das Glück erbost!« 9: 130
Nein! hier hat es keine Not 4.1: 656
Nein, ich habe nichts versäumet! 9: 143
Nekrolog (Unter allen, die von uns berichten) 4.1: 712, 781
Nekrolog des deutschen Gil-Blas 13.1: 476
Nektartropfen, Die 2.1: 61

Nelken! wie find ich euch schön! 4.1: 751, 773, 833
Nelken, wie find' ich euch schön! 4.1: 833, (751), (773)
Nemesis 9: 17
Nenne Lessing nur nicht 4.1: 705, 799
Nenne niemand nur verschone 11.1.1: 246
Nennen dich den großen Dichter 11.1.1: 30; 11.1.2: 102
Neologen 11.1.1: 51
Nett und niedlich 13.1: 177
Neu-deutsche religios-patriotische Kunst 11.2: 319
Neu ist der Einfall doch nicht 4.1: 828
Neu Mond und geküßter Mund 9: 124
neue Amadis, Der 1.1: 259
neue Amor, Der 4.1: 658; 14: (494)
neue Entdeckung, Die 4.1: 698
Neue Heilige 2.1: 106
⟨Neue Liebe, Neues Leben⟩ 1.1: 264; 16: (731)
NEUE LIEDER 1.1: 139
Neue Liedersammlung von Carl Friedr. Zelter 13.1: 518
neue Melusine, Die 17: 160, 583
neue Paris, Der. Knabenmärchen 16: 57
neue Pausias und sein Blumenmädchen, Der (1. Fassung) 4.1: 886
neue Pausias und sein Blumenmädchen, Der (2. Fassung) 4.1: 887
Neue Unterhaltungen über verschiedene Gegenstände der Kunst 9: 579
Neueröffnetes moralisch-politisches Puppenspiel 1.1: 234
neueste aus Rom, Das 4.1: 792, (720)
Neueste Behauptung 4.1: 814
Neueste deutsche Poesie 18.2: 59
Neueste Farbentheorie von Wünsch 4.1: 797
Neueste Serbischer Literatur, Das 18.2: 63
Neueste Theorie der Liebe 4.1: 709
Neueste von Plundersweilern, Das 2.1: 235
neuesten Geschmacksrichter, Die 4.1: 781
Neugier 4.1: 813
Neugriechisch-epirotische Heldenlieder 13.1: 75
Neugriechische Liebe-Skolien 13.1: 119; 20.3: (674)
Neugriechische Volkslieder ⟨...⟩ 18.2: 116
Neujahrslied 1.1: 136, 139
neuste in der Chemie, Das 4.1: 828
Neuste Kritikproben 4.1: 812
Neuste Schule 4.1: 779, (721)
Neuster Stoff zum Drama 4.1: 827
Neutonische Lehre. Maratische Lehre 4.2: 360
Newton hat sich geirrt? 4.1: 695, 796
Newtonisch Weiß 9: 50
Nicht alles ist an eins gebunden 9: 139
Nicht alles ist Gold was gleist 11.1.1: 248
Nicht am Morgen allein 11.1.1: 182
Nicht am Susquehanna der durch Wüsten fließt 9: 23
Nicht an Reiz noch an Kraft fehlts 4.1: 715

Nicht auf der grünen Erde nur 6.1: 81
Nicht Augenblicke steh ich still 18.1: 60
Nicht bloß Beispielsammlung 4.1: 716, 792
Nicht der gewaltige Dis 4.1: 732
Nicht doch! Aber es schwächten 4.1: 819
Nicht Gelegenheit macht Diebe 11.1.1: 118; 11.1.2: 68
Nicht größern Vorteil wüßt' ich zu nennen 9: 142
Nicht jeder kann alles ertragen 13.1: 52
Nicht Jeder wandelt nur gemeine Stege 9: 122
Nicht lange 4.1: 678
Nicht mehr auf Seidenblat 11.1.1: 142
Nicht nur als Kabus hast du mich belehrt 11.1.1: 172
Nicht so eilig, liebes Kind! 2.1: 301
Nicht soll's von ihrer Seite 13.1: 190
Nicht sterblich nicht unsterblich 13.1: 117; 20.1: 841
Nicht über Zeit- noch Landgenossen 9: 138
Nicht viel fehlt dir 4.1: 812
Nicht von dem Architekt 4.1: 770
Nicht zu weit 17: 622
Nicht zukünftiges nur verkündet Bakis 6.1: 33
Nichts als dein Erstes fehlt dir 4.1: 721, 809
Nichts anders als 13.1: 456
Nichts ist der Menschheit so wichtig 4.1: 723, 811
Nichts ist zarter als die Vergangenheit 13.1: 107
Nichts kann er leiden 4.1: 704, 799
Nichts leichter als dem Dürftigen schmeicheln 9: 143
Nichts! Man siehet bei uns 4.1: 734, 824
Nichts mehr davon 4.1: 685
Nichts mehr von diesem tragischen Spuk 4.1: 733, 823
Nichts neues unter der Sonne 4.1: 828
Nichts soll werden das Etwas 4.1: 790
Nichts taugt Ungedult 9: 145
Nichts vom Vergänglichen 13.1: 13
Nicolai 4.1: 798, (703)
Nicolai de Syghen. Chronicon Thuringicum, von Herrn Geheimrat v. Goethe 13.1: 445
Nicolai entdeckt die Quellen der Donau! 4.1: 798, (704)
Nicolai reiset noch immer 4.1: 798, (703)
⟨Nicolovius, A.: Über Goethe⟩ 18.2: 134
Nie erscheinen die Götter allein 4.1: 738
Nie schmeckt ein Mädgen einen Kuß 1.1: 104
Nie verläßt uns der Irrtum 4.1: 699, 761, (837)
Niebelungenlied, Das, übersetzt von Carl Simrock. 2 Teile. Berlin 1827 18.2: 87
Niebuhr, Römische Geschichte 18.2: 19
Niedergangen ist die Sonne 11.1.1: 38; 11.1.2: 104
Niederträchtigers wird nichts gereicht 9: 146
Niemand liebst du 3.2: 115, 139

Niemand muß herein rennen 13.1: 58
Niemand soll ins Kloster gehn 18.1: 76
Niemand soll mich bestechen 4.1: 827
Niemand will der Dichter kränken 13.1: 221
Niemand wird sich selber kennen 18.1: 58
Niemand wollte sie frein 4.1: 712
Nikias, trefflicher Mann 4.1: 904; 4.2: 715
Nikolai entdeckt die Quellen der Donau! 4.1: 704, (798)
Nikolai reiset noch immer 4.1: 703, (798)
Nikolais Romane 4.1: 714
Nimbus 12: 472; 13.1: 159
Nimm dem Prometheus die Fackel 4.1: 770, 836
Nimmer belohnt ihn des Baumes Frucht 4.1: 746, 759
Nimmer will ich dich verlieren! 11.1.1: 131; 11.1.2: 80
Nimms nicht übel, daß nun auch deiner 4.1: 792
Nimms nicht übel mein Heros 4.1: 734, 824
Nimmst du die Menschen 4.1: 685
Noch bin ich gleich von euch entfernt 13.1: 208
Noch ein Paar 11.1.2: 30, 205; 11.1.1: (205)
Noch ein Phantom 4.1: 729
Noch einmal wagst du 13.1: 112, 134
Noch halt ich mein Urteil zurück 4.1: 827
Noch ist es Tag, da rühre sich der Mann 11.1.1: 230; 11.1.2: 57; 17: 15
Noch ist Italien wie ichs verließ 3.2: 85
Noch spukt der Babylon'sche Turm 9: 128
Nötigung 13.1: 157, 504; 11.1.1: (189); 12: (92)
Nord und West und Süd zersplittern 11.1.1: 41; 11.1.2: 9
⟨Nordlicht⟩ 11.2: 559
Nordwärts strecket der Bär 4.1: 687
Not lehrt beten 3.2: 88, 127
Noten und Abhandlungen zu besserem Verständnis des West-östlichen Divans 11.1.2: 129
Notice sur la vie et les Ouvrages de Goethe par Albert Stapfer 13.1: 537
⟨Notiz zu ›Rameaus Neffe‹ von Diderot, in: ›Über Kunst und Altertum IV 1‹⟩ 7: 695
Notiz ⟨Zur Biographie von J. P. Hackert⟩ 9: 657
⟨Notizblatt von der zweiten Harzreise⟩ 2.2: 486
Novelle 18.1: 353
Novemberlied 2.1: 92
Nun auf und laßt verlauten 13.1: 123
»Nun denn! Eh wir von hinnen eilen 18.1: 20
Nun erwartet denn auch 4.1: 728, 807
Nun Freund, bist du versöhnt 4.1: 819
Nun ist's geschehn! 13.1: 117
Nun laßt auch niederwärts 12: 472; 13.1: 159
Nun sitzt der Ritter 1.1: 159
Nun so legt euch liebe Lieder 11.1.1: 49; 11.1.2: 127
Nun verlaß ich diese Hütte 3.2: 15

Nun weiß man erst was Rosenknospe sei 18.1: 18
Nur an des Lebens Gipfel 4.1: 701, 758
Nur an gebildetem Stoff 4.1: 701, (767)
Nur dann reflektiert Gott 1.1: 238
Nur das feurige Roß 4.1: 702, 768
Nur das leichtere trägt 4.1: 746, 760
Nur dasjenige Gesicht 11.1.2: 176
Nur die Fläche bestimmt 4.1: 756, 841
Nur fort, du braune Hexe 4.1: 883; 8.1: 445
Nur heute, heute nur laß dich nicht fangen 9: 124
Nur Luft und Licht und Freundeslieb 2.1: 11
Nur stille! nur bis Morgen früh 13.1: 216
Nur wenig ist's was ich verlange 11.1.1: 98; 11.1.2: 73
Nur wenn das Herz erschlossen 18.1: 68
Nur wer die Sehnsucht kennt 2.2: 297; 5: 238, 239
Nur wer von Allah begünstiget ist 11.1.1: 95; 11.1.2: 46
Nur Zeitschriften 4.1: 677, 801
Nur zwei Tugenden gibts 4.1: 698
nußbraune Mädchen, Das 17: 55, 360

O! daß der Sinnen doch so viele sind! 11.1.1: 204; 11.1.2: 81
O des süßen Kindes 2.1: 74
O die Natur, die zeigt auf unsern Bühnen 4.1: 733, 823
O du, die in dem Heiligtum 1.1: 1008*
O du loses leidigliebes Mädchen 3.2: 23
O fände für mich 1.1: 144, (126)
O Freyheit süß der Presse! 11.1.1: 211
O gib, vom weichen Pfühle 6.1: 74
O Händel, dessen Ruhm 1.1: 97; 16: (326)
O Hendel, dessen Ruhm 16: 326; 1.1: (97)
O ich Tor! 4.1: 817
O ihr neckischen Jungen! 4.1: 749
O! ihr Tags- und Splitterrichter 13.1: 212
O Ihr werdet Wunder sehn! 5: 606
O Kinder, still! 2.1: 73
O! laß die Jammer-Klagen 13.1: 17
O liebliche Therese! 1.1: 156
O Magdeburg die Stadt 6.1: 30
O Schöne mit dem weißen Stabe 2.1: 108
O schönes Mädchen du 3.2: 22
O verschreien möchtet ihr gerne 4.1: 827
O wären wir weiter, o wär ich zu Haus! 9: 77
O! Welt, vor deinem häßlichen Schlund 13.1: 213
O Welt! wie schamlos und boshaft du bist! 11.1.1: 95; 11.1.2: 46
O wie achtet ich sonst 3.2: 111, 145
O wie fühl ich in Rom mich so froh! 3.2: (50), 51
O wie ist die Stadt so wenig 4.1: 856

O! wie lallt das Kind so faul! 9: 49
O wie machst du mich, Römerin 3.2: 50, (51)
O wie schätz ich euch hoch! 4.1: 715, 794
O wie selig ward mir! 11.1.1: 98; 11.1.2: 34
O wie viel neue Feinde der Wahrheit! 4.1: 743
Ob der Koran von Ewigkeit sey? 11.1.1: 92; 11.1.2: 95
Ob dich der Genius ruft? 4.1: 746, 794
Ob die Menschen im ganzen 4.1: 685, (780)
Ob die Menschen im Ganzen 4.1: 780, (685)
Ob du der klügste seist 4.1: 684, 755, (840)
Ob du der Klügste seist 4.1: 840, (684), (755)
Ob du wachst 4.1: 684, 755, 841
Ob ein Epigramm wohl gut sei? 3.2: 115, 139
Ob ein Mensch gewohnt ist 4.1: 829
Ob erfüllt sei was Moses 3.2: 106
Ob ich Dich liebe weiß ich nicht 1.1: 162
Ob ich Ird'sches denk' und sinne 11.1.2: 12; 11.1.1: (78)
Ob ich Irdsches denck und sinne 11.1.1: 78; 11.1.2: (12)
Ob ich liebe!, ob ich hasse! 18.1: 64
Ob Mutter? Tochter? Schwester? Enkelinn? 11.1.1: 250
Obelisk 4.1: 736
Oberaufsicht über den botanischen Garten in Jena 13.2: 372
Oberaufsicht über die naturwissenschaftlichen Institute in Jena 11.2: 585
Oberaufsicht über die naturwissenschaftlichen Institute in Jena, allgemein 13.2: 358
Oberaufsicht über die Sternwarte in Jena 13.2: 395
Oberaufsicht über die unmittelbaren Anstalten für Wissenschaft und Kunst 18.2: 567
Oberaufsicht über die unmittelbaren Anstalten für Wissenschaft und Kunst, allgemein 13.2: 355
Obgleich kein Gruß 1.1: 94
⟨Observations on Leonardo da Vinci's celebrated picture of the Last supper⟩ 13.2: 107
Ode (Welcher Unsterblichen) 2.1: 54*
Ode an Herrn Professor Zachariae 1.1: 113
ODEN AN MEINEN FREUND 1.1: 122
Ödem Wege 18.1: 12
Oedipus reißt die Augen sich aus 4.1: 815
⟨Öffentliche Erklärung⟩ 1.2: 490
Öffnet die Coffers 4.1: 776, (677)
Öffnet die Coffres! 4.1: 677, (776)
Öffnet die Schranken! 4.1: 811
Öfters nahmst du das Maul schon so voll 4.1: 680, 802
Östliche Rosen von Friedrich Rückert 13.1: 457
⟨Œuvres dramatiques de Goethe⟩ 13.1: 539
Offen steht das Grab! 3.2: 89
Offen steht sie! 13.1: 130

Offen zeigt sich die Pforte 6.1: 87
Offenbar Geheimniß (Sie haben dich heiliger Hafis) 11.1.2: 26; 11.1.1: (35)
Offne Tafel 9: 86
Oft erklärtet ihr euch als Freunde des Dichters 3.2: 92, 131
Oft führt' ich sie zum Haine 1.1: 105
Oft in tiefen Winternächten 6.1: 25
Oft sind alle neune gekommen 3.2: 88, (129)
Oft, wenn dir jeder Trost entflieht 9: 140
Oftmals hab ich geirrt 3.2: 105, 147
Ohne das mindeste nur 4.1: 711, 779
Ohne Fastnachtstanz und Mummenspiel 13.1: 176
Ohne menschliche Gebrechen 13.1: 173; 13.2: 88
Ohne Schrittschuh und Schellengeläut 13.1: 176
Ohne Umschweife 9: 144
Ohne Wein kann's uns auf Erden 1.2: 542
Olfried und Lisena. Ein romantisches Gedicht in zehn Gesängen von August Hagen 13.1: 440
⟨Olfried und Lisena, Kurze Anzeige⟩ 13.1: 439
Olfried und Lisena noch einmal 13.1: 456
Ominos ist dein Name 4.1: 804
Opere poetiche di Alessandro Manzoni ⟨Anzeige⟩ 18.2: 16
Ophiuchus 4.1: 688, 785
⟨Oppenheimer Dom, Der⟩ 18.2: 262
⟨Ordnung des Unternehmens⟩ 4.2: 189
⟨Organisation der Coburg-Saalfeldischen Lande, Die⟩ 6.2: 579
Orographisch-Hydrographische Karte 11.2: 537
Orpheus 13.2: 28
⟨Ossian-Übersetzungen⟩ 1.1: 185
Otez moi la grammaire! 1.1: 91
Ottave rime 4.1: 735
Ottilien von Goethe 17: 13
Ouvrages poetiques de Goethe 13.1: 521
Ovid 4.1: 732

P** bei N*** 4.1: 789
Paket, Das 4.1: 806, (727)
Paket Manuskripte, Das 4.1: 727, (806)
Palaeophron und Neoterpe ⟨Festspiel⟩ 6.1: 335
Paläophron und Neoterpe. Ankündigung 6.2: 559
⟨Panacee⟩ 13.1: 82
Pandora. Ein Festspiel 9: 151
Pantheon der Deutschen 4.1: 714, (808)
Pantheon der Deutschen I Band 4.1: 808, (714)
Pantomimisches Ballett 2.1: 500
Parabase 13.1: 150; 11.1.1: (190); 12: (195)
Parabel (Ich trat in meine Gartentür) 18.1: 38, 39
Parabel (In einer Stadt, wo Parität) 9: 75
Parabeln (Ein Meister einer ländlichen Schule) 6.1: 47

Parablen (Zwei Personen ganz verschieden) 13.1: 37
⟨Paralipomena zu ›Aus meinem Leben. Dichtung und Wahrheit‹⟩ 16: 833
Paralipomena zu Faust I 6.1: 1050
Paralipomena zur Achilleis 6.1: 1103
⟨Paria⟩ 13.1: 83
Park, Der 2.1: 77
PARSI NAMEH. BUCH DES PARSEN 11.1.2: 111
Parteigeist 4.1: 787
Patriot, Der 4.1: 682, 803
Pegasus, von eben demselben ⟨Schiller⟩ 4.1: 812
⟨Pentazonium Vimariense⟩ 18.2: 248
Peregrinus Proteus 4.1: 819
Perfektibilität 6.1: 98
Personal der Sternwarte in Jena und das Geschäft im allgemeinen, Das 18.2: 629
Peterskirche 4.1: 737
Pfahl im Fleisch 4.1: 799, (705)
Pfarrer Cyllenius 4.1: 711, 779
Pfeifen hör' ich dort im Busche 11.1.1: 249
Pfingsten 13.1: 142; 9: (112)
Pfingstmontag, Der, Lustspiel in straßburger Mundart 11.2: 267
Pflanzet über die Häuser 4.1: 768
Pflegten wir kristallen Glas 18.1: 43
Pflicht für jeden 4.1: 760
Pflicht und Frohsinn (Frisch! der Wein soll reichlich) 9: 32*
Phaenomen 11.1.1: 13; 11.1.2: 15
Phaeton, Tragödie des Euripides 13.1: 301
⟨Phaetonerzählung⟩ 1.1: 61
Phantasie 4.1: 700, 766
Philine (Singet nicht in Trauertönen) 5: 315*
Philipp Hackert. Biographische Skizze, meist nach dessen eigenen Aufsätzen entworfen 9: 665
Philipp Hackert. Nachträge 9: 828
⟨Philipp Hackert. Zwei Landschaften⟩ 6.2: 179
Philister 4.1: 746, (759)
Philister, Der 4.1: 759, (746)
Philister und Schöngeist 4.1: 746, 760
⟨Philoktet⟩ 13.1: 320
Philomele 2.1: 78
Philosoph und der Schwärmer, Der 4.1: 710, 764
Philosophen (Gut, daß ich euch) 4.1: 820
Philosophen, Die (Welche wohl bleibt) 4.1: 762, (693)
Philosophen verderben die Sprache 4.1: 720, 813
Philosophische Annalen (Reise behutsam) 4.1: 713
Philosophische Annalen (Vierzig Eselein) 4.1: 725
philosophische Gespräch, Das 4.1: 784, (724)
Philosophische Querköpfe 4.1: 704, 798
philosophische Unterredung, Die 4.1: 724, (784)
Philosoph'scher Roman 4.1: 721, (814)
Philosophscher Roman 4.1: 814, (721)
Philostrats Gemälde 11.2: 449
⟨Philostrats Gemälde, Nachtrag⟩ 13.2: 21
Phlegyasque miserrimus omnes admonet 4.1: 817

Phöbos und Hermes 6.1: 32
Physikalische Preis-Aufgabe der Petersburger Academie der Wissenschaften. 1827 18.2: 546
Physikalische Vorlesungen 1808 9: 919
Physikalische Vorträge schematisiert 6.2: 834
⟨Physiognomische Fragmente⟩ 1.2: 457
Physiognomische Reisen 2.1: 47
Physiognomische Skizzen der Gebrüder Henschel 18.2: 269
Physiognomisten, Die 2.1: 47
⟨Physische Wirkungen⟩ 6.2: 822
Pietra fungaja 9: 918
pilgernde Törin, Die 17: 184, 284
Pilgers Morgenlied 1.1: 210
⟨Pinsel und Feder vom Lorbeer umwunden⟩ 13.1: 130
Plan des Werks, Der 4.1: 798, (703)
⟨Plan Goethes zu Maßnahmen gegen Nachdruck und Anonymität⟩ 9: 1010
Planetentanz 2.1: 514
Plastische Anatomie 18.2: 539
Plato, als Mitgenosse einer christlichen Offenbarung 4.2: 47
Pleisse 4.1: 691, 788
Plinius Naturgeschichte 3.2: 182
»Pöbel! wagst du 4.1: 678
⟨Poesie. Plastik. Musik. Drei Schemata⟩ 6.2: 177
Poetische Gedanken über die Höllenfahrt Jesu Christi 1.1: 77
Poetische Metamorphosen 18.2: 404
Poetischer Dilettant 4.1: 743, (769)
Politische Lehre 4.1: 685
Polizei Trost 4.1: 705
Polygnots Gemälde in der Lesche zu Delphi (An diesem Versammlungsorte) 6.2: 508
Polygnots Gemälde in der Lesche zu Delphi (Die unwiderstehliche Begierde) 6.2: 508
⟨Polygnots Gemälde ⟨...⟩. Paralipomena⟩ 6.2: 1118
Polyphem auf Reisen 4.1: 703
Pompeji 4.1: 737
Porphyrogeneta den Kopf unter dem Arm 4.1: 732, 817
Portrait Ihro Königl. Hoheit der Frau Großherzogin von Sachsen-Weimar-Eisenach 18.2: 244
Positiones Juris 1.2: 551
Prächtig habt ihr gebaut 4.1: 694, 762
Prag 11.2: 355
Prahlt doch nicht 4.1: 696
Praktische Anstalten auf der Universität zu Jena 6.2: 897
Prangt mit den Farben Aurorens 4.1: 773, 833
⟨Preisaufgaben. Paralipomena 6.2: 1085, 1091, 1104⟩
Preise ⟨1800⟩ 6.2: 436
Preise ⟨1801⟩ 6.2: 440
Preise dem Kinde die Puppen 4.1: 809, 838
Preisfrage der Akademie nützl. Wissenschaften 4.1: 810, (723)
Preisfrage von der Akademie nützlicher Wissenschaften in St. 4.1: 723, (810)
Preisfrage zur Aufmunterung

des deutschen Genies 4.1: 723
Pretiöse, Der 4.1: 827
⟨›Priapeia‹, Bemerkungen zur Sammlung⟩ 3.2: 280
Priester werden Messe singen 11.1.1: 188; 12: 553; 13.1: 162
Principes de Philosophie Zoologique 18.2: 508
Prinzen und Grafen sind hier 4.1: 724, 810
Privilegium, Das (Blößen gibt nur) 4.1: 768
Privilegium, Das (Dichter und Kinder) 4.1: 784, (676)
Probatum est 11.1.1: 52
Problem 9: 50
Procul profani 4.1: 710
Professor Historiarum 4.1: 719, 812
Professor Meinecke in Halle 13.2: 302
Prolog ⟨1802 zu »Was wir bringen«⟩ 6.1: 784
Prolog (1811) ⟨Zur Eröffnung der ersten Gastspielserie des Weimarischen Theaters in Halle⟩ 9: 258
Prolog. Bei Eröffnung der Darstellungen des Weimarischen Hoftheaters in Leipzig den 24. Mai 1807 9: 233
Prolog. Gesprochen den 1. Oktober 1791 4.1: 194
Prolog. Gesprochen den 7. Mai 1791 4.1: 192
Prolog von Schiller ⟨zu Wallenstein; von Goethe bearbeitet⟩ 6.2: 663
⟨Prolog zu dem dramatischen Gedicht Hans Sachs von Deinhardstein⟩ 18.1: 96
Prolog zu dem Schauspiel *der Krieg*, von Goldoni 4.1: 200
Prolog zu den neuesten Offenbarungen Gottes 1.1: 694
Prolog zu Eröffnung des Berliner Theaters im Mai 1821 13.1: 241
Prolog zum Lustspiel *Alte und neue Zeit*, von Iffland 4.1: 202
Prologus 18.1: 56
Prometheus 1.1: 669
Prometheus (Bedecke deinen Himmel) 1.1: 229; 3.2: 31
⟨Prometheus, Der gelöste⟩ 4.1: 191
Proœmion 13.1: 144; 11.1.1: (165)
Prophet, Der 4.1: 778, (710)
Propyläen. Eine periodische Schrift 6.2: 131
⟨Propyläen. Paralipomena⟩ 6.2: 962
Prosa 4.1: 721, (814)
Prosaische Reimer 4.1: 781, (713)
Proserpina. Ein Monodrama 2.1: 161
Proserpina. Melodram von Goethe, Musik von Eberwein 11.2: 191
⟨Protokoll und Eröffnungsansprache zur ersten Sitzung der Freitagsgesellschaft⟩ 4.2: 810
⟨Protokoll und Eröffnungsansprache zur zweiten Sitzung der Freitagsgesellschaft⟩ 4.2: 814
Prüft das Geschick dich 11.1.1: 230; 11.1.2: 57; 17: 15
Pseudo-Wanderer 13.1: 232
Publicum, Das (Wir haben dir Klatsch) 11.1.1: 165; 20.1: (416)
Publikum, Das (Fällt auf dem Eise) 4.1: 693, (757)

Publikum, Das (Wir haben dir Klatsch) 20.1: 416; 11.1.1: (165)
Publikum im Gedränge, Das 4.1: 720, 813
Püchlerische Familie 11.2: 366
Puffendorf 4.1: 822
Punkte zur Beobachtung der Metamorphose der Raupe 4.2: 240
Puppenspiel 1.1: 234
»Pure Manier« 4.1: 822, (732)
⟨Purismus⟩ 11.1.1: 166
Purist, Der 4.1: 716, 794
Pusten , grobes deutsches Wort! 13.1: 234
Pygmalion. Eine Romanze 1.1: 115

⟨Quarziges Tongestein⟩ 2.2: 515
Quelle der Verjüngung 4.1: 740
Quellen, Die 4.1: 762
Quellenforscher, Der 4.1: 798, (704)
Querkopf! schreiet ergrimmt in unsere Wälder 4.1: 704, 798
Qui pro quo 4.1: 709
Quod Dii dant 1.1: 136
Quodlibet 18.1: 73

R**sche Komposition 4.1: 713, (793)
⟨Radierte Blätter, nach Handzeichnungen von Goethe⟩ 13.2: 97
Räthsel (Ein Werckzeug ist es) 11.1.1: 234*
Räthsel (Viel Männer sind hoch zu verehren) 11.1.1: 50
Rätsel (Die besten Freunde) 13.1: 178
Rätsel (Ein Bruder ist's) 6.1: 55
⟨Rätsel⟩ (Stadt Ilm 26. Aug. 1813) 9: 85
Rätsel nach dem Griechischen (Nicht sterblich) 20.1: 841; 13.1: (117)
⟨Ramboux, J. A.: Altertümer und Naturansichten im Moseltale bei Trier⟩ 13.2: 195
⟨Ramboux, J. A., Ferd. Ruscheweyh: La Cena⟩ 13.2: 170
⟨Rameaus Neffe. Anmerkungen von Goethe⟩ 7: 656
Rameaus Neffe. Ein Dialog von Diderot 7: 567
Rameaus Neffe ⟨Nachträgliches⟩ 7: 703
Rameaus Neffe in Bezug auf Kunst und Altertum Teil IV. Heft 1. S. 159 7: 701
Ranunkeln 4.1: 773
Rapsoden 4.1: 819
Rastlose Liebe 2.1: 24
Ratsherr, Der 4.1: 684, 755
Rattenfänger, Der 6.1: 73
Raum und Zeit, ich empfind es sind bloße Formen 4.1: 739, 774, 834
Raum und Zeit hat man wirklich *gemalt* 4.1: 720, 792
Realist und Idealist 4.1: 698
Recensendum 4.1: 729
Rechenschaft 9: 32; 20.3: (253)
Rechnungsfehler 4.1: 820
Recht gesagt Schloßer! 4.1: 748
Rechtsanwalts-Eingaben 1.2: 557
Rechtsfrage 4.1: 822
Rede leiser mein Freund. 4.1: 819
Rede nicht mit dem Volk 4.1: 822

Redensarten welche der Schriftsteller vermeidet, sie jedoch dem Leser beliebig einzuschalten überläßt 11.2: 227
Redet, Lumpen 4.1: 828
⟨Reflexion über den Egoismus des Tüchtigen⟩ 18.2: 177
⟨Reflexion über nationelle Eigentümlichkeiten⟩ 18.2: 150
⟨Reflexionen über allgemeine Weltliteratur⟩ 18.2: 178
Refraktion im allgemeinen 6.2: 807
Refraktion ohne Farbenerscheinung 6.2: 811
⟨Regeln für Schauspieler⟩ 6.2: 703
⟨Regeln für Schauspieler. Paralipomena⟩ 6.2: 1201
Regen und Regenbogen 9: 105
⟨Regenbogen über den Hügeln⟩ 13.1: 128, 131, 132
Reget sich was 4.1: 706, 800
Reich ist an Blumen die Flur 4.1: 749, 771, 832
Reichardt, Johann Friedrich: Vertraute Briefe aus Paris 6.2: 560
Reiche, Der 1.1: 96
Reichen Beyfall hattest du erworben 11.1.1: 229
Reicher Blumen 11.1.1: 114
Reichsanzeiger 4.1: 725, 806
Reichsländer 4.1: 689
Reichtum und Blüte 13.1: 182
Rein zuerst sei das Haus 4.1: 783
⟨Reine Begriffe⟩ 4.2: 332
reine Phänomen, Das 6.2: 820
Reinecke Fuchs (Vor Jahrhunderten hätte ein Dichter) 4.1: 716, 808
Reineke Fuchs. In zwölf Gesängen 4.1: 282
Reiner Bach, du entstellst nicht 4.1: 798
Reingewaschen in Lammesblut 13.1: 233
⟨Reinigen und Restaurieren schadhafter Gemälde⟩ 11.2: 316
Reise behutsam o Wahrheit 4.1: 713
Reise der Söhne Megaprazons 4.1: 267
Reise-Seegen 11.1.1: 223
⟨Reisetagebuch, 30 Oktr 1775⟩ 1.2: 547
Reisezehrung 9: 15
Reißt der schöne Wahn entzwey 11.1.1: 69
Reitest du bey e'nem Schmied vorbey 11.1.1: 93; 11.1.2: 39
Reizmittel in der bildenden Kunst 18.2: 232
⟨Relief von Phigalia⟩ 11.2: 444
Reliquie, Die 1.1: 149; 9: (96)
Rembrand der Denker 18.2: 321
RENDSCH NAMEH. BUCH DES UNMUTHS 11.1.2: 47
Renegat, Der 4.1: 826
Reparaturen und Baumaßnahmen im botanischen Garten zu Jena 18.2: 599
Repräsentant ist jener 4.1: 747, 758
Republiken hab' ich gesehen 4.1: 683, 754, 840
Requiem, dem frohsten Mann des Jahrhunderts 11.1.1: 280
Requisit, Das 4.1: 679, 802
Restauriertes Gemälde 13.2: 158
Resultate meiner Erfahrungen 4.2: 361

Rettung 1.1: 156
⟨Retzsch, M.: Galerie zu Shakespeares dramatischen Werken⟩ 18.2: 254
Reuchlin! wer will sich ihm vergleichen 13.1: 217
Reue 4.1: 883; 8.1: 445
Revision 1780 2.1: 494
Revolutionen 4.1: 787
Rezension (Sehet wie artig der Frosch) 4.1: 723, 812
Rezension einer Anzahl französischer satyrischer Kupferstiche 4.2: 100
Rhein 4.1: 689, 787
Rhein und Mosel 4.1: 690, 787
Rhus cotinus (De Candolle Theorie elementaire de la Botanique) 18.2: 409
Rhus cotinus (Die wollartigen ⟨...⟩ Endspitzen der Zweige) 18.2: 410
Richter 4.1: 717
Richter, Jean Paul 4.1: 712, 781
Richter in London! 4.1: 717
Richtet den herrschenden Stab 4.1: 791, 836
Rinaldo 9: 53
Ring, Der (Wäre der Rubin mir eigen) 9: 112*
Ring und Stab! 4.1: 738
Ringe Deutscher 4.1: 719, 771
Ringlein kauft! 13.1: 121
Rings um schrie 4.1: 732, 822
Ritter Curts Brautfahrt 6.1: 74
Ritter wohnt in diesem Haus, Ein 1.1: 1008*
Römisch mag mans immer nennen 18.1: 25
Römische Carneval, Das 3.2: 217
⟨Römische Denkmal in Igel und seine Bildwerke, Das⟩ 18.2: 272
RÖMISCHE ELEGIEN 3.2: 38
Römische Geschichte von Niebuhr 18.2: 19
Roesels Pinsel, Roesels Kiel 18.1: 21
Roma sotterranea di Antonio Bosio Romano 18.2: 239
Roman (Philosophscher Roman, du Gliedermann) 4.1: 814, (721)
romantische Poesie, Die. Stanzen zu Erklärung eines Maskenzugs (1810) 9: 245
Ros' und Lilie morgenthaulich 11.1.1: 15; 11.1.2: 17
Rosaliens Heiligtum 3.2: 161
Rosenknospe 4.1: 750, 772, 832
⟨Roux, J.: Die Farben⟩ 18.2: 252
Rückert, Friedrich, Östliche Rosen 13.1: 457
Rühr Saite du Sohn Alpins 1.1: 185
Rührt sonst einen der Schlag 4.1: 705, 799
»Ruf ich, da will mir keiner horchen 13.1: 191
⟨Ruffa, Tragödien⟩ 13.1: 367
Ruhelos strebend 4.1: 742
Ruhig am Arsenal 3.2: 128, (101), (118)
Ruhig gelehnt in die Gondel 3.2: 125
Ruhig saß ich in meiner Gondel 3.2: 86, 118
Ruhig soll ich hier verpassen 13.1: 12
Ruhig Wasser, grause Höhle 13.1: 173; 13.2: 97
⟨Ruhl, J. Eugenius: Kirchen, Paläste und Klöster in Italien⟩ 13.2: 109

Rungische Blätter 11.2: 355
⟨Russische Heiligenbilder⟩ 9: 651
Ruysdael als Dichter 9: 644

's gschieht wohl daß man an einem Tag 1.1: 256
Saale 4.1: 690, 788
Sachen so gestohlen worden 4.1: 723, 811
Sachen so gesucht werden 4.1: 723, 811
Sachmänner, Die 4.1: 745
Sänge sind des Lebens Bild 11.1.1: 196; 20.3: 459
Sänger, Der (Was hör' ich draußen vor dem Tor?) 2.2: 205*; 5: 127*
Sängers Ermuthigung 11.1.1: 196
Säule 4.1: 736
Sag doch Odysseus 4.1: 732
Sag du hast wohl viel gedichtet? 11.1.1: 123; 11.1.2: 72
Sag' ich's euch geliebte Bäume 2.1: 60
»Sag mir doch! von deinen Gegnern 13.1: 205
Sag' mir, warum dich keine Zeitung freut? 11.1.1: 57
Sag mir, was ein Hypochondrist 9: 132
Sag mir wo ist denn die Klicke? 4.1: 829
»Sag mir worauf die Bösen sinnen? 13.1: 10
»Sag nur warum du in manchem Falle 13.1: 57
»Sag nur wie trägst du so behäglich 13.1: 13
»Sag uns doch warum deine Galle 18.1: 60
»Sag uns Jungen doch auch was zu Liebe.« 13.1: 193
»Sag was enthält die Kirchen-Geschichte? 18.1: 74
Sag was könnt' uns Mandarinen 18.1: 16
Sag, was zählst du? 6.1: 36
Sag wie kommst du 4.1: 862
»Sage deutlicher wie und wenn 13.1: 200
Sage Freund, wie find ich 4.1: 729, 818
Sage mir ein weiser Mann 13.1: 210
Sage mir keiner 13.1: 104
Sage mir mit wem zu sprechen 18.1: 10
Sage mir / Was mein Herz begehrt? 11.1.1: 224; 11.1.2: 30
Sage Muse, sag dem Dichter 13.1: 179
Sage, tun wir nicht recht? 3.2: 137
Sage wann nützt mein Gedicht o Muse! 4.1: 829
»Sage warum dich die Menschen verlassen?« 13.1: 192
»Sage wie es dir nur gefällt 13.1: 192
Sage wie lebst du? Ich lebe! 3.2: 109, 145
Saget Steine mir an 3.2: 38, 39
Sagst du: Gott! 18.1: 79
Sagt es niemand, nur den Weisen 11.1.1: 26; 11.1.2: 21, 290
Sagt nur nichts halb 13.1: 106
Sagt was füllet das Zimmer 4.1: 751, (773), (833)
Sagt! was füllet das Zimmer 4.1: 773, 833, (751)
Sagt wem geb ich dies Büchlein? 3.2: 151
»Sagt! wie könnten wir das Wahre 13.1: 56
Sagt wo steht in Deutschland 4.1: 682, 804

Sah ein Knab' ein Röslein stehn 1.1: 163
Sah gemahlt, in Gold und Rahmen 11.1.1: 227
Saiten rühret Apoll 4.1: 675
Saki 11.1.1: 232; 11.1.2: 103
SAKI NAMEH. DAS SCHENKENBUCH 11.1.2: 95
Salmoneus 4.1: 729
⟨Salomo: Lied der Liebe, übersetzt von Friedrich Wilhelm Carl Umbreit⟩ 13.1: 344
Salomons Königs von Israel und Juda güldne Worte 1.2: 446
Salzach 4.1: 691, 789
Samenhäute 4.2: 131
Sammler und die Seinigen, Der 6.2: 76
I Samuel 16 Cap II V. 1.1: 231
Sanct Johannes im Kot 3.2: 89, 129
Sanct Joseph der Zweite 17: 22, 247
Sanct Rochus-Fest zu Bingen. Am 16. August 1814 11.2: 89
Sanftes Bild dem sanften Bilde 13.1: 19
Sangreich war Dein Ehrenweg 18.1: 45; 20.3: 1180
Sapienti sat 1.1: 270
Sappho von einem herrschenden Vorurteil befreit 11.2: 369
Sarah kocht unserm Herre Gott 1.1: 248
Sarkophagen und Urnen 3.2: 123, (83)
Saß ich früh auf einer Felsenspitze 3.2: 10
Saturnus eigne Kinder frißt 13.1: 33
Satyros oder der vergötterte Waldteufel. Drama. 1.1: 654
Sauber hast du dein Volk erlöst 3.2: 94
Schade daß die Natur 4.1: 710, 778
Schade daß ein Talent hier 4.1: 717, 783
Schade fürs schöne Talent 4.1: 809
Schadet ein Irrtum wohl? 4.1: 837
Schädliche Wahrheit 4.1: 699, 761, 837
Schäfers Klagelied 6.1: 55
Schaff' das Tagwerk meiner Hände 2.1: 28, (556)
Schaffen wohl kann sie den Stoff 4.1: 700, 766
Scharfsinnig habt ihr, wie ihr seid 13.1: 179
Schatzgräber, Der 4.1: 863
Schau, Liebchen, hin! 9: 20
Schauerlich stand das Ungetüm da 4.1: 732, 822
Schauspielerin 4.1: 811
Scheinbare Breccien 6.2: 750
⟨Schema der ganzen Farbenlehre⟩ 6.2: 818
⟨Schema über das Studium der bildenden Künste⟩ 4.2: 124
⟨Schema und Bemerkungen zu Ludwick Tieck: Franz Sternbalds Wanderungen⟩ 6.2: 549
⟨Schema zu einem Aufsatz über die Schwefelwasser bei Berka an der Ilm⟩ 9: 1022
Schema zu einem Volksbuch, historischen Inhalts 9: 605
Schema zu einem Vorspiel bei Eröffnung des neuen Hamburger Theaters 18.1: 93
Schema zu einer Vorarbeit die fossilen Materialien im hiesi-

gen Fürstentum betreffend 4.2: 447
⟨Schema zu Kleists »Amphitryon«⟩ 9: 578
Schema zu Kunst und Altertum VI. Bdes. 3s Stück 18.2: 137
⟨Schema zu Münzgutachten, 8.–23. November 1793⟩ 4.2: 841
⟨Schema zu Münzgutachten, 5.–7. November 1793⟩ 4.2: 840
Schema zum geologischen Aufsatz 11.2: 542
⟨Schema zur Abschaffung der Duelle⟩ 4.2: 816
Schemata zu Schillers Totenfeier 6.1: 904
Schematisch ⟨Zu literarisch kulturellen Beziehungen zwischen Frankreich und Deutschland⟩ 18.2: 146
Schencke (Heute hast du gut gegessen) 11.1.1: 31; 11.1.2: (101)
Schencke komm! Noch einen Becher! 11.1.1: 112; 11.1.2: (102)
Schenke (Heute hast du gut gegessen) 11.1.2: 101; 11.1.1: (31)
Schenke (Nennen dich den großen Dichter) 11.1.1: 30; 11.1.2: 102
Schenke (Welch ein Zustand!) 11.1.2: 100; 11.1.1: (30)
Schenke, Der (So hab' ich endlich) 11.1.2: 106; 11.1.1: (206)
Schenke komm! Noch einen Becher! 11.1.2: 102; 11.1.1: (112)
Schenke spricht 11.1.1: 29; 11.1.2: 98
Scherz, List und Rache. Ein Singspiel 2.1: 425
Scheu wie das zitternde Reh 4.1: 741
Scheusal! Was bellst du? 4.1: 729
Schicke dir hier den alten Götzen 1.1: 215
Schicke dir hier in altem Kleid 1.1: 214
Schiefer 3.2: 301
⟨Schiller: Die Piccolomini. Wallensteins Erster Teil. Ein Schauspiel in fünf Aufzügen⟩ 6.2: 670
⟨Schiller, Frederick: Wallenstein⟩ 18.2: 130
Schillers Almanach von 1796 (Du erhebst uns erst) 4.1: 727, 806
Schillers Almanach von 1797 (Nun erwartet denn auch) 4.1: 728
Schillers Würde der Frauen (Vorn herein liest sich das Lied) 4.1: 812
Schinks Faust 4.1: 808
Schläfst du noch immer? 3.2: 90, 129
Schlägst du ihn aber mit Gewalt 11.1.1: 84; 11.1.2: 63
Schlaf ich, so schlaf ich mir bequem 9: 126
Schlange halte Stille! 13.1: 184
Schlange warte 2.1: 79
Schlechter Dienst 4.1: 827
Schlechter Trost 11.1.2: 33; 11.1.1: (101)
Schlechtes zu fertigen 4.1: 680
Schlimm ist es, wie doch wohl geschieht 11.1.1: 200; 11.1.2: 64
Schloß Marienburg 13.2: 173
Schloßbaukommission 3.2: 405

Schlüssel 4.1: 699, (760)
Schlüssel, Der 4.1: 760, (699)
Schlüssel liegen im Buche zerstreut 6.1: 36
Schlummer und Schlaf 2.1: 101
Schlußpoetik 13.1: 179
Schmeichelnd lade das Tor den Freien ein 4.1: 737
Schmeichelt der Menge 4.1: 678
Schmerzlich trat ich hinein 18.1: 28
Schmetterling, Der 1.1: 128, 143
Schmückt die priesterlichen Hallen 18.1: 29
»Schneide so kein Gesicht! 13.1: 208
Schneider-Courage 2.1: 31
Schneidet, schneidet ihr Herrn 4.1: 797
Schön erhebt sich der Aglei 4.1: 750, 772, 832
Schön und köstlich ist die Gabe 11.1.1: 238, 239
Schön und menschlich ist der Geist 13.1: 170; 13.2: 69
schöne Anthia, Die 13.2: 29
Schöne Brücke 4.1: 737
schöne Geist und der Schöngeist, Der 4.1: 746, 760
Schöne Individualität 4.1: 765, (697)
Schöne Kinder tragt ihr 3.2: 91, 119, 130
schöne Nacht, Die 3.2: 15
Schöne Naivetät der Stubenmädchen 4.1: 813, (720)
Schöne Naivität der Stubenmädchen 4.1: 720, (813)
Schöne Seele 4.1: 752
Schönheit (Schönheit ist ewig) 4.1: 697, 765
Schönheit (Willst du schon zierlich) 4.1: 692, (757), (842)
Schönheit ist ewig nur Eine 4.1: 697, 765
Schönste Tugend einer Seele 1.1: 148
Schöpfung durch Feuer 4.1: 696, 795
Schon ein Irrlicht 4.1: 695, 796
Schon entrunzeln sich alle Gesichter! 3.2: 98, (135)
Schon entrunzelt sich jedes Gesicht 3.2: 135, (98)
Schon so lang' umarm ich 4.1: 690, 787
Schon vom Gifte durchwühlt 6.1: 86
Schon wälzen schnelle Räder 1.1: 113
Schoßkind, Das 4.1: 699, 761, (837)
Schreckensmänner wären sie gerne 4.1: 679, 801
Schreib die Journale nur anonym 4.1: 802
Schreibt er in Neßky 11.1.1: 159, 161
Schreien, Das 1.1: 120, 143, (129)
Schrein, Das 1.1: 129, (120), (143)
Schriften für Damen und Kinder 4.1: 715, 793
Schroffe Felsen, weite Meere 18.1: 11
Schüler macht sich der Schwärmer 3.2: 127, (87), (119)
Schütte die Blumen nur her 4.1: 886, 887
Schüttle den Staat 4.1: 679
⟨Schütz, Wilhelm, Irrtümer und Wahrheiten⟩ 13.1: 489
Schulmeister zu Breslau, Der 4.1: 780

⟨Schulpforta⟩ 13.1: 118
Schwänden dem inneren Auge die Bilder 4.1: 751, 773, 834
Schwärmt ihr doch zu ganzen Scharen 13.1: 221
Schwarz und ohne Licht 18.1: 35
Schwarz und Weiß, eine Totenschau 9: 119
Schwarzer Schatten 11.1.1: 153
Schwarzes Fahrzeug teilt die Welle 13.1: 76
⟨Schwebender Genius über der Erdkugel 13.1: 127, 132
»Schweig du weißt es besser 3.2: 100
Schweizeralpe (War doch gestern) 4.1: 906*
Schweizerisch 20.1: 252; 9: (51)
Schweizerlied 9: 51; 20.1: (251)
⟨Schweizerreise 1775⟩ 1.2: 542
Schwer erhalten wir uns den guten Namen 3.2: 71, (70)
Schwer, in Waldes Busch und Wuchse 13.1: 40
Schwer zu besiegen 4.1: 774, (739), (834)
Schwer zu bezwingen 4.1: 739, (774), (834)
schwere Verbindung, Die 4.1: 702, 767, (838)
⟨Schwerins Tod. Gemalt von Frisch, gestochen von Berger⟩ 4.2: 9
Schwester von dem ersten Licht 1.1: 151; 9: 97
Schwimme, du mächtige Scholle 4.1: 842, (693), (757)
Schwimme nur hin du mächtige Scholle! 4.1: 757, (693), (842)
Schwimme nur hin du Scholle des Eises! 4.1: 693, (757), (842)
Schwimmt auch die Wolke des Grams 4.1: 752
Schwindelnd trägt er dich fort 4.1: 735
Scot, Walter. Leben Napoleons 18.2: 92
Séance 4.1: 911
Sebus, Johanna 9: 28
⟨Sechs Ansichten von Frankfurt am Main⟩ 18.2: 243
Sechs begünstigte des Hofes 11.1.1: 45; 11.1.2: (124)
Sechs Begünstigte des Hofes 11.1.2: 124; 11.1.1: (45)
Sechs und zwanzig Groschen gilt mein Taler! 9: 146
Sechste Nachricht von dem Bergbaue zu Ilmenau 4.2: 788
Sechzig Begriffe wurden mir neulich diebisch 4.1: 723, (811)
Sechzig Dukaten 4.1: 723
Seefahrt 2.1: 27
Seele legt sie auch in den Genuß 4.1: 709
Segenspfänder 11.1.1: 77; 11.1.2: 10
Seh ich an andern große Eigenschaften 9: 137
Seh ich den Pilgrim ich kann mich der Träne 3.2: 85, (125)
Seh' ich den Pilgrim, so kann ich mich nie 3.2: 125, (85)
Seh' ich die Werke der Meister an 9: 111
Seh ich zum Wagen heraus 11.1.1: 25
Sehen möcht ich dich Nickel 4.1: 705, 799
Sehet auch wie ihr in S*** 4.1: 687, 785
Sehet wie artig der Frosch 4.1: 723, 812

Sehnsucht (Dies wird die letzte Trän' nicht sein) 1.1: 273
Sehnsucht (Was zieht mir das Herz so?) 6.1: 76
Seht den Felsenquell 1.1: 518
Seht den Vogel! 6.1: 39
Seht ihr die lustigen Brüder 4.1: 676
Seht ihr in *Leipzig* die Fischlein 4.1: 786, (688)
Seht ihr in Leipzig die Fischlein 4.1: 688, (786)
Seht so schein ich mein Herz 3.2: 110, (145)
Seht, was versucht nicht der Mensch 4.1: 737
Sei das Werte solcher Sendung 9: 95
»Sei deinen Worten Lob und Ehre 13.1: 55
Sei du im Leben wie im Wissen 13.1: 227
»Sei einmal ehrlich nur 13.1: 192
Sei gefühllos! 1.1: 124
Seid, geliebte kleine Lieder 1.1: 121
Seid ihr da glücklich vorbei 4.1: 688, 786
Seid ihr ein Fremder, mein Herr? 3.2: 103
Seid ihr verrückt 18.1: 62
Seid ihr, wie schön geputzte Braut 13.1: 55
Seid mir willkommen süße Buhlerinnen 18.1: 87
Seid, o Geister des Hains 2.1: 76
Seid willkommen edle Gäste 13.1: 41
Sein Gefolge 4.1: 732, (822)
Sein Handgriff 4.1: 680, 803
Sein Schicksal 4.1: 690
Seine Meinung sagt er 4.1: 703, 798
Seine Schüler hörten nun auf 4.1: 696, 796
Seine Todten mag der Feind betrauern 11.1.2: 114; 11.1.1: (214)
Seine Todten mag der Feind betrauren 11.1.1: 214; 11.1.2: (114)
Seine Unsterblichkeit 4.1: 708
Seinem und Schäkespears 1.1: 184
Seinen Sarkophag verzierte der Heide 3.2: 83, (123)
Seit einigen Tagen 9: 112
Seit jenen Zeilen bis zum heutigen Tage 13.1: 98
Seit sechzig Jahren seh' ich 13.1: 52
Seit vielen Jahren hab' ich still 13.1: 36
Seitwärts neigt sich dein Hälschen 3.2: 95, 134
Sektions Wut 4.1: 797
Selbst das himmlische Paar 2.1: 73
Selbst erfinden ist schön 6.1: 48
Selbstbetrug 6.1: 70
Selbstgefühl 11.1.1: 55
⟨Selbstschilderung⟩ 4.2: 515
Selbstständigkeit 4.1: 692, (756), (841)
Selig bist du, liebe Kleine 2.1: 63
Selige Sehnsucht 11.1.2: 21, (291); 11.1.1: (26)
Selten erhaben und groß 4.1: 787
Seltsam ist Propheten Lied 9: 94
Seltsames Land! 4.1: 691, 788
⟨Sendschreiben an Sickler über dessen neuentdecktes Griechisches Grabmal bei Cumä⟩ 9: 621

Serbische Gedichte 18.2: 61
Serbische Lieder 13.1: 408
Serbische Literatur 13.1: 389
Servian popular poetry ⟨…⟩ 18.2: 108
⟨SESENHEIMER LIEDER⟩ 1.1: 158
Setze mir nicht, du Grobian 11.1.1: 111; 11.1.2: 98
Setze nur immer Mottos auf deine Journale 4.1: 803
Setzet immer voraus 4.1: 685
Seufzend flistert im Winde das Rohr 4.1: 742
Sey das Wort die Braut genannt 11.1.1: 33; 11.1.2: 22
Sey die Zierde des Geschlechts! 11.1.1: 223
Sey du von deiner Geliebten getrennt 11.1.1: 159; 11.1.2: (80)
Seyen sie stets wie Späne gespalten 11.1.2: 187
Shakespear und kein Ende! 11.2: 173
Shakespeare (Hoffnung beschwingt Gedancken) 11.1.1: 198*
Shakespeare, William: Hamlet. The first edition of the Tragedy 13.1: 429
Shakspear als Theaterdichter 11.2: 182
Sibillinisch mit meinem Gesicht 20.1: 940; 13.1: (203)
Sibyllinisch mit meinem Gesicht 13.1: 203; 20.1: (940)
Sich im Respect zu erhalten 11.1.1: 81; 11.1.2: 59
Sich in erneutem Kunstgebrauch zu üben 6.1: 46
Sich läßt die junge Frau 18.1: 65
Sich selbst zu loben ist ein Fehler 11.1.1: 155; 11.1.2: 53
Sich zu schmücken 6.1: 40
Sicher ruhst du auf uns 4.1: 736
Sicherheit, Die 4.1: 702, 768
Sicherung meines literarischen Nachlasses 13.1: 521
Sicherung meines literarischen Nachlasses und Vorbereitung zu einer echten vollständigen Ausgabe meiner Werke 13.1: 524
Sicilianisch 20.1: 251; 9: (51)
Sicilianisches Lied 9: 51; 20.1: (251)
»Sie betrog dich geraume Zeit 13.1: 199
Sie entzückt mich 4.1: 835, (739), (774)
Sie fährt in alles rasch hinein 11.1.1: 195
Sie glauben mit einander zu streiten 9: 129
Sie haben dich heiliger Hafis 11.1.1: 35; 11.1.2: 26
Sie haben uns herausgeschickt 4.1: 196
Sie haben wegen der Trunckenheit 11.1.1: 130; 11.1.2: (98)
Sie haben wegen der Trunkenheit 11.1.2: 98; 11.1.1: (130)
Sie kann nicht enden 9: 17
Sie kauen längst an dem schlechten 13.1: 214
Sie machen immerfort Chausseen 13.1: 206
»Sie maltraitieren dich spät und früh 13.1: 209
Sie möchten gerne frei sein 13.1: 195
Sie sagen: das mutet mich nicht an! 9: 128
Sie saugt mit Gier verrätrisches Getränke 9: 49
Sie schelten einander Egoisten 13.1: 110

Sie streiten mit der Körperwelt 9: 120
Sie täten gern große Männer verehren 13.1: 213
Sie werden so lange votieren 18.1: 71
»Sie wollten dir keinen Beifall 13.1: 218
Sieben gehn verhüllt 6.1: 34
Sieben Jahre nur währte der Krieg 4.1: 715, 808
Sieben Schläfer 11.1.1: 45; 11.1.2: (124)
Sieben Städte zankten sich drum 4.1: 715, 807
Siebenschläfer 11.1.2: 124; 11.1.1: (45)
Siebente Nachricht von dem Bergbaue zu Ilmenau 4.2: 798
Siebente Weimarische Kunstausstellung vom Jahre 1805 6.2: 544
Siegesglück Napoleons in Ober-Italien 13.2: 180
Sieh! das gebändigte Volk 6.1: 87
Sieh hier in Einen Strauß 4.1: 740
Sieh in diesem Zauberspiegel 1.1: 232; 16: 674
Siehe! da finden sie sich 4.1: 742
Siehe schon nahet der Frühling 4.1: 757, 842
Siehe, wir hassen 4.1: 743
Siehest du Wieland, so sag ihm 4.1: 819
Siehst du das wie ich es sah 11.1.1: 461, (117)
Siehst du die Pomeranze? 3.2: 25
Siehst du dies wie ich es sah 11.1.1: 117, (461)
Siehst du neben dem Doge 3.2: 126
Sieht man den schönsten Stern die Nacht erhellen 9: 65
Silvestre de Sacy 11.1.2: 281
Sind die im Unglück die wir lieben 11.1.1: 56
Sind die Zimmer sämtlich besetzt 6.1: 32
Sind es Kämpfe, die ich sehe? 6.1: 83
Sind Gefilde türkisch worden 13.1: 75
Sind Könige je zusammen gekommen 9: 120
Singen sie Blumen der kindlichen Ruh 11.1.1: 201
Singet nicht in Trauertönen 5: 315
SINNGEDICHTE 3.2: 117
Sinnig zwischen beyden Welten 11.1.1: 247
Sinnreich bist du 4.1: 716, 794
Sisyphus 4.1: 732, 817
Sit mihi fas audita loqui 4.1: 728, (816)
Sittenrichter, Der 4.1: 681, (803)
sittliche und schöne Charakter, Der 4.1: 747, (758)
Sitz' ich allein 11.1.1: 95; 11.1.2: 95
Skandal 4.1: 813, (720)
Skelett und die Urne, Das 4.1: 737
Skizzen zu Castis Fabelgedicht: die redenden Tiere 11.2: 376
Sklaven sollten wir haben in Deiner Gegenwart? 4.1: 843
So der Weste⟨n⟩ wie der Osten 11.1.1: 247
So erhaben, so groß ist 4.1: 797, (697)

So geht es kühn 9: 203
So groß als die Begierde war in mir 2.1: 63
So hab ich das endlich von dir erharrt 11.1.1: 206; 11.1.2: (106)
So hab' ich endlich von dir erharrt 11.1.2: 106; 11.1.1: (206)
So hab ich würklich dich verloren? 3.2: 16
So hätt' ich mich denn wieder angezogen 4.1: 202
So hoch die Nase reicht 13.1: 192
So ist denn Tieck aus unsrer Mitten 13.1: 234
So kommt denn auch das Dichtergenie 9: 138
So lang' man nüchtern ist 11.1.1: 20; 11.1.2: 96; 19: (613)
»So laß doch auch noch diese gelten 13.1: 211
So laßt mich scheinen bis ich werde 5: 517, 859
So laßt mir das Gedächtnis 13.1: 199
So leitet zu des Schlosses Pforten 9: 114
So rissen wir uns rings herum 9: 231
So sag mir doch wie soll ich ihn denn winden 11.1.1: 155
So schauet mit bescheidnem Blick 11.1.1: 190; 12: 10; 13.1: 155
So schließen wir, daß in die Läng' 9: 146
So schlimm steht es wahrlich noch nicht 4.1: 679
So schwer ist's nicht 1.1: 104
So sehr dir auch der Topf gefällt 18.1: 73
So singet laut den Pillalu 11.1.1: 191
So soll die Orthografische Nacht 9: 69
»So still und so sinnig! 13.1: 18
So traurig daß in Kriegestagen 11.1.1: 84
So umgab sie nun der Winter 11.1.1: 35; 11.1.2: 65
So verwirret mit dumpf willkürlich verwebten Gestalten 3.2: 134, (96)
So verwirret mit seltnen willkürlich verwebten Gestalten 3.2: 96, (134)
So viel wir von ihm zu sagen wissen 18.1: 56
So wälz' ich ohne Unterlaß 2.1: 29
So wandelt hin, lebendige Gestalten 11.1.1: 197
So war es schon in meinen Tagen 6.1: 96
So wars immer 4.1: 768
So wars von jeher 4.1: 703
So weit bracht' es Muley, der Dieb 11.1.2: 95; 11.1.1: (95)
»So widerstrebe! Das wird dich adeln 13.1: 194
So wie der Papst auf seinem Thron 13.1: 35
So wie ein Vogel 1.1: 84
So wie ich weiß 18.1: 89
So wie Moses, kaum geboren 13.1: 175
So wie Titania im Feen- und Zauberland 2.1: 43
So willst du Teufel doch 18.1: 86
Sogar dies Wort hat nicht gelogen 9: 116; 19: (454)
Sohn der Erde! 4.1: 730
Solcher Bande darf sich niemand rühmen 11.1.1: 58

Soldatenlied zu Wallensteins Lager 6.1: 29
Soldatentrost 4.1: 656
Solgers nachgelassene Schriften und Briefwechsel. 2 Bände 18.2: 14
Soll auch das Wort sich hören lassen? 9: 101
Soll dein Kompaß dich richtig leiten 9: 119
Soll denn dein Opferrauch 9: 103
Soll der Neider zerplatzen 13.1: 198
Soll dich das Alter nicht verneinen 13.1: 128
Soll es reichlich zu dir fließen 13.1: 198
Soll ich dir die Gegend zeigen 11.1.1: 82; 11.1.2: 61
Soll ich von Smaragden reden 11.1.1: 130; 11.1.2: 33
Soll man dich nicht auf's schmälichste berauben 11.1.1: 160; 11.1.2: 59
Soll man euch immer und immer beplappern? 13.1: 197
Soll sich das Leben wohl gestalten 13.1: 70
Sollen dich die Dohlen nicht umschrein 13.1: 207
Sollen die Menschen nicht denken und dichten 11.1.1: 56
Sollen immer unsre Lieder 13.1: 126
Sollt einmal durch Erfurt fahren 11.1.1: 15
Sollt' es wahr sein 2.1: 47
Sollt' ich mich denn so ganz an Sie gewöhnen? 9: 13
Sollt ich nicht ein Gleichniß brauche⟨n⟩ 11.1.1: 58
Sommer 4.1: 834
Sommernacht 11.1.1: 38; 11.1.2: 104
Sonderbar 4.1: 826
Sonett, Das 6.1: 46
Sonette 9: 12
Sonntagskinder, Die 4.1: 815
Sonst war ich Freund von Narren 13.1: 181
»Sonst warst du so weit vom Prahlen entfernt 13.1: 47
Sonst wenn man den heiligen Coran citirte 11.1.1: 224; 11.1.2: 54
Sonst wie die Alten sungen 18.1: 80
Sorge (Kehre nicht in diesem Kreise) 2.1: 12
Sorge! sie steiget mit dir 4.1: 774, 834
Sorgend bewacht der Verstand 4.1: 702
Sorglos über die Fläche weg 2.1: 11
⟨Soumet, A.: Elisabeth de France⟩ 18.2: 126
Soweit bracht es Muley der Dieb 11.1.1: 95; 11.1.2: (95)
Späne ⟨Einfälle und Notizen⟩ 1.2: 500*
Spät erklingt, was früh erklang 9: 93
⟨Spätere Zeit⟩ 9: 938
Spaltet immer das Licht! 4.1: 695, 761
Span'sches hast du mir gesandt 18.1: 21
Spanische Romanzen, übersetzt von Beauregard Pandin 13.1: 381
Spiegel der Muse 6.1: 40
Spinnerin, Die 4.1: 669
Spittler 4.1: 719
Sprache (Warum kann der lebendige Geist) 4.1: 769, (749)

Sprache (Was reich und arm!) 1.1: 223
Sprache, Die (Warum kann der lebendige Geist) 4.1: 749, (769)
Sprache gab mir einst 4.1: 691, 788
Sprachforscher, Der 4.1: 792, (715)
Spree 4.1: 691, 788
Sprich! Unter welchem Himmelszeichen 11.1.1: 155
»Sprich, wie du dich immer 13.1: 82
»Sprich, wie werd' ich die Sperlinge los? 6.1: 38
Sprichst du von Natur und Kunst 13.1: 33
Spricht man mit jedermann 13.1: 203
Spricht Mephistopheles 18.1: 57
SPRICHWÖRTLICH 9: 121
Sprichwort bezeichnet Nationen 9: 143
Spröde, Die 4.1: 860
Spruch, Widerspruch 11.1.1: 54
Spude dich Kronos 1.1: 260; 3.2: (29)
Spude dich, Kronos! 3.2: 29; 1.1: (260)
St. Nepomucks Vorabend 13.1: 23
Staatsverbesserer, Die 4.1: 679
Stämme wollen gegen Stämme pochen 13.1: 16
⟨Stammbuchblatt für Unbekannt⟩ 9: 88
Stammbuchs-Weihe (Muntre Gärten lieb' ich mir) 9: 77
Stammbuchs-Weihe. Meinem lieben Wölfchen 13.1: 133
Stanze, dich schuf die Liebe 4.1: 735
Stark von Faust 13.1: 122
Statt den Menschen 6.1: 96
Statt des versprochenen Supplementaren Teils ⟨zur Farbenlehre⟩ 10: 921
⟨Statut der Freitagsgesellschaft⟩ 4.2: 809
Staub ist eins der Elemente 11.1.1: 25; 11.1.2: 20
⟨Stech-Schriften⟩ 1.1: 30, 35
Steckt doch Mark in jedem Knoch⟨en⟩ 11.1.1: 63
Stehn uns diese weiten Falten 9: 95
Steht vor dem Finstern milchig Grau 9: 120
Steil wohl ist er, der Weg 4.1: 782
Steindruck 13.2: 228
Steine sind zwar kalt und schwer 13.1: 69
steinernen Waffen betreffend, Die 11.2: 532
Steinschneider 18.2: 330
Stella. Ein Schauspiel für Liebende (Erste Fassung) 1.2: 37
Stella. Ein Trauerspiel (Zweite Fassung) 6.1: 462
Sterilemque tibi Proserpina vaccam 4.1: 728, 816
Sterne, Lorenz 13.1: 419
Sterne werden immer scheinen 13.1: 130
⟨Steuern und Erbzinsen Ruhla⟩ 2.2: 698
Stiftungslied 6.1: 50
Still doch von deinen Pastoren 4.1: 711, 779
Stille kneteten wir Salpeter 4.1: 779
Stimme des Ganzen ist deine Vernunft 4.1: 698, 765
Stirbt der Fuchs, so gilt der Balg 1.1: 155

Stockblinden, Die 4.1: 782
Stöpsel, Der 4.1: 679
Stoff und Gehalt zur Bearbeitung vorgeschlagen 18.2: 78
Stoschische Gemmensammlung 18.2: 229
Stoßgebet (Vor dem Aristokraten in Lumpen) 4.1: 794
Stoßgebet (Vor Werthers Leiden) 1.1: 263
Stoßseufzer 2.1: 31
Stratus 12: 472; 13.1: 158
Streiche jeder ein Distichon weg 4.1: 717
Strenge Fräulein zu begrüßen 11.1.1: 33
Strenge, wie mein Gewissen 4.1: 748
Strengling und der Frömmling, Der 4.1: 763
Studie nach Spinoza 2.2: 479
Studien 13.1: 168
Stürzt der rüstigste Läufer 4.1: 842
Stundenmaß der Italiener 3.2: 169
Subjekt, Das 4.1: 760
Suche nicht verborgne Weihe! 13.1: 129, 223
Suche nicht vergebne Heilung 9: 133
Suchst du das Unermeßliche 4.1: 737
Sucht ihr das menschliche Ganze! 4.1: 700
⟨Südöstliche Ecke des Jupiter-Tempels in Girgenti⟩ 18.2: 256
Südwärts hinter euch heulen 4.1: 687
Sülzer 4.1: 731, (818)
Süß den sprossenden Klee 3.2: 92, 126, 118
Süße Freundin 4.1: 659
Süße Sorgen 3.2: 29
Süßes Kind, die Perlenreihen 11.1.1: 102
Suleika (Ach! um deine feuchten Schwingen) 11.1.1: 129; 11.1.2: 87
Suleika (Als ich auf dem Euphrat schiffte) 11.1.1: 120; 11.1.2: 70
Suleika (An des lustgen Brunnens Rand) 11.1.1: 124; 11.1.2: (83)
Suleika (Die Sonne kommt!) 11.1.1: 124; 11.1.2: 72
Suleika (Hochbeglückt in deiner Liebe) 11.1.1: 119; 11.1.2: 69
Suleika (Kaum daß ich dich wieder habe) 11.1.1: 133; 11.1.2: (83)
Suleika (Nimmer will ich dich verlieren!) 11.1.1: 131
Suleika (Sag du hast wohl viel gedichtet?) 11.1.1: 123; 11.1.2: 72
Suleika (Volck und Knecht) 11.1.1: 128; 11.1.2: (76)
Suleika (Volk und Knecht) 11.1.2: 76; 11.1.1: (128)
Suleika (Warum du nur oft so unhold bist?) 11.1.1: 104; 11.1.2: 97
Suleika (Was bedeutet die Bewegung?) 11.1.1: 125; 11.1.2: (85)
Suleika (Wie! Mit innigstem Behagen) 11.1.2: 92; 11.1.1: (147)
SULEIKA NAMEH. BUCH SULEIKA 11.1.2: 67
Suleika spricht 11.1.1: 117; 11.1.2: 46
Sulzer 4.1: 818, (731)
Summarische Jahresfolge Goethescher Schriften 11.2: 249

Supplement zu Schillers Glocke 11.1.1: 69
Symbolum (Des Maurers Handeln) 11.1.1: 146*
Systeme, Die 4.1: 694, 762

Tabulae votivae 4.1: 749, 757
Tadeln ist leicht 4.1: 744, 770
Tadelt immer die Fürsten! 4.1: 826
Tadelt man daß wir uns lieben 13.1: 91
Tadle nur nicht! 13.1: 208
Tag- und Jahres-Hefte als Ergänzung meiner sonstigen Bekenntnisse 14: 7
Tage der Wonne 6.1: 49
Tagebuch, Das (Wir hören's oft) 9: 37
Tagebuch der italienischen Reise für Frau von Stein 1786 3.1: 7
⟨Tagebuch. Schweizerreise 1775⟩ 1.2: 542
Tageregister von 1792 14: 585
Talisman in Carneol 11.1.1: 77; 11.1.2: 10
Talismane 11.1.2: 12, 288; 11.1.1: (78)
Talismane, Amulete, Abraxas. Inschriften und Siegel 11.1.1: 78; 11.1.2: (12)
Talismane werd' ich in dem Buch zerstreuen 11.1.1: 80; 11.1.2: 56
Tancred (nach Voltaire) 6.1: 181
Tantalos (Auch den Tantalos sah ich) 4.1: 730, (817)
Tantalus (Jahre lang steh ich so hier) 4.1: 817, (730)
Taschenbuch 4.1: 805, (727)
⟨Taschereau, J. A.: Histoire de la Vie et des Ouvrages de Molière⟩ 18.2: 136
Tassos Jerusalem von demselben ⟨Manso⟩ 4.1: 780, (711)
Tassos Jerusalem von Manso 4.1: 711, (780)
Tausend andern verstummt 4.1: 719
Tausend Fliegen hatt' ich am Abend erschlagen 9: 124
Tausend Keime zerstreuet 4.1: 700, 758
Tausend Spione lauren 4.1: 693
⟨Tausend und Ein Tag⟩ 18.2: 135
Tausend und Eine Nacht 13.1: 347
Tausendfach und schön entfließe 17: 144
⟨Tausendundeine Nacht⟩ 18.2: 256
TEFKIR NAMEH. BUCH DER BETRACHTUNGEN 11.1.2: 38
Teile mir mit was du weißt 4.1: 746, 759
Teilen kann ich nicht das Leben 13.1: 228
Teilnahme der Engländer u. Schottländer an deutscher Literatur, Die 18.2: 145
Teilnahme der Franzosen an deutscher Literatur 18.2: 144
Teilnahme der Italiäner an deutscher Literatur 18.2: 146
Teilnahme Goethes an Manzoni 18.2: 28
Teilt euch wie Brüder! 4.1: 820
Teleolog, Der 4.1: 708, 778
Tempel 4.1: 736
⟨Temperamentenrose⟩ 6.2: 786
⟨Tennstedt⟩ 11.2: 533
Testament vom 24. Juli 1797 4.2: 512

⟨Testament vom 6. Januar 1831⟩ 18.2: 341
Teuer ist mir der Freund 4.1: 749
That und Leben mir die Brust durchdringen 11.1.2: 186
The first edition of the Tragedy of Hamlet. By William Shakespeare 13.1: 429
The Foreign quarterly Review. No. 1. July, 1827 18.2: 94
The Life of Friedrich Schiller. Comprehending an examination of his works. London 1825 18.2: 84
The most ingenious way 1.1: 270
⟨Theater-Einheit, in Bezug auf vorstehendes Trauerspiel ausgesprochen⟩ 13.1: 369
theatralischen Abenteuer, Die 4.1: 204
Thema 9: 31
Theophagen 4.1: 763
Theoretiker 4.1: 694, 762
Thomas Carlyle. Leben Schillers ⟨...⟩ 18.2: 179
Thou knowst how heappily 1.1: 88
Thut ein Schilf sich doch hervor 11.1.1: 83; 11.1.2: 21
⟨Tieck, Heroische Statuen⟩ 18.2: 266
⟨Tie⟨c⟩k, Ludwig, Die Verlobung, eine Novelle⟩ 13.1: 478
Tieck, Ludwig, Dramat⟨urg⟩ische Blätter 13.1: 573
⟨Tieck, Ludwig, Franz Sternbalds Wanderungen, Schema und Bemerkungen⟩ 6.2: 549
Tief aus dem Herzen hingesungen 2.1: 36
Tief verstummet die lärmende Jagd 4.1: 742
Tiefe Stille herrscht im Wasser 4.1: 666
TIMUR NAMEH. BUCH DES TIMUR 11.1.2: 65
Timur spricht 11.1.1: 230; 11.1.2: 55
⟨Tischbeins Zeichnungen des Ammazzaments der Schweine in Rom⟩ 11.2: 302
Tischlied 6.1: 57
Titelbild (Wilhelm Tischbeins Idyllen) 13.1: 169; 13.2: (62)
⟨Titelstrophen für »Die Leiden des jungen Werthers«⟩ 1.1: 263
Titius, Cajus, die wohl Bekannten! 13.1: 54
Tityos 4.1: 730
Toast zum akademischen Mittags-Mahl 13.1: 23
Toast zum 28. August 1820 13.1: 35
Toast zum Landtage 11.1.1: 181
Tochter der Luft, Die 13.1: 376
Todeslied eines Gefangnen 2.1: 79
Todfeind, Der 4.1: 704, 798
Töchterchen, dein Geschäft 4.1: 682
Töchterchen! nach trüben Stunden 11.1.1: 233
Töchtern edler Geburt 4.1: 711, 777
Töne Lied aus weiter Ferne 13.1: 24
Tolle Zeiten hab ich erlebt 3.2: 100, 137
Tonlehre 9: 923
Tor 4.1: 737
Toren hätten wir wohl 4.1: 715, 792

Torquato Tasso. Ein Schauspiel 3.1: 426
Torquato Tasso. Ein Schauspiel ⟨Bühnenfassung⟩ 6.1: 674
⟨Toscanische Münze⟩ 18.2: 318
Totalität 11.1.1: 52
Tote Sprachen 4.1: 745, 771
Totengräbers Tochter sah ich gehn 18.1: 65
Totentanz, Der 9: 79
Totes Liegendes 2.2: 490
Totes Liegendes um Eisenach 2.2: 488
⟨Touti Nameh, übersetzt von Carl Jakob Iken⟩ 13.1: 345
Trage dein Übel wie du magst 13.1: 222
tragischen Tetralogien der Griechen, Die 13.1: 317
Tragödie (Trauerspiele voll Salz) 4.1: 720, (813)
Tragödie aus der Zeit Karls des Großen 9: 186
⟨Tragödien von Ruffa⟩ 13.1: 367
Transparent-Gemälde 13.2: 9
⟨Trappformation bei Darmstadt⟩ 11.2: 528
Traue nicht dem Truncken Weisen 11.1.1: 59
Trauerloge (An dem öden Strand des Lebens) 11.1.1: 157*
Trauerreglement 9: 77
Trauerspiele voll Salz 4.1: 720, 813
Traun! 9: 27
Traurig herrscht der Begriff 4.1: 700, 766
Traurig Midas war dein Geschick! 3.2: 105, 120, 147
Treffliche Künste danket man 4.1: 762
Treib es mit ihm 18.1: 72
Treibet das Handwerk nur fort 4.1: 713, 782
Treu wie dem Schweizer gebührt 4.1: 689, 787
Treu wünsch ich dir 13.1: 69
treue Spiegel, Der 4.1: 798
Treuer alter Homer 4.1: 739
Triebfedern, Die 4.1: 764, (710)
»Triebst du doch bald dies bald das! 13.1: 18
Trierische Hügel beherrschte Dionysos 4.1: 656
Trilogie der Leidenschaft 13.1: 134
Trink nun, Bester! 4.1: 707
Trink, o Jüngling 1.1: 150
Tritt, in recht vollem klaren Schein 13.1: 38
Triumph der Empfindsamkeit, Der. Eine dramatische Grille 2.1: 165
Triumph der Schule 4.1: 694, 795
Triumph der Tugend (Ich fand mein Mädgen einst allein) 1.1: 108
Triumph der Tugend (Von stiller Wollust eingeladen) 1.1: 107
Triumphbogen 4.1: 736
Triumvirat 6.1: 68
Trocken bist du 4.1: 726, 807
Trocknet nicht, trocknet nicht 3.2: 22
Trost (Laß dich den Tod) 4.1: 730, 816
Trost (Mit dem hundertsten Teil) 4.1: 686
Trost (Nie verläßt uns) 4.1: 761, (699), (837)
Trost in Tränen 6.1: 82
Trotzig schauet und kühn 4.1: 741

Trümmer-Porphyr zu Ilmenau im Ratssteinbruche 11.2: 540
Trunken müssen wir alle seyn! 11.1.1: 94; 11.1.2: 96
Tu nur das Rechte 9: 123
Tuberose 4.1: 750, 772, (833)
Tuberose, du ragest hervor 4.1: 833, (750), (772)
Tugendspiegel, Der 1.1: 287
Tulpen! ihr werdet gescholten 4.1: 751, 772, (833)
Tulpen, ihr werdet gescholten 4.1: 833, (751), (772)
Tun die Himmel sich auf 6.1: 36
Tust deine Sache 13.1: 54
Tut dir jemand was zu lieb 9: 136
Τύχη 11.1.1: 189; 12: 91; 13.1: 156, 501
Typus 13.1: 168

Über allen Gipfeln / Ist Ruh 2.1: 53
⟨Über Aloys Hirt⟩ 18.2: 329
⟨Über ausstehende Arbeiten am Ilmenauer Bergwerk⟩ 2.2: 767
Über Berg und Tal 13.1: 15
⟨Über Bildung von Edelsteinen⟩ 11.2: 531
⟨Über Campbells ›Lectures on Poetry‹⟩ 13.1: 298
Über Christus und die zwölf Apostel, nach Raphael 3.2: 275
Über das Blau 4.2: 260
Über das deutsche Theater 11.2: 161
Über das Herz zu siegen 4.1: 765, (698)
Über das Herz zu siegen 4.1: 698, (765)
Über das Lehrgedicht 13.1: 498
⟨Über das Wachstum der Schweizer Gletscher⟩ 13.2: 235
Über das was man ist 1.2: 300
Über den Ausdruck Porphyrartig 9: 886
⟨Über den Bau und die Wirkungsart der Vulkane in verschiedenen Erdstrichen von Alexander von Humboldt⟩ 13.2: 247
⟨Über den Dilettantismus⟩ 6.2: 174
⟨Über den Dilettantismus. Allgemeines Schema⟩ 6.2: 151
⟨Über den Dilettantismus. Paralipomena⟩ 6.2: 1036
Über den Hochschnitt 6.2: 68
Über die beigefügten Kupfer ⟨zu ›Propyläen‹ Heft 1⟩ 6.2: 27
Über die bildende Nachahmung des Schönen von Carl Philipp Moritz 3.2: 271
Über die Einteilung der Farben und ihr Verhältnis gegen einander 4.2: 369
Über die Entstehung der 22 Blätter meiner Handzeichnungen 1810 fg. 13.2: 45
Über die Entstehung des Festspiels zu Ifflands Andenken 11.2: 201
Über die Farbenerscheinungen, die wir bei Gelegenheit der Refraktion gewahr werden 4.2: 388
Über die Flaxmannischen Werke 6.2: 144
⟨Über die Frankfurter Quartier-Ordnung⟩ 1.2: 669
Über die Gegenstände der bil-

denden Kunst (1797) 4.2: 121
Über die Gegenstände der bildenden Kunst (1798) 6.2: 27
⟨Über die Gegenstände der bildenden Kunst. Paralipomena⟩ 6.2: 900
⟨Über die Gestalt und die Urgeschichte der Erde von K. F. von Klöden. 1829⟩ 18.2: 370
Über die neue Ausgabe der Goethe'schen Werke 11.2: 210
⟨Über die Notwendigkeit, Tunlichkeit und Schicklichkeit der Trennung des Schauspiels von der Oper⟩ 9: 969
⟨Über die Notwendigkeit von Hypothesen⟩ 3.2: 297
⟨Über die Rangordnung der christlichen Feiertage⟩ 1.1: 53
Über die Spiraltendenz 18.2: 480
⟨Über die Trinität⟩ 1.1: 56, 60
⟨Über die Tugend und Gelehrsamkeit⟩ 1.1: 59
Über die verschiedenen Zweige der hiesigen Tätigkeit 4.2: 872
Über die Wiese 1.1: 223
Über ein Ding wird 9: 130
⟨Über ein französisches Dictum⟩ 11.2: 147
⟨Über eine altdeutsche Taufschale⟩ 13.2: 13
Über epische und dramatische Dichtung von Goethe und Schiller 4.2: 126
Über Europa hinweg 4.1: 730
⟨Über Flaxmans Kompositionen⟩ 6.2: 145
⟨Über Glas-, Emaille- und Porzellanmalerei⟩ 11.2: 515
Über Goethes Harzreise im Winter. Einladungsschrift von Dr. Kanngießer 13.1: 508
Über Heinrich Füeslis Arbeiten 4.2: 89
Über Italien. Fragmente eines Reisejournals 3.2: 161*
Über **** Junius an die Nachkommen 18.1: 56
⟨Über Kants Philosophie⟩ 11.2: 229
Über Kunst und Altertum in den Rhein- und Maingegenden 11.2: 306, (9)
Über Laokoon 4.2: 73
⟨Über Magdeburger Kunstsachen⟩ 6.2: 402
Über Martius Palmenwerk 13.2: 309
Über Mathematik und deren Mißbrauch, so wie das periodische Vorwalten einzelner wissenschaftlicher Zweige 13.2: 324
Über meines Liebchens Äugeln 11.1.1: 28; 11.1.2: 36
Über Moses Leichnam stritten 13.1: 220
Über Natur hinaus 4.1: 766
⟨Über Newtons Hypothese der diversen Refrangibilität⟩ 4.2: 376
Über Polygnots Gemälde 6.2: 537
Über's Niederträchtige 11.1.1: 32; 11.1.2: 53
Über strenge Urteile 6.2: 142
Über Tal und Fluß getragen 4.1: 903
⟨Über Volks- und Kinderlieder⟩ 13.1: 495
⟨Über Volkslieder⟩ 13.1: 404
Über Wahrheit und Wahr-

scheinlichkeit der Kunstwerke. Ein Gespräch 4.2: 89
Über Wetter- und Herren-Launen 11.1.1: 54
Über Wiese Hain und Dach 13.1: 132
Über zwei emetische Wurzeln 13.2: 319
Überall bist du Poet im Gespräch 4.1: 713
Überall trinkt man guten Wein 13.1: 109
Überall weichet das Weib dem Manne 4.1: 752
Überall will jeder obenauf seyn 11.1.1: 81; 11.1.2: 59
Übereinstimmung, Die 4.1: 760
Überfluß und Mangel 4.1: 705
Übermacht, Ihr könnt es spüren 11.1.1: 19; 11.1.2: 49
Übermütig sieht's nicht aus 13.1: 175; 18.1: 9
Überrascht dich der stärkere Sinn 4.1: 710
Überschriften dazu ⟨Zu gewissen Melodien⟩ 4.1: 793, (714)
Überschriften zu seinen Melodien 4.1: 714, (793)
Übersetzung (Xenien? ruft ihr) 4.1: 675
⟨Übersetzung der Fünften Olympischen Ode⟩ 1.1: 218
Übersicht des Bisherigen und Gegenwärtigen nebst Vorschlägen für die nächste Zeit 11.2: 605
Überspringt sich der Witz 4.1: 767
Übertreibung und Einseitigkeit 4.1: 814
Überzeugung soll mir niemand rauben 13.1: 198
Überzeugung sonderst du leicht 4.1: 678
Übrigens haltet euch ja 4.1: 688, 786
Uf'm Bergli 9: 51; 20.1: 251
⟨Ugolino Gherardesca, ein Trauerspiel⟩ 6.2: 598
Uli Khan auf der Terasse 11.1.1: 59
Ultima ratio 4.1: 683, 754, (840)
Ultimatum (Und so sag' ich zum letzten Male) 13.1: 163
Ultimatum (Wollt', ich lebte noch hundert Jahr) 6.1: 88
⟨Ulysses auf Phäa⟩ 3.1: 222
Um die rhetorischen Figuren auszuüben 1.1: 85
Um Friede (Der du von dem Himmel bist) 2.1: 13*
Um Mitternacht 11.1.1: 196; 13.1: (518)
Um Mitternacht ging ich, nicht eben gerne 11.1.1: 196; 13.1: 518
Um Mitternacht, ich schlief 13.1: 115
Um Mitternacht wenn die Menschen erst schlafen 2.1: 57
Um Mitternacht wohl fang ich an 1.1: 238
Um niemand zu schelten 18.1: 71
Umgekehrt 11.1.1: 56
Umherliegende Granite 18.2: 365
Umschlagseiten der einzelnen Hefte *Zur Morphologie* und *Zur Naturwissenschaft überhaupt* 12: 813
Umsonst, daß du ein Herz zu lenken 1.1: 140; 3.2: 25
Umstülpen führt nicht ins Weite 13.1: 57

Umwälzung 4.1: 802, (680)
»Unbedeutend sind doch auch manche von euren Gedichtgen«! 4.1: 795
Unbeerdiget irr ich noch stets 4.1: 729
Unbegrenzt 11.1.2: 25; 11.1.1: 33
Unberufene Schwärmer! 4.1: 682
Unberufenen, Die (Tadeln ist leicht) 4.1: 770, (744)
Unberufenen, Die (Wissen wollt ihr) 4.1: 685
Unbesonnenheit ziert die Jugend 18.1: 66
Unbeständigkeit 1.1: 126, 148; 3.2: (17)
Unbillige Forderung 13.2: 308
Und abermals Menschlichkeiten 4.1: 696, 796
Und als die Fische gesotten waren 18.1: 77
Und das beschäftigt dich so sehr 13.1: 176
Und die Liebe 4.1: 740, 775, 836
Und doch bleibt was Liebes immer 13.1: 56
Und doch haben die Recht die ich schelte 11.1.1: 35; 11.1.2: (27)
Und doch haben sie Recht die ich schelte 11.1.2: 27; 11.1.1: (35)
Und du versprichst, es gilt 18.1: 73
Und ein Gewebe sollt' es ewig sein? 18.1: 71
Und fand als ich mich aufgerafft 1.1: 232
Und frische Nahrung, neues Blut 3.2: 21; 16: 777
Und ich geh meinen alten Gang 2.1: 25
Und in Alammannen Mundart 11.1.1: 58
Und in Papillons Gestalt 1.1: 128, (143)
Und kraftlos sank ihr Haupt zurücke 1.1: 106
Und morgen fällt Sanct Martins Fest 18.1: 13
Und nun erhebt sich das größ⟨t⟩e Gelächt⟨er⟩ 11.1.1: 64
Und Samuel sprach zu Isai 1.1: 231
Und selbst den Leuten du bon ton 9: 147
Und sie in ihrer warmen Sphäre 18.1: 65
Und so Ade 11.1.1: 205
Und so bleibt auch, in ewigem Frieden 9: 120
Und so fang ich oben 13.1: 63
Und so geht mit guten Kindern 18.1: 376; 19: 191
Und so geschah's! Dem friedenreichen Klange 6.1: 90; 11.1.1: 297, 645
Und so haltet, liebe Söhne 13.1: 110
Und so heb' ich alte Schätze 17: 10
Und so ists auch Hafisen ergangen 11.1.1: 58
Und so kommt wieder zur Erde herab 9: 118
Und so sag' ich zum letzten Male 13.1: 163
Und so sag' ich zum zehnten Male 13.1: 49
Und so tändelt ich mir 3.2: 107, 148
Und so will ich, ein für allemal 13.1: 50
Und sollen das Falsche sie umtun 13.1: 58

Und sollst auch DU und Du und du 13.1: 9
Und unsrer Zelten Pfäle 11.1.1: 62
Und verächtlicher nichts 4.1: 764
Und wärst du auch zum fernsten Ort 9: 125
Und warum geht es nicht 13.1: 230
Und warum sendet 11.1.1: 158
Und was bleibt denn an dem Leben 11.1.1: 237
Und was die Menschen meinen 13.1: 47
Und was im *Pend-Nameh* steht 11.1.1: 36; 11.1.2: 39
»Und was sich zwischen beide stellt?« 9: 119
Und weil ihre Wissenschaft exakt 13.1: 214
Und weil sie so viel Recht gehabt 13.1: 214
Und weiterhin im *Mai* wenn's glückt 13.1: 176
Und wenn darauf zu höhrer Atmosphäre 12: 472; 13.1: 159
Und wenn der Mensch in seiner Qual verstummt 13.1: 94, 135
Und wenn die Tat bisweilen 13.1: 47
Und wenn du's vollbracht hast 2.1: 54
Und wenn er ganz gewaltig niest 13.1: 197
Und wenn man auch den Tyrannen ersticht 13.1: 196
Und wenn sie zuletzt erfrieren 6.1: 97
»Und wenn was umzutun wäre 13.1: 57
Und wenn wir unterschieden haben 12: 618; 13.1: 161
Und wer durch alle die Elemente 9: 118
Und wer franzet, oder brittet 11.1.1: 203; 11.1.2: 54
Und wer sich selbst erkennt 11.1.1: 154
Und wie das Trübe verdunstet und weicht 9: 120
Und wie die Hortensien seyd ihr 11.1.1: 62
Und, wie nach Emmaus 1.1: 247; 16: 660
Und will das Licht sich dem Trübsten entwinden 9: 120
Und wird das Wasser sich entfalten 9: 117
Und wo die Freunde verfaulen 13.1: 207
Unentbehrliche, Das 4.1: 706, 800
Unfreundlicher Ausruf (Ins Innere der Natur) 12: 225*
Ungebildet waren wir unangenehm 9: 131
Ungebühr 4.1: 783
Ungedruckte Winkelmannische Briefe 6.2: 188
Ungeduld 13.1: 141
ungeheure Orion, Der 4.1: 730
Ungezähmt so wie ich war 11.1.1: 109; 11.1.2: 45
Ungezogen genug sind schon die Menschen 4.1: 827
Ungleiche Heirat 2.1: 73
ungleiche Schicksal, Das 4.1: 759
ungleiche Verhältnis, Das 4.1: 813
ungleichen Hausgenossen, Die ⟨Ein Singspiel-Fragment⟩ 2.1: 466
Unglück bildet den Menschen 2.1: 102

Unglückliche Eilfertigkeit 4.1: 816, (729)
unglückliche Eilfertigkeit, Die 4.1: 729, (816)
Unglückselige Frösche 3.2: 150
Unglückselige Zeit! 4.1: 725
⟨Universität Jena, disziplinarische Angelegenheiten⟩ 4.2: 816
Unmöglich ist's den Tag dem Tag zu zeigen 11.1.1: 188
Unmögliche Vergeltung 4.1: 681, 803
Uns gaben die Götter 1.1: 208
Unschuldige Schwachheit 4.1: 791, (728)
Unser Dank, und wenn auch trutzig 13.1: 42
Unser einer hats halter gut 4.1: 789
Unser Vorgänger 4.1: 675
Unsere Reihen störtest du gern 4.1: 706, 799
Unsere Stimme zum König 4.1: 684
Unserm Meister, geh! verpfände 11.1.2: 281
Unsre Gedichte nur trifft dein Spott 4.1: 728, 791
Unsre Poeten sind seicht 4.1: 813
Unsre Tragödie spricht zum Verstand 4.1: 815
Unsrer liegen noch hundert 4.1: 676, (805)
Unsrer liegen noch tausend 4.1: 805, (676)
Unter allen, die von uns berichten 4.1: 712, 781
Unter dem Felsen am Wege 11.1.2: 134
Unter dem leichten Geschlecht 4.1: 736
Unter der Menge strahlest du vor 4.1: 750, 772, (833)
Unter die Zwillinge tretet ihr nun 4.1: 686
Unter diesen / Lorbeerbüschen 6.1: 19
⟨Unter eine Silhouette von Charlotte von Stein⟩ 1.2: 490
Unter Fischern 11.2: 552
Unter halb verwelkten Maien 13.1: 142; 9: (112)
Unter halbverdorrten Maien 9: 112; 13.1: (142)
Unter mir, über mir 4.1: 737
Unter vier Augen 4.1: 809
Untergang der Zund-Dynastie 11.1.1: 59
Unterhaltungen deutscher Ausgewanderten 4.1: 436
Unterhaltungen über Gegenstände der bildenden Kunst 9: 533
Unterredung mit Napoleon 14: 576
Unterschied (Zweierlei Arten gibt es) 4.1: 684, 755, (840)
Unterschied, Der (Lächelnd sehn) 4.1: 767
Unterschied, Der (Unberufene Schwärmer!) 4.1: 682
Unterschied, Der (Will der *Witz*) 4.1: 701
Unterschied der Stände 4.1: 747, 758
Unterschieden ist nicht das Schöne vom Guten! 4.1: 659
Untertänigster Jahres-Bericht über den Zustand der Museen und anderer wissenschaftlichen Anstalten zu Jena ⟨1812⟩ 9: 980
Unvermeidlich 11.1.2: 35; 11.1.1: (27)

Unvermutete Zusammenkunft 4.1: 818, (729)
Unverzeihliche, Das 4.1: 711, 780
Unwiderstehlich muß die Schöne 1.1: 1008*
Unwilliger Ausruf (Ins Innere der Natur) 12: 225*
Urania 4.1: 726, 807
Urfaust 1.2: 134
⟨Urne auf einem bunten Teppich⟩ 13.1: 129
Ursache (Wenn du laut) 4.1: 755, (684), (840)
Ursache der Vulkane wird angenommen 13.2: 249
Ursprünglich eignen Sinn 13.1: 225
Ursprüngliches 11.1.1: 53
Urteilsworte französischer Kritiker ⟨I⟩ 11.2: 235
Urteilsworte französischer Kritiker ⟨II⟩ 11.2: 265
URWORTE. ORPHISCH 12: 91; 13.1: 156, 500; 11.1.1: (188)
URWORTE, ORPHISCH 11.1.1: 188; 12: (91); 13.1: (156), (500)
Urworte Orphisch ⟨Kommentar Goethes⟩ 13.1: 500
⟨Urworte Orphisch. Nachtrag⟩ 13.1: 508
USCHK NAMEH. BUCH DER LIEBE 11.1.2: 30

v. R.** 4.1: 721, (779)
Va te sevrer des baisers 1.1: 96
Väterlichster Rat 4.1: 682, 754
Valet (Blumenkelche, Blumenglocken) 11.1.1: 145
Valet (Sonst war ich Freund von Narren) 13.1: 181
Vanitas! vanitatum! vanitas! 6.1: 93
Varnhagen von Ense, Biographische Denkmale 13.1: 479
Varrenhagen von Enses Biographien 18.2: 13
Vater, Der 4.1: 743
Vaudeville a. Mr. Pfeil 1.1: 91
Veilchen bring' ich getragen 1.1: 211
⟨Veilchen, Das⟩ 1.1: 234
VENEZIANISCHE EPIGRAMME 3.2: 83
Veni Creator Spiritus! 13.1: 21; 20.3: 507
Venus in der Schlacht 4.1: 682
⟨Veränderlichkeit der Racen⟩ 13.2: 312
⟨Verbesserung der akademischen Disziplin⟩ 6.2: 894
Verbindungsmittel, Das 4.1: 777, (710), (838)
Verbreiterung (Abzulehnen wäre daher) 11.2: 557
Verbreiterung (Sollte man irgend eine Vermutung aussprechen) 11.2: 557
Verdammen wir die Jesuiten 13.1: 219
Verdienst 4.1: 802, (705)
Verdoppelte sich der Sterne Schein 9: 119
Verein der deutschen Bildhauer 11.2: 391
⟨Verein der Kunstfreunde in Preußen⟩ 18.2: 288
⟨Vereinfachung des Kanzleistils⟩ 2.2: 651
vereitelten Ränke, Die, Gesänge aus der Oper 4.1: 216
Verfahre ruhig 18.1: 58
Verfasser des Hesperus 4.1: 715
Verfasser teilt die Geschichte seiner botanischen Studien mit, Der 18.2: 438

Verfehlter Beruf (Konnte denn die Nadel) 4.1: 713
Verfehlter Beruf (Schade daß ein Talent) 4.1: 717, 783
Verfehlter Beruf (Schreckensmänner) 4.1: 679, 801
Verfließet, vielgeliebte Lieder 1.1: 153
Verflucht sei wer nach falschem Rat 18.1: 79
Verfluchtes Volk! 9: 98
Vergebene Lehre 4.1: 826
Vergebliche Bemühung (Spaltet immer das Licht!) 4.1: 695, (761)
Vergebliche Müh (Willst du der getreue Eckart sein) 9: 112
Vergebliches Geschwätz 4.1: 768, (838)
Vergebnes Bemühen (O verschreien möchtet ihr gerne) 4.1: 827
⟨Verglaste Burgen⟩ 18.2: 372
Vergleichs Vorschläge die Vulkanier und Neptunier über die Entstehung des Basalts zu vereinigen 3.2: 299
Verhältnis des Dr. Eckermann zu den oberaufsichtlichen Geschäften, Das 18.2: 569
⟨Verhältnis zur Wissenschaft, besonders zur Geologie⟩ 13.2: 236
Verhandlungen mit Herrn Boisserée den Regenbogen betr. 1832 18.2: 557
Verirrtes Büchlein! 13.1: 64
Verkehrte Wirkung 4.1: 705, 799
Verkehrter Beruf 4.1: 684
Verlangen, Das 4.1: 742
Verlegene Ware 4.1: 678
Verleger von P** Schriften 4.1: 810, (722)
Verleger von P*** Schriften, Der 4.1: 722, (810)
Verliehet ihr den goldnen Kranz 13.1: 19
Verlobung, Die, eine Novelle von Ludwig Tiek 13.1: 478
Vermächtnis 17: 539; 18.1: 35
Vermächtniß alt persischen Glaubens 11.1.1: 105; 11.1.2: 111
Vernünftige Betrachtung 4.1: 794, (743)
Verpflanze den schönen Baum 1.1: 122
verschiedene Bestimmung, Die 4.1: 700, 758
Verschiedene Dressuren 4.1: 678, 801
Verschiedene Empfindungen an Einem Platze 2.1: 99
Verschon uns Gott mit deinem Grimme! 11.1.1: 81; 11.1.2: 59
Verschwiegenheit (Wenn die Liebste zum Erwiedern) 11.1.1: 157*
Verse! Wo irret ihr hin? 4.1: 738
Verständige Leute kannst du irren sehn 13.1: 209
Verstand 4.1: 700, 766
Verstand und Genie 4.1: 701, (766)
Verstanden hat er vieles recht 18.1: 83
⟨Versteinerung, Eine⟩ 6.2: 749
Versuch als Vermittler von Objekt und Subjekt, Der 4.2: 321; 12: 684
Versuch die Elemente der Farbenlehre zu entdecken 4.2: 413
Versuch die Metamorphose der Pflanzen zu erklären 3.2: 318

Versuch eine homerische, dunkle Stelle zu erklären 3.2: 157
Versuch einer allgemeinen Knochenlehre 4.2: 146
Versuch einer allgemeinen Vergleichungslehre 4.2: 179
Versuch einer Witterungslehre 1825 13.2: 275
Versuch über die Dichtungen ⟨Madame de Staël⟩ 4.2: 23
Versuch über die Gestalt der Tiere 4.2: 134
Versuche, Die (Dich zu greifen) 4.1: 761
⟨Versuche mit Leuchtsteinen⟩ 4.2: 315
Versuchung 2.1: 63
Versunken 11.1.2: 32; 11.1.1: (9)
Versus memoriales (*Invocavit* wir rufen laut) 2.1: 66*
Versus Memoriales zu Verbreitung und Festhaltung der zwei wichtigsten natürlichen Systeme 9: 31
Verteilet euch nach allen Regionen 6.1: 53; 13.1: (146)
Verteilet Euch, nach allen Regionen 13.1: 146; 6.1: (53)
⟨Vertrag mit J. P. Eckermann vom 15. Mai und 10. Juni 1831⟩ 18.2: 351
Vertrauen (Was krähst du mir) 11.1.1: 51
Vertrauter (Du hast so manche Bitte gewährt) 11.1.1: 156; 11.1.2: 64
⟨Verwaltung des Naturalienkabinetts in Jena⟩ 2.2: 660
Verwandte sind sie von Natur 13.1: 235
Verweile nicht und sei dir selbst ein Traum 9: 144; 11.1.1: (95); 11.1.2: (46)
Verweilst du in der Welt sie flieht als Traum 11.1.1: 95; 11.1.2: 46; 9: (144)
Verwünschter weiß ich nichts im Krieg 9: 99
⟨Verzeichnis der geschnittenen Steine⟩ 18.2: 247
Verzeichnis der Mineralien, welche auf unserer Tour nach dem Gotthard teils gefunden, teils angeschafft worden 4.2: 444
»Verzeihe mir, du gefällst mir nicht 13.1: 192
Verzeiht einmal dem raschen Wort 13.1: 9
Viel Gewohnheiten darfst du haben 9: 141
Viel gute Lehren 18.1: 41
Viel Männer sind hoch zu verehren 11.1.1: 50
Viel Rettungsmittel bietest du! was heißt's? 9: 129
Viel von Künsten 4.1: 843
Viel Wunderkuren gibts 13.1: 212
Viele Bücher genießt ihr 4.1: 675, 789
Viele der Veilchen zusammen geknüpft 4.1: 832, (750), (772)
Viele duftende Glocken 4.1: 750, 772, 832
Viele folgten dir gläubig 3.2: 84
Viele Gäste wünsch' ich heut 9: 86
Viele Kinder und schöne 18.1: 70
Viele Köche versalzen den Brei 9: 128
Viele Läden und Häuser 4.1: 727, 805
Viele Lieb' hab' ich erlebet 9: 136

Viele rühmen, sie habe Verstand; 4.1: 809
Viele sahn dich mit Wonne 4.1: 655
Viele sind gut 4.1: 700, 766
Viele Stimmen 4.1: 819
Viele Veilchen binde zusammen! 4.1: 750, 772, (832)
Vielen 4.1: 771, (832)
Vieles gibt uns die Zeit 6.1: 92
Vieles hab ich versucht 3.2: 88, 130
Vieles hast du geschrieben 4.1: 680, 802
Vieles kann ich ertragen 3.2: 115, 139
Vieles reicht' ich meinen Lieben 9: 95
Vielfach sind die Kräfte des Menschen 4.1: 770
Vielgeduldetes, genoßnes 11.1.1: 174
Vieljähriges dürft' ich euch wohl vertrauen! 13.1: 111
Vielwisser, Die 4.1: 762, (699)
⟨VIER ELEGIEN⟩ 3.2: 78
Vier Franzosen nenn ich euch erst 4.1: 826
Vier gefällige Kinder hast du 3.2: 96
Vier Gnaden 11.1.1: 79; 11.1.2: 12, 289
VIER JAHRSZEITEN 4.1: 832
Vier Thieren auch verheisen war 11.1.1: 116; 11.1.2: (122)
Vier Thieren auch verheißen war 11.1.2: 122; 11.1.1: (116)
Vier Träume 11.1.1: 330
Vierte Nachricht von dem Fortgang des neuen Bergbaus zu Ilmenau 4.2: 767
vierte Teil meiner Schriften, Der 2.1: 48
Vierzig Eselein ziehen 4.1: 725
Viro generosissimo 1.1: 136
Virtuose, Der 4.1: 723, 810
Visitator 4.1: 776, (677)
Vögel, Die. Nach dem Aristophanes 2.1: 313
Völlig charakterlos ist die Poesie 4.1: 814
Völligen Unsinn siegelt 13.1: 231
⟨Voigts Münzkabinett⟩ 18.2: 326
Volck und Knecht und Überwinder 11.1.1: 128; 11.1.2: (76)
Volk und Knecht und Überwinder 11.1.2: 76; 11.1.1: (128)
⟨Volksgesänge abermals empfohlen⟩ 13.1: 380
Volksgesang 3.2: 198
⟨VOLKSLIEDER⟩ 1.1: 165
Voll Locken kraus ein Haupt so rund! 11.1.1: 9; 11.1.2: 32
Volle vierundsiebzig Jahre 13.1: 111
Vollendung (Sagt es niemand) 11.1.1: 26*; 11.1.2: 21*, 290
⟨Vollendung eines Dinges⟩ 2.2: 512
Vollmondnacht 11.1.2: 90; 11.1.1: (141)
Vom Berge 3.2: 21; 1.2: (544); 16: (779)
Vom Eise befreit sind Strom und Bäche 6.1: 560
Vom heut'gen Tag, von heut'ger Nacht 11.1.2: 56; 11.1.1: (80)
Vom heutgen Tag, von heutger Nacht 11.1.1: 80; 11.1.2: (56)
Vom Himmel sank, in wilder Meere Schauer 11.1.1: 91; 11.1.2: 107
Vom Himmel steigend Jesus 11.1.1: 101; 11.1.2: 109

Vom plauderhaften Knaben 1.1: 182
Vom Vater hab ich die Statur 13.1: 228
Von allen Dingen die geschehn 9: 88
Von allen schönen Waren 4.1: 667
Von Arabesken 3.2: 191
Von Berges Luft, dem Äther gleich zu achten 11.1.1: 171
Von deinem Liebesmahl 11.1.1: 224; 13.1: 50
Von dem Berge zu den Hügeln 13.1: 143; 17: 152, 157, 543, 547; 20.3: (752)
Von dem Ding weiß ich nichts 4.1: 821
Von dem Gesetzlichen der Pflanzenbildung 18.2: 396
Von dem unsterblichen Friedrich 4.1: 714, 793
Von den achromatischen Gläsern 4.2: 372
Von den Augiten insbesondere 13.2: 259
Von den farbigen Schatten 4.2: 340
Von den Kotyledonen 2.2: 580
Von der Blüte zu den Früchten 18.1: 51
Von der Rose meines Herzens 13.1: 121
Von deutscher Baukunst (1773) 1.2: 415
Von deutscher Baukunst 1823 13.2: 159
⟨Von Goethe später verfaßte Erläuterung zu den Maskenzügen⟩ 2.1: 495
Von Gott dem Vater stammt Natur 13.1: 186
Von heiligen Männern 13.1: 11
Von Jahren zu Jahren 13.1: 55
Von kalten Weisen rings umgeben 1.1: 93
Von Knebels Übersetzung des Lukrez 13.1: 299
Von mehr als einer Seite verwaist 2.1: 81
Von Osten nach Westen 3.2: 152
Von Osten / Will das holde Licht 9: 93
⟨Von Personen welche gewisse Farben nicht unterscheiden können⟩ 6.2: 780
Von Sängern hat man viel erzählt 11.1.1: 153
⟨Von Salzungen nach Wilhelmstal bei Eisenach⟩ 2.2: 489
Von so zarten Miniaturen 13.1: 82
Von stiller Wollust eingeladen 1.1: 107
Von .... tu ich euch offen 18.1: 56
Von wem auf Lebens- und Wissens-Bahnen 13.1: 229
Von wem ich's habe das sag ich euch nicht 2.1: 32
Vor dem Aristokraten in Lumpen 4.1: 794
Vor dem Arsenal stehn 3.2: 101, 118, (128)
Vor dem Raben nur sehet euch vor 4.1: 687, 785
Vor den Wissenden sich stellen 11.1.1: 233; 11.1.2: 44
Vor der nördlichen Krone 4.1: 689
Vor der zerstörenden ⟨Zeit⟩ 4.1: 737
Vor die Augen meiner Lieben 18.1: 45
Vor Gericht 2.1: 32
Vor Jahrhunderten hätte ein Dichter 4.1: 716, 808

Vor vierzehn Tagen harrten wir 2.1: 81
Vor Werthers Leiden 1.1: 263
Vorarbeiten zu einer Physiologie der Pflanzen 4.2: 195
⟨Vorbereitung zur zweiten Reise nach Italien⟩ 4.2: 519
⟨Vorbereitungen zur Einrichtung eines chemischen Laboratoriums in Jena⟩ 2.2: 663
⟨Vorbilder für Fabrikanten und Handwerker, 1821⟩ 13.2: 112
⟨Vorbilder für Fabrikanten und Handwerker, 1823⟩ 13.2: 165
Vorklage 9: 96
Vormals im Leben ehrten wir dich 4.1: 730, 816
Vorn herein liest sich das Lied 4.1: 812
Vornehm nennst du den Ton 4.1: 783
Vornehm schaut ihr im Glück 4.1: 694, 762
Vorsatz 4.1: 800, (708)
Vorschläge den Künstlern Arbeit zu verschaffen 6.2: 184
Vorschlag ⟨an Künstler einen Zyklus zu wählen⟩ 18.2: 313
⟨Vorschlag zur Einführung der deutschen Sprache in Polen⟩ 4.2: 20
Vorschlag zur Güte (Du gefällst mir so wohl) 6.1: 98
⟨Vorschlag zur Güte⟩ ⟨einen Octavband herauszugeben »Goethe in den mißwollenden Zeugnissen der Mitlebenden«⟩ 13.1: 526
Vorschlag zur Güte (Teilt euch wie Brüder!) 4.1: 820
Vorschmack 11.1.1: 238; 11.1.2: 114
Vorsichtige, Der 4.1: 827
Vorspiel zu Eröffnung des Weimarischen Theaters (1807) 9: 235
⟨Vorsprüche zu den Gedichtgruppen im I. und II. Band der Ausgabe von 1815⟩ 9: 93
Vorstellung wenigstens ist 4.1: 821
Vorteile, die ein junger Maler haben könnte, der sich zuerst bei einem Bildhauer in die Lehre gäbe 4.2: 117
⟨Vortrag am 6. Juli 1796⟩ 4.2: 887
Vorüber führt 9: 101
⟨Vorwort zu ›Der deutsche Gilblas‹⟩ 13.1: 458
⟨Vorwort zu ›Der junge Feldjäger‹⟩ 13.1: 485
⟨Vorwort zu ›Des Jungen Feldjägers Kriegskamerad‹⟩ 13.1: 493
Vorwort ⟨zu Eckermanns Aufsatz: Über Goethes Rezensionen für die Frankfurter gelehrten Anzeigen⟩ 13.1: 536
Vorwurf 4.1: 826
Vorzug, Der (Jedermann freute sich) 4.1: 696
Vorzug, Der (Über das Herz) 4.1: 765, (698)
Voß contra *Stolberg*! 13.1: 230
⟨Voß, Johann Heinrich: Lyrische Gedichte⟩ 6.2: 565
Voß und Stolberg 14: 330
Vossens Almanach 4.1: 727, 805
⟨Votum an Carl August⟩ 4.2: 832
⟨Votum an Christian Gottlob Voigt⟩ 4.2: 855
⟨Votum zur Ausbildung der jungen Theologen⟩ 4.2: 885

⟨Votum zur Gründung eines Erziehungsinstituts für Ausländer⟩ 4.2: 884
Vulkanischer Ruß 6.2: 751

W. R. L. K. W. J. 4.1: 751, 773
W. v. H. 4.1: 752
⟨W. Zahn: Die schönsten Ornamente und merkwürdigsten Gemälde aus Pompeji, Herkulanum und Stabiä⟩ 18.2: 297
⟨W. Zahn: Die schönsten Ornamente und merkwürdigsten Gemälde aus Pompeji, Herkulanum und Stabiä. Voranzeige⟩ 18.2: 251
⟨Waagen, G. F.: Abbildungen der vorzüglichsten Werke von Christian Rauch⟩ 18.2: 265
⟨Wacholder in Goethes Garten⟩ 11.2: 557
Wachsende Neigung (Als kleines artges Kind) 9: 14*
Wachstum 9: 14
Wächter Zions, Der 4.1: 677, 801
Wär ich ein häusliches Weib 3.2: 103, 141
Wär' nicht das Auge sonnenhaft 6.1: 93; 13.1: 108; 12: (671)
Wär't ihr, Schwärmer, im Stande 4.1: 837, (760)
Wäre der Rubin mir eigen 9: 112
Wäre doch das Blättchen größer! 11.1.1: 69
Wäre Gott und Eine 13.1: 199
Wäre Natur und Genie von allen Menschen 4.1: 809
Wäre nicht dein Auge sonnenhaft 12: 671; 6.1: (93); 13.1: (108)
Wäre sie unverwelklich die Schönheit 4.1: 747, 766
Wären der Welt die Augen zu öffnen! 3.2: 150
Wärt ihr, Philister, im Stand 4.1: 760
Wärt ihr, Schwärmer, im Stand 4.1: 760, (837)
Waffen gegen Eifersucht (Laßt geschaffne Ritter kämpfen) 9: 90*
Wage der gewandte Stehler 18.1: 33
»Wagst du Deutsch zu schreiben 3.2: 104
Wagt ihr, also bereitet 6.1: 17; 12: 153; 13.1: 153
Wahl 4.1: 768, (703)
Wahlverwandtschaften, Die 9: 283
Wahnsinn ruft man dem Calchas 6.1: 33
wahre Genuß, Der 1.1: 140; 3.2: (25)
wahre Grund, Der 4.1: 764, (710)
Wahre Königin ist 4.1: 752
Wahrem Eifer genügt 4.1: 685
Wahrheit (Eine nur ist sie für alle) 4.1: 697, 764
Wahrheit ist niemals schädlich 4.1: 699, 761
Wahrheit sag ich euch 4.1: 677, 801
Wahrheit suchen wir beide 4.1: 760
Wahrheit und Schönheit 4.1: 746, (758)
Wahrheit willst du mich lehren? 4.1: 747
Wahrlich es füllt mit Wonne das Herz 4.1: 719, 791
Wahrlich es scheint nur ein Traum! 4.1: 692, 756, 841

Wahrlich, nichts lustigers weiß ich 4.1: 820
Waidtasche, Die 4.1: 800, (706)
⟨Wallenstein. Prolog von Schiller⟩ 6.2: 662
⟨Wallenstein. Prolog von Schiller. Von Goethe bearbeitet⟩ 6.2: 663
Wallstein Tragedie en cinq Actes (Der du des Lobs dich) 9: 28
⟨Wallenstein von Frederick Schiller⟩ 18.2: 130
⟨Wallensteins Erster Teil. Ein Schauspiel in fünf Aufzügen, Die Piccolomini von Schiller⟩ 6.2: 670
Walter Scot. Leben Napoleons 18.2: 92
Wanderers Gemüthsruhe 11.1.2: 53; 11.1.1: (32)
⟨Wanderers Sturmlied⟩ 1.1: 197
Wanderlied 13.1: 143; 17: (157)
wandlende Glocke, Die 9: 81; 20.3: (317)
⟨Wandrer, Der⟩ 1.1: 202
Wandrer und Pächterin 6.1: 77
Wandrers Gemüthsruhe 11.1.1: 32; 11.1.2: (53)
Wandrers Nachtlied (Der du von dem Himmel bist) 2.1: 13
Wandrers Nachtlied (Über allen Gipfeln) 2.1: 53
Wann magst du dich am liebsten bücken? 9: 135
»Wann wird der Herr seine Freude sehn?« 13.1: 191
War die Henne zuerst? 18.1: 84
War doch gestern dein Haupt 4.1: 906; 8.1: 437
War es stets so wie jetzt? 4.1: 743
War schöner als der schönste Tag 18.1: 18
War unersättlich nach viel tausend Küssen 9: 15
Warnung (Am jüngsten Tag) 9: 19
Warnung (Deutsche haltet nur fest) 4.1: 686
Warnung (Eine würdige Sache) 4.1: 814
Warnung (So wie Titania) 2.1: 43
Warnung (Unsrer liegen) 4.1: 676, 805
Warnung (Wecke nicht den Amor) 2.1: 97
Wartet nur! Alles wird sich 18.1: 62
Warum? 4.1: 684, (755), (840)
»Warum bekämpfst du nicht den Kotzebue 11.1.1: 195
Warum bin ich vergänglich? 4.1: 740, 775, 836
Warum bist du Geliebter 3.2: 66, 67
»Warum bist du so hochmütig 13.1: 198
»Warum denn aber bei unsern Sitzen 18.1: 81
»Warum denn wie mit einem Besen 18.1: 82
Warum doch erschallen 6.1: 765
Warum du nur oft so unhold bist? 11.1.1: 104; 11.1.2: 97
»Warum erklärst du's nicht 13.1: 13
»Warum fährst du nicht zu? 4.1: 727
Warum gabst du uns die Tiefen Blicke 2.1: 20
»Warum hat dich das schöne Kind verlassen?« 9: 140

Warum ich Royaliste bin 13.1: 218
Warum ich wieder zum Papier mich wende? 9: 16
Warum ist alles so rätselhaft? 9: 50
»Warum ist denn das Urteil allzukurz?« 18.1: 70
»Warum ist Wahrheit fern und weit? 11.1.1: 203; 11.1.2: 60
Warum kann der lebendige Geist 4.1: 749, 769
Warum leckst du dein Mäulchen 3.2: 91, 130
Warum macht der Schwärmer sich Schüler 3.2: 87, 119, (127)
»Warum magst du gewisse Schriften nicht lesen?« 9: 144
»Warum man so manches leidet 13.1: 49
Warum mir aber in neuster Welt 13.1: 196
»Warum nur die hübschen Leute 13.1: 16
»Warum o Steuermann 18.1: 60
Warum plagen wir 4.1: 743, 794
Warum sagst du uns das 4.1: 696, 797
Warum schiltst du die einen so hundertfach? 4.1: 722, 804
Warum schreit das Volk und rennt so? 3.2: 87, (126)
Warum siehst du Tina verdammt 2.1: 103
Warum stehen sie davor? 18.1: 9
Warum tadelst du manchen nicht öffentlich? 4.1: 722, 804
Warum tanzen Bübchen mit Mädchen so gern? 9: 118
Warum treibt sich das Volk so, und schreit? 3.2: 126, (87)
Warum uns Gott so wohl gefällt? 9: 139
Warum verzeiht mir Amanda 4.1: 809
Warum werden die Dichter beneidet? 9: 138
Warum will sich Geschmack und Genie 4.1: 702, 767, 838
»Warum willst du das junge Blut 13.1: 193
»Warum willst du den Christen 3.2: 116
»Warum willst du dich von uns allen 13.1: 9
»Warum willst du nicht mit Gewalt 13.1: 13
»Warum zauderst du so mit deinen Schritten?« 9: 136
Warum ziehst du mich 1.1: 265; 16: 732
Was ärgerst du dich über fälschlich Erhobene! 9: 140
Was alle wollen weißt du schon 11.1.1: 212; 11.1.2: 27, 203
Was Alte lustig sungen 18.1: 61
Was auch als Wahrheit oder Fabel 6.1: 92; 13.1: 109
Was auch Helden getan 3.2: 93
Was bedeutet dein Werk? 4.1: 745, 770
Was bedeutet die Bewegung? 11.1.1: 125; 11.1.2: 85
Was bei des Jünglings Blicken 1.1: 104
Was belohnet den Meister? 4.1: 744, 770
»Was brachte Lockmann nicht hervor 11.1.1: 84; 11.1.2: (62)
»Was brachte Lokman nicht hervor 11.1.2: 62; 11.1.1: (84)

Was das entsetzlichste sei 4.1: 780
Was das höchste mir sei? 4.1: 752
Was das Luthertum war 4.1: 787
Was dem Auge dar sich stellet 11.1.1: 182
Was dem einen widerfährt 13.1: 53
Was den Enkel so wie den Ahn frommt 9: 144
Was den Jüngling ergreift 6.1: 48
Was den konfusen Kopf 4.1: 704
Was der August nicht thut 11.1.1: 28
Was der berühmte Verfasser 4.1: 721, 793
Was der Dichter diesem Bande 3.1: 772; 18.1: 10
Was der für Käufer haben sollte 13.1: 39
Was der Gott mich gelehrt 4.1: 749, 757
Was der Mensch als Gott verehrt 6.1: 98
Was die Alten pfeifen 13.1: 171; 13.2: 78
Was die Großen Gutes taten 18.1: 80
Was die gute Natur weislich nur vielen verteilet 2.1: 74
Was die Natur bedarf 4.1: 709
Was die Weiber lieben und hassen 18.1: 65
Was doch buntes dort verbindet 11.1.1: 14; 11.1.2: 16
Was doch die größte Gesellschaft beut 18.1: 81
Was du auch gibst 4.1: 752
Was du dem Publikum 1.1: 1008*
Was? du hier in der Qual 4.1: 729
Was du mit Beißen verdorben 4.1: 681
Was du mit Händen nicht greifst 4.1: 706, 800
Was eben wahr ist aller Ort 9: 145
Was ein christliches Auge nur sieht 4.1: 708, 778
Was ein weiblich Herz erfreue 2.1: 97
Was einer denn wüßte? 18.1: 85
Was erreget zu Seufzern 4.1: 742
Was erschrickst du? 6.1: 38
Was erst still gekeimt in Sachsen 13.1: 190
Was? Es dürfte kein Cäsar 4.1: 734, 824
Was es gilt. Dem Chromatiker 13.1: 161; 11.1.1: (187); 12: (391)
Was euch die heilige Preßfreyheit 11.1.1: 211
Was fragst du viel 9: 128
Was frommt die glühende Natur 1.1: 258
Was für Ware du ihnen gebracht 4.1: 680
Was gehst du, schöne Nachbarin 6.1: 50
Was geschah? (Hungrig verließ er die Tafel) 4.1: 707
Was geschah? (Trink nun, Bester!) 4.1: 707
Was gibst du dir mit Lieb und Ehre 18.1: 88
Was gibt uns wohl den schönsten Frieden 9: 131
Was Gutes zu denken, wäre gut 9: 92
Was haben wir denn da gefunden? 13.1: 206

Was haben wir nicht für Kränze gewunden! 9: 1175; 18.1: 80
Was hätte man vom Zeitungstraum 13.1: 204
»Was hast du denn? 13.1: 111
»Was hast du uns absurd genannt? 13.1: 54
»Was hat dich nur von uns entfernt?« 13.1: 201
Was hat dir das arme Glas getan? 9: 146
Was hat Joseph gewollt? 3.2: 99
Was heißt denn Reichthum? 11.1.1: 96; 11.1.2: 46
»Was heißt du denn Sünde? 13.1: 103
Was heißt schonender Tadel? 4.1: 748, (768)
Was heißt zärtlicher Tadel? 4.1: 768, (748)
Was helfen den Jungfern alle Gaben 9: 58
Was helfen mir die vielen guten Zeichen? 4.1: 534
Was hieße wohl die Natur ergründen? 18.1: 22
Was hilft's dem Pfaffen-Orden 11.1.1: 160; 11.1.2: 59
Was hör' ich draußen vor dem Tor? 2.2: 205; 5: 127, 858
Was ich Allah höchlich dancke? 11.1.1: 83; 11.1.2: (61)
Was ich am meisten besorge 3.2: 98
Was ich dort gelebt, genossen 11.1.1: 187; 12: 412
Was ich in meinem Haus ertrag' 13.1: 202
Was ich leugnend gestehe 2.1: 92
Was ich mich auch sonst erkühnt 13.1: 185
Was ich mir gefallen lasse? 9: 137
Was ich nicht weiß 9: 140
Was ich ohne dich wäre 4.1: 745, 759
Was ich sagen wollt' 13.1: 52
Was? Ihr misbilliget den kräftgen Sturm 11.1.1: 230; 11.1.2: (55)
Was? Ihr mißbilliget den kräftigen Sturm 11.1.2: 55; 11.1.1: (230)
Was im Leben uns verdrießt 9: 95
Was, in der Schencke, waren heute 11.1.1: 212; 11.1.2: (99)
Was, in der Schenke, waren heute 11.1.2: 99; 11.1.1: (212)
Was in der Zeiten Bildersaal 9: 121
Was in Frankreich vorbei ist 4.1: 678
Was ist das heiligste? 4.1: 747, (756), (839)
Was ist das Heiligste? 4.1: 756, 839, (747)
Was ist das schwerste von allem? 4.1: 694
Was ist denn aber beim Gespräch 13.1: 178
»Was ist denn deine Absicht gewesen 13.1: 10
»Was ist denn die Wissenschaft?« 13.1: 206
»Was ist denn Kunst und Altertum 13.1: 82
Was ist der Himmel, was ist die Welt 2.1: 36
Was ist ein Philister? 18.1: 67; 20.2: 1531
Was ist heilig? 4.1: 747, 756, 839
Was ist schwer zu verbergen? Das Feuer! 11.1.1: 93; 11.1.2: 13

Was ist weißes dort 1.1: 276
Was klagst du über Feinde? 11.1.1: 80; 11.1.2: 58
Was krähst du mir und thust so groß 11.1.1: 51
»Was lassen sie denn übrig zuletzt 13.1: 111
»Was lehr' ich dich vor allen Dingen? 13.1: 195
Was machst du an der Welt sie ist schon gemacht 11.1.1: 204; 11.1.2: 57; 17: 15
Was man erfindet tut man mit Liebe 9: 89; 17: (910)
Was mich bewegt 4.1: 713
Was mich tröstet in solcher Not 13.1: 106
Was mir in Kopf und Herzen stritt 2.1: 33
Was mit glühendem Ernst 4.1: 718
Was mit mir das Schicksal gewollt? 3.2: 100, 142
Was, mit mir, die Freunde wollen 11.1.1: 166
Was nicht zusammengeht, das soll sich meiden! 9: 67
Was nützt die glühende Natur 3.2: 35
Was nur einer vermag 4.1: 790
Was nutzt 4.1: 699, 761, (837)
Was räucherst du nun deine Toten? 9: 127
Was reich und arm! 1.1: 223
Was reimt der Junge 13.1: 101
Was sagt hierauf das liebenswürdge Mädchen? 9: 102
Was schadet 4.1: 699, 761
»Was schmückst du die eine Hand denn nun 11.1.1: 84; 11.1.2: 63
»Was schnitt dein Freund für ein Gesicht?« 9: 142
Was sich nach der Erde senkte 13.1: 172; 13.2: 87
Was sie gestern gelernt, das wollen sie heute 4.1: 815
Was sie im Himmel wohl suchen 4.1: 710, 764
Was? Sie machen Kabale 4.1: 824, (734)
Was? Sie spielen 4.1: 734, (824)
Was soll all der Prunck bedeuten? 11.1.1: 319
»Was soll der Stolz 11.1.1: 27
Was soll ich nun vom Wiedersehen hoffen? 13.1: 94, 135, (675)
Was soll ich viel lieben, was soll ich viel hassen 9: 143
Was Spelunke nun sei 3.2: 103, 140
»Was trauern denn die 13.1: 174
Was uns ärgert 4.1: 707, 800
Was uns belustigt 4.1: 707
Was uns gefällt und scheinet fein 9: 90
Was uns Günstiges in fernen Landen 6.1: 93
Was unterm Monde liegt 1.1: 97
Was verkürzt mir die Zeit? 11.1.1: 37; 11.1.2: 38
Was viele singen und sagen 18.1: 61
Was Völker sterbend hinterlassen 6.1: 96
Was vom Christentum gilt 3.2: 151
Was wär ein Gott, der nur von außen stieße 9: 116; 13.1: 144
Was wär ich / Ohne dich 1.1: 1008*
Was waren das für schöne Zeiten 18.1: 64

Was weiß ich was mir hier gefällt 2.1: 554, (26)
Was widert dir der Trank so schal? 11.1.1: 53
»Was will die Nadel nach Norden gekehrt 9: 118
»Was will von Quedlinburg heraus 13.1: 232
»Was willst du daß von deiner Gesinnung 13.1: 17
Was willst du lange vigilieren 9: 136
Was willst du mit den alten Tröpfen 13.1: 17
»Was willst du, redend zur Menge 13.1: 202
Was willst du untersuchen 11.1.1: 81; 11.1.2: 60
Was wir bringen ⟨Vorspiel zur Eröffnung des Theaters in Halle 1814⟩ 9: 268
Was wir bringen ⟨Vorspiel zur Eröffnung des neuen Schauspielhauses zu Lauchstädt 1802⟩ 6.1: 750
»Was wir denn sollen? 13.1: 14
Was wir Dichter 18.1: 61
Was wir froh und dankbar fühlen 13.1: 172; 13.2: 83
Was wir in Gesellschaft singen 9: 93
Was wir vermögen 2.1: 33
Was wird mir jede Stunde so bang? 11.1.1: 206; 11.1.2: 56; 17: 14
Was wollt ihr mit eurem Hohn 18.1: 59
Was zieht mir das Herz so? 6.1: 76
Wasser holen geht die reine 13.1: 83
Wasser ist Körper und Boden der Fluß 4.1: 841, (692), (756)
Wasser ist Körper und Boden die Welle 4.1: 692, 756, (841)
Wasserfülle, Landesgröße 11.1.1: 166; 11.2: 785
Wasserstrahlen reichsten Schwalles 18.1: 23
Wechsel 3.2: 17; 1.1: (126), (148)
Wechsel Lied zum Tanze 2.1: 51
Wechselwirkung 4.1: 759, (749), (837)
Wecke nicht den Amor 2.1: 97
Weg zum Ruhme, Der 4.1: 744, 770
Wegebaudirektion und Wasserbaukommission 3.2: 392
Wegen Tiresias mußt ich herab 4.1: 733, 823
Weh mir es eilet die Zeit 6.1: 46
Wehet ein Lüftchen 13.1: 74
weiblichen Tugenden, Die 2.1: 510
Weichet Sorgen von mir! 3.2: 29
Weihnachten 13.1: 81
Weil du doch alles beschriebst 4.1: 724, 807
Weil du vieles geschleppt 4.1: 706, 800
Weil ein Vers dir gelingt 4.1: 743, 769
Weil es Dinge doch gibt 4.1: 821
Weil soviel zu sagen war 11.1.1: 225
Weimar! / Das von vielen Freuden 18.1: 26
Weimarische Kunstausstellung vom Jahre 1801 und Preisaufgaben für das Jahr 1802 6.2: 441
Weimarische Kunstausstellung

vom Jahre 1802 und Preisaufgaben für das Jahr 1803 6.2: 493
Weimarische Kunstausstellung vom Jahre 1803 und Preisaufgabe für das Jahr 1804 6.2: 498
Weimarische Kunstausstellung vom Jahre 1804 und Preisaufgabe für das Jahr 1805 6.2: 541
Weimarische Pinakothek. Erstes Heft 13.2: 30
Weimarische Preisverteilung ⟨1802⟩ 6.2: 490
Weimarischer, neudekorierter TheaterSaal. Dramatische Bearbeitung der Wallensteinischen Geschichte durch Schiller 6.2: 639
Weimarisches Hoftheater 6.2: 692
Weimarsche sechste Kunstausstellung und Aufgabe zur siebenten 6.2: 540
Wein er kann dir nicht beha⟨gen⟩ 11.1.1: 63
Wein macht munter geistreichen Mann 13.1: 200
Weinet nicht geliebte Kinder 3.2: 14
Weint Mädgen, hier, bei Amors Grabe 1.1: 126, (147)
Weint, Mädgen! hier bei Amors Grabe 1.1: 147, (126)
Weise die Rose nicht ab 6.1: 50
Weisen und die Leute, Die 9: 107; 13.1: 163
Weiß hat Neuton gemacht 3.2: 113, (142)
Weiß hat Newton gemacht 3.2: 142, (113)
Weiß ich doch zu welchem Glück 13.1: 121
Weiß wie Lilien 18.1: 16
Weissagungen des Bakis 6.1: 33
Weißt du worin der Spaß des Lebens liegt? 13.1: 18
Weit und schön ist die Welt 3.2: 108
Weit von fern erblick ich dich 4.1: 750, 772, (833)
Weite Welt und breites Leben 11.1.1: 184; 12: 386; 13.1: 144
⟨Weitere Beschreibungen zur Ergänzung der Knochenlehre⟩ 4.2: 168
⟨WEITERE FRIEDERIKEN-LIEDER⟩ 1.1: 162
⟨Weitere Sammlungen von der Reise nach Teplitz 1813⟩ 9: 903
⟨Weitere Studien über Jungius⟩ 18.2: 433
⟨Weitere Studien zur Spiraltendenz⟩ 18.2: 484
Welch ein ästhetischer Kram 4.1: 829
Welch ein emsig Gedränge 3.2: 89, (127)
Welch ein erhabener Gedanke! 4.1: 694, (795)
Welch ein Getümmel 2.1: 66
Welch ein glänzendes Geleite! 18.1: 10
Welch ein heftig Gedränge 3.2: 89, 127
Welch ein himmlischer Garten 2.1: 77
Welch ein lustiges Spiel! 3.2: 145, (110)
Welch ein Mädchen ich wünsche zu haben? 3.2: 90, (130)
Welch ein verehrendes Gedränge 6.1: 69
»Welch ein Wahnsinn ergriff dich im Müßiggang 3.2: 99, (136)

»Welch ein Wahnsinn ergriff dich Müßigen? 3.2: 136, (99)
Welch ein wunderlich Exempel! 18.1: 66
Welch ein Zustand! Herr, so späte 11.1.1: 30; 11.1.2: 100
Welch eine bunte Gemeinde! 11.1.1: 82; 11.1.2: 61
Welch erhabner Gedanke! 4.1: 795, (694)
Welch Getöse wo entsteht es? 13.1: 77
Welch hoher Dank 13.1: 101
Welch schöner hoher Tag 1.1: 281; 2.2: 88
Welch ungewöhnliches Getümmel! 1.1: 77
Welch Vermächtniß Brüder sollt euch kommen 11.1.1: 105; 11.1.2: 111
Welch Wonneleben wird hier ausgespendet 6.1: 268
Welche Frau hat einen guten Mann 9: 123
Welche Hoffnung ich habe? 3.2: 112
Welche noch kühnere Tat 4.1: 733, 822
Welche Religion ich bekenne? 4.1: 698, 762
Welche Schrift ich zwei-, ja dreimal 4.1: 835, (739), (774)
Welche Schrift ich zweimal 4.1: 739, 774, (835)
Welche Verehrung verdient der Weltenschöpfer? 4.1: 708, 778
Welche wohl bleibt von allen 4.1: 693, 762
Welchen Hofmann ich ehre? 4.1: 684, 755, 840
Welchen Leser ich wünsche? 4.1: 744, 769, 838
Welcher Unsterblichen 2.1: 54
Welches Genie das größte wohl sei? 4.1: 701
Welches Treiben zugleich 4.1: 693
Welt Lohn, Der 1.1: 1008*
Weltseele 6.1: 53; 13.1: 146
Wem die Verse gehören? 4.1: 787
Wem ich ein besser Schicksal gönnte? 13.1: 200
Wem wohl das Glück die schönste Palme beut? 9: 136
Wem zu glauben ist 4.1: 761, 837, 699
Wen die Dankbarkeit geniert 18.1: 67
Wen du nicht verlässest Genius 1.1: 197
Wen ein guter Geist besessen 11.1.1: 205
Wende die Füßchen zum Himmel 3.2: 95, 133
Wenige Treffer sind gewöhnlich 4.1: 777
Wenn alle sprechen 11.1.1: 58
Wenn am Tag' Zenit und Ferne 13.1: 126
Wenn auch der Held sich selbst genug ist 18.1: 77
Wenn auf beschwerlichen Reisen 3.2: 90, 143
Wenn das Trockne brennt 11.1.1: 158
Wenn dem Papa sein Pfeifgen schmeckt 1.1: 214
Wenn der Freund 18.1: 24
Wenn der Jüngling absurd ist 13.1: 54
Wenn der Körper ein Kercker ist 11.1.1: 105; 11.1.2: (97)
Wenn der Körper ein Kerker ist 11.1.2: 97; 11.1.1: (105)
Wenn der Mensch die Erde

schätzet 11.1.1: 107; 11.1.2: 113
Wenn der Pinsel ihm die Welt erschuf 13.1: 131
Wenn der schweer gedruckte klagt 11.1.1: 206; 11.1.2: (57)
Wenn der schwer gedrückte klagt 11.1.2: 57; 11.1.1: (206)
Wenn der uralte / Heilige Vater 2.1: 45
Wenn die Liebste zum Erwiedern 11.1.1: 157
Wenn die Reben wieder blühen 4.1: 902
Wenn die Zweige Wurzeln schlagen 6.1: 97
Wenn dir's bei uns nun nicht gefällt 13.1: 199
Wenn dir's in Kopf und Herzen schwirrt 11.1.1: 54
Wenn du am vollen Flusse wohnst 13.1: 36
Wenn du auf dem Guten ruhst 11.1.1: 18; 11.1.2: 50
Wenn Du darnach was fragst 1.1: 247
Wenn du dich im Spiegel besiehst 11.1.1: 250
Wenn du dich selber machst zum Knecht 11.1.1: 54
Wenn du dieses hörst, so achte sie alt die Welt 11.1.1: 59
Wenn du *hast* das ist wohl schön 13.1: 215
Wenn du laut den einzelnen schiltst 4.1: 684, 755, 840
Wenn du mir sagst du habest als Kind 3.2: 52, 53
Wenn du schelten willst 3.2: 86
Wenn durch das Volk die grimme Seuche wütet 9: 17
Wenn ein Edler gegen dich fehlt 9: 133
Wenn ein kluger Mann der Frau befiehlt 9: 123
Wenn ein verständiger Koch 3.2: 101
Wenn einem Mädgen das uns liebt 1.1: 129, 147
Wenn einen seligen Biedermann 1.1: 216
Wenn einer auch sich überschätzt 13.1: 14
Wenn einer schiffet und reiset 9: 130
Wenn einst nach überstandnen Lebens müh 1.1: 225
Wenn euch vor unsrem Namen graut 18.1: 85
Wenn Gott so schlechter Nachbar wäre 11.1.1: 80; 11.1.2: 58
Wenn Gottheit *Camarupa* 12: 612; 13.1: 158
Wenn ich auf dem Markte geh' 13.1: 40
Wenn ich dein gedencke 11.1.1: 132; 11.1.2: (81), (298)
Wenn ich dein gedenke 11.1.2: 81, 298; 11.1.1: (132)
Wenn ich den Dieben gebellt 3.2: 152
Wenn ich den Scherz will ernsthaft nehmen 9: 121
Wenn ich doch so schön wär' 6.1: 70
Wenn ich dumm bin, lassen sie mich gelten 13.1: 198
Wenn ich kennte den Weg des Herrn 13.1: 55
Wenn ich liebe Lili dich nicht liebte 1.2: 544; 3.2: 21; 16: 779
Wenn ich 'mal ungedultig werde 11.1.1: 56
Wenn ich mir in stiller Seele 18.1: 22

Wenn ich nun gleich das weiße Blatt dir schickte 9: 17
Wenn ich nun im holden Haine 6.1: 65
Wenn Ihrs habt und wenn Ihrs wißt 11.1.1: 117
Wenn im Unendlichen dasselbe 13.1: 226
Wenn in Dunst und Wolken verhüllt 3.2: 116, 143
Wenn in Wäldern, Baum an Bäumen 13.1: 170; 13.2: 70
Wenn Jemand sich wohl im Kleinen deucht 9: 123
Wenn Kindesblick begierig schaut 13.1: 227
Wenn Kranz auf Kranz den Tag umwindet 11.1.1: 184
Wenn links an Baches Rand 11.1.1: 16; 11.1.2: 16
Wenn man auch nach Mecca triebe 11.1.1: 84; 11.1.2: 63
Wenn man fürs Künftige was erbaut 9: 122
Wenn man sie in ein Kloster steckte 1.1: 85
Wenn man von einem Orte sich entfernt 4.1: 194
Wenn man zwanzig Freier zählet 1.1: 154
Wenn mich auch die Wächter schlügen 11.1.1: 320
Wenn mit jugendlichen Scharen 18.1: 12
Wenn nicht alles mich trügt 4.1: 723, 811
Wenn Phöbus Rosse sich in Sturm und Nebel 18.1: 23
Wenn Phöbus Rosse sich zu schnell 18.1: 23
Wenn schönes Mädchen sorgen will 18.1: 55
Wenn sich der Hals des Schwanes verkürzt 6.1: 33
Wenn sich lebendig Silber neigt 13.1: 91
Wenn sie aus deinem Korbe naschen 13.1: 207
Wenn sie gleich dein Fest versäumt 18.1: 10
Wenn über die ernste Partitur 13.1: 69
Wenn um das Götterkind Auroren 13.1: 173; 13.2: 88
Wenn unser Sang 9: 203
Wenn von dem stillen Wasserspiegel-Plan 12: 472; 13.1: 158
Wenn von der *Ruhmverkünderin* begleitet 6.1: 787
Wenn vor dem Glanz, der um die Herrin schwebet 9: 46
Wenn was irgend ist geschehen 13.1: 46
Wenn wir Dich o Vater sehen 11.1.1: 194
Wenn zu den Reihen der Nymphen 2.1: 74
Wenn zu der Regenwand 11.1.1: 13; 11.1.2: 15
Wenns jemand ziemt zu sprechen mit Vertrauen 9: 67
Wer aber das Licht in Farben will spalten 18.1: 74
Wer aber recht bequem ist und faul 9: 125
Wer auf die Welt kommt baut ein neues Haus 11.1.1: 83; 11.1.2: 62
Wer Bedingung früh erfährt 18.1: 84
Wer befehlen kann wird loben 11.1.1: 29; 11.1.2: 44
Wer bescheiden ist, muß dulden 11.1.1: 55
Wer da? 2.1: 107
Wer das Dichten will verstehen 11.1.2: 129

Wer dem Publikum dient, ist ein armes Tier 9: 134
Wer den Dichter will verstehen 11.1.2: 250
Wer die Körner wollte zählen 13.1: 20
Wer etwas taugt 13.1: 103
Wer geboren in bösten Tagen 11.1.1: 80; 11.1.2: 56
Wer glaubts? 4.1: 695, 796
Wer Gott ahnet ist hoch zu halten 9: 139
Wer Gott vertraut 9: 116
Wer hätte auf deutsche Blätter Acht 18.1: 62
Wer hat's gewollt 13.1: 59
Wer immerdar nach Schatten greift 6.1: 96
Wer in der Weltgeschichte lebt 13.1: 9
Wer in mein Haus tritt der kann schelten 11.1.1: 204; 11.1.2: 62
Wer ist das würdigste Glied der Regierung? 4.1: 683, 754, (839)
Wer ist das würdigste Glied des Staats? 4.1: 839, (683), (754)
Wer ist denn der souveraine Mann? 9: 142
Wer ist denn wirklich ein Fürst? 4.1: 683, 754, 839
Wer ist der edlere Mann 4.1: 754, 839
Wer ist der glücklichste Mensch? 6.1: 93
Wer ist der Verräter? 17: 317
Wer ist der Wütende da 4.1: 817
»Wer ist ein unbrauchbarer Mann?« 13.1: 191
Wer ist zum Richter bestellt? 4.1: 703, 769
Wer kann gebieten den Vögeln 11.1.1: 27; 11.1.2: 35
Wer kömmt! Wer kauft 1.1: 139, (136)
Wer kommt! wer kauft 1.1: 136, (139)
Wer Lacerten gesehn 3.2: 102, 140
Wer lebenslang dir wohl getan 18.1: 71
Wer mag denn gleich vortreffliches hören 9: 91
Wer Marmor hier und Erz und Elfenbein erblickt 9: 59
Wer mich entzückt 4.1: 739, 774, (835)
Wer mit dem Leben spielt 18.1: 68
Wer müht sich wohl im Garten 13.1: 100
Wer nicht richtet 1.1: 253
Wer nie sein Brod mit Tränen aß 17: 756; 2.2: (211); 5: (134), (858)
Wer nie sein Brot mit Tränen aß 2.2: 211; 5: 134, 858; 17: (756)
Wer Ohren hat, soll hören 9: 126
Wer Perlen will 11.1.1: 62
Wer recht will tun, immer und mit Lust 9: 135
Wer reitet so spät durch Nacht und Wind? 2.1: 74, 338
Wer schweigt hat wenig zu sorgen 11.1.1: 82; 11.1.2: 61
Wer sich der Einsamkeit ergibt 2.2: 212; 5: 135, 858
Wer sich nicht nach der Decke streckt 9: 123
Wer sich selbst und andre kennt 11.1.1: 247
Wer sich vorm Tode fürchtet 11.1.1: 158
Wer uns am strengsten kritisiert? 9: 139

Wer verleumdet sie denn? 4.1: 711
Wer vernimmt mich? 2.1: 31
Wer von euch ist der Sänger 4.1: 819
Wer will denn alles gleich ergründen! 9: 106
»Wer will der Menge widerstehn?« 13.1: 13
Wer will die Stelle 4.1: 683, 754, (840)
Wer wird von der Welt verlangen? 11.1.1: 31; 11.1.2: 53
Wer Wissenschaft und Kunst besitzt 18.1: 76
Werte und Würdige, Das 4.1: 758, (747)
Weser 4.1: 691, 788
WEST-ÖSTLICHER DIVAN 11.1.2: 7
West-Östlicher Divan oder Versammlung deutscher Gedichte in stetem Bezug auf den Orient 11.2: 208
Westen mag die Luft regieren 13.1: 226
Wetterbaum 13.2: 269
What pleasure, God! 1.1: 91
When *Camarupa* 12: 613
Whims and Oddities 18.2: 81
Wichtig wohl ist die Kunst 4.1: 760
Wichtige, Der 4.1: 798, (703)
Widerstand, Der 4.1: 796, (696)
Widerwärtige, Das 4.1: 746, 777
Widmung (Deine Werke, zu höchster Belehrung) 13.1: 185
⟨Widmung eines Exemplars der »Neuen Lieder« an Ernst Theodor Langer⟩ 1.1: 153
⟨Widmung eines Exemplars von Othello an Lersé⟩ 1.1: 184
⟨Widmung von Erwin und Elmire⟩ 1.1: 266
»Wie aber kann sich Hans van Eyck 13.1: 169
Wie alle dich verehren müssen 2.1: 33
Wie alles war in der Welt entzweit 18.1: 81
Wie an dem Tag der Dich der Welt verliehen 11.1.1: 188; 12: 91; 13.1: 156, 500
Wie auch die Welt sich stellen mag 13.1: 15, 202
Wie auf dem *u* fortan 4.1: 723, (810)
Wie auf dem Ü. fortan 4.1: 810, (723)
Wie aus Einem Blatt unzählig 18.1: 41
Wie beherzt in Reim und Prose 17: 144
Wie beklag ich es tief 4.1: 746, 759, 838
Wie bewirt ich die Götter? 4.1: 738
»Wie bist du so ausgeartet? 18.1: 66
Wie das erbaut war, wie's im Frieden lag 13.1: 60; 13.2: 102
Wie das Gestirn 13.1: 48
Wie David königlich zur Harfe sang 13.1: 126
Wie dem hohen Apostel ein Tuch voll Tiere 3.2: 109, 138
Wie der Mensch das Pfuschen so liebt 3.2: 112
Wie des Goldschmieds Bazarlädchen 11.1.1: 135; 11.1.2: 77
Wie die Blüten heute dringen 9: 30

Wie die Nummern des Lotto 4.1: 727, 814
Wie die Pflanzen zu wachsen belieben 9: 122
Wie die Winke des Mädchens 3.2: 143
»Wie doch, betrügerischer Wicht 13.1: 14
Wie doch ein einziger Reicher 4.1: 782
Wie du hassest die Tugend? 4.1: 698, 763
Wie du mir oft, geliebtes Kind 3.2: 25
Wie du mir, so ich dir 11.1.1: 57
Wie du Vertrauen erweckst 6.1: 86
Wie einer denkt, ist einerlei 13.1: 54
Wie einer ist, so ist sein Gott 13.1: 192
Wie es dampft und braust und sprühet 9: 30
Wie es dir nicht im Leben ziemt 13.1: 12
Wie es in der Welt so geht 13.1: 196
Wie etwas sey leicht 11.1.1: 80; 11.1.2: 56
Wie Feld und Au 1.1: 1008*
Wie fruchtbar ist der kleinste Kreis 13.1: 227
Wie gerne säh' ich jeden stolzieren 13.1: 16
»Wie hast du an der Welt noch Lust 13.1: 107
»Wie hast du's denn so weit gebracht? 18.1: 61
Wie herrlich ist dem die Welt 1.2: 940
Wie herrlich ist die Welt! 13.1: 174
Wie herrlich leuchtet 1.1: 162
Wie ich so ehrlich war 11.1.1: 250; 11.1.2: 41
Wie ihr denkt, oder denken sollt 13.1: 48
Wie im Auge mit fliegenden Mücken 13.1: 221
Wie im Morgenglanze 3.2: 33; 1.1: (233)
Wie im Morgenrot 1.1: 233; 3.2: 33
Wie im Winter die Saat 4.1: 774, 834
Wie irrig wähnest du 11.1.1: 102; 11.1.2: 34
»Wie ist denn wohl ein Theaterbau?« 13.1: 206
»Wie ist dir's doch so balde 13.1: 16
Wie ist heut mir doch zu Mute! 17: 427
Wie Kirschen und Beeren behagen 9: 139
Wie kommen mir doch die Leute für! 18.1: 9
Wie kommt's, daß du so traurig bist 6.1: 82
Wie kommt's daß man an jedem Orte 11.1.1: 159; 11.1.2: 60
»Wie konnte *der* denn *das* erlangen?« 9: 143
Wie lang' wirst ohne Hand und Fuß 11.1.2: 176
Wie lange harren wir gewisser Kunde! 9: 63
»Wie mag ich gern und lange leben?« 13.1: 105
Wie magst du ruhig fort erfahren 18.1: 85
Wie man die Könige verletzt 13.1: 224
Wie man Geld und Zeit vertan 9: 94
Wie man mit Vorsicht auf der

Erde wandelt 11.1.1: 87; 11.1.2: 255
»Wie man nur so leben mag? 17: 16
Wie manche liebliche Mutter 2.1: 596
Wie mancher auf der Geige fiedelt 13.1: 214
Wie mancher Mißwillige schnuffelt 18.1: 67
Wie mir dein Buch gefällt? 18.1: 69
Wie! Mit innigstem Behagen 11.1.1: 147; 11.1.2: 92
Wie Natur im Vielgebilde 17: 143, 485
Wie nimmt ein leidenschaftlich Stammeln 9: 96
Wie reizend war der Tag 2.1: 89
»Wie reizt doch das die Leute so sehr? 13.1: 206
Wie's aber in der Welt zugeht 18.1: 59
Wie schlimm es einem Freund ergangen 13.1: 72
Wie seit seinen Jünglings-Jahren 13.1: 169; 13.2: 62
Wie sich am Meere Mann um Mann befestigt 13.1: 61; 13.2: 107
Wie sie die Glieder verrenken 4.1: 803
Wie sie klingeln die Pfaffen! 3.2: 87, 119, 126
Wie sie knallen die Peitschen! 4.1: 725, 805
Wie sie mit ihrer Moral 4.1: 698, (763)
Wie sie mit ihrer reinen Moral 4.1: 763, (698)
Wie sie sich quälen 4.1: 710
Wie sind die Vielen doch beflissen? 18.1: 58
Wie sitzt mir das Liebchen? 11.1.1: 173
Wie so bunt der Kram gewesen 9: 94
Wie? So ist wirklich bei euch 4.1: 733, 823
»Wie soll ich meine Kinder unterrichten? 13.1: 208
Wie sollen wir denn da gesunden 13.1: 206
Wie sollt' ich heiter bleiben 11.1.1: 132; 11.1.2: 81
»Wie ungeschickt habt ihr euch benommen 11.1.1: 231; 11.1.2: 57
Wie unterscheidet sich 4.1: 681
Wie verfährt die Natur 4.1: 710, 777, 838
Wie viel Äpfel verlangst du 6.1: 38
Wie viel hundert Gelehrte 4.1: 826
Wie von der künstlichen Hand geschnitzt 3.2: 133, (95)
Wie von der künstlichsten Hand geschnitzt 3.2: 95, (133)
Wie? Wann? und Wo? die Götter bleiben stumm 9: 117
»Wie weißt du dich denn so zu fassen?« 13.1: 49
»Wie weit soll das noch gehn! 13.1: 52
Wie wir dich in unsrer Mitte 9: 10
Wie wir einst so glücklich waren! 9: 93
Wie wollten die Fischer sich nähren und retten 9: 139
Wieder einen Finger schlägst du mir ein! 11.1.1: 243; 11.1.2: 122
Wiederfinden 11.1.2: 88; 13.1: 145; 11.1.1: (126)

Wiederholen kann jener 4.1: 701, (766)
Wiederholen zwar kann der Verstand 4.1: 766, (701)
Wiederholt euch doch nicht! 4.1: 826
⟨Wiederholte Entschuldigung und Bitte⟩ 13.1: 519
Wiederholte Spiegelungen 14: 568
Wiederholung 4.1: 695, 795
Wiedersehen, Das 4.1: 659
Wiegenlied dem jungen Mineralogen Wolfgang v. Goethe. Den 21 April 1818 (Singen sie Blumen) 11.1.1: 201*
Wieland, wie reich ist dein Geist! 4.1: 712, 781
Wieland zeigt sich nur selten 4.1: 726, 807
⟨Wieland, zu brüderlichem Andenken⟩ 9: 945
Wien ⟨Kaiserl. Königl. Bildergalerie⟩ 13.2: 213
Wilde Stürme 13.1: 131
Wilhelm Meisters Lehrjahre 5: 3
⟨WilhelmMeisters Lehrjahre. Paralipomena⟩ 5: 709
Wilhelm Meisters theatralische Sendung 2.2: 9
Wilhelm Meisters Wanderjahre (Die Wanderjahre sind nun angetreten) 17: 9
Wilhelm Meisters Wanderjahre oder die Entsagenden (1821) 17: 7
Wilhelm Meisters Wanderjahre oder die Entsagenden (1829) 17: 239
⟨Wilhelm Meisters Wanderjahre. Paralipomena⟩ 17: 1057
WILHELM TISCHBEINS IDYLLEN 13.1: 169
Wilhelm Tischbeins Idyllen ⟨Kunst und Altertum III,3 1822⟩ 13.2: 62
Will der Feder zartes Walten 13.1: 131
Will der Knabe nicht hören 2.1: 88
Will der Neid sich doch zerreißen 11.1.1: 81; 11.1.2: 59
Will der *Witz* nicht gelingen 4.1: 701
Will Einer in die Wüste pred'gen 9: 127
Will einer sich gewöhnen 13.1: 211
Will ich die Blumen 4.1: 656
Will ich euch aber Pedanten benennen 13.1: 54
Will, in Albions Bezirken 13.1: 114
Will Licht einem Körper sich vermählen 9: 119
Will sich's wohl ziemen 13.1: 70
Will Vogelfang dir nicht geraten 9: 125
Willkomm und Abschied 3.2: 15
WILLKOMMEN! 9: 113
Willkommen! Übersicht 9: 652
»Willst dich nicht gern vom Alten entfernen? 13.1: 193
Willst du alles vertilgen 4.1: 704, 798
Willst du das Gute tun 9: 131
Willst du dem schlechten den Preis verschaffen? 4.1: 702
Willst Du den *März* nicht ganz verlieren 13.1: 176
Willst du der getreue Eckart sein 9: 112
Willst du dich als Dichter beweisen 13.1: 103; 20.1: 671

Willst du dich am Ganzen erquicken 9: 117
Willst du dich deines Wertes freuen 9: 127
Willst du dich selber erkennen 4.1: 699, 760
Willst du die Freuden der Liebe 3.2: 109, 120, (143)
Willst du dir aber das Beste tun 9: 122
Willst du dir ein gut Leben zimmern 11.1.1: 420, (55); 18.1: 32
Willst du dir ein hübsch Leben zimmern 11.1.1: 55, (420); 18.1: (32)
Willst du frei sein, mein Sohn! 4.1: 682, 754
Willst du Großes 13.1: 131
Willst du immer weiter 2.1: 41
Willst du in Deutschland wirken 4.1: 769, (744)
Willst du ins Unendliche schreiten 9: 117
Willst du jenem den Preis verschaffen 4.1: 768
Willst du, mein Sohn 4.1: 839
Willst du mich sogleich verlassen! 18.1: 27; 20.3: 949
Willst du mit mir haußen 9: 132
Willst du mit reinem Gefühl 3.2: 143, (109), (120)
Willst du nichts Unnützes kaufen 9: 129
Willst du noch die Teufel bannen 11.1.1: 248
Willst du schon zierlich erscheinen? 4.1: 692, 757, 842
»Willst du uns denn nicht auch was gönnen 13.1: 195
»Willst du, was doch Genesene preisen 13.1: 51
Willst du Weihrauchs Geruch erregen 13.1: 200
Willst du wirken als Autor 4.1: 744, (769)
Willst du wirksam sein 18.1: 85
Willst lustig leben 9: 121
Willst nicht Salz und Schmalz verlieren 13.1: 37
Wink 11.1.2: 27; 11.1.1: (35)
Winkelmann und sein Jahrhundert 6.2: 195
⟨Winkelmann und sein Jahrhundert. Paralipomena⟩ 6.2: 1066
Winkelmannische Briefe, Ungedruckte 6.2: 188
WINTER 4.1: 841
Wir begegnen dem Entzücken 9: 58
Wir die Deinen 2.1: 510
Wir Fajaken wir suchen kein Lob 4.1: 690
Wir haben dir Klatsch auf Geklatsche gemacht 11.1.1: 165; 20.1: 416
Wir haben nun den guten Rath gesprochen 11.1.2: 282
Wir hören's oft 9: 37
»Wir kennen dich, du Schalk! 13.1: 49, 163
Wir kommen aus dem Sonnenland 9: 257
Wir kommen in vereinten Chören 2.1: 496
Wir litten schon durch *Kotzebue* 11.1.1: 218
Wir modernen, wir gehn erschüttert 4.1: 815
»Wir quälen uns immerfort 13.1: 200
Wir reiten in die Kreuz' und Quer' 11.1.1: 51
»Wir sind emsig nachzuspüren 11.1.1: 108; 11.1.2: 36
Wir sind vielleicht zu antik gewesen 13.1: 47

Wir singen und sagen vom Grafen 6.1: 79
Wir sollen auf unsern Lorbeern ruhn 18.1: 86
Wir sollten denn doch auch einmal 9: 92
»Wir streben nach dem Absoluten 13.1: 177
Wir versichern auf Ehre 4.1: 712, 811
Wir wandern ferner auf bekanntem Grund 13.1: 60; 13.2: 102
Wir werden nun recht gut geführt 1.1: 248
Wird der Poet nur geboren? 4.1: 783
Wird nur erst der Himmel heiter 9: 95, 116
Wird uns eine rechte Qual zu Teil 9: 130
Wirke Gutes 4.1: 701, 758
Wirke, so viel du magst 4.1: 743
Wirken, Das 4.1: 693
Wirket ein Buch 4.1: 712
Wirket Stunden leichten Webens 13.1: 173; 13.2: 91
Wirkung der Elektrizität auf die Pflanzen 11.2: 556
⟨Wirkung der Farben auf den Menschen⟩ 6.2: 813
⟨Wirkung der Sonne auf Bergeshöhen⟩ 18.2: 556
Wirkung des Lichts 4.2: 229
Wirkung des Lichts auf organische Körper im Sommer 1796 4.2: 204
Wirkung dieser Schrift und weitere Entfaltung der darin vorgetragenen Idee. 1830 ⟨Zu: Die Metamorphose der Pflanzen⟩ 18.2: 457
Wirkung in die Ferne 9: 22
Wirst du deines Gleichen kennen lernen 9: 118
Wirst du die frommen Wahrheits Wege gehen 13.1: 204
Wirst du in den Spiegel blicken 18.1: 15
»Wirst nicht bei jedem Wander-Schritt 18.1: 60
Wisse daß mir sehr misfällt 11.1.1: 251; 11.1.2: (64)
»Wisse daß mir sehr mißfällt 11.1.2: 64; 11.1.1: (251)
Wissen möchtet ihr gern 4.1: 694
Wissen wollt ihr 4.1: 685
Wissenschaft 4.1: 694, 783
Wissenschaftliches Genie 4.1: 783
Wißt ihr denn auf wen die Teufel lauern 11.1.1: 86; 11.1.2: 23
Wißt ihr denn was Liebchen heiße 11.1.1: 59
Wißt ihr, wie auch der Kleine was ist? 4.1: 683, 754, 839
Wißt ihr wie ich gewiß euch 3.2: 112, 136
Witterungskunde 13.2: 271
Witz und Verstand 4.1: 701, 767
Wo Anmaßung mir wohlgefällt? 9: 131
Wo bist du itzt 1.1: 1008*
Wo die Rose hier blüht 2.1: 101
Wo, du Reuter 1.1: 1008*
»Wo hast du das genommen? 11.1.1: 90; 11.1.2: 47
Wo ich den deutschen Körper zu suchen habe 4.1: 689
Wo ich wohne 13.1: 34
»Wo ist der Lehrer, dem man glaubt?« 9: 139
Wo ist einer der sich quälet 11.1.1: 32

Wo Jahr um Jahr die Jugend sich erneut 13.1: 35
Wo kämen denn die Perlen her 11.1.1: 62
Wo kluge Leute zusammen kommen 11.1.1: 73
Wo man mir Guts erzeigt überall 11.1.1: 137, (139)
Wo man mir guts erzeigt überall 11.1.1: 139, (137)
Wo Parteien entstehn 4.1: 787, 839
Wo recht viel Widersprüche schwirren 13.1: 16
Wo stickt der Verräter? 17: 202
Wo willst du klares Bächlein hin 4.1: 879; 4.2: 719; 8.1: 437
Woche für Woche zieht der Bettelkarren 4.1: 806
Wodurch gibt sich der Genius kund? 4.1: 767
Wofür ich Allah höchlich danke? 11.1.2: 61; 11.1.1: (83)
Woher der Freund so früh und schnelle 4.1: 881
Woher ich kam? Es ist noch eine Frage 11.1.1: 215; 11.1.2: 42
Woher im Mantel so geschwinde? 17: 188, 288
Woher nehmt ihr denn 4.1: 734, 824
Woher wir sind geboren 2.1: 108
Wohin Du trittst, wird uns verklärte Stunde 9: 25
Wohin er auch die Blicke kehrt 2.1: 93
Wohin flüchten wir uns? 4.1: 720, (813)
Wohin wenden wir uns? 4.1: 813, (720)
»Wohin willst du dich wenden?« 13.1: 205
»Wohin wir bei unsern Gebresten 13.1: 198
Wohin? Wohin?/Schöne Müllerin! 4.1: 877; 4.2: 692; 8.1: 415
Wohl kamst du durch 18.1: 61
Wohl unglückselig ist der Mann 9: 127
Wohl! wer auf rechter Spur 13.1: 109
Wohl zu merken! 13.1: 161; 12: (618)
Wohlerleuchtet, glühend-milde 13.1: 183
Wohlfeile Achtung 4.1: 787
Wohlgemeinte Erwiederung ⟨an junge Dichter⟩ 18.2: 217
Wohne du ewiglich Eines 4.1: 697, 764
Wolf in Schafskleidern, Der 4.1: 678
Wolf und das Lamm, Der (Aesopus) 1.1: 70
Wolf und das Lamm, Der (Phaedrus) 1.1: 71
Wolfische Homeer, Der (Mit hartherzger Kritik) 4.1: 715
Wolfische Homer, Der (Sieben Städte) 4.1: 807, (715)
Wollen die Menschen Bestien sein 9: 132; 19: 233
Wollt es euch etwa nicht behagen 6.1: 425
Wollt', ich lebte noch hundert Jahr 6.1: 88
Wollt ihr zugleich 4.1: 711, 777
Wollte Gott die Menschen belehren 18.1: 72
Wolltet ihr in Leipzigs Gauen 18.1: 78
Woltmann, Karoline von. Spiegel der großen Welt 13.1: 479
Wonne der Wehmut 3.2: 22

Wonniglich ist's die Geliebte verlangend im Arme zu halten 3.2: 148, (107)
Wonniglich ists die Geliebte begierig im Arme zu halten 3.2: 107, (148)
Woran erkennst du den Edlen 4.1: 683
Worauf alles ankommt? das ist sehr simpel! 9: 140
Worauf kommt es überall an 11.1.1: 40; 11.1.2: 18
Worauf lauerst du hier? 4.1: 731, 818
Wort über den Verfasser des Pilatus, Ein 2.2: 470
Wort und Bilder, Bild und Worte 18.1: 46
Worte, die der Dichter spricht 18.1: 48
Worte sind der Seele Bild 11.1.1: 196; 11.2: 238
Wünscht ihr den Musageten zu sehn 4.1: 675
Würd ein künstlerisch Bemühen 18.1: 47
Würde des Kleinen 4.1: 754
Würde des Menschen 4.1: 685
Würdig deiner, nicht vorbei zu eilen 9: 113
Würdige Prachtgebäude stürzen 13.1: 170; 13.2: 66
Würdiger Freund, du runzelst die Stirne 4.1: 664
Würdigste, Der 4.1: 754, (683), (839)
Wüßte kaum genau zu sagen 17: 12
Wüßte nicht, was sie Bessers erfinden könnten 9: 125
Wunder kann ich nicht thun 11.1.1: 63
Wunderglaube 11.1.1: 250; 11.1.2: 107
Wunderlichstes Buch der Bücher 11.1.1: 156; 11.1.2: 31
Wundern kann es mich nicht daß Menschen die Hunde so lieben 3.2: 99, 141
Wundern kann es mich nicht daß unser Herr Christus 3.2: 99, 104, 141
Wunsch eines jungen Mädgens 1.1: 144, (126)
Wunsch eines kleinen Mädgen 1.1: 126, (144)
⟨Wunsch, für Herrn Direktor Lenz⟩ 13.1: 71
Wunsch und freundliches Begehren 13.1: 563

X hat sich nie des Wahren beflissen 13.1: 55
XENIEN 4.1: 776
Xenien (Coffers führen wir nicht) 4.1: 776, (677)
Xenien (Distichen sind wir) 4.1: 677, 776
Xenien (Muse, wo führst du) 4.1: 728, 815
Xenien (Nicht doch!) 4.1: 819
Xenien, Die (Was uns ärgert) 4.1: 707, 800
Xenien nennet ihr euch? 4.1: 819
Xenien? ruft ihr 4.1: 675

Zahl der Farben 6.2: 816
ZAHME XENIEN AUS DEM NACHLASS 18.1: 58
ZAHME XENIEN ⟨I⟩ 13.1: 9
ZAHME XENIEN II. MIT BAKIS WEISSAGEN UNTERMISCHT 13.1: 47
ZAHME XENIEN III 13.1: 103
ZAHME XENIEN IV 13.1: 191
ZAHME XENIEN V 13.1: 205
ZAHME XENIEN VI 13.1: 221

⟨Zahn, W.: Die schönsten Ornamente und merkwürdigsten Gemälde aus Pompeji, Herkulanum und Stabiä⟩ 18.2: 297
⟨Zahn, W.: Die schönsten Ornamente und merkwürdigsten Gemälde aus Pompeji, Herkulanum und Stabiä. Voranzeige⟩ 18.2: 251
Zart Gedicht, wie Regenbogen 9: 134
Zarte, schattende Gebilde 11.1.1: 202
Zarter Blumen leicht Gewinde 13.1: 125
Zauberlehrling, Der 4.1: 874
Zehnmal gelesne Gedanken 4.1: 725, 806
Zeichen der Hunde 4.1: 687
Zeichen der Jungfrau 4.1: 687, 785
Zeichen der Waage 4.1: 687, 785
Zeichen der Zeit 11.1.1: 57
Zeichen der Zwillinge (Kommt ihr) 4.1: 784
Zeichen der Zwillinge (Unter die Zwillinge) 4.1: 686
Zeichen des Bärs (Nächst daran) 4.1: 784
Zeichen des Bärs (Nordwärts strecket) 4.1: 687
Zeichen des Fuhrmanns 4.1: 686, 784
Zeichen des Krebses 4.1: 687, 785
Zeichen des Löwen 4.1: 687, 785
Zeichen des Pegasus 4.1: 688, 786
Zeichen des Raben 4.1: 687, 785
Zeichen des Schützen 4.1: 688, 786
Zeichen des Skorpions 4.1: 688, 785
Zeichen des Steinbocks 4.1: 688, 786
Zeichen des Stiers 4.1: 686, 784
Zeichen des Wassermanns 4.1: 688, 786
Zeichen des Widders 4.1: 686, 784
Zeig' ich die Fehler des Geschlechts 13.1: 14
Zeit 4.1: 703
Zeit und Zeitung 11.1.1: 57
Zeitmaß 2.1: 102, (604)
Zeitpunkt, Der 4.1: 780
Zeitschriftsteller, Der 4.1: 680
Zelebrität 9: 83
Zelters Siebzigster Geburtstag (Lasset heut am edlen Ort) 18.1: 34
Zelters Siebzigster Geburtstag (Schmückt die priesterlichen Hallen) 18.1: 29
⟨Zensurpraxis⟩ 4.2: 854
Zerbrach einmal eine schöne Schaal' 11.1.1: 250; 11.1.2: 107
Zergliederer, Der 4.1: 761, (695)
⟨Zerklüftung des Granits⟩ 2.2: 512
Zerstörung Magdeburgs, Die 6.1: 30
Zeugen der Wahrheit 4.1: 826
Zeus und die Schlange (Aesopus) 1.1: 70
Zevs zur Venus 4.1: 682
Ziblis. Eine Erzählung 1.1: 98
Ziehn die Schafe von der Wiese 18.1: 16
Zierde wärst du der Gärten 4.1: 750, 773, 833
Zieret Stärke den Mann 3.2: 74, 75

Zierlich Denken und süß Erinnern 9: 135
Zinn 11.2: 527
⟨Zinnformation⟩ 9: 909
Zinnwalder Suite 9: 906
Zirrus 12: 472; 13.1: (159)
Zu brüderlichem Andenken Wielands. 1813 9: 945
Zu Charon, dem Neugriechischen 13.2: 157
Zu dem erbaulichen Entschluß 4.1: 655
Zu dem Guten, zu dem Schönen 13.1: 119
Zu dem Strande! zu der Barke! 9: 53
Zu den Toten immer das Beste 4.1: 719
Zu den Versammlungen deutscher Naturforscher und Ärzte 18.2: 357
Zu der Apfel-Verkäuferin 13.1: 39; 20.1: 600
Zu des einzigen Tages Feste 9: 44
Zu des Rheins gestreckten Hügeln 11.1.1: 173; 11.2: 89
⟨Zu einem Bilde von Frankfurt am Main⟩ 13.1: 185
Zu einem Ölgemälde 13.1: 231
⟨Zu einer Handschrift Friedrichs des Großen⟩ 13.1: 75
Zu Ephesus ein Goldschmied saß 9: 59
Zu erfinden, zu beschließen 11.1.1: 174; 17: 143, 485
Zu Gemälden einer Kapelle 13.1: 175
Zu genießen weiß im Prachern 11.1.1: 64
Zu Goethes Denkmal 18.1: 66
⟨Zu Herders Abhandlung »Nemesis. Ein lehrendes Sinnbild«⟩ 2.1: 106
Zu lieblich ists, ein Wort zu brechen 4.1: 902
⟨Zu malende Gegenstände⟩ 18.2: 328
⟨Zu meinen Handzeichnungen⟩ 13.1: 59
⟨Zu Meyers Aufsatz über die Passion des Martin Schön⟩ 6.2: 75
Zu §. 15. der Metamorphose der Pflanzen 18.2: 415
Zu Phaeton des Euripides 13.1: 313
Zu Regenschauer und Hagelschlag 13.1: 180
Zu Schillers und Ifflands Andenken 11.2: 199
Zu seinem Besten will er nicht genötigt 9: 91
Zu unsres Lebens oft getrübten Tagen 6.1: 97*
Zu verschweigen meinen Gewinn 9: 106; 20.1: 346
Zu Wallensteins Lager. Als die Weimarschen Freiwilligen ausmarschierten 9: 266
Zu was Ende die griechischen Namen 4.1: 724, 810
Zu was Ende die welschen Namen 4.1: 810, (724)
Zu wünschen hab ich nichts 18.1: 85
Zu würdiger Umgebung Deines Bildes 9: 76
Zucht 4.1: 699, 761
Zücht'ge den Hund 9: 124
züchtige Herz, Das 4.1: 803, (681)
Zueignung (Da sind sie nun!) 1.1: 152
Zueignung (Der Morgen kam) 2.1: 93
Zueignung (Ihr naht euch wieder) 6.1: 535

Zueignung an P⟨rinzessin⟩ C⟨aroline⟩ v⟨on⟩ W⟨eimar⟩ 9: 9
Zünde Licht an, o Knabe! 3.2: 62, 63
Zürnet nicht ihr Frauen 3.2: 98
Zuerst im stillsten Raum entsprungen 13.1: 182
Zufällige, Das 13.1: 156, 501; 11.1.1: (189); 12: (91)
Zug Lappländer, Ein 2.1: 496
Zugabe 1.1: 184
Zugemeßne Rhythmen 11.1.1: 34; 11.1.2: 26
Zum Beginnen, zum Vollenden 13.1: 130
Zum bequemen Gedächtnis 3.2: 153
Zum Bildchen von Ulrichs Garten 6.1: 53
⟨Zum Bilde der Prinzeß Marie⟩ 18.1: 13
⟨Zum Bruch des Martinrodaer Stollens⟩ 4.2: 890
Zum XXX. Januar MDCCCXIV 9: 93
Zum ein und zwanzigsten Juni 9: 23
Zum ewigen Frieden 4.1: 683, 754, (840)
Zum ewigen Krieg 4.1: 683, 755, (840)
Zum feierlichen Andenken der Durchlauchtigsten Fürstin und Frau Anna Amalia 9: 929
Zum Geburtstag 4.1: 716, 809
⟨Zum 64. Geburtstag des Freiherrn von Ziegesar⟩ 9: 36
Zum Geburtstag, mit meinen kleinen Gedichten (Wenn Kranz auf Kranz) 11.1.1: 184*
Zum Jahre 1804. Frau von Staël 14: 325
Zum Jahre 1815. Theater 14: 329
Zum Kessel sprach der neue Topf 11.1.1: 211; 11.1.2: 109
⟨Zum Kyklops des Euripides⟩ 13.1: 329
Zum nähern Verständnis des Gedichts: »Dem Könige die Muse.« gewidmet dem 28. Aug. 1827 18.2: 99
Zum neuen Jahr (Zwischen dem Alten) 6.1: 52
⟨Zum neuen Jahr. 1779⟩ (Du machst die Alten jung) 2.1: 44
⟨Zum Reformationsfest⟩ 11.2: 220
Zum Schäkespears Tag 1.2: 411
Zum Schluß 11.2: 365
Zum XVI. Februar MDCCCXIV 9: 101
Zum sechzehnten Februar (1810) 9: 257
Zum starren Brei erweitert 13.1: 107
Zum Tanze schick ich dir den Strauß 2.1: 59
⟨Zum 64. Geburtstag des Freiherrn von Ziegesar⟩ 9: 36
Zum 24. Oktbr 1820 13.1: 42
Zum vierzehnten Mai 1824 13.1: 100
Zur Abwechslung 4.1: 779, (676)
Zur Bergwerkssession 4.2: 890
Zur Einleitung ⟨der Farbenlehre⟩ 6.2: 787
Zur Einleitung ⟨Farbe als Erscheinung⟩ 6.2: 815
Zur Erbauung andächtiger Seelen 4.1: 708, 789

Zur Erinnerung des Städelschen Cabinets 4.2: 96
Zur Erinnerung guter Stunden 1.1: 269
Zur Erinnerung trüber Tage 11.1.1: 181
Zur Farbenlehre (1810) 10: 3
Zur Farbenlehre ⟨Zur Naturwissenschaft überhaupt I, 1⟩ 12: 391
Zur Feier (Dem Schützen, doch dem alten nicht) 2.1: 92*
Zur Feyer des sieben und zwanzigsten Septembers 1816 11.1.1: 171
Zur Geologie, besonders der Böhmischen 12: 518
Zur Geologie. November 1829 18.2: 364
⟨Zur Geschichte der französischen Literatur⟩ 18.2: 17
Zur Geschichte der Jenaischen Literaturzeitung. Schema 13.1: 488
Zur Geschichte der Peterskirche nach Bonanni 4.2: 61
Zur Kenntnis der böhmischen Gebirge 12: 411
Zur Lehre von den Gängen 11.2: 540
⟨Zur Logenfeier des dritten Septembers 1825⟩ 13.1: 122
Zur Morphologie. Erster Band 12: 9
Zur Morphologie. Ersten Bandes erstes Heft 12: 11
Zur Morphologie. Ersten Bandes zweites Heft 12: 91
Zur Morphologie. Ersten Bandes drittes Heft 12: 195
Zur Morphologie. Ersten Bandes viertes Heft 12: 227
Zur Morphologie. Zweiter Band 12: 273
Zur Morphologie. Zweiten Bandes erstes Heft 12: 275
Zur Morphologie. Zweiten Bandes zweites Heft 12: 319
Zur *Nation* euch zu bilden 4.1: 787
Zur Naturwissenschaft überhaupt, besonders zur Morphologie. Erfahrung, Betrachtung, Folgerung, durch Lebensereignisse verbunden 12: 3
Zur Naturwissenschaft überhaupt. Erster Band 12: 385
Zur Naturwissenschaft überhaupt. Ersten Bandes erstes Heft 12: 386
Zur Naturwissenschaft überhaupt. Ersten Bandes zweites Heft 12: 431
Zur Naturwissenschaft überhaupt. Ersten Bandes drittes Heft 12: 451
Zur Naturwissenschaft überhaupt. Ersten Bandes viertes Heft 12: 553
Zur Naturwissenschaft überhaupt. Zweiter Band 12: 659
Zur Naturwissenschaft überhaupt. Zweiten Bandes erstes Heft 12: 661
Zur Naturwissenschaft überhaupt. Zweiten Bandes zweites Heft 12: 745
⟨Zur Preisverteilung. 1799⟩ 6.2: 418
Zur Strafe dafür 18.1: 70
Zur Theorie der bildenden Künste 3.2: 164
⟨Zur Übersetzung von Maturins Trauerspiel ›Bertram or the Castle of St. Aldobrand‹⟩ 11.2: 230

Zur vergleichenden Osteologie 13.2: 312
Zur Verstäubung. Morphologie I. S. 328 13.2: 307
⟨Zur Winderzeugung⟩ 18.2: 555
⟨Zurückgehaltene Gedichte⟩ 18.2: 193
⟨Zusatz Goethes zu J. C. W. Voigts Bericht vom 1. Oktober 1785⟩ 2.2: 764
⟨Zusatz zum Statut der Freitagsgesellschaft⟩ 4.2: 813
⟨Zusatz zur Logenrede von C. W. v. Fritsch zur Feier der fünfzigjährigen Regierung Carl Augusts⟩ 13.2: 349
Zwanzig Begriffe wurden mir neulich diebisch 4.1: 811, (723)
Zwanzig Jahre lies ich gehn 11.1.1: 133; 11.1.2: (9)
Zwanzig Jahre ließ ich gehn 11.1.2: 9; 11.1.1: (133)
Zwar bin ich nicht seit gestern 2.1: 43
Zwar die vierundzwanzig Ritter 13.1: 41
Zwei der feinsten Lacerten 3.2: 104, 141
⟨Zwei Einleitungsentwürfe zum Auszug aus der Ilias⟩ 13.1: 296
zwei Fieber, Die 4.1: 814
Zwei gefährliche Schlangen 3.2: 79
Zwei Jahrzehende kostest du mir 4.1: 718
Zwei Journale gibt er heraus 4.1: 677
⟨Zwei Landschaften von Carus⟩ 13.2: 18
⟨Zwei Landschaften von Philipp Hackert⟩ 6.2: 179
Zwei Marien, Die. Zwei Romane 9: 83
Zwei Personen ganz verschieden 13.1: 37
zwei Sinne, Die 4.1: 704
Zwei teutsche Altertümer 9: 627
Zwei weibliche Figuren 18.2: 317
Zwei Worte sind es 9: 21
⟨Zwei Zettel aus dem Nachlaß Susanna v. Klettenbergs⟩ 1.1: 238
Zweie seh' ich! den Großen! 6.1: 34
Zweierlei Arten gibt es 4.1: 684, 755, 840
Zweierlei Dinge laß ich passieren 4.1: 821
Zweierlei Wirkungsarten 4.1: 758, (701)
Zweifelnden, Die 9: 19
Zweimal färbt sich das Haar 6.1: 37
Zweite Anzeige von Goethes sämtlichen Werken vollständige Ausgabe letzter Hand 13.1: 553
Zweite Epistel 4.1: 664
⟨Zweite Fassung des Estherspiels⟩ 1.1: 530
zweite Ovid, Der 4.1: 780
Zweiter römischer Aufenthalt vom Juni 1787 bis April 1788 15: 423
Zwey Personen ganz verschieden 11.1.1: 229
Zwiespalt 11.1.2: 16; 11.1.1: (16)
Zwischen beiden Welten 13.1: 33
Zwischen dem Alten 6.1: 52
Zwischen Felsen wuchsen hier 2.1: 25

Zwischen heut und morgen 9: 122
Zwischen Lavater und Basedow 1.1: 246
Zwischen oben zwischen unten 13.1: 127, 132
Zwischen Weizen und Korn 9: 43
⟨Zwischenknochen der obern Kinnlade⟩ 12: 156
Zwo wichtige bisher unerörterte biblische Fragen 1.2: 434

Zum Abbildungsverzeichnis

Die Rubriken »Künstler und ihre Werke« sowie »Porträts und Personendarstellungen« sind alphabetisch geordnet, alle nachfolgenden Rubriken nach Band- und Seitenzahl. Bildnachweise und detaillierte Angaben zu den Abbildungen sind den einzelnen Bänden zu entnehmen.

VERZEICHNIS DER ABBILDUNGEN

KÜNSTLER UND IHRE WERKE

Gemälde, Zeichnungen und Druckgraphik

Abraham opfert seinen Sohn Isaak. Kupferstich aus der Merian-Bibel 16: 147
Abtei von La Cava. Jakob Philipp Hackert 9: 667
Achill kämpft mit den Flüssen. Philipp Otto Runge 6.2: 465
Achill unter den Töchtern des Lykomedes. Joseph Hoffmann 6.2: 455
Achill unter den Töchtern des Lykomedes auf Skyros. Johann August Nahl 6.2: 459
Acht symbolische Bilder. Stiche von C. Ermer nach Gemälden von Alfred Heideloff 13.1: 126–130; 13.2: 210, 211
Achtermannshöhe. Georg Sigismund Otto Lasius 11.2: 1207
Adler mit einer Lyra nach oben strebend. Stich von C. Ermer nach einem Gemälde von Alfred Heideloff 13.1: 126; 13.2: 211; 18.1: 42
Aeneas' Landung an der Küste von Latium. Claude Lorrain 1.2: 371
Aeneas trägt seinen Vater Anchises aus dem brennenden Troja. Radierung von Giuseppe Maria Mitelli nach den Fresken von Lodovico, Agostino und Annibale Carracci 11.2: 397
Ägyptischer Obelisk, von Augustus nach Rom gebracht. Giuseppe Vasi 15: 616
Agrigent siehe *Girgenti*
Akademie des Baccio Bandinelli in Florenz. Agostino Veneziano 7: 371
Aktstudie. Benvenuto Cellini 7: 450
Aktstudien und Profil eines alten Mannes. Benvenuto Cellini 7: 437
Alberti, Cherubino: Die Israeliten nehmen die goldenen Gefäße mit. Kupferstich nach einem Gemälde von Polidoro Caldara da Caravaggio 20.3: 565
Allan, David
Beginn des Corso dei Barbari an der Piazza del Popolo in Rom 15: 595
Ziel des Corso dei Barbari vor dem Palazzo Venezia in Rom 15: 596
Allegorie zu Ehren Luthers. Peter Vischer d. J. 11.1.1: 209
Amazonenkampf. Kreidezeichnung von Luise Seidler nach dem Basrelief am Apollo-Tempel in Bassai bei Phigalia 11.2: 445

Andreani, Andrea: Julius Cäsars Triumphzug. Neun Holzschnitte nach Gemälden von Andrea Mantegna 13.2: 123–132
Ansicht der Solfatara bei Pozzuoli. Jakob Philipp Hackert 9: 855
Ansicht des Dorfes Licenza mit Roccagióvine. Jakob Philipp Hackert 9: 807
Ansicht des Schlosses Caserta. Stich von Georg Hackert nach dem Gemälde von Jakob Philipp Hackert 9: 767
Ansicht einer Brücke und der Ruine eines römischen Aquädukts über den Anio bei San Cosimato. Jakob Philipp Hackert 9: 795
Ansicht von Pisa mit dem Ponte a Mare. Jakob Philipp Hackert 9: 825
Ansicht von Roccagióvine. Jakob Philipp Hackert 9: 801
Ansichten des Venus-Teichs im Berliner Tiergarten. Jakob Philipp Hackert 9: 673
Aphrodite im Schoße ihrer Mutter Dione. Kreidezeichnung von Charles Landseer nach einer Marmorskulptur vom Ostgiebel des Parthenon auf der Akropolis in Athen 11.2: 390
Apostel. ›Die drei Apostel‹ von Michelangelo Merisi da Caravaggio, Radierung von Johann Friedrich Bause nach einer Zeichnung von Adam Friedrich Oeser 1.2: 325
Aspasia bei Sokrates oder Verleugnung Petri. Kupferstich von Diana Scultore nach einem Gemälde von Giulio Romano 13.2: 25
Athena-Tempel in Paestum aus nordöstlicher Sicht. Gabriel Pierre Martin Dumont 15: 270
Attitüden der Lady Hamilton. Stich von Tommaso Piroli nach Umrißzeichnungen von Friedrich Rehberg 15: 259
Audran, Gérard: Esther vor Ahasverus 9: 1253
Auerbachs Keller. Eugène Delacroix 18.2: 127
Auf der Gerbermühle. Sulpiz Boisserée 11.1.2: 301
Auflauf und Stürmung der Judengasse zu Frankfurt. Kupferstich aus Johann Gottfrieds Historischer Chronik 16: 161
Aufnahme Mohameds in den Himmel. Persische Miniatur 11.1.2: 303
Aufsteigende Nebelnymphe (Idylle XIII). Johann Heinrich Wilhelm Tischbein 13.2: 90
Aurora (Idylle XII). Johann Heinrich Wilhelm Tischbein 13.2: 89
Ausbruch des Vesuvs 1779, bei Tage gesehen von der Mergellina aus. Pietro Fabris 15: 420
Avesani, Saverio: Il Nuovo Teatro dell'Accademia Filarmonica di Verona. Stich von Francesco Zucchi nach einer Zeichnung von Avesani 15: 34

Bager, Johann Daniel (?): Johann Wolfgang Goethe. Stich von J. G. Saiter nach der Miniatur in Öl 16: 643
Barmherziger Samariter. Rembrandt Harmensz van Rijn 18.2: 323
Bartoli, Francesco: Das Gold-Pectorale des Benvenuto Cellini für Papst Clemens VII. 7: 95, 96
Basilica in Vicenza. Andrea Palladio, Stich von Vichj 15: 46
Baumgruppe im Park der Villa Aldobrandini (Idylle III). Johann Heinrich Wilhelm Tischbein 13.2: 71
Bause, Johann Friedrich: Radierung nach ›Die drei Apostel‹ von Michelangelo Merisi da Caravaggio nach einer Zeichnung von Adam Friedrich Oeser 1.2: 325
Begas, Karl: Karl Friedrich Zelter. Lithographie von Ludwig Heine nach dem Ölgemälde von Begas 20.1: 1025
Belagerung von Maynz. Georg Melchior Kraus 14: 529
Belisar als Bettler. Louis-Gérard Scotin 9: 1253
Benvenuto Cellini. Giorgio Vasari 7: 11
Bequemes Wandern. Radierung von Carl Wilhelm Holdermann nach einer Handzeichnung von Goethe 13.2: 105
Beratschlagung der Tiere. Johann Heinrich Menken 11.2: 377
Berge, Wasser und Wolken (Idylle XVI). Johann Heinrich Wilhelm Tischbein 13.2: 95
Berglandschaft mit alten Befestigungsanlagen. Jakob Philipp Hackert 15: 465
Beschildeter Arm. Stich von C. Ermer nach einem Gemälde von Alfred Heideloff 13.1: 127; 13.2: 211
Bewick, William: Dionysos. Kreidezeichnung nach einer Marmorskulptur vom Ostgiebel des Parthenon auf der Akropolis in Athen 11.2: 389
Bildnis einer Dame oder Weibliches Bildnis (bei Goethe: Frauen Portrait). Samuel Hofmann 4.2: 97
Blick auf die Abtei von La Cava. Jakob Philipp Hackert 9: 667
Blumen- und Fruchtstück. Jan van Huysum 11.2: 439
Blumenstück (mit Maus). Justus Juncker 16: 169
Blumenstück (ohne Maus). Justus Juncker 16: 173
Boisserée, Sulpiz: Auf der Gerbermühle 11.1.2: 301
Bolswert, Schelte Adamszoon: Ländliche Umgebung von Mecheln. Kupferstich nach einem Gemälde von Rubens 20.3: 813
Bolt, Johann Friedrich: August Wilhelm Iffland 4.2: 505
Bossi, Giuseppe
Kopf des Andreas. Durchzeichnung nach der Kopie des ›Abendmahls‹ von Leonardo da Vinci im Kloster Castellazzo 11.2: 419
Kopf Christi. Durchzeichnung nach der Kopie des ›Abend-

mahls‹ von Leonardo da Vinci von Andrea Bianchi, gen. il Vespino 11.2: 420
Kopf des Judas. Durchzeichnung nach der Kopie des ›Abendmahls‹ von Leonardo da Vinci im Kloster Castellazzo 11.2: 423
Kopf des Petrus. Durchzeichnung nach der Kopie des ›Abendmahls‹ von Leonardo da Vinci von Andrea Bianchi, gen. il Vespino 11.2: 424
Studium von da Vinci. Lithographie von Franz Heinrich Müller nach dem von Giuseppe Bossi gefertigten Faksimile einer Kreidezeichnung ›Christuskopf‹ aus dem Leonardo-Umkreis 13.2: 34
Bourdon, Sébastien
Der Traum Josephs 11.2: 503
Der Engel rät Joseph zur Eile und weist ihm den Weg 11.2: 504
Flucht nach Ägypten 11.2: 505
Ruhe auf der Flucht an einem Brunnen 11.2: 506
Bracci, Giuseppe: Ansicht der Villa Ema und des Palazzo Donn' Anna am Fuße des Posilipo. Nach der Zeichnung von Giuseppe Bracci gestochene Vedute 15: 260
Brée, Mathieu Ignace van: Der junge Rubens wird Lipsius vorgestellt 13.2: 44
BrentanoHaus in Winkel. H. Landgrebe 11.2: 117
Brockenhaus im Morgenlicht. Carl Gustav Carus 13.2: 19
Bucht von Neapel mit dem Blick auf den Vesuv. Christoph Heinrich Kniep 15: 225
Bucht von Palermo. Christoph Heinrich Kniep 15: 285
Bühnenbild zu Goethes »Palaeophron und Neoterpe«. Johann Heinrich Meyer 6.1: 337
Bulifon, Antonio: Hof des Palazzo Carafa 15: 985

Campus Martius, imaginäres Panorama. Giovanni Battista Piranesi 15: 197
Canale, Antonio (gen. Il Canaletto): Einfahrt in die Brenta aus dem Hafen von Dolo 15: 75
Capitol, Seiten-Ansicht. Lithographie von Heinrich Hess nach einer Tuschzeichnung von Maximilian Verschaffelt 13.2: 38
Cappenberger Schale. Lithographie von Heinrich Müller (?) 13.2: 15
Caracalla-Thermen. Giovanni Battista Piranesi 15: 559
Caravaggio, Michelangelo Merisi da: Die drei Apostel. Radierung von Johann Friedrich Bause nach einer Zeichnung von Adam Friedrich Oeser 1.2: 325
Caravaggio, Polidoro Caldara da: Die Israeliten nehmen die golde-

nen Gefäße mit. Kupferstich von Cherubino Alberti nach einem Gemälde von Caravaggio 20.3: 565
Carracci, Lodovico, Agostino und Annibale
Aeneas trägt seinen Vater Anchises aus dem brennenden Troja. Radierung von Giuseppe Maria Mitelli nach den Fresken von L., A. und A. Carracci 11.2: 397
Der Schatten Creusas erscheint dem Aeneas. Radierung von Giuseppe Maria Mitelli nach den Fresken von L., A. und A. Carracci 11.2: 398
Carstens, Asmus Jakob: Socrates luftwandelnd. Lithographie von Franz Heinrich Müller nach der Rötelzeichnung ›Sokrates im Korbe‹ von Carstens 13.2: 33
Carus, Carl Gustav
Das Brockenhaus im Morgenlicht 13.2: 19
Tannenwald 13.2: 20
Casa Cogollo in Vicenza und ihre Umgebung. Mario Moro 15: 64
Casa di Goethe zu Pompeji, Grundriß. Wilhelm Zahn 20.2: 1627
Caspar de Crayers Bildnis. Lithographie von Franz Heinrich Müller nach einer Zeichnung von Anthonis van Dyck 13.2: 37
Castello in Neapel mit dem Villaggio della Coccagna. Louis-Jean Desprez 15: 226
Catel, Franz Ludwig: Stiche nach Zeichnungen von Catel zu »Die Guten Frauen« 6.1: 825, 833
Catel, Ludwig Friedrich: Melpomene 4.1: 613
Cavalieri, Giovanni Battista de: Konstantinsschlacht. Kupferstich nach dem Fresko von Giulio Romano 20.3: 811
Cellini, Benvenuto
Entwurfszeichnung für das Siegel der Accademia del Disegno 7: 159
Trauernde Frauengestalt 7: 160
Titelblatt der Erstausgabe der beiden Traktate Cellinis über die Goldschmiedekunst und die Skulptur 7: 201
Nachzeichnung des Siegels für Ercole Gonzaga 7: 251
Skizze für die Silberstatue der Juno 7: 293
Satyr. Skizze zur rechten Karyatiden-Figur der Porte Dorée in Fontainebleau 7: 294
Aktstudien und Profil eines alten Mannes 7: 437
Porträtskizze eines Mannes mit Bart (Cellini zugeschrieben) 7: 438
Skizzenblatt mit zwei laufenden Figuren 7: 449
Aktstudie 7: 450
Cellini, Benvenuto. Giorgio Vasari 7: 11
Cephalus und Prokris. Kupferstich von Giorgio Ghisi nach einem Gemälde von Giulio Romano 20.2: 1393

Chantrey, Francis Legatt
Theseus or Hercules. Kupferstich von Isaac Taylor nach Zeichnungen von Chantrey (The Elgin Marbles from the Temple of Minerva at Athens) 11.2: 385
Ilissus or River God. Kupferstich von Isaac Taylor nach Zeichnungen von Chantrey (The Elgin Marbles from the Temple of Minerva at Athens) 11.2: 386
The Horse's Head. Kupferstich von Isaac Taylor nach Zeichnungen von Chantrey (The Elgin Marbles from the Temple of Minerva at Athens) 11.2: 387
Charlotte von Stein. Charlotte von Stein 2.1: 21
Charon. Lithographie von Johann Aloys Mayer nach einer Zeichnung von Karl Jakob Theodor Leybold 13.2: 203; 20.1: 911
Châtelet, Claude-Louis: Das Heiligtum der S. Rosalia auf dem Monte Pellegrino 15: 298
Christus und die Ehebrecherin. Federzeichnung von Giulio Romano 20.3: 721
Christus und Hl. Bartholomäus. Zwei Stiche von Marcantonio Raimondi nach Zeichnungen Raffaels (?) 15: 535
Christus. Bertel Thorwaldsen 18.2: 289
Chûte du Rhin. Leonhard Trippel 4.2: 701
Cornelius, Peter: Odysseus und Polyphem 6.2: 505
Correggio (eigtl. Antonio Allegri): Madonna del Latte 15: 1095
Corso dei Barbari, Beginn an der Piazza del Popolo in Rom. David Allan 15: 595
Corso dei Barbari, Ziel vor dem Palazzo Venezia in Rom. David Allan 15: 596
Cort, Cornelis: Roger befreit Angelika. Kupferstich nach einer Zeichnung von Tizian 13.2: 115
Coudray, Clemens Wenzeslaus: Pentazonium Vimariense. Radierung von Carl August Schwerdgeburth nach einem Entwurf von Coudray 20.2: 1097
Cour und Tatzenlecken (Der Handkuß). Johann Heinrich Menken 11.2: 379
Crayer. Lithographie von Franz Heinrich Müller nach einer Zeichnung von Anthonis van Dyck 13.2: 37

Das Neueste von Plundersweilern, 1780. Georg Melchior Kraus 2.1: 237
Das römische Carneval. 20 Stiche von Georg Melchior Kraus nach Zeichnungen von Johann Georg Schütz 3.2: 251–270
Das verfluchte zweite Küssen, Goethe in seiner Wohnung am Corso. Johann Heinrich Wilhelm Tischbein 15: 159

Dawe, George: Goethe. Stich von Thomas Wright nach dem Ölgemälde von G. Dawe 13.2: 43
Delacroix, Eugène
Auerbachs Keller 18.2: 127
Faust und Mephistopheles am Rabenstein vorbeireitend 18.2: 128
Der Engel rät Joseph zur Eile und weist ihm den Weg. Sébastien Bourdon 11.2: 504
Der geblendete Belisar als Bettler. Louis-Gérard Scotin 9: 1253
Der junge Rubens wird Lipsius vorgestellt. Mathieu Ignace van Brée 13.2: 44
Der Kampf um die Fahne. Peter Paul Rubens 7: 41
Der Lehrstand. Feder, Pinsel, Aquarell und Deckfarben von Carl August Schwerdgeburth nach dem Kupferstich ›Die Senatoren‹ des »Ersten Mantegna-Stechers« nach einer Zeichnung von Andrea Mantegna 13.2: 609
Der Schatten Creusas erscheint dem Aeneas. Radierung von Giuseppe Maria Mitelli nach den Fresken von L., A. und A. Carracci 11.2: 398
Der Traum Josephs. Sébastien Bourdon 11.2: 503
Desprez, Louis-Jean
Ansicht des Largo di Castello in Neapel mit dem Villaggio della Coccagna 15: 226
Das Innere der Grotte durch den Posilipo. Aquatinta-Radierung von Francesco Piranesi nach der aquarellierten Federzeichnung von Desprez 15: 234
Ansicht des eben freigelegten Isis-Tempels in Pompeji 15: 250
Grabmal der Mammia vor dem Herkulaner Stadttor in Pompeji 15: 255
Ansicht der Quattro Canti 15: 286
Seitenansicht des Tempels von Segesta 15: 331
Ansicht des Tempels der Concordia in Girgenti 15: 332
Die Überführung der Altertümer aus Herkulaneum in das neu eröffnete Antiken-Museum in Neapel 15: 402
Feuerwerk über der Engelsburg in Rom 15: 429
Die drei Eidgenossen beim Schwur auf dem Rütli. Johann Heinrich Füssli 4.2: 753
Die Freiheit in der Gestalt Klärchens erscheint Egmont im Traum. Friedrich Wilhelm von Schadow 3.1: 835
Die Guten Frauen. Franz Ludwig Catel 6.1: 825, 833
Die Israeliten nehmen die goldenen Gefäße mit. Kupferstich von Cherubino Alberti nach einem Gemälde von Polidoro Caldara da Caravaggio 20.3: 565
Die Senatoren. Kupferstich des »Ersten Mantegna-Stechers« nach einer Zeichnung von Andrea Mantegna 13.2: 133

Die Tanne und das Geleitshaus. Radierung von Carl Ludwig Hess 20.3: 465
Dionysos. Kreidezeichnung von William Bewick nach einer Marmorskulptur vom Ostgiebel des Parthenon auf der Akropolis in Athen 11.2: 389
Dom von Agrigent, die vier Reliefseiten des antiken Marmor-Sarkophags. Jean Augustin Renard 15: 337
Dom zu Köln, Fassade. Kupferstich von Georg Moller nach einer Zeichnung Mollers 11.2: 519
Dorigny, Nicolas
Die Heirat von Amor und Psyche. Farbiger Stich nach den Fresken von Raffael und Peruzzi 15: 163
Das Opfer von Lystra. Stich nach Karton von Raffael 15: 443
Die Heilung des Lahmen oder Die schöne Tempeltür. Stich nach Karton von Raffael 15: 444
Drei Nebelnymphen (Idylle XV). Johann Heinrich Wilhelm Tischbein 13.2: 94
Dreikönigsaltar (Columba-Altar). Triptychon: Anbetung der Könige (Mitteltafel), Verkündigung an Maria (linker Flügel), Darbringung im Tempel (rechter Flügel). Rogier van der Weyden 11.2: 75
Du Cerceau, Jacques Androuet de
Der Brunnen der Diana. Schloß von Anet 7: 336
Die beiden Ansichten des Eingangsportals zum Schloß von Anet 7: 337
Ducros, Louis: Idealansicht des Posilipo 15: 233
Dumont, Gabriel Pierre Martin: Ansicht des Athena-Tempels in Paestum aus nordöstlicher Sicht 15: 270
Dyck, Anthonis van: Crayer. Lithographie von Franz Heinrich Müller nach einer Zeichnung von van Dyck 13.2: 37

Edelinck, Gerard: Das Gefecht der vier Reiter. Kupferstich nach einer Zeichnung von Rubens 20.2: 1397
Eiche an einem See (Idylle IV). Johann Heinrich Wilhelm Tischbein 13.2: 72
Einfahrt in die Brenta aus dem Hafen von Dolo. Antonio Canale (gen. Il Canaletto) 15: 75
Einsamste Wildnis. Radierung von Carl Wilhelm Holdermann nach einer Handzeichnung von Goethe 13.2: 99
Einzug Heinrichs IV. in Paris am 22. März 1514. Kupferstich von Paolo Toschi nach einem Gemälde von François Gérard 20.3: 781
Elgin Marbles from the Temple of Minerva at Athens: Theseus or Hercules; Ilissus or River God; The Horse's Head. Kupferstiche

von Isaac Taylor nach Zeichnungen von Francis Legatt Chantrey 11.2: 385, 386, 387
Ender, Thomas und Ender, Johann: Federzeichnung des goldenen Salzfasses des Benvenuto Cellini 7: 315
Ermer, C.
Acht symbolische Bilder. Kolorierte Stiche nach Gemälden von Alfred Heideloff 13.1: 126–130; 13.2: 210, 211
Adler mit einer Lyra nach oben strebend. Stich nach einem Gemälde von Alfred Heideloff 13.1: 126; 13.2: 211
Schwebender Genius über der Erdkugel. Stich nach einem Gemälde von Alfred Heideloff 13.1: 127, 132; 13.2: 210
Beschildeter Arm. Stich nach einem Gemälde von Alfred Heideloff 13.1: 127; 13.2: 211
Regenbogen über den Hügeln. Stich nach einem Gemälde von Alfred Heideloff 13.1: 128, 131, 132; 13.2: 211
Genius die Büste der Natur enthüllend. Stich nach einem Gemälde von Alfred Heideloff 13.1: 129; 13.2: 210
Urne auf einem bunten Teppich. Stich nach einem Gemälde von Alfred Heideloff 13.1: 129; 13.2: 211
Leuchtender Stern über Winkelwaage, Blei und Zirkel. Stich nach einem Gemälde von Alfred Heideloff 13.1: 130, 13.2: 210
Pinsel und Feder vom Lorbeer umwunden und von einem Sonnenblick beleuchtet. Stich nach einem Gemälde von Alfred Heideloff 13.1: 130; 13.2: 210
Esther vor Ahasverus. Gérard Audran 9: 1253
Everdingen, Allaert van: Kupferstich zu Reynke de Vos 4.1: 319

Fabris, Pietro
Der Gipfel des Vesuv, von Resina aus gesehen 15: 238
Lavastücke, Schlacken und Bimssteine von den Abhängen des Vesuv 15: 249
Melonen-Verkäufer am Hafen, Ländliches Fest in einer der Höhlen am Posilipo 15: 269
Der Ausbruch des Vesuvs 1779, bei Tage gesehen von der Mergellina aus 15: 420
Der Vesuv von Resina aus gesehen 15: 1077
Faust und Mephistopheles am Rabenstein vorbeireitend. Eugène Delacroix 18.2: 128
Feuerwerk über der Engelsburg in Rom. Louis-Jean Desprez 15: 429
Fiorentino, Rosso: Die Nymphe von Fontainebleau. Radierung von Pierre Milan nach dem nicht mehr erhaltenen Gemälde von Rosso Fiorentino 7: 335

Flachenecker, Wolfgang: Louise, Großherzogin von Sachsen-Weimar-Eisenach 18.2: 245
Flucht nach Ägypten. Sébastien Bourdon 11.2: 505
Folie du jour. Salvatore Tresca 4.2: 109
Frankfurt am Main, von der Gerbermühle aus gesehen. Lithographie von Karl Lieber nach einem Aquatintablatt von Rosine Städel nach einer Vorlage Anton Radls 11.1.1: 169
Frauen Portrait. Bildnis einer Dame oder Weibliches Bildnis von Samuel Hofmann 4.2: 97
Freie Welt. Radierung von Carl Wilhelm Holdermann nach einer Handzeichnung von Goethe 13.2: 103
Friedrich, Caspar David: Wallfahrt bei Sonnenuntergang (Prozession) 6.2: 545
Fries, Ernst und Thürmer, Josef: Nordwestliche Übersicht von Rom, genommen von dem Turm des Capitol 15: 615
Frisch, Johann Christoph: Tod des Feldmarschalls Schwerin in der Schlacht bei Prag 4.2: 11
Frühling. Skizze zum Gemäldezyklus ›Vier Jahreszeiten‹. Jakob Philipp Hackert 9: 751
Füssli, Johann Heinrich: Die drei Eidgenossen beim Schwur auf dem Rütli 4.2: 753

Gandolfi, Mauro: Madonna Tanari. Stich nach einem verschollenen Bild von Guido Reni 15: 120
Ganymed, der dem Jupiter eine Schale Wein reicht und dagegen einen Kuß empfängt. (Links: Antiken-Fälschung, rechts: Umriß-Stich). Anton Raphael Mengs oder Giovanni Battista Casanova 15: 164
Gefangene Mohrin. Johann Heinrich Wilhelm Tischbein 15: 438
Gefecht der vier Reiter: Kupferstich von Gerard Edelinck nach einer Zeichnung von Rubens 20.2: 1397
Geheimster Wohnsitz. Radierung von Carl Wilhelm Lieber nach einer Handzeichnung von Goethe 13.2: 104
Gehinderter Verkehr. Radierung von Carl Wilhelm Lieber nach einer Handzeichnung von Goethe 13.2: 106
Genius die Büste der Natur enthüllend. Stich von C. Ermer nach einem Gemälde von Alfred Heideloff 13.1: 129; 13.2: 210
Gérard, François: Der Einzug Heinrichs IV. in Paris am 22. März 1514. Kupferstich von Paolo Toschi nach einem Gemälde von Gérard 20.3: 781
Ghisi, Giorgio: Cephalus und Prokris. Kupferstich nach einem Gemälde von Giulio Romano 20.2: 1393
Giorgio Fuentes' Theaterdekoration zu ›Palmira, Prinzessin von Persien‹. Anton Radl 4.2: 623

Gipfel des Ätna. Charles Gore und Thomas Hearne 15: 365
Gipfel des Vesuv, von Resina aus gesehen. Pietro Fabris 15: 238
Girgenti, Blick auf die Stadtmauern mit den Ruinen des Juno Lacinia- und des Concordia-Tempels. Jakob Philipp Hackert 15: 341
Girgenti, Die Tempel. Jakob Philipp Hackert 9: 723
Girgenti, Dom, die vier Reliefseiten des antiken Marmor-Sarkophags. Jean Augustin Renard 15: 337
Girgenti, Grabmal des Theron. Christoph Heinrich Kniep 15: 342
Girgenti, Jupiter-Tempel, Kapitell und Bautrümmer. Jean-Pierre-Laurent Hoüel 15: 338
Girgenti, Tempel der Concordia. Louis-Jean Desprez 15: 332
Girgenti, Ruinen des Tempels des olympischen Jupiter. Leo von Klenze 18.2: 258
Goethe. Karl Joseph Raabe 11.1.1: 43
Goethe. Stahlstich von Thomas Wright nach dem Ölgemälde von George Dawe 13.2: 43
Goethe. Stich von J. G. Saiter nach einer Miniatur in Öl von Johann Daniel Bager (?) 16: 643
Goethe. Leonhard Posch 18.2: 267
Goethe. Stahlstich von Georg Wolf nach einer Porzellanmalerei von Ludwig Sebbers 20.1: 941
Goethe als Orest und Corona Schröter als Iphigenie bei der Uraufführung von Goethes »Iphigenie«. Georg Melchior Kraus 2.1: 259
Goethe hilft, ein Pferd aus dem Wasser zu ziehen. Johann Heinrich Wilhelm Tischbein 15: 437
Goldenes Salzfaß des Benvenuto Cellini. Thomas Ender und Johann Ender 7: 315
Gold-Pectorale des Benvenuto Cellini für Papst Clemens VII. Francesco Bartoli 7: 95, 96
Gore, Charles und Hearne, Thomas: Der Gipfel des Ätna 15: 365
Göthe's Haus im Festschmucke des 3ten Septembers 1825. Kolorierter Stich 13.2: 209
Grabmal der Metella. Domenico Nontagu 15: 181
Grabmal des Theron in Girgenti. Christoph Heinrich Kniep 15: 342
Graf Cagliostro. Christophe Guérin 4.2: 453
Graf Redernsches Palais in Berlin. Lithographie von Julius Tempeltey nach einer Zeichnung von Karl Friedrich Schinkel 20.3: 1095
Grotte durch den Posilipo. Aquatinta-Radierung von Francesco Piranesi nach der Zeichnung von Louis-Jean Desprez 15: 234
Guérin, Christophe: Der Graf Cagliostro 4.2: 453

Hackert, Georg: Ansicht des Schlosses Caserta. Stich nach dem Gemälde von J. P. Hackert 9: 767
Hackert, Jakob Philipp
Blick auf die Abtei von La Cava 9: 667
Zwei Ansichten des Venus-Teichs im Berliner Tiergarten 9: 673
Der Vesta-Tempel in Tivoli 9: 683
Die Tempel von Agrigent 9: 723
Die vier Jahreszeiten (Skizzen) 9: 751, 755, 759, 763
Frühling 9: 751
Sommer 9: 755
Herbst 9: 759
Winter 9: 763
Ansicht des Schlosses Caserta. Stich von Georg Hackert nach J. P. Hackerts Gemälde 9: 767
Gouachen aus den ›Zehn Aussichten von dem Landhause des Horaz‹ 9: 795, 801, 807
Ansicht einer Brücke und der Ruine eines römischen Aquädukts über den Anio bei San Cosimato 9: 795
Ansicht von Roccagióvine 9: 801
Ansicht des Dorfes Licenza mit Roccagióvine 9: 807
Ansicht von Pisa mit dem Ponte a Mare 9: 825
Ansicht der Solfatara bei Pozzuoli 9: 855
La Cava 15: 256
Blick auf die Stadtmauern von Girgenti mit den Ruinen des Juno Lacinia- und des Concordia-Tempels 15: 341
Berglandschaft mit alten Befestigungsanlagen 15: 465
Halbwilde Schweine, vom Lande zum Schlachten hereingeführt. Johann Heinrich Wilhelm Tischbein 11.2: 303
Handkuß (Cour und Tatzenlecken). Johann Heinrich Menken 11.2: 379
Hartmann, Ferdinand: Hektors Abschied 6.2: 426
Hausgarten. Radierung von Carl Wilhelm Lieber nach einer Handzeichnung von Goethe 13.2: 100
Hawich, Christian: Das Römische Monument bei Igel 18.2: 277, 278
Heemskerck, Martin van: Landsknechte vor dem Castel Sant'Angelo 7: 65
Heideloff, Alfred
Acht symbolische Bilder. Kolorierte Stiche von C. Ermer nach Gemälden von Heideloff 13.1: 126–130; 13.2: 210, 211
Adler mit einer Lyra nach oben strebend. Stich von C. Ermer nach einem Gemälde von Heideloff 13.1: 126; 13.2: 211
Schwebender Genius über der Erdkugel. Stich von C. Ermer nach einem Gemälde von Heideloff 13.1: 127, 132; 13.2: 210

Beschildeter Arm. Stich von C. Ermer nach einem Gemälde von Heideloff 13.1: 127; 13.2: 211
Regenbogen über den Hügeln. Stich von C. Ermer nach einem Gemälde von Heideloff 13.1: 128, 131, 132; 13.2: 211
Genius die Büste der Natur enthüllend. Stich von C. Ermer nach einem Gemälde von Heideloff 13.1: 129; 13.2: 210
Urne auf einem bunten Teppich. Stich von C. Ermer nach einem Gemälde von Heideloff 13.1: 129; 13.2: 211
Leuchtender Stern über Winkelwaage, Blei und Zirkel. Stich von C. Ermer nach einem Gemälde von Heideloff 13.1: 130, 13.2: 210
Pinsel und Feder vom Lorbeer umwunden und von einem Sonnenblick beleuchtet. Stich von C. Ermer nach einem Gemälde von Heideloff 13.1: 130; 13.2: 210
Heilige Cäcilie. Holzschnitt von Marcantonio Raimondi nach dem Gemälde von Raffael 15: 119
Heilige Veronika mit dem Schweißtuch Christi. Meister der hl. Veronika (um 1420) 11.2: 69
Heiliger Hieronymus, ein Kruzifix in beiden Händen haltend. Federzeichnung von unbekannter Hand 20.3: 725
Heiligtum der S. Rosalia auf dem Monte Pellegrino. Claude-Louis Châtelet 15: 298
Heilung des Lahmen oder Die schöne Tempeltür. Stich von Nicolas Dorigny nach Karton von Raffael 15: 444
Heine, Ludwig: Karl Friedrich Zelter. Lithographie nach dem Ölgemälde von Karl Begas 20.1: 1025
Heirat von Amor und Psyche. Farbiger Stich von Nicolas Dorigny nach den Fresken von Raffael und Peruzzi 15: 163
Hektors Abschied. Ferdinand Hartmann 6.2: 426
Hektors Abschied. Johann August Nahl 6.2: 425
Herbst. Skizze zum Gemäldezyklus ›Vier Jahreszeiten‹. Jakob Philipp Hackert 9: 755
Herold, H. D. J.: Napoleon-Berg, 7. Oktober 1808 20.1: 199
Herr, Michael: Zauberei 6.1: 649
Hervey, Frederik, Bishof von Derry, IVth Earl of Bristol. Angelica Kauffmann 4.2: 513
Hess, Carl Ludwig: Die Tanne und das Geleitshaus 20.3: 465
Hess, Heinrich: Seiten-Ansicht des Capitols. Lithographie nach einer Tuschzeichnung von Maximilian Verschaffelt 13.2: 38
Hoffmann, Joseph
Achill unter den Töchtern des Lykomedes 6.2: 455
Der Tod des Königs Rhesus 6.2: 427
Hofmann, Samuel: Bildnis einer Dame oder Weibliches Bildnis (bei Goethe: Frauen Portrait) 4.2: 97

Holdermann, Carl Wilhelm
Einsamste Wildnis. Radierung nach einer Handzeichnung von Goethe 13.2: 99
Freie Welt. Radierung nach einer Handzeichnung von Goethe 13.2: 103
Bequemes Wandern. Radierung nach einer Handzeichnung von Goethe 13.2: 105
Homer. Johann Heinrich Lips 1.2: 459
Horny (?), Conrad: Kupferstich der Laokoon-Gruppe 4.2: 79
Horse's Head. Kupferstich von Isaac Taylor nach Zeichnungen von Francis Legatt Chantrey (The Elgin Marbles from the Temple of Minerva at Athens) 11.2: 387
Hoüel, Jean-Pierre-Laurent
Der Beginn der Prozession am Fest der heiligen Rosalie 15: 297
Eingangstor zur Villa Pallagonia in Bagheria und mit Skulpturen überzogene Doppelmauer 15: 303
Kapitell und Bautrümmer des Jupiter-Tempels in Girgenti 15: 338
Blick auf die Palazzata in Messina 15: 376
Hummel, Ludwig: Perseus befreit Andromeda 6.2: 491
Huysum, Jan van: Blumen- und Fruchtstück 11.2: 439

Ideale Landschaft (Ausschnitt, Idylle V). Johann Heinrich Wilhelm Tischbein 13.2: 75
Idyllen. Zeichnungen und Ölgemälde zu den von Goethe und Tischbein geplanten »Idyllen« von Johann Heinrich Wilhelm Tischbein 13.2: 63, 64, 67, 68, 71, 72, 75, 76, 81, 82, 85, 86, 89, 90, 93, 94, 95
Idyllen. Skizziert für den »Aufschluß zum Ganzen«. Johann Heinrich Wilhelm Tischbein 13.2: 515
Idyllen. Skizze mit 20 Idyllen. Johann Heinrich Wilhelm Tischbein 13.2: 523
Iffland, August Wilhelm. Johann Friedrich Bolt 4.2: 505
Igeler Säule. Römisches Monument. Christian Hawich 18.2: 277, 278
Il Redentore. Fassade der Kirche von Andrea Palladio. Carlo Zucchi 15: 86
Ilissus or River God. Kupferstich von Isaac Taylor nach Zeichnungen von Francis Legatt Chantrey (The Elgin Marbles from the Temple of Minerva at Athens) 11.2: 386
Insel Capri, Segelschiff vor der östlichen Felswand. Christof Heinrich Kniep 15: 401
Iphigenie, Szenendarstellung. Angelica Kauffmann 3.1: 759

Iris zu Hektor. Kupferstich zur Loenschen Ilias-Übersetzung, in ›Neue Sammlung der merkwürdigsten Reisegeschichten‹ 16: 45

Jabach, Everhard, Bildnis des Kölner Bankiers mit seiner Familie. Charles Lebrun 16: 664
Jagemann, Ferdinand: Charles Joseph de Ligne 11.1.1: 621
Jahrmarktszene. Johann Condrad Seekatz 16: 95
Jason bändigt die Stiere des Mars. Jean-François de Troy 16: 391
Joseph erzählt seine Träume. Johann Georg Trautmann 16: 99
Juden martern Christenkinder zu Tode. Kupferstich aus Johann Gottfrieds Historischer Chronik, Frankfurt am Main 1633 16: 165
Julius Caesar. Kupferstich einer Statue aus dem römischen Konservatorenpalast. Aus: Johann Kaspar Lavater ›Physiognomische Fragmente‹ 1.2: 475
Julius Caesar. Kupferstich nach einer Zeichnung von Rubens. Aus: Johann Kaspar Lavater ›Physiognomische Fragmente‹ 1.2: 476
Julius Cäsars Triumphzug. Neun Holzschnitte von Andrea Andreani nach Gemälden von Andrea Mantegna 13.2: 123–132
Juncker, Justus
Blumenstück (mit Maus) 16: 169
Blumenstück (ohne Maus) 16: 173
Juno. Skizze für die Silberstatue von Benvenuto Cellini 7: 293
Jupiter-Tempel in Girgenti, Kapitell und Bautrümmer. Jean-Pierre-Laurent Hoüel 15: 338

Kaiserin Elisabeth von Rußland. Kupferstich von Georg Friedrich Schmidt nach dem Gemälde von Jean Louis Tocqué 20.2: 1541
Karneval in Rom. Friedrich Nerly 15: 580
Kauffmann, Angelica
Iphigenie, Szenendarstellung 3.1: 759
Frederik Hervey, Bishof von Derry, IVth Earl of Bristol 4.2: 513
Kebbern ⟨Guebern, Parsen⟩ Begräbniß. Kupferstich aus: Adam Olearius ›Des Welt-berühmten Adami Olearii colligirte und viel vermehrte Reise-Beschreibungen ⟨...⟩‹ 11.1.2: 302
Klenze, Leo von: Ruinen des Tempels des olympischen Jupiter zu Girgenti (Agrigentium) in Sicilien 18.2: 258
Klose, Friedrich Wilhelm: Das Gebäude der Sing-Akademie. Kupferstich der Werkstatt Finden nach einer Zeichnung von Klose 20.1: 961
Klosteranlage der Carità in Venedig. Grundriß und Aufriß der ge-

planten, nur zum Teil ausgeführten Anlage. Andrea Palladio 15: 85
Kniep, Christof Heinrich
Die Bucht von Neapel mit dem Blick auf den Vesuv, von der Höhe des Posilipo aus gesehen 15: 225
Die Bucht von Palermo 15: 285
Zwei Studienblätter mit Balustraden-Figuren und Grotesken aus dem Skulpturenschmuck der Villa Pallagonia in Bagheria 15: 304
Grabmal des Theron in Girgenti 15: 342
Das Theater von Taormina 15: 375
Segelschiff vor der östlichen Felswand der Insel Capri 15: 401
Kolbe, Karl Wilhelm d. J.: Künstler-Lied. Gedichtillustration von »Zu erfinden, zu beschließen« 11.1.1: 507
Konstantinsschlacht. Kupferstich von Giovanni Battista de Cavalieri nach dem Fresko von Giulio Romano 20.3: 811
Kopf einer Frascatanerin. Maler unbekannt 20.2: 1189
Kopf nach Raphael. Stich von Johann Heinrich Lips 1.2: 459
Kranker Löwe mit trauerndem Hofstaat. Johann Heinrich Menken 11.2: 380
Kraus, Georg Melchior
Das römische Carneval. 20 Stiche nach Zeichnungen von Johann Georg Schütz 3.2: 251–270
Belagerung von Maynz 14: 529
Das Neueste von Plundersweilern, 1780 2.1: 237
Goethe als Orest und Corona Schröter als Iphigenie. Bei der Uraufführung von Goethes »Iphigenie« 2.1: 259
Krönung des Löwen durch den Ochsen. Johann Heinrich Menken 11.2: 378
Künstler-Lied. Karl Wilhelm Kolbe d. J. Gedichtillustration von »Zu erfinden, zu beschließen« 11.1.1: 507

La Cava. Jakob Philipp Hackert 15: 256
Landgrebe, H.: Das BrentanoHaus in Winkel 11.2: 117
Ländliche Umgebung von Mecheln. Kupferstich von Schelte Adamszoon Bolswert nach einem Gemälde von Rubens 20.3: 813
Landseer, Charles: Aphrodite im Schoße ihrer Mutter Dione. Kreidezeichnung nach einer Marmorskulptur vom Ostgiebel des Parthenon auf der Akropolis in Athen 11.2: 390
Landsknechte vor dem Castel Sant'Angelo. Martin van Heemskerck 7: 65
Laokoon-Gruppe. Kupferstich von Conrad Horny (?) 4.2: 79
Lasius, Georg Sigismund Otto: Die Achtermannshöhe 11.2: 1207

Lavastücke, Schlacken und Bimssteine von den Abhängen des Vesuv. Pietro Fabris 15: 249
Lebrun, Charles: Bildnis des Kölner Bankiers Everhard Jabach mit seiner Familie 16: 664
Leonardo da Vinci: Durchzeichnungen (›Lucidi‹) von Giuseppe Bossi nach den Kopien des ›Abendmahls‹. Davon abgebildet: 1. Kopf des Andreas, nach der Kopie im Kloster Castellazzo (II,7); 2. Kopf Christi, nach der Kopie von Andrea Bianchi, gen. il Vespino (I,10); 3. Kopf des Judas, nach der Kopie im Kloster Castellazzo (II,1); 4. Kopf des Petrus, nach der Kopie von Andrea Bianchi, gen. il Vespino (I,1) 11.2: 419, 420, 423, 424
Leonardo da Vinci (Umkreis): Christuskopf. Lithographie von Franz Heinrich Müller nach dem von Giuseppe Bossi gefertigten Faksimile 13.2: 34
Leuchtender Stern über Winkelwaage, Blei und Zirkel. Stich von C. Ermer nach Gemälden von Alfred Heideloff 13.1: 130, 13.2: 210
Leybold, Karl Jakob Theodor: Charon. Lithographie von Johann Aloys Mayer nach einer Zeichnung von Leybold 13.2: 203; 20.1: 911
Lieber, Carl (Karl) Wilhelm
Frankfurt am Main, von der Gerbermühle aus gesehen. Lithographie nach einem Aquatintablatt von Rosine Städel nach einer Vorlage Anton Radls 11.1.1: 169
Geheimster Wohnsitz. Radierung nach einer Handzeichnung von Goethe 13.2: 104
Gehinderter Verkehr. Radierung nach einer Handzeichnung von Goethe 13.2: 106
Hausgarten. Radierung nach einer Handzeichnung von Goethe 13.2: 100
Ligne, Charles Joseph de. Ferdinand Jagemann 11.1.1: 621
Lips, Johann Heinrich
Homer 1.2: 459
Ein Kopf nach Raphael 1.2: 467
L'Orme, Philibert de: Das Hauptportal des Schlosses von Anet mit dem Relief des Benvenuto Cellini 7: 338
Lorrain, Claude: Aeneas' Landung an der Küste von Latium 1.2: 371
Lose, Johann Jacob de: Marianne Jung (später: von Willemer) 11.1.2: 300
Louise, Großherzogin von Sachsen-Weimar-Eisenach. Wolfgang Flachenecker 18.2: 245

M. .R. L'Ane comme il n'y en a point (1796/97) 4.2: 115
Mädchengruppe mit Flötenspieler und Faun (Idylle V). Johann Heinrich Wilhelm Tischbein 13.2: 75
Madonna del Latte. Antonio Allegri Da Correggio 15: 1095
Madonna Tanari. Stich von Mauro Gandolfi nach einem verschollenen Bild von Guido Reni 15: 120
Majeroni, T.: Das römische Amphitheater an der Piazza Brà in Verona. Ausschnitt aus einem Kupferstich von G. E. Urbani 15: 45
Mantegna, Andrea
Julius Cäsars Triumphzug. Neun Holzschnitte von Andrea Andreani nach Gemälden von Mantegna 13.2: 123–132
Die Senatoren. Kupferstich des »Ersten Mantegna-Stechers« nach einer Zeichnung von Mantegna 13.2: 133
Die Senatoren. Feder, Pinsel, Aquarell und Deckfarben von Carl August Schwerdgeburth unter dem Titel ›Der Lehrstand‹ nach dem Kupferstich ›Die Senatoren‹ des »Ersten Mantegna-Stechers« nach einer Zeichnung von Mantegna 13.2: 609
Marianne Jung (später: von Willemer). Johann Jacob de Lose 11.1.2: 300
Markgrafen-Stein auf den Rauenschen Bergen bei Fürstenwalde. Lithographie von Julius Tempeltey nach einer Zeichnung von Julius Schoppe 18.2: 263
Mauch, Johann Matthäus: Die Singakademie zu Berlin. Aquatinta von Karl Friedrich Thiele nach einer Entwurfszeichnung von Mauch 20.3: 705
Mayer, Johann Aloys: Charon. Lithographie nach einer Zeichnung von Karl Jakob Theodor Leybold 13.2: 203; 20.1: 911
Meister der hl. Veronika: Die heilige Veronika mit dem Schweißtuch Christi 11.2: 69
Melonen-Verkäufer am Hafen, Ländliches Fest in einer der Höhlen am Posilipo. Pietro Fabris 15: 269
Melpomene. Ludwig Friedrich Catel 4.1: 613
Mengs, Anton Raphael oder Casanova, Giovanni Battista: Ganymed, der dem Jupiter eine Schale Wein reicht und dagegen einen Kuß empfängt. (Links: Antiken-Fälschung, rechts: Umriß-Stich) 15: 164
Menken, Johann Heinrich
Cour und Tatzenlecken (Der Handkuß) 11.2: 379
Der kranke Löwe mit trauerndem Hofstaat 11.2: 380
Die Beratschlagung der Tiere 11.2: 377
Die Krönung des Löwen durch den Ochsen 11.2: 378
Messina, Blick auf die Palazzata. Jean-Pierre-Laurent Hoüel 15: 376

Meyer, Johann Heinrich
Bühnenbild zu Goethes »Palaeophron und Neoterpe« 6.1: 337
Odysseus, Athena und die Sphinx 6.2: 495
St. Rochus zu Bingen. Carl August Schwerdgeburth nach einem Aquarell von Luise Seidler und einer Zeichnung von Meyer 11.2: 357
Michelangelo: Der Prophet Zacharias. Radierung von Giovanni Volpato aus dem Zyklus der Propheten und Sibyllen nach Michelangelos Gemälden an der Decke der Sixtinischen Kapelle 15: 189
Michelangelo (Nachfolger): Raub des Ganymed durch Zeus 7: 395
Milan, Pierre: Die Nymphe von Fontainebleau. Radierung nach dem nicht mehr erhaltenen Gemälde von Rosso Fiorentino 7: 335
Minerva-Tempel in Assisi, Aufriß. Andrea Palladio 15: 135
Minerva-Tempel in Assisi. Pianta generale del Tempio, e sue adjacenze. Andrea Palladio 15: 136
Mitelli, Giuseppe Maria
Aeneas trägt seinen Vater Anchises aus dem brennenden Troja. Radierung nach den Fresken von Lodovico, Agostino und Annibale Carracci 11.2: 397
Der Schatten Creusas erscheint dem Aeneas. Radierung nach den Fresken von L., A. und A. Carracci 11.2: 398
Moller, Georg: Fassade des Doms zu Köln. Kupferstich nach einer Zeichnung Mollers 11.2: 519
Monte Pellegrino, Heiligtum der S. Rosalia. Claude-Louis Châtelet 15: 298
More, Jacob: Die Wasserfälle von Terni 15: 1096
Moritz, der den Arm gebrochen, vom Chirurgen bedient, von Freunden getröstet. Johann Heinrich Wilhelm Tischbein 15: 160
Moro, Mario: Die Casa Cogollo in Vicenza und ihre Umgebung 15: 64
Müller, Franz Heinrich
Socrates luftwandelnd. Lithographie nach der Rötelzeichnung ›Sokrates im Korbe‹ von Asmus Jakob Carstens 13.2: 33
Studium von da Vinci. Lithographie nach dem von Giuseppe Bossi gefertigten Faksimile einer Kreidezeichnung ›Christuskopf‹ aus dem Leonardo-Umkreis 13.2: 34
Myrons Kuh. Karl August Schwerdgeburth 9: 631

Nahl, Johann August
Achill unter den Töchtern des Lykomedes auf Skyros 6.2: 459
Hektors Abschied 6.2: 425

Napoleon-Berg, 7. Oktober 1808. H. D. J. Herold 20.1: 199
Nauwerck, Ludwig: Studierzimmer. Erscheinung des Pudels. Lithographie nach seiner Sepia-Zeichnung 20.3: 1207
Nerly, Friedrich: Karneval in Rom 15: 580
Neureuther, Eugen: Illustration zu Goethes »Parabel« 18.1:39; 20.3: 1203
Nontagu, Domenico: Ansicht des Grabmals der Metella 15: 181
Nuovo Teatro dell'Accademia Filarmonica di Verona. Stich von Francesco Zucchi nach einer Zeichnung von Saverio Avesani 15: 34
Nymphe von Fontainebleau. Radierung von Pierre Milan nach dem nicht mehr erhaltenen Gemälde von Rosso Fiorentino 7: 335

Odysseus und Polyphem. Martin Wagner 6.2: 501
Odysseus und Polyphem. Peter Cornelius 6.2: 505
Odysseus, Athena und die Sphinx. Johann Heinrich Meyer 6.2: 495
Oeser, Adam Friedrich: Die drei Apostel. Michelangelo Merisi da Caravaggio, Radierung von Johann Friedrich Bause nach einer Zeichnung von Oeser 1.2: 325
Opfer Kains und Abels. Kupferstich aus der Merian-Bibel 16: 49
Opfer von Lystra. Stich von Nicolas Dorigny nach Karton von Raffael 15: 443

Paestum, Athena-Tempel aus nordöstlicher Sicht. Gabriel Pierre Martin Dumont 15: 270
Paestum, Gesamtansicht der drei Tempel. Giovanni Battista Piranesi 15: 273
Paestum, Poseidon-Tempel, Innenansicht. Giovanni Battista Piranesi 15: 274
Palaeophron und Neoterpe, Bühnenbild. Johann Heinrich Meyer 6.1: 337
Palazzo Carafa, Hof. Antonio Bulifon 15: 985
Palazzo Farnese zu Rom. Ansicht der von Annibale Carracci und seinen Schülern gemalten Galerie. Giovanni Volpato 15: 190
Palermo, Quattro Canti. Louis-Jean Desprez 15: 286
Palladio, Andrea
Basilica in Vicenza. Stich von Vichj 15: 46
Teatro Olimpico, Proszenium. Stich von David Rossi 15: 55
Teatro Olimpico. Stich von Vichj und Santini 15: 56
Villa Rotonda 15: 63
Grundriß und Aufriß der geplanten, nur zum Teil ausgeführten Klosteranlage der Carità in Venedig 15: 85

Aufriß des Minerva-Tempels in Assisi 15: 135
Pianta generale del Tempio, e sue adjacenze 15: 136
Palmira, Prinzessin von Persien, Giorgio Fuentes' Theaterdekoration. Anton Radl 4.2: 623
Parabel. Illustration von Eugen Neureuther 18.1:39; 20.3: 1203
Pentazonium Vimariense: Radierung von Carl August Schwerdgeburth nach einem Entwurf von Clemens Wenzeslaus Coudray 20.2: 1097
Perseus befreit Andromeda. Ludwig Hummel 6.2: 491
Piazza del Popolo. Giovanni Battista Piranesi 15: 144
Piazza della Signoria. Giorgio Vasari 7: 372
Piazza di Monte Cavallo. Giovanni Battista Piranesi 15: 560
Pinsel und Feder vom Lorbeer umwunden und von einem Sonnenblick beleuchtet. Stich von C. Ermer nach einem Gemälde von Alfred Heideloff 13.1: 130; 13.2: 210; 18.1: 21
Piranesi, Francesco: Das Innere der Grotte durch den Posilipo. Aquatinta-Radierung von Piranesi nach der aquarellierten Federzeichnung von Louis-Jean Desprez 15: 234
Piranesi, Giovanni Battista
Ansicht des sogenannten Tempels des Clitumnus zwischen Foligno und Spoleto 15: 143
Ansicht der Piazza del Popolo 15: 144
Imaginäres Panorama des Campus Martius 15: 197
Ruinen der Villa und der Bäder des Sallust 15: 198
Gesamtansicht der drei Tempel von Paestum 15: 273
Innenansicht des Poseidon-Tempels 15: 274
Ruinen der Caracalla-Thermen 15: 559
Ansicht der Piazza di Monte Cavallo 15: 560
Piroli, Tommaso: Zwei Attitüden der Lady Hamilton. Stich von Piroli nach Umrißzeichnungen von Friedrich Rehberg 15: 259
Pisa mit dem Ponte a Mare. Jakob Philipp Hackert 9: 825
Pompeji, Ansicht des eben freigelegten Isis-Tempels. Louis-Jean Desprez 15: 250
Pompeji, Grabmal der Mammia vor dem Herkulaner Stadttor. Louis-Jean Desprez 15: 255
Ponte Mammolo. Giuseppe Vasi 15: 182
Porträtskizze eines Mannes mit Bart. Benvenuto Cellini (?) 7: 438
Posch, Leonhard: Porträt Goethes (1827) 18.2: 267
Poseidon-Tempel, Innenansicht. Giovanni Battista Piranesi 15: 274
Posilipo, Ansicht der Villa Ema und des Palazzo Donn' Anna am Fuße des Posilipo. Nach der Zeichnung von Giuseppe Bracci gestochene Vedute 15: 260
Posilipo, Blick auf die Bucht von Neapel. Christoph Heinrich Kniep 15: 225

Posilipo, Grotte. Aquatinta-Radierung von Francesco Piranesi nach der aquarellierten Federzeichnung von Louis-Jean Desprez 15: 234
Posilipo, Idealansicht. Louis Ducros 15: 233
Posilipo, Melonen-Verkäufer am Hafen, Ländliches Fest in einer der Höhlen am Posilipo. Pietro Fabris 15: 269
Profilköpfe in Ovalen. Stich aus: Johann Kaspar Lavater ›Physiognomische Fragmente‹ 1.2: 483
Prophet Zacharias. Radierung von Giovanni Volpato aus dem Zyklus der Propheten und Sibyllen nach Gemälden von Michelangelo 15: 189
Prozession am Fest der heiligen Rosalie. Jean-Pierre-Laurent Houël 15: 297
Pulcinello wird aus dem Gefängnis befreit. Domenico Tiepolo 15: 92

Quattro Canti. Louis-Jean Desprez 15: 286
Quellnymphen (Idylle X). Johann Heinrich Wilhelm Tischbein 13.2: 85

Raabe, Karl Joseph: Goethe 11.1.1: 43
Radl, Anton
Frankfurt am Main, von der Gerbermühle aus gesehen. Lithographie von Karl Lieber nach einem Aquatintablatt von Rosine Städel nach einer Vorlage Radls 11.1.1: 169
Giorgio Fuentes' Theaterdekoration zu ›Palmira, Prinzessin von Persien‹ 4.2: 623
Raffael
Ein Kopf. Stich von Johann Heinrich Lips 1.2: 459
Die heilige Cäcilie. Holzschnitt von Marcantonio Raimondi nach dem Gemälde von Raffael 15: 119
Das Opfer von Lystra. Stich von Nicolas Dorigny nach Karton von Raffael 15: 443
Die Heilung des Lahmen oder Die schöne Tempeltür. Stich von Nicolas Dorigny nach Karton von Raffael 15: 444
Christus und Heiliger Bartholomäus. Zwei Stiche von Marcantonio Raimondi nach Zeichnungen Raffaels (?) 15: 535
Loggien im Vatikan. Ansicht von Giovanni Volpato 15: 536
Vier Sibyllen aus der Kirche S. Maria della Pace. Radierung von Giovanni Volpato 15: 1157
Raffael und Peruzzi: Die Heirat von Amor und Psyche. Farbiger Stich von Nicolas Dorigny nach den Fresken von Raffael und Peruzzi 15: 163
Raffaels Loggien im Vatikan. Giovanni Volpato 15: 536

Raimondi, Marcantonio
Die heilige Cäcilie. Holzschnitt nach dem Gemälde von Raffael 15: 119
Christus und Heiliger Bartholomäus. Zwei Stiche nach Zeichnungen Raffaels (?) 15: 535
Raub des Ganymed durch Zeus. Anonym (Nachfolger des Michelangelo) 7: 395
Regenbogen über den Hügeln. Stich von C. Ermer nach einem Gemälde von Alfred Heideloff 13.1: 128, 131, 132; 13.2: 211
Rehberg, Friedrich: Zwei Attitüden der Lady Hamilton. Stich von Tommaso Piroli nach Rehbergs Umrißzeichnungen 15: 259
Rembrandt Harmensz van Rijn: Der barmherzige Samariter 18.2: 323
Renard, Jean Augustin: Die vier Reliefseiten des antiken Marmor-Sarkophags aus dem Dom von Agrigent 15: 337
Reni, Guido: Madonna Tanari. Stich von Mauro Gandolfi nach einem verschollenen Bild von Reni 15: 120
Reynke de Vos. Allaert van Everdingen 4.1: 319
Rialto-Brücke, Ansicht von Westen. Antonio Visentini 15: 76
Riepenhausen, Friedrich und Riepenhausen, Christian: Tyro, Eriphyle und die Töchter des Pandaros, Kameiro und Klytie, in der Unterwelt 6.2: 519
Roger befreit Angelika. Kupferstich von Cornelis Cort nach einer Zeichnung von Tizian 13.2: 115
Rom, Blick vom kapitolinischen Hügel auf den Triumphbogen des Septimius Severus und das Forum. Luigi Rossini 15: 652
Rom, nordwestliche Übersicht, genommen von dem Turm des Capitol. Ernst Fries und Josef Thürmer 15: 615
Rom, Zeichnung und Ansicht des heutigen Kapitols. Allessandro Specchi 15: 1211
Romano, Giulio
Aspasia bei Sokrates oder Verleugnung Petri. Kupferstich von Diana Scultore nach einem Gemälde von Romano 13.2: 25
Cephalus und Prokris. Kupferstich von Giorgio Ghisi nach einem Gemälde von Romano 20.2: 1393
Christus und die Ehebrecherin 20.3: 721
Konstantinsschlacht. Kupferstich von Giovanni Battista de Cavalieri nach dem Fresko von Romano 20.3: 811
Römische Ruinen (Idylle I). Johann Heinrich Wilhelm Tischbein 13.2: 67
Römisches Amphitheater an der Piazza Brà in Verona. T. Majeroni, Ausschnitt aus einem Kupferstich von G. E. Urbani 15: 45
Römisches Monument bei Igel. Christian Hawich 18.2: 277, 278

Rossini, Luigi: Blick vom kapitolinischen Hügel auf den Triumphbogen des Septimius Severus und das Forum 15: 652
Roux, Jakob Wilhelm Christian
Studentenunruhen in Jena 4.2: 821
Schloß Dornburg 20.2: 1137
Rubens wird Lipsius vorgestellt. Mathieu Ignace van Brée 13.2: 44
Rubens, Peter Paul
Das Gefecht der vier Reiter. Kupferstich von Gerard Edelinck nach einer Zeichnung von Rubens 20.2: 1397
Der Kampf um die Fahne 7: 41
Julius Caesar. Kupferstich nach einer Zeichnung von Rubens. Aus: Johann Kaspar Lavater ›Physiognomische Fragmente‹ 1.2: 476
Ländliche Umgebung von Mecheln. Kupferstich von Schelte Adamszoon Bolswert nach einem Gemälde von Rubens 20.3: 813
Ruhe auf der Flucht an einem Brunnen. Sébastien Bourdon 11.2: 506
Ruinen der Villa und der Bäder des Sallust. Giovanni Battista Piranesi 15: 198
Runge, Philipp Otto
Achill kämpft mit den Flüssen 6.2: 465
Vier Tageszeiten: Der Morgen, Der Mittag, Der Abend, Die Nacht 11.2: 351–354

Sangallo, Aristotile da: Mittelteil des Cartons für die Schlacht von Cascina 7: 42
St. Rochus zu Bingen. Carl August Schwerdgeburth nach einem Aquarell von Luise Seidler und einer Zeichnung von Johann Heinrich Meyer 11.2: 357
Satyr. Skizze zur rechten Karyatiden-Figur der Porte Dorée in Fontainebleau von Benvenuto Cellini 7: 294
Satyr lehrt sein Kind Syrinx blasen (Idylle VII). Johann Heinrich Wilhelm Tischbein 13.2: 81
Satyr-Familie (Idylle VI). Johann Heinrich Wilhelm Tischbein 13.2: 76
Scala Simonetti. Giovanni Volpato 15: 430
Schadow, Friedrich Wilhelm von: Die Freiheit in der Gestalt Klärchens erscheint Egmont im Traum 3.1: 835
Schäfer und Schäferin trauernd (Idylle IX). Johann Heinrich Wilhelm Tischbein 13.2: 82
Schinkel, Karl Friedrich
Ansicht des Graf Redernschen Palais in Berlin. Lithographie von Julius Tempeltey nach einer Zeichnung von Schinkel 20.3: 1095
Entwurf für das Gebäude der Sing-Akademie 20.1: 859

Schlacht von Cascina. Mittelteil des Cartons. Aristotile da Sangallo 7: 42
Schlacht zwischen Alexander und Darius nach einem antiken Mosaik in der Casa di Goethe. Wilhelm Zahn 20.2: 1629
Schloß Caserta. Stich von Georg Hackert nach dem Gemälde von Jakob Philipp Hackert 9: 767
Schloß Dornburg: Kupferstich von Jakob Wilhelm Christian Roux 20.2: 1137
Schloß von Anet. Der Brunnen der Diana. Jacques Androuet Du Cerceau 7: 336
Schloß von Anet. Die beiden Ansichten des Eingangsportals. Jacques Androuet Du Cerceau 7: 337
Schloß von Anet. Hauptportal mit dem Relief des Benvenuto Cellini. Philibert de L'Orme 7: 338
Schmeller, Johann Joseph: Carl Friedrich Zelter 20.2: 1593
Schmidt, Georg Friedrich: Kaiserin Elisabeth von Rußland. Kupferstich nach dem Gemälde von Jean Louis Tocqué 20.2: 1541
Schoppe, Julius: Der große Markgrafen-Stein auf den Rauenschen Bergen bei Fürstenwalde. Lithographie von Julius Tempeltey 18.2: 263
Schütz, Johann Georg: Das römische Carneval. 20 Stiche von Georg Melchior Kraus nach Zeichnungen von Schütz 3.2: 251–270
Schwebender Genius über der Erdkugel. Stich von C. Ermer nach einem Gemälde von Alfred Heideloff 13.1: 127, 132; 13.2: 210
Schweineschlachten im Minervatempel in Rom. Johann Heinrich Wilhelm Tischbein 11.2: 304
Schwerdgeburth, Carl August
Myrons Kuh 9: 631
Vera Icon byzantinisch-niederrheinisch 11.2: 70
St. Rochus zu Bingen. Nach einem Aquarell von Luise Seidler und einer Zeichnung von Johann Heinrich Meyer 11.2: 357
Der Lehrstand. Feder, Pinsel, Aquarell und Deckfarben nach dem Kupferstich ›Die Senatoren‹ des »Ersten Mantegna-Stechers« nach einer Zeichnung von Andrea Mantegna 13.2: 609
Pentazonium Vimariense. Radierung nach einem Entwurf von Clemens Wenzeslaus Coudray 20.2: 1097
Schwur auf dem Rütli. Johann Heinrich Füssli 4.2: 753
Scotin, Louis-Gérard: Der geblendete Belisar als Bettler 9: 1253
Scultore, Diana: Aspasia bei Sokrates oder Verleugnung Petri. Kupferstich nach einem Gemälde von Giulio Romano 13.2: 25
Sebbers, Ludwig: Johann Wolfgang Goethe. Stahlstich von Georg Wolf nach einer Porzellanmalerei von Sebbers 20.1: 941
Seekatz, Johann Condrad: Jahrmarktszene 16: 95

Segelschiff vor der östlichen Felswand der Insel Capri. Christof Heinrich Kniep 15: 401
Seidler, Luise
St. Rochus zu Bingen. Carl August Schwerdgeburth nach einem Aquarell von Seidler und einer Zeichnung von Johann Heinrich Meyer 11.2: 357
Amazonenkampf. Kreidezeichnung nach dem Basrelief am Apollo-Tempel in Bassai bei Phigalia 11.2: 445
Siegel der Accademia del Disegno. Entwurfszeichnung von Benvenuto Cellini 7: 159
Siegel für Ercole Gonzaga. Nachzeichnung von Benvenuto Cellini 7: 251
Singakademie zu Berlin. Aquatinta von Karl Friedrich Thiele nach einer Entwurfszeichnung von Johann Matthäus Mauch 20.3: 705
Sing-Akademie, Entwurf. Karl Friedrich Schinkel 20.1: 859
Sing-Akademie. Kupferstich der Werkstatt Finden nach einer Zeichnung von Friedrich Wilhelm Klose 20.1: 961
Skizzenblatt mit zwei laufenden Figuren. Benvenuto Cellini 7: 449
Socrates luftwandelnd. Lithographie von Franz Heinrich Müller nach der Rötelzeichnung ›Sokrates im Korbe‹ von Asmus Jakob Carstens 13.2: 33
Solfatara bei Pozzuoli. Jakob Philipp Hackert 9: 855
Solimena, Francesco: Die Vertreibung des Königs Heliodor aus dem Tempel in Jerusalem. Stich von Châtelet nach dem Fresko von Solimena 15: 237
Sommer. Skizze zum Gemäldezyklus ›Vier Jahreszeiten‹. Jakob Philipp Hackert 9: 759
Specchi, Allessandro: Zeichnung und Ansicht des heutigen Römischen Kapitols 15: 1211
Städel, Rosine: Frankfurt am Main, von der Gerbermühle aus gesehen. Lithographie von Karl Lieber nach einem Aquatintablatt von Städel nach einer Vorlage Anton Radls 11.1.1: 169
Stein, Charlotte von: Selbstbildnis 2.1: 21
Studentenunruhen in Jena. Jakob Wilhelm Roux 4.2: 821
Studierzimmer. Erscheinung des Pudels. Lithographie von Ludwig Nauwerck nach seiner Sepia-Zeichnung 20.3: 1207
Studium von da Vinci. Lithographie von Franz Heinrich Müller nach dem von Giuseppe Bossi gefertigten Faksimile einer Kreidezeichnung ›Christuskopf‹ aus dem Leonardo-Umkreis 13.2: 34
Symbolische Bilder. Stiche von C. Ermer nach Gemälden von Alfred Heideloff 13.1: 126–130; 13.2: 210, 211

Tannenwald. Carl Gustav Carus 13.2: 20
Taylor, Isaac
Theseus or Hercules. Kupferstich nach Zeichnungen von Francis Legatt Chantrey (The Elgin Marbles from the Temple of Minerva at Athens) 11.2: 385
Ilissus or River God. Kupferstich nach Zeichnungen von Francis Legatt Chantrey (The Elgin Marbles from the Temple of Minerva at Athens) 11.2: 386
The Horse's Head. Kupferstich nach Zeichnungen von Francis Legatt Chantrey (The Elgin Marbles from the Temple of Minerva at Athens) 11.2: 387
Teatro Olimpico. Andrea Palladio, Stich von Vichj und Santini 15: 56
Teatro Olimpico, Proszenium. Andrea Palladio, Stich von David Rossi 15: 55
Tempel der Concordia in Girgenti. Louis-Jean Desprez 15: 332
Tempel des Clitumnus zwischen Foligno und Spoleto. Giovanni Battista Piranesi 15: 143
Tempel von Agrigent. Jakob Philipp Hackert 9: 723
Tempel von Segesta. Louis-Jean Desprez 15: 331
Tempeltey, Julius
Ansicht des Graf Redernschen Palais in Berlin. Lithographie nach einer Zeichnung von Karl Friedrich Schinkel 20.3: 1095
Der große Markgrafen-Stein auf den Rauenschen Bergen bei Fürstenwalde. Lithographie nach einer Zeichnung von Julius Schoppe 18.2: 263
Theater von Taormina. Christoph Heinrich Kniep 15: 375
Theaterkostüme zu A. W. Schlegels ›Ion‹. Aus dem ›Journal des Luxus und der Moden‹ Bd. 17, 1802 6.2: 697
Theseus or Hercules. Kupferstich von Isaac Taylor nach Zeichnungen von Francis Legatt Chantrey (The Elgin Marbles from the Temple of Minerva at Athens) 11.2: 385
Thiele, Karl Friedrich: Die Singakademie zu Berlin. Aquatinta nach einer Entwurfszeichnung von Johann Matthäus Mauch 20.3: 705
Thorwaldsen, Bertel
Christus 18.2: 289
Widmungsblatt für Goethe aus Humboldts ›Ideen zu einer Geographie der Pflanzen‹ 9: 914
Tiber-Insel von Westen. Giuseppe Vasi 15: 579
Tiepolo, Domenico: Pulcinello wird aus dem Gefängnis befreit 15: 92

Tischbein, Johann Heinrich Wilhelm
Halbwilde Schweine, vom Lande zum Schlachten hereingeführt 11.2: 303
Das Schweineschlachten im Minervatempel in Rom 11.2: 304
Idyllen. Zeichnungen und Ölgemälde zu den von Goethe und Tischbein geplanten »Idyllen« 13.2: 63, 64, 67, 68, 71, 72, 75, 76, 81, 82, 85, 86, 89, 90, 93, 94, 95
Entwürfe zum Titelblatt zu den von Goethe und Tischbein geplanten »Idyllen« 13.2: 63, 64
Römische Ruinen 13.2: 67
Zwei Freunde in Betrachtung einer Landschaft 13.2: 68
Baumgruppe im Park der Villa Aldobrandini 13.2: 71
Eiche an einem See 13.2: 72
Mädchengruppe mit Flötenspieler und Faun 13.2: 75
Satyr-Familie 13.2: 76
Satyr lehrt sein Kind Syrinx blasen 13.2: 81
Schäfer und Schäferin trauernd 13.2: 82
Quellnymphen 13.2: 85
Weidennymphe 13.2: 86
Aurora 13.2: 89
Eine aufsteigende Nebelnymphe 13.2: 90
Zwei schwebende Sylphiden 13.2: 93
Drei Nebelnymphen 13.2: 94
Berge, Wasser und Wolken 13.2: 95
Neun Idyllen, skizziert für den »Aufschluß zum Ganzen« 13.2: 515
Skizze mit 20 Idyllen 13.2: 523
Das verfluchte zweite Küssen, Goethe in seiner Wohnung am Corso 15: 159
Moritz, der den Arm gebrochen, vom Chirurgen bedient, von Freunden getröstet 15: 160
Goethe hilft, ein Pferd aus dem Wasser zu ziehen 15: 437
Die gefangene Mohrin 15: 438
Tizian: Roger befreit Angelika. Kupferstich von Cornelis Cort nach einer Zeichnung von Tizian 13.2: 115
Tocqué, Jean Louis: Kaiserin Elisabeth von Rußland. Kupferstich von Georg Friedrich Schmidt nach dem Gemälde von Tocqué 20.2: 1541
Tod des Feldmarschalls Schwerin in der Schlacht bei Prag. Johann Christoph Frisch 4.2: 11
Tod des Königs Rhesus. Joseph Hoffmann 6.2: 427
Toschi, Paolo: Der Einzug Heinrichs IV. in Paris am 22. März 1514. Kupferstich nach einem Gemälde von François Gérard 20.3: 781

Traité de paix avec Rome (um 1797) 4.2: 103
Trauernde Frauengestalt. Benvenuto Cellini 7: 160
Trautmann, Johann Georg: Joseph erzählt seine Träume 16: 99
Tresca, Salvatore: La Folie du jour 4.2: 109
Trippel, Leonhard: La Chûte du Rhin 4.2: 701
Troy, Jean-François de: Jason bändigt die Stiere des Mars 16: 391
Tyro, Eriphyle und die Töchter des Pandaros, Kameiro und Klytie, in der Unterwelt. Friedrich Riepenhausen und Christian Riepenhausen 6.2: 519

Überführung der Altertümer aus Herkulaneum. Louis-Jean Desprez 15: 402
Urbani, G. E.: Das römische Amphitheater an der Piazza Brà in Verona. T. Majeroni, Ausschnitt aus einem Kupferstich von Urbani 15: 45
Urne auf einem bunten Teppich. Stich von C. Ermer nach einem Gemälde von Alfred Heideloff 13.1: 129; 13.2: 211

Vasari, Giorgio
Bildnis des Benvenuto Cellini 7: 11
Die Piazza della Signoria 7: 372
Vasi, Giuseppe
Ansicht der Tiber-Insel von Westen 15: 579
Der ägyptische Obelisk, von Augustus nach Rom gebracht 15: 616
Ponte Mammolo 15: 182
Väterliche Ermahnung. Johann Georg Wille 9: 1254
Veneziano, Agostino: Die Akademie des Baccio Bandinelli in Florenz 7: 371
Venus-Teich im Berliner Tiergarten. Jakob Philipp Hackert 9: 673
Vera Icon byzantinisch-niederrheinisch. Carl August Schwerdgeburth 11.2: 70
Verschaffelt, Maximilian: Seiten-Ansicht des Capitols. Lithographie von Heinrich Hess nach einer Tuschzeichnung von Verschaffelt 13.2: 38
Vertreibung des Königs Heliodor aus dem Tempel in Jerusalem. Stich von Châtelet nach dem Fresko von Francesco Solimena 15: 237
Vesta-Tempel in Tivoli. Jakob Philipp Hackert 9: 683
Vesuv von Resina aus gesehen. Pietro Fabris 15: 1077
Vier Jahreszeiten. Jakob Philipp Hackert 9: 751, 755, 759, 763
Vier Sibyllen Raffaels aus der Kirche S. Maria della Pace. Giovanni Volpato 15: 1157

Vier Tageszeiten: Der Morgen, Der Mittag, Der Abend, Die Nacht. Philipp Otto Runge 11.2: 351–354
Villa Ema und Palazzo Donn' Anna am Fuße des Posilipo. Nach der Zeichnung von Giuseppe Bracci gestochene Vedute 15: 260
Villa Madama in Rom, Blick durch den Portikus. Giovanni Volpato 15: 1158
Villa Pallagonia in Bagheria. Eingangstor und mit Skulpturen überzogene Doppelmauer. Jean-Pierre-Laurent Hoüel 15: 303
Villa Pallagonia in Bagheria. Zwei Studienblätter mit Balustraden-Figuren und Grotesken aus dem Skulpturenschmuck. Christoph Heinrich Kniep 15: 304
Villa Rotonda. Andrea Palladio 15: 63
Vischer, Peter d. J.: Allegorie zu Ehren Luthers 11.1.1: 209
Visentini, Antonio: Ansicht der Rialto-Brücke von Westen 15: 76
Volpato, Giovanni
Der Prophet Zacharias. Radierung aus dem Zyklus der Propheten und Sibyllen nach Michelangelos Gemälden an der Decke der Sixtinischen Kapelle 15: 189
Ansicht der von Annibale Carracci und seinen Schülern gemalten Galerie im Palazzo Farnese zu Rom 15: 190
Die Scala Simonetti 15: 430
Ansicht der Loggien Raffaels im Vatikan 15: 536
Die vier Sibyllen Raffaels aus der Kirche S. Maria della Pace 15: 1157
Blick durch den Portikus der Villa Madama in Rom 15: 1158

Wagner, Martin: Odysseus und Polyphem 6.2: 501
Wallfahrt bei Sonnenuntergang (Prozession). Caspar David Friedrich 6.2: 545
Wasserfälle von Terni. Jacob More 15: 1096
Weidennymphe (Idylle XI). Johann Heinrich Wilhelm Tischbein 13.2: 86
Weyden, Rogier van der: Dreikönigsaltar (Columba-Altar). Triptychon: Anbetung der Könige (Mitteltafel), Verkündigung an Maria (linker Flügel), Darbringung im Tempel (rechter Flügel) 11.2: 75
Wille, Johann Georg: Die väterliche Ermahnung 9: 1254
Winter. Skizze zum Gemäldezyklus ›Vier Jahreszeiten‹. Jakob Philipp Hackert 9: 759
Wolf, Georg: Johann Wolfgang Goethe. Stahlstich nach einer Porzellanmalerei von Ludwig Sebbers 20.1: 941
Wright, Thomas: Goethe. Stahlstich nach dem Ölgemälde von George Dawe 13.2: 43

Zahn, Wilhelm
Pompeji. Aus ›Die schönsten Ornamente und merkwürdigsten Gemälde aus Pompeji, Herculanum und Stabiae‹ 18.2: 299
Grundriß der Casa di Goethe zu Pompeji 20.2: 1627
Schlacht zwischen Alexander und Darius nach einem antiken Mosaik in der Casa di Goethe 20.2: 1629
Zauberei. Michael Herr 6.1: 649
Zehn Aussichten von dem Landhause des Horaz. Jakob Philipp Hackert 9: 795, 801, 807
Zelter, Carl Friedrich. Johann Joseph Schmeller 20.2: 1593
Zelter, Karl Friedrich. Lithographie von Ludwig Heine nach dem Ölgemälde von Karl Begas 20.1: 1025
Zucchi, Carlo: Die Fassade von Andrea Palladios Kirche Il Redentore 15: 86
Zucchi, Francesco: Il Nuovo Teatro dell'Accademia Filarmonica di Verona. Stich nach einer Zeichnung von Saverio Avesani 15: 34
Zwei Freunde in Betrachtung einer Landschaft (Idylle II). Johann Heinrich Wilhelm Tischbein 13.2: 68
Zwei schwebende Sylphiden (Idylle XIV). Johann Heinrich Wilhelm Tischbein 13.2: 93

Skulpturen und Goldschmiedearbeiten

Aufgenommen sind auch Zeichnungen und Stiche von Skulpturen und Goldschmiedearbeiten sowie Siegel, Medaillen, Münzen und Orden.

Amazonenkampf. Kreidezeichnung von Luise Seidler nach dem Basrelief am Apollo-Tempel in Bassai bei Phigalia 11.2: 445
Aphrodite im Schoße ihrer Mutter Dione. Kreidezeichnung von Charles Landseer nach einer Marmorskulptur vom Ostgiebel des Parthenon auf der Akropolis in Athen 11.2: 390
Archelaos: Mnemosyne 18.2: 235
Baigneuse. Etienne-Maurice Falconet 1.2: 493
Bogenfeld mit richtendem Herrscher. Steinplastik 11.1.1: 617
Büste des Bindo Altoviti. Benvenuto Cellini, Umrißstich nach einer Zeichnung von G. Rossi 7: 424
Büste des Herzogs Cosimo I. Benvenuto Cellini, Umrißstich nach einer Zeichnung von G. Rossi 7: 423
Cappenberger Schale. Lithographie von Heinrich Müller (?) 13.2: 15

Cellini, Benvenuto
Gold-Pectorale für Papst Clemens VII. Aquarell von Francesco Bartoli 7: 95, 96
Siegel der Accademia del Disegno. Entwurfszeichnung 7: 159
Siegel für Ercole Gonzaga. Nachzeichnung 7: 251
Juno. Skizze für die Silberstatue der Juno 7: 293
Satyr. Skizze zur rechten Karyatiden-Figur der Porte Dorée in Fontainebleau 7: 294
Goldenes Salzfaß. Federzeichnung von Thomas und Johann Ender 7: 315
Perseus. Umrißstich der Statue nach einer Zeichnung von W. Gozzini 7: 396
Büste des Herzogs Cosimo I. Umrißstich nach einer Zeichnung von G. Rossi 7: 423
Büste des Bindo Altoviti. Umrißstich nach einer Zeichnung von G. Rossi 7: 424
Dionysos. Kreidezeichnung von William Bewick nach einer Marmorskulptur vom Ostgiebel des Parthenon auf der Akropolis in Athen 11.2: 389
Elgin Marbles from the Temple of Minerva at Athens: Theseus or Hercules; Ilissus or River God; The Horse's Head. Kupferstiche von Isaac Taylor nach Zeichnungen von Francis Legatt Chantrey 11.2: 385, 386, 387
Facius, Angelika: Zelters Medaille 20.2: 1601/1602
Facius, Friedrich Wilhelm: Abdruck des Siegels mit Zelters Wappen. Geschnitten von Facius nach Goethes Entwurf 20.2: 1219
Falconet, Etienne-Maurice: Baigneuse 1.2: 493
Goethe-Büste. Daniel Christian Rauch 14: 565
Goldenes Salzfaß. Benvenuto Cellini, Federzeichnung von Thomas und Johann Ender 7: 315
Gold-Pectorale für Papst Clemens VII. Benvenuto Cellini, Aquarell von Francesco Bartoli 7: 95, 96
Heilsberger Inschrift. Sandsteintafel 11.2: 243
Horny (?), Conrad: Kupferstich der Laokoon-Gruppe 4.2: 79
Horse's Head. Kupferstich von Isaac Taylor nach Zeichnungen von Francis Legatt Chantrey (Elgin Marbles) 11.2: 387
Idole: Zwei häusliche Idole: Ceres mit dem Ferkel, einmal auf dem Arm, einmal in der herabhängenden Hand an den Hinterfüßen haltend 18.2: 319, 320
Igeler Säule 14: 435
Igeler Säule. Römisches Monument. Lithographie von Christian Hawich 18.2: 277, 278
Ilissus or River God. Kupferstich von Isaac Taylor nach Zeichnungen von Francis Legatt Chantrey (Elgin Marbles) 11.2: 386

Julius Caesar. Kupferstich einer Statue aus dem römischen Konservatorenpalast 1.2: 475
Juno. Skizze für die Silberstatue. Benvenuto Cellini 7: 293
Kimon aus Syrakus: Kopf der Arethusa mit drei Delphinen. Dekadrachme 11.1.1: 593
Kopf der Arethusa mit drei Delphinen. Kimon aus Syrakus, Dekadrachme 11.1.1: 593
Laokoon-Gruppe. Rekonstruktion 4.2: 75
Laokoon-Gruppe. Conrad Horny (?) 4.2: 79
Marmorsarkophag, Dom zu Agrigent. Jean Augustin Renard 15: 337
Mnemosyne. Archelaos 18.2: 235
Ordensstern des Großherzoglichen Hausordens der Wachsamkeit oder vom weißen Falken 11.2: 617
Perseus. Statue von Benvenuto Cellini, Umrißstich nach einer Zeichnung von W. Gozzini 7: 396
Rauch, Daniel Christian: Goethe-Büste 14: 565
Regenbogenschüsselchen. Tafel II aus ›Curiositäten der physisch-literarisch-artistisch-historischen Vor- und Mitwelt‹ hg. von Christian August Vulpius 11.2: 401
Rostocker Blücher-Denkmal. Johann Gottfried Schadow, erstes Modell 11.2: 373
Satyr. Skizze zur rechten Karyatiden-Figur der Porte Dorée in Fontainebleau. Benvenuto Cellini 7: 294
Schadow, Johann Gottfried: Erstes Modell zum Rostocker Blücher-Denkmal 11.2: 373
Siegel der Accademia del Disegno. Benvenuto Cellini, Entwurfszeichnung 7: 159
Siegel der Sing-Akademie auf der Mitgliedskarte 20.3: 147
Siegel für Ercole Gonzaga. Benvenuto Cellini, Nachzeichnung 7: 251
Siegel mit Zelters Wappen (Abdruck). Geschnitten von Friedrich Wilhelm Facius nach Goethes Entwurf 20.2: 1219
Siegelring Zelters. Eigentum der »Sing-Akademie zu Berlin: gegründet 1791« 20.3: 203
Tänzerin oder Nymphe. Einst über dem Portal des Palazzo Carafa in Neapel 15: 986
Theseus or Hercules. Kupferstich von Isaac Taylor nach Zeichnungen von Francis Legatt Chantrey (Elgin Marbles) 11.2: 385
Zelters Medaille. Angelika Facius 20.2: 1601/1602
Zelters Wappen. Bleistift- und Federzeichnung von Goethe als Entwurf zur Rückseite der Zelter-Medaille 20.3: 1175
Zwei häusliche Idole: Ceres mit dem Ferkel, einmal auf dem Arm, einmal in der Hand haltend 18.2: 319, 320

PORTRÄTS UND PERSONENDARSTELLUNGEN

Goethe, Cornelia. Johann Wolfgang Goethe 16: 251

Goethe, Johann Wolfgang

Georg Melchior Kraus. Goethe als Orest mit Corona Schröter als Iphigenie bei der Uraufführung von Goethes »Iphigenie« (1779) 2.1: 259

Johann Heinrich Meyer (zwischen 1792 und 1795) 4.2: 517

Karl Joseph Raabe (1814) 11.1.1: 43

Johann Gottfried Schadow. Medaillonbildnis (1816) 11.1.1: 221

Thomas Wright. Stahlstich nach dem Ölgemälde von George Dawe (1819) 13.2: 43

Daniel Christian Rauch. Goethe-Büste (1820) 14: 565

Johann Heinrich Wilhelm Tischbein. Das verfluchte zweite Küssen. Goethe in seiner Wohnung am Corso 15: 159

Johann Heinrich Wilhelm Tischbein. Goethe hilft, ein Pferd aus dem Wasser zu ziehen 15: 437

Johann Daniel Bager (?). Stich von J. G. Saiter nach der Miniatur in Öl (um 1773) 16: 643

Johann Wolfgang Goethe. Goethe (?) in seinem Frankfurter Arbeitszimmer (um 1769/72) 16: 683

Leonhard Posch (1827) 18.2: 267

Ludwig Sebbers. Stahlstich von Georg Wolf nach einer Porzellanmalerei (1826) 20.1: 941

Graf Cagliostro. Christophe Guérin 4.2: 453

Hervey, Frederik. Bishof von Derry, IVth Earl of Bristol von Angelica Kauffmann 4.2: 513

Iffland, August Wilhelm. Johann Friedrich Bolt 4.2: 505

Jung, Marianne. (später: von Willemer) Johann Jacob de Lose 11.1.2: 300

Klinger, Friedrich Maximilian. Johann Wolfgang Goethe 16: 637

Lavater, Johann Kaspar. Johann Wolfgang Goethe 16: 647

Lebrun, Charles. Bildnis des Kölner Bankiers Everhard Jabach mit seiner Familie 16: 664

Leopold, Christian. Aus: Johann Kaspar Lavater, ›Physiognomische Fragmente‹ 16: 805

Ligne, Charles Joseph de. Ferdinand Jagemann 11.1.1: 621

Louise, Großherzogin von Sachsen-Weimar-Eisenach. Wolfgang Flachenecker 18.2: 245

Schröter, Corona. Als Iphigenie bei der Uraufführung von Goethes »Iphigenie« mit Goethe als Orest von Georg Melchior Kraus 2.1: 259

Stein, Charlotte von
Selbstbildnis 2.1: 21
Johann Wolfgang Goethe 2.1: 22
Stolberg, Christian. Aus: Johann Kaspar Lavater, ›Physiognomische Fragmente‹ 16: 805
Willemer, Marianne von. Johann Jacob de Lose 11.1.2: 300
Zelter, Karl Friedrich
Lithographie von Ludwig Heine nach dem Ölgemälde von Karl Begas 20.1: 1025
Johann Joseph Schmeller 20.2: 1593

ZEICHNUNGEN GOETHES

Probst Hee und Graf Brandt. Zeichnung mit Gedicht 1.1: 221
Bergrücken in der Schweiz, Juni 1775 1.2: 301

Charlotte von Stein 2.1: 22
Der Brocken im Mondlicht 2.1: 39
Tafeln zum Zwischenkieferknochen 2.2: 532–543
Os intermaxillare 2.2: 532
Obere Kinnlade des Ochsen 2.2: 534
Os intermaxillare des Pferdes 2.2: 535
Superficies lateralis interior ossis intermaxillaris eines Pferdes 2.2: 536
Fuchsschädel 2.2: 536
Os intermaxillare des Löwen 2.2: 537
Superficies lateralis interior des Ossis intermaxillaris eines jungen Trichechus rosmarus 2.2: 538
Affenschädel 2.2: 539
Teile eines Menschenschädels 2.2: 540
Halber Oberkiefer eines gesprengten Menschenschädels 2.2: 542, 543

Zeichnungen zum »Tagebuch der italienischen Reise für Frau von Stein« 3.1: 13, 14, 17, 18, 21, 22, 25, 26, 29, 41, 45, 46, 49, 50, 97, 98, 147, 151, 152, 155, 156
Posthaus Zwota 3.1: 13
Donau 3.1: 14, 17
Cochel 3.1: 21
Gegen den Cochel See 3.1: 21
Am Walch See 3.1: 22
Cirl 3.1: 25
Gegen den Brenner 3.1: 26
Brenner 3.1: 29
Roveredo 3.1: 41
Lago di Garda 3.1: 45
L d G ⟨Lago di Garda⟩ 3.1: 46
Hafen von Torbole 3.1: 49
Castell Malcesina al Lago di Garda 3.1: 50
Venedig 3.1: 97
Avvocato Reccaini 3.1: 98
Ideallandschaft mit Tempel und Hain 3.1: 147
Terni 1786 3.1: 151, 155

Gebirgsstraße bei Terni, am Wasserfall des Velino 3.1: 152
R 86 ⟨Rom 1786⟩ 3.1: 156

Aufeinanderfolgende Stadien der Pflanzenmetamorphose 3.2: 323
Durchgewachsene Nelke 3.2: 360

Zeichnungen zu »Baukunst« 1795 4.2: 55–61
Schädelknochen von Mensch und Schaf 4.2: 169
Voralpenlandschaft (?) 4.2: 709
Bruch des Martinrodaer Stollens 4.2: 891
Zu Optik und Farbenlehre. Tafeln 4.2: Farbbogen (Anlage)
Augenvignette 4.2: Farbbogen (Anlage, Deckblatt)
Farbenkreis 4.2: Farbbogen (Anlage)
Grundversuche über Farbenerscheinungen bei der Refraktion 4.2: Farbbogen (Anlage)

Symbolische Annäherung zum Magneten, Entwurf. Goethe und Friedrich Schiller 6.2: 778
Harmonie der Farben. Goethe und Friedrich Schiller 6.2: 779
Temperamentenrose. Goethe und Friedrich Schiller 6.2: 786
Hebung und Brechung, Entwurf. 6.2: 809

Karlsbader Zwillinge 9: 879
Sprudelausbruch 9: 887
Borschen bei Bilin 9: 897
Höhen der alten und neuen Welt bildlich verglichen 9: 912, 913

Farbenkreis 10: Farbbogen (Anlage)
Farbenlehre. 17 Tafeln zur Farbenlehre 10: Farbbogen (Anlage)
Temperamentenrose. Goethe und Friedrich Schiller 10: Farbbogen (Anlage)
Symbolische Annäherung zum Magneten 10: Farbbogen (Anlage)

Landschaft zwischen Rom und Neapel. Lavierte Federzeichnung mit zwei Widmungsverse für Anton Genast: »Zur Erinnerung trüber Tage« 11.1.1: 179
Albano. Eremitage. Federzeichnung mit Sepia mit zwei Widmungsversen für Anton Genast: »Zum Erinnern schöner Stunden« 11.1.1: 180
Bildung der Trappformation (Schematisches Profil) mit eigenhändiger Beischrift 11.2: 529
Luther-Monument. Grundriß und Aufriß 11.1.1: 669
Cirro Stratus 11.2: 1233

Cumulus. Haufenwolken 11.2: 1233
Cumulo-Stratus 11.2: 1234
Stratus. Nebel-Schicht 11.2: 1234
Cirro-Cumulus. Schaf-Wolken 11.2: 1235
Cirrus, Locken-Wolken 11.2: 1235
Nimbus. Regnende Wolken 11.2: 1236

Verstürzte Granitblöcke auf der Luisenburg 12: 549
Wirbelknochen des Menschen 12: 971
Beckenknochen und Rippen 12: 972
Schulterblätter und Schlüsselbein des Menschen 12: 973
Armknochen 12: 974

Zweiundzwanzig Handzeichnungen 13.2: 47–60
Nordseite des Grabens zu Jena. No. 1 13.2: 47
Engelsgatter und Brücke zu Jena. No. 2 13.2: 47
Drackendorf. No. 3 13.2: 49
Gartentüre auf der Höhe gegen Lichtenhayn. No. 4 13.2: 49
Klippsteinischer Garten, aus Major v. Knebels Fenster hinab. No. 5 13.2: 50
Zwischen Gebirgen eingeschlossener See. No. 6 13.2: 50
Unter einem Eichbaum ruhender Knabe. No. 7 13.2: 51
Berge und Täler, Ströme und Schlösser. No. 8 13.2: 51
Alter Turm des Löbertors zu Jena. No. 9 13.2: 52
Göttlings Turm, Accouchierhaus und Pulverturm zu Jena. No. 10 13.2: 52
Anatomie Turm und Ulrichisches Haus. No. 11 13.2: 55
Das Neuetor, Hellfeldisches Haus und Garten. No. 12 13.2: 55
Schillers Garten. No. 13 13.2: 56
Ansicht von Naschhausen, Orlamünde oben drüber. No. 14 13.2: 56
Ehemalige Ansicht des Marmorbruches vor Hof. No. 15 13.2: 57
Kapelle in Carlsbad. No. 16 13.2: 57
Ruinen des Schlosses über Graupen. No. 17 und 18 13.2: 58
Die Stadt Bilin. No. 19 13.2: 59
Fels bei Bilin. No. 20 und 21 13.2: 59, 60
Biliner Schloß. No. 22 13.2: 60
Einsamste Wildnis. Radierung von Carl Wilhelm Holdermann nach einer Handzeichnung von Goethe 13.2: 99
Hausgarten. Radierung von Carl Wilhelm Lieber nach einer Handzeichnung von Goethe 13.2: 100
Freie Welt. Radierung von Carl Wilhelm Holdermann nach einer Handzeichnung von Goethe 13.2: 103

Geheimster Wohnsitz. Radierung von Carl Wilhelm Lieber nach einer Handzeichnung von Goethe 13.2: 104
Bequemes Wandern. Radierung von Carl Wilhelm Holdermann nach einer Handzeichnung von Goethe 13.2: 105
Gehinderter Verkehr. Radierung von Carl Wilhelm Lieber nach einer Handzeichnung von Goethe 13.2: 106

Luxemburg 14: 431

Skizzen-Fragment mit einer Ansicht des Kastells von Malcesine 15: 33
Vielfigurige Tribunalszene aus Venedig, mit Richtern, Advokaten und Klienten 15: 91
Villenterrasse im Mondschein 15: 153
Monte Porzio wo des Cato Landgut gestanden hinter Frascati 15: 154
Cestius-Pyramide im Vollmondlicht nach der Imagination gezeichnet 15: 205
Der Palatin-Hügel und seine Ruinen 15: 206
Eingangstor zum Park des Palazzo Chigi in Ariccia 15: 217
Die Ruinen des Aquädukts der Acqua Claudia bei Minturno 15: 218
Blick von den Monti Rossi, den Nebenkegeln des Ätna, auf die Bucht von Taormina 15: 366
Ausbruch des Vesuv 15: 419
Die Villa des Maecenas bei Tivoli mit den Kaskatellen des Anjene 15: 466
Die Villa Reifenstein in Frascati 15: 501
Motiv aus den Albaner Bergen 15: 502
Zwei Akt-Zeichnungen 15: 623
Villa Medici, gesehen von der Spanischen Treppe aus 15: 624
Kapitolplatz, im Heraufkommen von rückwärts gesehen 15: 651

Cornelia Goethe 16: 251
Stilleben mit Maus und Falle 16: 373
Landschaft mit altem Turm 16: 373
Pfarrhaus Sesenheim 16: 463
Porträt Friedrich Maximilian Klingers 16: 637
Porträt Johann Kaspar Lavater 16: 647
Goethe (?) in seinem Frankfurter Arbeitszimmer (?) 16: 683
Auf dem St. Gotthard 16: 789
Scheideblick nach Italien 16: 789
Zelters Wappen. Bleistift- und Federzeichnung von Goethe als Entwurf zur Rückseite der Zelter-Medaille 20.3: 1175

AUTOGRAPHEN

Ist kein Autor genannt, handelt es sich um Autographen Goethes.

Anweisung zur teutsch-hebräischen Sprache 1.1: 68
Probst Hee und Graf Brandt. Goethe-Zeichnung mit Gedicht 1.1: 221

Verzeichnis poetischer und literarischer Arbeiten, Ende 1797 6.1: 851

Cellini, Benvenuto: Anfangsseite des Autographs seiner Lebensbeschreibung 7: 21

Den Drillings-Freunden von Coelln 11.1.1: 44
Lieblich ist's im Frühlingsgarten 11.1.1: 65
Auf diesen Trümmern hab ich auch gesessen 11.1.1: 71
Verehrung sey! Widmungsblatt Goethes zum Wiesbadener »Divan« 11.1.1: 75
Daß Du zugleich mit dem heilgen Christ 11.1.1: 151
Schreibt er in Neßky. Reinschrift Goethes mit arabischem Distichon 11.1.1: 161
Granit, gebildet anerkannt. Reinschrift Goethes mit zwei kristallographischen Zeichnungen des Granit 11.1.1: 162
Zur Erinnerung trüber Tage. Widmungsverse für Anton Genast mit Federzeichnung 11.1.1: 179
Zum Erinnern schöner Stunden. Widmungsverse für Anton Genast mit Federzeichnung 11.1.1: 180
Herr Löbel ist ein Medicus. Stammbuchverse für Eduard Leopold Loebenstein-Loebel 11.1.1: 185
Schön und köstlich ist die Gabe. Entwurf Goethes zu einem Dankgedicht für Marianne von Willemer 11.1.1: 239
Entoptische Farben. An Julien (Laß dir von den Spiegeleyen). Reinschrift 11.1.1: 517
Entwurf zum Titelkupfer für den Erstdruck des West-östlichen Divans 1819. Vorzeichnung und Schriftzüge in Blei, vermutlich von Goethes Hand 11.1.2: 285
Gottes ist der Orient. Zwei Schmuckblättchen von Goethes Hand mit dem Text von Talismane I nachträglich auf ein größeres Blatt montiert 11.1.2: 288
Vier Gnaden (Dass Araber an ihrem Theil). Reinschrift 11.1.2: 289

Eigenhändiges Titelblatt Goethes zum »Deutschen Divan« und zum Wiesbadener »Divan« 11.1.2: 291
Liste mit deutsch-persischen Buchtiteln zum West-östlichen Divan 11.1.2: 293
Ginkgo biloba (Dieses Baums Blatt, der von Osten) 11.1.2: 294
114. Sure des Korans. Kalligraphische arabische Schreibübung Goethes 11.1.2: 295
Wenn ich dein gedenke. Korrekturbogen zum Erstdruck des West-östlichen Divans 1819 mit Korrekturen Goethes 11.1.2: 298
Zwei Chiffernbriefe Goethes und Marianne von Willemers 11.1.2: 299
Exzerptblätter Goethes aus Diez' ›Denkwürdigkeiten von Asien‹, Teil II. 11.1.2: 304, 305
Wasserfülle, Landesgröße. Danksagung an die Familie Brentano 11.2: 118

Wirbelknochen des Menschen. Zeichnung mit eigenhändiger Beschriftung 12: 971
Beckenknochen und Rippen. Zeichnung mit eigenhändiger Beschriftung 12: 972
Schulterblätter und Schlüsselbein des Menschen. Zeichnung mit eigenhändiger Beschriftung 12: 973
Armknochen. Zeichnung mit eigenhändiger Beschriftung 12: 974

Vanitas! Vanitatum Vanitas. Vertonung von Carl Friedrich Zelter 20:1: 147/148
Brief Goethes an Zelter vom 3. Dezember 1812 (Schreiberhand: Johann August Friedrich John; eigenhändiger Schluß) 20.1: 297–302
Brief Zelters an Goethe vom 24. Dezember 1812 bis 24. Januar 1813 20.1: 313–316
Das Gastmahl. Vertonung von Carl Friedrich Zelter (eigenhändig von Goethe und Zelter) 20.1: 339
Ballade. Vertonung von Carl Friedrich Zelter 20.1: 547/548
Klaggesang. Irisch. Vertonung von Carl Friedrich Zelter 20.1: 553/554
Brief Goethes an Zelter vom 20. Februar 1826 20.1: 907
Weltschöpfung. Vertonung von Carl Friedrich Zelter 20.1: 915
Brief Goethes an Zelter vom 17. August 1827 (Schreiberhand: Christian Schuchardt; eigenhändige Korrektur und Unterschrift) 20.1: 1029/1030
Brief Zelters an Goethe vom 16. Oktober 1827 20.1: 1063/1064

Briefadresse. Zelter an Goethe vom 16. Mai 1828 20.2: 1113
Dem aufgehenden Vollmonde (Schreiberhand: Johann August Friedrich John) 20.2: 1153
Brief Goethes an Zelter vom 1. Dezember 1830 (Einleitung und Nachsatz eigenhändig) 20.2: 1409
Die Campanelle. Text von Friedrich Förster, Vertonung von Carl Friedrich Zelter 20.2: 1471/1472
Brief Zelters an Goethe vom 1. bis 3. September 1831 20.2: 1527/1528
Ein Füllhorn von Blüten 20.2: 1579
Billet Goethes in Zelters Tagebuch 1827 20.2: 1637
Am Siebenten November. Faksimile von Goethes Gedicht und Kupferstich von Karl August Schwerdgeburth nach einer Portraitbüste von Christian Daniel Rauch 20.3: 715
Goethes Gedicht für Samuel Rösel mit einem symbolischen Bildchen (›Pinsel und Feder von Lorbeer umwunden‹) 20.3: 851
Briefadresse mit dem Stempel der Berliner Desinfektionsbehörde. Zelter an Goethe am 15. Oktober 1831 20.3: 1259

TITELBLÄTTER, DRUCKE UND SCHRIFTDOKUMENTE

Titelkupfer aus ›Versuch einer poetischen Übersetzung des Tassoischen Heldengedichts genannt: Gottfried, oder das Befreyte Jerusalem‹ von Johann Friedrich Kopp 3.1: 913
Titelvignette. Das römische Carneval 3.2: 217

Titelblatt der Erstausgabe der beiden Traktate über die Goldschmiedekunst und die Skulptur von Benvenuto Cellini 7: 160

Widmungsblatt für Goethe von Bertel Thorwaldsen. Aus Humboldts ›Ideen zu einer Geographie der Pflanzen‹ 9: 914

Entwurf zum Titelkupfer für den Erstdruck des West-östlichen Divans 1819. Vorzeichnung und Schriftzüge in Blei, vermutlich von Goethes Hand 11.1.2: 285
Titelkupfer und Titelblatt des Erstdrucks des West-östlichen Divans 1819 11.1.2: 286/287
Vollendung (Sagt es Niemand, nur den Weisen). Vorabdruck des u. d. T. »Selige Sehnsucht« ins »Buch des Sängers« des West-östlichen Divans von 1819 aufgenommenen Gedichts 11.1.2: 290
Titelblatt des ersten Teils von Joseph von Hammers Hafis-Übersetzung 11.1.2: 292
Titelblatt zu den Divan-Gedichten im ›Taschenbuch für Damen auf das Jahr 1817‹ 11.1.2: 297
Korrekturbogen zum Erstdruck des West-östlichen Divans 1819 mit Korrekturen Goethes zu dem Gedicht »Wenn ich dein gedenke« 11.1.2: 298
Frontispiz und Titelblatt (mit arabischer Schrift) zu Bd. 1 der von Joseph von Hammer u. a. hg. ›Fundgruben des Orients‹ 11.1.2: 306, 307
Titelblatt von ›The Elgin Marbles from the Temple of Minerva at Athens‹ 11.2: 367
Heilsberger Inschrift. Sandsteintafel der Heilsberger Kapelle 11.2: 243
Titelblatt von ›Die Inschrift von Heilsberg‹ 11.2: 244

Lithographische Tafeln aus der Chronik des Otto von Freysingen 13.1: 437, 438
Cappenberger Schale. Lithographie von Heinrich Müller (?) 13.2: 15

Titelblatt des Holzschnittwerks von Andrea Andreani ›Julius Cäsars Triumphzug‹ 13.2: 119
Titelblatt und 1. bis 5. Tafel von Sulpiz Boisserée ›Ansichten, Risse und einzelne Teile des Doms zu Köln‹ 13.2: 151-156

Titelblatt des Stichwerks von Giovanni Antolini ›Il Tempio di Minerva in Assisi confrontato colle Tavole di Andrea Palladio Architetto di Vicenza‹, Vignette mit dem Minervatempel Assisi 15: 885

Parabel (Ich trat in meine Gartentüre) mit Illustration von Eugen Napoleon Neureuther 18.1: 39; 20.3: 1203
Titelvignette zu ›Tausend und Eine Nacht‹. Moritz von Schwind 18.2: 257

Dem aufgehenden Vollmonde (Schreiberhand: Johann August Friedrich John) 20.2: 1153
Diplom der Ernennung Zelters zum Doktor der Philosophie der Universität Berlin 20.2: 1367
Mitgliedskarte mit dem Siegel der Sing-Akademie 20.3: 147

VERTONUNGEN UND MUSIKBEILAGEN

Kophtisches Lied. Musikbeilage aus dem ›Musen-Almanach für das Jahr 1796‹ 3.2: 11

Ghiurighium à te. Musikbeilage aus ›Der Teutsche Merkur vom Jahre 1789‹ 3.2: 203

Was hör' ich draußen vor dem Tor. Vertonung von Johann Friedrich Reichardt 5: 858

Wer nie sein Brot mit Tränen aß. Vertonung von Johann Friedrich Reichardt 5: 858

Wer sich der Einsamkeit ergibt. Vertonung von Johann Friedrich Reichardt 5: 858

Singet nicht in Trauertönen. Vertonung von Johann Friedrich Reichardt 5: 317

Kennst du das Land? Vertonung von Johann Friedrich Reichardt 5: 143

Nur wer die Sehnsucht kennt. Vertonung von Johann Friedrich Reichardt 5: 239

Heiß mich nicht reden. Vertonung von Johann Friedrich Reichardt 5: 357

So laßt mich scheinen. Vertonung von Johann Friedrich Reichardt 5: 859

Melodien russischer Lieder. Aus ›Völkerwanderung. Poesieen gesammelt bei einem Maskenzug aufgeführt den sechzehnten Februar‹ 9: 253, 254

Erinnerung (Wenn die Reben wieder blühen). Vertonung von Carl Friedrich Zelter 20.1: 9-12

Vanitas! Vanitatum Vanitas. Vertonung von Carl Friedrich Zelter 20.1: 147/148

Die wackelnde Glocke. Vertonung von Carl Friedrich Zelter 20.1: 329/330

Das Gastmahl. Vertonung von Carl Friedrich Zelter 20.1: 339

Ballade. Vertonung von Carl Friedrich Zelter 20.1: 547/548

Klaggesang. Irisch. Vertonung von Carl Friedrich Zelter 20.1: 553/554

St. Nepomuks Vorabend. Vertonung von Carl Friedrich Zelter 20.1: 613

Weltschöpfung. Vertonung von Carl Friedrich Zelter 20.1: 915

Die Campanelle. Text von Friedrich Förster, Vertonung von Carl Friedrich Zelter 20.2: 1471–1474
Festlich geht der Tag uns auf. Text von Friedrich Förster, Vertonung von Carl Friedrich Zelter 20.2: 1527/1528

ZUR NATURWISSENSCHAFT

Crania (Schädeltafel). Johann Kaspar Lavater 2.2: 527
Tafeln zum Zwischenkieferknochen. Johann Wolfgang Goethe 2.2: 532-543
Os intermaxillare. Johann Wolfgang Goethe 2.2: 532
Obere Kinnlade des Ochsen. Johann Wolfgang Goethe 2.2: 534
Os intermaxillare des Pferdes. Johann Wolfgang Goethe 2.2: 535
Superficies lateralis interior ossis intermaxillaris eines Pferdes. Johann Wolfgang Goethe 2.2: 536
Fuchsschädel. Johann Wolfgang Goethe. 2.2: 536
Os intermaxillare des Löwen. Johann Wolfgang Goethe 2.2: 537
Superficies lateralis interior des Ossis intermaxillaris eines jungen Trichechus rosmarus. Johann Wolfgang Goethe 2.2: 538
Affenschädel. Johann Wolfgang Goethe 2.2: 539
Teile eines Menschenschädels. Johann Wolfgang Goethe 2.2: 540
Halber Oberkiefer eines gesprengten Menschenschädels. Johann Wolfgang Goethe 2.2: 542, 543
Infusionstiere unter dem Mikroskop 2.2: 569
Keimpflanzen von Kürbis, Mais und Gartenbohne 2.2: 583

Aufeinanderfolgende Stadien der Pflanzenmetamorphose. Johann Wolfgang Goethe 3.2: 323
Normale Primel und doppelte Prümel 3.2: 333
Blüte einer Tulpe mit einem Blatt, das zugleich Laub- und Kronblatt ist 3.2: 337
Durchgewachsene Rose 3.2: 359
Durchgewachsene Nelke. Johann Wolfgang Goethe 3.2: 360

Schädelknochen von Mensch und Schaf. Johann Wolfgang Goethe 4.2: 169
Schema eines Säugetierschädels 4.2: 1036
Zu Optik und Farbenlehre. Tafeln. Johann Wolfgang Goethe 4.2: Farbbogen (Anlage)
Augenvignette. Johann Wolfgang Goethe 4.2: Farbbogen (Anlage, Deckblatt)
Farbenkreis. Johann Wolfgang Goethe 4.2: Farbbogen (Anlage)
Grundversuche über Farbenerscheinungen bei der Refraktion. Johann Wolfgang Goethe 4.2: Farbbogen (Anlage)

Symbolische Annäherung zum Magneten, Entwurf. Johann Wolfgang Goethe, Friedrich Schiller 6.2: 778

Harmonie der Farben. Johann Wolfgang Goethe, Friedrich Schiller (s. auch Farbbogen zu Band 10) 6.2: 779
Temperamentenrose. Johann Wolfgang Goethe, Friedrich Schiller (s. auch Farbbogen zu Band 10) 6.2: 786
Hebung und Brechung, Entwurf. Johann Wolfgang Goethe 6.2: 809

Karlsbader Zwillinge. Johann Wolfgang Goethe 9: 879
Sprudelausbruch. Johann Wolfgang Goethe 9: 887
Borschen bei Bilin. Johann Wolfgang Goethe 9: 897
Höhen der alten und neuen Welt bildlich verglichen. Stich nach einer Zeichnung von Goethe 9: 912, 913

Farbenkreis. Johann Wolfgang Goethe 10: Farbbogen (Anlage)
Farbenlehre. 17 Tafeln zur Farbenlehre. Johann Wolfgang Goethe 10: Farbbogen (Anlage)
Temperamentenrose. Johann Wolfgang Goethe, Friedrich Schiller 10: Farbbogen (Anlage)
Symbolische Annäherung zum Magneten. Johann Wolfgang Goethe 10: Farbbogen (Anlage)

Entoptische Farbfiguren. Thomas Johann Seebeck 11.1.1: 518
Entoptisches Gestell des Physikers Thomas Johann Seebeck zur Erzeugung der entoptischen Farbphänomene 11.1.1: 518
Bildung der Trappformation (Schematisches Profil) mit eigenhändiger Beischrift. Johann Wolfgang Goethe 11.2: 529
Die Achtermannshöhe. Georg Sigismund Otto Lasius 11.2: 1207
Steinerne Waffen. Tafel 10 aus ›Curiositäten der physisch-literarisch-artistisch-historischen Vor- und Mitwelt zur angenehmen Unterhaltung für gebildete Leser‹, hg. von Christian August Vulpius, 1816 11.2: 1211
Cirro Stratus. Johann Wolfgang Goethe 11.2: 1233
Cumulus. Haufenwolken. Johann Wolfgang Goethe 11.2: 1233
Cumulo-Stratus. Johann Wolfgang Goethe 11.2: 1234
Stratus. Nebel-Schicht. Johann Wolfgang Goethe 11.2: 1234
Cirro-Cumulus. Schaf-Wolken. Johann Wolfgang Goethe 11.2: 1235
Cirrus, Locken-Wolken. Johann Wolfgang Goethe 11.2: 1235
Nimbus. Regnende Wolken. Johann Wolfgang Goethe 11.2: 1236

Urwirbel eines Insekts 12: 251
Urwirbel eines Tieres 12: 251
Urform der Schalen 12: 287
Helosis guianensis Richard, Arum campanulatum R. 12: 321

Entoptische Elemente, Doppelspat Erscheinung, Glimmer Wirkung 12: 405
Wolkenformen in gebirgiger Flußlandschaft. Ludwig Heß 12: 469
Verstürzte Granitblöcke auf der Luisenburg. Johann Wolfgang Goethe 12: 549
Vergleichende graphische Darstellung der Barometer-Stände verschiedener Orte im Monat December 1822 12: 707
Tempel des Jupiter Serapis zu Puzzuolo 12: 715
Basalt-Steinbruch bei Ober-Cassel 12: 747
Rückersberg, Basalt-Ellipsoid 12: 755
Küchenschelle, Metamorphose von den Keimblättern zu den Fruchtblättern 12: 933
Forsythia-Zweig 12: 933
Pinus maritima, Keimling 12: 933
Orangen-Blatt 12: 933
Acacia heterophylla, Blatt 12: 933
Stiefmütterchen-Blatt 12: 933
Wasser-Hahnenfuß 12: 934
Übergänge zwischen Schwimm- und Wasserblättern 12: 934
Sonnenblume 12: 934
Winterling (Eranthis hiemalis) 12: 934
Schwarzkümmel (Nigella damascena) 12: 934
Seerose Nymphaea alba, Übergang vom Blumenblatt zum Staubblatt 12: 934
Canna iridiflora, Blüte und einzelnes Staubblatt 12: 934
Sumpfherzblatt, Blüte 12: 937
Zwischenformen zwischen Nektarium und Staubblatt 12: 937
Pentapetes-Blüte Sumpfherzblatt, Blüte 12: 937
Passionsblume (Passiflora), Blüte Sumpfherzblatt, Blüte 12: 937
Osterglocke Sumpfherzblatt, Blüte 12: 937
Akelei Sumpfherzblatt, Blüte 12: 937
Eisenhut Sumpfherzblatt, Blüte 12: 937
Honigstrauch 12: 938
Polygala myrtiflora 12: 938
Schwertlilie, Griffel, Staubblatt und Blüte 12: 938
Safran (Crocus sativus), Griffel und Narben 12: 938
Sarracenie, Blüte 12: 938
Linde, Blütenstand 12: 941
Mäusedorn, Zweig 12: 941
Blasenstrauch, Hülse 12: 941
Sumpfdotterblume, Frucht 12: 941
Nigella damascena, Fruchtkapsel 12: 941
Nigella orientalis, Fruchtkapsel 12: 941

Früchte von Ahorn, Ulme und Esche 12: 941
Milchstern (Ornithogalum), Blütenstände 12: 942
Knabenkraut, Blütenstände 12: 942
Karde, Blütenstände 12: 942
Leinkraut (Linaria vulgaris) 12: 960
Aegopodium podagraria, Blattserie vom Stengel 12: 962
Wirbelknochen des Menschen. Johann Wolfgang Goethe 12: 971
Beckenknochen und Rippen. Johann Wolfgang Goethe 12: 972
Schulterblätter und Schlüsselbein des Menschen. Johann Wolfgang Goethe 12: 973
Armknochen. Johann Wolfgang Goethe 12: 974
Schulterblatt und Oberarm des Hasen 12: 976
Schlüsselbein und Oberarm des Maulwurf 12: 976
Halswirbelknochen der Giraffe 12: 990
Hals- und Rückenwirbel eines Wales 12: 990
Handskelett von Affe, Seehund, Braunfisch 12: 991
Entoptischer Versuch 12: 1066

Lageplan zum Fundort des Egeran 13.2: 241
Zur Darstellung der gesamten Organisation von Wilbrand. Lithographie von Joseph Paringer nach einer Zeichnung von Ferdinand August Ritgen 13.2: 284/285
Elefantenschädel. Johann Heinrich Lips (S. 313) und Casimir van de Velde (S. 314-315) nach Zeichnungen von Johann Christian Wilhelm Waitz 13.2: 313-315

Modell einer spiralig gebauten Blüte, Geschenk von Carl Friedrich Philipp von Martius zu Goethes 80. Geburtstag 18.2: 485
Schädel vom Reh 18.2: 1290
Schädel vom Rind 18.2: 1290
Schädel vom Kamel 18.2: 1290
Schädel vom Pferd 18.2: 1291
Schädel vom Hirscheber 18.2: 1291
Schädel vom Löwen 18.2: 1292
Schädel vom Eisbären 18.2: 1292
Schädel vom Wolf 18.2: 1292
Schädel vom Walroß 18.2: 1293
Schädel vom Menschen 18.2: 1294
Schädel vom Affen 18.2: 1294

LANDKARTEN, PLÄNE UND SCHEMATA

Umgebung der Rasenmühle bei Jena. Planskizze 3.2: 644
Stammbaum Giuseppe Balsamos. Peter im Baumgarten nach einer Handzeichnung von Goethe (vgl. 15: 1033) 4.2: 451
Bruch des Martinrodaer Stollens 4.2: 891
Luther-Monument. Grundriß und Aufriß 11.1.1: 669
Karte von Persien und den angrenzenden Ländern nach Malcolm, History of Persia 11.1.2: 308/309
Geographisch-statistische und historische Karte des Herzogtums Nassau 11.2: 773
Lageplan zum Fundort des Egeran 13.2: 241
Zwei Kartenausschnitte aus dem ›Grand Atlas d'Allemagne‹ von J. G. A. Jaeger 14: 361, 362
Grundriß und Aufriß der geplanten, nur zum Teil ausgeführten Klosteranlage der Carità in Venedig von Andrea Palladio 15: 85
Aufriß des Minerva-Tempels in Assisi von Andrea Palladio 15: 135
Minerva-Tempel in Assisi. Pianta generale del Tempio, e sue adjacenze von Andrea Palladio 15: 136
Stammbaum des Giuseppe Balsamo, genannt Cagliostro. Handzeichnung von Goethe (vgl. 4.2: 451) 15: 1033
Plan von Zelters Wohnung in Berlin, Georgenstraße 19 (eigenhändig) 20.1: 645
Lageplan von Zelters Wohnung (eigenhändig) 20.1: 646
Schinkel, Karl Friedrich: Entwurf für das Gebäude der Sing-Akademie 20.1: 859
Grundriß der Casa di Goethe zu Pompeji. Zeichnung von Wilhelm Zahn 20.2: 1627

GEGENSTÄNDE AUS GOETHES BESITZ

Griff von Goethes Spazierstock aus Stechpalmenholz mit einem Wiedehopf. Geschenk Marianne von Willemers zu Goethes 70. Geburtstag 11.1.1: 235

Sonne-Mond-Orden. Schwärzliches Papiermaché. Geschenk Marianne von Willemers an Goethe 11.1.2: 296

Der Wiedehopf als Liebesbote »Hudhud« Kolorierte Federzeichnung (?) auf dem Deckel einer Pappschachtel 11.1.2: 301

Modell einer spiralig gebauten Blüte. Geschenk von Carl Friedrich Philipp von Martius zu Goethes 80. Geburtstag 18.2: 485

VERZEICHNIS DER PERSONEN-, ORTS- UND SACHREGISTER IN DEN BÄNDEN DER MÜNCHNER AUSGABE

VERZEICHNIS DER REGISTER

Nicht aufgenommen sind die alphabetischen Register der Gedichtanfänge und -überschriften der einzelnen Bände.

Personenregister zu Benvenuto Cellini 7: 995–1030
Personenregister zu Rameaus Neffe 7: 1145–1165

Register der im Briefwechsel zwischen Goethe und Schiller erwähnten Werke Goethes 8.2: 702–711
Register der im Briefwechsel zwischen Goethe und Schiller erwähnten Werke Schillers 8.2: 712–717
Register der im Briefwechsel zwischen Goethe und Schiller erwähnten gemeinsamen Werke 8.2: 718
Register der im Briefwechsel zwischen Goethe und Schiller genannten Personen und ihrer Werke 8.2: 719–787
Register der im Briefwechsel zwischen Goethe und Schiller erwähnten Periodica 8.2: 788–792
Register der im Briefwechsel zwischen Goethe und Schiller erwähnten anonymen Werke der Literatur und bildenden Kunst 8.2: 793

Namenregister zur Farbenlehre 10: 1311–1323
Sachregister zur Farbenlehre 10: 1324–1341

Register der Texte aus: Zur Morphologie und Zur Naturwissenschaft überhaupt 12: 1187–1192

Personenregister zu den autobiographischen Schriften der frühen Zwanzigerjahre ⟨Tag- und Jahres-Hefte, Campagne in Frankreich 1792, Belagerung von Maynz u.a.⟩ 14: 854–882
Register der in den autobiographischen Schriften der frühen Zwanzigerjahre ⟨Tag- und Jahres-Hefte, Campagne in Frankreich 1792, Belagerung von Maynz u.a.⟩ erwähnten Werke 14: 883–889

Register der in der Italienischen Reise erwähnten Orte und ihrer Kunstwerke 15: 1213–1223
Register der in der Italienischen Reise genannten Personen und ihrer Werke 15: 1224–1234

Personenregister zu Dichtung und Wahrheit 16: 1076–1093
Register der in Dichtung und Wahrheit erwähnten Werke 16: 1094–1097

Personenregister zu den Gesprächen mit Eckermann 19: 826–839
Register der in den Gesprächen mit Eckermann erwähnten Werke 19: 840–842

Personenregister zum Briefwechsel zwischen Goethe und Zelter 20.2: 1716–1861
Register der im Briefwechsel zwischen Goethe und Zelter erwähnten Werke Goethes 20.2: 1862–1882
Register der im Briefwechsel zwischen Goethe und Zelter erwähnten Kompositionen Zelters 20.2: 1883–1907